南京大学双一流建设"百层次"科研项目资助
江苏省语委"中华诗词新韵规范标准研究"委托项目资助

张玉来　许霆 ◎ 著

汉语新诗韵论

中国社会科学出版社

图书在版编目(CIP)数据

汉语新诗韵论 / 张玉来,许霆著. —北京:中国社会科学出版社,2019.8

ISBN 978-7-5203-4949-9

Ⅰ.①汉… Ⅱ.①张…②许… Ⅲ.①新诗-诗律-诗歌研究-中国 Ⅳ.①I207.25②I207.21

中国版本图书馆 CIP 数据核字(2019)第 185633 号

出 版 人	赵剑英
责任编辑	任　明
责任校对	季　静
责任印制	郝美娜

出　　版	中国社会科学出版社
社　　址	北京鼓楼西大街甲 158 号
邮　　编	100720
网　　址	http://www.csspw.cn
发 行 部	010-84083685
门 市 部	010-84029450
经　　销	新华书店及其他书店
印刷装订	北京君升印刷有限公司
版　　次	2019 年 8 月第 1 版
印　　次	2019 年 8 月第 1 次印刷
开　　本	710×1000　1/16
印　　张	26.5
插　　页	2
字　　数	450 千字
定　　价	128.00 元

凡购买中国社会科学出版社图书,如有质量问题请与本社营销中心联系调换
电话:010-84083683

版权所有　侵权必究

前　言

汉语新诗词用韵及用韵理论的讨论已经走过了百余年的历程，时至今日还存在不少争议。这些争议涉及新诗词是否需要押韵、押什么韵、如何押韵，以及今人写作旧体诗词如何押韵、押什么韵等重大问题。诗人、词人、评论家以及研究语音学、韵律学等领域的学者之间，由于看待问题的立场和视角不同，难免存在理念与认识上的落差。如何通过对新诗词用韵实践和用韵理论的探讨，以纾解学界存在的争议，合理解释争议的症结，无疑是学术界应该高度重视的工作。同时，通过对普通话韵类进行细致深入的学术探讨，总结已有新诗词韵书编纂的得失，制定出切实可行的分韵标准，编纂出合用的新诗词用韵韵谱，为新诗词创作实践提供依据，无疑也是学界亟须完成的任务。

多年来，我们围绕以下问题展开了学术调查和学术研究：

一、梳理了我国诗歌用韵的历史传统，衡诸新诗词的发展历史和押韵实践，对新诗词用韵的基本理论进行了深入探讨。

二、通过对大量新诗词用韵的分析和归纳，厘清了新诗词押韵的基本规则和基本类型，归纳了汉语新诗词用韵的多重功能和发展趋向。

三、全面分析了现有新诗韵书的得失，明确了已有韵书之间所存在的歧异原因，深入探讨了新诗韵书韵部的划分原则和标准问题，归纳出了新诗用韵的韵部系统。

四、明确了新诗韵书分韵的层级关系，提出了完全和谐韵（韵母韵）、和谐韵（严韵）、一般和谐韵（通韵）三个层级的韵部划分原则，划定了通、严用韵标准以供诗词创作者选择使用。

五、总结了新诗词的韵例和韵法，编纂了新诗词用韵的韵脚谱系，在此基础上确定了新诗韵书收字的依据、参考标准。

六、讨论了旧体诗词作为一种诗体的特殊性，提出了当代中华诗词的声律改革和诗韵改革问题，并尝试建立新的平仄标准和押韵规范。

在调查研究的基础上，我们写成了《汉语新诗韵论》一书。《汉语新诗韵论》包括上、下两篇，上篇为"汉语新诗韵书"，由张玉来撰稿；下篇为"汉语新诗用韵"，由许霆撰稿。另一部学术著作《普通话分韵及韵谱字汇》正在成稿中。

感谢江苏省语委领导的关心，特别感谢赵晓群主任不遗余力的大力支持。

张玉来

2018 年 10 月 25 日

目 录

上篇　汉语新诗韵书

汉语诗歌声律的构造及其押韵传统 ……………………………（3）
　　诗歌语言的声律特征 ………………………………………（3）
　　汉语诗歌的声律构成 ………………………………………（5）
　　汉语诗歌的押韵传统 ………………………………………（14）
　　与押韵相关的基本概念 ……………………………………（21）

新诗韵书的百年编纂历程 ………………………………………（25）
　　新诗诞生与新诗韵书编纂 …………………………………（26）
　　老国音时期的新诗韵书（1913—1928）……………………（30）
　　新国音时期的新诗韵书（1932—1958）……………………（35）
　　普通话时期的新诗韵书（1958—）…………………………（36）

各新诗韵书间存在的歧异现象 …………………………………（49）
　　新诗韵书分韵体系比较 ……………………………………（49）
　　各新诗韵书间的歧异现象 …………………………………（62）
　　各新诗韵书间分歧的原因 …………………………………（64）

十八韵体系及十三辙韵书的评价 ………………………………（70）
　　十八韵体系的韵书及其评价 ………………………………（70）
　　十三辙源流及韵辙归纳例证 ………………………………（77）

普通话分韵的基本原则 …………………………………………（94）
　　恪守汉语普通话音系的原则 ………………………………（94）
　　贯彻语音分析从严的原则 …………………………………（95）
　　符合现代语音学原理的原则 ………………………………（103）

正确把握通押与分韵关系的原则 ………………………… （104）
　　正确把握常例与特例关系的原则 ………………………… （104）
　　把握规范与普适统一的原则 ……………………………… （104）
　　坚持多样性分韵共存的原则 ……………………………… （104）
　　允许韵书形式多样性的原则 ……………………………… （105）

诗歌通押与韵部归纳的关系 ………………………………… （107）
　　关于诗歌通押的已有认识 ………………………………… （107）
　　诗歌通押与严韵系统 ……………………………………… （110）
　　诗歌通押实例分析 ………………………………………… （114）
　　诗歌通押关系的本质 ……………………………………… （128）

普通话韵部层级及分韵标准 ………………………………… （129）
　　普通话韵部划分的三个层级 ……………………………… （129）
　　普通话分级分韵表 ………………………………………… （134）

下篇　汉语新诗用韵

汉语诗韵传统继承 …………………………………………… （139）
　　韵：汉诗的文体符号 ……………………………………… （139）
　　百年新诗的有韵传统 ……………………………………… （146）
　　新诗韵的继承与革新 ……………………………………… （154）

汉语诗韵新旧转换 …………………………………………… （166）
　　诗韵价值之重估 …………………………………………… （166）
　　新诗创作之用韵 …………………………………………… （172）
　　重建新韵之成果 …………………………………………… （177）

新诗音韵功能探索 …………………………………………… （185）
　　新诗运动中的叶韵功能论 ………………………………… （185）
　　从叶韵论到诗韵多功能论 ………………………………… （191）
　　从多功能论到现代诗韵论 ………………………………… （198）

新诗音律的新变趋向 ………………………………………… （205）
　　诗律新变的现代趋向 ……………………………………… （205）

汉语新诗的音质音律 …………………………………… (212)
　　汉语新诗的节奏音律 …………………………………… (217)

新诗韵论基本问题 …………………………………………… (224)
　　节奏音律与音质音律 …………………………………… (224)
　　音质的韵与音质的声 …………………………………… (228)
　　竖韵结构和横韵结构 …………………………………… (233)
　　韵辙选择和韵辙变换 …………………………………… (238)
　　单字音韵和复合音韵 …………………………………… (242)
　　押韵方式与行句方式 …………………………………… (247)

新诗用韵基本类型 …………………………………………… (253)
　　传统型用韵论 …………………………………………… (253)
　　现代型用韵论 …………………………………………… (260)
　　无韵诗音律论 …………………………………………… (269)

新诗人的调质实践 …………………………………………… (277)
　　语音调质 ………………………………………………… (277)
　　同音堆集 ………………………………………………… (291)
　　双声叠韵 ………………………………………………… (296)
　　词语重叠 ………………………………………………… (302)

新诗韵与节奏运动 …………………………………………… (310)
　　汉语诗韵与汉诗节奏 …………………………………… (310)
　　诗韵与新诗的行句 ……………………………………… (315)
　　诗韵与新诗的节落 ……………………………………… (321)
　　诗韵与新诗的篇章 ……………………………………… (328)

郭小川新诗传统式用韵论 ………………………………… (336)
　　音乐性的追求 …………………………………………… (336)
　　新诗的选韵 ……………………………………………… (339)
　　新诗的韵式 ……………………………………………… (344)
　　诗韵和诗体 ……………………………………………… (348)

卞之琳新诗现代式用韵论 ………………………………… (353)
　　复杂繁富的韵式 ………………………………………… (353)

韵脚构成的经营 ·· (358)
  韵脚位置的经营 ·· (361)
  谐音拟声的经营 ·· (364)

汉语十四行诗用韵实践论 ·· (367)
  十四行体韵式的审美价值 ·· (367)
  汉语十四行诗韵式对应移植 ······································ (372)
  汉语十四行诗韵式变体移植 ······································ (377)
  汉语十四行诗韵式本土改造 ······································ (383)

当代中华诗词声韵改革论 ·· (387)
  概念的界定 ·· (387)
  声律的改革 ·· (392)
  诗韵的改革 ·· (398)

参考文献 ·· (407)

上篇　汉语新诗韵书

汉语诗歌声律的构造及其押韵传统

诗歌作为一种特定的文学体裁，自有其特定的语言形式。语音是语言的外在形式，诗歌讲求语音的艺术美。在创作中，诗人利用语音的成素，使诗歌具有回环、跌宕等特殊美感，我国传统上把诗歌的语音形式称为声律，将声律及其他方面（如粘连、对仗等）的要求，统称为格律。格律的范畴自然要比声律宽泛得多。诗的独特语言形式构成了诗体的重要特征，它具有稳定性和传承性，当然也有创新性。

诗歌语言的声律特征

朱光潜在《诗论》（1943）里指出，在历史上，诗与乐有很久远的渊源。在起源时，它们与舞蹈原来是三位一体的混合艺术……文化渐进，三种艺术分立，音乐专取声音为媒介，趋重和谐；舞蹈专取肢体形式为媒介，趋重姿态；诗歌专取语音为媒介，趋重意义。① 这就指明了诗歌具有语音艺术的特性。按我国的诗歌传统，将配音乐的称为歌，不配音乐的称为诗，也可混称为诗歌。

我国古代很早就认识到了诗歌的艺术特点。《尚书·尧典》："帝曰：'夔！命女典乐，教胄子，直而温，宽而栗，刚而无虐，简而无傲。诗言志，歌永言，声依永，律和声。八音克谐，无相夺伦，神人以和。'夔曰：'於！予击石拊石，百兽率舞。'"② 这就把诗歌表达情感、意义和语言特点都说到了，其中特别强调了诗歌与音乐和舞蹈的关联。

---

① 朱光潜：《诗论》，北京出版社2005年版，第147页。
② 《尚书·尧典》，王世舜译注本，四川人民出版社1982年版，第18页。

《论语·阳货》:"小子何莫学夫诗?诗可以兴,可以观,可以群,可以怨。迩之事父,远之事君;多识于鸟兽草木之名。"① 班固《汉书·艺文志》:"《书》曰:'诗言志,歌永言。'故哀乐之心感,而歌咏之声发。诵其言,谓之诗;咏其声,谓之'歌'。"② 这也是阐发诗歌是用来表达情感和思想的,它既可"诵",也可"咏"。

诗歌作为一种具有音乐性的文学体裁,其音乐性体现在可以配乐歌咏,这就要求诗歌必须讲究声音的节奏、旋律,要跟乐谱相适配。这是其他文体所不具备的。刘勰在《文心雕龙·声律》中说:"夫音律所始,本于人声者也。声含宫商,肇自血气,先王因之,以制乐歌。故知器写人声,声非学器者也。故言语者,文章管籥,神明枢机,吐纳律吕,调和唇吻而已。古之教歌,先揆以法,使疾呼中宫,徐呼中徵。夫徵羽响高,宫商声下;抗喉矫舌之差,攒唇激齿之异,廉肉相准,皎然可分。今操琴不调,必知改张,摘文乖张,而不识所调。响在彼弦,乃得克谐,声萌我心,更失和律,其故何哉?良由外听易为巧而内听难为聪也。故外听之易,弦以手定;内听之难,声与心纷;可以数求,难以辞逐。"③ 刘氏在这里说的是,文章(当然包含诗歌)是由言语构成的,写出来的话要唇吻调和,像音乐一样要有宫商高下的变化,但是,为什么人们感觉语音的调和不如音乐那么容易做到呢?那是因为"外听易为巧而内听难为聪也",也就是说,音乐是直接诉诸听觉的,而文章是诉诸心灵的。心灵要通过语言表达出来就没有那么容易了,声律的运用也是不容易做好的。

世界各民族诗歌都有特定的形式,无论是"自由体"还是"格律体""半格律体""准格律体",无不存在着内在的格律要求。闻一多在《诗的格律》中说:"对于不会作诗的,格律是表现的障碍物,对于一个作家,格律便是表现的利器。上面已经讲了格律就是 form。试问取消了 form,还有没有艺术?上面又讲到格律就是节奏。讲到这一层更可以明了格律的重要;因为世上只有节奏比较简单的散文,决不能有没有节奏的诗。本来诗一向就没有脱离过格律或节奏。这是没有人怀疑过的天经地义。如今却什么天经地义也得有证明才能成立,是不是?"④ 因此,无论是什么形式的

---

① 《论语·阳货》,杨伯峻、杨逢彬注译本,岳麓书社 2000 年版,第 168 页。
② 班固:《汉书·艺文志》,商务印书馆 1955 年重印本,第 7 页。
③ 刘勰:《文心雕龙·声律》,郭晋稀注释本,岳麓书社 2004 年版,第 329—330 页。
④ 闻一多:《诗的格律》,《晨报副刊》1926 年 5 月 13 日。

诗歌，格律是少不了的，是诗歌就得有其独特的语言表现形式，它比散文更讲究语言的节奏和旋律。

我国诗歌源远流长，产生了包括上古歌谣、先秦诗歌、汉代乐府、古体诗、近体诗、宋词、元曲、明清时曲与剧曲等丰富的诗歌经典，矗立起了一座座文学丰碑。由于诗歌是最富音乐性的语言艺术，因此一种诗体的发生之初大多与特定时代的音乐形式相结合。由于乐律的要求，诗歌语言讲求字音的节奏、轻重、高低和回环，这样就形成了诗体的格律。古体诗之前的诗歌，讲求直抒胸臆，律出自然，格律的要求没有人为的强制性。自五言与七言古体诗兴起之后，格律逐渐成为一种自觉的诗歌创作规则，至唐代近体诗而隆盛。此后的宋词、元曲等诗词的创作，无不受到各自格律的制约。

综观历代汉语诗歌格律的语言形式，约而言之，大致包含以下几个方面：1. 句式：诗句的长短和句子数量的多少；2. 诗章：一首诗分不分段（章/阕），分几段；3. 平仄：句中各字的声调要区分平仄；4. 对仗：在相关的诗句中使用意义上同类或对立的词语，一般要求词性相同，位置相同，平仄相关；5. 节奏：诗句内有规律的使用长短或强弱的音节（词语）；6. 押韵，在一定的位置用相同（或相近）韵基的韵字，使用的韵字有疏密、改换等要求。

朱光潜说："诗既离开乐调，不复可歌唱，如果没有新方法来使诗的文字本身上见出若干音乐，那就不免失其为诗了。音乐是诗的生命，从前外在的乐调的音乐既然丢去，诗人不得不在文字本身上做音乐的工夫，这是声律运动的主因之一。齐梁时代恰当离调制词运动的成功时期，所以当时声律运动最盛行。齐梁是上文所说的音义离合史上的第四时期，就是诗离开外在的音乐，而着重文字本身音乐的时期。"① 格律是诗歌音乐性的重要体现，无论如何诗歌不能不讲求格律。

汉语诗歌的声律构成

什么是汉语诗歌的声律？综观历代学人对声律的看法，我们认为可概

---

① 朱光潜：《诗论》，北京出版社 2005 年版，第 272 页。

括为：声律主要是汉语语音要素在诗歌中的应用规律。

诗歌是语言（语音）的艺术，语言是由语音、词汇、语法构成的，诗歌是遣词造句、协和语音的艺术创造，声律就是语音在诗歌创作的表现形式。

汉语语音的构成是：（声+韵）+调=音节，按照今天语音学的分析来说，那就是：声母是辅音；韵母是元音，或元音加元音，或元音加辅音构成的；声调是音节的高低升降的变化。汉语语音的使用单位是音节，书面上一个汉字基本等于一个音节，一个音节表达的语言单位要么是词，要么是语素。一个音节大致包括声母（按照传统，零声母也算名义上的声母）、韵母和声调三个组成部分。声律就是这些要素在文学形式中的体现。

声律的基本内容是讲求平仄、押韵、对仗、停顿（节奏）四个方面。这四个方面都与汉语的语音要素相关。比如杜牧的《山行》：

远上寒山石径斜，
白云生处有人家。
停车坐爱风林晚，
霜叶红于二月花。

这首诗首先是押韵的，即斜（xiá）、家、花三字同韵，即韵母相近（同韵腹、韵尾）。其次声调的调型是交替的，即"仄仄平平仄仄平，⟨仄⟩平⟨平⟩仄仄平平。平平仄仄平平仄，⟨平⟩仄平平仄仄平"。再次在音节停顿上是2-2-2-1式，即两个音节一顿，最后一个音节一顿，这就是节奏。

对仗也是语音要素的体现，下面再讲。

汉代以前人们尚未系统地认识到声律在文学中的作用，诗歌声律全出于天籁。至南北朝时声律之论方盛。唐·皎然《诗式·明四声》："乐音有宫商五音之说，不闻四声。近自周颙、刘绘流出，宫商畅于诗体，轻重低昂之节，韵合情高……"① 《南齐书》记载了当时的盛况："永明末，京邑人士盛为文章谈义，皆凑竟陵王西邸。绘等为后进领袖，机悟多能。

---

① （唐）皎然：《诗式》，学海类编本，第1页。

时张融、周颙并有言工，融音旨缓韵，颙辞致绮捷，绘之言吐，又顿挫有风气。"①

声律之所以被人们重视，跟时人发现汉语存在四声有关。《南史》卷三十八《陆厥传》："（永明末）时盛为文章，吴兴沈约、陈郡谢朓、琅邪王融以气类相推毂。汝南周颙善识声韵。约等文皆用宫商，将平上去入为四声，以此制韵，有平头、上尾、蜂腰、鹤膝。五字之中，音韵悉异，两句之内，角徵不同，不可增减。世呼为永明体。"② 又卷五十七《沈约传》："（约）又撰《四声谱》，以为'在昔词人累千载而不悟，而独得胸衿，穷其妙旨'。自谓入神之作。"③ 四声的发现，促进了人们对汉语语音的认识，作家也有意识地运用这一要素进行创作。沈约《谢灵运传论》称："一简之内，音韵尽殊，两句之中，轻重悉异。妙达此旨，始可言文。"④

古人对声律的认识是有过程的，一旦发现之后就能自觉地运用到诗歌创作中。声律运用到诗歌之中，到底给诗歌的表达带来了哪些艺术效果呢？也就是说声律在诗歌构成中的作用如何呢？古人大都语焉不详。刘勰《文心雕龙·声律》："夫吃文为患，生于好诡，逐新趣异，故唇吻乱纷；将欲解结，务在刚断。左碍而寻右，末滞而讨前，则声转于吻，玲玲如振玉；辞靡于耳，累累如贯珠矣。是以声画妍媸，寄在吟咏；滋味流于下句，气力穷于和韵。"⑤ 在朦胧之中可以体味到他要说的一些意思。

下面我们就说说声律在文学作品中的艺术作用。

（一）平仄交错构成了抑扬跌宕的美

汉语四声传统上称作"平上去入"，这四个调的调值不同，《元和新声韵谱》："平声哀而安，上声厉而举，去声清而远，入声直而促。"就是说平声是一个长平调，其他三声都不是平调，因为平调可以无限延长，故谓平声；其他三个声调都不是平调，不能无限延长，故统称为仄声。平仄实质是长短曲直的不同，即平与高低曲折的对立。诗歌就是以此加强格律

---

① （南朝梁）萧子显：《南齐书》卷三十七"刘绘传"，吉林人民出版社1995年版，第455页。
② （唐）李延寿：《南史》卷三十八《陆厥传》，中华书局1975年版，第1195页。
③ （唐）李延寿：《南史》卷五十七《沈约传》，中华书局1975年版，第1414页。
④ （南朝梁）沈约：《谢灵运传论》，见黄钧等选注《历代骈文选》，湖南文艺出版社1986年版，第96页。
⑤ （南朝梁）刘勰：《文心雕龙·声律》，郭晋稀注释本，岳麓书社2004年版，第331—332页。

变化的。这种变化实质是高低长短的不同，高低长短的交错就构成了抑扬跌宕的艺术效果。如杜甫的《春望》：

  国破山河在，仄仄平平仄
  城春草木深。平平仄仄平
  感时花溅泪，仄平平仄仄
  恨别鸟惊心。⃝仄 仄仄仄平平
  烽火连三月，⃝平 仄平平仄
  家书抵万金。平平仄仄平
  白头搔更短，⃝仄 平平仄仄
  浑欲不胜簪。⃝平 仄仄平平

  在讲求声律的诗歌中，平仄总是交错递用的。沈约所谓"若前有浮声，则后须切响"就是这一主旨的体现。平仄律的实质是平与不平（高下或曲折）律。

（二）韵脚和谐构成回环缭绕的美

  从历代汉语诗歌押韵的行为和规则看，所谓押韵即一首诗里的某些诗句末尾用上韵基相同或十分相近、语感上和谐的韵字。所谓韵基（又称韵身），就是汉语韵母的主要元音和韵尾的组合，如现代汉语的 an/ian/uan/üan 四个韵母里的 an 就是韵基。如果没有韵尾，那么韵腹就是韵基，如现代汉语的 a/ia/ua 三个韵母里的 a 即是韵基。韵基相同或非常相近的的字，就可押韵，这些押韵字汇合起来，传统上称为韵部。同一韵部指的是主要元音相同（或相近）、韵尾相同的字的集合，比如 an、ian、uan、üan 四个韵母的字统合为一个韵部，可以称为"山寒"韵。这一韵部在同一首诗中出现在句子末尾就构成了押韵。

  诗歌讲求押韵，目的是增强回环缭绕的和谐美的境界，加强诗歌的乐感。由于同一韵部的字主要元音相同或相近，就增强了乐音成分（元音为乐音），加上韵尾的辅助，就显得和谐乐耳，韵味无穷。刘勰所谓："异音相从谓之和，同声相应谓之韵。韵气一定，故余声易遣……"[①] 说的就是这一道理。比如杜甫的《登高》：

---

 ① （南朝梁）刘勰：《文心雕龙·声律》，郭晋稀注释本，岳麓书社 2004 年版，第 332 页。

风急天高猿啸哀,
渚清沙白鸟飞回。
无边落木萧萧下,
不尽长江滚滚来。
万里悲秋常作客,
百年多病独登台。
艰难苦恨繁霜鬓,
潦倒新亭浊酒杯。

上例"哀、回、来、台、杯"五字押韵,押的是代表中古音的"诗韵"(平水韵)的咍(灰)韵,读起来一韵往还,余音不绝。

又如马致远的《天净沙·秋思》:

枯藤老树昏鸦,
小桥流水人家。
古道西风瘦马,
夕阳西下,
断肠人在天涯。

"鸦、家、马、下、涯"押韵,押的是曲韵的"家麻"韵,这首曲句句有韵,朗朗上口又悦耳。

(三) 对仗构成整齐匀称的美

对仗是古典诗歌的传统之一。对就是对应,仗就是仪仗,对仗就是句对句,词对词。对仗跟语音要素有什么关系呢?下面我们可以先看一下温庭筠的词《更漏子》:

柳丝长,	仄平平
春雨细,	平仄仄
花外漏声迢递。	
惊塞燕,	平仄仄
起城乌,	仄平平
画屏金鹧鸪。	

香雾薄，	平仄仄
透帘幕，	仄平平
惆怅谢家池阁。	
红烛背，	平仄仄
绣帘垂，	仄平平
梦长君不知。	

在这首词里，柳丝长（仄平平）：春雨细（平仄仄）；惊塞燕（平仄仄）：起城乌（仄平平）；香雾薄（平仄仄）；透帘幕（仄平平）；红烛背（平仄仄）：绣帘垂（仄平平）两两对仗。对仗的句子声调相反，相反的声调对在一起，就是两行不同的句子，句子的平仄不同相映成趣，成为异中相对的整齐，整齐中又有差异，差异中又有匀称。对仗的句子中的词语词性相同，如"柳丝"与"春雨"，皆为名词性词语，"长"和"细"，皆是状物形容词。

声律在对仗中的作用如上，诗歌使用了这种形式称为律仗，入律的对仗可以使音节在变化中显示出整齐的匀称美。

（四）语气停顿构成节奏变化的美

汉语每一个音节都是一个自然的发音单位，每一个音节都有一个停顿。音节用到诗歌当中，就有大停与小停的区别，大大小小的停顿就构成了诗歌语言的停顿节奏，大停顿处语气长，小停顿处语气短，平声音节长，停顿较大；仄声音节短，停顿较小。在入律的诗歌中，平平仄仄中两平处大停，占两拍，两仄处两小停，占一拍，长长短短的声调就构成了大小不等的节拍，形成优美的节奏变化。如杜甫的《秋兴之七》：

昆明池水汉时功，	平平 ⓟ 仄仄平平
武帝旌旗在眼中。	仄仄平平仄仄平
织女机丝虚月夜，	仄仄平平平仄仄
石鲸鳞甲动秋风。	ⓒ 平 ⓟ 仄仄平平
波漂菰米沉云黑，	平平 ⓟ 仄仄平仄
露冷莲房坠粉红。	仄仄平平仄仄平
关塞极天唯鸟道，	ⓟ 仄仄平平仄仄
江湖满地一渔翁。	平平仄仄仄平平

在吟诵的时候，长者占一拍，短者占半拍，这些长长短短的停顿就构成了文学作品节奏顿挫的艺术美感。

声律作为诗歌要素之一，在诗歌创作中作用重大，它促进了诗、词、曲、赋的繁荣，给我们留下了丰富的文化遗产。杜甫作为伟大的诗人，他就非常重视声律的运用。他在《遣闷戏呈路十九曹长》有"晚节渐于诗律细"的句子①。我们在杜诗中很难找到不合律的诗句。

声律在文学构成中是如此之重要，但诗歌的形式与内容的表达是对立统一的，如果过于追求形式化就势必走向另一极端，也会影响到诗歌的意境创造。声律的过分讲求同样也存在着一些弊端。[日]空海《文镜秘府论》"天卷"《序》说："沈侯（按：沈约）、刘善（按：刘善经）之后，王（按：王昌龄）、皎（按：皎然）、崔（按：崔融）、元（按：元兢）之前，盛谈四声，争吐病犯，黄卷溢箧，缃帙满车。"②又在《论病》说："颙（按：周颙）、约（按：沈约）已降，兢（按：元兢）、融（按：崔融）以往，声谱之论郁起，病犯之名争兴；家制格式，人谈疾累……"③由此可见声律之论甚为繁杂。《唐会要》卷七十五："开元二十五年二月敕：'今之明经、进士，则古之孝廉、秀才。近日以来，殊乖本意。进士以声律为学，多昧古今；明经以贴诵为功，罕穷旨趣……"④这就是说，声律不仅要行于一般诗歌，还用于其他文体，也应用到科举考试，这就十分过分。

《文镜秘府论》"西卷"《论病》中说："夫文章之兴，与自然起；宫商之律，共二仪生……洎八体、十病、六犯、三疾，或文异义同，或名通理隔，卷轴满机，乍阅难辨，遂使披卷者怀疑，搜写者多倦。"⑤ 空海遍搜前人文病之说总合为二十八种，跟声律有关的就有：平头、上尾、蜂腰、鹤膝、大韵、小韵、傍纽、正纽、水浑、龃龉等。其病解说不一、大

---

① （唐）杜甫：《遣闷戏呈路十九曹长》，见《李白杜甫诗全集》，北京燕山出版社1995年版，第598页。

② [日]空海：《文镜秘府论》"天卷"《序》，王利器校注本，中国社会科学出版社1983年版，第9—10页。

③ [日]空海：《文镜秘府论》"西卷"《论病》，王利器校注本，中国社会科学出版社1983年版，第396页。

④ （宋）王溥：《唐会要》，中华书局1955年版，第1377页。

⑤ [日]空海：《文镜秘府论》"西卷"《论病》，王利器校注本，中国社会科学出版社1983年版，第396页。

抵跟声调、押韵有关。这样复杂的声病讲究，诗人作诗时就难免拘谨难从。

钟嵘《诗品》："齐有王元长者，尝谓余云：'宫商与二仪俱生，自古词人不知之。惟颜宪子论文，乃云律吕音调，而其实大谬。唯见范晔、谢庄颇识之耳。尝欲造《知音论》未就而卒。王元长创其首，谢朓沈约扬其波。三贤咸贵公子孙，幼有文辨，于是士流景慕，务为精密。襞积细微，专相凌架，故使文多拘忌，伤其真美。余谓文制，本须诵读，不可蹇碍。但令清浊通流，唇吻调利，斯为足矣。至如平上去入，则余病未能。蜂腰鹤膝，闾里已具。"①

唐皎然《诗式》也说："沈休文酷裁八病，碎用四声，故风雅殆尽。后之才子，天机不高，为沈生弊法所媚，懵然随流，溺而不返。"② 因为这个缘故，殷璠《河岳英灵集·集论》："齐、梁、陈、隋，下品实繁，专事拘忌，弥损厥道。夫能文者，匪谓四声尽要流美，八病咸须避之，纵不拈掇，未为深缺。"③

我们可以来看一看有声病的诗，到底是什么情况④：

山方翻类矩，
波圆更若规。
树表看猿挂，
林侧望熊驰。——犯平头病

荡子别倡楼，
秋庭夜月华。
桂叶侵云长，
轻光逐汉斜。——犯上尾

---

① （南朝梁）钟嵘：《诗品》，张朵、李进栓注译本，中州古籍出版社 2010 年版，第 56—57 页。
② （唐）皎然：《诗式》，学海类编本，第 2 页。
③ （唐）殷璠：《河岳英灵集·集论》，见王筱云、韦凤娟编《中国古典文学名著分类集成 28 文论卷（一）》，百花文艺出版社 1994 年版，第 182 页。
④ ［日］空海：《文镜秘府论》"西卷"《论病》，王利器校注本，中国社会科学出版社 1983 年版，第 402—415 页。

青轩明月时，
紫殿秋风日。
曈昽引夕照，
晻暧映容质。——犯蜂腰

陟野看阳春，
登楼望初节。
绿池始沾裳，
弱兰未央结。——犯鹤膝

这些所谓犯病的诗，从内容角度看也不算太坏，但是不合格律要求，自然在声律论者看来是犯病的。由于声病说拘禁难越，作者难免望而却步。白居易在《寄唐生》诗中说出了“非求宫律高，不务文字奇”的心声，① 就是对这一流弊的抨击。声病之累到宋词、元曲已基本被冲破，所求者顺乎文气，平仄、押韵、对仗入律即可。

声律作为古典诗歌传统之一，成就了光辉的文学业绩。随着社会历史的发展，严格的声律拘禁已成为历史的陈迹；新体诗的出现，打破了传统声律的樊篱，成为一种新的文学体式。我们今天来学习研究声律的目的是继承诗歌遗产，帮助我们欣赏古典文学作品，并非要求新诗要像唐诗那样有严格的声律限制。

诗歌声律的形成、发展跟汉语的语音变化相关，与社会历史文化背景的变化相关，也跟音乐形式有关系。诗、词、曲一开始都是配乐歌唱的，由于要跟音乐相适配，那么字音的高低长短就不能不讲求。周德清在其《中原音韵》“后序”里有过一段描写：“复初举杯，讴者歌乐府【四块玉】，至‘彩扇歌，青楼饮’，宗信止其音而谓余曰：‘“彩”’字对‘“青”’字，而歌‘“青”’字为‘“晴”’。吾揣其音，此字合用平声，必欲扬其音，而‘“青”’字乃抑之，非也。畴昔尝闻萧存存言，君所著《中原音韵》乃正语作词之法，以别阴、阳字义，其斯之谓欤？细详其调，非歌者之责也。’”② 按曲律，【四块玉】要求这两句该是“仄仄平，平

① （唐）白居易：《寄唐生》，见《白居易全集》，中华书局 1979 年版，第 15 页。

② （元）周德清：《中原音韵·后序》，见张玉来、耿军《中原音韵校本》，中华书局 2013 年版，第 82 页。

厌厌",罗宗信说的是"青"为阴平字,"晴"为阳平字,此处青字当随乐谱读声调稍扬,似"晴"字。这说明乐谱对字音有约束作用。由于后来诗词曲慢慢跟乐谱脱钩,变成了不可歌的徒诗、徒词、徒曲,声律的讲求也就松弛下来了。另外,由于音乐的发展,现代任何新体诗都可以随时谱新曲,写作歌词可以不受乐谱的约束,诗歌创作自然就自由多了。

汉语诗歌的押韵传统

押韵是汉语诗歌传统格律的重要组成部分,是汉语诗歌最重要的形式标志之一。朱光潜说:"与格律有关的是'韵'(rhyme)。诗歌在原始时代都与乐舞并行,它的韵是为点明一个乐调或是一段舞步的停顿所必需的,同时,韵也把几段音节维系成为整体,免致涣散。近代徽戏调子所伴奏的乐声每节常以锣声收,最普通的尾声是'的当噇当噇当晃','晃'就是锣声。在这种乐调里锣声仿佛有'韵'的功用。澳洲土著歌舞时所敲的袋鼠皮,京戏鼓书中的鼓板所发的声音除点明'板眼'(即节奏)之外,似常可以看作音乐中的韵。诗歌的韵在起源时或许是应和每节乐调之末同一乐器的重复的声音,有如徽调中的锣,鼓书中的鼓板,澳洲土著歌舞中的袋鼠皮。"[①] 他还引用邦维尔《法国诗学》里的话:"我们听诗时,只听到押韵脚的一个字,诗人所想产生的影响也全由这个韵脚字酝酿出来。"[②]

押韵为什么会成为诗歌的重要形式标志?这是因为诗歌本质上是吟咏或歌唱的,主要不是阅读的。若诗歌只是书面阅读的文体,那么,它跟其他文体就没有了本质区别。因此,押韵是为了好听而不是为了好看。刘勰《文心雕龙·声律》:"夫吃文为患,生于好诡,逐新趋异,故唇吻纷乱;将欲解结,务在刚断。左碍而寻右,未滞而讨前,则声转于吻,玲玲如振玉;辞靡于耳,累累如贯珠矣。是以声画妍媸,寄在吟咏;滋味流于下句,气力穷于和韵。"[③] 他还说:"同声相应谓之韵"。刘勰所说的"滋味流于下句,气力穷于和韵"讲的就是押韵的艺术效果。押韵在诗歌表现

[①] 朱光潜:《诗论》,北京出版社2005年版,第15页。

[②] 同上书,第232页。

[③] (南朝梁)刘勰:《文心雕龙·声律》,郭晋稀注释本,岳麓书社2004年版,第331—332页。

上的价值主要有两个方面：一是通过韵字设置的疏密、变换或反复，使得诗歌的声音和谐，产生"语音缭绕"的回环美；二是通过一定位置上的韵字的设置，可使诗句串联在一起，构成不同的诗节，隔离不同的诗段。

根据对历代汉语诗歌押韵的研究，以下几个方面的传统应该予以重视。

（一）押韵是自然的语言艺术行为

诗歌押韵是一种自然的语言艺术创作行为。在自然语言状态下，诗人押韵纯出天籁，全靠诗人对自己语言的语音感知，并不是什么神秘的技能，也不需要特别的语音训练。

按照汉语的押韵传统，押韵依据是语言的音系，当一个音系里的语音成分组合成韵基（有人称为韵身，即韵母中不含介音的部分）之后才可以产生押韵这种艺术行为。押韵产生的和谐、缭绕的艺术效果来自韵基的相同。但是，韵基并非押韵的唯一依据，在一定条件下，不同的韵基也可以押韵。从语音学上说，音系具有唯一性，不存在普遍性的音系，共同语有共同语音系，方言有方言音系，并且音系随着时代和社会的变化而变化。因此，诗歌押韵可以押共同语韵，也可以押方言韵，有时也可以模仿古人的用韵。由于音系的时代变化，历史上的诗歌用韵，因为时代的不同，而具有各自的时代特征。下面我们用一首诗予以说明。

兔罝
诗经·周南

肃肃兔罝（tzia），（鱼部）
椓之丁丁（teng）；（耕部）
赳赳武夫（piua），（鱼部）
公侯干城（zjieng）。（耕部）

肃肃兔罝（tzia），（鱼部）
施于中逵（giu）；（幽部）
赳赳武夫（piua），（鱼部）
公侯好仇（giu）。（幽部）

肃肃兔罝（tzia），（鱼部）

施于中林（liəm）；（侵部）
赳赳武夫（piuɑ），（鱼部）
公侯腹心（siəm）。（侵部）①
……

《兔罝》共三章，每章四句，每句四字。三章都是交替用韵，一、三句一韵，二、四句一韵。

（二）不同时代押韵的语音依据不同

押韵的物质基础是语言中的词的语音。可是，语言是不断变化的，语音也是不断变化的。陈第在《毛诗古音考·自序》说："盖时有古今，地有南北，字有更革，音有转移，亦势所必至。"② 所以，我国历史上的诗歌押韵常常跟同时代的语音相依存，语音变了，押韵的系统也会变。历史上，汉语语音大致经历了三大阶段的变化，语音史研究者称为上古音、中古音和近代音。一般认为，东汉之前的时代称为上古音，相应的东汉之前的诗歌用上古音押韵，以《诗经》押韵为典型，其他诗歌大致与《诗经》的用韵高度一致；魏晋到晚唐五代的时代是中古音，以《切韵》这部韵书记录的语音为代表，相应的这个时代的用韵与《切韵》相近。宋代以后到明末清初为近代音，以《中原音韵》这部韵书记录的语音为代表，相应的宋词、元曲的用韵与之相近。清代以来的共同语是现代汉语语音，因此，北方俗曲、民歌用北方话押韵，押韵系统跟《十三辙》相近。

（三）押共同语韵是诗歌用韵的主流

从历代汉语诗歌押韵的实践来看，诗歌押韵的主流是押共同语的韵，虽然也有押方言韵或古韵的诗歌，但不是诗歌的主流。汉语共同语形成的历史很早，先秦时期叫"雅言"，汉代叫"通语"，魏晋以后称"正音"，明清称"官话"，近现代以来称"国语"（"普通话"）。虽然历史上的共同语音系并不像今天的普通话一样有着明确的音系依据——北京话音系，但是历代都维系着一种全国通行的具有一定弹性的共同语音系。历代诗人押韵，大致遵循一个系统相同的语音系统。比如，唐代早期（盛唐前）

---

① 本诗韵脚拟音据王力《诗经韵读》，见《王力文集》第六卷，山东教育出版社1986年版。

② （明）陈第：《毛诗古音考》，康瑞琮点校本，中华书局1988年版，第7页。

的近体诗,大致押共同语韵,依据的是《切韵》系统,与"平水韵"相类。如:

  送魏大从军
   陈子昂
  匈奴犹未灭,魏绛复从戎。
  怅别三河道,言追六郡雄。
  雁山横代北,狐塞接云中。
  勿使燕然上,惟留汉臣功。
    ——该诗押一东韵

  喜见外弟又言别
   李益
  十年离乱后,长大一相逢。
  问姓惊初见,称名忆旧容。
  别来沧海事,语罢暮天钟。
  明日巴陵道,秋山又几重?
    ——该诗押二冬韵

按照初唐的共同语系统,东韵和冬韵是不同的韵部,两者一般不在一起押韵。

由于历史上共同语的普及程度和规范性都不高,有的诗人会不自觉地押方言韵。比如,在元代共同语里,后鼻音-η、前鼻音-n 和闭口音-m 的韵母是要分别押韵的,不可以混押。但是,有的曲家由于自己的方言分不清三者的区别,就可能混押。如:

  【双调】湘妃怨
   杨朝英
  寿阳宫额得魁名(η),南浦西湖分外清(η)。横斜疏影窗间映(η),惹诗人说到今(m),万花中先绽琼英(η)。自古诗人爱,骑驴踏雪寻(m),忍冻在前村(n)。

后代模仿古代的诗体，一般仿照古人的押韵方式，就会用古韵。如：

咏煤炭
于谦
凿开混沌得乌金，藏蓄阳和意最深。
爇火燃回春浩浩，洪炉照破夜沉沉。
鼎彝元赖生成力，铁石犹存死后心。
但愿苍生俱饱暖，不辞辛苦出山林。
——该诗押十二侵

祭风台
宋湘
何处烧军问劫灰？舟人指点祭风台。
灵旗暗转江云动，古柏阴生水鹤来。
吴蜀君臣俱健者，东南草木尽兵材。
谁教八十余三万，赤得千秋一壁回。
——该诗押十灰

明清时代，-m、-n 韵尾的相关韵已经混同，可是近体诗还是要分押。于谦的诗里，没有一个 -n 尾的字。同样，从唐代开始近体诗规定咍、灰韵可混押，可是明清时代，两者韵母完全不同，不可能押韵。宋湘的诗完全遵循古人规范，让"灰台"等字押韵，就是用的古韵。

（四）自然韵与规定韵

当一种诗体刚开始的时候，其用韵大致出自诗人的自然语感。选择押韵的韵字完全靠作者的语音感觉，这样的用韵可称为自然韵，比如先秦、两汉的诗歌辞赋，六朝民歌，唐代近体诗，宋词，元曲，明清时调等用的都是自然韵。因时代不同、地域不同，自然韵在不同时代、不同方言里是有区别的。例如先秦的韵部系统不同于两汉，隋唐的韵部系统不同于两宋。就诗体来说，元曲不同于宋词，宋词不同于唐诗。就地域来说，京韵大鼓不同于河南豫剧，山东吕剧不同于昆曲。

诗歌用自然韵本来是很自然的事。但是，由于我国幅员辽阔，方言复杂，共同语普及程度低，在全国范围内推行以口语为基础的自然韵存在极大困难，加之自唐代科举把诗歌创作作为考试的内容之后，社会上需要有一套规范的统一的押韵体系，唐代由政府颁布了用韵规范，诗人不能随意用韵。唐代颁布的用韵规范，依据的是由隋代陆法言的《切韵》改订的韵书——《唐韵》，宋代依然沿用唐代的规范，并对韵书做了修订，改名为《广韵》《集韵》（简本为《礼部韵略》）。由于《切韵》系韵书，跟实际语音有距离，从唐代开始就有人主张归并一些韵，并规定某些韵独用，某些韵同用，把同用的合并一下，就剩了112韵，这大致就是唐代的规定韵。到了南宋，平水（今属山西）人刘渊在其所著《壬子新刊礼部韵略》（1253年初刊）中，把《礼部韵略》中规定的同用韵合并，得107韵。差不多同时，也是平水人的金代王文郁在其《平水新刊韵略》（1229年初刊），把《礼部韵略》中规定的同用韵合并，而成106韵系统。106韵系统后世称为"平水韵"，也称为"诗韵"，一直沿用至今。

除了自然韵和官颁规定韵之外，还有一种规定韵，虽然不是官韵，但是，由于后人模仿前代的诗体，但并不使用那个时代的语音，为了提供押韵依据，后来才有人根据前代的押韵，归纳成韵书，如词有《词林正韵》（清人戈载归纳）、曲有《中原音韵》（元人周德清归纳）、白话诗歌有《北京音系十三辙》（张洵如归纳）等韵书。《词林正韵》是填词的参考、《中原音韵》是填曲的参考、《北京音系十三辙》是明清以来白话诗歌的参考。

（五）用韵方式的多样性

历史上，除了近体诗（律）之外，其他诗体的用韵方式相对自由些，虽说宋词、元曲都有一定的用韵规范，但比起近体诗来说，可变通的地方比较多。先秦诗歌、民歌、时调等更是自由用韵，一首诗里何句用韵、何句不用韵，何处换韵、换几次韵全看诗人的意愿和需求。

近体诗要押平声韵，要一韵到底，绝少换韵。古体诗的用韵要自由的多，既可以平、上、去、入声的字分别押韵，也可以合押（入声不能合押），也可以中间换韵；宋词和元曲的押韵对声调要求不高，可以合押（词的入声字单押）；词则根据词牌的不同可以换韵也可以不换韵，曲则不换韵。

（六）严韵与通韵相济

根据历史上自然押韵的行为分析，诗人押韵有和谐韵和一般和谐韵的不同，习惯上称和谐韵为严韵，一般和谐韵可称为通韵。一般来说，押严韵是常例，押通韵是变例。严韵的基本要求是韵基完全相同（或韵基相近的韵母具有互补关系），押韵时用韵腹和韵尾完全相同的韵字。这是最好的押韵行为，正所谓"有才者本韵自足矣"。① 严韵通常是审音的结果，所谓"若赏知音，即须轻重有异"② 就是针对严韵说的。比如，近体诗押韵要求鱼/虞两韵、东/冬两韵不可互韵。根据严韵归纳出来的韵部系统，称为严韵系统。

押严韵是诗歌押韵的主流，可是，历史上各个时代都允许某些严韵之间可以通押。这些可通的严韵的韵基在语音上有相似之处，在语感上也接近。通韵的目的是"欲广文路"（陆法言《切韵序》语），给诗人一定的自由。历代都有这方面的认识。如宋代王直方《王直方诗话》："陈君节，字明信，言炼句不如炼韵。余以为若只觅好韵，则失于首尾不相贯穿。"③ 惠洪《天厨禁脔》言："古诗以意为主，以气为客，故意欲完，气欲长，唯意之往而气追随之。故于韵无所拘，但行于其所当行，止于其不可不止。盖其得韵宽，则波澜泛人傍韵，乍还乍离，出人回合，殆不可拘以常格。……得韵窄，则不复傍出，而因难见巧，愈险愈奇。"④

能够通韵的严韵是有条件的，不是任何严韵都可以通押。通韵的条件主要有三：一是有的严韵之间，韵基虽然不同，但语音近似，韵母有互补关系；二是有的严韵之间，韵基上语音有某种性质的相似，语感上有某种接近；三是有时候个别严韵因为其特别的原因，人为的规定可以通韵。如十三辙系统里，儿韵母的字，允许跟舌尖元音的韵母押韵。也有的韵很窄（字数少），存在检字困难，不得不变通押韵方式。根据通押的关系，合并某些严韵之后，这样的押韵系统，可称为通韵系统。

历史地看，严韵是押韵的常例，通韵是变例。即使可以通韵的严韵，往往也以单押为主。因此，根据历史传统，严韵是押韵的基本形式，是大多数诗人遵循的押韵体系；通韵是为了某种目的而采用的变通的押韵方式，虽然可以押韵，但并非完全和谐。

---

① （元）周德清：《中原音韵序》，见张玉来、耿军《中原音韵校本》，中华书局 2003 年版，第 11 页。

② （隋）陆法言：《切韵序》，见《覆宋本重修广韵》，中华书局 1985 年版，第 5 页。

③ （宋）王直方：《王直方诗话》，见《诗人玉屑》卷八，商务印书馆 1938 年版，第 164 页。

④ （宋）惠洪：《天厨禁脔》，见《四库全书存目丛书》集部 415 册，齐鲁书社 1997 年版，第 110—111 页。

下面我们来说说历代韵书。

隋代以前没有韵书传世。相传曹魏时期有李登的《声类》、晋代有吕静的《韵集》、六朝时有五家音韵等，但都没有流传下来（后人虽有辑佚，也只见一鳞半爪）。直到隋代陆法言《切韵》问世，才有了较完备的韵书传世。《切韵》之后，历代都有重要韵书，如《唐韵》（唐）、《广韵》（宋）、《礼部韵略》（宋）、《集韵》（宋）、《改并五音集韵》（金）、《新刊韵略》（《平水韵》）（金）、《中原音韵》（元）、《洪武正韵》（明）、《音韵阐微》（清）等。这些形形色色的韵书共同构建了汉语文化特有的韵书文化系统。

韵书编纂的基础性工作是分韵。分韵就是对实际语言音系的韵母系统进行分类。给韵母分类就要有依据、目的和原则。根据历代韵书编纂的不同情况可从三个方面把握：（1）从分韵的依据看，主要有四种类型：一是根据当时的共同语音系，如《切韵》《中原音韵》；二是根据某一方言音系，如明代王应电的《同文备考》；三是根据前代共同语音系，如《广韵》；四是根据编者设想的音系，如《洪武正韵》。（2）从分韵的目的看，主要两种：一是为了审定音系，为每一个字音确定读法的正音韵书，如《切韵》《广韵》，即陆法言所谓"赏知音"者；二是为了韵文押韵而归纳的韵部，将一定数量的同韵字纳入所分的韵部里，如《中原音韵》。两者虽然都划分韵部，但在韵部的数量上，常常前者多，后者少。前者强调字音的准确，后者强调字音韵基的相同或相近。（3）从分韵的原则看，主要有：一是韵基相同，声调相同，如《切韵》《广韵》《洪武正韵》等，可以称为"以调统韵"式。二是韵基相同，不考虑声调，如《中原音韵》，可称为"以韵统调"式。三是韵母相同，声调也相同，如现代汉语研究中，学者所编制的各类音节表，可称为"音节韵书"式。

与押韵相关的基本概念

为了理解押韵和韵书编纂的内涵，我们有必要阐释一些与押韵有关的基本概念。这些概念是理解诗歌押韵的钥匙，也是诗歌押韵实践和押韵理论的重要成果，更是音韵学和语音学研究的重要成果。

正音：正音主要有两个含义。一是指标准音，即正确的读音，常常与方音或讹音相对；一是指纠正人们的错误读音，使人们说的话或写的文章符合标准音或正确的读音。

审音：是指对共同语音系或某个方言音系进行审定，明确该音系的构成成分和音节组织，对有异读的语素或词予以规范，保证音系的单一性和规范性。审音由于是人为干预音系，有时会出现审音不正确的现象。

元音：人类语言中的一类音素，是指发音时，声波不受发音器官的阻碍而声带颤动的音素，如［ɑ］［u］［i］等类；元音也可以连续发出，构成复元音，如［ui］［ai］［uai］等。元音是音节中响亮的成分，每一个音节一般都要有元音，如普通话的 gao（高）、ao（袄）等。

辅音：人类语言中的一类音素，是指发音时，声波受到发音器官的阻碍，声带颤动或不颤动的音，如 b、k、x、l 等类。辅音也可以连续发出，构成复辅音，如［sp］［pl］等。辅音与元音一起构成人类说话的基本单位——音节，如普通话的 jia（家），但是有的音节可以没有辅音，如普通话的 ya（鸭）等。

音节：人们言语活动时，说出来的最基本的语音单位就是音节，如 mā mā（妈妈），就是两个音节。音节一般由辅音和元音构成，如 tiān（天）、hǎi（海）；有的音节只有元音，如 ā（啊）等。汉语的音节还有声调。声调不同，意思往往也不一样，如 tiān（天）、tián（田）、tiǎn（舔）、tiàn（瑱）。很多语言的音节没有声调，音高不起作用，如英语的 man［mæn］（男人），音高无论怎么变化，都不改变意义。

音位：在一个语言（或方言）系统中，人们所能发出来的音素可以有很多，但是并不是所有音素都有区别词义（语素义）的功能。比如，北京话里"哥哥"读作［kɤgɤ］，后一个字读浊声母，但是它跟前一字的［k］并没有对立，不区别意义，读成前一字的［k］也不会有任何理解上的问题，因此，［k］［g］在北京话里就构成了一个音位。一般来说，两个或两个以上的音素是不是同一音位，要看它们是否读音近似，出现的位置是否互补，具备读音近似、位置互补而又不区别意义的就可以归纳为一个音位。

韵母：汉语的一个音节除掉开头的辅音（音节开头的辅音称为声母），剩下的就是韵母。如果音节开头没有辅音，那么这个音节就是只由韵母组成的音节。如普通话的 ji（鸡）、zhai（债）、zui（最）、zhang（张）、an（安）里的 i、ai、ui、ang、an 就是韵母。

韵头（介音）：也叫介音，是声母和韵基（韵腹或韵腹+韵尾）之间的成分，如现代汉语的 jian、duan、juan 里的 i、u、ü（[y]）就是介音。汉语中有的音节的韵母没有介音，如 dan、zhao 等。韵头不参入押韵行为。

四呼：汉语韵母的韵头各不相同，可分为开、齐、合、撮四呼。以普通话为例：没有韵头，开头就是主要元音的叫开口呼，如 ao、ou、e、ei 等；开头是-i-（含 i 做韵母）的叫齐齿呼，如 ian、i 等；开头是-u-（含 u 作韵母）的叫合口呼，如 uan、u 等；开头是-ü-的（含 ü 作韵母）叫撮口呼，如 üe、ü 等。

韵腹：韵母中最响亮的那个元音叫韵腹，语音学上叫主要元音。一般来说，一个韵母当中，如果有多个元音，开口度比较大的那个元音就是韵腹，如普通话的 iao [iau] 里的 a、ou [əu] 里的 o（[ə]）。

韵尾：有的韵母中韵腹后面还有其他语音成分，可以是元音，也可以是辅音，这样的语音成分叫韵尾，如普通话的 ai、en、ong 里的 i、n、ng；有的韵母韵腹后面没有其他语音成分，也就是没有韵尾，如 ia、uo、i、u 等。

韵基（韵身）：也叫韵身，由一个韵母的主要元音和韵尾构成；如果没有韵尾，韵腹就是韵身。介音不是韵基的成分。如普通话的 ian、uai、ia 里的 an、ai、a 就是韵基。韵基是押韵的基本单位，一般来说，韵基相同的韵母都可以押韵，如普通话的 an、ian、uan、üan，它们的韵基都是 an，因此这些韵母的字，都可以互相押韵。

韵：韵本是一个诗歌创作手法的概念，是指在诗歌的某些句子的末尾用上韵基相同的字这一艺术行为，合韵称为"韵"，不合韵称为"不韵"。后来，韵也可指称押韵的单位，人们把可以一起押韵（韵基）的字汇集在一起，称为一个韵，有时称为一个韵部。中古时期因为押韵强调声调的区别，因此，那个时期编纂的韵书划分的韵（韵部）一般区分声调，同一个韵基的字因声调不同称为不同的韵，可称为"以调统韵"，如《切韵》的"东董送屋"就是四个韵，"哈海代"是三个韵。有时为了指称方便，可以把韵基相同声调不同的韵部，称为一个韵系，如"东董送屋"称为"东韵系"、"哈海代"称为"哈韵系"。不强调分调押韵时代编纂的韵书，划分的韵部常常不包括声调，如《中原音韵》《中华新韵》等。《中原音韵》十九韵就没有区分声调，如东钟、江阳……当然韵部内部的韵字还是可以划分声调的，可称为"以韵统调"。

韵部：有时也简称为"部"，与"韵"同。

韵辙：韵辙与韵部意思相同。

押韵：诗歌创作的一种艺术手段。押韵，又称压韵，就汉语诗歌来讲，一般是指，在创作中，在某些句子的最后位置上，都使用韵基相同或相近的字，使朗诵或咏唱时，产生铿锵和谐感。这些使用了同一韵基字的地方，称为韵脚。

宽韵：字数多的韵部叫宽韵。欧阳修《六一诗话》："圣俞戏曰：'前史言退之为人木强，若宽韵可自足，而辄旁出；窄韵难独用，而反不出，岂非其拗强而然欤？'"如平水韵系统的四支、一先、七阳、八庚韵；十三辙系统的发花、一七辙等都是宽韵。

中韵：字数中等的韵部，如平水韵系统的三江、九佳、三肴、十五咸；十三辙系统的波梭、怀来辙。

窄韵：字数少的韵部叫窄韵，如平水韵系统的五微、十二文、十五删等韵；《中原音韵》系统的"支思韵"；十三辙系统的乜斜辙。

险韵：字数特别少的叫险韵，如平水韵系统的十三元、十四寒、二冬、十灰等。

严韵：严格按照同一个韵部选择韵字押韵，这种押韵方式称为用严韵。严韵就是韵基相同的韵。严韵不同于窄韵，它强调的是要严格按照韵部押韵，不能跟其他韵部通押，即陆法言所谓"本韵自足"。

通韵：相近的韵部的韵字如果可以押韵，这些韵部之间互称为通韵。如平水韵系统的一东/二冬、四支/五微、十四寒/十五删等可通押。通韵是有条件的，不是任何韵部都可以押韵。也有人把"通韵"理解成通行的韵，这不是押韵的术语。

韵书：韵书是我国独有的一种工具书形式，它是先将汉字字音的韵母系统予以分韵后编排而成的字书。这种字书一般以韵为统领，同一韵内再按音节的不同归纳韵字。有的韵书的韵字有注解，如《广韵》；有的韵书的韵字没有注解，如《中原音韵》。历史上韵书众多，有的韵书是为正音服务的，如《切韵》；有的韵书是为押韵服务的，如《中原音韵》；有的兼而有之，如《中华新韵》。

韵例：指押韵的各种方式和类型，是就诗歌用韵的特点来说的，有时也称为韵式。韵例包括用韵的方式，如平声韵起式、仄声韵起式、一韵到底、换韵、借韵；押韵的位置，如句末韵或句中韵，隔句韵或每句入韵或交叉韵等。

新诗韵书的百年编纂历程

中国新诗，是中国诗歌由传统到现代转型的产物。具体来说，中国诗歌是伴随着现代社会生活和思想文化的演进，诗质、诗体和诗语才完成了由传统到现代的转型的。从诗歌的语言说，从晚清开始到五四期间，我国诗界发生了传统诗律观念失效和现代诗律体系重建的变迁。尽管如此，我国新诗运动初期的新诗大多还是继承传统诗歌押韵传统，正如朱自清在概括初期新诗特征时说："到现在通盘看起来，似乎新诗押韵的并不比不押韵的少得很多。再说旧诗词曲保存在新诗里的，除少数句调还见于初期新诗里以外，就没有别的，只有韵脚。这值得注意。新诗独独接受了这一宗遗产，足见中国诗还在需要韵，而且可以说中国诗总在需要韵。"[①] 这种概括是符合初期新诗用韵实际的。

诗是一种语言艺术，语言生生不息。由旧诗到新诗转型在语言上的最大变化就是其诗语由文言到白话的变化，新诗采用现代汉语写作，"正是这个表面上被我们所'使用'的现代汉语，在最深层的意义上规定了我们的行为，左右了我们的历史，限制了我们的书写和言说。"[②] 这种变化引来了新诗音律语言的变化，由此也提出了新诗形式包括格律形式重建的重大课题。新诗发生以来，我国诗人就在借鉴西诗和继承传统基础上，持续不断地探索新诗用韵包括新韵书编纂工作，取得了丰硕的成果。这里我们对新诗韵书的百年编纂历程作一描述。

---

① 朱自清：《诗韵》，见《朱自清全集》(2)，江苏教育出版社1988年版，第402页。
② 李锐：《我对现代汉语的理解》，载《当代作家评论》1998年第1期。

新诗诞生与新诗韵书编纂

综观 19 世纪中叶到 20 世纪中叶近百年的中国历史，这是一个固有文化传统破碎、被迫面对西方文化冲击、进而发生历史转型的时期。1905 年，奉行千余年的科举制度正式废除，这标志着中国本位文化开始向外来文化全面开放。学习西方、"师夷长技以制夷"成了这个时代的主旋律①。1919 年爆发的"五四"新文化运动就是这一历史积累下的能量的总爆发。"五四"运动是中国近代社会全面转型的重大历史性标志事件。从此，中国的社会、政治、经济、文化、教育等全面向现代社会转型。

伴随着社会的强烈变革，近代中国在文化领域开展了轰轰烈烈的三大语文运动：拼音化运动（含简化汉字）、白话文运动和国语统一运动。三大语文运动的目的就是救亡图存、发展教育、启迪民智。近代的先觉者们认为，中国的落后和破败缘于教育的落后，教育的落后缘于语言的不统一、文言文的束缚和汉字的繁难。因此，要普及教育，开发民智，富国强兵，就必须从统一语言、倡导白话、推行拼音文字开始。经过无数学人的努力，三大语文运动，尤其是国语统一与白话文运动取得了巨大的成就。共同语意识深入人心，全国人民终于有了基本规范的共同语言——国语/普通话；白话文彻底击败了文言文，成了书面语的主流。拼音化运动的成就虽然不如前两者大，但，无论是"注音字母"方案还是拉丁字母的《汉语拼音方案》，都朝向音素化、符号化迈进了一大步。新中国颁布的《汉语拼音方案》（1958），在注音识字方面大大便利了人民大众，全民族的文化水平得到了空前的提高。

文学作为时代的先声，最为敏感地反映了大时代的变化——白话文学应运而生。以白话为载体的新诗（含诗词等韵文）正是伴随着"五四"新文化运动而横空出世。

我国本是诗歌传统深厚、诗人辈出的国度，伴随着诗歌的发展，诗体也不断创新，传统上称道的诗词曲就是诗体创新的成果。然而明清以来，诗体创新严重滞后，创作者一味模仿前代特别是模仿唐诗宋词的作

---

① 魏源：《海国图志》，中州古籍出版社 1999 年版，第 67 页。

品，这就越来越受制于声韵、格律、粘偶、用典等的束缚，诗体日趋僵化。更严重的是，文学是用语言来表达的，但是，语言是不断发展演变的，如果语言变了，诗体不变，那么就很难创作出富有时代感的作品。唐诗用的是唐代的语言，宋词用的是宋代的语言，元曲用的是元代的语言，如果后人继续模仿这样的诗体，借用它们的语言形式，无疑是死路一条。

"五四"新文化运动的提倡者，就是要冲破这僵化的旧体束缚，革新诗的艺术形式，使其"言文一致"。胡适1917年率先发表了《文学改良刍议》一文，主张"文须废骈，诗须废律"，"即不能废此两者，亦当视为文学末技而已，非讲求之急务也"[①]。同年，陈独秀发表《文学革命论》，他提出："诗之有律，文之有骈，皆发源于南北朝，大成于唐代。更进而为排律，为四六，此等雕琢、铺张的、空泛的贵族的古典文学，极其长技，不过如涂脂抹粉之泥塑美人。"[②]同年，刘半农发表《诗与小说精神上之革新》，他说："尝谓诗律愈严，诗体愈少，则诗的精神所受之束缚愈深，诗学决无发达之望。"他并提出了"破坏旧韵，重造新韵"和"增多诗体"的主张。[③] 1919年10月，胡适又发表《谈新诗》一文，指出："今日之文学，当以白话文学为正宗"，"新文学语言是白话的，新文学文体是自由的，是不拘格律的"。[④] 康白情则明确提出新旧诗歌的界限："新诗所以别于旧诗而言。旧诗大体遵格律，拘音韵，讲雕琢，尚典雅。新诗反之，自由成章而没有一定的格律，切自然的音节而不必拘音韵，贵质朴而不讲雕琢，以白话入诗而不尚典雅。"[⑤] 胡适20世纪30年代回忆说："白话文学的作战，十仗之中，已胜了七八仗。现在只剩下一座诗的壁垒，还须用全力去抢夺。待到白话征服这个诗国时，白话文学的胜利就可说是十足的了。所以我当时打定主意，要作先锋去打这座未投降的壁垒；就是要用全力去试做白话诗。"[⑥]

"五四"运动以来，一批又一批的新诗人不断探索着新诗的发展路

---

① 胡适：《文学改良刍议》，《新青年》第2卷第5号（1917年1月）。
② 陈独秀：《文学革命论》，《新青年》第2卷第6号（1917年2月）。
③ 刘半农：《诗与小说精神上之革新》，《新青年》第3卷第5号（1917年7月）。
④ 胡适：《谈新诗》，《星期评论》纪念号（1919年10月10日）。
⑤ 康白情：《新诗底我见》，《少年中国》第1卷第9期（1920年3月15日）。
⑥ 胡适：《逼上梁山》，《文化月刊》1934年第1期。

向，胡适、刘半农、闻一多、戴望舒、臧克家、艾青、郭小川、闻捷、余光中……可谓群星灿烂。新诗创作中的另一支重要队伍——歌词作者也大放异彩，闻名于世的词人不胜枚举，如赵元任、胡适、刘复、李叔同、田汉、光未然、乔羽、王立平、罗大佑、林夕、方文山、许常德等，堪称优秀的歌词也是车载斗量。谢冕在《百年中国新诗史略·总序：论中国新诗》里称："新诗是中国历史上规模最大、影响最深的一次诗学挑战。这也是一次对于中国传统诗学质疑最为深切，反抗最为彻底的一次诗歌革命。它取得了划时代的成功，当然，可能也留下了一些未能如愿、至今仍待解决的遗憾。"① 这是对新诗词成就的非常客观的评价。新诗词也创作出了可以媲美历史上的名言佳句，脍炙人口。比如艾青《我爱这土地》诗中有这样的诗句："为什么我的眼里常含着泪水？／因为我对这土地爱得深沉……"又如北岛《回答》中有这样的诗句："卑鄙是卑鄙者的通行证，／高尚是高尚者的墓志铭。"这些诗句饱含深情，富有思辨色彩，语言读来更是朗朗上口，音律美妙，成为现代的警句名言。

自新诗产生以来，就有自由体和格律体的争论，直至今天，仍然在争论着。但是，押韵作为一种诗歌的艺术手段，无论赞同也罢，反对也罢，都不应否定押韵的艺术价值。

押韵既然如此重要，新诗创造过程中，自然就会迎面碰上新诗如何用韵的问题。新诗的开路者们发现历史上的韵书虽然众多（如《切韵》《广韵》《集韵》《礼部韵略》《平水韵》《中原音韵》《洪武正韵》《音韵阐微》《佩文韵府》等），但这些旧韵书远远脱离了现今时代用韵的实际，于是新诗创者和研究者开始用语音学的新知识研究现代韵文用韵的实际情况。刘半农在《我之文学改良观》中率先提出了"重造"韵法的意见，并讨论了具体的方法和途径，即提出了分三步走的办法：作者各就土音押韵，而注以何处土音；以京音为标准造新韵；以调查所得撰一定谱行世。② 这种重造新韵的方法与途径，既考虑到当时新诗创作之急用，又谋划了新诗长远建设的需要，是极其稳妥的意见，因此得到了陈独秀、钱玄同等人的赞赏。如钱玄同就明确地说："造新韵一事，尤为当

---

① 谢冕：《百年中国新诗史略·总序：论中国新诗》，北京大学出版社 2010 年版，第 1 页。
② 刘半农：《我之文学改良观》，《新青年》第 3 卷第 3 号，1917 年 5 月。

务之急"①。胡适在《谈新诗》中也明确地提出了"用现代的韵,不拘古韵"②。有的大学研究会还把"制造标准韵"列入"特别研究项目"。为了响应重造新韵的呼唤,赵元任先生率先编制了第一部国音"标准韵"——《国音新诗韵》(1922),以满足新诗创作的需求。

自赵元任先生《国音新诗韵》问世迄今,陆续编出了近百种分韵有异、编纂体式不同的新诗韵书,如《韵典》《佩文新韵》《中华新韵》《汉语诗韵》《北平音系十三辙》《北平音系小辙编》《诗歌新韵》《诗韵新编》《现代诗韵》《诗韵常识》《新华诗韵》等。这些韵书虽分韵不一,但都是以现代汉民族共同语的语音为依据,都是为新诗创作服务的。

综观近百年来的新诗韵书的编纂过程,除了十三辙韵书拥有较广泛的群众基础,在诗词歌曲创作中广泛运用之外,其他的韵书大多各行一套,行用范围有限。黎锦熙在《增注中华新韵·序》(1948)里说:"(民国)三十二三年间,在西京,综合各方面对此书的观感,可分数派:一、新诗人大都根本不用韵,对此不感兴趣。二、'民众文艺'只是提倡宣传的口号,知识分子多数并未实际参加,老百姓的口头歌咏是自然'合辙'的,对韵书根本不懂……"③ 由此可见,即便权威如《中华新韵》的十八韵系统,也没谁将其认真对待。新诗韵书虽然问世了近百种,但是诗人们押韵时不见得把这些新诗韵书当回事,许多诗人押韵也许并不去认真阅读这些韵书;那些主张新诗无须用韵的诗人,更不会去查阅这些韵书。然而,新诗韵书作为近百年来的文化现象,值得我们予以关注并给以恰当的历史评价。

把这近百年来的新诗韵书抚摸一遍,仔细观察它们的模样,我们就会发现,以下几个问题纠缠着各个韵书的作者。

第一是语音依据问题。既然现代汉民族共同语语音系统以"北京语音"为标准,那么那些老国音韵书、新国音韵书中不合乎北京语音的成分自然应该去除,尖团分音、入声、一些特别的字音都应一律去除。像《国音新诗韵》《中华新韵》这类的韵书都应该历史地看,只

---

① 钱玄同:《新文学与今韵问题》,载《新青年》第4卷第1期(1918年1月15日)。
② 胡适:《谈新诗》,载《星期评论》纪念号(1919年10月10日)。
③ 黎锦熙:《增注中华新韵·序》,商务印书馆1950年版,第26—27页。

能汲取其合理的成分，尤其是它们保存的历史音韵区别的标记完全可以取消。受方音、古音影响的押韵事例，更不能作为新诗韵书编纂的语音依据。

第二是韵书的编纂目的问题。既然新诗韵用的是现代共同语，新诗创作用的是现代白话，那么保留入声、区分声调、划分平仄都毫无意义，必须全部去掉。

第三是韵部划分标准问题。普通话的韵母体系是众多学者经审音决定的，其中虽然存在一些需要讨论的问题，但是，整体来说系统是清晰的。但是，百年来的韵书划分普通话韵部时，仍然存在着陆法言编纂《切韵》时面临的"赏知音"与"广文路"的问题。"赏知音"是语音学问题，属于"正音"范畴，是要把韵母划分清楚，把韵母的构造细节描写明白；"广文路"是创作实践问题，是应用问题，是社会大众的押韵行为，应遵从押韵实际，把能够押韵的韵母尽量归并为一个韵部。可以说，百年来的韵书，没有一套系统解决好了"赏知音"与"广文路"的问题。

新诗韵书的编纂应该在大规模押韵事例的归纳基础上，对普通话韵母系统做出准确的语音描写和音位归纳，明确韵部归纳的标准，解决好常例与特例的关系，才能有希望编纂出被广大群众接受的韵书。

老国音时期的新诗韵书（1913—1928）

新诗韵书大致依据的是现代汉民族共同语音系，由于现代汉民族共同语音系一开始并非以北京语音为标准音，而是经过了一些争议之后才明确的。这期间，经历了"老国音"（1913—1928）、"新国音"（1932—1958）和"普通话"（1958—）三个阶段。新诗韵书的编纂历程大致与标准音审音变化的三个阶段相应，故也可以分为老国音韵书、新国音韵书和普通话韵书。① 下面我们就按这三个时段，以有代表性的

---

① 卢甲文《现代韵书评论》（《语文研究》1980年第1期）曾经也分三个阶段评述了现代韵书，他划分的三个时段是：从1919年5月到1934年5月，共十五年，为第一个时期；1934年6月到1959年5月，共二十五年，为第二个时期；从1959年6月到1979年6月，共二十年，为第三个时期。

韵书为例，简要论述一下各时期韵书的特点，从中可见新诗韵书的百年发展历程。

"老国音"也称"旧国音"。1913年民国政府教育部组成"读音统一会"，该会对汉语共同语的字音进行审定，经过激烈的讨论，最后审定了一个6500多字的字音系统。这个系统用注音字母注音，共用了39个注音字母。这套注音字母1918年由民国政府教育部颁布，包括声母24个，介母3个，韵母12个。这套字音系统的字音具体体现在1919年初版发行的《国音字典》里。《国音字典》行用后，使用中多有不足。民国政府1919年又成立了"国语统一筹备会"，该会组织校改了注音字母，增加了一个ㄜ（e）字母，实得40个；重新审定了一些字的读法。这次新校改的字音体现在1921年出版的《校改国音字典》里。

"老国音"虽然主要以北京音系为主要审音依据，但是，由于时代的原因，也兼顾了历史音变和方音，如区别尖团音、保留入声（南京话的形式，即紧喉，但是在注音上并没有标志，跟阴声韵一样无韵尾，只是注明某字为入声）；增加了北京话里没有的一些语音成分，如声母有万（v）、兀（ŋ）、广（ɲ），韵母有ㄧㄛ（io 哟）、ㄧㄞ（iai 崖）等。对一些字音也规定了特别的读法，如"累类泪"等字韵母读ㄨㄟ（uei）韵，"蛇者车惹"等字韵母读ㄝ（ê）韵，"哲舌彻热"等字韵母读ㄝ（ê）入声；"歌科何饿"等字韵母读ㄛ（o）韵，"各渴合额"等韵母读ㄛ（o）入声；"学略脚岳"等字韵母读ㄧㄛ（io）入声，"麦陌帛宅摘"等字韵母读ㄜ（e）入声，不读 ai 或者 o 入声，"梦蒙翁冯鹏"等字韵母读ㄥ（ong）韵，不读ㄨㄥ（ueng）；"我昂岸"等开口字声母读疑母兀（ng），等等。

老国音时期的代表韵书是《国音新诗韵》。该书是赵元任在哈佛大学完成的一部新诗韵，也是我国第一部公开出版的新诗韵书。这部书最早由商务印书馆1922年出版。

赵元任，1892年11月生于天津，原籍常州武进，是清代著名学者赵翼的后代。赵元任1918年毕业于美国哈佛大学，获博士学位。他长期从事教学和研究工作，曾任教康奈尔大学、清华大学、哈佛大学、夏威夷大学、耶鲁大学、加州大学伯克利分校等大学，并曾在中央研究院从事研究工作。1982年2月逝世。赵元任是成就卓著的语言学家，在其他领域，如音乐、诗歌等，也极富名望。

该韵书共分序、用书法辑要、今韵辑要表、第一部"理论"、第二部"字汇"五共个部分。全书共收了三千多个常用字。

"序"文部分讲述了编纂这部韵书的动机。一是说，虽然有了《国音字典》（1919年版），押韵不必专门编纂韵书，但是编一部收一些俗字（破体字）的《国音熟字字典》（即本书）还是很有必要的。二是说，注音字母虽然描写了韵母的读法，但韵母跟韵母之间是否押韵，还需要讨论。三是说，旧韵书《诗韵合璧》等都是一千年前的语音系统，确实需要编一部今音的韵书。他同时还强调说，有关声调、轻音、儿韵等问题也是需要讨论的。

"用书法辑要"。说明该韵书的如何使用。

"今韵辑要表"。这是一个分韵系统的简表，也是韵书的韵部划分和通叶关系的说明。

第一部"理论"。共分九章。介绍了注音字母、声调、韵的定义、韵的分类、儿韵、通韵、叶韵、通调韵、多字韵、复韵、韵的位置、古韵等的基本内涵。

第二部"字汇"。分三部分：分韵字汇、部首字汇、古网今韵表。分韵字汇是一个以韵母为序，又分五声（阴、阳、上、去、入）的同音字表（约3000字），注音完全依据《国音字典》。部首字汇是按214部首编排（部首下按笔画）的没有注释只有注音的检字表（收字与《分韵字汇》同），注音后面注明所属韵部。古网今韵表将诗韵（平水韵）按韵列出一些常用字，并注明它们所归属的今音韵部。

该韵书共分24韵，另有儿化韵7个。24个韵部之间规定了通韵和叶韵关系，还特别阐明了叶韵的条件，如表1。

表1　《国音新诗韵》分韵及通叶关系（表内国际音标系笔者新加）

号数	有调韵				无调韵		通韵	叶韵	叶韵的条件
	阴	阳	赏	去	字母	韵字			
1	诗	时	使	是	石	ㄖㄭ	日	日通私	日叶衣	ㄓ、ㄔ、ㄕ、ㄖ改作ㄐㄧ、ㄑㄧ、ㄒㄧ、ㄧ
2	雌	词	此	次	—	ㄙ	思	思通日	思叶衣	ㄗ、ㄘ、ㄙ改作ㄗㄧ、ㄘㄧ、ㄙㄧ
3	溪	棋	起	气	泣	li	衣			

续表

号数	有调韵				无调韵		通韵	叶韵	叶韵的条件
	阴	阳	赏	去	字母	韵字			
4	书	殊	暑	树	ㄨu	乌		乌叶迂 叔叶曷	ㄓㄨ、ㄔㄨ、ㄕㄨ、ㄖㄨ改作ㄐㄩ、ㄑㄩ、ㄒㄩ、ㄩ 限于〔入声〕
5	虚	渔	语	御	ㄩy	迂		迂叶衣 玉叶叔	限于〔入声〕
6	妈	麻	马	骂	ㄚa	阿			
7	歌	河	可	个	ㆢɔ	哦		曷叶瑟 曷叶屑	限〔夺脱国阔或惑活获拙说率撮〕十二字
8	奢	蛇	捨	舍	ㆤɛ	呃		瑟叶石 呃叶㐄	限于〔入声〕 限于〔阴阳赏去〕
9	些	斜	写	谢	ㄝɛ	㐄		㐄叶阿	入声和〔ㄩㄝ〕类字不在内。
10	猜	才	彩	蔡	—	ㄞai	嗳	崖叶爷	限于〔丨ㄝ〕拼的字
11	飞	肥	美	妹	—	ㄟei	ㄟ	ㄟ叶衣	限于开口呼的字音
12	蒿	毫	好	号	—	ㄠau	凹		
13	州	愁	肘	宙	—	ㄡəu	欧		
14	干	寒	喊	汉	—	ㄢan	安	安通烟	
15	轩	咸	险	献	—	丨ㄢian	烟	烟通安	
16	真	辰	枕	镇	—	ㄣən	恩	恩通温	恩叶音 限于ㄓ、ㄔ、ㄕ、ㄖ，叶时改作ㄐㄣ、ㄑㄣ、ㄒㄣ、丨ㄣ
17	斤	琴	锦	禁	—	丨ㄣiən	音	音通氲	
18	尊	存	简	逊	—	ㄨㄣuən	温	温通恩	温叶氲 限于ㄓ、ㄔ、ㄕ、ㄖ，叶时改作ㄐㄣ、ㄑㄣ、ㄒㄣ、丨ㄣ
19	君	群	窘	郡	—	ㄩㄣüən	氲	氲通音	
20	邦	旁	磅	棒	—	ㄤang	肮		
21	声	绳	省	胜	—	ㄥəng	鞥		鞥叶鹰 限于ㄓ、ㄔ、ㄕ、ㄖ，叶时改作ㄐㄥ、ㄑㄥ、ㄒㄥ、丨ㄥ
22	京	鲸	景	敬	—	丨ㄥiəng	鹰		
23	东	桐	董	洞	—	ㄨㄥuəng	翁		
24	枝儿	儿	耳	贰	侄儿	儿ə	而		
25	花儿	华儿	海儿	画儿	匣儿	ㄚ儿ar	阿儿		
26	锅儿	罗儿	火儿	座儿	鸽儿	ㆢ儿or	哦儿		

续表

号数	有调韵				无调韵		通韵	叶韵	叶韵的条件
	阴	阳	赏	去	如	字母	韵字		
27	刀儿	桃儿	岛儿	道儿	—	ㄠ儿 aur	凹儿			
28	钩儿	猴儿	狗儿	后儿	—	ㄡ儿 ɘur	欧儿			
29	张儿	肠儿	掌儿	唱儿	—	ㄤ儿 ãr	肮儿			
30	灯儿	藤儿	等儿	凳儿	—	ㄥ儿 ɚr	鞥儿			
31	弓儿	红儿	孔儿	贡儿	—	ㄨㄥ儿 uɚr	翁儿			

根据赵元任关于韵跟声调的关系的处理方式，每个韵搭配上声调，即可得103韵；再加儿化韵（含声调），可得127韵。又根据赵先生关于"通韵就是语音近似的程度够可以通融互相押韵的关系"，那么"日、思""安、烟""恩、温""音、氲""鹰、鞥"可以混押，这样实际就剩下19个不带调的韵。

赵元任的体系是历史上最具学理分韵体系，有着严密的语音分析。然而，学理有时妨害对押韵实际的观察，如"日、思""安、烟""恩、温""音、氲""鹰、鞥"这样的分韵，从押韵看，无论如何是不能当作不同押韵单位的。究其原因就在于赵元任认为，押韵押的是韵基相同（韵腹要区别细节，如认为"安"与"烟"韵腹有别），没有系统地从音位的角度处理通韵关系。

ong韵母和iong韵母，赵书没有单列，而是分别跟ㄨㄥ（ueng）和ㄧㄨㄥ（iueng）合并。从音位学看，这是有道理的；从语音描写看，音值保持区别为好。至于一些旧字音的处理、保留入声、区别尖团音等，那是受老国音体系的影响，不能算在赵书的头上。

另一部据老国音编写的韵书是李炳卫的《韵典》。该书从1927年开始编写，到1934年才由京城印书局出版。该书共分12韵纲，即十二韵，跟十三辙系统相类，他所依据的音系是《校改国音字典》之音注。该书首列ㄧ（i，含舌尖韵母）、ㄨ（u）、ㄩ（ü）三个韵母韵，然后开列十二韵纲：ㄚ韵纲（a）、ㄛ韵纲（o）、ㄜ韵纲（e）、ㄝ韵纲（ɛ）、ㄞ韵纲（ai）、ㄟ韵纲（ei）、ㄠ韵纲（au）、ㄡ韵纲（ou）、ㄢ韵纲（an）、ㄣ韵纲（en）、ㄤ韵纲（ang）、ㄥ韵纲（eng/ong），最后附有儿音。三个韵母加 12 韵纲，实际有 15 韵部，如把儿韵算上，实际是 16 部。阴声韵纲含有入声字，实有阴、阳、上、去、入五声。每一韵纲先列出该韵纲的音节表，后分声调列字。

《韵典》实际是按韵编排的字典，类似《广韵》的体制，其目的并不限于押韵。

《韵典》出版时，新国音已经审定，李氏为何仍遵从老国音？推测其原因，有可能是因为该书编纂时还行用老国音，其音系框架已定，不便改从新国音；也有可能是李氏并不认同新国音，老国音也许更符合他的想法。

随着新国音的行用，老国音韵书自然就退出了历史舞台。但是，赵元任先生的首创新韵书之功是不能磨灭的。

新国音时期的新诗韵书（1932—1958）

老国音行用十年后，民间和学界多有不满。1928 年（民国十七年），"国语统一筹备会"改组为"国语统一筹备委员会"，重新审定字音读法，改变了"老国音"的票决制，完全改用北京音系为审音依据。同时，还成立了"中国大辞典编纂处"，重修《国音字典》，并选定常用字改编成《国音常用字汇》。《国音常用字汇》1932 年（民国二十一年）初版发行，这是最早的用"新国音"为标准的字音字典（1949 年 8 月又出版《增订注解国音常用字汇》）。《国音字典》经修订，到 1949 年 8 月才出版。

根据吴敬恒为《国音常用字汇》写给教育部部长的信可知，"新国音"与"旧国音"的不同主要在于："前书囊括古今，正事蒐集；后书则专便应用，刻以观成。指定北平地方为国音之标准，取其现代之音系，而非字字必遵其土音；南北习惯，宜有通融，仍加斟酌，俾无窒碍。"[①]

新国音跟老国音最大的不同就是改变了审音的依据，新国音只取北京音为标准。其注音字母体系也发生了不少变化：将原来的万、兀、广三个字母去掉（用括号说明用于方言），注音字母由 40 个变成了 37 个。

[①] 吴敬恒：《请公布〈国音常用字汇〉函》，载《国音常用字汇》，商务印书馆 1932 年版，第 3 页。

ㄗㄘㄙ（z/c/s）不再拼细音（i、ü及其开头的韵母）；唇音声母拼"ㄛ"（o），不拼ㄨㄛ（uo）；ㄧㄛ（io）只限于叹词"唷"；ㄓㄔㄕㄖ（zh/ch/sh/r）不再拼ㄝ，而是拼ㄜ，"ㄝ"韵母只剩下叹词"诶"。入声分派到阴阳上去四声，不再强调入声的独立性。与老国音一样，新国音还保留了 iɑi 韵母（崖）。

"新国音"时代的韵书可以黎锦熙等的十八韵系统韵书和张洵如编纂的十三辙韵书为代表。由于这两部韵书具有极大的影响力，我们将专节讨论，此处不赘。

普通话时期的新诗韵书（1958—）

1949年10月新中国成立之后，中国社会发生了巨大变化，文化建设的旨趣也与民国时代大相径庭。新政权提倡文化的大众化，强调为工农兵服务，关注人民大众的语文应用。因此，祖国语言的统一、扫除文盲、提高全体劳动者的文化素质等工作十分急迫，有关语言文字的新建设也就提到了日程上。1951年6月6日《人民日报》发表了《正确地使用祖国的语言，为语言的纯洁和健康而斗争！》的社论，开始连载吕叔湘与朱德熙合写的《语法修辞讲话》，向全社会发出了正确使用祖国语言文字的号召。

1955年10月中国科学院（现为中国社会科学院）语言研究所召开了现代汉语规范问题座谈会，罗常培、吕叔湘发表了《现代汉语规范问题》的报告，全面论述了汉语规范化的有关问题，出版了《现代汉语规范问题学术会议文件汇编》。罗、吕的报告就民族共同语的形成、共同语和方言、书面语和口语、语言规范化和语言的发展等问题都提出了系统的意见，是一个纲要性文件。国务院根据会议成果，确定了汉民族共同语是"以北京语音为标准音，以北方话为基础方言，以典范的现代白话文著作为语法规范的普通话。"

1956年10月国务院设立"汉语拼音方案审订委员会"审定"汉语拼音方案"。1957年10月提出了修正草案，于11月1日国务院全体会议第60次会上通过。1956年2月6日国务院发布《关于推广普通话的指示》，从此，在全国范围内开展了轰轰烈烈的推广普通话的热潮。

1958年2月周恩来总理在全国人民代表大会上作了《当前文字改革

的任务》的报告，提出了简化汉字、推广普通话、制定和推行《汉语拼音方案》的三大语文任务。同时，第一届全国人民代表大会第五次会议批准了《汉语拼音方案》，为汉字注音提供了方便。为了使汉字读音有明确的依据，1957年"普通话审音委员会"发表了《普通话异读词审音表初稿》正续两编，1962年发表第三编，后辑成《普通话异读词三次审音总表初稿》，为汉字读音订立了较明确的规范。

"普通话"是民国时期推行的"新国语"的延续，不是另起炉灶，其语音系统都是以北京语音为标准音。之所以易名，主要考虑到民族平等问题，"国语"多少含有一些大汉族主义，不符合多民族国家的现实。"普通话"一词使用的时间几乎跟国语同时，早在清末就有人使用，如朱文熊1906年在《江苏新字母》就用了"普通话"一词，并解释说，"普通话"就是"各省通行之话"。① 从学术意义上说，"国语"与"普通话"的内涵基本是一致的。

从新中国成立以来，出版或发表的新诗韵书，是国语时期的几倍，总数约有七八十种。在普通话还没有明确规范的建政初期，主要有两部韵书：一部是黎锦熙主编的《增注中华新韵》（商务印书馆1950年7月），一部是王惠三的《汉语诗韵》（中华书局1957年版）。这两部韵书延续了十八韵系统，用注音字母注音，应该归入新国音时期。此处不论。

普通话明确以后，韵书的编纂可以分两个时段叙述。第一个时段是1959年到"文革"结束。第二阶段是"文革"结束以来，大致跟改革开放的时段相应。

第一时段问世的韵书不多，主要有张允和的《诗歌新韵》（上海教育出版社1959年版）；据十八韵系统改编的《诗韵新编》（中华书局上海编辑所1965年版）；根据十三辙系统编写的郑林曦的《怎样合辙押韵》（北京出版社1965年版）、车锡伦的《诗韵常识》（内蒙古人民1975年版，后改称《韵辙新编》，内蒙古人民出版社1978年版）、秦似的《现代诗韵》（广西人民出版社1975年第1版、1979年第2版）。

这一时段的新韵书仍以十八韵和十三辙系统为主。张允和《诗歌新韵》和秦似《现代诗韵》有些变化。张允和编的《诗歌新韵》是第一部用汉语拼音编写的韵书，该书分韵22部，又分87个韵目，每一部都收一

---

① 朱文熊：《江苏新字母·自序》，文字改革出版社1957年版，第1页。

定量的韵字，有的还附有词语。秦似的《现代诗韵》是"文革"中出版的一部现代韵书，先是根据十三辙分为十三大部，又将歌部分为歌/波、衣部分为衣/居、山部分为山/天、东部分为东/声，实际有严韵17部。他还将十三辙的辙名改为单音字，如发花改为花，梭波改为歌等。

我们把张允和和秦似的分韵列为表2：

表2　　　　　　　　　张允和与秦似分韵比较

普通话韵母	17韵 现代诗韵 秦似 1976	22韵 诗歌新韵 张允和 1959
a、ia、ua	花	啊
o、uo	波	喔
e	歌	婀
ie üe	些	诶
ou iou	收	欧
u	姑	乌
ü	居	迂
i	衣	衣
ɿ(ꮖ) ʅ(ꮗ)		日
er		儿
ei、uei	飞	欸
ai、uai	开	哀
ao、iao	高	凹
an uan	山	安
üan ian	天	烟
en uen	根	恩
ün		晕
ien		因
ang iang uang	方	肮

普通话韵母	17 韵	22 韵
	现代诗韵	诗歌新韵
	秦似	张允和
	1976	1959
ong、iong	东	嗡
eng	声	鞥
ueng		
ing		英

张允和与秦似的体系，跟十八韵体系一样也存在着审音与押韵之间的矛盾，在两者之间没有把握好标准。比如张允和的安/烟、晕/因、鞥/英，秦似的山/天、东/声都与押韵事实不符；秦似将 i/-i、er 合并这又没顾及它们之间语音的差异了。

在第一时段里，黎锦熙等人也曾经想改革十八韵体系，编辑一部新韵。据黎泽渝为黎锦熙《诗歌新韵辙的"通押"总说》写的《整理后记》里说①：

> 旧韵书韵目纷繁，通韵夹杂，所依语音，古今有变，难于记忆。社会上缺少一部公定共认的以普通话北京音系为标准的韵书，诗歌、戏剧、曲词中出现了"不上口"不押韵的现象，文艺界迫切需要新韵书。于是1963年1月6日丁西林、胡愈之邀集先父黎锦熙及叶圣陶、夏衍、吕叔湘、丁声树、叶籁士、叶恭绰、魏建功、金灿然等先生座谈讨论编写新韵书的问题。同年5月9日先父在光明日报发表了《诗朗诵及诗歌韵辙》，并指导"汉字正音、正字和韵辙常用字"编写小组，经过两年的编写实践，1965年撰成《诗歌新韵辙调查研究小结》，刊于当年《中国语文》第二期。其内容包括三种：（1）汉字正音音谱序例（完全是说明语言教学工具书"正音谱"的）；（2）汉语拼音方案的"韵母表"与近代韵书比较表（从历史过程上拿韵辙来跟正音挂钩）；（3）诗歌新韵辙纲目表。同年，撰成《诗歌

---

① 黎泽渝：《整理后记》，见黎锦熙《诗歌新韵辙的"通押"总说》，《徐州师范学院学报》1984年第4期。

新韵辙的通押总说》初稿，它是《小结》第三种的续奉稿，是从地区方言上拿通押来揭示和解决韵辙和正音的矛盾。虽然诗韵属于文艺类，正音属于语言类，本是两码事，不能混为一谈，但二者不能不挂起钩来。因为诗韵是跟着语音体系变化而变化的。新韵辙的分韵部必须按照人民群众的普通话诗歌的用韵实际；而根据拼音方案的规定写作韵文，基本上是现实情况和将来发展的需要，因此本《总说》创造性地提出向拼音方案（"正音"教学）挂钩的十八部韵，同时用通押方式落实于押韵的十一辙（比十三道辙还少两辙）。

可见，黎锦熙等先生是想向十三辙看齐，重编一部适合押韵的分十一辙的新韵书，可是这部韵书并没有编纂出来。

第二时段起始于改革开放（1978年以来），一直延续至今。这一时段的新诗韵书编纂呈现百家争鸣的局面，出现了七八十种分韵不同、体例不同、观念不同的韵书。十三辙系统的韵书仍占很高的比例，如广东人民出版社编的《常用同韵字汇编》（1978），鲁允中的《韵辙常识》（人民出版社1978年版），武承仁等的《诗韵手册》（山西人民出版社1979年版），李兆同的《新诗韵》（云南人民出版社1979年版），梁前刚、郭进双的《诗韵常识简编》（河南人民出版社1979年版），张保先、王珍的《词林新韵》（中国国际广播出版社1989年版），颜力钢、李淑娟的《诗歌韵脚词典》（新世界出版社1994年版），刘飞茂等的《新诗韵词典》（学苑出版社1994年版），陈北郊的《韵脚词典》（北岳文艺出版社1996年版），马志伟的《十三辙新韵书》（商务印书馆2007年版），张善曾的《北京十三辙及词汇编》（中国文史出版社2008年版）；十八韵系统的韵书也有几部，如尹贤的《诗韵手册》（甘肃人民出版社1992年版），谢德馨的《中华新诗韵》（汉语大词典出版社2004年版）。

除了十三辙和十八韵系统的韵书之外，其他的韵书分韵的情况五花八门：

分9韵的，有李慎行《论新诗韵九道辙的科学性与可行性》（《宝鸡文理学院学报》1999年第4期）；

分10韵的，有高元白《新诗韵十道辙儿》（陕西人民出版社1984年版）；

分11韵的，有黎锦熙的《诗歌新韵辙四种调研》《诗歌新韵辙的调查研究小结》（《中国语文》1966年第2期）；

分 12 韵的，有朱宝全、朱忆鲁《中华新韵谱》（华侨出版社 1995 年版）；

分 14 韵的，有白雉山《汉语新诗韵》（河南人民出版社 1989 年版）、吴立冈《新华诗韵》（江苏教育出版社 1990 年版）、黄宝文《中华诗词今韵》（敦煌文艺出版社 1992 年版）、江南诗词学会《江南诗韵》（中州古籍出版社 1997 年版）、卢甲文《新华诗韵》（《中州学刊》2004 年第 3、4 期合刊）、秋枫《中华实用诗韵》（吉林人民出版社 2005 年版）、赵京战《中华新韵》（中华书局 2011 年版）；

分 15 韵的，有王曾《现代汉语诗韵新编》（沈延毅主编《沈阳文史研究》第三辑，1988）、星汉《今韵说略》（《新疆师范大学学报》2002 年第 2 期）、《中华今韵》（《中华诗词》2002 年第 1 期）；

分 16 韵的，有王力《汉语语音史》第九章（中国社会科学出版社 1985 年版）、高亦涵《简化统一诗韵》（世界科技出版公司 2002 年版）、郭戍华《新诗声律初探》（华文出版社 2009 年版）；

分 17 韵的，有吕晴飞《新诗用韵手册》（中国妇女出版社 1987 年版）、彭颂声《彭颂声诗词对联》（北京燕山出版社 1999 年版）、林端《历代诗韵沿革》（新疆人民出版社 2004 年版）、彭春生《新韵谱新词谱新诗谱》（中国文联出版社 2012 年版）；

分 19 韵的，有洪柏昭主编《中华新韵府》（岳麓书社 2005 年版）、杨发兴《中华今韵》（中华诗词出版社 2006 年版）；

分 20 韵的，有盖国梁《中华韵典》（上海古籍出版社 2004 年版）；

分 22 韵的，有朱光林等《现代汉语新韵》（光明日报出版社 2000 年版）；

分 26 韵的，有张正体、张婷婷的《中华韵学》后所附《新韵汇》（台湾商务印书馆 1978 年版）。

这些韵书可谓"各有土风"、各有坚持。即使分韵数目相同的韵书，往往韵部的内涵也不相同。下面以高元白的《新诗韵十道辙儿》为分韵少的代表，以张正体、张婷婷的《中华韵学》后所附《新韵汇》为分韵多的代表来进行分析。

高元白（1909—2000），陕西米脂县人，1935 年毕业于北京师范大学国文系，长期在高校从事汉语教学工作，著有《汉语音韵学要略》《新诗韵十道辙儿》等。《新诗韵十道辙儿》，是"文革"后较早出版的新诗韵书。他的分韵系统见表 3 和表 4：

表 3　　　　　　　　　　　高元白的分韵系统

普通话韵母	韵部	
a/ia/ua	发	
o/uo	歌	
e	歌	
ê	写	
ie	写	
üe	写	
ou/iou	斗	
u	斗	
ü	诗	
i	诗	
ï（ㄭ）/ï（ㄭ）	诗	
er	诗	
ei/uei	诗	
ai/uai	来	
ao/iao	高	
an/ ian/ uan/üan	战	
en/ in/ un/ün	风	eng、ing、weng 可专押 ong/iong 可专押
ong/iong	风	
eng/ ing/ueng	风	
ang/iang/uang	唱	ang/iang/uang 可专押

表 4　　　　　　　　　　　高元白小辙分韵

普通话韵母	韵部	儿化韵	儿化小辙名	例词
a/ia/ua	发	ar	言小辙儿	腊八儿、脚丫儿、浪花儿
ai/uai	来	ar	言小辙儿	瓶塞儿、乖乖儿
an/ian/uan/üan	战	ar	言小辙儿	打扮儿、笔尖儿、转弯儿
ang/iang/uang	唱	ãr	言小辙儿	药方儿、图样儿、鸡蛋黄儿

续表

普通话韵母	韵部	儿化韵	儿化小辙名	例词
i/ï(ㄭ)/ï(ㄭ)	诗歌写	er or	人小辙儿	柳枝儿、棋子儿、玩艺儿
ü				金鱼儿
er				小二儿
ei/uei				抹黑儿、机灵鬼儿
e/o/uo				斜坡儿、花朵儿、唱歌儿
ê/ie/üe				叶儿、月儿
en/in/un/ün	风	ẽr		书本儿、干劲儿、条文儿、合群儿
eng ing ueng				刮风儿、螺丝钉儿、小瓮儿
ong/iong				酒盅儿、小狗熊儿
u/ou/iu	斗	ur	斗小辙儿	半路儿、兜儿、妞儿
ao/iao	高	aor	高小辙儿	问好儿、小鸟儿

在高元白提出十道辙之前，黎锦熙先生曾经有过把十八韵改为十一道辙的想法，已见上文黎泽渝《整理后记》。黎锦熙的《诗歌新韵辙调研四种》说得更加充分：①

> 在今天既有《汉语拼音方案·韵母表》所反映的"北京音系"作分韵的标准，通过语音科学的分析归纳，正规的韵目定为十八部——单韵母 a（麻）、o（波）、e（歌），补上 ê（皆）、ï（支）、er（儿），还有 i（齐）、u（模）、ü（鱼）；复韵母 ai（开）、ei（微）、ao（豪）、ou（侯）；鼻韵母 an（寒）、ang（唐）、en（痕）、eng（庚）、ong（东）。其中音近通押的韵，即 o（波）通 e（歌），ï（支）、er（儿）、ü（鱼）、ei（微）都通 i（齐），ü（鱼）又可通 u（模），ong（东）通 eng（庚）。于是十八韵减为十一道辙。

黎锦熙还说②：

---

① 黎锦熙：《诗歌新韵辙调研四种》，见高元白《新诗韵十道辙儿》，陕西人民出版社 1984 年版，第 7 页。

② 黎锦熙：《诗歌新韵辙的"通押"总说》，载《徐州师范学院学报》1984 年第 4 期。

这里有必要把几种分韵法的多少，先后申说明白。1931年由"旧国音"改成纯粹的"以北京语音为标准音"的"新国音"，出版《佩文新韵》（后改名《中华新韵》），到1952年"增"字，"加"注重新出版。它就是根据"十三辙"加五个韵目而成十八韵的，正与后来1958年《拼音方案》的"韵母表"相符合。现在是以"通押"方法恢复十三辙之旧，在押韵时合并所加的五个韵目仍成十三。而微（灰堆辙）又可通齐，模（姑苏辙）又可通鱼（再通齐），则更从十三辙中减少两辙，而成十一道辙儿。假如有人主张侯（油求）也该通模，则只存十道辙儿了。今天为人民大众制成新诗韵，当然要把韵目总数搞得越少越好。但旨在统一，又须兼顾方言，力求通俗，又易溯反旧韵。广征律应，然后行得通，求简从宽，然后及得普。

显然，高元白体系深受黎锦熙的影响。

还有一家比高元白分韵更少的系统——李慎行的9部系统。李慎行长期研究新诗韵，他在黎、高的基础上，进一步合并，最后得出9部韵。

我们把黎、高、李的韵部列在下面，可以发现这一派合并的轨迹。

表5　　　　　　　　　　分韵少的三家韵部比较

普通话韵母	9韵 诗韵探新 李慎行 1996	10韵 新诗韵十道辙儿 高元白 1984	11韵 诗歌新韵辙四种调研 黎锦熙 1966
a/ia/ua	发	发	麻
o/uo	乐	歌	波
e			
ie		写	皆
üe			

续表

普通话韵母	9 韵 诗韵探新 李慎行 1996	10 韵 新诗韵十道辙儿 高元白 1984	11 韵 诗歌新韵辙四种调研 黎锦熙 1966
ou/iou	斗	斗	侯
u			
ü	诗	诗	支
i			
ï（ʅ）			
ï（ɿ）			
er			
ei/uei			
ai/uai	来	来	开
ao/iao	高	高	豪
an	战	战	寒
uan			
üan			
ian			
en	风	风	痕
uen			
ün			
ien			
ong/iong			
ueng			庚
eng			
ing			
ang/iang/uang	唱	唱	唐

这三家的不同主要是：黎将 ü 与支合并，又规定与 u 通，就是说，ü 可以两押；微又通齐；保持痕跟庚的区别。高与黎的不同之处在于，高将 u 与侯合，又合并了痕与庚，遂变 11 韵为 10 韵。李则进一步将波、皆合并，成 9 韵。

这三家分韵少的体系，共同的依据是来自押韵实践的归纳。但是，除了波（o/uo）与皆（e/ie/üe）押韵的例证较多外，他们列举的其他押韵事证不少都不是共同语的押韵，有的是极少见的押韵。他们都没有对新诗押韵进行过大规模调查，也没有分诗体、分诗人方音进行研究。比如李慎行（1996）列举了不少例证证明 eng/ong/en 类韵母可以押韵①，比如他用贺苏的《读曾卓〈读胡风论诗札记〉》（五言古诗）押"身人生文心魂情明神馨今成民新声真神椮论……"、霍松林《寒夜怀人》押"人冰心棂朋城伦同明"为例，然而这些诗要么是古体诗，要么受作者方言的影响，这种押韵绝对不是常例。又比如他用江泽中的七律《汉阳龟山电视塔》押"牛浮丘秋州"为例证明 u 与 ou 可押，② 这是误把古韵当今韵，错把今音当古音。"牛浮丘秋州"都是古音的尤韵字，自然可以押韵。总之，一味错用押韵事例，错误地简化合并韵部，破坏新诗的韵味，不是好办法。

台湾地区也有人编纂新诗韵。有代表性的是张正体、张婷婷的《中华韵学》（台湾商务印书馆 1978 年版）最后所附的《新韵汇》，共分 26 韵，见表 6：

表 6　　　　　　　　　　台湾《新韵汇》的分韵

	韵部	韵母	备注	
1	东	ㄨㄥ ㄩㄥ ㄈㄥ（翁）	收鼻音	
2	唐	ㄤ	收鼻音	通江光
3	江	ㄧㄤ	收抵腭	通唐光
4	光	ㄨㄤ	收闭口	通唐江
5	支	ㄓㄔㄕㄗㄘㄙ	直出无收	
6	和	ㄛ ㄨㄛ	直出无收	
7	歌（儿）	ㄜ ㄦ	直出无收	
8	皆	ㄝ ㄧㄝ ㄩㄝ	收噫音	
9	哈	ㄞ ㄨㄟ	收噫音	
10	麻	ㄚ ㄧㄚ ㄩㄚ	直音	
11	齐	ㄧ	直出无收	

---

① 李慎行：《诗韵新探》，陕西旅游出版社 1996 年版，第 110 页。
② 同上书，第 83 页。

	韵部	韵母	备注	
12	微	ㄟ ㄨㄟ	收噫音	
13	鱼	ㄩ	撮口	
14	模	ㄨ	满口	
15	庚	ㄥ	收鼻音	通青
16	青	ㄧㄥ	收鼻音	通庚
17	豪	ㄠ	收乌音	通萧
18	萧	ㄧㄠ	收乌音	通豪
19	侯	ㄡ	收乌音	通尤
20	尤	ㄧㄡ	收乌音	通侯
21	寒	ㄢ	收抵腭	通桓先
22	桓	ㄨㄢ	收抵腭	通寒先
23	先	ㄧㄢ	收抵腭	通寒桓
24	真	ㄣ	收鼻音	通文侵
25	文	ㄨㄣ	收闭口鼻音	通真侵
26	侵	ㄧㄣ	收鼻音	通真文

这个体系仍然用注音字母注音，其分韵受语音分析和历史情结影响。如果把他们规定的通韵合并起来，其实只有17韵，跟十八韵体系相比，仅仅是将歌跟儿合并了。

由于普通话时期的韵书众多，不一一赘述，最后借用颜之推的话来概括，那就是"音韵蜂出，各有土风，递相非笑"。

最后还要说说一部最新的新诗韵书——《中华通韵（草案）》。这是国家语委在2018年开始推行的新诗韵标准。这套《中华通韵（草案）》的分韵系统如表7：

表7　　　　　　《中华通韵（草案）》分韵

一啊	a	ia	ua	
二哦	o		uo	
三鹅	e	ie		üe
四衣	-i	i		
五乌	u			

续表

六迂	ü			
七哀	ai		uai	
八诶	ei		ui	
九敖	ao	iao		
十欧	ou	iu		
十一安	an	ian	uan	üan
十二恩	en	in	un	ün
十三昂	ang	iang	uang	
十四英	eng	ing	ueng	
十五雍			ong	iong
十六儿	er			

  这套草案虽然依据的是《汉语拼音方案》的韵母系统，但是依然存在着宽严失准问题：（1）-i/i 合韵显然是为了"广文路"，从押韵实际看，这是没有问题的，这是从宽。但是 e 与 o/uo、eng 与 ong 分韵则是"赏知音"了，不符合押韵的实际情况。（2）这套草案的分韵目的仍然不明确，如果是审音从严，-i/i 不当同韵；如是押韵从宽，则 e/o、ong/eng 不当分韵。更严重的是丢失了 ê 韵母。还有，韵目用字既不通俗也不合乎传统，记忆起来，不能上口入耳。

  我们认为，任何一套分韵体系是否行用，都要经受实践的检验，都要经得起诗人创作的检验，不是几个专家、几个诗人或强力部门能够随心支配的。

各新诗韵书间存在的歧异现象

近百年新诗韵书编纂的实践既给我们留下了丰富的韵部划分成果，同时也产生了诸多的分韵歧异。新韵书的重新编撰，应该立足前人的积累基础之上，吸取有益的经验，纠正存在的缺陷，推动汉语新诗韵书分韵问题的最终解决。为此，我们收集、整理和分析了 55 种新诗韵书的分韵体系，具体分析了各韵书之间的歧异及歧异产生的原因，以期寻找到编纂新诗韵书分韵的基本规律。

新诗韵书分韵体系比较

我们所说的 55 种韵书包含着不同的分韵体系，一种体系可能有多种韵书。下面的表 1《各家新韵书分部一览》和表 2《各家韵书分韵对照》是 55 种新诗韵书的分部和对照表，从中可以看出新韵书的基本情况和各韵书之间的种种异同。除了我们讨论的 55 种韵书之外，还有一些韵书见于有关书目，行文时暂未亲自寓目，如百乐山人的《新诗韵》（1926）、吴荣爵的《现代汉语诗韵》（1978）、吴培根等的《现代汉语诗韵》（2001）、刘克能的《现代汉语韵典》（2004）、刘中天的《现代汉语诗韵》、马文清的《现代汉语诗韵》等，只好暂付阙如。

表 1　　　　　各家新韵书分部一览（55 种）
（左栏右下角的数字表示该类韵书的数量）

分部	论著
9 韵$_1$	1. 李慎行《诗韵新探》（陕西旅游出版社 1996 年版）、《诗韵的发展与改革》（《宝鸡文理学院学报》1996 年第 1 期）、《论新诗韵九道辙的科学性与可行性》（《宝鸡文理学院学报》1999 年第 4 期）等

续表

分部	论著
10韵$_1$	2. 高元白《新诗韵十道辙儿》（陕西人民出版社1984年版）
11韵$_1$	3. 黎锦熙《诗歌新韵辙四种调研》（内部资料）/《诗歌新韵辙的调查研究小结》（《中国语文》1966年第2期）
12韵$_1$	4. 朱宝全、朱忆鲁《中华新韵谱》（华侨出版社1995年版）
13韵$_{18}$	5. 李炳卫《韵典》（北平民社1934年版）（仍保留入声字的标志，附有儿化韵字） 6. 张笑侠《国剧韵典》（戏曲研究社丛书1935年版）（为字典方式，没有注音字母注音，而是用反切形式，每字加注所属十三辙之辙） 7. 张洵如《北京音系十三辙》（1937） 8. 罗常培《北京百种俗曲摘韵》（国民1943/来薰阁1950年版） 9. 郑林曦《怎样合辙押韵》（北京出版社1965年版） 10. 车锡伦《诗韵常识》（内蒙古人民出版社1975年版），后改称《韵辙新编》（内蒙古人民出版社1978年版） 11. 秦似《现代诗韵》（广西人民出版社1975年第1版、1979年第二版） 12. 广东人民出版社编《常用同韵字汇编》（1978） 13. 鲁允中《韵辙常识》（人民出版社1978年版） 14. 武承仁等《诗韵手册》（山西人民出版社1979年版） 15. 李兆同《新诗韵》（云南人民出版社1979年版） 16. 梁前刚、郭进双《诗韵常识简编》（河南人民出版社1979年版） 17. 张保先、王珍编《词林新韵》（中国国际广播出版社1989年版） 18. 颜力钢、李淑娟《诗歌韵脚词典》（新世界出版社1994年版） 19. 刘飞茂等《新诗韵词典》（学苑出版社1994年版） 20. 陈北郊《韵脚词典》（北岳文艺出版社1996年版） 21. 马志伟《十三辙新韵书》（商务印书馆2007年版） 22. 张善曾《北京十三辙及词汇编》（中国文史出版社2008年版）
14韵$_7$	23. 白雉山《汉语新诗韵》（河南人民出版社1989年版） 24. 吴立冈《新华诗韵》（江苏教育出版社1990年版） 25. 黄宝文《中华诗词今韵》（敦煌文艺出版社1992年版） 26. 江南诗词学会《江南诗韵》（中州古籍出版社1997年版） 27. 卢甲文《新华诗韵》（《中州学刊》2004年第3、4期合刊） 28. 秋枫《中华实用诗韵》（吉林人民出版社2005年版） 29. 赵京战《中华新韵》（中华书局2011年版）
15韵$_2$	30. 王曾《现代汉语诗韵新编》（沈延毅主编《沈阳文史研究》第三辑，1988） 31. 星汉《今韵说略》（《新疆师范大学学报》2002年第2期）《中华今韵》（《中华诗词》2002年第1期）
16韵$_4$	32. 王力《汉语语音史》第九章（中国社会科学出版社1985年版） 33. 叶日升《诗韵革新之我见》（《上饶师专学报》1996年第1期） 34. 高亦涵《简化统一诗韵》（世界科技出版公司2002年版） 35. 郭戍华《新诗声律初探》（华文出版社2009年版）

续表

分部	论著
17韵$_5$	36. 秦似《现代诗韵》（严韵）（广西人民出版社1975年第1版、1979年第2版） 37. 吕晴飞《新诗用韵手册》（中国妇女出版社1987年版） 38. 彭颂声《彭颂声诗词对联》（北京燕山出版社1999年版） 39. 林端《历代诗韵沿革》（新疆人民出版社2004年版） 40. 彭春生《新韵谱新词谱新诗谱》（中国文联出版社2012年版）
18韵$_7$	41. 黎锦熙、白涤洲《佩文新韵》（《国音分韵常用字表》）（北平人文书店1934年版） 42. 魏建功等编《中华新韵》（成都茹古书局1941年版，国颁） 43. 黎锦熙等《增注中华新韵》（商务印书馆1948年版） 44. 王慧三《汉语诗韵》（中华书局1957年版） 45. 中华书局上海编辑所《诗韵新编》（据黎、白体系，1964年版） 46. 尹贤《诗韵手册》（甘肃人民出版社1992年版） 47. 谢德馨《中华新诗韵》（汉语大词典出版社2004年版）
19韵$_3$	48. 洪柏昭主编《中华新韵府》（岳麓书社2005年版） 49. 杨发兴《中华今韵》（中华诗词出版社2006年版） 50. 洪柏昭《中华新韵府》（岳麓书社2005年版）
20韵$_1$	51. 盖国梁《中华韵典》（上海古籍出版社2004年版）
22韵$_2$	52. 张允和《诗歌新韵》（上海教育出版社1959年版） 53. 朱光林等《现代汉语新韵》（光明日报出版社2000年版）
24韵$_1$	54. 赵元任《国音新诗韵》（商务印书馆1922年版）
26韵$_1$	55. 张正体、张婷婷：《中华韵学》（台湾商务印书馆1978年版）后所附《新韵汇》

表1说明：

（1）在55种韵书中，影响最大的是十三辙系统和十八韵系统的韵书，其他的韵书影响力都有限，使用频率不高。

（2）赵元任《国音新诗韵》带有草创期的特点，其音系依据虽然是北京音系，但编纂体例上还有很深的《平水韵》系统的痕迹，甚至还附上了《平水韵》韵目。

（3）十三辙是明清以来北方通行的押韵系统，一直有目无书。

（4）十八韵系统最早是由黎锦熙、白涤洲的《佩文新韵》（又名《国音分韵常用字表》）提出来的。1941年黎锦熙、魏建功、卢前先生等增修而成的《中华新韵》（民国政府颁布）及后来的《增补中华新韵》等依据的都是黎、白体系，因此十八韵系统的著作权应该首归黎、白二位，魏建功虽编《中华新韵》有功，但不能算首功。十八韵最初的名称极通俗，用了狮、鲨、驼、蛇、蝶、豺、龟、猫、猴、蝉、人、狼、僧、龙、儿、鸡、乌、鱼等动物名，后来才改为传统的韵目字。

表 2　　各家韵书分韵对照（一）

普通话韵母	九韵 诗韵新探 李慎行[1] 1996	十韵 新诗韵十道辙儿 高元白[2] 1984	十一韵 诗歌新韵辙四种调研 黎锦熙[3] 1966	十二韵 中华新韵谱 朱宝全[4] 1995
a/ia/ua	发	发	麻	啊
o/uo	乐	歌	波	喔
e				
ie		写（含ê）	皆（含ê）	
üe				
ou/iou	斗	斗	侯	欧
u			（乌）	乌
ü	诗	诗	支	衣
i				
ï (ɿ)				
ï (ʅ)				
er				
ei/uei				欸
ai/uai	来	来	开	哀
ao/iao	高	高	豪	熬
an	战	战	寒	安
uan				
üan				
ian				

续表

普通话韵母	九韵	十韵	十一韵	十二韵
	诗韵新探	新诗韵十道辙儿	诗歌新韵辙四种调研	中华新韵谱
	李慎行[1]	高元白[2]	黎锦熙[3]	朱宝全[4]
	1996	1984	1966	1995
en	风	风	痕	恩
uen				
ün				
ien				
ong/iong			庚	鞥
ueng				
eng				
ing				
ang/iang/uang	唱	唱	唐	肮

表2（一）说明：

[1] 李慎行在《论新诗韵九道辙的科学性与可行性》中认为，新诗韵是指与旧诗韵相对而言且与现代汉语口语语音相谐和的新韵书。新诗韵九道辙是在前人诗韵改革基础上进一步通押合辙的产物，它包括"发、来、高、战、唱"五个专押的单一韵辙和"斗、诗、风、乐"四个通押的合成韵辙。今人诗词创作的实践证明，九道辙是可行的，从而在作诗选韵上突破了入声的限制，拓宽了韵域。

[2] 高元白师承黎锦熙，李慎行师承高元白，这三家的编纂理念是相通的。九韵、十韵、十一韵的区别仅是高合并了黎的痕和庚，李又合并了高的写和歌。

[3] 黎锦熙先生《诗歌新韵辙四种调研》是晚年所作，他改变了一直坚持的十八韵体系。

[4] 朱宝全《中华新韵谱》又注明乌韵（u）附迂（ü）韵，喔（o/uo）附鹅韵（e）、皆韵（ie/üe），鞥韵（eng/ing/ueng）附哝韵（ong/iong），他认为附韵可以单押也可以合押，所以他的十二韵又可以分为十七韵。

表2续　　　　　　各家韵书分韵对照（二）

普通话韵母	十三韵	十三韵	十三韵	十三韵	十三韵	十三韵
	北京音系十三辙	十三辙新韵书	词林新韵[2]	现代诗韵[3]	新诗韵[4]	北京俗曲百种摘韵[5]
	张洵如	马志伟	张保先 王珍	秦似	李兆同	罗常培
	1937	2007	1989	1979	1978	1943
a/ia/ua	发花	麻沙	发花	花	啊	发花

续表

普通话韵母	十三韵 北京音系十三辙	十三韵 十三辙新韵书	十三韵 词林新韵[2]	十三韵 现代诗韵[3]	十三韵 新诗韵[4]	十三韵 北京俗曲百种摘韵[5]
	张洵如	马志伟	张保先 王 珍	秦似	李兆同	罗常培
	1937	2007	1989	1979	1978	1943
o/uo e	梭坡	梭波	波歌	歌	喔	梭波
ie üe	乜斜	乜斜	皆学	些	耶	乜斜
ou/iou	油求	由求	侯求	收	欧	油求
u	姑苏	姑苏	姑苏	姑	乌	姑苏
ü i ï（ı） ï（ʅ） er	一七	衣期	支齐	衣	衣	一七
ei/uei	灰堆	灰堆	飞堆	飞	欸	灰堆
ai/uai	怀来	怀来	开怀	开	哀	怀来
ao/iao	遥条	遥迢	豪条	高	熬	遥条
an uan üan ian	言前	言前	言前	山	安	言前
en uen ün ien	人辰	人辰	人辰	根	恩	人辰
ang/iang/uang	江阳	江阳	唐江	方	昂	江阳

续表

普通话韵母	十三韵 北京音系 十三辙 张洵如 1937	十三韵 十三辙 新韵书 马志伟 2007	十三韵 词林新韵[2] 张保先 王 珍 1989	十三韵 现代诗韵[3] 秦似 1979	十三韵 新诗韵[4] 李兆同 1978	十三韵 北京俗曲 百种摘韵[5] 罗常培 1943
ong/iong	中东	中东	庚东	东	亨	中东
ueng						
eng						
ing						

表2（二）说明：

[1] 由于十三辙的韵书甚多，大同小异，列入的仅是代表性的，以下韵书未列入：张笑侠《国剧韵典》、郑林曦《怎样合辙押韵》，车锡伦《诗韵常识》（《韵辙新编》），广东人民出版社《常用同韵字汇编》，鲁允中《韵辙常识》，武承仁等《诗韵手册》，梁前刚、郭进双《诗韵常识简编》，颜力钢、李淑娟《诗歌韵脚词典》，刘飞茂等《新诗韵词典》，陈北郊《韵脚词典》，张善曾《北京十三辙及词汇编》等。

[2] 张保先《词林新韵》改变了一些辙名的叫法，如乜斜改皆学，中东改庚东，江阳改唐江等。

[3] 李兆同《新诗韵》将十三辙名称全改为单音字，并规定了大量通押，如欧和u韵通押、乌和ou韵通押、衣和ei韵通押、欸和ɑi韵通押、哀和ei韵通押、恩和eng韵通、亨和en韵通。

[4] 秦似《现代诗韵》也将十三辙的辙名改为单音字，如发花改为花，梭波改为歌等。他又将歌部分为歌波、衣部分为衣居、山部分为山天、东部分为东声，实际包含严韵17部。详见表二《各韵书分韵对照表》（四）。

[5] 罗常培这部书是根据一百种俗曲的押韵归纳出来的，非分韵凑字而成韵谱，只有韵字，没有同音字的音节表。在这书的开头罗先生梳理了十三辙的渊源和俗曲的押韵法。

表2续　　　　　　　　　各家韵书分韵对照（三）

普通话韵母	十四韵 中华实 用诗韵 秋枫 2005	十四韵 汉语 新诗韵 白雉山 1989	十四韵 新华 诗韵 吴立冈 1990	十四韵 中华诗[1] 词今韵 黄宝文 1992	十四韵 新华[2] 诗韵 卢甲文 2004	十四韵 中华 新韵 赵京战 2011	十五韵 现代汉语[3] 诗韵新编 王曾 1988	十五韵 今韵 说略 星汉 2002
ɑ/iɑ/uɑ	啊	佳	家麻	阿	麻花	麻	啊	啊

续表

普通话韵母	十四韵 中华实用诗韵 秋枫 2005	十四韵 汉语新诗韵 白雉山 1989	十四韵 新华诗韵 吴立冈 1990	十四韵 中华诗词今韵[1] 黄宝文 1992	十四韵 新华诗韵[2] 卢甲文 2004	十四韵 中华新韵 赵京战 2011	十五韵 现代汉语诗韵新编[3] 王曾 1988	十五韵 今韵说略 星汉 2002
o、uo	鹅	和	波歌	喔	拖车	波	喔	喔
e								鹅
ie	耶	谐	月斜	屙	节约	皆	耶	
üe								
ou、iou	欧	求	尤侯	欧	头油	尤	欧	欧
u	乌	夫	姑模	乌	姑苏	姑	乌	乌
ü	衣	须	齐鱼	衣₂	衣鱼	齐	迂	迂
i								
ï（ɿ）	支	诗	支思	衣₁	师资	支	衣	衣
ï（ʅ）								
er						（齐）		
ei/uei	威	唯	灰微	威	飞归	微	微	欸
ai/uai	哀	排	怀来	哀	台怀	开	哀	哀
ao/iao	熬	劳	萧豪	熬	包教	豪	熬	熬
an	安	安	寒先	安	山川	寒	安	安
uan								
üan								
ian								
en	恩	音	真文	恩	人群	真	恩	恩
uen								
ün								
in								
ang/iang/uang	昂	章	江阳	肮	阳光	阳	昂	昂

普通话韵母	十四韵 中华实用诗韵 秋枫 2005	十四韵 汉语新诗韵 白雉山 1989	十四韵 新华诗韵 吴立冈 1990	十四韵 中华诗词今韵[1] 黄宝文 1992	十四韵 新华诗韵[2] 卢甲文 2004	十四韵 中华新韵 赵京战 2011	十五韵 现代汉语诗韵新编[3] 王曾 1988	十五韵 今韵说略 星汉 2002
ong/iong	庚	功	东庚	翁	晴空	庚	东	雍
ueng								
eng				英				英
ing								

表2（三）说明：

[1] 黄宝文：衣$_2$又与威押。

[2] 卢甲文：把普通话的韵母分为十四大韵，然后根据普通话的新平仄把十四大韵又分为二十八中韵，再根据普通话的四声，把十四大韵细分为五十六小韵。

[3] 王曾提出了所谓的"声母字"，即没有韵母的字，指"知、蚩、诗、日、资、雌、思"等7个音，都是只有声母，没有韵母，相当于古韵中的 [四支] 韵。

表2续　　　　　　　　**各家韵书分韵对照（四）**

普通话韵母	十六韵 新诗声律初探 郭戌华 2009	十六韵 汉语语音史[1] 王力 1985	十六韵 简化统一诗韵 高亦涵 2002	十七韵 新诗用韵手册[2] 吕晴飞 1987	十七韵 新韵谱 彭春生 2012	十七韵 历代诗韵沿革[1] 林端 2004	十七韵 现代诗韵 秦似 1975	十七韵 彭颂声诗词对联[2] 彭颂声 1999
a、ia、ua	阿	麻沙	华	花	花	啊	花	花
o、uo	歌	梭波	卓	魔	波	喔	波	坡
e		车遮	德	鹅	歌		歌	歌儿
ie	约	乜斜	确	街（含 ê）	些	耶	些	雪
üe								
ou	欧	由求	厚	鸥	收	欧	收	（坡）
iou								秋
u	屋	姑苏	福	书	姑	乌	姑	苏
ü	衣	居鱼	煦	鱼	居	迂	居	
i		衣期			衣		衣	齐
ï (ɿ)	资	支思	义	衣	衣（不含er）	日	衣	
ï (ʅ)	支							
er	儿			儿		儿		（歌儿）
ei、uei	威	灰堆	维	梅	飞	威	飞	飞

续表

普通话韵母	十六韵 新诗声律初探 郭戍华 2009	十六韵 汉语语音史[1] 王力 1985	十六韵 简化统一诗韵 高亦涵 2002	十七韵 新诗用韵手册[2] 吕晴飞 1987	十七韵 新韵谱 彭春生 2012	十七韵 历代诗韵沿革[1] 林端 2004	十七韵 现代诗韵 秦似 1975	十七韵 彭颂声诗词对联[2] 彭颂声 1999
ai、uai	嗳	怀来	采	台	开	哀	开	百
ao、iao	嗷	遥迢	好	猫	高	熬	高	笑
an	安	言前	汉	潭	山	安	山	堪
uan								
üan					天		天	千
ian								
ang/iang/uang	昂	江阳	光	裳	方	昂	方	放
en	恩	人辰	仁	文	根	恩	根	(东)
uen								春
ün								
in								(迎)
ong、iong	翁	中东	中	冬	东	雍	东	东
ueng			风	灯	声	翁	声	
eng								
ing								迎

表2(四)说明:

[1] 王力《汉语语音史》里有一段说明,大意是从音位观点看,居鱼和衣期、车遮和梭波可以合并,前者是圆唇、不圆唇的区别,后者是互补关系。他同时又说,从音韵的观点看,居鱼来自《中原音韵》的鱼模,一向被认为是和姑苏同类的;车遮分别来自《中原音韵》的歌戈和车遮,车遮是开口呼,乜斜是齐齿、撮口呼,亦可以互补。

[2] 吕晴飞《新诗用韵手册》注明:如果用韵宽的话,一衣、二鱼、三儿可以通押,四书、五鸥可以通押,七魔、八鹅可以通押,九街、十台甚至十一梅在一起也可以通押,十五灯、十六冬甚至同十四文的韵脚之间也都可以通押。

[4] 林端《历代诗韵沿革》注明翁、雍二韵同用。恩、翁二韵,衣、迂二韵,衣、日二韵常有合韵现象。

[5] 彭颂声《诗词对联》对他的韵部有个说明:而"平"(ping)原属"中东辙","贫"(pin)原属"人辰辙",两者音很近,只有前鼻音、后鼻音的区别,在新诗韵中就使两者脱离原来的"中东辙"和"人辰辙",归到新立的"迎韵部"中去。"多"(duō)原属"坡梭辙","兜"(dōu)原属"油求辙",两者音很近,音素全同,只有开口呼与撮口呼的一点小区别,便把"兜"从"油求辙"中划出来,归并到和"多"相同的一个韵部中去。

表 2 续　　　　　各家韵书分韵对照（五）

普通话韵母	十八韵 汉语[1] 诗韵 王惠三 1957	十八韵 诗韵[2] 手册 尹贤 1991	十八韵 诗韵 新编 中华书局 1965	十八韵 中华[3] 新韵 魏建功 1941	十八韵 中华新 诗韵 谢德馨 2004	十八韵 佩文[4] 新韵 黎锦熙 1934
a、ia、ua	麻	麻	麻	麻	麻	麻
o、uo	波	波	波	波	波	波
e	歌	歌	歌	歌	歌	歌
ie üe	皆	皆	皆	皆	皆	皆
ou、iou	侯	尤	侯	侯	侯	侯
u	模	模	姑	姑	模	模
ü	鱼	鱼	鱼	鱼	鱼	鱼
i	齐	齐	齐	齐	齐	齐
ï（ɿ） ï（ʅ）	支	支	支	支	支	支
er	儿	儿	儿	儿	儿	儿
ei、uei	微	微	微	微	微	微
ai、uai	开	开	开	开	开	开
ao、iao	豪	豪	豪	豪	豪	豪
an uan üan ian	寒	寒	寒	寒	寒	寒
en uen ün ien	痕	真	痕	痕	痕	痕
ang/iang/uang	唐	唐	唐	唐	唐	唐
ong、iong	东	东	东	东	东	东

续表

普通话韵母	十八韵 汉语[1] 诗韵 王惠三 1957	十八韵 诗韵[2] 手册 尹贤 1991	十八韵 诗韵 新编 中华书局 1965	十八韵 中华[3] 新韵 魏建功 1941	十八韵 中华新 诗韵 谢德馨 2004	十八韵 佩文[4] 新韵 黎锦熙 1934
ueng eng ing	庚	庚	庚	庚	庚	庚

表2（五）说明：

[1]王慧三《汉语诗韵》：波通歌，歌通波，模通鱼，鱼通模、东（轻唇为eng）。

[2]尹贤《诗韵手册》：波通歌，歌通波，模通鱼，鱼通模、通支、儿，支通齐、儿，儿通支、齐，东通庚、庚通东。

[3]《中华新韵》注明：①麻韵，旧通歌乙及皆甲；②波，通歌甲；③歌，甲通波，乙通甲；甲乙旧别。旧乙又通麻。④皆，甲通歌乙。

[4]《佩文新韵》注明：狮通鸡，驼通蛇、不通蝶，蛇通驼、通蝶，鸡通狮、通龟，龟通鸡，人通僧、不通龙，僧通龙、不通人，乌通鱼、鱼通乌。

表2续　　　　　　　各家韵书分韵对照（六）

普通话韵母	十九韵 中华 新韵府 洪柏昭 2005	十九韵 中华 今韵 杨发兴 2006	二十韵 中华 韵典 盖国梁 2004	二十二韵 现代汉 语新韵 朱光林 2000	二十二韵 诗歌[1] 新韵 张允和 1959	二十四韵 国音[2] 新诗韵 赵元任 1922	二十六韵 新韵汇 张正体 1978
a、ia、ua	麻	啊	佳	啊	啊	阿	麻
o、uo	波	窝	波	喔	喔	哦	和
e	歌	鹅	歌	饿	婀	呃	歌
ie	些（含ê）	耶（含ê）	皆	耶	诶	些	皆（含ê）
üe				约			
ou	尤	欧	尤	欧	欧	欧	侯
iou							尤
u	乌	乌	无	乌	乌	乌	模
ü	鱼	迂	鱼	迂	迂	迂	鱼
i	齐	衣	齐	衣	衣	衣	齐
ï (ɿ)	支	思	支	-衣	日	思	支
ï (ʅ)		知				日	
er	（歌）	儿	儿	饿	儿	而	（歌）
ei、uei	微	威	微	欸	欸	飞	微
ai、uai	开	哀	开	哀	哀	嗳	哈

续表

普通话韵母	十九韵 中华新韵府 洪柏昭 2005	十九韵 中华今韵 杨发兴 2006	二十韵 中华韵典 盖国梁 2004	二十二韵 现代汉语新韵 朱光林 2000	二十二韵 诗歌新韵[1] 张允和 1959	二十四韵 国音新诗韵[2] 赵元任 1922	二十六韵 新韵汇 张正体 1978
ao、iao	豪	熬	萧	熬	凹	凹	豪 / 萧
an	寒	安	仙	安	安	安	寒
uan							桓
üan				冤	烟	烟	先
ian				烟			
en	真	恩	真	恩	恩	恩	真
uen						温	文
üen	侵		侵		晕	氲	侵
ien				因	因	音	
ang	阳	昂	江	昂	肮	肮	唐
iang							江
uang							光
ong、iong	东	雍	东	轰	嗡	翁	东
eng	庚	翁	庚	亨	鞥	鞥	庚
ueng							
ing	青		青	英	英	鹰	青

表2（六）说明：

[1] 洪柏昭《中华新韵府》将儿 er 归 e（歌）。

[2] 杨发兴《中华今韵》只是将十八韵系统的支韵两分，并规定 e 可与 o/uo 通，ɿ 与 ʅ 通，eng 与 ong 通，i 可与 ü 通，实际是 15 韵。

[3] 盖国梁《中华韵典》将 en/un、in/ün、eng、ing 分别分两韵。没有 ê 韵母的字。

[4] 朱光林《现代汉语新韵》ie、üe 为两韵，an/uan、üan、ian 为三韵，en/un、ün、in 为三韵，eng/ueng、ing 为两韵。

[5] 张允和《诗歌新韵》将 an/uan、üan/ian 为两韵，en/un、ün、in 为三韵。并规定安、烟通，因、晕通，鞥、英通，实际可分 19 韵。

[6] 赵元任《国音新诗韵》规定①日、思通；安、烟通，恩、温通，音、氲通，合并通韵可得 20 韵。②日、衣叶，思、衣叶，乌、迂叶，迂、衣叶，些（せɛ），阿叶，猜（厓 iai）、爷叶，飞（ㄟei）衣叶，恩、音叶，温、氲叶，鞥、鹰叶。③另有入声韵 8 个：石、泣、叔、玉、法、曷、瑟、屑。④儿化韵 7 个：阿儿、哦儿、凹儿、欧儿、肮儿、鞥儿、翁儿。

[7] 张正体《新韵汇》规定庚青通、豪萧通、侯尤通、寒桓先通、真文侵通、唐江光通，实有 17 韵。

各新诗韵书间的歧异现象

上列 55 种韵书的音系依据基本相同（老国音韵书稍有差异），除了十三辙韵书和十八韵的韵书分韵分别具有一致性外，其他韵书之间，即使所分韵数相同，相互之间也存在分歧。综合起来看，各韵书之间的歧异主要有十点不同。

（一）作者队伍的构成不同

新韵书的编者队伍的构成比较复杂，知识水平参差不齐，有语言学家，如赵元任、罗常培、黎锦熙、高元白、林端、李兆同等；有文学研究者，如秦似、彭春生；有文化工作者，如马志伟、王慧三、谢德馨、高亦涵；有新古体诗的作家，如星汉、赵京战；还有一些文化爱好者，如朱宝全、王曾等。因为编纂者的知识背景不同，就容易产生对语音的分析和把握的不同。比如，赵元任是语言学大师，他对语音的分析十分细致，所分韵部也多（24）；彭颂声是文化工作者，不太了解语音学和音位学的知识，所以，他就会认为 o 和 ou 语音相近，从而把它们当作一个韵部处理。

（二）韵部数多寡不同

表 3 是对表 1 的分韵部数跟韵书数量的归纳。从表中不难看出分韵部数的极大差异。

表 3　　　　　　　　现代诗韵韵书分韵部数与种类

部数	9	10	11	12	13	14	15	16	17	18	19	20	22	24	26
种类	1	1	1	1	18	7	2	4	4（5）	7	3	1	2	1	1

表 3 说明：十七部的 5 部韵书包含秦似的《现代诗韵》，已经在十三部里出现过。

（三）对押韵的实质理解不同

各韵书归纳韵部的原则存在严重的分歧。尽管各家都遵循北京话（普通话）音系，但是，对音系内的韵母如何归纳成部，却各有各的认识。之所以产生这种认识的不同，根本原因在于对押韵的实质认识不同。从中古以来，汉语诗歌押韵的传统是入韵的韵脚字的韵基要相同，同时允许极为相近的韵基可以押韵，前者是常例，后者是变例。新诗韵书在这一认识上确实存在差异，划分韵部时自然就有出入。比如张允和《诗歌新韵》认为鞥（eng/ueng）是一韵，英（ing）是一韵，并允许它们通押。实际上，在新诗用韵中，这两韵从来都是一起押韵，根本就不是两个韵。张允和之所以把它们分为两韵，就是认为 ing 的韵基和 eng 的韵基不同。这是误解。ing 实际是 ieng，因为韵腹 e 不是十分响亮，所以省写了罢了。

（四）韵目字不同

55 种韵书之间的韵目用字，存在很多不同，完全相同的不多，甚至传统的十三辙韵目字，也有人换成别的字。高元白的十道辙是根据黎锦熙的十八韵合并的，但他并不使用黎氏的韵目字：麻改发、波改歌、皆改写、侯改斗……《词林新韵》用十三辙分韵，却把乜斜改为皆学、把由求改为侯求、把灰堆改为飞堆……如此一来，韵目字就很难统一。

（五）编纂体例不同

55 种韵书的编纂体例有很大不同：（1）有的是按四声分列韵字，如赵元任《国音新诗韵》、高元白《新诗十道辙儿》；（2）有的韵字有释义，如《中华实用诗韵》《中华新韵府》；有的没有释义，如《中华新诗韵》；（3）有的韵字后附有相关语词，如《中华新韵》《实用新韵》《诗韵常识》；（4）有的没有相关词语，如《中华新韵》（赵京战）；（5）有的既有释义又有词语，如《中华实用诗韵》；（6）有的有韵例，如《中华新韵府》；有的没有韵例，如《中华实用诗韵》《中华新韵》（赵京战）；（7）有的是系统的韵书，有音节划分，有韵字组织，如《中华新韵谱》；有的只是一个分韵说明，没有韵字组织，如星汉的十五韵、李慎行的九韵。

（六）注音方式不同

55 种韵书有国音注音字母与普通话拼音字母的不同。早期黎锦熙、白涤洲等的《佩文新韵》，黎锦熙、魏建功的《中华新韵》，王慧三的《汉语诗韵》等依据是注音字母，其他大多数韵书依据的是汉语拼音字母。

（七）古入声字的处理不同

普通话没有入声，入声字混同于阴声字，可是有的韵书为了照顾传统，把入声字单独列为韵部，如洪柏昭《中华新韵府》单列五个入声韵，即答洽（a/ia）、驳阁（o/uo/e）、屑月（ie/üe）、锡职（i/ï）、屋域（u/ü）。《江南新韵》也列有入声五部：屋、质、屑、曷、洽。而十三辙韵书、《中华新韵谱》等则完全取消入声，混入其他阴声韵母。

叶日升《诗韵革新之我见》（1996）分十六韵：麻花、波哥、披离、知时、呼徒、鱼须、乜斜、开怀、回归、苗条、优游、天年、春晨、江阳、蜂鸣、松桐、东冬，但是他坚决主张作诗（含新诗）都要把入声区别出来。

（八）ê 韵母处理方式不同

由于《韵母表》内没有列入 ê 韵母，所以韵书编纂者对之处理方式就有不同。有的列入，如十八韵系统的韵书；有的没有列入，如王力《汉语语音史》《中华实用新韵》《中华新韵》（赵京战）。

（九）er 韵母处理方式不同

由于《韵母表》内没有列入 er 韵母，所以韵书编纂者对之处理方式就有不同，有的列入，如十三辙、十八韵系统韵书；有的没有列入，如朱宝全的《中华新韵谱》。

（十）处理通押的方式不同

不管划分多少韵部，实际押韵活动中都存在数量不等的通押现象。在 55 部韵书中，许多韵书都规定了一定韵部之间的通押关系，如十八韵系统，规定波通歌、庚通东等。也有的韵书没有规定通押关系，如大部分的十三辙韵书、《江南新韵》《新韵谱》等。

各新诗韵书间分歧的原因

上述 55 种韵书之间的十点歧异中，有的是形式上的问题，有的则涉及分韵的基本原则。分韵原则的不同才是根本性的不同。分韵涉及韵书编纂的两个重大问题：一是对普通话语音系统的分析认识问题，一是对现实押韵的认识问题。对这两个问题的认识不同，在韵书编纂上就会反映出分韵的多寡和通押关系处理的不同。下面就予以具体分析。

（一）对普通话韵母系统的认知不同

普通话的韵母系统是以北京话的韵母为依据的，具体体现在《汉语拼音方案》的"韵母表"里。这个韵母表共列有 35 个韵母，纵 4 列表示四呼（开齐合撮），横 13 行，除第一行外，其他 12 行表示主要元音（韵腹）跟韵尾相同。

表 4 《汉语拼音方案》"韵母表"

1		i ㅣ衣	u ㄨ乌	ü ㄩ迂
2	a ㄚ啊	ia ㅣㄚ呀	ua ㄨㄚ蛙	
3	o ㄛ喔		uo ㄨㄛ窝	
4	e ㄜ鹅	ie ㅣㄝ耶		üe ㄩㄝ约
5	ai ㄞ哀		uai ㄨㄞ歪	
6	ei ㄟ欸		uei ㄨㄟ威	
7	ao ㄠ熬	iao ㅣㄠ腰		
8	ou ㄡ欧	iou ㅣㄡ忧		
9	an ㄢ安	ian ㅣㄢ烟	uan ㄨㄢ弯	üan ㄩㄢ冤
10	en ㄣ恩	in ㅣㄣ因	uen ㄨㄣ温	üen ㄩㄣ晕
11	ang ㄤ昂	iang ㅣㄤ央	uang ㄨㄤ汪	
12	eng ㄥ亨的韵母	ing ㅣㄥ英	ueng ㄨㄥ翁	
13	ong ㄨㄥ轰的韵母	iong ㄩㄥ雍		

这个《韵母表》是从审定老国音以来，逐渐形成的，是音位化的结果。1958年2月第一届全国人民代表大会第5次会议批准后，是作为法定方案实施的，60多年来从没修订。从学术上讲，《韵母表》实际存在不少问题，从审定老国音开始，在学术上就存在争议。正因为《韵母表》本身存在问题，自然就会导致韵书编纂者在归纳韵母成韵部时就可能存在分歧。

《韵母表》主要存在五个方面问题：

1. i 韵母承载失当

《韵母表》的 i 韵母实际包括［i］［ɿ］［ʅ］三个元音音位，它们出现的条件（声母拼合）固然互补，但在音色上差别很大。从历史上看，［i］和［ɿ］［ʅ］在古音来源上虽有关联，但《中原音韵》为代表的曲韵里［ɿ］［ʅ］属"支思"韵，很少跟齐微韵（i/ei）押韵。现代通行的十三辙虽有通押现象，但是，［ɿ］［ʅ］单押更为普遍。在语音分析上，［ɿ］［ʅ］是开口韵，［i］是齐齿韵，音色差别不小，语感上也很不相同，所以很多学者主张［ɿ］［ʅ］应该单独成为一个韵母。因为这个原因，韵书编写者处理起来多有歧异，有的韵书分为三韵，如赵元任的《国音新韵书》，有的分为二韵，如盖国梁的《中华韵典》（i／［ɿ］［ʅ］）；有的合为一韵，如彭春生的《新韵谱》。

2. 缺失 er 韵母

《韵母表》里没有出现 er 韵母。因此，在韵书编纂时，就出现了不同的方式，如洪柏昭的《中华新韵府》、朱广林的《现代汉语诗韵》将其跟 e 合为一韵，十三辙韵书将其跟 i 和 [ɿ] [ʅ] 合为一韵，秋枫的《中华实用诗韵》将其跟 [ʅ] 合为一韵。有的韵书干脆不收 er 韵母的字，如《中华新韵谱》。

3. e 行的 e/ie/üe 三个韵母的韵腹音值不同

《韵母表》对 e 行的表述如表 5：

表 5　　　　　　　　　　《韵母表》e 行韵母

e ㄜ 鹅 [ɤ]	ie|ㄝ 耶 [iɛ]		üe ㄩㄝ 约 [yɛ]

表内显示，e、ie、üe 虽然同在一行，但是它们的注音字母不同，e 是ㄜ，国际音标当为 [ɤ]，ie、üe 里的 e 却是ㄝ，ㄝ是 ê 的注音符号，国际音标当标作 [ɛ]，ie 当读 [iɛ]，üe 当读 [yɛ]。因此，e 与 ie、üe 虽同行，但不同主要元音。十三辙的乜斜韵不包括 e 韵母，e 韵母归梭波辙，十三辙与注音字母一致，与《韵母表》不一致。因此，e、ie、üe 的归部就成了问题，比如朱宝全的《中华新韵谱》、黄宝文的《中华诗词今韵》、星汉的 15 部等都将 e/ie/üe 合为一韵，这是因为他们认为这三个韵母的韵腹相同，都是 [ɤ]，而没有注意其注音字母是有区别的。另外一些韵书，如《中华新韵》（1941）就将 ê、ie、üe 归为同部。

4. ê（ㄝ）韵母没有出现

《韵母表》里没有出现 ê（ㄝ）韵母，只是在表下有一说明：单用ㄝ时用 ê 表示。由于 ê 在《韵母表》没有出现，而且仅有"欸诶"等叹词，这几个字又读 ei，因此，就有人将 ê 与 ei 合并，如星汉十五部、朱光林二十二部、盖国梁二十部就合并为一个韵部；如强调其独立性的，则将其与 ie、üe 同部，如十八韵系统的《中华新韵》归为皆韵。

5. ong 行位置有误

第 13 行的 ong/iong 是合口、撮口的韵母，完全跟 12 行 eng、ing、ueng 类韵母互补，而《韵母表》却将 ong 放在开口，iong 放在齐齿，泯灭了 eng 行跟 ong 行的互补关系，导致韵书编纂者时有处理失当。如十八韵系统的韵书各为一韵；十三辙系韵书则将其合为一韵。

(二) 对诗歌押韵行为的认识不同

押韵是一种自然的语言艺术，与自然语感相呼应，不应该是一种强制性的脱离语感的束缚。编纂韵书的目的无非是要指导押韵，而非限制艺术创作。编纂韵书应该调研大量诗歌用韵的实例，而不应该闭门造车。实际押韵行为中，押韵有诗人个人习惯、语感、方音问题，也有常例与特例的区别问题，还有从严、从宽的问题，等等。但是，不管押韵实践中出现多少押韵现象，都应该归纳出最具普遍性的押韵规则，不能把特例视为常例，更不能用特例否定常例。在前列55部新诗韵书中，各韵书都存在着程度不等的与实际押韵的普遍规则不符的问题。赵元任的《国音新韵书》虽分24部，但是规定翁（ong/iong/eng）合韵、安与烟却分韵。其他如张允和《诗歌新韵》分22韵，其中13安韵（an/uan）/14烟韵（ian/üan）、15恩（恩）/16因（in）/17晕（üen）分韵不当；洪柏昭《中华新韵府》分19韵，也有真（en/uen）/侵（in/ün）、庚（eng/ueng）/青（ing）分韵不当。这几部韵书分韵较多，但多标注了某与某通，如《中华新韵》（1941）注［ʅ］［ɿ］与i通，这就泯灭了韵书分韵的价值。

以ong/iong、eng/ing/ueng的押韵实例来说，ong/iong、eng/ing/ueng无疑应并为一个韵部。比如任卫新的《四季相思》：

夏季相思看荷花，荷花一品红，荷花一枝在雾中，青春易凋零。夏季相思歌一曲，醒不了相思梦。

类似这样的押韵实例比比皆是，无论如何不能视而不见。

(三) 对押韵材料的分析、认知不同

编纂韵书时，要充分注意诗歌押韵的通押关系，对所要分析归纳的押韵材料要有正确的认识。押韵材料的情况非常复杂，性质并不单纯，如果处理不当，就会误入歧途，得出错误的结论。这里涉及的问题有：

1. 方言韵

押韵材料中，会有方言成分混入，不是普通话的押韵形式。若使用了这样的材料，后果非常严重。比如，李慎行、高元白都主张u/ou/iou合韵，其例证如：

武汉长江大桥一瞥①
黄鹤

信步桥头乐自如，欣夸天堑变通途。
车分南北奔京广，船向京西棹蜀吴。
游客登楼争上下，健儿击浪弄沉浮。
任它滚滚波涛涌，笑踏长虹夸急流。

该诗中"如、途、吴、浮"与"流"押韵，如果认为这是押的普通话韵，将不符合北京话的押韵通例。西南官话里"如、途、吴、浮"等字有 ou 韵母读法，正与"流"押韵，因此作者应该是说西南官话的人。如果说这诗是押古韵，那也不合平水韵系统，"途吴"属模韵，"浮流"属尤韵，律诗绝不会押韵。因此，李、高根据这样的材料归纳出的韵部是不能成立的。

2. 古韵

黎锦熙、李慎行、高元白主张 ei/uei 与 i/ [ʅ] [ʅ] 合并，这是错将古韵当今韵。如：

答友人
毛泽东

九嶷山上白云飞，帝子乘风下翠微。
斑竹一枝千滴泪，红霞万朵百重衣。
洞庭波涌连天雪，长岛人歌动地诗。
我欲因之梦寥廓，芙蓉国里尽朝晖。

"飞、微、衣、晖"四字，平水韵属五微，在律诗是正常的押韵。"诗"属四支，当属借韵。该诗不能作为 ei/uei 与 i/ [ʅ] [ʅ] 合韵的依据。

（四）编者的方言语音背景不同

彭颂声《诗词对联》认为："平"（ping）原属"中东辙"，"贫"

---

① 黄鹤：《武汉长江大桥一瞥》，转自李慎行《诗韵新探》，陕西旅游出版社1996年版，第82—83页。

(pin）原属"人辰辙"，两者音很近，只有前鼻音、后鼻音的区别，在新诗韵中就可使两者脱离原来的"中东辙"和"人辰辙"，归到新立的"迎韵部"中去。"多"（duō）原属"坡梭辙"，"兜"（dōu）原属"油求辙"，两者音很近，音素全同，只有开口呼与撮口呼的一点小区别，便把"兜"从"油求辙"中划出来，归并到和"多"相同的一个韵部中去。这完全是彭先生对自己方言的认识，在普通话里绝对不能行用。

李兆同《新诗韵》遵十三辙，但注明欧和 u 韵通押、乌和 ou 韵通押、衣和 ei 韵通押、欸和 ɑi 韵通押、哀和 ei 韵通押、恩和 eng 韵通、亨和 en 韵通，这也是受了西南官话的影响。

（五）编纂目的不同

有的新韵书编纂的目的并非仅仅为新诗服务，也考虑到了为古体诗服务，所以就编有入声韵。如赵元任《国音新诗韵》编有 8 个入声韵：石、泣、叔、玉、法、曷、瑟、屑。《江南诗韵》编有屋、质、屑、曷、洽五个入声韵。这些入声韵的设立，对于新诗创作来说，毫无用处，并显多余。

十八韵体系及十三辙韵书的评价

十八韵体系的韵书以新国音为依据,先是由黎锦熙、白涤洲等编成《国音分韵常用字表》,后由魏建功主持编纂成《中华新韵》(1941年由民国政府颁布为新韵标准),1950年黎锦熙主持编成《增补中华新韵》,再后就有多种根据十八韵体系编成的体例不同的韵书。由于十八韵系统的《中华新韵》被民国政府颁布为标准韵书,其历史影响巨大。

如果说,黎、白十八韵体系是官修的韵书,带有规定性质,那么十三辙体系的韵书则是归纳韵文押韵而成的韵书。民间虽然久传十三辙之目,但并无韵书产生,直到张洵如编成《北平音系十三辙》才算有了一部真正的十三辙的韵书。十三辙系统拥有深厚的群众基础,近代以来,北方即流行十三辙的韵部系统,新诗人押韵也多采用十三辙的押韵传统。

因此,我们有必要对十八韵体系韵书和十三辙韵书重点加以讨论。

十八韵体系的韵书及其评价

十八韵系统的韵书,最早的编纂者主要有黎锦熙、白涤洲,后来有魏建功等加入。

黎锦熙(1890—1978),现代著名语言文字学家、语文教育家,长期从事"国语"研究与推行,著作丰硕,享有崇高的学术盛誉。白涤洲(1899—1934),著名的国语研究专家,1930年毕业于北京大学国文系,著有《关中方言调查报告》《北音入声演变考》等论著。魏建功(1900—1980),江苏海安人,1925年毕业于北京大学中国文学系,曾任教育部国语统一筹备委员会委员、北京大学教授等职,在国语研究等领域有杰出成就。

十八韵系统最早是黎锦熙、白涤洲1934年在《国音分韵常用字表》（又名《佩文新韵》）里提出来的。1941年黎锦熙、魏建功、卢前等先生增修而成的《中华新韵》以及1950年出版的《增补中华新韵》等依据的韵部体系都是黎、白体系。因此十八韵系统的首功应该归黎、白两位先生。魏建功虽编《中华新韵》有功，但不能算首功。十八韵最初的名称在《国音分韵常用字表》里极通俗，即学习了《五方元音》的韵目，用了狮、鲨、驼、蛇、蝶、豺、龟、猫、猴、蝉、人、狼、僧、龙、儿、鸡、鸟、鱼等动物名，到了《中华新韵》才改为传统的韵目字。

黎锦熙为《国音分韵常用字表》写了一篇很长的序文（名为《佩文新韵序》）。该序文阐述了不少重要问题，包括：（1）说明编纂缘起：清代皇家的书斋叫"佩文斋"，清代编纂的诗韵标准韵书叫《佩文韵府》（康熙四十四年改编为《佩文诗韵》）；又因为他熟悉的一家书店叫"佩文斋"，而《国音分韵常用字表》由佩文斋出版，故名《佩文新韵》。（2）说明编纂依据：《佩文诗韵》依据的是民国二十一年（1932）年颁布的《国音常用字汇》的标准国音和收字，因此也是一部现代的新编官韵。共收一万二千二百二十余字，其中异体字一千一百八十余字，实有九千九百二十余字。（3）说明适用对象：适用新诗、旧诗人用新韵者以及读书说话用作标准音；（4）说明与其他韵书之关系。其对比的是《国音新诗韵》（1922），《北京音系十三辙》（1933）。黎先生认为，与《国音新诗韵》相比，两者主要的区别在于新旧国音的不同；与《北京音系十三辙》相比，黎氏认为那是"同实而异名""实虽同而用异"，也有"阳春下里""相得而益彰"之旨趣。（5）说明未列儿化韵的原因。（6）说明将来的修改方向。《国音分韵常用字表》序后有《帀韵之说明》一文，是摘自《国音略说》（钱玄同文，载《国语周刊》150期）的，主要讨论了两个舌尖元音（ɿ、ʅ）的问题。最后附有《国音普通轻声字示例》《说辙儿》（魏建功）、《与黎锦熙论"儿化韵"》（钱玄同）三文。

根据《中华新韵》的《韵略表》，今将十八韵分韵体系列为表1。

表1　　　　　　　　　《中华新韵》十八韵分韵体系

韵母	韵	类	开	齐	合	撮
a、ia、ua	麻	甲	巴	鸦	蛙	
		丙	八	鸭	挖	

续表

韵母	韵	类	开	齐	合	撮
o、io、uo	波	甲	波	唷	倭	
		丙	钵	托		
e	歌	甲	哥			
		乙	车			
		丙	鸽			
ê、ie、üe	皆	甲		爹		靴
		乙	诶	阶		
		丙		鳖		缺
ou、iou	侯		舟	鸠		
u	模	甲			乌	
		丙			屋	
ü	鱼	甲				驹
		丙				屈
i	齐	甲		鸡		
		丙		激		
ï(ɿ)、ï(ʅ)	支	甲	狮			
		乙	丝			
		丙	湿			
er	儿		儿			
ei、uei	微		胚		龟	
ai、(iai)、uai	开		胎	崖	歪	
ao、iao	豪		胞	彪		
an、uan、üan、ian	寒	甲	滩	天	湍	渊
		乙	贪	添		
en、uen、ün、ien	痕	甲	根	巾	昆	军
		乙	森	金		窘
ang、iang、uang	唐		獐	江	庄	
ong、iong	东				公	兄
ueng、eng、ing	庚	甲	僧	星		
		乙	风		翁	

表1中有的韵有分两类或三类的，其中甲、乙表示来源不同，丙是古入声字。比如"痕"韵的"根"来自古臻摄，"森"来自古深摄；庚韵的"僧"来自梗曾摄，"风"来自通摄。这说明，这个系统还比较注意跟古音的联系。同一韵内又分开齐合撮四呼。每一呼内又分阴阳上去四声，每一声调选一代表字（因字多，表内未列），其中韵母 io "唷"则是老国音的遗留。

黎锦熙先生对十八韵系统的韵书有过阐述，说明了其形成过程，并认为这应是一个无异议的好系统。他说：

> 这十八个韵部，可以说是从现代的北京音系中客观地分析归纳出来的韵部，作为现代汉语共同的新诗歌韵辙是可以无异议的……。
>
> 第二种是《中华新韵》——这就是以《十三辙》作基础，而依北京音系的标准调整的。请看上表，《十三辙》合并的五韵，都照北京音系析出独立，所以十三恢复为十八。对于《十三辙》中的"言前""人辰"两个小辙儿，则调查"北京音系"儿化韵的实况，理清系统，附列于"六儿"韵目中。这套韵目的发展变迁，是起于1923年，否定了1913年"读音统一会"会员多数表决、没有地方基础的"老国音"，重新调整研究，到1932年才最后决定以北京音系为全国标准音，同时按照北京音系的韵部编印一种《佩文新韵表》（1934年北京佩文斋出版），才开始分十八韵（韵目用字仿民间通行的《五方元音》例，取动物名，如"一鲨、二驼、三蛇、四蝶、五狮"等，当时名为十八龙）；1935年也曾印行第一批《简体字表》，把三百二十四个简化汉字分韵排列，才又调整了十八韵的"韵序"。请看上表：北京音的 e（ㄜ），只是 o（ㄛ）的不圆唇化，故三歌（e）跟着二波（o），《十三辙》已通为一韵。i（ㄓ）、er（儿）和 i（丨）同源，故五支（-i）六儿（er）就摆在七齐（i）之前，《十三辙》也通为一韵，而七齐则领着八微（ei）和九开（ai），因为它们都是以 i 为韵尾的。北京音的 ü，也只是 i 的圆唇化，所以《十三辙》把它统属于一七辙。但 u 也是圆唇化的韵母，古代韵书 u 和 ü 混合在"鱼"、"虞"（《广韵》还有"模"）韵中，为了系联古今，故十一鱼（ü）不跟七齐而摆在十模（u）之后。十模又领着十二侯（ou）和十三豪（ao），因为它们都是以 u 为韵尾的（今《汉语拼音方案》

ao 是以 o 代替 u）。最后十八东（-ong）也订正了当时注音字母之误（当时ㄧㄨㄥ、ㄩㄥ两韵母，ㄧㄨㄥ是以 ong 为 eng 的合口呼，ㄩㄥ又误以 ong 的齐齿呼，iong 为 eng 的撮口呼，都跟北京实际语音不符；1926 年《国语罗马字拼音法式》已给订正，今《汉语拼音方案》从之。——但《汉语拼音方案》的母表中，in、ing 列为 en、eng 的齐齿呼，ün 列为 en 的合口呼，也欠严整，还有 iu、ui 和 un 在表中都无着落；《汉语规范化论丛》153 页"科学体系表三"统给补订，《中华新韵》只因其与韵部的分合无关，故仍其旧。总之十八韵韵序的排列标准是参考采取了清初毛奇龄《古今通韵》之旨趣。1937 年抗日战争起，到 1941 年才把十八韵改用《广韵》老字眼标为"一麻"到"十八东"，每韵照北京音系分阴平、阳平、上声、去声（每声中挑出旧入声字标为"丙"类，汇附韵后；又把旧诗韵和今方音中较突出的异同分标"甲""乙"两类，以资比较而便于"通押"），于是字表形式的《佩文新韵》改编成为的韵书体裁的《中华新韵》，共收常用字八千三百多个。1947 年，中国大辞典编纂处又增收三千五百多字，共计一万一千八百多字，并加字义的简注，名为《增注中华新韵》（解放后加"新序"，1950 年商务印书馆出版）。这部韵书的主旨还是为了"正音"，严格以北京音系为汉字读音的标准，同时也使现代汉语的诗歌韵辙规范化，但也放宽了尺度，企图能合于"斟酌古今，权衡文质"所谓"古今通韵"的旨趣。此后仍以旧四声为纲，分统十八部而增加韵目的，有《汉语诗韵》（1954 年中华书局出版），最近根据十八部，以平仄统四声而析出入声字汇列韵后的，有《诗韵新编》（1965 年中华书局出版）。①

黎文内提及的"请看上表"指的是该文所列《汉语拼音方案的"韵母系统"与近代"韵目比较表"》。

黎先生在这段文字里十分清楚地说明了十八韵分韵的依据及其韵书编纂的演变过程。

十八韵体系注重音系分析，比较忽略押韵实践。在实际押韵时，十三辙系统拥有深厚的群众基础，因此十八韵体系也不得不像《国音新诗韵》

---

① 黎锦熙：《诗歌新韵辙的调查研究小结》，《中国语文》1966 年第 2 期。

一样采用"通韵"的变通办法来跟押韵实践相衔接。

表2是《中华新韵》所标注的"通"韵情况。该书原有的"旧通"体系是照顾历史的，这里不列。

表2　　　　　　　　　　　十八韵通韵表

韵母	韵	类	开	齐	合	撮	中华新韵
a、ia、ua	麻	甲	巴	鸦	蛙		
		丙	八	鸭	挖		
o、io、uo	波	甲	波	唷	倭		通歌甲
		丙	钵		托		
e	歌	甲	哥				甲通波
		乙	车				乙通皆甲
		丙	鸽				
ê、ie、üe	皆	甲		爹		靴	甲通歌乙
		乙	诶	阶			
		丙		鳖		缺	
ou、iou	侯			舟	鸠		
u	模	甲			乌		
		丙			屋		
ü	鱼	甲				驹	
		丙				屈	
i	齐	甲		鸡			通支及儿
		丙		激			
ï(ꭡ)、ï(ꭣ)	支	甲	狮				通儿及齐
		乙	丝				
		丙	湿				
er	儿		儿				通支及齐
ei、uei	微		胚		龟		
ai、uai	开		胎	崖	歪		
ao、iao	豪		胞	彪			
an、uan、üan、ian	寒	甲	滩	天	湍	渊	
		乙	贪	添			

续表

韵母	韵	类	开	齐	合	撮	中华新韵
en、ien、uen、ün	痕	甲	根	巾	昆	军	
		乙	森	金		窘	
ang、iang、uang	唐		獐	江	庄		
ong、iong	东				公	兄	通庚乙及庚甲开口唇声
ueng、eng、ing	庚	甲	僧	星			乙及甲开口唇声通东
		乙	风		翁		

根据《中华新韵》所列"通"的关系,"齐支儿"三韵全都可以通押,那么这个系统可以押韵的韵部就只有16韵了。

黎锦熙在《增注中华新韵序》中说:"《中华新韵》这部书,是代表民国时代'审音正韵'的一部官书。它所祖述的是六百多年以前为通俗戏曲而作的《中原音韵》;它所宪章的就是十多年前准照公布的标准国音而作的《国音分韵常用字汇》,一名《佩文新韵》。"① 这就是说,十八韵与历史有渊源,审音有依据。黎锦熙先生还说:"《中华新韵》把拥有多数人口和广大地区的'北京音系'的大众活语言做个客观的确实的对象,运用了科学的分析方法,就着大众活文艺所用'十三道辙儿'的底子,配合起来,成十八韵,每韵又科学化地排列了与《国音常用字汇》数目相当的常用字,完成了现代化的一部民族形式的新韵典,虽逐字定音,只是标准者华北,但按韵通押,也曾照顾到江南。在民族的、科学的、人民大众的观点上,这部《中华新韵》的内容是并无违反的,我们应当予以'接收',并且可以使它升华到正在建设的拼音新文字中,保证它在大众诗歌的韵脚上,每一韵的字母母音大体是相同的,而全国也可能是趋于大体一致的。"② 从这段话里,可以感觉到黎先生很满意这套分韵体系。

总体来说,这个十八韵系统在分韵上大体可行,但是无论在审音上还是归纳韵部上都还存在不足。比如,**既然**"支齐儿"是十三辙的"一七"辙,有着押韵的实际依据,但是十八韵系统却分为"支齐儿"三韵,并允许其互通,这是进退失据;又比如"支齐儿"既然可通,却规定"庚

---

① 黎锦熙:《增注中华新韵·序》,商务印书馆1950年版,第1页。
② 黎锦熙:《增注中华新韵·新序》,商务印书馆1950年版,第2页。

乙"及"庚甲"开口唇声字才与"东"通，而忽略实际押韵中两韵互通的事实，这远不及十三辙处理得当。这些都是因为十八韵系统是"斟酌古今，权衡文质"的结果，它太过于关注历史渊源，太少关注新诗的用韵实践。

十八韵系统虽然挂了个国颁韵书的名号，然而其实质作用并不大。黎锦熙1948年为《增注中华新韵》所撰"序"里说："自民卅五（1946）战后复员到现在，又历三年，《中华新韵》的流通与反应，情况都不热烈。"① 他还指出，因为新诗人大都根本不用韵，对这书没有兴趣；民众文艺随口头歌咏，对此根本不懂；学习国音、检寻字音的人，只要用《国音常用字汇》即可；这个韵书只对一些主张旧体用新韵的旧诗人创作旧体诗有刺激……② 这真是够讽刺的，本来是为新诗体编写的韵书，新诗人却没有兴趣，反而写旧诗的人受了"刺激"。

总之，十八韵体系不是一个完全成功的体系，其历史作用也十分有限。温颖在《论十三辙》里说："十八韵保留一些旧韵书的痕迹，即：波、歌分韵和庚、东分韵，特别是讲通押时，几乎完全脱离了现实语音，不惜违反客观实际一味照抄古书，保守倾向十分明显。"③ 我们认为这是很中肯的评价。

黎先生对十八韵的看法，后来有了改变。他说："今天为人民大众制成新诗韵，当然要把韵目总数搞得越少越好。但旨在统一，又须兼顾方言，力求通俗，又易溯反旧韵。广征律应，然后行得通，求简从宽，然后及得普。"④ 他提出了一个十一部体系，前已论及。在这个体系里，规定 u 跟 ü 通，ü 跟 i 通，实际上，u 不跟 i 通。因此，十一韵体系也还有瑕疵。

十三辙源流及韵辙归纳例证

十三辙是明清时期在北方官话区内形成的一套押韵体系，民间的戏曲、唱词多数按十三辙押韵，在现代新诗押韵中仍有很大影响，新国音时期和普通话时期的不少韵书是依据十三辙编写而成的。

---

① 黎锦熙：《增注中华新韵·序》，商务印书馆1950年版，第30页。
② 同上书，第26—27页。
③ 温颖：《论十三辙》，《语文研究》1982年第2期。
④ 黎锦熙：《诗歌新韵辙的"通押"总说》，《徐州师范学院学报》1984年第4期。

(一) 十三辙源流

如果说，黎、白十八韵体系是官修的韵书，带有规定性质，那么十三辙体系的韵书则是归纳韵文押韵而成的韵书。黎锦熙对十三辙有过这样的论述，他说：

> 第一种是《十三辙》——这是近代北方通俗诗歌、戏剧、曲艺、唱词所用的"十三道辙儿"，还带着两道"小辙儿"。依照韵书体制集合通用字整编成书的有《北京音系十三辙》（1936年中国大辞典编纂处出版）和《北京音系小辙编》（1949年开明书店出版），最近集合四五千字列成"同韵常用字表"，并介绍选辙辨韵必不可少的常识"的有《怎样合辙押韵》（郑林曦编，1965年北京出版社出版）；请看上表（按：指该文所列《〈汉语拼音方案〉的"韵母系统"与近代"韵目"比较表》），它和现代北京音系不同的地方只在"梭波辙"合并了o、e两个韵母，"一七辙"合并了i、-i, er和ü四个韵母，"中东辙"合并了eng、ong两个韵母，总共省掉五韵。据不全面的空间方面调查，这套韵辙基本上是同北方话民歌唱词的客观事实相符合的。①

黎先生在这里强调的是十八韵与十三辙的关联和不同，同时也肯定了十三辙的韵部划分同创作的押韵实际更加接近。

近代以来，虽然北方韵文流行十三辙的韵部系统，但是这个十三辙是如何形成的，却没有明确的文献记录。何佩森（2004）在《梨园声韵学》里说："究竟十三辙是何人所创？至今还尚无定论。有人说是明末的鼓词作家贾凫西，根据《中原音韵》的十九个韵部简化而来，又经过了蒲松龄的改正（此二公皆为山东人，对民间的口头文学都颇有研究）。也有人说'十三辙'出自清朝初年（1654—1673），唐山人樊腾凤所著的《五方元音》的十二韵目。还有人说'十三辙'与《等韵》的十二韵摄有关。以上诸种说法当中，十三辙远继《中原音韵》十九韵部，近承《五方元音》的十二韵目一说，是比较准确的。但是，这三者之间并非直接的继

---

① 黎锦熙：《诗歌新韵辙的调查研究小结》，《中国语文》1966年第2期。

承……"① 魏建功（1933）在《说辙儿》一文中提及，江苏徐州铜山有《考字奇本》一书，载有十三辙，山东有《增补十五音》，与十三辙相类；清嘉道间山东藤县人张畊的《古韵发明》论及十三辙："天下共有音十三音，能全备者少。故相传有十三种叶法，以'江交鸠居坚金经饥吉皆角嘉结'十三字一声之转辩方音……"。② 这说明十三辙来源很久。

学术界对"辙"的解释大同小异，把"辙"理解为"车辙""轨道"，如张再峰（2014）说："'辙'本指车轮在地面上碾轧出的痕迹，呈两道车沟状。京剧行内习惯将'韵'称为'辙'，所以，押韵又叫'合辙'。"③

王力（1985）虽将明清时代的韵部分为十五个，分别是中东、江阳、支思、衣期、居鱼、姑苏、怀来、灰堆、人辰、言前、遥迢、梭波、麻沙、乜斜、由求，但他同时又认为这十五个韵部与十三辙一致。④ 他（1980）在《汉语音韵》里所拟的韵母是：中东（əŋ、iŋ、uŋ、yŋ），江阳（aŋ、iaŋ、uaŋ），衣期（一七）（ɿ、ʅ、i、y），姑苏（u），怀来（ai、uai），灰堆（əi、uəi），人辰（ən、in、un、yn），言前（an、ian、uan、yan），梭波（ɤ、uo），发花（a、ia、ua），乜邪（iɛ、yɛ），遥迢（au、iau），由求（əu、iu）。此外，er（[ɚ]）因字少（常用字仅有"儿""耳""二"等）不独成一部。⑤

文康《儿女英雄传》（北京十月文艺出版社2004年版）中有这样一段文字：

> ……老爷看那道士时，只见他穿一件蓝布道袍，戴一顶棕道笠儿。那时正是日色西照，他把那笠儿戴得齐眉，遮了太阳，脸上却又照戏上小丑一般，抹着个三花脸儿，还带着一圈儿狗蝇胡子。左胳膊上揽着个渔鼓，手里掐着副简板，却把右手拍着鼓。只听他扎嘣嘣，扎嘣嘣，扎嘣扎嘣扎嘣打着，在哪里等着攒钱。忽见安老爷进来坐下，他又把头上那个道笠儿往下遮了一遮，便按住鼓板发

---

① 何佩森：《梨园声韵学》，天津古籍出版社2004年版，第100—101页。
② 魏建功：《说辙儿》，《世界日报·国语周刊》1933年第103、104期。
③ 张再峰：《怎样唱京剧》，湖南文艺出版社2014年版，第190页。
④ 王力：《汉语语音史》，中国社会科学出版社1985年版，第405页。
⑤ 王力：《汉语音韵》，载《王力文集》第五卷，山东教育出版社1986年版，第26页。

科道：

"锦样年华水样过，轮蹄风雨暗消磨；仓皇一枕黄粱梦，都付人间春梦婆。（梭坡）——小子风尘奔走，不道姓名；只因作了半世蒙懂痴人，醒来一场繁华大梦，思之无味，说也可怜。随口编了几句道情，无非唤醒痴聋，破除烦恼。这也叫作'只得如此，无可奈何'。不免将来请教诸公，聊当一笑。"

他说完了这段科白，又按着板眼拍那个鼓。安老爷向来于戏文、弹词一道本不留心，到了和尚，道士两门，更不对路，何况这道士又自己弄成那等一副嘴脸！老爷看了，早有些不耐烦，只管坐在那里，却掉转头来望着别处。忽然听他这四句开场诗竟不落故套，就这段科白也竟不俗，不由得又着了点儿文字魔，便要留心听听他底下唱些什么。只听他唱道：

"鼓逢逢，第一声。莫争喧，仔细听，人生世上浑如梦，春花秋月销磨尽，苍狗白云变态中。游丝万丈飘无定。诌几句盲词瞎话，当作他暮鼓晨钟。"（中东）

安老爷听了，点点头，心里暗说："他这一段自然要算个总起的引子了。"因又听他往下唱道：

"判官家，说帝王。征诛惨，揖让忙。暴秦炎汉糊涂账，六朝金粉空尘迹，五代干戈小戏场，李唐赵宋风吹浪。抵多少寺僧白雁，都成了纸上文章。"（江阳）

"最难逃，名利关。拥铜山，铁券传。丰碑早见磨刀惨，驮来薏苡冤难雪，击碎珊瑚酒未寒，千秋最苦英雄汉。早知道三分鼎足，尽痴心六出祁山！"（言前）

安老爷听了想道："这两段自然要算历代帝王将相了。底下要只这等一折折的排下去，就没多的话说了。"便听他按住鼓板，提高了一调，又唱道："怎如他，耕织图！"安老爷才听得这句，不觉赞道："这一转转得大妙！"便静静儿的听他唱下去道：

"怎如他，耕织图！一张机，一把锄，两般便是擎天柱。春祈秋报香三炷，饮蜡歊醖酒半壶，儿童闹击迎年鼓。一家儿呵呵大笑，都说道'完了官租'。"（姑苏）

"尽逍遥，渔伴樵。靠青山，傍水坳。手竿肩担明残照。网来肥鳜擂姜煮，砍得青松带叶烧。衔杯敢把王侯笑。醉来时狂歌一曲，猛

抬头月小天高。"（遥条）

"牧童儿，自在身。走横桥，卧树阴，短蓑斜笠相厮趁。夕阳鞭影垂杨外，春雨笛声红杏林。世间最好骑牛稳。日西矬归家晚饭，稻粥香扑鼻喷喷。"（人辰）

正听着，程相公出了恭回来说："老伯候了半日，我们去罢。"老爷此时倒有点儿听进去，不肯走了，点点头。听那道士敲了阵鼓板，唱道：

"羡高风，隐逸流。住深山，怕出头，山中乐事般般有。闲招猿鹤成三友，坐拥诗书傲五侯。云多不碍梅花瘦。浑不问眼前兴废，再休提，皮里春秋！"（油求）

"破愁城，酒一杯。觅当垆，酤旧醅，酒徒夺尽人间萃。卦中奇偶闲休问，叶底桔荣任几回。倾囊拼作千场醉。不怕你天惊石破，怎当他酣睡如雷。"（灰堆）

"老头陀，好快哉。鬓如霜，貌似孩，削光头发须眉在。菩提了悟原非树，明镜空悬那是台？蛤蜊到口心无碍。俺只管薅锄烦恼，没来由见甚如来！"（怀来）

"学神仙，作道家。踏芒鞋，绾髻丫，葫芦一个斜肩挂。丹头不卖房中药，指上休谈顷刻花。随缘便是长生法。听说他结茅云外，却叫人何处寻他？"（发花）

"鼓声敲，敲渐低。曲将终，鼓瑟稀，西风紧吹啼猿起。《阳关三叠》伤心调，杜老《七哀》写怨诗。此中无限英雄泪。收拾起浮生闲话，交还他鼓板新词。"（一七）

安老爷一直听完，又听他唱那尾声道：

"这番闲话君听者，不是闲饶舌。飞鸟各投林，残照吞明灭。俺则待唱着这道情儿归山去也！"（乜斜）

唱完了，只见他把渔鼓、简板横在桌子上，站起来望着众人，转着圈儿拱了拱手，说道："献丑、献丑！列位客官，不拘多少，随心乐助，总成总成。"众人各各随意给了他几文而散。华忠也打串儿上撸下几十钱来，给那个打钱儿的。

老爷正在那里想他这套道情不但声调词句不俗，并且算了算，连科白带煞尾通共十三段，竟是按古韵十二摄，照词曲家增出灰韵，合着十三折谱成的，早觉这断断不是这个花嘴花脸的道士所能解。待要问问他，自己是天生的不愿意同僧道打交道，却又着实赏鉴他这几句道情，便想多给几文，犒劳犒劳他……

《儿女英雄传》这段文字里，科白、唱段、尾声正好押了十三个不同的韵辙，按照戏曲唱法算，可以归纳出如下十三个韵段，每个韵段都是一韵，正合十三辙之数：

过磨婆（梭坡）

逢声听梦中定钟（中东）

王忙账场浪章（江阳）

关山传惨寒汉山（言前）

图锄柱炷壶鼓租（姑苏）

遥樵坳照烧笑高（遥条）

身阴趁林稳喷（人辰）

流头有友侯瘦秋（油求）

杯醅萃回醉雷（灰堆）

哉孩在台碍来（怀来）

家丫挂花法他（发花）

低稀起诗泪词（一七）

者舌灭也（乜斜）

《儿女英雄传》问世在道光、光绪之间，这说明十三辙至少在清代就已十分流行了。根据这段文字，十三辙在早期或许有十三折的意思，就是每折用一个韵，恰好是十三韵，后来就叫成十三辙了。

罗常培先生（1935）曾经作过一张十三辙韵书的演化表，从《中原音韵》一直画到京戏十三辙，从中可以看出近代以来韵书系统的演变[①]。罗常培的表虽然列出了很多韵书，但是这些韵书之间存在不少时代和空间的差异，很难说都跟十三辙有关。不过，这些韵书中，很多都是为戏剧用韵服务的，这一点需要特别注意，也可以说十三辙系统，来自北方戏剧押韵，社会上的正统诗歌押韵不一定跟它有关。今转录罗常培的十三辙韵书演化图如下页。

民间虽然久传十三辙之目，但并无韵书产生，直到张洵如编成《北

---

① 罗常培：《中州韵与十三辙》，《益世报·读书周刊》1935年9月19日。

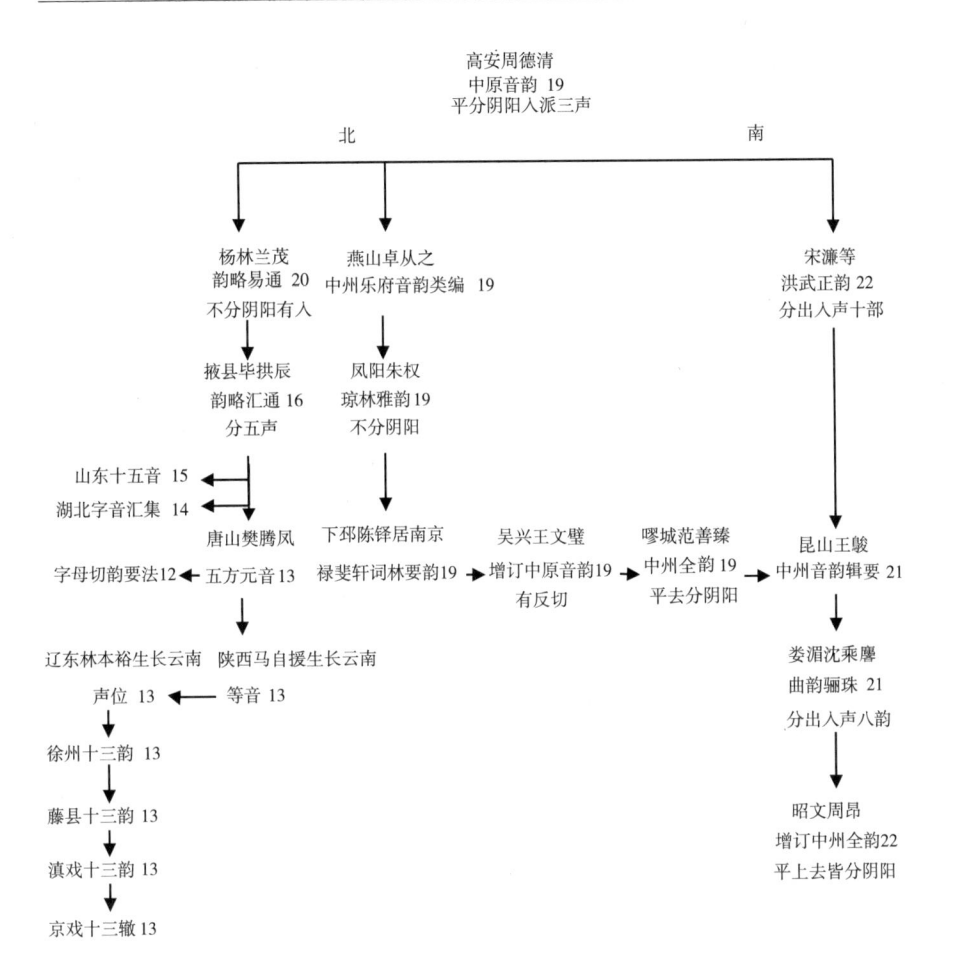

```
                          高安周德清
                          中原音韵 19
                          平分阴阳入派三声
              北                              南
      ┌───────────┼───────────┐               │
   杨林兰茂      燕山卓从之                   宋濂等
   韵略易通 20   中州乐府音韵类编 19          洪武正韵 22
   不分阴阳有入                                分出入声十部
      │            │
   掖县毕拱辰    凤阳朱权
   韵略汇通 16   琼林雅韵 19
   分五声        不分阴阳
```

```
山东十五音 15  ←
湖北字音汇集 14 ←┐
                │  唐山樊腾凤    下邳陈铎居南京   吴兴王文璧       嘵城范善臻      昆山王骏
字母切韵要法12 ← 五方元音 13    禄斐轩词林要韵19  增订中原音韵19  中州全韵 19     中州音韵辑要 21
                                有反切          平去分阴阳
辽东林本裕生长云南  陕西马自援生长云南                                           娄湄沈乘麐
       │                                                                      曲韵骊珠 21
    声位 13  ←  等音 13                                                       分出入声八韵
       │
    徐州十三韵 13                                                              昭文周昂
       │                                                                      增订中州全韵22
    藤县十三韵 13                                                              平上去皆分阴阳
       │
    滇戏十三韵 13
       │
    京戏十三辙 13
```

平音系十三辙》才算有了一部真正的十三辙的韵书。

张洵如（1905.7—?），河北省东光县人，曾就读于北京大学第二平民夜校师范班等中等学校，先后任职清室善后委员会、故宫博物院文献馆、故宫档案馆、中国人民大学历史档案系档案学研究室。张先生热爱语言研究，对北京话研究有很深的造诣，先后出版了《北平音系十三辙》（中国大辞典编纂处1937年版）、《北平音系小辙编》（开明书店1949年版）、《北京话轻声词汇》（中华书局1957年版）等名著。

《北平音系十三辙》由张洵如编著、魏建功参校。张洵如编这部韵书，主要是根据明清以来北方（北京为主）的韵文押韵归纳出来的，每一韵列有声韵调拼合的音节字，用新国音注音字母标注。为了便于了解十三辙的构造，今将其与十八韵的比较列为表3：

表 3　　　　　　　　　　十三辙与十八韵的比较

普通话韵母	十三辙	十八韵
	北京音系十三辙	中华新韵
	张洵如	黎锦熙、魏建功等
	1937	1941
a/ia/ua	发花	麻
o/uo	梭坡	波
e		歌
ie	乜斜	皆
üe		
ou/iou	油求	侯
u	姑苏	模
ü	一七	鱼
i		齐
ï (ʅ)		支
ï (ɿ)		
er		儿
ei/uei	灰堆	微
ai/uai	怀来	开
ao/iao	遥条	豪
an	言前	寒
uan		
üan		
ian		
en	人辰	痕
uen		
ün		
ien		
ang/iang/uang	江阳	唐
ong/iong	中东	东
eng/ing/ueng		庚

注：《中华新韵》"例说"在对比十八韵与十三辙时，误将十八韵的鱼韵与姑苏辙对应，鱼韵在十三辙里属于一七辙。

与十八韵系统相比，十三辙在韵部归纳方面比较符合押韵实际，重在"广文路"，十八韵分出的"波、歌"，"东"、"庚"则不符合押韵实际。至于十三辙的"一七辙"是否合适，还有争议。罗常培先生早就说过："如果为押韵宽松，这种合并法（按：指十三辙的一七辙）当然可以的；至于说听起来很顺，很自然，那却不见得！否则从北宋邵雍的皇极经世声音唱和图起就不会把'资雌私'等另眼看待。我听见京韵大鼓里'时''期''去'……等一七辙的押韵，往往觉得不顺耳；同时对于一位有名的评戏艺人把'时''吃''知'……等字都念成'一'韵，也觉得不很自然！所以我们要创作新曲艺，除非必不得已，能避免混用，最好避免。"① 这一观点值得我们重视。

张洵如还编有《北平音系小辙编》（1949），这是一部全面研究北京音系儿化韵的韵书，共分出了8个儿化小辙韵，排列了3000多条儿化词。赵元任在《国音新诗韵》虽排列了儿化韵，但在韵字表里并没有开列。《佩文新韵》虽然也提及了儿化韵，但并没有列出儿化韵，也没有收儿化韵字，只是收了钱玄同《论儿化》的一封信。《中华新韵》列出的儿化韵也极少。因此，《北平音系小辙编》是第一部儿化韵韵书。

（二）十三辙韵谱归纳例证

罗常培先生的《北京俗曲百种摘韵》（1942年重庆国民图书出版社出版，1950年来薰阁书店新版，天津古籍出版社1986年版），作为"古今民间文艺丛书专刊之一"，受到文艺界、语言学界的高度评价。以罗先生当时在学术界的名望，肯于向民间文艺学习并作深入研究，功被于世。罗先生在该书里详细地论述了"十三辙"的历史沿革，从百种北京地区（包括周围的其他地区）流传已久的俗曲里归纳成十三辙，正好跟历史上相传的北方俗曲十三辙相吻合。这种"丝贯绳牵"的归纳方法是纯客观的，结论是可靠的。

我们以罗文的方法归纳清代北京74首儿歌的辙口，结果跟罗先生的归纳结果基本一致。这可以验证十三辙的确有群众基础。当然也存在一些差异，如这些韵字里没有罗先生列举的中东与人辰混押的现象，也没有怀来跟灰堆混押的现象。罗先生没有归纳出儿化韵，只是讨论到这个问题，而儿歌里儿化韵较为丰富，可以单押儿化韵，也可跟其他辙口相押，可归

---

① 罗常培：《北京俗曲百种摘韵·自序》，天津古籍出版社1986年版，第8—9页。

纳为"小人辰辙、小言前辙"等。另外,"得"读[tei]、"熟"读[ʂəu]、"的"读[tei]、"哟"读[yo/yə]、"落"读[lɑu]、"着"读[tʂau]也是应注意的音读现象。这里用的北京儿歌是上海古典文学出版社1956年出版的《明清民歌选》里的74首。据编选者说,这些儿歌流行于乾隆至光绪年间,也就是18—19世纪期间。它们反映了这一时期内北京民歌用韵的真实情况。这份材料跟罗先生归纳的俗曲在性质上不完全一样。因为罗先生使用的那份材料是有曲谱的,很可能经过文人的加工,而且地域范围比较大,不限于今天的北京地区,还有相邻地区的曲子,也可能有配曲上的要求。儿歌则不然,它当是纯天然的,加工修饰的成分相对较少,地域也比较单纯,更能反映当时北京语音的真实状态。

我们归纳韵谱的方法是跟罗先生学的,手续和辨认韵脚方面的问题罗先生都讲清楚了,这里不再重复。下面直接开列归纳韵谱的结果并举例于后。

1. 发花辙

［谱］ 马家他发疸八叭打骂话大怕麻瓜茶么三家褂搭嘎妈花罢帕巴轧嫁鸦

［例］ 沙土地儿跑白马,一跑跑到丈人家。大舅儿往里让,小舅儿往里拉。隔着竹帘儿瞧见他,银盘大脸黑头发,月白缎子绵袄银疙疸。

高高山上一棵麻,两个蝲蟟往上爬;我问:"蝲蟟爬怎的?""嗓子干了要喝茶。"

玩来罢!踢球打嘎嘎,玩了个蝈蝈递手帕,一递递了个羊椅巴。

2. 梭波辙

［谱］ 多箩哥婆过做我垛个卧客饽歌

［例］ 荆条棍儿,用处多。编了个柳斗儿,编筐箩;筐箩倒比柳斗儿大,管着柳斗儿叫哥哥。

滴滴滴,上草垛,他妈养活他独一个,金盆里洗,银盆里卧。一聘聘了山东客,十个公十个婆,十个小叔子管着我。

3. 乜斜辙

［谱］ 茄爷咧爹

［例］ 紫不紫,大海茄;八月里供的是兔儿爷。小秃儿咧咧咧,南边打水是你爹。

4. 姑苏辙

［谱］ 醋妇五噜树朵儿腐谷鼠

［例］喜儿喜儿吃豆腐，小鸡儿过来嗛把谷，狗儿汪汪汪看家，猫儿过来会扑鼠。

说了一个五，道了一个五，什么开花一嘟噜？葡萄开花一嘟噜。

5. 一七辙

［谱］气戏七一低去里鸡弟寺西衣婿吃四刺十匙

［例］小六儿真淘气，戴上胡子唱出戏。

有个大姐正十七，过了四年二十一；寻个丈夫才十岁，他比丈夫大十一。一天井台去打水，一头高来一头低；不看公婆待我好，把你推到井里去。

四牌楼东，四牌楼西，四牌楼底下卖估衣。我问估衣卖多少？扎花儿裙子二两七。

6. 怀来辙

［谱］奶孩歪来台矮窄呆槐

［例］张奶奶，李奶奶，俺家有个小婴孩；站得稳，坐不歪，好吃饽饽不吃奶。

墙头儿矮，磴儿窄，挡着达子过不来。

提灯棍，打灯台，爷爷儿娶了个后奶奶；脚又大，嘴又歪，气的爷爷儿净发呆。奶奶儿奶奶儿你先走，爷爷好了你再来。

7. 灰堆辙

［谱］岁水贝桂飞的

［例］虫、虫、虫虫飞，飞到南山吃露水。

小宝贝，冰糖加梅桂。

一盆水，二盆水，开好花，开大的。

8. 油求辙

［谱］牛后走游头绸修州有豆肉瘦熟油酒狗手球六九

［例］吃豆豆，长肉肉，不吃豆豆精瘦瘦。

大哥大哥你别回头，身后有只大芒牛。牛什么牛？柯椤球。

新家女儿会梳头，一梳梳了个麦子熟。麦子磨成面，芝麻磨成油。不喝你们茶，不喝你们酒，瞧瞧新娘我就走。

9. 遥条辙

［谱］高梢落要好倒叫道姣刀糕宝枣跑饱叫帽号袄豪毛瞧桥漂着

［例］小巴狗，跳南濠，又没尾巴又没毛；有人来到他不叫，芦苇塘

里满处跑。

小宝贝，桂花加小枣。

我的儿，我的娇，三年不见，长得这么高。骑着我的马，拿着我的刀，扛着我的案板，卖切糕。

10. 言前辙

[谱] 软眼三边看蛋难干脸癣

[例] 浇花浇花浇花难，你不浇花花就干。

骑着驴，打着伞，光着脊梁绾着纂。

11. 人辰辙

12. 江阳辙

[谱] 黄娘强汤堂糠江郎凰房当上舱羊墙棒唱亮放凉霜炕皇

[例] 小白菜儿地里黄，七岁八岁儿离了娘，好好儿跟着爹爹过，又怕爹爹娶后娘。娶了后娘三年整，养了个兄弟比我强；他吃菜，我泡汤，哭哭啼啼想亲娘。

王家女，李家郎，长大了配凤凰，吹吹打打入洞房。

新打的茶壶亮堂堂，新买的小猪不吃糠；新娶的媳妇不吃饭，眼泪汪汪想他娘。

秦始皇，砌城墙。

13. 中东辙

[谱] 红中烘青明风中珑层龙嗡听

[例] 亲娘想我一阵风；我想亲娘在梦中。

自来白，自来红，月光码儿供当中。毛豆枝儿乱烘烘，鸡冠子花儿红里个红，圆月儿的西瓜皮儿青。月亮爷吃的哈哈笑，今夜的光儿分外明。

花椒树，嗡嗡嗡，唱个歌儿奶奶听。

除了上述十三辙之外，剩下的还有所谓的"小辙儿"，留待下面再讨论。

上述归纳跟罗先生的结果是完全一致的，可见"十三辙"的影响是很大的，它代表了明清以来民间艺术创作的官话押韵模式。

通过上述分析发现，在74首儿歌里，没有典型的人辰辙，这可能是一种偶然的失用。其他的十二个辙都出现了，韵谱我们也列举了，情形跟罗先生归纳的一样。可是也有一些差异：这些韵字里没有罗先生列举的中东与人辰混押的现象。这两对韵在罗先生归纳的材料里可是经常混用的。

这种差异说明在艺术语言里押韵尚有人为的色彩，而儿歌则纯出天然，故韵基相异的字在一起押韵的现象就少得多。除了以上两点差异以外，还有两点跟罗先生归纳的情形也不一样。

1. 儿化韵

十三辙里不包括儿化韵，人们习惯上将儿化韵称为小辙儿。罗先生没有归纳出儿化韵，只是讨论到了这个问题。我们所用来例证的材料，儿化韵较为丰富，我们归纳的情形是：

（1）单独押儿化韵的

[例a] 小五儿，小六儿，一块冰糖，一包豆儿。

[例b] 红葫芦轧腰儿，我是爷爷的肉姣儿，我是哥哥的亲妹子，我是嫂子的气包儿。

a是油求辙的儿化，b是遥条辙的儿化，它们不跟非儿化的字押韵，说明儿化韵有较强的独立性。

（2）跟其他字押韵的

[例] 花椒树，红骨朵，十七八的姑娘做媳妇。

"树、妇"属姑苏辙，应读u。"朵"属梭波辙，读uo，儿化后就读成了ur，跟u就十分相近，故能押韵。

（3）小人辰辙

[例] 说了一个二，道了一个二，什么开花一根棍儿。

庙门儿对庙门儿，里头住着小妞人儿。白脸蛋儿，红嘴儿，扭扭捏捏，爱死人儿。

小眼儿看景致儿，小鼻子闻香气儿，小耳朵听好音儿，小嘴儿吃玫瑰儿。

一抓金儿，二抓银儿，三不笑，是好人儿。

货郎担卖裤腿，俺家有个小婶儿。

小小子开铺儿，开开铺儿两扇水儿。

小妞儿，坐椅子儿，锥帮子儿，衲底子儿，挣了二升小米子儿。

如果归纳一下的话，小人辰辙包括以下几个辙口：

$$\begin{Bmatrix} 人辰 & ən & iən & uən \\ 一七 & i & ï & er \\ 灰堆 & ei & uei & \end{Bmatrix} ər \quad iər \quad uər$$

这就是小人辰辙形成的语音根据。也就是说这三个韵辙的韵母儿化以后主要元音混同为ə并卷舌。读音情况如下：

二 ər→ər　　　　　　棍 kuənr→kuə̃r
门 mənr→mə̃r　　　　人 zənr→zə̃r
嘴 tsuei→tsuər　　　致 tʂɭr→tʂər
气 tɕ'ir→tɕ'iər　　　音 iənr→iə̃r
瑰 kueir→kuər　　　金 tɕiənr→tɕiə̃r
银 iənr→iə̃r　　　　腿 t'ueir→t'uər
婶 ʂənr→ʂə̃r　　　　子 tsɭr→tsər

（4）小言前辙

[例] 小孩儿，小孩儿，上井台儿，摔了个跟头捡了个钱儿。又打醋，又买盐儿；又娶媳妇，又过年儿。

出了门儿，阴了天儿，抱着肩儿，进茶馆儿，找个朋友寻两钱儿。出了茶馆儿，飞雨花儿，老天爷！竟和穷人闹着玩儿。

穷太太儿，抱着个肩儿，吃完了饭儿，绕了个湾儿，又买槟榔，又买烟儿。

小淘气儿，跳钻钻儿，脑瓜上，梳着个小蜡千儿。

如果归纳一下，那么小言前辙包括的辙口应是：

$$\left.\begin{array}{ll}\text{怀来} & ai \\ \text{言前} & an\ uan\ ian\ yan \\ \text{发花} & a\ ua\end{array}\right\} ar\ uar\ iar\ yar\ (ãr\ uãr\ iãr\ yãr)$$

这也就是小言前辙形成的语音基础。怀来、言前、发花三辙儿化后主要元音 a 卷舌，有韵尾的韵母全部儿化。这些字的读音如下：

孩 xair→xar　　　　　台 t'air→t'ar
钱 tɕ'ianr→tɕ'iãr　　盐 ianr→iãr
年 nianr→niãr　　　天 t'ianr→t'iãr
肩 tɕianr→tɕiãr　　　馆 kuanr→kuãr
花 xuar→xuar　　　玩 uanr→uãr
太 t'air→t'ar　　　　饭 fanr→fãr
湾 uanr→uãr　　　　烟 ianr→iãr
钻 tsuanr→tsuãr　　千 tɕ'ianr→tɕ'iãr

2. 个别字的读音

在我们使用的这份材料里有一些字的读法在今天看来比较特别, 故单独拿出来说一下。

(1) 得

［例］叫他井台去打水, 勒的小手怪疼得。

罗先生的书里将"得"归入梭波辙,《李氏音鉴》（清·李汝珍著, 1880年成书, 它的音系跟北京话一致, 故在此拿它来比较一下, 以下简称《音鉴》）里读［to］, 读 tei。在儿歌里正好跟"水"押韵, 说明"得"有"［tei］"一读。

(2) 熟

［例］亲家女儿会梳头, 一梳梳了个麦子熟。

罗先生书里没有收"熟"字,《音鉴》读 ʂu, 儿歌里"熟"与"头"押韵, 说明"熟"应归油求辙。

(3) 的

［例］一盆水, 一盆水, 开好花, 开大的。

罗先生将"的"归一七辙, 读［ti］,《音鉴》同, 儿歌里"的"与"水"押韵, 说明"的"还读"［tei］"。

(4) 哟

［例］大哥哥, 二哥哥, 这个年头怎么过? 棒子面儿二百多。扁头开花儿一呀哟。

罗先生书里没有"哟"字, 儿歌里"哟"与"哥""过""多"押韵, 说明"哟"读［yo］或［yə］, 应归梭波辙。

另外, 儿歌里"落""着"二字与"遥条"韵字押韵, 应读 ɑo 韵母, 跟罗先生的归纳和《音鉴》的读音相符。"三"归"发花""言前"两辙也跟罗先生的结论一致。

温颖在《论十三辙》里对十三辙有过分析和评价。① 她首先提出了三点质疑：①十三辙与十八韵只能有一个系统是正确的, 不能两套系统都正确；②押韵对于讲同一种语言的人来说, 一首诗歌是否押韵, 感受应当是一致的, 不可能对于一组具体的韵脚来说, 一人一个样, 十三辙跟十八韵虽然大同小异, 但是有些韵差异太大；③就现代北京话语音系统而论, i

---

① 温颖：《论十三辙》,《语文研究》1982 年第 2 期。

和 ü 可以勉强相押，但是 i 和 ï（ɿ/ʅ）、er 并不押韵，i 和 er 简直是风马牛不相及，十三辙的一七辙不合乎北京话。质疑之后，她认为，十八韵有旧韵的痕迹，而十三辙尊重实际，不拘泥古韵，可以说充满着唯物主义精神，但是，其中的一七辙却又明显地违反客观实际，十三辙的"一七辙"（i、ï（ɿ/ʅ）、er）是不能押韵的。

温文所论各点大都是有道理的，比如，i 和 ü 之间的押韵只能算勉强相押。但是，也不能否定 i 跟 er、i、ï（ɿ/ʅ）之间的押韵的事实。它们在实际押韵中确实有一定的数量，如罗常培《北京俗曲百种摘韵》列举的①：

绣荷包：子提枝去
金钟记：里妻知吃的

又如上面列举的清代北京儿歌：

四牌楼东，四牌楼西，四牌楼底下卖估衣。我问估衣卖多少？扎花儿裙子二两七。

轻言它们不能押韵有失武断。
温文对十三辙的总体评价也是很有道理②：

十三辙是一个历史现象和区域性方音现象，是北方方言民间戏曲韵辙的总称。在不同时期，各地有各地的十三辙，十四韵，十五音之类的不同韵辙系统。各地的韵辙的韵值并不完全相同。ï（ɿ/ʅ）和 er 两韵，特别是 er 韵有可能没有包括在十三辙之内。作为一种历史现象，十三辙是进步的，革命的。到了现代，它又是不实用的，因为它不完全符合现实客观语音实际。

罗常培先生对十三辙的评价也是很精道的，他说："至于十三辙本身

---

① 罗常培：《北京俗曲百种摘韵》，天津古籍出版社 1986 年版，第 41、42 页。
② 温颖：《论十三辙》，《语文研究》1982 年第 2 期。

的毛病，例如，一七辙把咬齿的'资雌私''之吃尸'和撮口的'居驱吁'都同'基欺希'之类的齐齿字混成一韵，那自然没有北京音合乎实际的语言。"他还说："皮黄的押韵最初当然保持些它的发祥地的方音，但是现在已然被人公认为'平剧'（按：'平'指当时的北平，即今北京）就无妨改从平音——就是现代的国音。照通例说，只有国音可以有'舞台标准音'的地位。所以现在要提议改良剧韵，我以为不如就直截了当地采用所谓《佩文新韵》的十八韵"。①

---

① 罗常培：《中州韵与十三辙》，《益世报·读书周刊》1935年9月19日。

普通话分韵的基本原则

我们前面讨论了我国诗歌押韵的传统、新诗韵书的产生背景、编纂历程、种类、分韵差异及其原因，特别讨论了十八韵系统和十三辙系统的韵书存在的一些问题等。其实无论哪个时代，也不管是哪个人编纂韵书，需要解决的最根本的问题就是如何划分韵部的问题。因此，新诗韵书的编纂首先应该解决的就是分韵的原则问题。下面提出一些应遵循的基本原则，并以此检验过往韵书编纂的得失。

恪守汉语普通话音系的原则

我国是一个地域辽阔、民族众多、语言复杂的国度，要是没有全国通行的共同语，就很难维系国家的正常运行和文化的统一。我国至少在春秋时期就有了共同语的雏形——雅言。雅言之后，汉代有通语，六朝至唐宋有正音，明清有官话，这些都是共同语的不同历史称谓。当然，历代共同语特别强调书面语的标准，如唐宋时期官颁的《切韵》系韵书、明代的《洪武正韵》、清代的《音韵阐微》等都是书面语标准，这些韵书在口头上不是完全能够落实的。历史上的各个时代，口语方面都缺乏明晰的、音系结构一致的音系标准。虽然全国大致维持着口头交流的口语音系系统，但弹性比较大，规范性较差。然而，通过对历代诗歌用韵的研究，我们可以发现历代口语性较强的诗歌，如《诗经》、汉乐府、宋词、元曲的用韵规则各自大体一致，这又说明历代口语虽然缺乏严格的音系规范，但其通行性、认可度还是较高的。

自民国初年国语意识确立以后，北京话音系就成了国语（普通话）遵循的口语音系标准，虽然曾经存在过争议，但这一音系标准已经落地生根，并深入人心，新诗也毫无悬念地选择了北京音系作为押韵的依据。近百年来，任何主张方言入韵、古音入韵的主张，都没能获得广泛的支持，那些编有这些成分的韵书自然也就难逃被弃用的厄运。

贯彻语音分析从严的原则

前面我们已经论及，韵书编纂的基础工作是音系描写和音位归纳。《汉语拼音方案》里的普通话的韵母系统，是新诗韵书编纂的语音依据。前已论及《汉语拼音方案》的《韵母表》实际存着不少问题，多个韵母（主要是韵母所含有的主要元音及四呼匹配）描写和位置安排存在问题。因此，如何分析、把握普通话的韵母系统，是新诗韵书编纂时首先要考虑的问题。我们认为分析普通话的韵母系统语音描写要从严，音位归纳要符合北京话语音的实际，不能一人一套，各自为政。

（一）音值描写须准确

普通话韵母中存在语音描写不够准确并影响音位归纳，进而影响到韵部归纳的韵母有 ê、e、ie、ye 四个。

根据《汉语拼音方案》的《韵母表》下的说明，ê 韵母具有特殊性，似乎在《韵母表》内不便安排。ê 的音值从老国音审定以来，就描写成 [ε]，直到今天还是这样，如黄伯荣、廖序东主编的《现代汉语》将 ê 跟 ie、üe 的韵腹都描写成 [ε]，并构成下列四呼关系[①]：

表1　　　　　　　　ê、ie、üe 的四呼关系

开	齐	合	撮
ê [ε] 世欸	ie [iε] 丨世耶		üe [yε] 凵世约

这是自老国音和新国音的注音字母就规定的读音形式，也是黎锦熙十八韵系统"皆"韵成立的依据。如果往前说，十三辙"乜斜"韵包含的正是 ie [iε]、üe [yε]，再往前说，就是《中原音韵》的"车遮"韵的形式。这样一来，《韵母表》的 e 不能跟 ie、üe 匹配四呼，跟 ie、üe 匹配

[①] 黄伯荣、廖序东主编：《现代汉语》，高等教育出版社 2002 年版，第 65 页。

四呼的是 ê。如表 2：

表 2　　　　　　　　e、ê、ie、üe 的四呼关系

开	齐	合	撮
e [ɤ]			
ê [ɛ]	ie [iɛ]		üe [yɛ]

如此一来，e 就自成一行了，没有了其他可搭配的齐、合、撮呼的韵母。e 的读音，根据周殿福、吴宗济（1963）描写的普通话元音舌位图（见下普通话元音舌位图），舌位较高，在半高之上，比标准的 [o] 的开口 [ɤ] 还要高。① 许多人描写为 [ɤ] 或 [ə]，如《汉语方音字汇》就记成 [ɤ]，② 这是很有道理的。

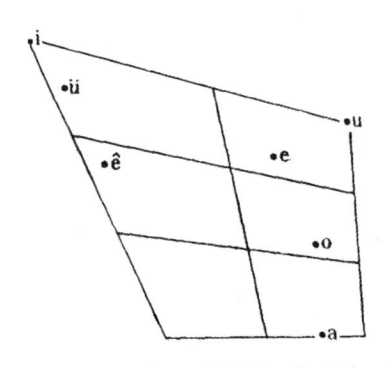

普通话元音舌位图（周殿福、吴宗济 1963）

e [ɤ] 既然不与 ie/üe 搭配，那么《韵母表》的 e、ie、üe 的搭配形式就是错的。问题是，明明 ê 跟 ie、üe 相配，《韵母表》为何会用 e 与 ie、üe 相配而弃用 ê 呢？据林涛、王理嘉论证："（ê）读音很不稳定，一般用半低前元音 [ɛ] 来代表，语气不同，[ɛ] 的舌位也产生一些变化，甚至可以读成 [ei]。"③ ê 韵母所表示的"欸诶"等字都是叹词，在北京话里，ê 只出现在零声母音节，ei 不出现在零声母音节，实际有互补关系；ê 作为一个单元音韵母，其音值不是 [ɛ]，而是 [e]，[e] 与 [ei]

---

① 周殿福、吴宗济：《普通话发音图谱》，商务印书馆 1963 年版，第 18 页。
② 北京大学中国语言文学系语言学教研室：《汉语方音字汇》，语文出版社 2003 年版，第 7 页。
③ 林涛、王理嘉：《语音学教程》，北京大学出版社 2013 年版，第 49 页。

只有极少动程的差别，语音上极为相似。① 事实上，"欸诶"等字就有 ei 一读，因此，ê 完全可以跟 ei 韵母合为一个韵母。实际上也已经有人将 ê 与 ei 合并，如朱光林的《现代汉语诗韵》、盖国梁的《中华韵典》。如此，则 ê 没有必要单独存在。

《汉语方音字汇》（2003）描写的 ie、üe 里的 e 的实际音值是半高的 [e]；徐世荣（1980）描写成比 [e] 低，比 [ɛ] 高，实际是 [E]。② 因此，不管 ie、üe 里的 e 是 [e] 还是 [E]，总之要比 [ɛ] 高得多，它不是半低的前元音，应该是一个高元音，至少是个中元音 [ə]。根据张世芳（2010）对北京官话方言的调查，就有好几个方言点的 ie、üe 是读 [ə] 的，如赤峰、朝阳的"接野介切铁"读 [iə]、"雪缺绝"读 [yə]。③ 这是因为，在实际读音中，当 ie、üe（[e]／[E]）与 z/c/s、j/q/x 等舌齿声母相拼合时，很容易发生央化、后化现象，而读成 [ə] 或 [ɤ]。我们在实际学习普通话的过程中也是不辨 [ie]／[iə]／[ye][yə] 的。北京话里的与"皆"等古同类的"遮车奢"早就读 [ɤ] 或 [ə] 了。十三辙里"遮车奢"也不与乜邪押韵，而是跟梭波辙同韵。

当 ie、üe 读 [iə][yə] 时，[ə] 与 e [ɤ] 实际具有了互补关系，[ə] 出现在 i/ü 之后，[ɤ] 则相反。这样一来，e、ie、üe 的关系就可以改为表3：

表3　　　　　　　　　　e、ie、üe 的应有的关系

开	齐	合	撮
e [ɤ]	ie [iə]		üe [yə]

ê、e、ie、üe 四个韵母重新搭配后，形成如表4的韵母关系：

表4　　　　　　　　　　ê、e、ie、üe 的另一种搭配关系

开	齐	合	撮
e [ɤ]	ie [iɤ]		üe [yɤ]
ei (ê [ɛ])		uei	

---

① 林端：《现代汉语中的 e、ê 音位略说》，《新疆大学学报》1979 年第 4 期。
② 徐世荣：《普通话语音知识》，文字改革出版社 1980 年版，第 33 页。
③ 张世芳：《北京官话语音研究》，北京语言大学出版社 2010 年版，第 240—242 页。

这样看来，《韵母表》"e、ie、üe"的搭配形式是正确的，只是应该取消ê的设置，ie、üe后面的注音字母也不应该是世，而应是古。

（二）音位归纳要合理

《韵母表》是音位化的韵母系统。音位归纳既要符合对立互补的原则，更要符合语感的语音相似性原则。有的韵母之间根据对立互补原则可以合并为一个韵母，可是根据语感，它们并不能合并。从音位归纳的角度看，《韵母表》有以下几组韵母需要讨论。

1. 功能单一的韵母音位

《韵母表》中没有出现ɿ、ʅ、ɚ三个韵母。ɿ、ʅ合并到了i韵母里，ɚ干脆没有出现。这三个韵母都是功能单一的声韵母，只拼一类声母或没有声母，如表5：

表5　　　　　　　　　功能单一韵母的拼合关系

功能单一的韵母	拼合的声母			
ï [ɿ]	z	c	s	
ï [ʅ]	zh	ch	sh	r
er [ɚ]				

ɿ、ʅ归并为一个音位，符合对立互补原则，语感上也十分接近，可以处理为一个韵母，语音学界分歧也不大。可以用ï表示，注音字母用的是帀。可是，它们与i归并为一个音位，就存在语感的分歧，各家处理起来意见分歧较大。

我们认为，如果不能取得一致意见，最好的办法就是不要归并，普通话里应保持ï与i的对立，这样比较符合系统性原则，正好可以让《韵母表》的第一行四呼整齐：

表6　　　　　　　　　《韵母表》应有的四呼关系

开	齐	合	撮
ï	i	u	ü

历史上，支思韵单押的多，与i合押的少。《中原音韵》里即分支思和齐微两韵。虽然十三辙将它们合为一辙，实际押韵中，也有很多互押的实例，但是，在语音感受上还是有不少的差异，那些合押的现象，只能说

不是太和谐的押韵。

er 韵母无论是音值上还是语感上，都无法跟其他韵母合并，在《韵母表》中没有位置是不得已的一种处理方式，因此，还是单独作为一个音位处理比较妥当。

2. e 应归属 o

韵母 e 的读音是［ɤ］，学界没有异议。根据 e 的读音实际、互补关系及其押韵语感，可作如下音位处理（见表 7）。

表 7　　　　　　　　　　e 与 o 的互补关系

开口	合口	合口
e［ɤ］	o［o］	uo［uo］
b p m f 外其他声母	限 b p m f	b p m f 外其他声母
德个和者	波婆末佛	多过活卓

e 应该跟 o 合并为同一个韵母音位，当无问题。从音韵来源上说，e、o 也有互补关系，它们基本来自《中原音韵》的歌戈韵。傅懋勣早就认为"o 音位在北京话的一般词里是不存在"，凡是拼 o 的都可以写成 e。① 这是十分正确的认识。

3. ê 应归属 ei

前已论述 ê 的音值是［e］，不跟其他元音或辅音组合，是功能极低的韵母。鉴于 ê 与 e 在零声母音节存在对立，即"欸"与"鹅呃讹饿"对立，ê 没有跟 e 合并的可能。ê 韵母所拥有的"欸诶"等字都是叹词，极少用于押韵，因此，它完全可以跟 ei 韵母合为一个韵母。ê 只出现在零声母音节，ei 不出现在零声母音节，实际有互补关系。王辅世（1963）说："诶（ê）只有语气词'诶'，一方面用途太狭，另一方面语气词的发音并不固定，同一语气词的发音不仅因人而异，即同一人因时间、地点不同，也有不同。况且北京话中的语气词还有许多拿一般的韵母表示不出来的，把语气词的韵母全部收入音系，不但不必要，而且不可能，所以诶可以并入欸（ei）。"②

ɑi 与 ê 在语音相似性上差别较大，在零声母音节也有对立（欸与

---

① 傅懋勣：《北京话的音位和拼音字母》，载《中国语文》1956 年 5 月号。
② 王辅世：《北京话韵母的几个问题》，《中国语文》1963 年第 2 期。

哀)，二者不具互补关系，不能合并为同一音位。

4. ie、üe 的归属

前已论述 ie、üe 读 [ie] [ye] 或 [iE] [yE]，可以跟 e [ɤ] 构成互补关系。对此，王辅世（1963）早有论述："耶一般标作 ie，有的标作 ie 或 iɤ。这个韵的实际音值是 iE，所以标作 ie 或 iɛ 接近实际音值。但由音位学的观点来看，北京音中，ɤ 自己永不前接 i，以 iɤ 代表 iE 决不会产生意义上的混淆，同时还便于看出北京音韵母的系统性，因而是比较好的。不过因为音位符号与实际音值相差太远，应当在标音时采取补充说明办法：在列韵母表时，可以在表内用音位标音，也就是把耶标作 iɤ，在行文时可以在音位符号后面用括弧括起实际音值，标作 iɤ（E）。"① 他还说，约（üe）与 ie 相同，应写作 yɤ。②

那么，为何会出现 ê 跟 ie、üe 搭配的处理方式呢？我们来看看黎锦熙十八韵系统的处理方式，就清楚了。下面是十八韵系统对 ê 跟 ie、üe 的处理方式：

表8　　　　　　　　十八韵系统对 ê 跟 ie、üe 的处理

e	歌	甲	哥			甲通波
		乙	车			乙通皆甲
		丙	鸽			
ê、ie、üe	皆	甲		爹	靴	甲通歌乙
		乙	诶	阶		
		丙		鳖	缺	

由此可见，ê 跟 ie、üe 搭配的处理方式明显是受到了《中原音韵》和十三辙系统的影响。下面是北京话 e、ê、ie、üe 的来源关系：

表9　　　　　　　北京话 e、ê、ie、üe 的来源关系

普通话	ê	e [ɤ]	ie [ie]	üe [ye]
《中原音韵》		歌戈 o/uo	皆来（iɑi）	车遮 ɛ iɛ yɛ

---

① 王辅世：《北京话韵母的几个问题》，《中国语文》1963 年第 2 期。
② 同上。

续表

普通话	ê	e [ɤ]	ie [iɛ]	üe [yɛ]
《中原音韵》	欸诶	曷开一喉：牙葛渴 歌开一喉牙：歌鹅何 戈开一喉牙：科讹和禾 铎开一：各恶 陌开二：格客 麦开二：责隔核 德开一：特勒塞	月开三：揭歇 屑开四：憋撒铁节结切 佳开二：解懈街 皆开二：皆介谐 薛开三：别列 戈开三：茄 叶开三：猎接 帖开四：蝶协 业开三：劫胁 麻开三：邪姐些	觉开二：觉岳学确 月合三：厥阙越 屑合四：缺血 薛合三：阅 戈合三：瘸靴 药开三：略却约
			薛开三舌齿：哲撤舌 叶开三：辄 麻开三：遮车蛇社	

从表9不难看出，e [ɤ] 来自《中原音韵》歌戈韵和车遮韵的舌齿（卷舌）音字；而ie/üe则来自皆来和车遮韵，它们在《中原音韵》都是低元音，就因为这个缘故，自老国音审音以来，就忽略了北京话中ie/üe已经读中元音或高元音的事实，而人为审定为 [iɛ] 和 [yɛ]。

表9中，"诶欸"二字，《中原音韵》未收。欸，《广韵》有乌开、於改等切，前者属咍韵，后者属海韵，按音变，当读ai韵母。诶，《广韵》许其切，按音变当读i韵母。北京话里的"崖涯"（佳开二）据《汉语方音字汇》读iai。

5. ong / iong 的处理

王力先生（1985）认为《中原音韵》的东钟/庚青合并为中东是从明清时代开始的，既然en、in、un、ün能合，中东/庚青也应该合并。① 我们完全同意王力先生的意见。这样一来，eng 行和 ong 行可构成如下四呼关系：

表10　　　　　　　　eng 类韵母与 ong 类韵母的互补关系

开	齐	合		撮
eng [əŋ]	ing [iəŋ]	ueng [uəŋ]	ong [uŋ]	iong [yŋ]
亨	京	翁（限零声母音节）	工（非零声母音节）	迥

根据音位分布和押韵实际，eng 和 ong 两类韵母完全互补，处理作一套韵母绝无问题。

---

① 王力：《汉语语音史》，中国社会科学出版社1985年版，第428页。

经过上述音位处理，北京话里的韵母音位，我们基本同意王辅世（1963）的描写（34 个韵母音位）①：

表 11　　　　王辅世（1963）所定北京话韵母四呼关系

韵尾 \ 类别		开口呼	齐齿呼	合口呼	撮口呼	变卷舌韵的规则
开尾	乙	日 ɿ	衣 i	乌 u	迂 y	ɤ 变 ər；i、y 后加 ər，u 后加 r
	甲	啊 a	呀 ia	蛙 ua		
	乙	鹅 ɤ	耶 iɤ	窝 uɤ	约 yɤ	后加 r
u 尾	甲	熬 au	腰 iau			
	乙	欧 ɤu	忧 iɤu			
i 尾	甲	哀 ai		歪 uai		
	乙	欸 əi (ei、ê)		威 uəi		去 i、n 尾后加 r
n 尾	甲	安 an	烟 ian	弯 uan	冤 yan	
	乙	恩 ən	因 iən	温 uən	晕 yən	
ŋ 尾	甲	昂 aŋ	央 iaŋ	汪 uaŋ		去 ŋ 尾，主要元音鼻音化，后加 r
	乙	僧 əŋ	英 iəŋ	翁 uəŋ	雍 yəŋ	

王辅世先生的韵母音位处理方式，还有进一步修订的空间：（1）主要元音 ɤ（鹅类）与 ə（欧类、恩类、僧类、诶类）实际具有互补关系，它们所搭配的韵尾完全不同，没有必要分为两个，可以用 [ə] 代表。（2）上表内没有儿韵母 [ɚ]，应该补出。这样一来，普通话的韵母音位共有 35 个韵母音位，我们可以描写成表 12：

表 12　　　　　　新订北京话韵母四呼关系

韵尾 \ 类别		开口呼	齐齿呼	合口呼	撮口呼	变卷舌韵的规则
开尾	乙	儿 ɚ				ɤ 变 ər；i、y 后加 ər，u 后加 r
	乙	日 ɿ (ɿ、ʅ)	衣 i	乌 u	迂 y	
	甲	啊 a	呀 ia	蛙 ua		
	乙	鹅 ə	耶 iə	窝 uə	约 yə	
u 尾	甲	熬 au	腰 iau			后加 r
	乙	欧 əu	忧 iəu			

---

① 王辅世：《北京话韵母的几个问题》，《中国语文》1963 年第 2 期。

续表

韵尾＼类别	四呼	开口呼	齐齿呼	合口呼	撮口呼	变卷舌韵的规则
i 尾	甲	哀 ai		歪 uai		去 i、n 尾后加 r
	乙	欸 əi (ei、ê)		威 uəi		
n 尾	甲	安 an	烟 ian	弯 uan	冤 yan	
	乙	恩 ən	因 iən	温 uən	晕 yən	
ŋ 尾	甲	昂 aŋ	央 iaŋ	汪 uaŋ		去 ŋ 尾，主要元音鼻音化，后加 r
	乙	僧 əŋ	英 iəŋ	翁 uəŋ	雍 yəŋ	

这 35 个韵母音位是根据对立互补和语音近似关系归纳出来的，如果一定强调语音性差异，强调实际读音的感受，原《韵母表》系统也可以勉强接受。

符合现代语音学原理的原则

赵京战《中华新韵》（14 部）是中华诗词学会推荐的韵书。但是，他在分析语音时存在严重的不符合语音学常识的问题。例如，他将支（ɿ）韵与齐韵（i、er、ü）分为两部，其理由是"支"的韵母"只是书写形式的要求，并不参加与声母相拼，因而是不发音的，故称'零韵母'"①。无独有偶，王曾《现代汉语诗韵新编》（15 部）也认为："声母字，即没有韵母的字。如'知、蚩、诗、日、资、雌、思'等 7 个音，都是只有声母，没有韵母，相当于古韵中的［四支］韵。"②王曾比赵京战走得更远，把"资、雌、思"也包括进无声母类。

赵、王两位的认识严重违背语音科学常识。语音学的研究成果证明，在人类语言中，一个音节中，元音一般是不可缺少的，虽然个别浊辅音可以独成音节（如 m/n/ŋ/g），但是清辅音不能独成音节，因为清辅音是声

---

① 赵京战：《中华新韵》，中华书局 2011 年版，第 1 页。
② 王曾：《现代汉语诗韵新编》，载沈延毅主编《沈阳文史研究》第 3 辑，1988 年内部发行，第 15 页。

带不震动的，它自成音节的话，就没法进行语言交流。因此，汉语的 zh、ch、sh、r 及 z、c、s 绝对不会是自成音节的声母，更不会没有韵母。

正确把握通押与分韵关系的原则

无论古今，诗歌押韵都存在通押现象。通押会影响韵部的划分，如何把握通押和韵部划分的关系，是一项重要原则，它关系到韵部之间划分的界限。因其重要，我们把它单独列为一节来讨论，具体见下文《诗歌通押与韵部归纳的关系》。

正确把握常例与特例关系的原则

有些韵书编纂者，把一些押韵的特例（方言韵、古韵等）当作常例处理，这样就会产生分韵的错乱。如 9 部、10 部、11 部的韵书都存在着处理常例与特例不当的问题。比如秋枫《中华实用诗韵》将 ʅ 和 er 合并，赵京战《中华新韵》将 er 和 i、u 合并，即与诗歌押韵的常例不符。

把握规范与普适统一的原则

历史上的权威韵书，具有很强的规范性和强制性，这种规范靠的是功令的利诱和权力的维护。在没有功令诱惑的今天，我们编纂的韵书，应该更多考虑的是，除了规范性之外，更应该考虑普适性。普通话韵书的权威性来自普通话的法定地位。韵书的普适性要体现在对各类韵文的通用性，如儿歌、对联、顺口溜、相声、新诗、歌词等领域，满足使用普通话者押韵的各种需要。

坚持多样性分韵共存的原则

现代国家很少是单一语言或单一文化的，我国自古就是一个多语言、多文化的社会，保护语言和文化的多样性已经成为全人类的共识。因此，新韵书的编纂也应该考虑到不同方言和文化的需求。下列类型的韵书都可以编纂：

（1）戏剧韵书：如《新编中原音韵》《中州音韵新编》等。
（2）地方戏韵书：各地戏剧韵书，如《豫剧韵书》《潮剧韵书》等。
（3）方言韵书：如闽方言韵书、吴方言韵书等。
（4）旧体诗韵书：可考虑重新整理编排《佩文诗韵》《词林正韵》。旧体新作，也应该考虑诗歌的历史传承。《江南诗韵》分14韵，列入声5部；韦瑞霖《实用诗韵》分16部，将入声单列7部。《中华新韵府》（19韵）另列入声五部。将入声单列的方式，似乎考虑到了历史传承性。

现代汉语既有共同语又有方言，方言不是共同语的敌人，应该保护语言形态的多样化。以方言为载体的文学艺术应该允许以方言入韵，比如沪剧、豫剧、潮剧等地方戏剧，就不能用普通话韵。

一些传统的以共同语为载体的剧种（如京剧、昆曲）和后来改用共同语的剧种（如黄梅戏、越剧）都有自己的传统押韵方式，即所谓"中州韵"，也应该允许其继续使用，这些剧种是否改用普通话韵，要看这些剧种的发展情况，不能强制推行。

允许韵书形式多样性的原则

（一）允许严、通两种形式的韵书共存，也可以严、通混编

根据押韵现实和历史传统，严韵韵书和通韵韵书都应该允许存在。严韵韵书如《广韵》《礼部韵略》；通韵韵书如《中原音韵》《词林正韵》，各有其功能和价值，在历史上都获得了成功。因此，新诗韵书的编纂可以是通韵形式，也可以是严韵形式，这两者并不冲突。当然，通严韵也可以混编一起，先排出通韵，通韵下再列严韵，使其层次分明，使用方便。通韵有通韵的功能，可以方便押韵检字；严韵更加和谐，有才者自可严韵内检字。

（二）允许编写体例多样化

历史上的韵书主要有三种形式：（1）四声分韵的《广韵》体式。《广韵》式的四声分韵、各韵再出小韵（音节）、小韵编收韵字，韵字加注释的方式。这种方式，首分声调、次分韵部、再明音节，最后解释韵字。(2)《中原音韵》的韵谱体式。《中原音韵》先分韵部，再分声调，同调内分小韵（音节），小韵内只列韵字，韵字后不出注释。(3)《韵府群玉》体式。这种体式，除了继承《广韵》体式外，就是每个韵字后面都有一定数量的语词。

  以上这三种体式，各有优点，也各有弊端。

诗歌通押与韵部归纳的关系

押韵的目的是使诗歌语言和谐悦耳，朗朗上口，具有缭绕回环美。因此，韵基完全相同的字之间押韵最为和谐。但是，在诗歌创作中，受制于表情达意的需要，有时不得不选用韵基相近的韵字押韵，这些语音近似的韵部押韵现象，传统上叫作通韵，这种押韵行为和样式叫通押，如秦观的《千秋岁》：

水边沙外，城郭春寒退。花影乱，莺声碎。飘零疏酒盏，离别宽衣带。人不见，碧云暮合空相对。

忆昔西池会，鹓鹭同飞盖。携手处，今谁在？日边清梦断，镜里朱颜改。春去也，飞红万点愁如海。

根据词的押韵规则，秦观在此混押了两个韵部的韵字，其中"退岁对会"属于第三部 ei 类韵母字，"外带盖在改海"属于第五部 ɑi 类韵母字。秦观在北宋官至太学博士、国史馆编修，是婉约派的一代词宗，他通押两个韵部不属于常例，可能有方音影响，也可能受古韵影响。

关于诗歌通押的已有认识

前人在研究《诗经》用韵时就提出过"通韵""合韵"的说法。比如王力在其《诗经韵读》中认为，主要元音（韵腹）相同，韵尾不同的韵字押韵是"通韵"；主要元音相近的韵通押是"合韵"。更早时期，清代的段玉裁就把合韵当作认识《诗经》押韵的重要手段。以下是王力所列举的两个押韵实例①：

鱼铎通韵（a/ak 押）
《郑风·遵大路》：袪 kʰla 故 ka 路 lak 恶 ak
《齐风·东方未明》：圃 pua 瞿 giua 夜 jyak 莫 mak

阳谈合韵（ang/am 押）
《大雅·桑柔》：相 siang 臧 tzang 肠 diang 狂 giuang 瞻 tjiam

这样的押韵无论如何称不上和谐，也跟押韵的目的背道而驰，应该不是常例。周长楫（1995）对《诗经》的通韵、合韵现象有过论述。他说："据笔者对《诗经韵读》中《诗经》1738 个章次的用韵类型分布的初步统计：通韵有 84 个章次，占总部用韵章次的 0.5%；合韵有 124 个章次，占总部用韵章次的 0.7%。通韵合韵合起来不过 208 个章次，占总用韵章次的 1.2%。由此可见，通韵合韵现象，在《诗经》用韵中只占很小的比例。"② 因此，通押现象是特例，不应该是汉语诗歌用韵的常例。

通押作为一种特例现象，应该有其特定的原因。周长楫（1995）说："那些所谓通韵篇章的韵脚字中，可能其中有些字因文白读音、古今音或方音的影响另有又音，因而跳出原来所在韵部的圈子，加入了这个又音所属的另一韵部，从而跟通韵篇章的其它韵脚字组成同韵字而合辙押韵；同样，那些所谓合韵篇章的韵脚字中，可能是其中有些字也另有又音，因而成为这个又音所辖另一韵部的一员，从而跟合韵篇章中的其它韵脚字成了同韵字而合辙押韵了。"③ 除了周长楫所列举的这些原因，也许还有我们没有认识到的通押原因，比如诗歌配乐歌唱时的特定条件下，由于音乐的伴奏，可以弥补和掩盖某些不和谐的韵之间通押的不足。周长楫（1997）认为，闽南话里 [i] [ui]、[iʔ] [uiʔ]、[ĩ] [uĩ]、[ĩʔ] 可以作为同一个韵部（飞机韵）处理，它们可以押韵，他解释说："[ĩʔ] 韵母中的喉塞韵尾只起着使前头的元音发音戛然而止不能延长的作用，如果不是因为 ʔ 使这个韵母的声调在调值上表现的不同，[i] 和 [ĩʔ] 二者中元音 [i] 在本质上不会有什么差别。[ĩʔ] 跟 [ip]、[it]、[ik] 却不一样，

---

① 王力：《诗经韵读》，《王力文集》第六卷，山东教育出版社 1990 年版，第 34、37 页。
② 周长楫：《〈诗经〉通韵合韵说疑释》，《厦门大学学报》（哲学社会科学版）1995 年第 3 期。
③ 同上。

虽然韵腹主要元音相同并同样表现出短促的发音，但［-p］、［-t］、［-k］韵尾会促使前头的元音沿着其后的辅音发音部位移动从而改变单纯元音的音色。这样，［i］和［ĩʔ］的接近程度显然比［ĩʔ］跟［ip］、［it］、［ik］的接近程度大。本地人在押韵时，显然愿使［i］和［ĩʔ］相伴通押。［ĩ］是发［i］时，发音的气流不仅从口腔里出来，而且同时也从鼻腔里出来，引起口腔和鼻腔同时共鸣，成为口鼻兼音。一般说来，鼻化韵多从鼻音韵尾变来的，如'边'［pĩ］、'天'［tĩ］、'钱'［tsĩl］、'钳'［kĩl］等等。在声母声调相同的条件下，同元音的鼻化韵跟口元音韵有区别意义的作用。如'扁'［pĩˇ］≠比［piˇ］，'展'［tʻĩ］≠耻［tʻi］，'扇'［sĩ↓］≠四［si↓］，'坩'［kʻã］≠骹［kʻa］等等。但厦门方言里也有口元音韵的字可自由变读为鼻化元音韵。如'鼻'本读［pʻi］，也可读［pʻĩ］；'否'本读［pʻai］，也可读［pʻãi］；'宰'应读［tai］，也常读［tãi］；'毂'应读［si］，也常读［sĩ］；'寡'当读［kua］，也有读［kuã］，等等。从押韵的实际看，闽南地区的人认为同元音的口元音韵跟鼻化韵可以相押。"①

押韵一旦跟乐曲相结合，那么一些字的读音在特定的音乐配合下唱起来可能就与原字音不同了，听起来也没有那么刺耳了。

需要说明的是，通押是相对单押来说的，也就是说，通押系统的参照体系是单押体系。单押体系自然就是韵基相同的韵部体系。当韵基不同的韵部之间发生押韵关系，那才叫通押。如果根据韵基相同的原则划分出的韵部中只有个别字通押，那可能是一字多音或误读字音等原因造成，不是什么原则性问题；如果根据韵基相同的原则划分出的韵部中有两个或两个以上的韵部之间有许多或全部韵字通押，那么这是一个严重的问题，它威胁到"韵基相同"这一基本的分韵原则了。这就需要解释它们通押的原因和通押的条件了。

还特别需要说明的是，自然状态的通押（不是依据韵书规定）是诗人自然语感的反应，能够通押的韵字一定具有某种语音近似的特征，而不是茫无边际，任意通押；韵书规定的通押，有时不见得有自然语音依据，可能只是人为的强行规定。

---

① 周长楫：《厦门方言研究》，福建人民出版社1997年版，第95页。

诗歌通押与严韵系统

　　根据历代诗歌用韵的实际，我们可以归纳出完全和谐押韵的三种情形：一是押同一韵母的韵字。二是押韵基相同、介音不同的韵字。三是押韵母互补的韵字。在实际押韵中，前两种完全和谐的韵有时并不能贯彻到底。有的韵母之间主要元音虽然有别，但韵母与声母拼合后，韵母具有互补关系，语感上十分相似，诗人押韵毫无问题，如 o/uo 与 e、ɿ 与 ʅ、eng 与 ong 都有互补关系，押韵行为十分普遍，这样的押韵也应看作和谐韵，因为其韵基从音位来看，实际上也是相同的。上述三种押韵方式构成了严韵系统。除此之外的押韵现象都可以归之于通押关系。通押是对严韵系统的有效补充和突破，是艺术创作的需要，目的是有效地表达诗歌的意境，提升形式和内容的有机结合。

　　押韵作为一种艺术手段，其要求达到的效果就是韵脚字的和谐，韵脚和谐的语音基础就是韵基相同或极为接近（有互补关系）。因此，严韵要符合语音体系的要求，要符合音位归纳的原则。通韵要符合押韵的实际，尊重诗人用韵的习惯，要有押韵实践的依据。因此，无论划分严韵还是归纳通韵，都应该有一致的标准，严者从严，通者从通，不能仅靠诗人创作的自我感觉。

　　关于新诗通押问题，黎锦熙先生（1984）认为："既然大家主张以普通话的北京标准音为分韵根据，那么社会上若有不能符合《汉语拼音方案》韵母系统的押韵情况而又不能否定它的合辙事实，这就得归属于'通押'的范围。"① 他从语音学的角度，分析了有关通押的依据及其实践问题。他提出了成系统的若干原则，比如：

　　（1）凡韵母，主要元音是 ɑ 的，一般不与其他韵母通押。他列举了一个元音的区间：æ/ɑ/ɐ/A/ɑ，即舌位图上的半低元音一线之下的元音韵母，不通押。他的十八部系统里的麻、开、豪、寒、唐都无通押问题。

　　（2）单韵母，同在一个发音"舌位"的，尽管有圆唇化与不圆唇化的区别，但也可以通押。比如：e 通 o，ü 通 i。他描述说，舌位图的中间

---

　　① 黎锦熙：《诗歌新韵辙的"通押"总说》，《徐州师范学院学报》1984 年第 4 期。

画一条线，可分前后两部分。

（3）通押分三种：①音近通押；②方音通押；③旧韵通押。运用时，有口头变读与不变读的不同。针对音近通押，他列举的是 u 与 ü。还说，单韵母之中，还有 ï（ꞥ）/儿（ɚ）两韵通 i（齐）的问题。简截说，-i（支）就是 i（齐）的"舌尖化"，er（ɚ）就是 e（歌）的"卷舌"，都算是音近通押。i（齐）韵是舌位前的终点，在语音学上一般不包括舌尖，只要再升一级就"舌尖化"了（舌尖元音在《国际音标》中当初并没有独立的音标）。

（4）元音尾复韵母，普通话只把作韵尾的元音（即单韵母）分成两极，即舌位前的-i 和舌位后（口唇化）的-u，都处在舌位上升的最高点。四个复韵母，把-i 和-u 作了韵尾，在它前边的 a、o、e 都是"韵腹"（即复韵母的主要元音）；押韵时，除 a 外韵腹不大管事，重点全在韵尾（五个鼻声尾复韵母也是如此：押韵重点不在其前的"主要元音"（a 除外），而在其韵尾-i、-u（u）和-n、-ng）。韵尾舌位严分前后两极，在同极的一条纵线上多可通押，如 ei（微）一般通 i（齐），ou（侯）个别也通 u（模）。这算是音近通押。而 ai 与 ao 之间、ei 与 ou 之间，从古至今都没有通押例。这是第二道鸿沟起的作用。ei（微）通 i（齐），在《中原音韵》已将"齐微"合为一部，《十三辙》虽仍分"一七""灰堆"两辙，但诗歌戏词中一直通押。

（5）汉语分韵，从古至今，从南到北，凡鼻音尾的韵母绝对不与其他韵母通押。

（6）北京音系，鼻声尾复韵母 n、ng 也分成两极，分韵很清，其影响可使语气助词音别字异，但诗歌韵辙上，除 an、ang 和 ong 外，渐多通押。

（7）汉语的诗歌韵辙中，特别有两种组织，在它的范围内可以把一切韵部完全打破：一是旧入声韵；二是北京音系的化卷舌韵。所谓"完全打破，是说在这两种组织的范围内，一切韵部都可通押，如同龙蛇聚会的大泽。如果单用旧入声韵字押韵，所有的入声字都可以放在一起押韵，在北京话的读法后面紧喉即可。儿化韵由于儿化之后，照"十三辙"只分为小言前辙和小人辰辙，大部分韵母的押韵界限不存在了。小言前辙和小人辰辙虽然有界限，但实际押韵中，也有打破了混在一起押韵的。①

黎先生还为通押划出了三道鸿沟，如下图：

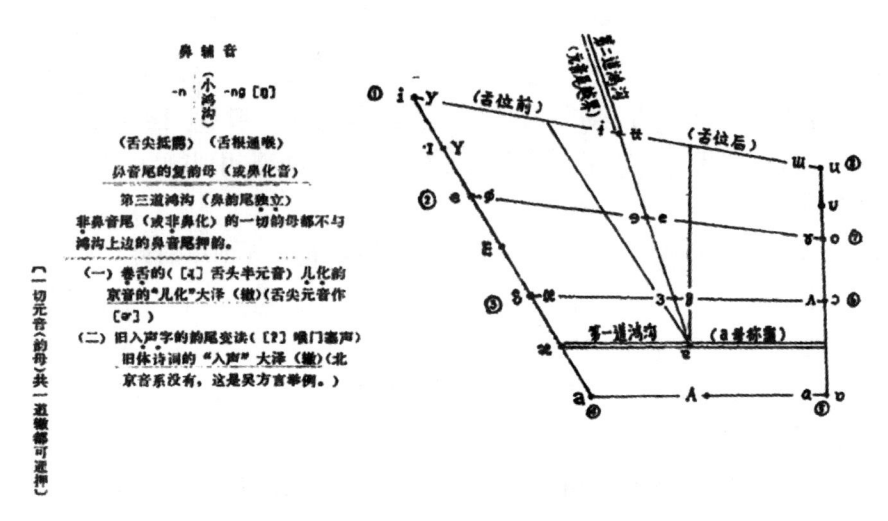

《汉语诗歌韵辙的三道鸿沟两大泽图》

黎先生所讨论的通押条件和规则看起来十分复杂，实际上，根据现代诗歌的通押实例，可以归纳成以下四种通押类型：

（1）因为某些严韵的韵字极少，难以单独押韵，在需要使用这个韵的韵字时，不得已可允许其跟较为相近的韵押韵，如 ɚ 韵母，它不跟任何韵母构成互补关系，在音色上也独具特性，用这个韵母的字押韵，有时很难选字。因此，就有的诗人让其跟 ï（ɿ、ʅ）或 e/o 押韵。

（2）因某些严韵的韵母（韵基）拼合单一，与其他韵母又处于互补状态，虽语感差别较大，也可以押韵，如 ï（ɿ/ʅ）和 i 实际押韵并非和谐，但是，语感上还是有些相似，有的诗人就让其押韵。

（3）有的韵母，不具有互补关系，但具有某种语音的相似性，有的诗人就用来押韵，如 i 与 y，u 与 y，甚至 ï（ɿ/ʅ）、i、u、ü 也可以通押。

（4）在某些特殊情况下的通押，就是黎锦熙先生提出的古韵、方音等。比如 ei 与 i、u 与 ou。

---

① 黎锦熙：《诗歌新韵辙的"通押"总说》，《徐州师范学院学报》1984 年第 4 期。

上述通押的四种类型中，第四种通押不属于普通话范畴，其他的可以通押的韵字之间，分属于不同的严韵韵部，韵基存在较大的差别，其押韵远非和谐，不能当做常例来看，应该以通韵视之，可称为一般和谐韵。

一般和谐韵体系是归纳了严韵间可以通押的韵部后形成的，是诗歌创作过程中，诗人们对严韵系统的变通。一般说来，能够通押的严韵韵部是少数的，不可能出现大面积的严韵韵部通押，否则，押韵体系就会崩溃，失却了押韵的艺术作用。

归纳通韵体系，要有大量通押的实例做依据，还必须排除通押的第四种类型的材料。如果混入了第四种通押类型的材料，将会导致通押体系的极大混乱，不可能归纳出正确的通韵系统。

通韵是押韵实践的总结，是严韵系统在创作中的重新组合和有效变通，不是对严韵系统的反动。严韵是基本的押韵体系，通韵是严韵变通后押韵体系，不能将两者对立起来，它们可以互相补充，共同为诗歌创作服务。通押属于"广文路"的范畴，诗人可以根据自己的能力和爱好，选择严韵或通韵或两者共用，这应该都是可以被允许的。

综观近百年来的新诗韵书编纂分韵的混乱现象，其产生的原因跟没有解决好完全和谐韵、和谐韵、一般和谐韵的界限有关。要解决好完全和谐韵、和谐韵、一般和谐韵的界限，涉及对韵母的审音以及对诗歌通押关系的认识问题。

韵母审音属于正音的范畴，即陆法言所说的"赏知音"。审音的基本工作是对一个音系的韵母详加分析描写，把韵母里的各种成分分析清楚，并恰当归纳出韵母音位。《汉语拼音方案》"韵母表"就是审音的结果，其存在的不少问题，上文已经讨论过了。一般说来，语音学上的审音，其目的是正音，不是为了押韵，是为使用这种音系的人们提供说话的标准依据。但是，审音正确却是编纂韵书的最基础工作，是韵书编纂成败的关键。比如，十八韵系统韵书的"皆""歌""波"三韵的划分，就强调了各韵音值的差异，没有考虑音位的互补。根据上文的分析，普通话的韵母可以分成15类，这15类韵母的韵基要么相同，要么互补，语音上也具有高度的语感认同，归纳为15个押韵单位（严韵韵部）应无问题。所有与审音审定的15个韵部不同的严韵系统，都跟错误处理了诗歌的通押关系有关。

历史上，除了黎锦熙（1984）之外，很少有人讨论过具有通押关系的韵部之间的学理依据，也很少有人明确过通押的韵部之间应该如何划界。因此，不搞清楚通押的本质，就不能处理好通押与分韵的关系。

诗歌通押实例分析

下面我们将通过实例，揭示一些新诗韵书某些韵部的设置与押韵并不对应的情况，并以此为基础，提出归纳普通话通韵韵部的依据。

首先，我们需要把不是通押关系的韵部剔除。现存新诗韵书把许多不是通押关系的押韵现象处理为通押，但是根据韵母音位原则，它们实际是同一韵部，自然不能当作通押关系。严韵强调押韵的和谐，因此韵基相同，或者具有音位互补关系、语音相似的韵母应归为一韵。然而，有的韵书并没有遵循这一原则。主要有以下四种情形。

（1）安（an/uan）/烟（ian/üan）不是通押关系。赵元任《国音新诗韵》、张允和《诗歌新韵》、朱光林《现代汉语诗韵》等都将 an 行的韵母进行分割，如张允和分作安（an/uan）/烟（ian/üan）。这样的分韵不符合严韵的审音原则，因为 an 行韵母的主元音虽然有 a 和 ε 的区别，但并无音位价值，《韵母表》处理作韵腹相同是非常合理的。押韵的事实也表现为四个韵母合押：

九月九晴晴天[①]
北京儿歌

九月九，晴晴天，奶娘同我去到万寿山提黄酒，夹红毡，走到山顶坐野盘。现皇会、什锦幡，南锣小鼓儿打得全。奶娘渴了喝好酒，饿了吃蟹作大餐。

心愿
任和萍

当年我打起腰鼓诉说心愿，纯朴的人们翘首期盼，心灵在播种富强的梦幻，翻身的土地争奇斗妍。虽然严冬太久，冷却了激动的笑

[①] 见王文宝编选《北京民间儿歌选》，浙江人民出版社 1982 年版。以下所引北京儿歌均见该书。

颜，挺立的依然是泰山，永恒的依然是春天。

　　几辈人前仆后继探索明天，坎坷的道路汗浸血染，巨龙将要起飞的时刻，沉重的翅膀诉说着艰难。重整万里河山，这是我中华的心愿；燃烧的永远是热血，不朽的永远是信念⋯⋯

　　根据韵母音位，《韵母表》里的 a 行、o 行、ai 行、ei 行、en 行、an 行、ang 行、eng 行（ong）的韵母都不得拆分为不同的韵部。

　　(2) o (e)、ie、uo (ue)、üe 不是通押关系。o (e)、ie、uo (ue)、üe 是一组韵母音位，无疑它们可以构成一个同韵基的押韵单位。但是问题没有那么简单，有人虽然同意 e [ɤ] /ê、o /uo 同韵，但是仍坚持 ê [e]、ie [ie]、üe [ye] 同韵。甚至有人说："ai 与 ê 的发音相近，ai 的发音是 [ai]，是 a [a] 与 i 的结合，即从 a [a]（舌面、前、低、不圆唇）过渡到 i [i]（舌面、前、高、不圆唇）。这种过渡有两种结果，即近于 e [e] 或 ê [ɛ]。因此，ai 与 ê 应当划为同一韵部，即怀来部应和乜斜部合并为一部，可以叫做'来斜'辙。"① 这种认识，是混淆了 ê 的音值界限，ê 与 ai 的韵腹差别太大，不可能通押。o (e)、ie、uo (ue)、üe 一起押韵的事实比比皆是，但绝少跟 ai 类韵母押韵，比如：

新婚杂诗
胡适

　　十三年没见面的相思，于今完结。把一桩桩伤心旧事，从头细说。你莫说你对不住我，我也不说我对不住你，——且牢牢记取这十二月三十夜的中天明月。

车碰车
北京儿歌

　　车碰车，车出辙，弓子弯，大线折，脚登板儿刮汽车，脚铃锤儿掉脑壳，执政府接活佛，挂狗牌儿坐一车，不买票的丘八哥，没电退票，卖票的也没辙。

---

① 卜永清：《关于今韵分部的几个问题》，载《河西学院学报》2005 年第 4 期。

我爱你，塞北的雪
王德

我爱你，塞北的雪，飘飘洒洒漫天遍野。你的舞姿是那样的轻盈，你的心地是那样的纯洁。你是春雨的亲姐妹哟，你是春天派出的使节。

我爱你，塞北的雪，飘飘洒洒漫天遍野。你用白玉般的身躯，装扮银光闪闪的世界。你把生命融进土地哟，滋润着返青的麦苗迎春的花叶……

祖国啊，我的父母之邦
凯传

我曾相信过，月宫有嫦娥，小时候奶奶曾经给我讲过。我曾羡慕过，补天的女娲，妈妈曾用它教我懂得执著。我曾经向往着，寻根在长江的源头，我曾经梦想我亲吻你伟大的山河。是你用悠久的历史塑造了我，是你用宽阔的胸怀哺育了我，你给了我智慧，你赋予我性格，我属于你，中国，我热爱你，中国。

那就是我
晓光

我思恋故乡的明月，还有青山映在水中的倒影。哦！妈妈，如果你听到远方飘来的山歌，那就是我。

起南来了一群鹅
北京儿歌

起南来了一群鹅，劈哩啪啦就下河。

大量的新诗用韵事实证明，ie/üe 跟 o/uo 押韵非常普遍，跟 ɑi 类韵母押韵绝无仅有。如此一来，e/ie/üe 跟 o/uo 就应合为一个严韵。还可以再举一些例子：

苍茫大海中的一个小岛
郭小川

哦，同志，如果你真的在它的岸边停泊，那可就太好了，战士们会突然出现在你的两侧。这个岛呵，于是乎立即变得生气勃勃，好像有十万个伙伴，忽然跟你一同前来作客。这个岛呵，于是乎立即显得金光闪烁，好像有一百个太阳，忽然来此跟你会合。这个岛呵，于是乎再也不那么冷落，那一草一木呀，都格外地亲亲热热！这个岛呵，于是乎全局皆活，那一山一石呀，都闪耀出生命的亮火！

烙印
臧克家

我从不把悲痛向人诉说，我知道那是一个罪过，浑沌的活着什么也不觉，既然是谜，就不该把底点破。

中秋节
北京儿歌

月亮斜，中秋节，又吃月饼，又供兔儿爷，穿新袜，换新鞋，也跟奶，也跟爷，上趟前门逛趟街。

（3）ong、iong、eng/ing/ueng 不是通押关系。星汉 15 部分出雍（ong、iong）和英（eng/ing/ueng），就与明清以来的押韵行为极为不符。无论是新诗还是民歌、儿歌等，这两部都是合押的。这里列举数例：

四季相思
任卫新

夏季相思看荷花，荷花一品红，荷花一枝在雾中，青春易凋零。夏季相思歌一曲，醒不了相思梦。

放风筝
北京儿歌

姐妹二人到城东，二人城东去逛青，捎带放风筝。大姐放的花蝴蝶儿，二姐放的活蜈蚣，飘飘起在空，好似一条龙。

厦门风姿
郭小川

大湖外、海水中，那是什么所在呀，沿大路、过长堤，那是什么所在呀，忽有一簇五光十色的倒影，莫非是海底的龙宫？走向一座千红万绿的花城，莫非是山林的仙境？

（4）en/in/un/ün 不是通押关系，如下例：

刻在北大荒的土地
郭小川

继承下去吧，我们后代的子孙！这是一笔永恒的财产——千秋万古长新，耕耘下去吧，未来世界的主人！这是一片神奇的土地——人间天上难寻。

高山上流云
凯传

高天上流云有晴也有阴，地面上人群有合也有分。南来北往论什么远和近，一条道儿你和我，都是同路人。高天上流云落地化甘霖，催开花儿千万朵，人间处处春。千家万户敬老又扶幼，讲的是一片爱，家家享天伦。莫道风尘苦，独木难成林，一人栽下一棵苗，沙漠也能披绿荫。莫道人情冷，将心来比心，一人添上一根柴，顽石也能炼成金。

以上这几组韵母在诸多新诗韵书中，往往被视为通韵来处理，其实从新诗大量创作实践来看，这几组韵母都不是通押关系，它们构成的是严韵体系。

从新诗创作实践来看，真正属于通押关系的只有我们上面列举的四种通押类型。这四种类型的押韵都有数量不等的通押实例。第一、第二、第三种通押实例，大致不出十三辙的一七辙的范围，我们由此可以发现十三辙的影响是巨大的。十三辙是历史形成的，我们既要尊重这套系统，又不能被它牵着走，下面分类列举。

第一通押类型的通押实例。

ɚ 与 e（o）类韵母通押：

一个黑人姑娘在唱歌

艾青

她心里有什么欢乐？她唱的可是情歌？她抱着一个婴儿，唱的是催眠的歌。

鱼儿三部曲

食指

自由的阳光，真实的告诉我，这可是希望的春天来临？岸边可放下难吃的鱼饵？

er（ɚ）跟 e 类韵母押韵，说明 e 与 er（ɚ）有一定的语音相似性——都是央元音，虽然 er 与 e 押韵的例子不多，但是有鉴于 er 韵母的特殊性，其跟 e 类韵的通押可处理为通韵。

十三辙韵书将 er 韵母归入一七辙，这个辙口虽然很宽，但是我们没有发现 er 与 ï 通押的实例，这也许是因为 er 与 ï 音色相距甚远，实在不好押韵。

第二种通押类型的押韵是 i ï（ɿ、ʅ）通押。实例如下：

这片多情的土地

任志萍

我深深地爱着你，这片多情的土地，我时时都吮吸着大地母亲的乳汁，我天天都接受着你的疼爱情意，我轻轻走过这山路小溪；我捧起家乡的黝黑泥土，仿佛捧起理想和希冀。

你莫忘记

胡适

你莫忘记：是谁砍掉了你的下指，是谁把你老子打成了这个样子！是谁烧了这一村，……嗳哟！……火就要烧到这里了——你跑罢！莫要同我一齐死！……回来！……你莫忘记：你老子临死时只指望快快亡国：亡给"哥萨克"，给"普鲁士"，——都可以，总该不至——如此！……

i ï（ɿ、ʅ）通押的实例比较多。这是因为这两个韵母之间的确存在互补关系，通押有一定的语音基础。但是，这两个韵母之间的各自的语音特性突出，押韵的和谐度不是很高，如按照《中原音韵》成例，可不将它们处理为通韵；如根据广泛的押韵实例，也可将它们处理为通韵。

实际上 ï 韵母也有不少单押的实例，如：

我唱—谁对—
北京儿歌

"我唱四，谁对四，什么开花儿一身刺？""你唱四，我对四，玫瑰开花儿一身刺。"

十四行集
冯至

我们常常度过一个亲密的夜
在一间生疏的房里，它白昼时
是什么模样，我们都无从认识，
更不必说它的过去未来。原野
一望无边地在我们窗外展开，
我们只依稀地记得在黄昏时
来的道路，便算是对它的认识，
明天走后，我们也不再回来。

从押韵和谐的角度看，i ï（ɿ、ʅ）通押算不上和谐。我们主张不将它们处理为通韵。如果一定要遵循习惯，处理为通韵也不是不可以。

第三种通押类型的押韵在语音系统上不具有任何互补关系，从音位上说，通押的韵母之间都各自都具有显著的区别，其通押的语音条件并不充分。

（1）i 与 ü 的通押例：

两个蛐蛐儿吹大牛气
北京儿歌

闲来无事出城去，遇见两个蛐蛐儿吹牛气。一个说："明天我吃一棵大柳树。"一个说："明天我吃一个大叫驴。"两个正在吹牛气，起南来了一个大斗鸡，两个一见生了气，瞪蹬眼睛捋捋须，奔向斗鸡去。想把斗鸡吃了吧，它们都跑斗鸡肚里去！

有一个老太太真叫皮
北京儿歌

有一个老太太真叫皮,不叫儿媳妇儿开会去,一开会,她就气,不是打狗就骂鸡。

老天爷别刮风
北京儿歌

老天爷,别刮风,买了包子往上扔,老天爷,别下雨,买了包子我给你。

父母见了笑嘻嘻
北京儿歌

功课完毕太阳西,收拾书包回家去。见了父母行个礼,父母见了笑嘻嘻。

厦门风姿
郭小川

呵,令人着迷的大海——我的老战友的新居,把我收下吧,我的全部身心都将不再远离,呵,我所熟悉的山区——我们的英雄的故里,拥抱我吧,我永生永世都将忠诚地捍卫着你。

这片多情的土地
任志萍

我深原地爱着你,这片多情的土地,我踏过的路径上阵阵花香鸟语,我耕耘过的田野上一层层金黄翠绿,我怎能离开这河汉山脊、我拥抱村口的百岁杨槐,仿佛拥抱妈妈的身躯。

厦门风姿
郭小川

紫云中翻飞着银燕,重雾里跳动着轻骑,这里的每排浪花,都在追踪着敌人的足迹,观察所日夜不息地工作,海岸炮时时向前方凝视,这里的每粒黄土,都有着无穷无尽的精力。

i 与 ü 押韵的现象比较普遍。王力先生认为，从音位的观点看，i 和 y 发音部位相同，只有圆唇和不圆唇的区别，但是，合并并不妥当，因为 y 一向被认为是和姑苏同类的①。但是，圆唇与不圆唇是汉语重要的区别特征，如根据上述押韵的实例，ü 跟 i 类韵母习惯上通押，ü 跟 i 可以处理为通韵关系，非不得已，还是单押更好。

　　(2) ï 与 ü 通押例：

苍茫大海中的一个小岛
郭小川

　　哦，同志，莫要说你从海边远远望去，即使逼近它的身边，只怕也难以分辨虚实。这个岛呵，四外简直是一片空虚，在风平浪静的黄昏，你看不清桅影帆姿。这个岛呵，周围简直是一片沉寂，在天朗气清的早晨，你听不见人声鸟语。

厦门风姿
郭小川

　　海水天天扬起新潮，山头月月长出嫩绿，这里的每根小草，都深藏着百折不回的意志，弹坑中伸出了高树，坑道里涌出了泉溪，这里的每朵野花，都显现着英勇无畏的雄姿。

　　ï 与 ü 通押的例子远不及 i 与 ü 通押的例子多。这样的通押不是普遍现象，可以处理作特例，可不处理为通韵。

　　(3) u 与 ü 的通押例：

炮打英国府
北京儿歌

　　吃面不搁酱，炮打交民巷；吃面不搁卤，炮打英国府；吃面不搁醋，炮打西什库。

---

① 王力：《汉语语音史》，中国社会科学出版社 1985 年版，第 428 页。

月光下的凤尾竹

倪维德

月光下面的凤尾竹，轻柔美丽像绿色的雾哟，竹楼里的好姑娘，光彩夺目像夜明珠？听！多少深情的葫芦声，对你倾诉着心中的爱慕。金孔雀般的好姑娘，为什么不打开你的窗户？

生来性儿急

北京儿歌

这个人生来性儿急，清晨早起去赶集，错穿了绿布裤，倒骑着一头驴。

乡村大道

郭小川

乡村大道呵，我生之初便在它上面匍匐；当我脱离了娘怀，也还不得不在上面学步；假如我不曾在上面匍匐学步，也许至今还是个侏儒。哦，乡村大道，所有的山珍土产都得从此上路，所有的英雄儿女，都得在这上面出出入入；凡是前来的都有远大的前程，不来的只得老死狭谷。

青松歌

郭小川

青松哟，是小兴安岭的旺族，小兴安岭哟，是青松的故土。咱们小兴安岭的人啊，与青松亲如手足。一样的志趣，一样的风度，一样的胸怀，一样的抱负。青松啊，是咱们林业工人的形图！

ü 与 u 历史关系密切，这两个韵母的押韵事例及其语音的近似性，可允许 ü 与 u 通押韵，并仅限 u、ü 之间，不能扩大到 i、u 之间。

u、ü 单押的实例其实也很常见，如：

知音常相聚

郑南

难得知首，难得相聚，难数人生十二律，走过小桥流水，走过黄钟大吕，走出红楼梦，走进长城梦，你的故事有我扮演，我的故事有你继续。

难得开场，难得结局，难得台前又相遇。该来的早已到来，该去的不忍离去。谁在谁心上，谁在谁梦里，拆不开人间的男男女女，你的昨天任我剪裁，我的明天任你继续。

噢，同哭一场悲剧，噢，同笑一场喜剧，小舞台本是大世界，上上下下共演一出人间正剧。

知音常相聚，知音常相聚……

第四种通押类型实例：
(1) 方音入韵
(a) u、ou 通押例如下：

行军壶①

红军长征到乌江边，乌江天险挡住路，惊涛万丈卷白雪，天兵天将难飞渡。痛饮壶中祖国水，人民苦难记心头。炮火之中架浮桥，天险变通途。

我愿油成海②

石油已自给，我心并不足。我愿油成海，淹没五角楼。

戊辰中秋玩月黄鹤楼③
涂炳春

悠悠扬子水，巍巍黄鹤楼。皓月挂飞檐，长虹跨激流。龟蛇犄唇齿，轮笛应鼓桴。三楚雄风在，晴川好个秋。（琴园诗汇7）

(b) -n、-ng 通押例如下：

---

① 引自郑林曦《怎样合辙押韵》，北京出版社1980年版，第31页。
② 引自高元白《新诗韵十道辙儿》，陕西人民出版社1984年版，第21页。
③ 引自李慎行《诗韵探索》，陕西旅游出版社1996年版，第85页。

赞群英①

　　男女老少齐出征，青年劲头赛赵云，壮年力气赛武松，少年儿童象罗成，老年干活似黄忠，干部计算胜孔明，妇女赛过穆桂英，社员个个胜古人。

现代京剧唱词里 en、eng、ong 有通押的情况，如阿庆嫂的唱词：

沙家浜唱词②

　　程书记派人来送信，伤员今夜到镇中。封锁线上来接应，须防巡逻的鬼子兵。

周总理，我们怀念您③

　　道上，人们哀哭不成声，但愿是恶梦！室内，人们哀哭不成声，但愿是虚惊！我稍一凝神，就听到总理的声音；我稍一凝视，就看到总理的笑容。我们总是不敢想，总是泪水透衣襟！

我的心律
邹荻帆

怎么能宁静啊，心韵！
有来自天上的黄河、长江流过
有长城起伏的女墙和碉楼的投影。
千古历史的风流怎能数尽？
神农氏尝遍百草而稼穑
大禹凿开洪灾中的龙门
甚至传说孟姜女哭断长城……
爱情岂能在心律上是冻结的寒冰？
还有那黄昏中沙漠的驼铃
南方白鸟的羽扇纶巾
芦叶吹奏的故乡音情……

---

① 引自高元白《新诗韵十道辙儿》，陕西人民出版社1984年版，第26页。
② 同上。
③ 引自高元白《新诗韵十道辙儿》，陕西人民出版社1984年版，第29页。

夜莺飞去了
闻捷

夜莺飞去了，
带走迷人的歌声；
年轻人走了，
眼睛传出留恋的心情。
夜莺飞向天边，
天边有秀丽的白桦林；
年轻人翻过天山，
那里是金色的石油城。
夜莺飞向天空，
回头张望另一只夜莺；
年轻人爬上油塔，
从彩霞中瞭望心上的人。
夜莺怀念吐鲁番，
这里的葡萄甜、泉水清；
年轻人热爱故乡，
故乡的姑娘美丽又多情。
夜莺还会飞来的，
那时候春天第二次降临；
年轻人也要回来的，
当他成为一个真正矿工。

高元白说："我们说 en、eng、ong 应该组成一道'合成韵辙儿'，是就普通话标准音而言的。有的同志误会了这个意思，他说：这么搞，岂不妨碍普通话的推广吗？否！上文已经说过了，不能把'押韵'与'正音'混为一谈。教学正音，必须审音从严；作诗押韵，则可辨韵从宽。但这不是说否定北京音系内部的语音差别。不是说'人'和'仍'都念成 ren 或 reng；'身'和'生'都念成 shen 或 sheng。广大诗人群众的长期押韵实践，在区别前后鼻音的两条窄路上走出一条 en、eng、ong 通押的宽路，已得到群众实际上的公认，现在被我们认识了，肯定了，把它叫做《风》

韵辙儿。"①

这样的认识是有违普通话语音实际的。

(2) 古韵入韵

(a) i/ei 通押实例。如下：

赞开盲自读毛主席著作②
登第

只恨万恶旧社会，害得穷人不识字。"开盲自读"真及时，解决愚昧大问题。

周总理，我们怀念您③

最可恨王、张、江、姚，这帮败类！他们疯狂迫害周总理，罄竹难书，罪行累累。他们无耻诬告周总理，遭到毛主席严厉痛斥；他们恶毒攻击周总理，天地不容，人民反对！乌鸦的翅膀，岂能遮住太阳的光辉？！"四人帮"的造谣、污蔑，只能是苍蝇悲泣，恶狗狂吠！

八月初抵南京入中央大学④
霍松林

六代繁华梦，八年沦陷悲。劫收忙大吏，供给苦遗黎。南复雍开讲，多士又盈墀，致富图强路，抠衣问导师。

(b) i/ɑi/ei 通押实例。如下：

七律·和郭沫若同志
毛泽东

一从大地起风雷，便有精生白骨堆。僧是愚氓犹可训，妖为鬼蜮必成灾。金猴奋起千钧棒，玉宇澄清万里埃。今日欢呼孙大圣，只缘妖雾又重来。

---

① 高元白：《新诗韵十道辙儿》，陕西人民出版社 1984 年版，第 30 页。
② 引自高元白《新诗韵十道辙儿》，陕西人民出版社 1984 年版，第 22 页。
③ 同上书，第 23 页。
④ 引自李慎行《诗韵探索》，陕西旅游出版社 1996 年版，第 126 页。

上述押韵超出了普通话的范畴。这种通押类型的押韵韵字，语音上对立明显，也很难找出语音上的近似性，音位上没有互补关系，在语感上也称不上悦耳。

诗歌通押关系的本质

通押不是诗歌押韵的必然要求，因为通押不符合语音和谐的艺术要求，只是一种变通的艺术手法。通押的艺术效果自然没有严韵来得好。

温颖《论十三辙》里针对通押关系也说过：

> 所谓通押就是不能任意混押，只能以一韵为主，偶而夹杂着用另外的韵，采取"滥竽充数"的手法。如果任意混用，听起来就很不顺耳。十三辙认为完全相押，而不是通押，十八韵但言分韵，没有指出可以通押。都不够完全。从下面的举例中可以看出 i、ü 的通押是有条件的，不是任意的。
>
> 通押只是收到"不刺耳""不别扭"的消极效果，不能收到和谐悦耳的积极效果。在戏剧中不刺耳、不别扭的韵目也可以用，和谐悦耳的积极效果可以由乐器来弥补。从这种意义上说，戏曲韵目比诗歌韵目略宽一些。①

实际上，诗歌押韵单押严韵的情况比比皆是。那些没有通押现象的严韵韵部，自不待言，即使那些普遍存在通押关系的严韵韵部，单押也不乏其例，这要看诗人驾驭字音和遣词炼字的能力。

总之，通押不过是一种变通的艺术手段，虽不能避免，但也不宜泛滥。

---

① 温颖：《论十三辙》，《语文研究》1982 年第 2 期。

普通话韵部层级及分韵标准

根据前面我们提出的普通话分韵应该遵循的七项基本原则，尤其是恪守普通话音系的原则、语音分析从严的原则和符合语音学原理的原则，我们认为普通话韵部的划分标准应该根据韵母的特点和押韵实践，要考虑押韵的不同和谐程度，按层级划分韵部，不同层级的韵有不同的押韵功用。严韵要符合语音体系的要求，通韵要符合创作押韵的实际。无论是严韵还是通韵，都应该把标准贯彻到底，不能混杂不同标准。尤其是在给每一层级韵进行分韵的过程都应贯彻一个标准，不应多标准混用。

普通话韵部划分的三个层级

根据普通话分韵的基本原则和分韵标准，结合百年来新诗用韵实践，我们立足并修正《汉语拼音方案》里的普通话韵母系统，提出汉语新诗的韵部应划分为三个层级，每个层级的韵部都应有统一而明确的分韵标准，各个层级各有不同的押韵功用（见表1）。第一级是完全和谐韵（见表2），以韵母为押韵单位，可称为韵母韵；第二级是和谐韵（见表3），以韵基为单位，又称为严韵；第三级是一般和谐韵（见表4），以韵辙为押韵单位，又称通韵。根据历史上韵书的编写经验，严韵需要遵守韵基相同的原则，通韵需要服从押韵习惯的原则。

第一级韵母韵，以韵母为分韵标准，共分39韵。这样的押韵实例有很多：

一个枣核儿两头儿尖①
北京儿歌

一个枣核儿两头儿尖,
里边儿住个活神仙。

东一片西一片
北京儿歌

东一片,西一片,
到老不相见。

第二级是和谐韵,是在第一级韵母韵的基础上,因韵母的韵基相同或韵母互补而押韵,即传统意义上所称的严韵,划分出来的押韵单位称为韵部。严韵押韵实例最为普遍,如:

三门峡
郭小川

山还是那样高,湖还是那样宽,
刚刚告别昆明,滇池难道和我结伴下河南?!
风却是这么清,水却是这么蓝,
明明在中原落脚,为什么又象遨游西子湖边?!

韵母互补的韵部押韵也很普通,如:

罪恶的黑手
臧克家

这称得起是压倒全市的一件神工,
无妨用想象先给它绘个图形:
四面高墙隔绝了人间的罪恶,
里边的空气是一片静寞,

---

① 见王文宝编选《北京民间儿歌选》,浙江人民出版社1982年版。以下所引北京儿歌均见该书。

一根草，一株树，甚至树上的鸟，
只是生在圣地里也觉到骄傲。

第三级是在第二级和谐韵的基础上，尊重诗人创作用韵的习惯，允许一些严韵之间可以押韵（排除方言和特例现象），这样划分出来的押韵单位可称为韵辙，与传统上所称的通韵对应。这样的押韵实例如：

别煤都
郭小川

这一切呀，
无疑会给战士的生活带来情趣。
谁能否认哪？
梦想也常常是一种生机。
多少英雄由于梦想着美好的未来，
无畏地把生命投入枪林弹雨！
多少英雄仅仅为了梦想，
将自己的鲜血洒上开花的土地，
而在我们的无边的国境内，
科学的梦想简直就是高大的旗帜。

表 1　　　　　　　　普通话韵部划分的层级

层级	一级	二级	三级
名称	完全和谐韵	和谐韵	一般和谐韵
传统名称	（韵母韵）	严韵	通韵（韵辙）
对应单位	单个韵母	韵基相同或互补的韵母	韵基相近的韵母
特点	单个韵母押韵最为和谐，实际用韵中并不常见	韵基相同或互补，介音可以不同。如 ï/ɿ、o/e/uo/ie/üe、eng/ing/ueng/ong/iong 三组互补	与和谐韵类似，但允许部分韵基不同，但语音近似的严韵押韵，如 i/ï/ɿ、(e/ɚ)、i/y、u/y 等
部数	39 韵	15 部	13 辙

根据上述对普通话韵母体系的分析，我们划分出了完全和谐韵 39 韵（韵母韵），和谐韵 15 部（严韵），一般和谐韵 13 辙（韵辙）。

现把汉语普通话三个层级的韵部情况列表如下：

表 2　　　　　　　　　　　　完全和谐韵 39 韵

	开口呼	齐齿呼	合口呼	撮口呼
1	1. ㄭ　2. ㄭ　3. ㄦ	4. i丨衣	5. u ㄨ 乌	6. ü ㄩ 迂
2	7. a ㄚ 啊	8. ia 丨ㄚ 呀	9. ua ㄨㄚ 蛙	
3	10. o ㄛ 喔		11. uo ㄨㄛ 窝	
4	12. e ㄜ 鹅	13. ie 丨ㄝ 耶		14. üe ㄩㄝ 约
5	15. ai ㄞ 哀		16. uai ㄨㄞ 歪	
6	17. ê 18. ei ㄟ 欸		19. uei ㄨㄟ 威	
7	20. ao ㄠ 熬	21. iao 丨ㄠ 腰		
8	22. ou ㄡ 欧	23. iou 丨ㄡ 忧		
9	24. an ㄢ 安	25. ian 丨ㄢ 烟	26. uan ㄨㄢ 弯	27. üan ㄩㄢ 冤
10	28. en ㄣ 恩	29. in 丨ㄣ 因	30. uen ㄨㄣ 温	31. üen ㄩㄣ 晕
11	32. ang ㄤ 昂	33. iang 丨ㄤ 央	34. uang ㄨㄤ 汪	
12	35. eng ㄥ 丨亨的韵母	36. ing 丨ㄥ 英	37. ueng ㄨㄥ 翁	
13			38. ong ㄨㄥ 轰的韵母	39. iong ㄩㄥ 雍

表 3　　　　　　　　　　　　严韵 15 部

	1. ï （ㄭ/ㄭ）	2. er	3. i	4. u	5. ü
6	a		ia	ua	
7	o (e)		ie	uo	üe
8	ai			uai	
9	ei (ê)			uei	
10	ao		iao		
11	ou		iou		
12	an		ian	uan	üan
13	en		in	uen	üen
14	ang		iang	uang	
15	eng		ing	ueng　ong	iong

严韵 15 部是严格根据音位的互补和语音相似性归纳出来的，与黎锦熙 18 部比较少了三部，即歌、波、皆合并，庚、东合并。与王力 16 部相比，是将王力的车遮、乜斜、梭波三韵合并，另列儿韵。

表 4   通韵 13 辙

	1. ɿ（ʅ、ʅ）	2. i	ü	3. u	
4	ɑ	iɑ		uɑ	
5	o（e）、er	ie		uo	üe
6	ai			uai	
7	ei（ê）			uei	
8	ao	iao			
9	ou	iou			
10	an	ian		uan	üan
11	en	in		uen	üen
12	ang	iang		uang	
13	eng	ing		ueng（ong）	iong

13 通韵跟 13 辙比较，差别有三点：一是合并了梭波（e/o/uo）和乜斜（ie/üe）两韵；二是 i 韵母保持独立，并与 ɿ 通押，但并不提倡，如果一定从宽，ɿ 与 i 也可勉强合并，那么就只有 12 辙；三是允许 ü 韵母两属，既可与 i 押韵，也可与 u 押韵，但不提倡 ü 与 ɿ 押。

13 通韵与 15 严韵相比，其间的差别有：取消了 ü 的独立性，其可与 i 或 u 分押，但是 u 与 i 并不因为分别与 ü 的通押关系而通押；er 韵与 ɿ（ʅ、ʅ）的押韵很少见于诗歌，与 ɿ（ʅ、ʅ）押韵和谐程度不高，不提倡通押；er 与 o 韵偶有通押，可将 er 与 o 视为通韵，因 er 韵韵字少，押韵时可尽量不用 er 韵字。er 韵还涉及儿化韵母的押韵问题，其押韵范围还要广一些，我们这里暂且不论。

需要特别说明的是，以上三个层级的韵，韵母韵是最根本的语音依据，虽然这种押韵母韵的行为有一定难度，但却是最和谐的韵，也是归纳和谐韵和一般和谐韵的基础。和谐韵是根据韵母韵音位归并而成的，是最经常出现的押韵行为，也最符合语感，艺术表达效果也最好。一般和谐韵是在和谐韵的基础上，因一些特殊情况而出现的押韵行为，一般是为了方便诗人选择韵字，但其艺术效果要差很多。因此，严韵是常例，通韵是变例。ï（ꭧ、ꭨ）、i、ü、u 分别押韵是很常见的押韵方式（严韵），ï（ꭧ、ꭨ）与 i 押韵，或 i 与 ü 押韵，或 ü 与 u 押韵，乃至其他个别韵母之间的偶尔押韵，诗人并不经常使用，当然也不宜提倡。

普通话分级分韵表

我们按通韵、严韵和韵母韵的包含关系，将三个层级的韵列在下面。通韵称辙，严韵称部，韵母韵称韵。为了方便称呼，通韵的辙名沿用传统十三辙（乜斜未用，并入梭波；新添支思辙）名称，严韵沿用十八韵的名称（歌、皆、庚未用，歌并入波，皆并入波，庚并入东）。韵母韵就使用韵母的读法。通韵用第一、第二之类标序，严韵用一、二之类标序，韵母韵用 1、2 之类标序。

第一，支思辙

一、支部

1. ꭧ 韵

2. ꭨ 韵

第二，衣期辙

二、齐部

3. i 韵（可与 ü 韵母通）

第三，姑苏辙

三、模部

4. u 韵

四、鱼部

5. ü 韵（可与 i 韵母通）

第四，麻沙辙

五、麻部

6. ɑ 韵

7. iɑ 韵

8. ua 韵

第五，梭波辙
六、波部
9. o 韵
10. e 韵
11. uo 韵
12. ie 韵
13. üe 韵
七、儿部
14. er（ɚ）韵

第六，怀来辙
八、开部
15. ai 韵
16. uai 韵

第七，灰堆辙
九、微部
17. ê 韵
18. ei 韵
19. uei 韵

第八，遥迢辙
十、豪部
20. ao 韵
21. iao 韵

第九，由求辙
十一、侯部
22. ou 韵
23. iou 韵

第十，言前辙

十二、寒部

24. an 韵

25. ian 韵

26. uan 韵

27. üan 韵

第十一，人辰辙

十三、痕部

28. en 韵

29. in 韵

30. un 韵

31. ün 韵

第十二，江阳辙

十四、唐部

32. ang 韵

33. iang 韵

34. uang 韵

第十三，中东辙

十五、东部

35. eng 韵

36. ing 韵

37. ueng 韵

38. ong 韵

39. iong 韵

下篇　汉语新诗用韵

汉语诗韵传统继承

朱光潜在其重要诗学著作《诗论》中,说中国历史上有两次废韵的尝试,第一次是六朝人用有律无韵的文章译佛经中有音律的部分,第二次就是现代白话诗运动。前者的原因,是因为译佛经者大半是印度和尚,外国人用中文不免有些困难,且其本意不在为诗;后者的原因是受了西方自由诗或无韵诗影响,以为新诗可以无韵。两次尝试的具体原因不同,但其根由却是同一,即对于汉语特质缺乏基本的认识,因而并不理解"韵在以往的中国诗里何以那样根深蒂固"。① 这告诉我们:回答当前汉语新诗用韵问题,就必须充分认识"韵在中文诗里何以特别重要",从汉语诗歌的历史传统和现代倾向中来回答将来中国诗韵的走向问题。

韵:汉诗的文体符号

尽管人类学、文艺学理论对于诗歌发生有着不尽相同的解释,但都强调最早的诗是与歌、舞结合在一起的,是歌诗舞合为一体的综合艺术。在原始的混合艺术中,"韵"扮演着重要角色,具有重要功能。朱光潜说,"人类在发明文字之前已经开始唱歌、跳舞,已有一部分韵语文学'活在口头上',所以诗歌的韵必在应用文的韵之前,韵的起源必须在原始诗歌里去找。原始诗歌的韵也未尝没有便于记忆一层功用,但它的主要的成因或许是歌、乐、舞未分时用来点明一节乐调和一段舞步的停顿,应和每节乐调之末同一乐器的重复的声音。"② 这就是说,"韵"在原始混合艺术中

---

① 朱光潜:《诗论》,生活·读书·新知三联书店1984年版,第190页。
② 同上书,第189页。

的主要功用就是点明"停顿",一个停顿即为一个段落,数个停顿合为一个整体。它如近代徽戏调子所伴奏乐声的收音锣声,即"的当嗤当嗤当晃"的"晃"(锣声),也如京戏、鼓书的鼓板所发的声音除点明"板眼"外,还可以视为音乐中的韵。如在原始歌谣"断竹、续竹、飞土、逐肉"中,"竹""竹""肉"就是点明停顿的诗韵。在此最为原始的诗歌中,韵的基本功能就已经确立,即"诗歌在原始时代都与乐舞并行,它的韵是为点明一个乐调或是一段舞步的停顿所必需的,同时,韵也把几段音乐维系成为整体,免致涣散"①。以后诗乐舞这种古代混合艺术分化,每种均仍保存节奏,但于节奏以外,音乐尽量向"和谐"方面发展,舞蹈尽量向姿态方面发展,诗歌尽量向文字意义方面发展,于是彼此距离遂日渐其远了。但是在诗歌独立以后,仍然需要标明语言停顿,仍然需要音律前呼后应,仍然需要维系语言整体,这些功能的需要就必然地保留了"韵",然后就在历史发展中把这种韵的功能变成传统的固定的形式,就成了诗歌格律中的"诗韵"。"诗韵"在诗歌形式美中的地位由此确立,并在以后的发展中逐步成为诗歌文体的重要特征。

普遍用韵,这是传统汉诗的文体特征,也是传统汉诗的发展经验。朱光潜认为,韵在中国发生最早。流传到现在的古籍大半都有韵,不但诗歌这种韵文体裁,即使记事说理的著作也大多有韵。王力认为,"从汉代到'五四'运动以前,中国的诗没有无韵的。《诗经》的国风、小雅、大雅也都有韵,只有周颂里面有几章不用韵"②。中国首部诗歌总集《诗经》的《周颂》中,有8篇诗"无韵"。这是用很严格的押韵标准审视《诗经》的结论。即便如此,8篇"无韵"也只占《诗经》总篇数的不到3%。所以王力的结论是,"《诗经》是有韵的。除《周颂》有几篇无韵诗以外,都是有韵诗"。他甚至说,"密韵是《诗经》用韵的最大特点。句句用韵、交韵、抱韵,都是密韵"③。陆侃如、冯沅君则认为,"(《周颂》)其实所谓无韵,乃是叶韵的不规则。这些不规则在《诗经》其他部分是极少见的"④。"叶韵的不规则",还是有韵。后来的楚辞更是有韵的,基本形式是隔句押韵。接着的古体诗虽然句式变化,有五七言杂言乃

---

① 朱光潜:《诗论》,生活·读书·新知三联书店1984年版,第12页。
② 王力:《中国格律诗的传统和现代格律诗的问题》,载《文学评论》1959年第3期。
③ 王力:《诗经韵读》,上海古籍出版社1980年版,第390—401页。
④ 陆侃如、冯沅君:《中国诗史(上)》,人民文学出版社1956年版,第26页。

至错综杂言种种，但同样讲究用韵。王力的概括是：大多使用本韵，也有通韵和转韵等，但韵是其基本格律规范。① 到近体的律诗或绝句等，更是把用韵精密化和程式化。五七言近体的韵律固定是隔行韵，或首行入韵的"AA#A#A#A"，或首行不入韵的"#A#A#A#A"；韵脚必须平声。再后来的词和曲，格律形式有所放宽，写来相对自由。但用韵却仍是其基本的形式特征。涂宗涛把词的用韵形式归纳为10种，即一韵到底、一首多韵、以一韵为主、叠韵、同部平仄韵通押、句中韵、四声通协、平仄韵互改、限用入声韵、押韵变格。曲的用韵更加多变，坚持"韵共守自然之音，字能通天下之语"的原则，即根据当时通行汉语之自然音韵押韵，非同诗、词之谨守诗韵、词韵，但讲究用韵却仍是其文体重要特征。朱光潜相信诗歌起源时留下的两个遗传基因，即伴乐伴舞和集体活动，总会在后世诗歌得以显现，"这两个特征注定了诗要有通套的形式"。伴随着我国汉诗历史用韵演变，六朝以后就出现了大量的韵书。以后我国更是按照语言的变迁和诗体的变迁，编写种种新的韵书，代有新撰，各撰相竞。虽然历时性的韵书呈现种种变化，包括韵部数目不同、字音分部不同、同用的韵增多等，但不管如何变化，不断修订和重纂韵书，就是为了适应发展演进中的汉诗更好用韵，以便更好地维系汉诗的有韵传统。

  这就是我国传统汉诗用韵"根深蒂固"的基本面貌，它是与其他语言的诗歌传统存在明显差异的。陈本益认为，"与西方某些民族语言的诗歌比较，汉语诗歌尤其是汉语古代诗歌的韵显得特别重要。""西方诗歌并不是自来有韵的。古希腊语诗歌和古罗马拉丁语诗歌就不押韵。古英语诗歌只押头韵；后来英语诗歌也押脚韵，那也主要是抒情诗，叙事诗、哲理诗等大多不押韵。印度古代梵文诗歌也无脚韵。"② 朱光潜在《诗论》中也说到，日本诗到现在还无所谓韵。古希腊诗全不用韵。拉丁诗初亦不用韵，到后期才有类似的收声，大半用在宗教中的颂神诗和民间歌谣。古英文只用双声为"首韵"而不押韵。据现有证据看，诗用韵不是欧洲所固有的，而是由外方传去的。韵传到欧洲至早也在公元纪元以后。在这种比较中，朱光潜提出，要破解我国传统汉诗有韵之谜，需要从汉语本身特征去寻找，其答案深植在汉诗自身的节奏语言中。这就是说："诗应否用

---

① 见王力《古体诗律学》，中国人民大学出版社2004年版，第14、30页。
② 陈本益：《汉语诗歌的节奏》，重庆大学出版社2013年版，第244页。

韵，与各国语言的个性也很密切相关。"① 不仅如此，诗如何用韵同样根植在其赖以存在的语言中，"什么地方押韵，什么地方不押，哪一句跟哪一句押，都和民族的传统有关。例如越南诗的'六八体'，单句六个字，双句八个字，但是双句第六字和单句第六字押韵。越南著名的叙事诗（韵语小说）《金云翘》就是这样押韵的。在我们看来是那样奇特的格律，在越南诗人看来是那样和谐，这就是民族的传统在起着作用。"② 这是正确的思维方法。因为汉诗的韵律，只是汉语诗歌语言的韵律，它是生长在汉语语音个性特征之上的。任何诗歌的语言音律的形成都不是外加的，而只能是这种语言本身的自然语音与其音律建构特征的自然优势和自觉加强的结果。正如梁宗岱所说，解决新诗的音节问题，"有一个先决的问题：彻底认识中国文字和白话底音乐性。因为每国文字都有它特殊的音乐性，英文和法文就完全两样。逆性而行，任你有天大的本领也不济事。"③ 就诗韵来说，法文音的轻重分别没有英文音的轻重分别那么明显。这可以说是拉丁系语音和日耳曼系语音的一个重要异点。英文音因为轻重分明，音步又很整齐，所以节奏容易在轻重相间上见出，无须借助韵脚的呼应。法文诗因为轻重不分明，每顿长短又不一样，所以节奏不容易在轻重的抑扬上见出，韵脚上的呼应有增加节奏性与和谐性的功用。④ 这就造成了法诗中无韵诗极不容易发现，而英诗若以行来统计，则无韵的实较有韵的为多。

朱光潜从汉诗个性出发，考察了汉语与英法诗的语言差异，论证了"韵在中文诗里何以特别重要"的问题。朱光潜在《诗论》中说："以中文和英法文相较，它的音轻重不甚分明，颇类似法文而不类似英文"：

> 中文诗的平仄相间不是很干脆地等于长短、轻重或高低相间，一句诗全平全仄，仍可以有节奏，所以节奏在平仄相间上所见出的非常轻微。节奏既不易在四声上见出，即须在其他元素上见出。上章所说的"顿"是一种，韵也是一种。韵是去而复返、奇偶相错、前后呼应的。韵在一篇声音平直的文章里生出节奏，犹如京戏、鼓书的鼓板

---

① 朱光潜：《诗论》，生活·读书·新知三联书店1984年版，第191页。
② 王力：《中国格律诗的传统和现代格律诗的问题》，载《文学评论》1959年第3期。
③ 梁宗岱：《论诗》，见《诗与真·诗与真二集》，外国文学出版社1984年版，第37页。
④ 朱光潜：《诗论》，生活·读书·新知三联书店1984年版，第192页。

在固定的时间段落中敲打,不但点明板眼,还可以加强唱歌的节奏。中国诗的节奏有赖于韵,与法文诗的节奏有赖于韵,理由是相同的:轻重不分明,音节易涣散,必须借韵的回声来点明、呼应和贯串。①

朱光潜从汉语语音的特点分析入手,揭示了汉诗赖于诗韵的两个理由。一是汉语是单体独音的文字,每个音都有独立的价值,而且从四声上说,汉语的读音轻重、长短和高低并不分明,这就要依靠"顿"或"韵"在平直的声音中生出和加强节奏;二是汉语是音节文字,音和字和义具有对应性,尤其在古代汉语中,单音节词占据多数,字词之间的粘合性较差,因此需要通过诗韵来"把涣散的声音联络贯串起来,成为一个完整的曲调",使得容易涣散的音节借韵贯串起来、前后呼应。这就是说,汉语诗歌由于自身的语言(语音)特征,需要韵来加强节奏,来贯串音节,这其实就是诗歌发生期诗韵的两大功用,即节奏段落划分(停顿)的功用和节奏段落贯通(呼应)的功用。由此可见,汉诗格式和音律的形成,是离不开诗韵的,对于没有轻重音、长短音配合的汉诗来说,形成音律需要韵的帮助。同时,诗韵对于汉诗节奏的意义,朱光潜还作了如下分析:西诗的单位是行,行只是音的阶段而非义的阶段,所以诵读西诗时,到每行末音常无停顿的必要,因此不必靠韵来帮助和谐;"中文诗则不然。它常以四言五言七言成句,每句相当于西文诗的一行而却有一个完足的意义。句是音的阶段,也是义的阶段;每句最末一字是义的停止点也是音的停止点,所以诵读中文诗时到每句最末一字须略加停顿,甚至于略加延长,每句最末一字都须停顿延长,所以它是全诗音乐最着重的地方。如果在这一字上面不用韵,则到着重的一个音上,时而用平声,时而用仄声,时而用开口音,时而用合口音,全诗节奏就不免因而乱杂无章了。"② 后来的陈本益认为:汉诗的音顿节奏与韵是相互依赖、相互为用的。首先,韵对音顿节奏的依赖。汉诗押韵一般在句尾,且一般在一对奇偶句中的偶句句尾。根据音顿节奏规律,句尾一音,尤其偶句句尾一音及其后的顿歇,是最重要的节奏点。这一音读得较长,其后顿歇较久,韵押在这一音上便有鲜明的效果,显出其审美价值。这样,汉诗的韵就具有特殊的重要

---

① 朱光潜:《诗论》,生活·读书·新知三联书店1984年版,第193页。
② 朱光潜:《替诗的音律辩护》,见《诗论》,生活·读书·新知三联书店1984年版,第246—247页。

性,成了古代诗人的艺术追求。其次,音顿节奏对韵的依赖。汉诗节奏本身是一种基本的简单的节奏,它需要加强、补充、修饰。韵在汉诗语音中主要起加强和贯穿作用,韵出现在句尾,而句尾正是音顿节奏在句式中最重要的节奏点,这样,韵便与句尾那一本来就比较鲜明的节奏点重合了,使那地方的节奏显得特别鲜明、强烈,从而起到了强化节奏和贯串诗句的作用。以上两个方面,就是汉诗语言节奏与诗韵的契合,从而相形相随,相得益彰,成为汉诗格律的重要标志。陈本益的结论就是:"汉语诗歌的韵作为一种节奏,是与音顿节奏同质的,它与句尾那一重音顿节奏重合,从而成为音顿节奏的重要组成部分。"① 从朱光潜和陈本益的以上分析中,我们可以理解"韵在中文诗里何以特别重要",也就理解了有韵成为汉诗传统的基本理由。

其实,有韵成为汉诗传统还有一个重要理由,那就是汉语之语音具有独特的押韵优势。关于汉语语音的主要特征,黄伯荣、廖序东编《现代汉语》着重概括了四点:(1)没有复辅音,无论在音节的开头或末尾,都没有两三个辅音联结在一起的现象,因此,音节结构形式比较整齐,音节界限比较分明;(2)元音占据优势,由复元音构成的音节很多,乐音成分比例特大;(3)元音收尾占据多数,辅音出现在音节的开头,除了-n和-ng两个以外,都不能出现在音节末尾;(4)每个音节都有声调。② 这些语音特征造成汉诗押韵优势:一是汉语是音节文字,其音节由辅音和元音拼合而成,辅音在前,元音在后,整齐一律,押韵只讲求元音相同,所以十分容易。有些音节以辅音结尾,但那些辅音也是响亮的鼻音;汉语不像西方语言那样辅音较多,而且有些词语纯由辅音组成,押韵相对显得困难。二是元音收尾占据优势,这就同汉诗押韵往往就在行末或句末的节奏点和意义顿相应,这不仅为诗人在行末或句末押韵提供了方便,而且使得押韵与节奏点与意义点在互动作用中效果鲜明;相较而论,英诗的韵一般押在行尾音步内的重音上,而且行尾押韵可能不是一个音节,而是两个乃至三个音节,其音节轻重长短各不相同,所以诗韵的效果并不明显。三是汉语同音字多,且元音占据绝对优势,尤其是近代以来韵部归并后相对变少,同韵字多,具有韵资源富集的特点,这就为新诗创作的选韵提供了

---

① 陈本益:《汉语诗歌的节奏》,重庆大学出版社2013年版,第246页。
② 黄伯荣、廖序东编:《现代汉语》(上册),甘肃人民出版社1983年版,第6—8页。

极大的方便；相对而言，西诗的语言就不具备这样的语音特征，没有如汉诗那样诸多的用韵便利。四是汉语尤其是古代汉语的语法较为灵活，内部成分结合并不固化，词序安排较为自由，词语和词组的粘合较为疏松，有些词语可以颠倒或分合，这也为汉诗创作中调整或选择词语提供了方便；相对而言，西语词语往往是多音节的，词组和词句的结构结合紧密，伸缩空间相对较小。汉语相较西语的种种优势，都是汉诗普遍用韵的重要条件，因此用韵成为汉诗文体的重要标志。王力根据传统汉诗的文体特征，说过这样的话："正是由于上古自由诗是那样的少，战国时代到'五四'时代又没有自由诗，可见格律诗是中国诗的传统。"而"韵脚应该认为是格律诗最基本的东西。有了韵脚，就构成了格律诗；仅有韵脚而没有其他规则的诗，可以认为是最简单的格律诗。"[①] 也正因为如此，针对用韵会束缚诗人创作的观点，闻一多早在新诗运动初期就明确地指出："中国韵极宽；用韵不是难事，并不足以妨碍词意。既是这样，能多用韵的时候，我们何必不用呢？用韵能帮助音节，完成艺术；不用正同藏金于室而自甘冻饿，不亦愚乎？"[②]

以上所述用韵的必要性和用韵的可能性，必然形成了汉诗根深蒂固的用韵传统。汉诗的用韵，在历史演进中甚至成为一种文化符号深深地植根于民族文化之中，成为我们民族的审美趣味和文化观念。我国古代的"文"具有多个含义，但从创作审美来说，"文"的所指还是"言语有修饰，文章亦有修饰，而皆称之文"（黄侃），也指有韵之文，即指韵文之"韵"即音节。"文"就汉诗而言，首先是一种诗歌规范，又是一种审美趣味，还是一种生存方式。诗的"音节"，在传统诗学中是处于诗歌本体地位的。在新诗运动初期，梅光迪驳难诗体解放主张的根据，就是祖宗的规训"文章体裁最须分辨"。当时的学衡派论诗的主旨就是"诗文"界限的划分，"今欲论诗，应先确定诗之义。惟诗与文既相对而言。故诗之定义须尔其有别于文之处"[③]。正因为在传统观念中，文笔之分的根据在于音节（韵）的有无，所以人们就认为诗歌格律具有先天性和不可更易性。如胡先骕认为格律声韵是诗词的本能，"诗之所以异于文者，亦以声调格

[①] 王力：《中国格律诗的传统和现代格律诗的问题》，载《文学评论》1959年第3期。

[②] 闻一多：《致吴景超》（1922年9月24日），见《闻一多书信集》，人民文学出版社1986年版，第62页。

[③] 吴宓：《诗学总论》，载《学衡》第9期（1922年9月）。

律音韵故"。① 如章太炎就说，"诗之有韵，古今无所变"，梅光迪说"诗之所以异于文者，亦以声调格律音韵故"。闻一多、朱光潜则把诗韵视为一种"种族记忆"，或形式原型，认为它们世代相袭，具有基因性质，不可随意更改。也正因为如此，传统文人多重视"文"的传统，重视诗歌吟咏，把自己的生存方式、生命情感寓寄在有韵的诗中。学者杨亦鸣及其团队，近年来采用多种现代技术手段，对古诗阅读进行了认知分析，探索了传诵诗歌的文化行为与中国人在写作和阅读中对讲究平仄、对仗、押韵之文句的特殊偏好间可能存在的科学关系。他们发现了中国人诗歌阅读中的押韵预期：对一般受众的押韵预期激活时间进程的考察表明，押韵规则在早期时间窗口被快速激活，影响诗歌的第一遍阅读过程；违反押韵规则，被试阅读关键字的首次注视时间和凝视时间显著增加。"对于音韵的特殊偏好，促使人们在阅读古代诗歌时快速激活押韵规则，期待声律和谐的韵律模式。这种押韵预期在早期阶段调控诗歌韵律生成、诱发出特定的神经电生理指标和早期眼动模式。"中华民族在发展过程中孕育的优秀传统文化，被一代一代中国人传承下来，逐渐沉淀为一种"基因"，就如生物学中的基因一样，汉诗有韵传统成为一种文化基因，代代相传。而从比较语言学的视角看，这种基因具有独特性，"较之于印欧语诗歌，中国古代诗歌在语音层面、音节层面、文字层面均具备产生强烈音韵美的语言特质，容易让人产生深刻印象，并逐渐成为中国人的特殊偏好"②。

百年新诗的有韵传统

自古以来汉诗有韵的历史传统，它凝聚成为一种心理记忆和文化遗产，深刻地影响着我国新诗的发生与发展。朱自清在概括初期新诗特征时说："到现在通盘看起来，似乎新诗押韵的并不比不押韵的少得很多。再说旧诗词曲的形式保存在新诗里的，除少数句调还见于初期新诗里以外，就没有别的，只有韵脚。这值得注意。新诗独独的接受了这一宗遗产，足

---

① 胡先骕：《评〈尝试集〉》，载《学衡》第1、2期（1922年1月，1922年2月）。
② 见王广禄文章《从音韵角度探究文化基因》，载《中国社会科学报》2017年6月30日。

见中国诗还在需要韵,而且可以说中国诗总在需要韵。"① 这种分析是符合初期新诗用韵实际的。这里的重要问题是,"新诗开始的时候,以解放相号召,一般作者都不去理会那些旧形式。押韵不押韵自然也是自由的。"为何在此情形下,初期新诗仍然多数用韵?这除了是受诗韵传统这种文化基因的自觉不自觉影响外,还受到了五四新诗运动的目标指向的影响。新诗运动时期的诗学观念是"诗体解放"论,具体说是打破一切束缚精神的枷锁镣铐,语言是白话的,文体是自由的。这往往就被人理解为打破诗歌的所有格律形式,所以新诗运动中就出现了部分抛弃诗韵的自由诗、无韵诗等。但从新诗运动的实践成果看,"诗体解放"论的目标真正指向只是那些束缚精神的格律形式,学者早就指出,"很明显,在五四新文学发难时,先驱者并未全盘否定'古典',并未斩断与既往文学历史的联系,他们所要决绝地斩断的是与'今日'文坛的联系。"② 这里的"今日"是指晚清文坛复古陈腐文风,落实到诗韵来说,就是用古音,押死韵,讲平仄,陈陈相因,自我复制,戒律森严,它戕害性情,已经严重地束缚了现代思想的表达和现代语言的流行。正因为这种真实的指向性,在诗体解放过于激烈的语言表层下面,新诗的创作却并未完全否定用韵。其情形就像闻一多那样,一方面创作新诗,一方面研究律诗,并认为律诗中处处有个中国人格在,"无论如何,律诗之艺术的价值,历万代而不泯也"。面对诗体解放,闻一多明确地说:"文学诚当因时代以变体;且处此二十世纪,文学尤当含有世界底气味;故今之参借西法以改革诗体者,吾不得不许为卓见。但改来改去,你总是改革,不是摈弃中诗而代以西诗。所以当改者则改之,其当存之中国艺术之特质则不可没。"③ 把此论移来论新诗用韵,即诗韵需要改革,但写诗还是应该用韵,因为韵是汉诗的艺术特质和重要标志。

正是五四新诗运动独特的目标指向,造成了初期新诗种种矛盾现象,它体现了破旧立新的过渡期特征,但其基本的取向正如朱自清概括的那样:"新诗押韵的并不比不押韵的少得很多",需要补充的则是:新的用

---

① 朱自清:《诗韵》,见《朱自清全集》第2卷,江苏教育出版社1988年版,第402页。

② 刘纳:《嬗变——辛亥革命时期至五四时期的中国文学》,中国社会科学出版社1998年版,第231页。

③ 闻一多:《律诗底研究》,见《神话与诗》,华东师范大学出版社1997年版,第317—318页。

韵突破了旧韵及其诗韵程式，开始探索新韵及其诗韵方式。如胡适就在《谈新诗》长文中，提出"若想有一种新内容和新精神，不能不先打破那些束缚精神的枷锁镣铐"，同时又探讨了新诗的"音节"问题，就"音"来说，他的主张就是"平仄要自然"和"用韵要自然"，至于用韵一层，"新诗有三种自由：第一，用现代的韵，不拘古韵，更不拘平仄韵。第二，平仄可以互相押韵，这是词曲通用的例，不单是新诗如此。第三，有韵固然好，没有韵也不妨。"① 这里的论述既抛弃了旧韵束缚，又提倡了新韵使用。他自己的新诗尝试之作，基本都有韵，但却非旧韵。如其早期作品《蝴蝶》全用现代语音押韵，甚至采用了相似音押韵。他明确地说："现在攻击新诗的人，多说新诗没有音节，不幸有一些做新诗的人也以为新诗可以不注意音节。这都是错的。"② 如闻一多的新诗也破旧韵用新韵。朱湘批评其用韵不对、不妥、不顺。这种批评对于新诗规范用韵是有意义的，但其所指出的种种问题，恰好说明了闻一多等人打破旧韵以后探索新韵的过渡状态，这是初期新诗探索新韵所无法避免的状态，但其中坚持用韵并用新韵的态度还是明晰的。再如初期新韵谱的探索，刘半农也主张打破旧韵，同时又主张探索新韵，他具体主张就是分三步走：先以"土音押韵"，这是下策；"以京音为标准"，这是中策；"希望于'国语研究会'诸君，以调查所得，撰一定谱"，这是上策。这明显是个新旧过渡的渐进方案，但在当时得到了诸多同仁的肯定，推动了后来新诗韵（谱）的制定。这就是新诗发生时期用韵的基本情况，它充分说明新诗运动从创作来说并未否定汉诗的诗韵传统，它又很好地开创了中国新诗在继承创新中用韵的新传统。这种探索是值得充分肯定的。汉诗随着语言的变迁，音律形式不可能一成不变，但是变来变去，总还有一些东西没有变，例如讲四声，讲韵脚，讲字组的顿之类。这些历时较长、变动较少的东西可以说是一国诗的音律的基础。这是符合诗律演进变迁规律之论。

自觉地为新诗创格并形成诗潮的，是20世纪20年代中期开始的新韵律（形式）运动，它是新诗渡过了发生期进入全面建设期的重要标志。首先是一批新月诗人集合起来为新诗创格，其"格"有诉诸听觉的音尺、平仄和韵脚，有诉诸视觉的节的匀称和句的均齐。饶孟侃有两文谈新诗的

---

① 胡适：《谈新诗》，载《星期评论》纪念号（1919年10月10日）。

② 同上。

音节，探讨了韵脚在新诗中的特殊功用，认为"在新诗里面我们更应当格外多多的尝试，因为一首诗的动作的快慢多半是跟着韵脚走的"。他还探讨了新诗废韵的尝试问题，结论是："我们用单音的文字来写无韵诗，虽不敢说是绝对的不可能，但是我相信至少我自己这一辈子决看不到它有成功的可能。"① 新月诗人尝试着新诗多种格式，"或是自创，或是采用，化成自西方，东方，本国所既有的，都可以，——只要它们是最妥切的"②。与此相契，他们探索多种韵式，继承传统的，借鉴国外的。延续新月诗人新诗韵律探索的是 30 年代的京派诗人，他们自觉地从汉语特征出发，尝试新的音节方式。如梁宗岱认为"中国文字底音节大部分基于停顿，韵，平仄和清浊（如上平下平）"③。他要求诗的音色与微妙的内心契合："韵律底作用是直接施诸我们底感官的，由音乐和色彩和我们底视觉和听觉交织成一个螺旋式的调子，因而更深入地铭刻在我们底记忆上"④。十年新韵律（形式）运动，使得新诗回到了老家（朱自清），其"回家"不仅指诗的抒情，也指诗的音律。到 40 年代初朱自清说，新韵律（形式）运动虽然结束，但"实在已经留下了不灭的影响"，其探索成果充分体现在新诗创作中。尤其是此后诗人持续不断地探索新诗格律，此起彼伏绵延至今。在这种探索中，诗韵始终没有缺位。如 50 年代的现代格律诗探索中，何其芳对于现代格律诗的要求就是两条，即节奏的规律化和押韵的规律化。进入 80 年代以后，更多诗人倡导新格律诗，如中国现代格律诗学会对于新格律诗的基本要求是："鲜明和谐的节奏，自然有序的韵式"。80 年代以后，我国诞生了大量的新格律诗，基本特征就是讲究用韵，并探索用韵方式多样化。与此相应，就是大量新韵书的编纂出版。

进入 20 世纪 30 年代，新诗发展的另一趋向汇成潮流，这就是新诗大众化运动，经历了新诗歌阶段、抗战阶段和延安解放区阶段，持续时间长达 20 年。朱自清在《抗战与诗》中，把新韵律（形式）运动到大众诗运动的转变概括为从纯诗化到散文化。他概括了这一路诗的特征：

    抗战以来的诗，注重明白晓畅，暂时偏向自由的形式。这是为了

---

① 饶孟侃：《新诗的音节》，载《晨报副刊·诗镌》第 4 号（1926 年 4 月 22 日）。
② 朱湘：《"巴俚曲"与跋》，载《青年界》第 4 卷第 5 期（1933 年 3 月）。
③ 梁宗岱：《论诗》，见《诗与真·诗与真二集》，外国文学出版社 1984 年版，第 37 页。
④ 梁宗岱：《新诗底纷歧路口》，载《大公报·诗特刊》（1935 年 10 月 9 日）。

诉诸大众，为了诗的普及。抗战以来，一切文艺形式为了配合抗战的需要，都朝普及的方向走，诗作者也就从象牙塔里走上十字街头。他们可也用格律；就是用自由的形式，一般诗行也比自由诗派来得整齐些。他们的新的努力是在组织和词句方面容纳了许多散文成分。①

这种概括是准确的。这一路新诗从面向大众的普及性和饱满情绪的抒情性出发，突破了严格的格律形式，开始趋向散文化，但是大众歌调和民族风格的审美选择，又使得这些诗趋向格律形式和民族审美，我们姑且把这些诗称为半格律诗或半自由诗。其文体审美，鲁迅在30年代初有个精辟的概括，这就是："新诗先要有节调，押大致相近的韵，给大家容易记，又顺口，唱得出来。"鲁迅批评了某些新诗存在的弊端，即"没有节调，没有韵，它唱不来；唱不来，就记不住，记不住，就不能在人们的脑子里将旧诗挤出，占了它的地位。"②鲁迅的诗论发表在中国诗歌会刊物《新诗歌》上，产生了重要影响。大众诗歌在文体选择上基本趋向此说，也就形成了这批半格律诗讲究用韵的基本特征。大众诗运动后来又开展了利用旧形式和民族形式的讨论，从而更加自觉地在诗体上趋向民族民间形式，呈现民族歌调色彩，包括这一时期的歌谣诗、朗诵诗、街头诗、枪杆诗、新民歌诗等，都是有韵的半格律诗。这种诗体倡言的民族形式，在中华人民共和国成立后继续获得发展，在古典与民歌基础上发展新诗成为较长时期的诗美观念，虽然其间展开过多次关于新诗形式的讨论，但正如何其芳所概括：关于诗歌形式问题的探讨和争论，"主要是围绕着这样一个中心问题进行的：我国新诗如何民族化群众化的问题"③。在此期间，毛泽东认定的"新体诗歌"的形式标准就是："（一）精炼，（二）有韵，（三）一定的整齐，但不是绝对的整齐"④。后来臧克家对此形式标准作了全面阐述，得到了众多的响应和支持。毛泽东的标准与臧克家的阐释，在诗坛产生了巨大影响，五六十年代我国的生活抒情诗和民歌体新诗，以及

---

① 朱自清：《抗战与诗》，见《朱自清全集》第2卷，江苏教育出版社1988年版，第346页。

② 鲁迅：《致窦隐夫》，见《鲁迅全集》第12卷，人民文学出版社1981年版，第556页。

③ 何其芳：《再谈诗歌的形式问题》，载《文学评论》1959年第2期。

④ 毛泽东同臧克家、袁水拍的谈话，见陈晋《毛泽东与文艺传统》，中央文献出版社1992年版，第328页。

新时期大批中年诗人的诗体审美大体如此。

百年新诗史上诞生了大量的自由诗，形成了流贯始终的诗潮。自由诗是在五四新诗运动中从域外输入的，输入的初衷是解放诗体，因此强调自由诗体的精神自由和形式自由。其实，西方现代诗运动中产生的自由诗也并非完全自由的，自由诗在音律上的"自由"，实质就是在传统音律基础上创新的自由，就是它拥有创造新音律体式的自由。我国诗人输入自由体以后，与中国传统诗体必然发生交融，所以也串味变形了，虽然其中部分诗完全抛弃音律形式，但多数诗还是保留着音律形式，只是变得格律疏松相对自由。如早期抒唱式自由诗代表郭沫若的诗，就既有形式节奏又有诗韵呈现，再如胡适创立了说话式自由诗，其新诗成立的纪元是《关不住了》，此诗的用韵就极其富有规律，全诗偶句押韵沿用了传统韵式。因此我们需要对我国自由诗用韵进行具体分析。陈本益从韵与节奏形式关系出发，把我国自由诗分为两类，一是传统体自由诗，一是现代体自由诗。其实还应该增加一类，即半格律体或半自由体自由诗，因为这类诗往往被人简单地归入自由诗。这类诗的创作数量极多。如从早期胡适的说话式自由诗、郭沫若的抒唱式自由诗，到接着的纯诗式自由诗和诵读式自由诗，再到30年代后的朗诵诗、政治抒情诗、生活抒情诗、歌吟自由诗、解放体自由诗等，其实大多可以称为半自由诗或半格律诗，都是有韵律形式的诗。关于传统体自由诗，陈本益认为其多数有韵，用韵特点是：韵可严可宽，可用于全诗，也可只用于局部，以不妨碍诗的情绪律动为原则；以构成内在韵律为本，以安排必要的外在韵律为表征。关于现代体自由诗，陈本益认为其用韵者较少，因为这类诗有意回避诗韵对内在韵律的干扰，也因为这类诗的诗行参差不利押韵。但是陈本益也指出，"不少诗人写现代体自由诗也有意识地用韵。此外，由于汉语诗歌很容易构成韵语，现代体自由诗中有些韵大约是无意识地带进诗中去的，它们大多呈现不太规则的状态，其中也有因自然巧妙而熠熠生辉的。"① 艾青在《诗的形式问题》中说：

> 诗必须有韵律，这种韵律，在"自由诗"里，偏重于整首诗内在的旋律和节奏；而在"格律诗"里，则偏重于音节和韵脚。

---

① 陈本益：《汉语诗歌的节奏》，重庆大学出版社2013年版，第433页。

> 用韵的目的，就是为了念起来比较和谐。唤起读者的快感。我以为，这种念起来和谐、唤起读者的快感的要求，在"自由诗"里也应该而且可能做到的。这就是"诗的音乐性"。当然，这种音乐性必须和感情结合在一起，因此，各种不同的情绪，应该由各种不同的声调来表现。只有和情绪相结合的韵律，才是活的韵律。①

这段话既是艾青自己创作的经验总结，也是他对自由诗韵律特征的概括，同时又充分体现了他对于自由诗体建设的殷切期望。

20世纪末21世纪初，由于思想解放和媒体多元，形成了新诗发展的繁荣和多元局面。首先，伴随形式意识觉醒，新格律诗创作呈现着前所未有的兴盛局面。东方诗风论坛网站、中国格律体新诗网站、中国现代格律诗学会都是国内著名的新格律诗团体，都拥有众多的作者群与读者群，这些团体往往理论与创作兼顾，既有纸质刊物，又有网络传播，还有丛书出版，持续多年写作格律诗，探索新韵律，积聚了丰富多彩的探索成果。其次，由于开放意识和先锋意识的强化，在20世纪90年代形成了"个人写作"论，诗人写作姿态变得更加多样化和个人化，从而推动自由体诗包括实验性诗体的大量涌现。这其中就包括讲究用韵的半自由体诗、有韵的传统式自由诗和无韵的现代式自由诗。再次，在一种更为自由和开放的文化氛围中，出现了引人注目新现象，就是旧体诗创作由沉寂、寥落走向复苏、繁盛，当代文言诗创作和具有文言特色的诗创作进入到一个新的阶段。不仅一批老诗人、学者喜欢写作旧体诗词，而且一些当代作家也写旧体诗词。全国"中华诗词学会"现有会员数万人，团体会员数百家，《中华诗词》印数达25000份。近年来各地旧诗社林立，从事旧体诗词创作者达到200万之多，且作者年龄呈现走小的趋势。这样，世纪之交的新诗坛，就形成了新格律诗、新自由诗和当代诗词三足鼎立的局面。从总体来说，这时期有更多的新诗用韵，也有更多的新诗不用韵，尤其是先锋诗人的自由诗大多并不押韵。在繁荣的局面中，有人也看到了隐忧和混杂，就是诗的艺术质量下降，包括诗的音律因素丢失。于是，一批学者和诗人就提出了"倡导新诗的二次革命，推动诗歌再次复兴"的口号，措施是诗歌精神重建、诗歌文体重建和诗歌传播方式重建。就诗体重建来说，就直接指向新诗散文化

---

① 艾青：《诗的形式问题》，载《人民文学》1954年3月号。

倾向，要求纠正新诗"一无韵脚，二无节奏，三无句式，甚至连语法也不要了"的创作。他们认为，"抢救新诗，必须先从革除新诗的散文化入手。追求诗意盎然，恢复音韵节奏，提倡短小精悍"。① 诗论家吕进正面提出了重建诗体问题，具体出路是完善自由诗，明确自由诗也应有形式规范；倡导格律诗，推动新格律诗走向成熟；增多现代诗体，推动新诗体式多样化。② 诗体重建论产生了重要影响，推动着新诗体在继承中创新，推动中国新诗不断走向成熟。诗体重建论的提出，是对百年新诗体建设经验教训的反思，它启示我们在反思中推动新诗韵的继承和革新。

综上所述，百年新诗创作形成了自身独特的诗韵传统，在新诗发展的各个阶段，多数诗歌仍然在用韵，仍是需要用韵，诗人们积极探索，积累了汉语新诗韵的宝贵经验和丰硕成果。当然，在新诗发展的各个阶段，始终存在着无韵的新诗，也始终存在着废韵的讨论。我们主张汉语新诗用韵，肯定诗韵探索成果，同时，我们也肯定抛弃用韵仍有节律的新诗。如艾青的不少自由诗没有韵而有律，他通过扩张句子成分，形成同一结构句子成分的对等排列；化句为行，构成有规律的行顿节奏；设置相同或相似的词语，在动态进展中显示秩序感；采用叠词叠语或排句，在词句反复或变格反复中强化节奏。这种种探索，把复杂散文的句式和强化旋律的技巧结合，形成了艾青自由诗语言强烈的律动感散文美。更进一步说，我们也尊重诗人尤其是先锋诗人写作既无音质律又无节奏律的"阅诗"。西方自由诗理论中就有关于区分阅的诗与读的诗的讨论。如休姆在《现代诗讲稿》中就把现代诗区分为阅读的诗和吟唱的诗，供读者阅读的诗成为西方自由诗体中的一支产生着重要影响。在我国台湾现代诗运动中，一批诗人利用汉字的象形、象意、形声三大特点，寻求诗的文字的"构成空间"或"以图示诗"，写作图像诗。我国部分先锋诗人，也写图像诗，写诉诸视觉在书房中阅读的诗。在此基础上，郑敏主张"让诗有画的形象，好像将水装在容器里，诗歌就成了时间空间结合的艺术。这样的诗可以悬挂起来，走出书集，走进居室，使你和它生活在一个空间里。"③ 这些诗难以在朗读中获得审美感受，因为诗人创作的本意就不是诉诸听觉的。我们尊重新诗人写作"阅的诗"，这并不影响我们肯定汉语诗歌的诗韵传统，肯定百年新诗的诗韵探

---

① 高平：《新诗：回归音乐性》，载《中外诗歌研究》2004年第3—4期。
② 吕进：《论新诗的诗体重建》，载《诗刊》1997年第10期。
③ 郑敏：《试验的诗. 作者按语》，载《诗刊》1996年第12期。

索，因为百年新诗发展途中更多的还是"读的诗"。

新诗韵的继承与革新

  汉语诗歌数千年的诗韵传统昭示：汉诗需要诗韵，诗韵是汉诗文体的符号特征，它已经积淀成为民族的文化基因；汉语新诗百年的诗韵探索昭示：新诗大多有韵，但其更多地表现为诗韵探索，重在解决新诗如何用韵的问题。以上两个"昭示"，提出了汉语新诗文体中的诗韵建设课题，即如何面向历史继承用韵传统，如何面向现实探索诗韵革新，两者结合就是在继承中革新，在革新中继承的问题。这一现实课题提出有着两个重要的根由：第一，现代诗律观念的变迁。早在20世纪20年代初，刘延陵在介绍西方自由诗体时就说："近代与现代的精神是自由精神。它表现于政治，表现于道德，表现于文艺。表现于政治，就生出十八世纪以来一切政治的波涛；表现于道德，就生出现代名位、阶级、礼教、先训底败坏；表现于文艺，就生出派别繁兴与格律底解放；"[①] "新诗的精神乃是自由的精神，因为形式方面的不死守规定的韵律是尊尚自由，内容方面的取材不加限制也是尊尚自由。"[②] 汉诗用韵传统在几千年间代代传承，形成国人集体无意识的文化行为模式和文化基因传承现象，必然要求新诗继承用韵的历史传统。而现代人尊尚自由的追求，希冀突破传统规则格律，必然又要求新诗革新用韵思维，形成新诗韵的革新创造。第二，现代诗歌语言的变迁。新诗与旧诗根本差异是其依据和使用的语言发生了变化。"正是这个表面上被我们所'使用'的现代汉语，在最深层的意义上规定了我们的行为，左右了我们的历史，限制了我们的书写和言说。"[③] 由于诗语的变化，所以无法简单地照搬诗韵的历史传统，需要探索诗韵在现代的开新创造；同时，古代汉语与现代汉语同属汉语，具有历史继承性，具有共同家族基因，因此需要新诗继承汉诗用韵传统。这就形成了新诗韵继承与革新的历史性课题。这课题的提出，符合音律变迁的历史规律。"诗是一种语言，语言生生不息，却亦非无中生有。语言的文法常在变迁，任何语言的

---

  ① 刘延陵：《法国诗之象征主义与自由诗》，载《诗》第1卷第4号（1922年7月）。
  ② 刘延陵：《美国的新诗运动》，载《诗》第1卷第2号（1922年2月）。
  ③ 李锐：《我对现代汉语的理解》，载《当代作家评论》1998年第1期。

文法史都可以证明，但是每种变迁都从一个固定的基础出发，而且它向来只是演化而不是革命。诗的音律与文法一样，它们原来都是习惯，但是也是做演化出发点的习惯。""宇宙一切都常在变，但变之中仍有不变者在；宇宙一切都彼此相异，但异之中亦仍有相同者在。语言的变化以及诗的音律的变化不过是这公理中一个节目。"① 这是无法人力执拗的规律。

如果说汉语古诗诗韵问题的答案，深埋在古代汉语的语言特征中的话，那么，汉语新诗用韵问题的答案，同样需要回到现代汉语的特征中去寻找。新诗区别于旧诗的根本特征就是新诗采用了现代汉语。学者这样概括现代汉语的历史选择：

> 五四时期的白话运动实际上就是传统白话的改造运动，现代白话文实际上就是在传统的白话文基础上吸收了西方语言系统的语法、词汇特别是思想词汇，继承了一定的传统思想而形成的，它本质是一种新的语言系统，是一种不同于古代汉语又不同于西方语言的第三种语言系统，从成分上分析，它在工具的层面上是传统的成分多，在思想的层面上则是西方的成分多。②

"在五四文学中形成的'国语'是一种口语、欧化句法和古代典故的混合物。"③ 朱自清认为与其说现代白话是"欧化"，还不如说是现代化。④ 古代汉语元音优势明显，单音节词为主，词序变动灵活，语法结构疏松。"一是中国文字最有事物的存真性，因为它是象形文字，最接近自然；二是中国文字最少理性逻辑的约束，没有主动被动之分，它以主动为主；三是中国文字不受时态的限定，能直接传达意念。"⑤ 相比而言，现代汉语最为明显的变迁是双音节化和句法严密化。关于双音节化，王力认

---

① 朱光潜：《诗论》，生活·读书·新知三联书店1984年版，第118—119页。
② 高玉：《现代汉语与中国现代文学》，中国社会科学出版社2003年版，第100—101页。
③ 见费正清编《剑桥中华民国史（1912—1949）》上卷，中国社会科学出版社1994年版，第210页。
④ 朱自清：《朗读与诗》，见《朱自清全集》第2卷，江苏教育出版社1988年版，第392页。
⑤ 见美国汉学家欧内斯特·芬诺罗莎《中国文字与诗的说明》，转引自王光明《自由诗与中国新诗》，载《中国社会科学》2004年第4期。

为，由于表达的准确细密和外来词汇输入，汉语由文言到白话的变迁标志就是单音词向双音词多音词的变化，与此同时又产生了大量的凝固词组。关于句法严密化，王力认为，通过定语、行为名词、范围和程度、时间、条件、特指、动词情貌、处置式等，不但使得汉语语法"朝着严密、充实、完全方面发展"，而且使得汉语使用不能像古人那样灵活，而"要求在语句的结构形式上严格地表现语言的逻辑性"①。现代汉语句式复杂化，句子成分一般齐全，陈述句、感叹句、祈使句、独字句、排比句等进入诗行，复杂谓语、倒装句、修饰成分兼容，句子结构严密。文言的语言特质，使之成为天然的诗性语言。杨振声认为，文言多单音字，易比字对声，给语言本身造就韵味十足的美感②。郑敏认为，古代汉语简约而富弹性的语词，以及随之而来的自由随意的句式和蕴藉含蓄的语义风格，加上充满动感和暗喻性的象形文字，使得汉语从词汇组合到章句构型上都十分符合汉民族人文和思维性格——而所有这些特点，又足以使之更接近一般意义上的诗，或更易于成为诗歌的语言材料。③ 相对而言，现代汉语则是散文式语言。现代汉语的发生，是为了使中国人"可以发表更明白的意思，同时也可以明白更精确的意义"。要求"明白"是着眼于以文言文为代表的旧语言文字古奥难懂，而"精确"是着眼于以文言文为代表的旧语言文字具有模糊、含混、不精确的弊端。应该说，20世纪初的语言变革是以口语化、精确化、界定性为追求目标的，文学语言的实用功能得以强调，其叙述功能、说理功能、艺术再现功能明显强化，但传统文学语言所具有的模糊性、多义性、多层次性、喻意象征性、声韵特性等极富艺术表现力的语言功能有所弱化。汉语的现代转化，似乎不得不以牺牲局部的文学的本体特性为代价，尤其是对于那些最具文学性的对文学语言有着特殊要求的文学门类（例如诗歌）来说，所受的损失要更大一些。④ 这就是历史发展的诡秘之处。

由于古代汉语到现代汉语的变迁，新诗的音律建构面临着重大挑战。

---

① 王力：《王力文集》第11卷，山东教育出版社1990年版，第1—2页。
② 杨振声：《中国语言与中国戏剧》，见余上沅编《国剧运动》，上海新月书店1927年版，第110页。
③ 郑敏：《结构——解构视角：语言·文化·评论》，清华大学出版社1998年版。
④ 朱晓进、李玮：《语言变革对中国现代文学形式发展的深度影响》，载《中国社会科学》2015年第1期。

有学者认为:"现代汉语双音词化使得新诗保持古诗的平仄格律成为不可能。其次,现代汉语的双音化及句法的严密牢固使新诗无法保持一个标准的等量的建行,当然也无法保持一种上下对称的句式。""现代汉语无法控制二、三音步的位置。二音步与三音步是两个完全不同的音步,它们在一起交错的出现不仅不会形成统一的韵律,反而会造成一种凌乱,古诗以三音步统一放在最后,是解决这个问题的最佳方案,但现代汉语不行。"[①]还有学者认为,现代汉语"不像声音特征非常突出的西方语言那样,各种语音变化对表达的定位起着主导作用,它的语音只是辅助性的,因此新诗要想完全靠语言外在的音响效果来促成诗意的产生已不大可能";"以音义结合的语词和句子为单位的现代汉语,趋于繁复的多音节词增加和长句出现对新诗的行句、结构提出了新的挑战,使得格律所要求的匀称感在很多新诗里不易实现;而且,现代汉语句法的散漫性也在一定程度上导致了严格音韵意味的流失。"[②] 我们承认新诗建构音律的困难,这种困难造成了新诗音律建设薄弱的现象。正如卞之琳所说,"对中国古典诗歌稍有认识的人总以为诗的语言必须极其精炼,少用连接词,意象丰满而紧密,色泽层叠而浓淡入微,重暗示而忌说明,言有尽而意无穷。凡此种种正是传统诗的一种特色,也形成了传统诗艺一种必备的要素。今日的新诗却普遍的缺乏这些特质。反之,白话诗大都枝蔓、懒散,纵然不是满纸标语和滥调,也充斥着钝化、老化的比喻和象征。"[③] 以上分析都是对的,但是,由此认为汉语新诗无法建构音律的观点,却是错误的。因为:第一,现代汉语仍然是诗性语言。现代汉语语音具有特强的天然音乐性;现代汉语双音节词占了多数,为新诗建构新的节奏单元提供条件;每字朗读占时大体相等,利用音顿停歇仍可构成节奏;新诗化句为行,能够解构散文语言的复杂性和紧密性等。第二,现代汉语建构新律是责任。新诗打破旧律后就把建构新律放在自己肩上,"自由诗并没有替诗人争得自由,反而加重了诗人的负担,使他在用字的次序上,句法的结构上,语言的运用上,更直

---

① 邓程:《新诗的出路》,中国社会科学出版社 2004 年版,第 348、353 页。
② 张桃洲:《从外部音响到内在节奏》,见《现代汉语的诗性空间》,北京大学出版社 2005 年版,第 41 页。
③ 卞之琳:《今日新诗面临的艺术问题》,载《诗探索》1981 年第 3 期。

接、更明显地对读者有所交代。"① 传统形式不再成为可能后，并不意味着诗不再需要形式，"没有基本形式背景的诗歌是文类模糊、缺少本体精神的诗歌，偶然的、权宜性的诗歌，是无法被普遍认同和被传统分享的诗歌"。② 第三，汉诗新音律需要不断探索。百年新诗始终在推动语言"诗化"，在日常语言诗功能化中创造"新诗语"。郭绍虞把它界定为：致力于句的方面者和致力于体的方面者，前者是运用现代语的"新技巧"（诗的语言技巧），后者是探索现代诗的"新音节"（诗的音律形式），共同指向是"创造一种诗化的语言"。"文学上任何体制之成立，也即是一种新语言创造之成立"③。这就指明了新语言探索在新诗成长中的决定性地位，揭示了"真正的诗歌史是语言的变化史"的基本规律。

新诗运动初期，诗人并未自觉意识到诗化语言的问题，所以初期新诗语言存在着严重的非诗化倾向。到新诗进入全面建设时期以后，初期象征诗人"致力于句的方面"，"在创造一种诗化的语言"，新月诗人"更重在诗的音节，必有这种努力，始可使诗成为一种新的体制"，而新的语言表现技巧（即诗化语言）和新的语言音节体制（即诗律语言）的探索，其目标是解决新诗的诗化语言问题。经过象征和新月诗人及后现代诗人的探索，终于取得重要成果。梁宗岱就在20世纪30年代说："我们将发现现在诗坛一般作品——以及这些作品所代表的理论（意识的或非意识的）所隐含的趋势——不独和初期作品底主张分道扬镳，简直刚刚相背而驰：我们底新诗，在这短短的期间，已经和传说中的流萤般认不出它腐草底前身了。"④ 但是，新诗语的探索只是初步的，郭绍虞告诉我们："一种语言文字的新的使用方法，必须累经试验，然后汰劣存优，始能成功，这是没法急进的事。"⑤ 这是对的，汉语新诗语建设任务艰巨，需要长期探索无法毕其功于一役。在新诗律的艰苦而持续的探索中，诗韵是其重要方面，

---

① 林以亮：《论新诗的形式》，见《林以亮诗话》，（台北）洪苑书店有限公司1976年版，第56页。
② 王光明：《现代汉诗的百年演变》，河北人民出版社2003年版，第143页。
③ 郭绍虞：《新诗的前途》，载《燕园集》，燕园集编辑委员会编辑出版（1940年5月），第24、33页。
④ 梁宗岱：《新诗底纷歧路口》，载《大公报·诗特刊》（1935年10月9日）。
⑤ 郭绍虞：《新诗的前途》，载《燕园集》，燕园集编辑委员会编辑出版（1940年5月），第26页。

承担着两项历史性任务。首先,汉语新诗需要克服自身用韵的困难。双音节、多音节和凝固词组的大量使用,使得新诗行末用韵变得困难;散文句式分行排列,使得诗韵有序规律难以实现;结构紧密衍化出行句复杂关系,使得前后呼应的协韵难以为继;诗行语法成分增加和诗行长度增加,使得诗韵的韵律效果销减弱化。早在新诗运动初期,俞平伯就说过,"因为新诗句法韵脚皆很自由,绝对不适宜'颠头播脑''慷慨悲歌'的。所以社会上很觉得他不是个诗"①。朱自清也认为,"新诗的不能吟诵,就表面看,起初似乎因为行不整齐,后来诗行整齐了,又太长",而"太长"会直接影响韵脚的效果。②鲁迅认为,新诗形式确立的难题在于,"白话要押韵而又自然,是颇不容易的"③。新诗用韵要比旧诗用韵困难,它需要新诗人在征服困难中完善诗美。其次,新诗韵需要弥补节奏弱化的缺陷。朱光潜认为汉语古诗特别需要诗韵,是因为"中国诗的节奏有赖于韵",理由是"轻重不分明,音节易散漫,必须借韵的回声来点明、呼应和贯串";这一理由在现代汉语新诗中依然存在着。同时,由于汉语新诗同古诗的"文字型"诗语不同,走的是一条"语言型"诗语之路,把分途发展的言、文统一到"言"上,采用了接近口语的散文式语言,诗语音顿型号多种杂用变化,双音化及句法严密化使得新诗难以呈现规律节奏,从而呈现节拍节奏弱化趋势,在此情形下更加需要诗韵来弥补新诗节奏部分功能失效,借韵的回声来呈现诗的韵律美感。不仅如此,新诗还要求传达诗的内在律动,其律动传达需要诗韵前来帮助,即"纯粹凭借那构成它形体的原素——音乐和色彩——产生一种符咒似的暗示力,以唤起我们感官与想象底感应,而超度我们底灵魂到一种神游物表的光明极乐的境域"④。这就是新诗由其所依赖存在的现代汉语对于诗韵所提出的历史性任务。毫无疑问,这一任务是极其艰巨的,它证明在汉语新诗中,诗韵具有特别重要的价值。承担这些任务,就需要加强新诗韵建设,这种建设应该在两个方面展开,一是分韵,即需要有适合新诗韵的韵书,这种韵书应该分韵宽,韵部少,同韵字多,适合口语,平仄通押,从而为新诗押韵

---

① 俞平伯:《社会上对于新诗的各种心理观》,载《新潮》第2卷第1号(1919年10月)。
② 朱自清:《论中国诗的出路》,见《朱自清全集》第4卷,江苏教育出版社1996年版,第291页。
③ 鲁迅:《致窦隐夫》,见《鲁迅全集》第12卷,人民文学出版社1981年版,第556页。
④ 梁宗岱:《谈诗》,见《诗与真·诗与真二集》,外国文学出版社1984年版,第95页。

提供方便；二是用韵，即需要把继承传统和探索革新结合起来，在继承中革新，在革新中继承，拓展用韵思路，增多用韵方式，容纳用韵变化，从而使得诗韵能够更好地适应现实需要。

汉语新诗用韵方式的继承和革新，需要在创作实践中切实地解决以下三个问题。

一是在适应性改造中继承传统用韵方式。传统汉诗韵式主要是：押单音；隔句押韵；一韵到底。《诗经》中的韵式是多样的，《楚辞》开始韵式变得单一，押单音韵，隔句用韵，不过常换韵，发展到近体则不但隔句押单音，且一韵到底，此后它就固定起来成为汉诗主流韵式。陈本益认为，"《诗经》本来是歌诗，其语言自身的节奏还没有得到充分的注意。后来出现的《楚辞》和五七言诗大都是诵诗，诗人创作时必然注意诗歌自身的节奏即音顿节奏，而汉语诗歌音顿节奏的特性要求诗歌的韵式不宜多样，而宜单一"①。传统汉诗多用单音韵，与古代汉语多单音词和无轻重音之分的特点有关，单音可以仅凭自身显出鲜明效果，也恰好与行末重音顿重合；传统汉诗隔句押韵，与古诗节奏形式具有奇偶句的特点有关，隔句韵一般押在偶句末尾；传统汉诗大多一韵到底，主要是因为古诗大多短小精美，其节奏重视整一性，所以韵式不宜复杂多变，以免干扰节奏秩序。对于传统韵式，历来人们的批评就是单一、简单。其实人们没有看到这种韵式的最大特点是同古代汉诗节奏方式的契合性，它把韵节奏与顿节奏有机统一起来，把韵式与顿式有机结合起来，从而解决汉诗语音缺乏轻重长短高低从而影响节奏效果的问题。"隔行韵的特点是一、三之类奇行（句法上叫逗行，律诗叫出句者）不叶韵，作翘音，而二、四之类偶行（句法上叫句行，律诗叫对句者）叶韵，形成了'翘''韵'相间交替的规律。这种韵式，最适用于使用两行一句传统句法方式的诗节，而这种句法方式的诗节所形成的句逗状态同这种韵律式的韵脚的出现恰好平行，'逗句逗句'与'#韵#韵'是同步进行的，韵脚都规律地落在偶行（句行）之尾，因此，韵显得十分自然和谐。"② 我国传统韵式有利于造成诗的语音和音义的整一和圆满，闻一多认为它是以律诗为代表的传统古诗的重要审美特质。现代格律诗研究者也认为，"可以说，我国这种传统句法

---

① 陈本益：《汉语诗歌的节奏》，重庆大学出版社2013年版，第247页。
② 程文、程雪峰：《汉语新诗格律学》，香港雅园出版公司2000年版，第333页。

方式与传统韵律方式是自然天作之合,是最成功的韵律,这是现代格律诗应当继承与发扬的民族诗歌的传统气派传统作风。"① 当然,这种韵式是与短小精悍的律绝体相应的,并不适用所有传统汉诗,因此古代排律中常有转韵,词曲韵式常趋变化。传统韵式自有其独特优势,所以在汉语新诗中仍有发展空间,尤其是在一些短小的新诗中,更是大有作为。同时,为了适应汉语新诗节奏方式的变化发展,也有必要在继承传统韵式的基础上进行必要的改造,使之更好地发挥传统韵式在新诗中的功能。在这种改造方面,百年来我国诗人已经作了较多的探索,积累了一些重要经验。如由音数整齐诗行发展为音数参差诗行,但仍采用密韵和一韵到底;如由相隔一行押韵发展为相隔多行押韵,在行句分裂后的句逗处用韵;如由同韵持续到底发展为有规律地换韵,其"规律"是"一章一韵""一章易韵";如由四行节偶行节发展为多行节奇行节。这些改造既坚持了传统韵式特质,又能较好地适应新诗用韵需要。

二是在借鉴性革新中用活外来用韵方式。朱自清认为"韵的作用,归根结底,还是随着意义变的",如五古转韵,是因为句子短,隔韵近,转韵求变化;六朝到唐代七古多用谐调,平仄铿锵,带音乐性已经很多,所以也用转韵;词的句调近于说话,转韵也多,但词的音乐性要求使之采用密韵,同时以转韵调剂密韵。② 传统用韵适合于简单短小的抒情诗体,它在篇幅较长或节奏变化的诗中往往显出单调,尤其它不能完全普遍适应新诗诗意和节奏变化的需要。建立在现代汉语基础上的新诗,对韵式提出了新的要求:复杂的散文句式往往通过切割分行组成行组,它不同于传统诗上下两句一联的单一形式,而是一组复杂的诗行结构,当这种行组与另一行组结合时,其意义和节奏就变得更加复杂多样,这种变化需要韵式变化;新诗诗行是由散文句式转化而来的,所以往往长短不一,行间的节奏和意义差异很大,所以要求韵式适应性变化;新诗的诗行相较古诗来说变得更长,数量更多,规模增大,除诗行外还分诗节,诗节关系更是复杂,有呼应的,有变化的,有闭合的,这同样需要韵式变化从而加以适应;新诗主要是以诗行作为关键节奏单位的,新诗往往采用排比句式、对称句式、对等句式等,这同样需要韵式作出相应的调整。尤其是如艾青所说:

---

① 程文、程雪峰:《汉语新诗格律学》,香港雅园出版公司2000年版,第333页。
② 朱自清:《诗韵》,见《朱自清全集》第2卷,江苏教育出版社1988年版,第403页。

"'自由诗'没有一定的格式，只要有旋律，念起来流畅，象一条小河，有时声音高，有时声音低，因感情的起伏而变化。"① 其实，部分新格律诗同样具有起伏变化的旋律。为了适应这种旋律式节奏，更加需要新诗的韵式变化，变单一为多样，变单音为双音，变一韵到底为转韵变化等。这就提出了借鉴域外诗歌多种韵式的问题。相对而言，西诗用韵变化较多，既有一韵，也有双韵、三韵或更多，既有隔行韵，又有随韵、交韵和抱韵。这也就提出了恢复我国古代某些韵式的问题，如《诗经》中的多种韵式，既有单音韵，又有双音韵，既有隔句韵，也有句句韵，还有隔两三句乃至四五句才押韵的，既有只用一韵的，也有换韵的；此外也有交韵、抱韵等形式。通过这种借鉴和恢复，革新新诗的诗韵，拓展新诗的韵式。黑格尔在《美学》中说到过诗的理想用韵："全章各行可以一韵到底，遵守一种抽象的同音复现的原则，也可以通过较精巧的形式换韵，使多种不同的韵有规律地交错和配合，或合或离，或前后呼应，这就显出韵的丰富多彩。这些韵时而直接相遇，时而互相逃避，时而互相追寻，这就使倾听和期待的耳朵时而立刻感到满足，时而被较长久的停滞所嘲弄，欺骗和勾引，但是终于发见到有规则的安排和往复回旋而感到快慰。"② 这当然也是新诗解决音律问题期待的境界。因此，我国新诗人也自觉地提倡诗韵复杂化，如卞之琳就说："押韵是古今中西诗歌的较为普遍的要求（虽然外国有不押韵的格律诗和不押韵的自由诗，'五·四'以来我国也有了押韵或者不押韵的自由诗）；押韵方式（或者脚韵安排）中西有所不同，一般说来，西方的较为复杂，我国的较为单纯（虽然在脚韵安排上《诗经》要比后来的五七言'古诗'和'近体诗'倒是变化较多）。"③ "今天在又变化了的时代，在借鉴我国古典诗律以及西洋诗律的基础上，再拿来试用到新诗上，难道就算违反我国传统吗？"④ "'五·四'以来新诗恢复了一

---

① 艾青：《诗的形式问题》，载《人民文学》1954年3月号。
② ［德］黑格尔：《美学》第3卷下册，朱光潜译，商务印书馆1991年版，第91页。
③ 卞之琳：《谈诗歌的格律问题》，见《人与诗：忆旧说新》，生活·读书·新知三联书店1984年版，第152页。
④ 卞之琳：《今日新诗面临的艺术问题》，见《人与诗：忆旧说新》，生活·读书·新知三联书店1984年版，第181页。

点这种押韵法,并参考西式,略加以复杂化,这不能说是受了外来的坏影响。"① 卞之琳这种提倡,一来是有心恢复一个久已弃绝的传统,二来是借鉴西方诗律和古代诗律,来改变中国新诗读者的听觉习惯。这是完全正确的观点。应该说,百年新诗用韵,从现代汉语实际出发,在借鉴西方复杂韵式方面同样进行了革新探索。如由韵式固定模式发展为韵式自由模式,由单用西方韵式发展到杂用西方韵式,由单独使用脚韵发展为多位诗韵并用,由使用同辙诗韵发展为采用近似辙韵。以上种种复杂韵式的革新成果,应当在新的创作中加以巩固和发展。

三是在现代性追求中拓展新诗用韵方式。黑格尔在《美学》中提出了诗律现代性的问题,他认为由于现代人精神方面的情感自由和意义表达的强调,引起了诗律发展呈现着节奏音律弱化和声韵音律凸显的趋势。按照具有固定规则而脱离意义进展的声音节奏,在现代已经部分失效了,相对而言,由观念性关系所决定的字意义的声音效果却凸显出来了。其"观念性的关系所决定的字意义的声音效果"即指韵在内的音质音律。在黑格尔看来,当现代诗节奏律部分失效后,用来弥补者应该具备如下品格:"这种音节的音质如果要单凭它本身而引起注意,它首先就要比古代诗律里所见到的那种使不同的语音轮流出现的办法远较强烈才行,而且比日常语言中音节的音质所应有的语势也远较宏壮才行,因为音质现在不仅要代替划分段落的时间尺度,而且还有另一个任务,就是要使这种感性因素显得不同于过去那种突出重音和让意义压倒一切的方式。"② 而"诗韵"恰巧具备了这两个品质,一是"比起节奏的和婉,韵是一种粗重的声响",二是"韵不同于节奏的和婉,它是一种孤立化的特别加以突出的一种声响"③。黑格尔认为,诗律现代性还有个趋向,就是随着观念愈向内心深入和愈经过精神化,诗着重感情的"心声","沉浸在字母,音节和字的独立音质的微妙作用里","主体内心活动要从这种声音媒介中听出它自己的运动"。④ 而诗韵等音质律也具备这种功能,即"韵一方面固然较偏重物质方面,另一方面在运用物质上却也比较抽象:韵只是让心灵和

---

① 卞之琳:《新诗与西方诗》,见《人与诗:忆旧说新》,生活·读书·新知三联书店1984年版,第191页。
② [德]黑格尔:《美学》第3卷下册,朱光潜译,商务印书馆1991年版,第88页。
③ 同上书,第88—89页。
④ 同上书,第83、84页。

耳朵注意到一些相同或相似的音质及其意味的往复回旋，主体从这种往复回旋中意识到他自己，意识到自己在进行既发出声音而同时又在倾听这种声音的活动，并且感到满足"①。对于诗韵的这种功能，我国具有现代派倾向的诗人心领神会。如初期象征诗人就强调"诗要兼具造形与音乐的美。在人们神经上振动的可见而不可见可感而不可感的旋律的波，浓雾中若听见若听不见的远远的声音"②。梁宗岱认为现代诗"像音乐一样，它自己成为一个绝对独立，绝对自由，比现世更纯粹，更不朽的宇宙；它本身底音韵和色彩底密切混合便是它底固有的存在理由"③。在肯定韵在现代诗中特殊功用后，黑格尔列出了诗韵的种类，除了最为成熟显现的脚韵外，还说到了"字首韵"和"母音韵"两种不完备的韵，前者指字首音相同，后者指字母音相同，其实就是我国汉语中的双声与叠韵。它们在我国古诗中也是作为音韵来强调的，朱光潜明确把它归入音质律，并对其在诗中作用作了具体阐述。朱光潜说："诗讲究声音，一方面在节奏，在长短、高低、轻重的起伏；一方面也在调质，在字音本身的和谐以及音与义的调协。在诗中调质最普通的应用在双声叠韵。"④ 朱光潜也把韵及双声叠韵视为与节奏律并行的音质律，强调其特点是字音本身的和谐以及音与义的调协，充分肯定了双声叠韵音质律在诗中的特殊价值，与黑格尔论述的精神完全一致。除双声叠韵外，我国诗人还关注更多与诗韵相关的音质律。如唐钺发表《音韵之隐微的文学功用》，把诗中的音韵功用分为显著功用和隐微功用两种，前者是规定韵文体制的显而易见功用，后者是增进诗文声调的美化情调功用，除双声叠韵外还包括显态绘声、隐态绘声、散文中韵语、倒双声（半韵）、半双声、应响、同调、和音等。唐钺说："我以为新文学所要解脱的，并不是音韵，乃是死板的音韵格式。至于音韵的活泼方面，不特不应该废掉，还要尽量采用，尽量把它们试验，以使它们的文学上可能充分实现。"⑤ 唐钺强调诗韵及相关的音质律，在新诗中不仅应发挥韵文语言体制的作用，还应发挥美化情感调和音义的作用。

---

① ［德］黑格尔：《美学》第 3 卷下册，朱光潜译，商务印书馆 1991 年版，第 89 页。
② 穆木天：《谭诗——寄沫若的一封信》，载《创造月刊》第 1 卷第 1 期（1926 年 3 月 16 日）。
③ 梁宗岱：《谈诗》，见《诗与真·诗与真二集》，外国文学出版社 1984 年版，第 95 页。
④ 朱光潜：《诗论》，生活·读书·新知三联书店 1984 年版，第 170—171 页。
⑤ 唐钺：《音韵之隐微的文学功用》，载《国故新探》卷一，1926 年 4 月商务印书馆出版。

这些论述同黑格尔关于音韵现代功能的精神是一致的。成熟程度不同的脚韵与双声叠韵、同调等音质音律，在新诗中的调质功能是不同的，其在新诗中的结构模式也是不同的。通过不同诗行末尾押韵的脚韵，在诗中构成音质律的竖式结构，而双声叠韵、同调等韵，因其通过头韵或中韵等穿插在诗行中，就在诗中构成音质律的横式结构，竖式结构和横式结构组合起来，共同构成了具有现代特征的音质音律，它在新诗中起着弥补节奏音律部分失效和有效传达诗人心声的作用。由于以上两种诗韵在诗中都是以"音"的方式出现，一显一隐，变化较多，因此就形成了新诗中经常出现的同音堆集、词句重叠、词句反复等音律现象，它"有着绝端地微妙——心灵的微妙与感觉的微妙，他的诗情完全是呈给读者的神经，给微细到纤毫的感觉的"[1]，这种感觉既是音的，又是义的，这就是诗律现代性的理想境界。因此，诗韵的显性功能和隐性功能都是新诗律建设应该引起重视的，以推动新诗律的现代化建设。

---

[1] 戴望舒：《西茉纳集·译后记》，见《戴望舒诗全编》，浙江文艺出版社1989年版，第236页。

汉语诗韵新旧转换

从晚清开始到五四时期，是我国汉语新诗发生的时期。新诗发生就是汉诗由传统到现代的转型，是汉诗趋向现代化的过程。在这过程中，最明显的特征是传统诗律观念失效和现代诗律体系重建。五四期新诗韵探索虽然是初步的，但却是深刻的，研究汉语新诗用韵的诸多问题如旧韵为何当废、新诗如何用韵、新韵如何建设等，其答案都深埋在五四期新诗发生过程中，是废旧韵和造新韵的探索，奠定了汉语新诗韵建设基础，规定着汉语新诗韵建设课题。因此，研究汉语新诗的诗韵课题，必须返回其发生现场，总结其历史经验。

诗韵价值之重估

伴随着汉语的现代转型，我国诗界发生了传统诗律观念失效和现代诗律体系重建的变迁。这种变迁"至少可从这两个原因来解释，第一是'诗体大解放'运动损害了声律的价值和功用，第二是现代汉语与声律规则的矛盾。第一个原因直接解释了诗体解放与声律失效的关系，它是从诗学内部着眼的，第二个原因则解释了格律恢复了价值之后，（传统）声律为什么没有获得新生，它是从语言以及语言与诗律的关系着眼的。"[1] 语言变迁改变了五四以来中国文学的面貌，"正是这个表面上被我们所'使用'的现代汉语，在最深层的意义上规定了我们的行为，左右了我们的历史，限制了我们的书写和言说"[2]。伴随着现代汉语的诞生，汉语诗律

---

[1] 李国辉：《比较视野下中国诗律观念的变迁》，中国社会科学出版社2011年版，第216页。

[2] 李锐《我对现代汉语的理解》，载《当代作家评论》1998年第1期。

规范发生新变,具体表现为打破旧律和重建新律。这是一种不以人的意志为转移的必然规律,它既是一种适应性变化,更是一种创新性再造,既是破坏性行动,更是建设性探索。这种变迁在晚清就已经发生,但却处于不自觉状态。在晚清的诗界革命中,部分新派诗句式变化,选韵较宽,但其理论主张则是"新意境"和"新语句",又"须以古人之风格入之"。在诗界革命期间,诗人并未否定旧诗体和旧诗律,就用韵说,大多采用"平水韵",如陈衍《畏庐寄诗题匹园新楼次韵》的韵脚就是山、闲、关、还,均为删韵。但其时人们已经提出革新诗韵的问题,同时又认为写作诗词需要用韵,即不能废律废韵。如梁启超就认为一些新派诗的诗味不足,提出了"将来新诗的体裁该怎么样"的问题,他的回答是:第一,四言、五言、七言、长短句,随意选择;第二,骚体、赋体、词体、曲体,都拿来入诗;第三,选词句显豁简练,音节谐适,都是好的;第四,用韵不必拘于《佩文诗韵》,且至唐韵、古音,都不必管,唯以现在口音谐协为主,但韵却不能没有,没有只好不算诗。① 这就明确了诗界革命的"新诗"体制特征,而这种特征体现的是"须以古人之风格入之"的诗律要求。

到了五四新诗运动中,汉语诗律价值重估问题被正面提出。胡适的"诗体解放"论,强调"把从前一切束缚自由的枷锁镣铐,一切打破:有什么话,说什么话;话怎么说,就怎么说"②,直接推动了汉诗音律由传统到现代的转型。最早提出"废骈废律之说"是在1917年。胡适发表《文学改良刍议》,说"即不能废此两者,亦但当视为文学末技而已,非讲求之急务也"③。陈独秀发表《文学革命论》,观点更为激进:"诗之有律,文之有骈,皆发源于南北朝,大成于唐代。更进而为排律,为四六,此等雕琢阿谀的铺张的空泛的贵族的古典文学,极其长技,不过如涂脂抹粉之泥塑美人。"④ 刘半农发表《我之文学改良观》,提出"尝谓诗律愈严,诗体愈少,则诗的精神所受之束缚愈甚,诗学决无发达之望"⑤。由

---

① 梁启超:《晚清两大家诗钞·题辞》,见《梁启超文存》,江苏人民出版社2012年版,第142页。
② 胡适:《尝试集·自序》,安徽教育出版社1999年版,第30页。
③ 胡适:《文学改良刍议》,载《新青年》第2卷第5号(1917年1月)。
④ 陈独秀:《文学革命论》,载《新青年》第2卷第6号(1917年2月)。
⑤ 刘半农:《我之文学改良观》,载《新青年》第3卷第5号(1917年7月)。

此揭开了汉语诗律包括诗韵新变的大幕，形成了初期新诗在诗律上的主流性倾向，即"新文学的语言是白话的，新文学的文体是自由的，是不拘格律的"①。康白情在《新诗底我见》中界定新旧诗歌："新诗所以别于旧诗而言。旧诗大体遵格律，拘音韵，讲雕琢，尚典雅。新诗反之，自由成章而没有一定的格律，切自然的音节而不必拘音韵，贵质朴而不讲雕琢，以白话入行而不尚典雅。"②俞平伯在《白话诗的三大条件》中，关于诗韵的表述是："音节务求谐适，却不限定句末用韵"。③ 1920年8月，许德邻编选的《分类白话诗选》出版，这是我国最早的新诗类编选集，反映了最初新诗创作实绩。作者在自序中说到了对于诗律包括诗韵的意见：

> 我们要研究白话诗，要先晓得白话诗的"原则"是"纯洁"的，不是"涂脂抹粉"，当作"玩意儿"的；是"真实"的，不是"虚假"的；是"自然"的，不是"矫揉做作"的。有了这三种精神，然后有做白话诗的资格。有了三种精神，然后一切格律音韵的成例都可以打破。而且功夫既深，自有一种天然的神韵，天然的音节，合着人心的美感。比较那些死拘平仄，泥定韵脚的声音，总要高出万倍呢。所以，有人说新诗无韵如何算得是"韵文"，我说这个人不但不懂新诗，简直连古诗也不懂得罢。④

这里所说对于新诗用律用韵的意见，代表了当时新诗倡导者的普遍认知，也道出了当时新诗运动对于诗律诗韵的价值取向和基本理由。这种意见是由当时新诗运动的核心诗学观念即"诗体解放"论所决定的。

细察五四新诗运动中关于诗韵的重估，大致有着三种略显不同的意见。

第一种是废除诗韵。最早提出诗韵废除后索性写作无韵诗的是刘半农，他从域外引入散文诗并有不少创作，同时在《我之文学改良观》中提到增多诗体时，主张"有韵诗外别增无韵诗"，初期新诗创作存在着一

---

① 胡适：《谈新诗》，载《星期评论》纪念号（1919年10月10日）。
② 康白情：《新诗底我见》，载《少年中国》第1卷第9期（1920年3月15日）。
③ 俞平伯：《白话诗的三大条件》，载《新青年》第6卷第3号（1919年3月）。
④ 许德邻：《分类白话诗选·自序》，上海崇文书局1920年版，第3页。

定数量的无韵诗。在当时与此形成争论的是强调"诗之有韵,古今无所变"。如胡先骕认为"诗之为诗与否",就在于"以有声韵之辞句,传以清逸隽秀之词藻,以感人美术,道德,宗教,之感想者也"①。"诗之有声调格律音韵,古今中外,莫不皆然。诗之所以异于文者,亦以声调格律音韵故。"② 如章炳麟就认为,分辨文体首先应当求之形式,而诗的形式特征"只以有韵无韵为界","诗乃人造之物,正以有韵得名,不可相喻",所以"以诗本旧名,当用旧式。若改作新式,自可别造新名"。"缘情体物亦自不殊,而有韵无韵则异,其称名亦别异"③。这是五四期反对白话无韵诗的一种颇有代表性的观点。

第二种是看轻诗韵。新诗运动中多数诗人强调诗的"言之有物",有意无意地轻视诗韵的价值。如胡适就说:"有韵固然好,没有韵也不妨。新诗的声调既在骨子里,——在自然的轻重高下,在语气的自然区分——故有无韵脚都不成问题。"④ 康白情说古诗"好用韵来敷衍,以致诗味淡泊,不堪咀嚼;新诗重在精神,不必拘韵,就偶然用韵以增美底价值,也要不失自然。""新诗本不尚韵,但整理一两个韵可以增自然的美,又不妨整理整理地。"⑤ 胡适和康白情都认为韵是可有可无的形式要素,用韵的前提是求精神和表达的自然,"音呀,韵呀,平仄呀,清浊呀,有一端在里面,都可以使作品愈增其美,不过总须听其自然,让妙手偶然得之罢了"⑥。郭沫若对此作了新的概括,"诗之精神在其内在的韵律,内在韵律(或曰无形律)并不是什么平上去入,高下抑扬,宫商徵羽;也不是什么双声叠韵,什么押在句中的韵文!这些都是外在的韵律或有形的韵律或有形律。……诗应该是纯粹的内在律,表示它的工具用外在律也可,便不用外在律,也正是裸体的美人。"⑦ 他对诗韵的价值重估,仍是可有可无,与胡适、康白情的韵论殊途同归。

---

① 胡先骕:《中国文学改良论》(上),见《中国新文学大系·文学论争集》,上海良友图书印刷公司1935年版,第104页。
② 胡先骕:《评〈尝试集〉》,载《学衡》第1、2期(1922年1月,1922年2月)。
③ 章炳麟:《答曹聚仁论白话诗》,载《华国月刊》第1卷第4期(1923年12月15日)。
④ 胡适:《谈新诗》,载《星期评论》纪念号(1919年10月10日)。
⑤ 康白情:《新诗底我见》,载《少年中国》第1卷第9期(1920年3月15日)。
⑥ 同上。
⑦ 郭沫若:《论诗三札》,见《中国现代诗论》(上),花城出版社1984年版,第52页。

第三种是看重诗韵。在新诗运动中，除胡先骕、章太炎等从维护旧诗传统高估诗韵价值外，新诗人也有看重诗韵的。如闻一多在1921年清华演讲时，归纳了诗韵五大功能，即旋律、组成部分的布局、与短语的关系、预期效果的满足和恢复想象力的活动；又提出了新诗用韵的位置和性质。唐钺明确地表示，"说用韵则束缚情性那一类的话，我们也不敢绝对赞同"，"文学中音韵的功用，显而易见的，当然是规定韵文的体制"，同时他撰文论诗的隐微功能，即"提高文章的声调，增进文章的美丽的功用"。① 这种观点的针对性，是改变早期新诗用韵粗率的状况。田汉的《诗人与劳动问题》、宗白华的《新诗略谈》等，更是把音律视为诗定义内涵的重要组成部分，认为诗的定义是"用一种美的文字——音律的绘画的文字——表写人底情绪中的意境"，认为"诗歌者以音律的形式写出来而诉之情绪的文学"。

以上三种重估诗韵价值的观念存在差异性，但也有共同性即新诗废旧韵用新韵。这是重估诗韵价值的核心观念，这种观念早在梁启超等倡导诗界革命期间就正面地提出来了，而正是这种普遍的诗韵观念推动着汉诗韵的现代转型。五四新诗运动面对的旧诗韵有三，（1）作律诗绝句的人，都用诗韵。它本于有清的《佩文韵》，而《佩文韵》又本于《平水韵》，乃根据隋唐北宋以来206韵之旧韵而并合其"通用"之韵；（2）作曲的人用《词林正韵》一类的韵书，起于元代，元曲所用；（3）作古诗的人，凡在《诗韵》上可押而汉魏人亦押者则用之，虽不可押而汉魏人曾押者亦用之，虽可押而汉魏人不押者则不用。面对这三种用韵，钱玄同正面提出"新文学与今韵问题"。② 历史变迁促使语言变化，当古代汉语向现代汉语转型后，旧韵读音发生了诸多变化，它同日常口语发生了愈来愈大的冲突，坚持用旧韵写诗难以为继。"如果说格律诗束缚思想的话，这种旧式格律诗给诗人们双重枷锁：它不但本身带着许多清规戒律（如平仄粘对），而且人们还不能以当代的语音为标准，差不多每用一个字都要查字典看它是属于什么声调，每押一个韵脚都要查韵书看它是属于什么韵类。"③ 因此新诗运动普遍地主张废旧韵。其理由有二：

---

① 唐钺：《音韵之隐微的文学功用》，载《国故新探》卷一，1926年4月商务印书馆出版。
② 钱玄同：《新文学与今韵问题》，见《中国新文学大系·建设理论集》，上海良友图书印刷公司1935年版，第74—75页。
③ 王力：《中国格律诗的传统和现代格律诗问题》，载《文学评论》1959年第3期。

一是更加自然地表达诗人情感。新诗人反对旧律，着重强调其对于思想的束缚，对于感情的戕害。胡适称为"文胜质"之弊："近世文人沾沾于声调字句之间，既无高远之思想，又无真挚之情感，文学之衰微，此其大因矣。此文胜之害，所谓言之无物者是也。"① "尝谓今日文学之腐败极矣；其下焉者，能押韵而已。"② 在新诗革新者看来，旧诗彰显出令人沮丧的自我因袭与自我复制，无论什么样的题材都有现成的处理模式，无法承载和接纳新的现实与经验，无法对应新的公共话语，无法对应新的人性空间。在古代汉语语境中，诗人与文人习惯于这种"现成的反应模式"，不图自然地流露出自己的感情，反而把自然地表现感情视作卑劣，把一字一句极力转化运用古人的用语看作是正确写诗的方法和技巧之生命。而这正是新诗运动需要解决的课题。在说到旧诗凑字凑音时，黄维梁说，"五四以来反对古典诗歌的人，认为律诗格律严，束缚多，要打倒它，求诗体的大自由大解放，这是有道理的。"③ 五四期有人认为，古人写诗也想发挥其自然的动念，断没有先作一个形式来束缚自己；对此胡适反驳说：按此逻辑，"古人留下来的缠足风俗，竟可说是自然的代表。为什么呢？因为古人缠足的时候，也是想发挥他的自然的美感，决没有先作一种小脚形式来束缚自然的！"有人还认为，若用现成的旧体旧调创作，便可把全副精神集中在诗意，容易写出好诗；对此胡适反驳说，"那些用旧调旧诗体的人有了料，须要截长补短，削成五言，或凑成七言；有了一句，须对上一句；有了腹联，须凑上颈联；有了上阕，须凑成下阕；有了这韵，须凑成那韵，……那才是顾此失彼呢——岂但顾此失彼，竟是'削足适履'了！"④ 这种论证是有说服力的。

二是更加切合现时代的语言。旧诗韵当废的重要原因是现代汉语和古代汉语在声调、读音方面存在诸多不同，因此今人写诗无法采用旧韵相协。正如王力所说，若写诗者要用旧诗韵，必然是每用一韵都要查考韵书。这是无法为人所接受的。因此，在五四新诗运动中，就出现了"死

---

① 胡适：《文学改良刍议》，载《新青年》第2卷第5号（1917年1月）。
② 胡适：《寄陈独秀》，见《中国新文学大系·建设理论集》，上海良友图书印刷公司1935年版，第32页。
③ 黄维梁：《中国文学纵横谈》，台北东大图书公司1988年版，第14页。
④ 胡适：《新文学问题之讨论》，见《中国新文学大系·文学论争集》，上海良友图书馆印刷公司1935年版，第59页。

字""死韵"等说法。所谓"死"说的是在历史变迁中,其字或音已经成为过去时。刘半农认为,由于社会生活的发展、语言的变迁,今音和古音的读法有很大的不同,因而南朝齐梁时期沈约所造的《四声谱》中的诗韵已经不能适用于新文学运动时期的诗体变革要求,因此,废旧韵造新韵为"事理之所以然"。钱玄同说,"全不想想看,你自己是古人吗?你的大作个个字能读古音吗?要是不能,难道别的字都读今音,就单单把这'江''京'几个字读古音吗?"还说,顾炎武主张用古韵,责备沈约"不能上据雅南,旁摭骚子,以成不刊之典",后来江永驳他道:"音之流变已久,休文亦据今音定谱,为今用耳。如欲绳之以古,举世其谁从之。"钱玄同认为"此乃通人之论也"。① 朱光潜认为,钱玄同以上论证"是无可反驳的,诗如果用韵必用现代语音,读的韵,才能产生韵所应有的效果"②。这说明,古代尚且代有新韵,新诗运动废旧韵理所当然。陆志韦也认为,"中国现存的韵书,无论在语音史上的价值怎样的大,用以做诗简直是可笑可恶。譬如《广韵》把上下四方的韵混在一起,正与大多数举手统一国音同样的不合情理。我看韵书一切都不可用。"③ 罗家伦的话极具代表性,即"我们承认人生的价值,不能不承认时代的价值。我们在这个时代,就当做这个时代的人,说这个时代的话;何必想要去做几千百年前的死人?"④

新诗创作之用韵

初期新诗创作用韵是多样芜杂的。这是由其初创期的特定环境决定的。但简单来说,则可分为有韵诗和无韵诗两种。这是就整个新诗创作也是就某个诗人创作而言的。如胡适就既写有韵诗,又写无韵诗。他在《谈新诗》中,一方面大谈自己的诗如何用韵,另一方面又肯定周作人的

---

① 钱玄同:《新文学与今韵问题》,见《中国新文学大系·建设理论集》,上海良友图书馆印刷公司1935年版,第75—76页。
② 朱光潜:《诗论》,生活·读书·新知三联书店1984年版,第197页。
③ 陆志韦:《我的诗的躯壳》,见《渡河》,亚东图书馆1923年版。
④ 罗家伦:《驳胡先骕君的中国文学改良论》,见《中国新文学大系·文学论争集》,上海良友图书馆印刷公司1935年版,第126页。

无韵诗。朱经农就认为胡适的诗"念起来有音,有韵,也有神味,也有新意思"①。如陆志韦在《渡河》序言中,说自己的新诗一类是无韵诗,数量较少,另一类是有韵诗,数量极多。其实,五四期的无韵诗比人们估计的要多,因为那时无韵诗往往冠以"自由诗""散文诗""白话诗"的名头,如周作人最早提出"自由诗"概念,所指即无韵诗:"口语作诗,不能用五七言,也不必定要押韵;止要照呼吸的长短作句便好。现在所译的歌就用此法,且来试试;这就是我的所谓'自由诗'。"② 他自己创作了无韵诗,胡适在《谈新诗》中推崇其《小河》,认为"读起来自然有很好的声调,不觉得是一首无韵诗"③。我国的无韵诗创作,接受了欧美诗的影响,李思纯介绍欧美现代诗体,就特别提及非律文诗即散文诗和自由句。

但是,李思纯又指出,"欧洲现在的诗人,仍是律文散文并行的时候"。④ 其实我国诗人在经历了初期激烈的废骈废韵后,逐渐对韵也有了正确的认识。傅东华说,自由诗兴起比我们早的诸国,他们的新诗年选,有韵诗和无韵诗的分量相当;我国当初提倡自由诗的人,大都不满意当时的有韵诗,觉得内容稀薄必是受韵束缚,不知道诗韵确非不能传达诗的情思;因此,"将来大概有韵诗(指已解放的)和自由诗可以平行的进化,所以我推测将来中国的(或世界的)韵文在诗的范围里仍可以——且应该——占一部分的地位。"⑤ 这是一种新的观念解放。朱自清考察早期新诗,发现两个特点:一是"新诗押韵的并不比不押韵的少得很多",二是"旧诗词曲的形式保存在新诗里的,除少数句调还见于初期新诗里以外,就没有别的,只有韵脚",他由此论定:"足见中国诗还在需要韵,而且可以说中国诗总在需要韵。"⑥ 这符合早期新诗创作用韵的实际。其原因复杂。首先,人们普遍认同诗体与诗韵关系密切,即"诗歌者以音律的形式写出来而诉之情绪的文学"⑦。胡适谈新诗,也无法回避"音节"问

---

① 朱经农、胡适:《新文学问题之讨论》,见《中国新文学大系·文学论争集》,上海良友图书馆印刷公司 1935 年版,第 51 页。
② 周作人:《古诗今译》,载《新青年》第 4 卷第 2 号(1918 年 2 月)。
③ 胡适:《谈新诗》,载《星期评论》纪念号(1919 年 10 月 10 日)。
④ 李思纯:《诗体革新之形式及我的意见》,载《少年中国》第 2 卷第 6 期(1920 年 12 月)。
⑤ 傅东华:《中国今后的韵文》,载《文学周报》115 期(1924 年 3 月)。
⑥ 朱自清:《诗韵》,见《朱自清全集》第 2 卷,江苏教育出版社 1988 年版,第 402 页。
⑦ 田汉:《诗人与劳动问题》,载《少年中国》第 1 卷第 8 期(1920 年 2 月 15 日)。

题，而"音"即诗的声调音韵。因此看轻、看重诗韵价值甚至提倡无韵诗的诗人创作大多还是有韵诗。其次，初期诗人大多自幼深受旧学影响，旧诗音律的美质自然地影响着创作，且当新诗抛弃了旧韵后，写诗不是变得容易，而是更为艰难，所以他们仍想凭借诗韵来完成艺术，这就有了废旧韵和造新韵的主张，就有了创作中的有韵诗。再次，新诗人普遍认为写诗用韵不是难事，如胡适就说，"中国的韵最宽。句尾用韵真是极容易的事，所以古人有'押韵便是'的挖苦话。"① 闻一多更是说："中国韵极宽；用韵不是难事，并不足以妨害词意。既是这样，能多用韵的时候，我们何必不用呢？"② 新诗普遍并不排斥用韵，只是主张废旧韵用新韵。刘半农在《我之文学改良观》中正面提出造新韵，钱玄同撰文认为"此文最有价值之论，为'造新韵'及'以今语作曲'二事"③。唐钺则提出："我以为新文学所要解脱的，并不是音韵，乃是死板的音韵格式。至于音韵的活泼方面，不特不应该废掉，还要尽量采用，尽量把他们试验，以使他们文学上可能充分实现。"④ 早期诗人不仅用韵而且积累了用韵的初步经验。胡适的经验："第一，用现代的韵，不拘古韵，更不拘平仄韵。第二，平仄可以互相押韵，这是词曲通用的例，不单是新诗如此。第三，有韵固然好，没有韵也不妨。"陆志韦的经验：（一）破四声；（二）无固定的地位；（三）押活韵，不押死韵。（后来又归纳成"四不原则"："韵不可滥用""用活韵不用死韵""押重音不押轻音""不可破句押韵"。⑤）这些新诗用韵的初步经验直接影响着百年新诗创作。

初期新诗所用之韵。基本倾向是采用现代韵，即在现代汉语中相叶的韵。可以分成三种情形。第一种借鉴古韵分类押现代韵。如沈尹默的《三弦》中有一段是："旁边有一段低低土墙，挡住了个弹三弦的人，却不能隔断那三弦鼓荡的声浪"，其中有 11 个字都是中古端组声，现代汉语分别是"d""t""l"音。胡适认为，"这种音节方法，是旧诗音节的

---

① 胡适：《谈新诗》，载《星期评论》纪念号（1919 年 10 月 10 日）。

② 闻一多：《致吴景超》（1922 年 9 月 24 日），见《闻一多书信集》，人民文学出版社 1986 年版，第 62 页。

③ 钱玄同：《新文学与今韵问题》，见《中国新文学大系建设理论集》，上海良友图书印刷公司 1935 年版，第 75 页。

④ 唐钺：《音韵之隐微的文学功用》，载《国故新探》卷一，1926 年 4 月商务印书馆出版。

⑤ 陆志韦：《白话诗用韵管见》，载《燕园集》，燕京大学燕园集编辑委员会 1940 年出版。

精彩，能够容纳在新诗里，固然也是好事"①。第二种采用现代语押方言韵。五四期尚无通用韵书，有人就"土音入韵"。胡适就说自己的《鸽子》《老鸦》等用了徽州音。陆志韦说："我是浙人，必须要时押浙江的土韵。否则尽我之能押北京韵。此后我用浙韵时，注明浙韵。"他认为自己《渡河集》"押韵之处，国音，平水音，浙音，如野藤蔓草，纠缠不可名状"。刘半农采用江阴方言写作拟民歌等，说过"我们要说谁某的话，就非用谁某的真实的语言与声调不可"②。闻一多也常用土音来写诗，如《李白之死》中两行："这时候他通身的直觉都已死去，／被酒力催迫着的呼吸几乎也要停驻。"其中的"去""驻"二字即土音相押。第三种采用日常口语的现代韵。如胡适的《蝴蝶》，就使用了现代口语的语音押韵。傅斯年《深秋永定门晚景》中："那树边，地边，天边，／如云，如水，如烟，／望不断，——一线。／忽地里扑喇喇一响。／一个野鸭飞去水塘，仿佛象大车音浪，／漫漫的工——东——当。"这里的诗韵是口语的，生动的，形象的，即所谓"活韵"。需补充的是，初期新诗用韵存在着芜杂情形。如朱湘就认为闻一多的诗"用韵不讲究"，存在问题第一是"不对"，即"因按照土音而错了的"；第二是"不妥"，即"因盲从古韵而错了的"；第三是"不顺"，即"因不避应避的阖口音而错了的"；还有拿"了""的"等虚字来协韵的，用今音与古音相押的。③

初期新诗用韵位置。陆志韦的经验是"无固定的地位"，具体说就是：有时间行押韵，如《倘使》《梦醒》；有时每行有韵，像《流水的旁边》《子夜歌》；有时每行间迭起韵，像《永生永死》。而且押韵不必在韵脚，只看一行最后注重那一个音，就押那一个音，像《如是我闻》全首押在行间末了第二个字；甚至一行连押两字，如"功人"押"忠臣"，都以语言为重，形式为轻。以上概括的两种位置，前种是行间位置（每行押或间行押），后者是行内位置，这确实是早期新诗普遍的两种用韵位置，体现了用韵的复杂性。另有三种后来较少用韵方法。一是实字与虚字的押韵，如闻一多《叫卖歌》三行："忽把孩儿的午梦惊破了——／薄荷糖！薄荷糖！／小锣儿在墙角敲"，用"了"字与"敲"字协韵。如《孤

---

① 胡适：《谈新诗》，载《星期评论》纪念号（1919年10月10日）。
② 见1926年4月19日《语丝》周刊第75期。
③ 朱湘：《评闻君一多的诗》，见《中书集》，中国文联出版公司1993年影印，第172—175页。

雁》中:"太难了,这里的意义/不是你能猜破的,"用"的"字与"义"字协韵。二是行内和行末押韵。如《忆旧游》四行:"笑语清歌依旧回到心头,/重温旧时游,只低头……踌,/低头踟蹰,究竟难于久留;/且留——且留——,让心头被——酸——冷浸透。"这里行末的"头""踌""留""透"与行中的"旧""游""究""久""留"等相押。三是行末多个字音押韵。这被人称为"阴韵"。如闻一多《美与爱》第一节的"断了"押"见了",第二节的"恼了"押"笑了",第三节的"回了"押"灰了"。他还使用复合韵,如"心悸了"押"成绩了"等。卞之琳说过:"陆志韦在1920年1月写的一首诗,叫《航海归来》倒早已用出了阴韵:'影子'协'亭子','醒了'协'定了',还用了复合韵'顶上'协'心上'。闻先生在这方面试验,本来也不是走在最前头(也可以说没有脱离实际),以后也有人向前推进了(也可以说有发展前途)。他在这方面持续探索,过程最显,成果最显,所以最值得一提。"①

初期新诗换韵方式。我国传统旧诗换韵方式相对简单,到了近体以后基本是隔行用韵,一韵到底。五四新诗运动中借鉴了西方押韵方式,同时又恢复了我国《诗经》《花间集》的多种韵式,从而新诗韵式呈现复杂局面。以胡适《尝试集》为例,如《赠朱经农》每四行换一韵,前后用了9个韵;《他》则是行行押韵,且一韵到底用了同字"他";《蝴蝶》用了交韵,四行诗韵式是ABAB;《十二月五夜月》每节两行同韵,三节分别用了三个韵;《寒江》四行,一、三行不入韵,二、四行用一韵;《生查子》逢双行押韵,每节四行一韵,两节分别用韵;《一念》八行,采用的是AABBBBBA的韵式;《老鸦》两节八行,每行押同韵,韵脚密集;《看花》六行,其中两行末三字是"高兴了",另两行末三字是"高兴呢";《关不住了》第一节二、四行"关了"和"难了"押韵,第二节二、四行"吹来"与"飞来"押韵,第三节二、四行"醉了"和"碎了"押韵;《"应该"》前九行交错地使用了"我"和"他"字音,第十和十二行另押一韵;《一颗星儿》第一、二、五、七行末分别是"星儿""名字""光明""晶地"相押;《乐观》第一首是"倒了"和"好了"相押,第二首是"完了"和"安了"相押,第四首是"开了"和"来了"

---

① 卞之琳:《完成与开端:纪念诗人闻一多八十生辰》,见《人与诗:忆旧说新》,生活·读书·新知三联书店1984年版,第14页。

相押。陆志韦换韵方式更为复杂，如《罂粟花》三节，第一节的韵是"恶""弟""你""乐"，是 ABBA 的抱韵，第二节的韵是"杯""酒""口""罪"，也是 ABBA 的抱韵，第三节的韵是"灯""雾""路""人"，韵式为 ABBC，是抱韵的变化形式。以上仅仅是列举性的，我们由此可以见到五四初期新诗换韵方式的多样。

初期新诗平仄互押。由于汉语的现代转型，四声发生变化，而且平仄格律严格，所以普遍的看法就是新诗可以不讲平仄。如胡适就提出平仄可以互押。其理由是："白话里的平仄，与诗韵里的平仄有许多大不相同的地方。同一个字，单独用来是仄声，若同别的字连用，成为别的字的一部分，就成了很轻的平声了。……我们简直可以说，白话诗里只有轻重高下，没有严格的平仄。"① 陆志韦也主张"破四声"："我用节奏尚且要废平仄，押韵当然不主张用四声。宋人填词以上为平，以入为平。明明不拘四声，偏要为六朝人留面子，反不如一刀两段的好。②" 陆志韦作为语言学家，从应用上提出三条"舍平仄"的根据：一是"我国没有平仄以前，至少已经有了一千多年的诗"；二是律诗里有"一三五不论，二四六分明"的规则，"那明明说有了节奏，平仄可以不必用的"；三是受语流音变的影响，在实际口语中"每一字可变为平上去入"。初期新诗也有讲究平仄的，如胡适《鸽子》、周无《过印度洋》等词曲体新诗就有着协调平仄的音节之美。但绝大部分的初期新诗不讲平仄，更不讲平仄押韵。到了新月诗人那儿，虽然他们写作较为严格的新格律诗，但用韵的基本选择也还是平仄韵互押。如饶孟侃就在《新诗的音节》中说，"我个人主张新诗押韵，不必完全依照旧的韵府，凡是同音的字，无论是平是仄，都可通用，而发音的根据则以普通的北京官话为标准"③。他同其他新月诗人的创作用韵大致如此。

重建新韵之成果

废除旧韵后新诗总在需要诗韵，接着的问题必然就是重造新韵。刘半

---

① 胡适：《谈新诗》，载《星期评论》纪念号（1919 年 10 月 10 日）。
② 陆志韦：《我的诗的躯壳》，见《渡河》，亚东图书馆 1923 年版。
③ 饶孟侃：《新诗的音节》，载《晨报副刊·诗镌》第 4 号（1926 年 4 月 22 日）。

农在提出推翻旧韵的同时，提出了重造新韵的任务，钱玄同接着说"造新韵一事，尤为当务之急"。这似乎是顺理成章的事情。但在当时却引来了激烈的争论。如胡先骕在《评〈尝试集〉》中，就反对用新韵代替旧韵，具体说反对用国音字典之北京韵来代替沈约起订的平水韵。其理由是："现行诗韵，订自沈约，固不得谓能代表全国之方言，然北京方言对于音韵之分别，实极简陋，普通七音之仅有五音无论矣……故沈约诗韵，实较国音字典之北京韵为佳。若谓为韵所限，则本有通韵之法；然即用通韵，亦较用北京韵为佳也。"① 这种见解似乎有理，但其纠缠于具体分韵多寡问题，却回避了一个根本性问题，即在历史变迁中新旧诗韵的读音变迁。刘半农等人提出废除旧韵，正是基于语言变迁的历史发展观，认为造谱者"在造谱之时，读音决不与今音相同"，也就"决无能力预为吾辈二十世纪读者设想"，所以废旧韵是势所必然之举，是诗韵现代转型的必要条件。由语言的历史变迁观念引出的废旧韵主张，注定成为五四期多数诗人普遍接受的诗学观念。废旧韵和造新韵是紧密联系着的，相对而言，废旧韵则较为容易，但造新韵却极为艰难。刘半农提出"重造新韵"的具体策略，在当时产生了较大影响：

（一）作者各就土音押韵，而注明何处土音于作物之下。此实最不妥当之法。然今之土音，尚有一着落之处，较诸古音之全无把握，固已善矣。

（二）以京音为标准，由长于京语为造一新谱，使不解京语者有所遵依。此较前法稍妥，然而未尽善。

（三）希望于"国语研究会"诸君，以调查所得，撰一定谱，行之于世，则尽善尽美矣。②

这种重造新韵的策略，既考虑到当时新诗创作之急用，又考虑了新诗长远建设的需要，是极为稳妥的意见。这一革新方案"一方面应当时语言从文言向白话转变的现实提出，为适应这一语言转变的诉求，新诗的用韵也只有更接近活的、人民群众的日常用语，才能更好的反映当时的现实

---

① 胡先骕：《评〈尝试集〉》，载《学衡》第1、2期（1922年1月，1922年2月）。
② 刘半农：《我之文学改良观》，载《新青年》第3卷第3号（1917年5月）。

生活和时代精神；另一方面，当时的诗体革新运动正处于探索阶段，传统保守主义者颇多攻击，而新诗人的白话诗创作也处于混乱无序的状态，因而，刘半农的'破坏旧韵重造新韵'的改良策略在当时的诗体革新运动中可以看成是一种权宜之计，为新诗坛的诗体变革方案提供了另一种可能性。"①

重造新韵贯穿在五四新诗运动中，它既体现于创作实践，又体现于理论研究，上述破坏旧韵和创作用韵就是两方面重要成果。就重造新韵的成果说，还有以下方面值得注意。

一是构想诗韵的现代模式。初期诗人提出废旧韵造新韵，基本的理论无疑是正确的。它适应了现代汉语新诗创作的需要，体现了新诗音律建设的现代性要求。无论是废旧韵还是造新韵，新诗人始终强调的是表达的自由，和语言的自然，这是同新诗发生的基本精神完全一致的。"新诗'The New Poetry'是世界的运动，并非中国所特有。中国的诗的革新不过是大江的一个支流。"② 刘延陵认为美国新诗运动的鼻祖是惠特曼，他的贡献就是张扬诗的现代精神，"论到形式一面，他是打破诗之桎梏的人，论到精神一面，他是灭熄旧的精神燃起新的精神之人"③。我国初期诗人同样基于现代自由的精神，提出"诗体解放"论，推动汉诗由传统到现代的转型，使得我国新诗发展汇入世界现代诗运动之中。在这过程中，新诗人在理论上对诗韵的新旧转换进行了多方面探索，包括诗韵价值的重估，论证旧韵当废，论证新韵重造，并在创作实践中进行押韵方式、用韵位置、活韵使用等尝试，在实践中形成了若干重要理论见解，初步确立起了我国新诗相异于传统旧诗的节奏模式和音韵模式，为我国新诗音律建设积累了初步的理论成果和创作成果。这些成果对于以后的新诗音律建设具有较强的指导意义，如若新诗还是需要诗韵，则初期新诗人的探索成果就是我们无法回避的理论起点。虽然这种理论建设是在激烈的争辩中进行的，虽然其中不少理论成果并非成熟，但却是值得我们珍视的。当然，初期新诗韵论存在诸多缺陷，如初期诗人对诗韵功能的认识普遍存在局限，这种局限主要表现为新诗人普遍仅把诗韵的功能理解为相叶，没有充分认

---

① 郑成志：《初期白话诗的另一种形式构想》，载《中国现代文学研究丛刊》2011年第7期。

② 刘延陵：《美国的新诗运动》，载《诗》第1卷第2号（1922年2月）。

③ 同上。

识到诗韵在暗示意义、协调音质等方面的多重功能，因此出现了不讲音韵或看轻音韵甚至主张废韵的现象。只是到了五四新诗运动后期，才出现了关于诗韵多重功能探索的成果，其中重要代表者是唐钺和闻一多。唐钺明确把韵的功能概括为显著功能，即规定韵文的体制，如押诗韵、调平仄和韵节奏的功能；还有就是隐微功能，即声韵、修辞、美感的功能，并认为"新文学所不注重的是音韵的显著功用；而我这篇所论的音韵的隐微功用，正是新文学所应特别留心的"①。闻一多在清华文学社做《诗歌节奏的研究》报告，专列"韵"一节②，说到韵的功能分成五点：A."旋律"；B."组成部分的布局"；C."与短语的关系"；D."预期效果的满足"；E."恢复想象力的活动"③。五四后期的闻一多和唐钺关于诗韵多重功能的论述，标志着我国新诗韵理论建设进入了一个新的阶段。

　　二是探讨平仄的现实价值。重估平仄的现实价值，是废旧韵造新韵无法绕过的话题。五四时期对于平仄大致存在三种意见。部分诗人主张改造平仄以形成新诗节奏，如吴宓、刘大白等；部分诗人论证废平仄的合理性，如刘半农、俞平伯、赵元任、陆志韦、闻一多等；更多的诗人主张舍弃平仄节奏律，又通过平仄律来增强新诗音乐性。重估平仄律现实价值的最重要的探索，是刘半农的语音实验和刘大白的理论方案。1922年，刘半农公布了汉语四声实验的结果，即"我已知道四声和强弱，完全没有关系；它与长短与音质，有几处是发生关系的，却并不重要，重要的关系，只在高低，所以我们可以说：高低是构成四声的原素。但这种高低，是复杂的，不是简单的。所以某声与某声间之差，并不是 C 与 D 的简单的差，是 CD 与 DC 的复杂的差。又这 CD 与 DC，方其由 C 入 D，由 D 入 C 时，并不是从此音跳到彼音，乃是从此音滑到彼音。"④ 据此，刘半农主张新诗创作舍弃平仄律。在此基础上，赵元任出版《国音新诗韵》，说阴、阳、入声算是高音；上、去、轻算中音，只有上半才是低音，可见，仄声里也有高音；这就否定了平仄是音高的划分。赵元任又说，阴、阳、上、去、上平的时间较长，入声和轻声的时间最短，可见，阴、阳与上、

---

① 唐钺：《音韵之隐微的文学功用》，载《国故新探》卷一，1926年4月商务印书馆出版。
② 闻一多：《诗歌节奏的研究》，见《闻一多论新诗》，武汉大学出版社1985年版，第21页。
③ 转引自李广田《李广田文学评论选》，云南人民出版社1983年版，第99页。
④ 刘半农：《四声实验录》序赘，上海群益书社1924年版。

去同算是长音；这又否定了平仄是音长的划分。由此，赵元任也认为平仄不能产生任何种节律。刘、赵的研究为新诗韵平仄互押奠定了语言学基础。刘大白在《中国旧诗篇中的声调问题》中，提出"我们一方面反抗旧声调，一方面却要打算怎样保存旧声调底一部分，而创造新韵律的新声调"。他认为旧诗声调躯壳的规律如此繁密而复杂，足以束缚作者的思想和感情，所以旧诗声调失却灵魂而崩溃。同时，他提出创造新声调的两大原则：相当地保存旧声调一部分的躯壳，而另用一种新灵魂注入其中，就是采取旧声调的规律，弃去其较繁杂严密的部分，而使用一种新的抑扬律；新的抑扬律，可以保存平仄的旧躯壳，而注入新灵魂，即废去平仄平实与曲折的标准而改用轻重的标准。具体方案是："以平为重音，以仄为轻音，相间相重而构成抑扬律"；打破均等的等差律，音组数量和长度参差而不取严格的均等；打破严格对偶律，但不反对略采用对偶，不全用律体的声的反复，而相当地采用词曲的反复。① 尽管刘大白试图运用抑扬格来解决新诗节奏问题没有获得人们认同，但其成果为新诗借用平仄律来造成音乐性指明了方向，后来诸多诗人的探索都是建立在此基础之上的。

三是土音入韵的成果意义。土音入韵自古皆然，即使经典诗人同样存在土音入韵创作。如胡适在寻求白话诗的合法性时曾找出山谷词中押土音的诗例，杜甫、苏东坡、陆游等也偶然以方音叶韵。即使历史上的韵书也存在通押的土音因素，如宋代官修《广韵》"虽以长安音为主，亦兼各地方音"，其韵辙的划分"则每杂以方音"。五四新诗运动中，多数诗人都曾以土音入韵。刘半农在提出重造新韵时，就提出押土音虽然不妥，但尚有着落之处，即有一个现实的依据。这是建设新诗韵的起步，它通过土白入韵的尝试，来破坏传统诗韵的正统地位，其价值取向与通过白话入诗来推倒旧体诗的取向一致。这是新韵建设的起步，到了初期白话诗以后，北方白话成了国语基础，方言即被扶正，于是以北方方言为基础建立新的韵谱，便顺理成章了。土音入韵在当时存在争论，有人不允许它的存在，有人则承认其合理。如饶孟侃就反对土音押韵，说"我以为除了在用土白作诗的时候可以通融以外，在普通的新诗里则断乎不行；因为要是押韵完全没有一种标准，也是件极不方便的事"②。朱自清则认为"作方言诗自

---

① 刘大白：《中国旧诗篇的声调问题》，见郑振铎编《中国文学研究》上册，上海书店1991年影印，第54页。

② 饶孟侃：《新诗的音节》，载《晨报副刊·诗镌》第4号（1926年4月22日）。

然可用方音押韵,也很新鲜别致的",这是肯定其现实价值;又说"现代的新诗作者,押韵并不查诗韵,只以自己的蓝青官话为据,又常平仄通押,倒是不谐而谐的多",这种朝向官话的押韵,最终为建立通韵奠定了基础,这是肯定其长远价值。土音入韵的实质性意义就表现在以上两方面:第一,在破坏旧韵后新生的新诗无韵可依,保守派认为"白话诗没有声调",新诗人觉得用韵无所依傍,这对于新诗健康成长、对于诗韵功能发挥极为不利,在此特定历史环境中土音入韵,有利于诗韵确立诗体地位和新诗获得合法地位。可以毫不夸张地说,正是土音入韵同自然音节的结合,才推动着新诗在诗体解放中发生,迎来了最初的新诗创作繁荣期。第二,刘半农仅仅把土音入韵视为权宜之计,是向前迈进的起步阶段,且多数诗人创作时所用方音即京音,如朱湘和叶公超甚至认定闻一多、徐志摩的诗中个别韵不用京音为"不妥",这种创作风尚实质上为造新韵第二步即以京音为标准造一新谱,为造新韵第三步即国语研究会制定行世定谱,奠定了坚实而广泛的基础。刘半农在《我之文学改良观》中认为,"语音时有变迁。近日之定谱,将来必更有不能适用之一日,余谓沈约既无能力豫为吾辈设想,吾辈亦无能力在将来设想,将来果属不能使用,何妨更废之而更造新谱"。按此思维逻辑,把土音入韵放在造新韵的历史过程中,我们就能充分理解其理论意义了。

　　四是重造新谱的最初成果。刘半农提出重造新韵后,立即得到陈独秀、钱玄同等人赞赏,有的大学研究会还把"制造标准韵"列入"特别研究项目"。在五四新诗运动中,"造一新谱"取得较好成果,其中最为引人注目的是陆志韦和赵元任的探索成果。陆志韦被朱自清称为有意试验新体制、想创新格律的"第一人",这有一本《渡河》(1923.7,上海亚东图书馆)为证,在出版时陆志韦写了"我的诗的躯壳",阐述了自己对于诗体形式的探索成果,包括节奏和押韵两项,其另一成果就是从理论和创作上证明"长短句是'最能表情的做诗的利器'"。在新诗用韵方面,朱自清在《中国新文学纲要》中把陆志韦的探索成果概括为:

(一)"破四声"——作歌当别论

(二)"无固定的地位"

(三)"押活韵"——"用国语或一种方言为标准"

（四）"京音"二十三韵。①

陆志韦呼应着刘半农重造新韵的倡议，根据王璞氏的《京音字汇》，把京语的四百零四个音分成35个韵部，再经过通转合并归成23个韵类，实现着自己的一种企图，即"把京音照《广韵》的方法分为几十个韵，不再分平上去"。其主要特点：一是以"北京音系"的韵母为基础，认为"我们能用京音押韵，必不像用南方方言的困难"；二是废除了四声，平仄通押；三是求韵脚的合辙，重点在"韵尾"而不在"韵头"，加强了韵部的概括性，减少了韵部数目；四是通转分韵没有用严格的语音做标准，使新诗创作在用韵方面从宽。这些探索同以后多种新诗韵谱有着相同之处。其分析综合达到较高水平，朱自清的评价是："那时《国音新诗韵》还没出，他根据王璞氏的《京音字汇》，将北平音并为二十三韵。这种努力其实值得钦敬，他的诗也别有一种清淡风味；但也许时候不好吧，却被人忽视过去。"② 陆志韦的新韵谱原是为自己创作所用，他说"我的分韵原不过一时应用的事业，又仅仅为一个人的利益"，所以没有把自己分韵的原则贯彻到底，这就必然影响到它在实践中的应用价值。而赵元任则是想为诗人创作新诗撰一定谱，其《国音新诗韵》是把造新韵设想落到实处的理论专著（1922，商务印书馆）。赵元任的《国音新诗韵》采用1921年教育部公布的旧国音注音，承袭了《切韵》的体制，以阴平、阳平、上、去、入五声为纲，分韵24部，立103个韵部分别通摄常用字，押韵原则较严，所分韵类较细，其依据的旧国音并非一时一地的语音系统，而是北京音和方音的混合物。它是旧国音时期的韵书，因此后人认为它是诗韵发展急流中的一个回旋。但此韵书的优点在于采用其时教育部公布的旧国语注音，在注音上比之于以往反切或直音进步得多。它规定了押韵的原则，分出儿化韵，且用表格排列韵字。尤其是分韵开始同现代用语结合起来，体现了诗韵发展的新趋向，它足以说明五四前后，不仅是诗词用韵在渐变，而且新编韵书也在努力地从旧韵影响中蜕变。《国音新诗韵》编撰中的种种新举措，在重造新韵编写韵书中起到了破旧立新的作用。赵元任在其序言中，说明了自己编写此韵书的理由。一是"无论做诗押韵不押

---

① 朱自清：《中国新文学纲要》，见《朱自清全集》第8卷，江苏教育出版社1996年版，第94页。

② 朱自清：《中国新文学大系·诗集导言》，上海良友图书印刷公司1935年版，第5页。

韵，一部有时照韵类又照部首排列的字典，似乎也是一件应该有的东西"；二是"实际的韵音的问题，不是有了十几个韵母的形式就可以解决的了"；三是"这书里又加古调今目韵汇一门，以便熟于古韵者和有历史的兴趣者的参考"。此外《国音新诗韵》还有关于声调变化的规则、轻重音的讲究、儿韵的分类、通韵、叶韵、多字韵等问题的研究成果。陆志韦和赵元任的新诗韵谱虽然存在着若干问题，后来也没有广为流传，但其开创意义不容忽视。它们都以当时国音为依据，都重视平仄通押，都减少分韵韵部，都讲究创作实用，体现着汉语诗韵现代化的取向，体现着破旧韵书并向现代意义上的新韵书转变。历史地看，这种探索大致实现了刘半农关于"以京音为标准，由长于京语者为造一新谱，使不解京语者有所遵依"的目标追求。这种探索，为我国汉语新诗韵的探索开拓了道路。

新诗音韵功能探索

诗韵是诗律的重要组成部分。传统诗论认为,"诗之有声调格律音韵,古今中外,莫不皆然。诗之所以异于文者,亦以声调格律音韵故。"① 但是,五四新诗运动却提出了废律废骈的主张,诗韵功能受到了巨大冲击,以至直到今天人们对于诗韵的功能仍然莫衷一是。正是由于人们对于诗韵的功能缺乏全面而完整的认识,所以往往有意无意地忽视诗韵在新诗中的地位和价值。因此,我们对于百年汉语新诗韵功能探索的历程进行梳理,明确诗韵在完善诗美中的现代功能,就成为提升现代汉诗语言诗性素质的一项极有意义的工作了。

新诗运动中的叶韵功能论

五四新诗运动的核心诗学观念是"诗体解放"论,其基本内涵就是胡适以下这段话:"有什么材料,做什么诗;有什么话,说什么话;把从前一切束缚诗神的自由枷锁镣铐拢统推翻;这便是'诗体的释放'。"② 这里所要推翻的具体来说就是旧诗体与旧诗则,包括旧诗的格律声调音韵。正如胡先骕在《评〈尝试集〉》中所说:"胡君既主张抛弃一切枷锁自由之枷锁,故对于音节与韵亦抱同等之态度。若不害于胡君作诗之自由,则自然之音节与夫国音字典上所能觅得同一反切之北京韵,亦可随意取用。若有碍于胡君作诗之自由者,亦不惜尽数抛弃之。"③ 虽然胡先骕评胡适

---

① 胡先骕:《评〈尝试集〉》,载《学衡》第1、2期(1922年1月、1922年2月)。
② 朱经农、胡适:《新文学问题之讨论》,载《新青年》第5卷第2号(1918年8月15日)。
③ 胡先骕:《评〈尝试集〉》,载《学衡》1922年第1、2期(1922年1月、1922年2月)。

的《尝试集》历来被认为是逆新诗运动之作,但这话则是准确地概括了胡适尝试白话新诗时在诗韵问题上的基本态度,即不妨碍自由思想之表达则用之,若妨碍自由思想之表达则弃之。胡适在《文学改良刍议》中就这样说,"今日而言文学改良,当'先立乎其大者',不当枉费有用之精力于微细纤巧之末;此吾所以有废骈废律之说也。即不能废此两者,亦但当视为文学末技而已,非讲求之急务也。"① 废骈废律是相对于旧体旧律而言,那么废过以后的新诗是否需要新律呢?朱经农提出"'白话诗'应该立几条规则","此不特汉文为然,西文何尝不是一样。如果诗无规律,不如把诗废了,专做'白话文'的为是"。胡适对此的回答是:"这是我们极不赞成的。"② 这实质上就否定了新诗用律用韵的必要性和必然性。

　　之所以在新诗运动中轻视诗韵,认为是"末技"而已,甚至认为新诗不需音律,只要自然自由即可,这是同那时人们对新诗韵功能的认识偏差有关系的。那时的新诗人仅把诗韵功能归结为叶韵。所谓韵的"叶"关涉的是同韵在行间的呼应,"叶韵"功能即指行间的声韵呼应,并起着标志行末顿挫的作用。艾青引锡金论韵的话,即"韵的最简单的说明,就是一个字的母音。各种文字的读音都可以用子音母音拼切出来,诗歌中常在一句的末尾用母音相同的字,这便叫做协韵"。他认为需要对此补充的是:"韵的运用方法有三种,一种是用在每句起首一字,一种是用在每句末尾一字,也有用在每句的任何一个节拍中的。"③ 这就是叶韵的基本内涵。五四期诗人肯定诗韵的相叶功能。刘半农认为,"夫韵之为义叶也,不叶,即不能押韵,此至浅至显之言,可无须举例证明也"④。这里强调的韵之含义就是"叶"韵。胡适在《谈新诗》中认为,"句末的韵脚,句中的平仄,都是不重要的事。语气自然,用字和谐,就是句末无韵也不要紧。例如上文引晁补之的词:'愁来不醉,不醉奈愁何?汝南周,东阳沈,劝我如何醉?'这二十个字,语气又曲折,又贯串,故虽隔开五个'小顿'方才用韵,读的人毫不觉得"⑤。胡适之所以认为诗韵并不重

---

① 胡适:《文学改良刍议》,载《新青年》第2卷第5号(1917年1月)。
② 朱经农、胡适:《新文学问题之讨论》,载《新青年》第5卷第2号(1918年8月15日)。
③ 艾青:《诗的形式问题》,载《人民文学》1953年3月号。
④ 刘半农:《我之文学改良观》,载《新青年》第3卷第3号(1917年5月)。
⑤ 胡适:《谈新诗》,载《星期评论》纪念号(1919年10月10日)。

要，如两个"醉"字相隔较远距离也不影响朗读，其原因就在于他仅把韵功能视为句末叶韵。陆志韦正面肯定新诗用韵，也是基于对韵的叶韵功能的理解和肯定。他认为"诗具形式，以节奏为基础，而以韵补之"，其"补"者是指"韵可以预报（行末）顿挫之将临，一语之将了。作诗者善于用韵，亦即留意于节奏之整齐，语句之圆满"①。正是基于对诗韵功能的单向叶韵功能的理解，最终造成了五四新诗运动期间诗韵的价值评价和创作用韵的状况。

一是废旧韵采新韵的追求。强调诗韵功能是声韵的相叶，必然需要重新审视现有诗韵的合理性。其审视的结果是主张废旧韵创新韵。当时用韵大致有三：作律绝诗用《诗韵》，押韵采用唐宋语音；作曲用《词林正韵》，使用元代语音押韵；写古诗或用《诗韵》，或非汉魏音不用，实际是用汉魏或唐宋语音押韵。面对这种旧诗用韵，钱玄同明确地说，"全不想想看，你自己是古人吗？你的大作个个字能读古音吗？要是不能，难道别的字都读今音，就单单把这'江''京'几个字读古音吗？"②这里的观点是，叶韵要求两个或多个字的读音相协，而随着时代变迁，语音也在变迁，古音与今音已经存在着差异，古代叶韵者现代已经不再相协；既然今人使用今音写诗，就不可能仅把相叶的字读成古音。钱玄同以此为由反对用旧韵写作新诗的理由是充分的，"云'古音'者，谓今人此字读甲音，古人也读甲音，但在此诗之内，则硬改读乙音，这简直是胡说乱道"③。朱光潜在《诗论》中说，"我们现在用的韵至少还有一大部分是隋唐时代的。这就是说，我们现在用韵，仍假定大半部分字的发音还和一千多年前一样，稍知语音史的人都知道这种假定是很荒谬的。许多在古代为同韵的字现在已不同韵了。"④因此，刘半农在新诗运动中提出了重造新韵的主张，其出发点同样是韵的叶韵功能。他对旧韵批判是从两方面进行的。一是旧韵本身不合理的问题。如冬东二部所收之字，无论以何处方言读之，决不能异韵，而谱中乃分之为二；"规眉危悲"等字，无论以何处方言读之，决不能与"支之诗时"等字同韵，而谱中乃合之为一；"真

---

① 陆志韦：《白话诗用韵管见》，载《燕园集》，燕京大学燕园集编委会1940年版，第11页。

② 钱玄同：《新文学与今韵问题》，载《新青年》第4卷第1号（1918年1月15日）。

③ 同上。

④ 朱光潜：《诗论》，生活·读书·新知三联书店1984年版，第195页。

文元寒删先"六韵虽间有叶者,不叶者居其十之九,而谱中竟认为完全相通。二是旧韵与今音不相合的问题。"造谱者亦决无能力预为吾辈二十世纪读者设想。吾辈苟无崇拜古人之迷信,即就其未为吾辈设想而破坏之,当亦为事理之所必然。"其结论就是:"吾辈意想中之新文学,既标明其宗旨曰,'作自己的诗文,不作古人的诗文'。则古人所认为叶音之韵,尚未必可用,何况此古人之所不认,按诸今音又不能相合之四声谱,乃可视为文学中一种规律,举无数文人之心思脑血,而受制于沈约一人之武断耶。"① 刘半农由此提出重造新韵的诗体革新主张,且清醒地认识到,重造之新韵,将来必更有不能适用之一日,"余谓沈约既无能力豫为吾辈设想,吾辈亦决无能力为将来设想。将来果属不能适用,何妨更废之而更造新谱。"② 新诗运动中的废旧韵造新韵的理论即建立在诗韵相叶功能基础之上。

二是用诗韵又轻诗韵的创作。五四新诗运动中的新诗多数有韵,即如胡适、刘半农、郭沫若等诗人创作的白话诗也是多数有韵。朱自清认为,"原始的中国诗歌也许不押韵。但是自从押了韵以后,就不能完全甩开它似的。韵是有它的存在的理由的"。初期新诗押韵的并不少,"足见中国诗还在需要韵"③。尽管如此,但是总体而言,初期新诗人普遍轻看诗韵,而其原因则又是仅把新诗韵功能单纯理解为叶韵。在用韵问题上,初期诗人普遍强调的是"自然",仅把是否用韵裁定为能否造成自然音节。刘半农说过:"前人之言韵者,固谓'音声本为天籁,古人歌咏出于自然,虽不言韵而韵转确'矣。今但许古人自然,而不许今人自然,必欲以人籁代天籁,拘执于本音转音之间,而忘却一至重要之'叶'字。其理耶,其通论耶。"④ 正是基于"音节自然"的叶韵观,初期诗人强调把韵放在诗的语调和声调自然中去考察,押韵要自然,不押也无妨。其结果必然是把韵功能加以局限,成为辅助性末技,从而看轻诗韵作用。胡适认为诗的音节全靠两个重要分子:一是语气的自然节奏,二是每句内部所用字的自然和谐,"至于句末的韵脚,句中的平仄,都是不重要的事"。他说:"至于用韵一层,新诗有三种自由:第一,用现代的韵,不拘古韵,更不拘平

---

① 刘半农:《我之文学改良观》,载《新青年》第3卷第3号(1917年5月)。
② 同上。
③ 朱自清:《诗韵》,见《朱自清全集》第2卷,江苏教育出版社1988年版,第402页。
④ 刘半农:《我之文学改良观》,载《新青年》第3卷第3号(1917年5月)。

仄韵。第二，平仄可以互相押韵，这是词曲通用的例，不单是新诗如此。第三，有韵固然好，没有韵也不妨。新诗的声调既在骨子里，——在自然的轻重高下，在语气的自然区分——故有无韵脚都不成问题。"① 胡适的白话诗多数用韵，但当韵并不影响新诗骨子里的声调时，就成为可有可无的东西了。这种理论为初期新诗人普遍接受。如康白情同样认为"旧诗里所有的陈腐规矩，都要一律打破"。他说："每每的诗里必要用韵；就好用韵来敷衍，以致诗味淡泊，不堪咀嚼；新诗重在精神，不必拘韵，就偶然用韵以增美底价值，也要不失自然。"强调的还是"自然"，只要精神自由即不必拘韵。康白情的诗大多用韵，但又认为韵仅有叶韵辅助功能，无关紧要，所以其创作是："新诗本不尚音，但整理一两个音就可以增自然的美，就不妨整理整理他。"② 这种诗韵功能观，其实是同新诗运动中的诗体解放论紧密联系着的。那时的诗人普遍认为，格律是束缚诗人创作的桎梏，是戕害人性自由自然的，因此应该坚决地予以打破。

　　三是有韵诗外创无韵诗。作为新诗运动的参与者，其创作大多写着有韵的新诗，同时又不反对写作无韵诗，而这又是同他们对于韵功能仅是叶韵的认识相关的。如胡适在《谈新诗》中就认为"中国的韵最宽。句尾用韵真是极容易的事，所以古人有'押韵便是'的挖苦话。押韵乃是音节上最不重要的一件事"。他举出了周作人的《小河》，认为这诗虽然无韵，但读起来自然有很好的声调，不觉得是一首无韵诗；他又举出周作人的《两个扫雪的人》，说此诗由其内部词句的组织来帮助音节，故读时不觉得是无韵诗。康白情在《新诗底我见》中，举出了古诗《采莲诗》，认为它"没有格律；但我们觉得他底调子十分清俊。因为他不显韵而有韵，不显格而有格，随口呵出得自然的谐和"。认为泰戈尔《园丁集》里的诗只要有心能听，就无处不是韵了。陆志韦主张新诗有韵，但也写无韵诗。最早正面提倡无韵诗的是刘半农，他主张新诗增多诗体，在自造、输入他种诗体外别增无韵之诗，并认为英国诗体极多，且有不限音节不限押韵之散文诗，故诗人辈出。③ 刘半农认为我国古代就有无韵诗，钱玄同认为《诗经》中就有无韵诗。许德邻编辑《分类白话诗选》（1920年8月），在自序中也认为《诗经》中就有不用韵的诗，"宋朝人硬定出一种叶韵的

---

① 胡适：《谈新诗》，载《星期评论》纪念号（1919年10月10日）。
② 康白情：《新诗底我见》，载《少年中国》第1卷第9期（1920年3月15日）。
③ 刘半农：《我之文学改良观》，载《新青年》第3卷第3号（1917年5月）。

方法来，实是罪恶"。他认为新诗只要存有"纯洁""真实""自然"精神外，"一切格律音韵的成例都可以打破"。他采用嘲讽的口吻说："有人说新诗无韵如何算得是'韵文'，我说这个人不但不懂新诗，简直连古诗也不懂得罢。"① 在此观念影响下，新诗运动中出现了数量不少的无韵诗，流风所及百年诗坛。由无韵诗的提倡又出现了散文诗的创作，散文诗理论争鸣中就涉及诗的无韵主张。如郑振铎的《论散文诗》的主要观点是：（1）散文诗家的作品已经把"不韵则非诗"的信条打得粉碎，若必以有韵始为诗推论，即西方的自由诗、散文诗都将被否定；（2）即以古代而论，诗也不一定必用韵，若认为无韵的文辞都不是诗，正如同说有韵的文辞都不是诗一样的不合理；（3）诗的主要条件决不是韵不韵的问题，而是情绪、想象、思想和形式，只要有此即使用散文表达也是"诗"，而无此即使用韵文来表达也不是"诗"。② 这种轻率地否定诗韵的主张，根由还是仅把诗韵的功能仅仅视为可有可无的叶韵。

  周作人在考察了初期新诗以上用韵状况后，从诗的叶韵功能出发提出了新诗多条发展道路的理论。他认为"新诗的道路不止一条"：白话新诗中既有"有韵新诗"，也有"不叶韵的"；而"有韵新诗"，有的是"白话唐诗"，有的是"词曲"，有的是"小调"，而且那旧诗里最不幸的"挂脚韵"与"趁韵"也常常出现了。而那些不叶韵的，虽然也有种种缺点，倒还不失为一种新体——有新生活的诗，因为它只重自然的音节，所以能够写得较为真切。由此，周作人认为"新诗的道路不止一条"。他"悟出白话诗的两条道路：一是不必叶韵的新体诗，一是叶韵的'白话唐诗'以至'小调'"。他对于新诗人的期望则是："至于有大才力能做有韵的新诗的人，当然可以自由去做，但以不要像'白话唐诗'以至'小调'为条件。有才力能做旧诗的人，我以为也可以自由去做，但也仍以不要像李杜苏黄或任何人为条件。"③ 这是从新诗叶韵或不叶韵的角度，揭示了新诗既有有韵诗又有无韵诗的发展两途，无论是叶还是不叶，周作人都希望诗的格调跳出旧诗束缚，能够自由地表达现代诗人的情思，这就是"做诗的人要做那样的诗，什么形式，什么内容，什么方法，只能听

---

  ① 许德邻：《分类白话诗选·自序》，上海崇文书局1920年版，第3页。
  ② 西谛（郑振铎）：《论散文诗》，载《文学旬刊》第24期（1922年1月）。
  ③ 周作人：《古文学》，见《自己的园地》，河北教育出版社2002年版，第23页。

他自己完全的自由,但有一个限制的条件,便是须用自己的话来写自己的情思"①。这种意见代表着五四新诗运动初期多数诗人的诗韵功能观。

从叶韵论到诗韵多功能论

把韵功能仅仅归结为叶韵,其偏见性极其显明。客观地说,五四新诗运动中诸多学者古典文学修养深厚,他们对于诗韵多重功能必然有所领会,而有意贬抑诗韵功能则是权宜之计,即他们有意推进诗体解放,促使新诗从形式束缚中解放出来,走向自由的广阔天地。同时,这种偏见也同他们对于西方现代诗运动的"误读"有关,即有意无意地把西方的自由诗和散文诗等非律诗视为榜样加以模仿。如郑振铎在《论散文诗》中就引述了西方近代以来惠特曼等的自由诗创作,证明无韵诗是新诗的基本特征。如刘延陵在《美国的新诗运动》(1922年2月)和《法国诗之象征主义与自由诗》(1922年7月)中,同样以西方现代诗运动中的自由诗来证明新诗废律(韵)的必然性。这也就引起了部分新诗人的不满。李思纯批评初期新诗"太单调""太幼稚""太漠视音节",说:"在我们现在这样自由的诗体,无格律的束缚,尽可以纵笔所之,而反做不出更好的诗来,真可以羞惭而死了"。他说现代西方既有非律文诗,也有律文诗,讲究音节和叶韵,"句末用韵,能使音节加倍铿锵,这是中外所同的"②。郑伯奇则明确地说:"形式上的种种限制,都是形式美的要素,新文学的责任,不过在打破不合理的限制,完成合理的制限而已。"③继起的新月诗人更是突出了诗的形式意义,如刘梦苇撰写了长篇诗论《论诗底音韵》,正面提出新诗既要摆脱古人的束缚,又不可入"洋人的圈套",新诗的原理"要有真实的情感,深富的想象,美丽的形式和音节、词句"。他理直气壮地为新诗运动以来几乎被全盘否定的音韵格律做出了强有力的申诉,向有志于创造新诗韵的同志发出了这样的号召:"我们既然在文字底意义的功用以外还发现了文字底声音的价值,我们就得很自信地兼顾并用。在

---

① 周作人:《论小诗》,见《自己的园地》,河北教育出版社2002年版,第49页。

② 李思纯:《诗体革新之形式及我的意见》,载《少年中国》第2卷第6期(1920年12月)。

③ 郑伯奇:《新文学之警钟》,载《创造周报》第31号(1923年12月9日)。

我们底艺术品里，为了美的理想，可以尽量地发展技巧，创新格律，番（翻）几阕前无古人后无来者的新声。"① 这是一种全新的新诗审美观。

更加突出诗韵的重要审美价值，是同拓展诗韵的功能紧密联系着的。针对初期诗人仅从叶韵功能出发看轻诗韵价值的观点，胡先骕在《评〈尝试集〉》中作了根本性的颠覆，即充分肯定诗韵的多重功能价值。他说，"诗与文之别，即在整齐之句法与叶韵"，"至若不用韵以为又可脱去一项'枷锁镣铐'，则实不知韵之功用"。他在文章中所概括的诗韵功能包括：一是用韵可助记忆；二是用韵限制诗人想象，"诗人之想象力，每每恣肆而无纪律，无韵诗使诗人国语自由，使诗人尝作多数可省或可更加锤炼之句"，有了韵的限制，"审判力倍须增加，则更高深更清晰之思想，反可因之而生矣"；三是用韵避免堕入散文，韵"可使语句异于散文，每能使平庸之辞句，逃过指摘；若诗不叶韵，则音节之美丽，与夫言辞之力量，决不可须臾或离"；四是用韵有助诗意与文句结构，"每每诗中思想言辞最巧之转变，即为在韵之指导之下霎时之神悟所得之结果"；五是诗韵增加审美愉悦，"韵能增加唤起愉悦之能力，此诗与音乐所共具者"；六是韵能起语句结构组织作用，"韵为制造与领解组织之统一之一种结合要素"。② 这种论述是细致和深刻的，它揭示了韵在诗中绝非仅有叶韵声韵美功能，而是有着情思纯化、语句结构、诗意转换、审美愉悦、美化诗语等多种功能，这种诗韵多功能的理论无疑是正确的，它同初期胡适等人的叶韵论偏见是完全相悖的。

正因为这种相悖性，在五四诗体大解放的潮流中，胡先骕论韵卓见没有引起人们重视。新诗人也有持诗韵多重功能观的，如闻一多在《诗歌节奏的研究》（1921年12月）③ 中，认为"韵的功能"包括："a. 旋律；b. 组成部分的布局；c. 与短语的关系；d. 预期效果的满足；e. 恢复想象力的活动"。结合闻一多用韵实践，我们对于以上闻一多关于诗功能论述的理解是："旋律"——押韵使同韵音节按一定规律再现，在语流中形成某种声音的回环，它同节奏等其他语言现象配合，构成旋律。"组成部分

---

① 刘梦苇：《论诗底音韵》，载《古城周刊》第2、3期（1926年5月9日）。见解志熙《考文叙事录》，中华书局2009年版，第51页。
② 胡先骕：《评〈尝试集〉》，载《学衡》第1、2期（1922年1月、1922年2月）。
③ 闻一多：《诗歌节奏的研究》，见《闻一多论新诗》，武汉大学出版社1985年版，第21页。

的布局"——诗韵能关上粘下,把跳跃的诗行构成整体,加强结构和形象的完整性。韵脚会使人想到别的诗行,使形成一个意思或同一节奏段落的所有诗行保持在一起。"与短语的关系"——某些诗行有几个短语组成,行末的诗韵就起了组合短语成行的作用。"预期效果的满足"——韵是一组(至少是两个)声音的呼应,读者读了第一个韵后,就期待着与之呼应的韵再现,韵在预期中出现,就使人获得满足,快感油然而生。"恢复想象力的活动"——"韵律的目的是在延长凝神观照的时间,在这个时间里我们是睡着又是醒着,这乃是创造的一段时间,它用一种迷人的单调使我们静默,同时又用各种变化使我们醒着,它把我们安放在那种真正出神的状态中,在那种状态中,灵魂脱离了意志的压力而在象征中显现出来。"① 诗韵既使我们沉浸在诗中,又使我们警觉,由此产生更加丰富的联想。以上闻一多论韵功能的视野开阔,见解深刻,在五四新诗运动中能够这样理解诗韵的多重功能,实在是一种空谷足音。不仅理论见解卓越,而且付诸创作实践。闻一多的新诗就采用多种韵式,他自己的归纳就是"按用韵的位置分:(1)脚韵;(2)头韵;(3)中韵,或内韵";"按韵的性质分:(1)完全的或同一的韵;(2)阳韵;(3)阴韵"。卞之琳说,"在《红烛》里不知作于何年的《美与爱》一首也已经用过阴韵,例如'断了'协'见了','恼了'协'笑了','回了'协'灰了',在别处还用出了较宽的复合韵,'心悸了'协'成绩了'……陆志韦在1920年一月写的一首诗,叫《航海归来》倒早已用出了阴韵:'影子'协'亭子','醒了'协'定了',还用了复合韵'顶上'协'心上'。闻先生在这方面试验,本来也并不是走在最前头(也可以说没有脱离实际),以后也有人向前推进了(也可以说有发展前途)。他在这方面持续探索,过程最显,成果最显,所以最值得一提。"②

在闻一多之后,多位新月诗人发表文章论韵。如饶孟侃的《新诗的音节》,刘梦苇的《论诗底音韵》,梁实秋的《诗的音韵》,于赓虞的《诗之艺术》等,这些文章都涉及到诗韵多功能的话题。如饶孟侃在《新诗的音节》中,探讨了"韵脚在新诗里面究竟担任一种什么工作"的问题,他说:"表面上它在每行诗里面只占一个字,初看起来也许以为它在

---

① 转引自李广田《李广田文学评论选》,云南人民出版社1983年版,第99页。
② 卞之琳:《完成与开端:纪念诗人闻一多八十生辰》,见《人与诗:忆旧说新》,生活·读书·新知三联书店1984年版,第14页。

音节上的可能很小，其实完全不是那么一回事。它的工作是把每行诗里抑扬的节奏锁住，而同时又把一首诗的格调缝紧。"这就涉及到诗韵的节奏功能和格调功能，他认为"它就好比一把锁和一个镜框子，把格调和节奏牢牢的圈锁在里边，一首诗里要没有它，读起来决不会铿锵成调"，"因为一首诗的动作的快慢多半是跟着韵脚走的"①。于赓虞在《诗之艺术》中，认为诗之韵与歌之韵有微妙的区别。"所谓诗中的音韵，即文字徘徊往复之节律；文字徘徊往复之节律，即诗人情思之流的波浪；这波浪乃一种不能分析，难以捉摸的神魂。诗人利用这种徘徊往复之节律，将其不能在歌中明显表示的幽情，隐示于含有幽深的情调；这种徘徊往复的和谐的音韵，即诗之乐。"因此，诗不能无韵。他批评了早期新诗人在"自由诗"的名号下，将韵遗失了，即使有韵，也不过只注意韵脚，十分单调。他说：强调"诗的音韵不止韵脚和谐，应是和谐的全体，字与字，行与行，节与节，通体应很融洽，应是一致"②。于赓虞不仅强调了诗韵的音节、结构和格调作用，而且强调了诗韵的隐微即表达隐微情思的功能。

现代诗普遍重视诗韵的隐微功能，魏尔林诺在他的题作《诗学》（Art poetique）中，说"第一是音乐，因之尊重奇数的韵脚"，"最可爱的是朦胧之歌，在那里'不明确'和'精确'相结合着"，"因为我们还要求情调，不是彩色，只是情调"，这种朦胧的音乐性是暗示的最好工具。我国正面论述诗韵多重功能尤其是隐微功能的还有唐钺。他说"文学中音韵的功用，显而易见的"，"至于说用韵则束缚情性那一类的话，我们也不敢绝对赞同"③。他把诗韵功用分成两大方面，即"显著功能"和"隐微功能"。所谓"显著功能"主要是格律的功能，它"规定韵文的体制"。如古诗古赋的押韵，和律诗律赋的调平仄及押韵，词曲的押韵及调叶平上去入，以及它们的节奏；而所谓"隐微功能"主要指修辞或表情功能："不供规定文体，而供提高文章的声调，增进文章的美丽的功用。"因为韵的显著功用大家熟悉，所以他撰写《音韵之隐微的文学功用》，具体概括了韵的10种隐微功能。（1）显态绘声：以字音描写外物的声音，

---

① 饶孟侃：《新诗的音节》，载《晨报副刊·诗镌》第4号（1926年4月22日）。

② 于赓虞：《诗之艺术》，载《华严月刊》第1卷第1期、第2期（1929年1月，1929年2月）。

③ 唐钺：《诗与诗体》，载《小说月报》第17卷号外《中国文学研究》（1927年6月）。

字的音和物的声音或相同或极相似；（2）隐态绘声：不是直接模仿事物原有的发声，乃是以字音句调间接暗示所叙写的事物的神气；（3）散文中的韵语：其功用是引起读者特别注意于韵语所表的意义，同时又可使人觉得声调和美；（4）双声（5）叠韵：声母或韵母相同的词，可以助诗的音节，增加美感；（6）倒双声：两字收尾附音是相同的，有一种悦耳的性质；（7）半双声：指两音起音性质相近，可以增进声音的和美；（8）应响：凡两字所含的韵元相同而连用者，包括叠韵叠字，有一种特别音乐的性质；（9）同调：两字声调相同，连用也有一种悦耳的特性；（10）和音：包括同音相从和异音相应，"和音可以说是音乐中的旋律，但是因为它所含有乐音以外的元音素，恐怕比旋律还要复杂些"。以上唐钺论诗的隐微功用，都涉及到修辞用词，但其所呈现的美不仅是声音的，而且是情调的。唐钺关于诗韵隐微功能理论实际上已经涉及到诗的音质音律问题，因而初步揭示出诗韵的现代价值，当然这种揭示还是不自觉的。作者明确地说："在今日许多人正在'大声疾呼'，要解脱任何文学的桎梏——废四声，废节奏，废韵——的时代，而我偏把这些苛细的音韵关系忍耐地讨论，岂不是'无益费精神'么？然而我以为新文学所要解脱的，并不是音韵，乃是死板的音韵格式。至于音韵的活泼方面，不特不应该废掉，还要尽量采用，尽量把他们试验，以使他们的文学上可能充分实现。"① 唐钺的论述充分地揭示了诗韵的多重功能。

唐钺论诗韵功能的"韵"是个外延宽泛的概念，而这概念其实倒是同中国传统诗论中关于韵的理解一致。朱光潜说过，齐梁以前，"韵"兼包近代的"声""韵"两个意义，唐钺关于诗的隐微功用同样兼及诗中的"声"和"韵"两义。朱光潜自己论"韵"，则采用目前的流行意义，即指押韵，具体包括句内押韵和句尾押韵，"它们实在都是叠韵，不过在中文习惯里，句内相邻两字成韵才叫'叠韵'，诸句尾字成韵则叫做'押韵'。""中国文字除鼻音外都以母音收，所谓同韵只是同母音。西文同韵字则母音之后的子音亦必相同。所以中文同韵字最多，押韵较易。"② 据此，朱光潜同样对诗韵多功能作了精彩的阐述。他在 1942 年初出版了《诗论》，其中有"中国诗的节奏与声韵的分析（下）：论韵"一章，后

---

① 唐钺：《音韵之隐微的文学功用》，载《国故新探》卷一，1926 年 4 月商务印书馆出版。
② 朱光潜：《诗论》，生活·读书·新知三联书店 1984 年版，第 187—188 页。

来出版增订本时又补充了"替诗的音律辩护",广泛地论说诗韵。朱光潜突出了汉诗用韵的特殊重要性。他认为,"韵在中文诗中是必要的,所以它发生得最早,所以一两次反韵的运动都不能扭转这自然的倾向。"① 他也认为诗韵具有多重功能。首先,他引述了张学诚《文史通义·诗教》中"演畴皇极,训诰之韵者,所以便讽喻,志不忘也"的话,说"这种说法只指出韵的一种功用",即容易记诵,而韵还有另外四个方面的功能:第一,汉语的节奏不易在四声上见出,就需要依靠"韵"来帮助,"韵是去而复返、奇偶相错、前后相呼应的。韵在一篇声音平直的文章里生出节奏,犹如京戏、鼓书的鼓板在固定的时间段落中敲打,不但点明板眼,还可以加强唱歌的节奏。"② "中文诗用韵以显出节奏,是中国文字的特殊构造所使然。"③ 第二,"韵的最大功用在把涣散的声音联络贯串起来,成为一个完整的曲调。它好比贯珠的串子,在中国诗里这串子尤不可少。"邦维尔在《法国诗学》里说,"我们听诗时,只听到押韵脚的一个字,诗人所想产生的影响也全由这个韵脚字酝酿出来",朱光潜认为"这句话对于中文诗或许比对于西文诗还更精确"。韵的成因"或许是歌、乐、舞未分时用来点明一节乐调和一段舞步的停顿,应和每节乐调之末同一乐器的重复的声音"④。第三,"韵能够帮助传情的道理,在大家作品中我们随处都可以见出这个道理"。他认为通过换韵使得节奏发生变化,能曲肖情感的起伏或思路的转变。如"采莲诗"通过诗韵传达出鱼戏时飘忽不定的情趣。第四,诗韵还具有协调音节的作用,"韵是歌、乐、舞同源的一种遗痕,主要功用仍在造成音节的前后呼应与和谐"⑤。朱光潜以上四点,实际上就揭示了诗韵的韵节奏功能、串词句功能、暗示情调功能和协调音节的功能。不仅如此,朱光潜还在《诗论》中提到了韵具有"调质"的功能,他说:"双声、叠韵、押韵和调平仄,同是选配'调质'的技巧。如果论'和谐','句末韵脚,句中的平仄',也似不比双声叠韵

---

① 朱光潜:《替诗的音律辩护》,见《诗论》,生活·读书·新知三联书店1984年版,第247页。
② 朱光潜:《诗论》,生活·读书·新知三联书店1984年版,第193页。
③ 朱光潜:《替诗的音律辩护》,见《诗论》,生活·读书·新知三联书店1984年版,第247页。
④ 朱光潜:《诗论》,生活·读书·新知三联书店1984年版,第189页。
⑤ 同上。

差一等。在同是'调质'的现象之中，取双声叠韵而否认押韵调平仄的重要，似欠公平。"① 这里的"调质"指的是"暗示性或象征性的调质"，这就关涉到诗韵的现代功能，只是朱光潜在《诗论》中对此没有能够充分地展开论述，所以被人忽略了过去，这是非常令人遗憾的事。

朱自清在20世纪40年代出版《新诗杂话》，其中就有"诗韵"一篇。朱自清在文章中说："韵是一种复沓，可以帮助情感的强调和意义的集中。至于带音乐性，方便记忆，还是次要的作用。从前往往过分重视这种次要的作用，有时会让音乐淹没了意义，反觉得浮滑而不真切。即如中国读诗重读韵脚，有时也会模糊了全句；近体律绝声调铿锵，更容易如此。"② 朱自清突出了诗韵在复沓中的"强调情感"和"集中意义"的作用，并明确地把诗韵的音乐性列入次要地位，这种理论同新诗运动初期突出强调叶韵功能观完全不同。它表明了其时我国诗人对于诗韵功能观念的拓展，而这种拓展又是完全基于新诗精神自由的基本特征。初期新诗人从新诗精神自由观念出发，认为叶韵的诗韵功能束缚精神发展，所以轻视新诗用韵；朱自清也从新诗精神自由观念出发，认为诗韵具有帮助情感和集中意义的功能，所以重视新诗用韵。这一时期的诗韵多功能理论正是建立在此基础之上的。由"韵"的概念界定，韦勒克、沃伦同样认为韵在现代诗中的功能是多重的，除了"具有谐和的功能""它的格律的功能"外，"但至为重要的是押韵具有意义……押韵把文字组织到一起，使它们相联系或相对照"；"最后，我们还可以区分押韵在一首诗的整个上下文中所起作用的程度，在什么程度上押韵的字仅仅是填充字眼，或者从另一个极端看，我们是否仅仅从押韵的字就可以猜出整首诗或整节诗的意义。"③ 这种现代诗韵多重功能的理论，尤其是突出地强调诗的意义和情感功能，其实同我国的闻一多、唐钺、朱光潜、朱自清等人的理论完全相通。无论是从广义的"韵"还是从狭义的"韵"的概念，我国诗人在新诗进入建设期以后，就开始突破叶韵功能观，强调诗韵具有声韵的格律的结构的表情的多重功用。新诗韵功能观念的转变，推动了新诗韵的建设和发展，也推动了新诗按照诗韵多功能理论去完善自身的诗语和诗体。

---

① 朱光潜：《诗论》，生活·读书·新知三联书店1984年版，第174页。
② 朱自清：《诗韵》，见《朱自清全集》（2），江苏教育出版社1988年版，第402页。
③ ［美］韦勒克、沃伦：《文学理论》，刘象愚等译，生活·读书·新知三联书店1984年版，第168—169页。

从多功能论到现代诗韵论

  从 19 世纪中叶开始的西方现代诗运动，其重要倾向就是冲击传统诗体，放松格律规则，开始了诗歌由严格的格律向韵律相对自由的诗风转变。这股世界性的现代诗潮发展，直接影响了我国新诗的发生。因此，朱光潜明确地说，白话诗的"废韵的尝试显然受西方诗的影响。不过白话诗用韵的也很多。以后新诗演变如何，我们不必作揣摩其词的预言。"①黑格尔在《美学》中深刻地研究了现代诗的音律新变现象，并作了精辟的理论分析。黑格尔把诗的音律概括为两大体系，一是根据节奏的诗的音律（可称为"节奏音律"），指的是节奏单元的见出回旋的组合和时间上的承续运动；一是突出单纯的音质的音律（可称为"音质音律"），包括双声、叠韵、半谐音和韵脚等。历来人们谈论诗的音律往往重视节奏音律而视音质音律为辅，但黑格尔认为西方现代诗运动以来，出现了新的趋向：一是诗的思想意义凸显，导致语言节奏如固定节拍受到冲击；二是诗的音质音律凸显，诗人重视精神性意义的声音，其余声音相应地受到忽视；三是两大音律体系结合，相互补充形成对立平衡的音律。这种新趋势表现在现代语言的诗中，即节奏音律部分失效，音质音律出来弥补，两者结合形成新律。黑格尔在《美学》中揭示了现代诗中音律新变的现代性特征。

  在现代诗中，音质音律究竟如何同精神性（情感的意义的）因素发生联系呢？黑格尔是从分析近代浪漫诗入手的。他认为浪漫型诗在构思和表现方式上都标志着精神凝聚于它本身，因此它就从声音里去找最适合于表达主体内心生活的语言材料（媒介）。节奏音律体现的是形式的时间的声音，而音质音律则体现的是情感的意义的声音，因此用来补偿节奏音律损失的就是以诗韵为代表的音质音律。黑格尔说："在感性方面剩下来可使主体听出自己的'心声'的因素就只有使相同或类似的一些音质的重复出现这一比较侧重形式的原则了。从精神方面来说，主体就用这种音质

---

  ① 朱光潜：《诗论》，生活·读书·新知三联书店 1984 年版，第 190 页。

复现的办法组成韵律，把有关的意味突出和联系起来。"①这就是黑格尔对于诗韵现代功能的理解，这种现代功能的出现不是偶然而是必然的。

在黑格尔所述的诗韵现代功能中，韵的基本功用还是声音，或者说还是没有脱离原本意义的叶韵所产生的呼应与和谐。朱光潜认为韵的起源需要到原始诗歌中去寻找，因为人类在发明文字之前已经开始唱歌跳舞，已有韵语"活在口头上"。原始诗歌的韵的"主要功用仍在造成音节的前后呼应与和谐"②。黑格尔同样肯定韵的感性审美，似乎没有超越传统理论，但黑格尔又赋予韵的精神性因素，认为"通过同韵复现，韵把我们带回到我们自己的内心世界。韵使诗的音律更接近单纯的音乐，也更接近内心的声音，而且摆脱了语言的物质方面，即长音和短音的自然的长短尺度"③。这就是韵的现代性功用，韵成为现代诗人从声音里找到的最适合表达主体内心生活的媒介，成为用来弥补诗节奏部分失效后的音律。我国新诗音律同样呈现着黑格尔所说的发展趋势。其根由从两方面看：一是新诗更加强调诗人情思的自由表达，因此开始冲破传统诗律的严格束缚，现代诗人写诗，现代读者读诗，都不再按着固定节拍进行，诗人"充分发挥节奏的传情达意功能并对韵律的阐释和作用加以贬抑。他们弃而不用现成的韵律，这对读者的已经成为习惯的感受方式无异于釜底抽薪，并迫使他们形成新的阅读速度、语调和重读方式，其结果使得读者能更充分地体会诗歌产生的心理效果和激情"④。二是从古代汉语到现代汉语的发展，使得新诗语言发生了根本性转换。现代汉语最为明显的特征是双音节化和句法严密化，其结果首先是"现代汉语双音词化使得新诗保持古诗的平仄格律成为不可能。其次，现代汉语的双音化及句法的严密牢固使新诗无法保持一个标准的等量的建行，当然也无法保持一种上下对称的句式"⑤。以上根由同样使得新诗中节奏音律部分失效，同样提出了需要音质音律予以弥补的课题，这也就使得我国的诗韵现代功能问题显得突出。我国诗韵的多重功能论就必然地开始向现代功能论转换，这种转换体现着我国新诗

---

① [德]黑格尔：《美学》第3卷下册，朱光潜译，商务印书馆1991年版，第89页。
② 朱光潜：《诗论》，生活·读书·新知三联书店1984年版，第189页。
③ [德]黑格尔：《美学》第3卷下册，朱光潜译，商务印书馆1991年版，第83页。
④ [英]罗吉·福勒：《现代西方文学批评术语词典》，袁德成译，四川人民出版社1987年版，第114页。
⑤ 邓程：《论新诗的出路》，中国社会科学出版社2004年版，第348页。

音律建设的新方向和新趋势,表明我国新诗音律建设同世界现代诗潮的接轨。

可惜的是,我国诗人没能从理性上认识这种转换的必然性和价值性,所以没有完整的理论阐述。虽然如此,我国有些新诗人也在诗论和创作中涉及到这一转换。如穆木天说:"诗要兼造形与音乐之美。在人们神经上振动的可见而不可见可感而不可感的旋律的波,浓雾中若听见若听不见的远远的声音,夕暮里若飘动若不动的淡淡光线,若讲出若讲不出的情肠才是诗的世界。我要深汲到最纤纤的潜在意识,听最深邃的最远的不死的而永远死的音乐。"① 王独清说自己"很想学法国象征派诗人,把'色'(Couleur)与'音'(Musique)放在文字中,使语言完全受我们底操纵"。他认为自己的《从 Café 中出来》,"用不齐的韵脚来表作者醉后断续的、起伏的思想,我怕在现在中国底文坛,还难得到能了解的人"②。戴望舒也认为,一般意义上的韵仅是半开化人的产物,而"诗的韵律不应只有肤浅的存在。它不应存在于文字的音韵抑扬这表面,而应存在于诗情的抑扬顿挫这内里"③。梁宗岱期待诗"像音乐一样,它自己成为一个绝对独立,绝对自由,比现世更纯粹,更不朽的宇宙;它本身底音韵和色彩底密切混合便是它底固有的存在理由"④。朱光潜在《诗论》中要求人们分清"节奏与和谐"两个概念,前者涉及的是诗的节奏律,后者涉及的是诗的调质律。朱光潜说:诗人采用双声叠韵和押韵等调质技巧,"有时除声音和谐之外便别无所求,有时不仅要声音和谐,还要它与意义调协。在诗中每个字的音和义如果都互相调协那是最高的理想。"⑤ 在以上理论探索的同时,我国诗人借助于韵的现代功能创作,诞生了较多富有现代意味的优秀诗作。这里举卞之琳的《一个和尚》为例。对于该诗,卞之琳自己就认为它是一首汉语十四行变体,诗行既没有严格按照等量音组也没有按照等长诗行来组织整齐节

---

① 穆木天:《谭诗——寄沫若的一封信》,载《创造月刊》第 1 卷 1 期(1926 年 3 月 16 日)。

② 王独清:《再谭诗——寄给木天、伯奇》,载《创造月刊》第 1 卷 1 期(1926 年 3 月 16 日)。

③ 戴望舒:《诗论零札》,见《戴望舒诗全编》,浙江文艺出版社 1989 年版,第 702 页。

④ 梁宗岱:《谈诗》,见《诗与真·诗与真二集》,外国文学出版社 1984 年版,第 95 页。

⑤ 朱光潜:《诗论》,生活·读书·新知三联书店 1984 年版,第 171 页。

奏，在此情形下诗人就借助了音质音律来发挥韵功能作用。诗人说："前期诗中的《一个和尚》是存心戏拟法国十九世纪末期二、三流象征派十四行体诗，只是多重复了两个脚韵，多用ong（eng）韵，来表现单调的钟声，内容却全然不是西方事物，折光反映同期诗作所表达的厌倦情调。"① 这诗的韵式是abbaabbaccbccb，其中"a"是"ian"音，"b"是"ong（eng）"音，"c"是"ui"音，全诗仅用三个韵必然增加了这些同韵的重复。尤其是14行中有6行的尾韵是"ong（eng）"，这韵同和尚敲钟发出的钟声音响是契合的，此外诗中还有"ong（eng）"的同韵字如"钟""深""影""经""沉""沉""永""梦""涌""应""空""重""声""声"等穿插在诗行中间形成相互呼应，诗行内还穿插着同为后鼻音的"ang"音字，如"撞""尚""苍""香""撞""丧""样""样""洋""洋"等。同时，14行中有4行的尾韵是前鼻音的韵"ian"，此外在诗行中还依次穿插着"天""年""殿""漫""残""伴""善""厌""倦""远""蜿""眠""山""山""算""天"共16个同韵母的字。这样，全诗就通过两个既同是鼻音又有前后之分的声音同音堆集，交叉呈现反复，从而传达出一种特殊的厌倦情调，而且依靠着这些声音的堆集呈现，造成诗的特殊的韵律节奏效果，弥补了节奏音律弱化的音律效果。

　　韵的现代功能是个应该引起我们高度重视并进行深入探讨的话题，我们根据黑格尔的提示，结合我国新诗理论和创作，试图概括这种现代功能的主要方面。

　　一是韵节奏的功能。首先提出"韵节奏"概念的是黑格尔。他认为，在现代语言里精神方面的情感自由不容许语言的时间尺度独立地以它的客观自然状态而发生作用，若单靠长短音轮换交替或音步复现不能使诗的感性形式（这里主要指诉诸听觉的声音模式）足够强烈时，于是韵就来助势，弥补这个缺陷，这就是韵的节奏功能。黑格尔说，"在各种诗之中，抒情诗由于所表现的是主体的内心生活，最倾向于用韵，使语言本身变成一种感情的音乐和谐和对称的音律。这种音律不是取决于时间尺度和节奏运动，而是取决于音质，这种音质的音乐是和'心声'对应的。"② 我国

---

①　卞之琳：《雕虫纪历·自序》，人民文学出版社1984年版，第16—17页。
②　[德] 黑格尔：《美学》第3卷下册，朱光潜译，商务印书馆1991年版，第91—92页。

最早提出"韵节奏"概念的是朱光潜，对"韵节奏"较为充分阐发的是陈本益。陈本益认为"就汉诗的韵节奏与作为汉诗一般节奏的音顿节奏的关系看，两者是同质的，即都是声音本身及其后面的顿歇的有规律的反复。两者的不同仅仅在于：韵节奏是同一声音的反复，而音顿节奏则一般是不同声音的反复"。在汉诗中，行末用韵与行末音顿都是音律表达的节点，韵与顿结合就会相得益彰。① 这种理论基于汉诗的语言特征。在汉诗中，句是音的阶段，也是义的阶段，每句末字是义的停止点也是音的停止点，诵读汉诗时到每句末字须略加停顿，甚至略加延长，它是全诗音乐最重的地方。在这种情形下，行末若用韵就可以起到强化诗行节奏的作用，韵也就成为诗节奏的一个重要组成部分。就我们对"韵律"的定义和认识而言，押韵本身就是韵律的一个成分，因为它的本质就是在每行末有规律地重复某一声韵而已。当然，韵和节奏的区别还是明确的："韵是诗中有规律的反复着的同一种声音。就反复的同一种声音而言，它是不同于诗的节奏的一种格律形式，是韵；就这种声音的有规律的反复而言，它又是一种节奏，这种节奏我们叫它韵节奏。"② 对于这种"韵节奏"的性质，陈本益认为，"它也是声音本身的一种节奏，即一种音质节奏，而它不是关于声音的轻重、长短等特征的节奏"。"汉诗的韵作为节奏既然与汉诗的音顿节奏是同质的，如果两相配合，在韵和节奏两方面都会显出特殊效果。"③

二是构节落的功能。韵的最大功用就是把涣散的声音联络贯串起来，这就是闻一多所说的"组成部分的布局"的韵功能，也就是诗韵对句法结构辞象结构的组织作用。诗韵能够像网络一样把音顿与音顿、诗行与诗行、诗节与诗节都归拢起来构成节奏段落或意义段落。韵脚中音的重复形成语音呼应，使诗歌听起来和谐流畅，也使某个节奏段落或意义段落浑然一体。诗韵的变化往往标识着意义或情感的推衍，诗人利用不同的韵脚（或顺或逆）造成内容和声音之间或统一或对立的关系，从而直接影响意义的传达和情感的抒发。如十四行诗原是民间诗体，发展到文人诗体后，为了更好地显示乐段变换和音乐进展，就强化了脚韵在建构和呈现乐段中

---

① 陈本益：《汉、英诗韵的若干比较》，见《中外诗歌与诗学论集》，西南师范大学出版社2002年版，第38页。

② 同上。

③ 同上。

的作用。意体十四行诗进展结构一般呈起承转合四段，相应其节奏段式也就分为四四三三，而其韵式最为通行的是 ABBA ABBA CDE CDE 或 ABBA ABBA CDC DCD，这就把乐段、尾韵和思想进展完美地结合在一起，其尾韵就起到构建节奏段落的重要功能。诗韵和句法的关系最直接。要按照一定的韵式押韵，就要选择合适的词语放在行末韵脚的位置，而这词语又须符合诗行和全诗的整体内容和情绪，再加上诗的音顿交替要求，就特别容易造成词序变化，而词序变化必然对辞象的组合产生影响。即使同韵的再现其实也在发挥着建构节落推衍意义（情感）的功用。洛特曼是俄国结构主义理论家，他分析过韵脚的各种重复，认为"韵脚是指在韵律单位所规定的位置上出现的声音相同而意义不同的单位"，这个定义既包括同音异义的韵脚，也包括同语反复的韵脚，因为"在文学篇章里完全的意义上的重复是不可能的"，那种看似完全重复的单位其实已因所处位置的改变而改变了信息的含量。因为无论是哪种重复，都在聚合轴上形成平行对照的关系，因此，韵脚的本质就是将不同者拉近和于相同中揭示差异，在这一过程中充分发挥着诗韵在建构声音结构或诗行结构的作用。[①] 这也是诗韵构建诗的节奏段落和意义（情感）段落的重要功能。

  三是传情调的功能。现代诗突出诗的精神性和情感性，而现代人的精神和情感更加倾向自由，因此时间性的固定的音步节奏已被观念性关系即字的意义淹没了。在此情形下，西方自由诗试图通过音质音律予以弥补，如魏尔伦《诗的艺术》中关于"音乐先于一切"的思想成为象征诗的重要标志，我国现代派诗人都受此影响。王独清说爱读魏尔伦的诗，"那样用很少的字数奏出和谐的音韵，我觉得才是最高的作品"。这里的"音韵"不是诗的节奏音律而是音质音律。戴望舒赞赏法国象征诗人果尔蒙的诗有着"心灵的微妙与感觉的微妙"，这种微妙是通过个性音乐来传达的，这里的"音乐"也不指节奏而是音质音律。梁宗岱同样提倡"纯诗"，要求诗的义与音和色达到不能分辨的程度，强调音和色与微妙的内心合二为一，成为诗人情绪和心灵的感性形式。他说："韵律底作用是直接施诸我们底感官的，由音乐和色彩和我们底视觉和听觉交织成一个螺旋式的调子，因而更深入地铭刻在我们底记忆上"；"正如无声的呼息必定要流过狭隘的箫管才能够奏出和谐的音乐，空灵的诗思亦只有凭附在最完

---

  ① 见黄玫《韵律与意义：20世纪俄罗斯诗学理论研究》，人民出版社2005年版，第75页。

美最坚固的形体才能达到最大的丰满和最高的强烈。"① 由此可见，包括诗韵在内的音质音律与节奏音律是不同的，音质音律是既诉诸听觉又穿透心灵的，即让心灵和耳朵注意到一些相同或相似的音质及其意味的往复回旋，诗人从这种往复回旋中意识到他自己。一般来说，节奏所呈现的音律是理性的，而诗韵所建构的音律是感性的，因此当现代诗突出诗的精神性后，当按格形成的节奏部分失效后，强调诗韵的传情调功能就异乎寻常地凸显了。如丁芒所说，"韵，是诗人情感流淌的声音。一首诗，好比一注山泉，由于感情的激烈、舒缓、丰富、羼弱等等不同的情况，流水淌过峡谷时，会发出各种不同的声音，有的澎湃怒号，有的细语如丝，直到山泉汇入江河，才结束了它贯串全程的同声调的吟唱。"② 感情决定韵，诗韵又传情，韵是诗人的心声，是情感的语音化，是语音的精神化。这是诗韵现代性功能的重要内涵。

　　现代科学技术揭示了汉语音韵预期诱发机理，充分证明汉诗的音质音律在诗歌生成和阅读中意义重大，而其意义则源自深层的文化基因和神经机制，它所具有的神经反应预期性，是由语音而达于神经并进而诉诸人的精神和心理。因此，包括押韵在内的汉诗音质音律在现代诗音律建设中地位极其重要，尤其在节奏音律受到强烈冲击的情形下，音质音律的价值将愈益显得突出。现代语音实验研究证明，"中国语言的自然倾向是朝韵走的"（朱光潜）。

---

① 梁宗岱：《新诗底纷歧路口》，载《大公报·诗特刊》（1935年10月9日）。
② 丁芒：《论诗的音乐美》，见《诗的追求》，花城出版社1987年版，第107—108页。

新诗音律的新变趋向

语言生生不息。"诗的音律与文法一样,它们原来都是习惯,但是也是做演化出发点的习惯。诗的音律在各国都有几个固定的模型,而这些模型也随时随地在变迁。每个诗人常在已成模型范围之内,顺着情感的自然需要而加以伸缩。从诗律变迁史看,这是以往历史所走的一条大道。"① 这是我们在研究新诗音律时需要把握的思想指导。在讨论汉语新诗音律问题时,我们需要着重研究新诗音律变化的现代趋向。在这种研究中,我们注意到黑格尔在《美学》中关于诗律变化现代趋向的论述,它为汉语新诗音律建设提供了基本思路。

诗律新变的现代趋向

黑格尔把诗的声韵节奏称为"音律",认为"诗则绝对要有音节或韵",它"甚至比所谓富于意象的富丽词藻还更重要"②。他否定了追求音律会牺牲情思表达的观念,说"真正有才能的诗人对于诗的感性媒介(音律)都能运用自如,感性材料对他不但不是阻力或压力,而且还能起激发他和支持他的作用"③。黑格尔对"音律"内涵的理解是:诗的音律包括节奏的进展体系和音质的组合体系,两个体系也可以结合在一起。节奏的进展体系构成有两个要件,一是由见出回旋的音节组合成节奏单元,二是节奏单元在时间上的承续进展运动;音质的组合体系构成也有两个要件,一是个别字母是母音(元音)还是子音(辅音),或整个音节的音和

---

① 朱光潜:《诗论》,生活·读书·新知三联书店1984年版,第118—119页。
② [德]黑格尔:《美学》第3卷下册,朱光潜译,商务印书馆1991年版,第68页。
③ 同上书,第70页。

字的音质；二是单纯音质有规则的重复或对称组合的原则等。在对"音律"作了内涵概括后，黑格尔着重强调了西方现代诗运动以来的音律新变现象。

黑格尔在论音律时中经常使用"近代人"和"现代诗"概念，指的是19世纪中期以后的欧洲现代人和现代诗。这时传统诗律中的固定节奏受到很大冲击，出现了部分失效现象，在这种情形下，近代（现代）人和近代（现代）诗从新的审美出发，开始采用新的音律手段。黑格尔在《美学》中提出了现代诗音律新变的几个重要趋向。

一是意义节奏变得更加突出。朱光潜通过诗与乐的节奏比较，强调了两者同中之异，即"诗的声音组合受文字意义影响，不能看成纯形式的"，"语言的节奏是自然的，没有规律的，直率的，常倾向变化；音乐的节奏是形式化的，有规律的，回旋的，常倾向整齐"①。这就是说，诗的节奏同音乐节奏不同，它常常受到语言的意义尤其是意义节奏的影响，而趋向于变化。这里的"意义节奏"，一是指思想情绪的起伏变化，一是指语法语气的自然停顿。黑格尔认为，根据古代的节奏音律规则，要凭文字音节的自然的长音和短音的反复进展，其自身就已经有个固定的尺度，字义的力量对这个尺度不能加以制约、改变或动摇；而"对近代语言来说，这种自然的长短尺度是不适合的，因为在近代语言里，只有意义决定的重音才使一个音节比另一个音节长。这样加重语气的方式并不能很恰当地代替自然的长短尺度，因为它使长短本身变得摇摆不定的，一个因意义而加重语势的字可以使另一个本来带重音的字语势减弱，所以既定的尺度只是相对有效的。"② 这就是说，由于现代诗突出语言的意义节奏已经使得传统的音节节奏相对失效了，精神方面的情感自由不容许语言的时间尺度独立地以它的客观自然状态而发生作用。黑格尔同样通过诗乐比较，提出音乐节奏绝对需要拍子所带来的固定性，但诗的节奏却并不需要。理由是："语言本身在思想内容上就可以找到停顿点，语言并不完全等于外在的声响，它的基本的艺术因素在于内在的思想或意义。事实上诗在它用语言所明白表达出的思想和情感里就已可以直接找到实质性的界定方式，作为停止，继续，流连，徘徊，犹疑等等运动形式的依据"③。由此可见，

---

① 朱光潜：《诗论》，生活·读书·新知三联书店1984年版，第128、133页。
② ［德］黑格尔：《美学》第3卷下册，朱光潜译，商务印书馆1991年版，第93页。
③ 同上书，第76页。

现代以来当传统的固定节拍开始受到冲击以后，现代诗重视思想或意义本身的"界定方式"不仅是必要的而且是可能的。黑格尔告诫我们，在考虑现代诗的节奏时，应该记住："比字和音节在诗律的地位更重要的是字和音节从诗的观念（思想内容）方面所获得的价值。正是这种文字和音节本身所固有的意义才使诗律中那些因素的效果显出不同程度的突出，如果没有意义或是意义不大，音律因素的效果也就要减弱。只有通过意义，诗在音律方面才获得最高度的精神方面的生气。"① 这样，黑格尔就把现代诗的音律建设从仅考虑语言节奏拉到了既考虑语言节奏也考虑思想意义节奏的思路上，体现了西方浪漫诗以来的现代诗律发展的一种新趋向。

二是节奏音律规则更新创造。黑格尔论音律，重要观点是认为在现代诗中节奏功能部分地失效了。在黑格尔看来，语言并不完全等于外在的声响，它的基本艺术因素在于内在的思想或意义，"在诗里尽管有一种时间尺度在起重要的作用，但是并不用拍子，对诗方面起决定性作用的是文字的意义。"② 基于对现代诗突出意义节奏的肯定，黑格尔要求人们直面如下的现实："在近代语言里，节奏已不起多大的作用，或则说，心灵已没有多大的自由去摸索节奏了，因为时间上的长短和通过时间运动而有规则地复现的各音节的声音节奏已被一种观念性的关系即字的意义淹没下去了，因此，脱离意义而按格式独立形成的节奏也就失去它的效力了。"③ 应该明确，黑格尔在《美学》中并不否定现代诗的节奏音律，他只是认为节奏音律已经部分地失效了，进而否定了脱离意义而按格式独立形成的节奏效果，认为只有通过诗的意义节奏，现代诗的音律才获得最高度的精神生气。面对现代诗音律的这种新变倾向，诗人大胆地更新节奏规则，那就是突出音义结合的音顿节奏作用。《现代西方文学批评术语词典》作者认为，西方自由诗运动中诗人在创作中已经形成了全新的音律规则，他们"充分发挥节奏的传情达意功能并对韵律的阐释和作用加以贬抑。他们弃而不用现成的韵律，这对读者的已经成为习惯的感受方式无异于釜底抽薪，并迫使他们形成新的阅读速度、语调和重读方式，其结果使得读者能更充分地体会诗歌产生的心理效果和激情"。在这种方式中，"诗节的作用取代了诗行的作用，诗行（句法单位）本身变成了韵律的组成部分，

---

① ［德］黑格尔：《美学》第3卷下册，朱光潜译，商务印书馆1991年版，第78页。
② 同上书，第76页。
③ 同上书，第81页。

而且诗行的长短变化形成了一定的节奏。"① 这就是说,西方现代诗已经突破了固定的节拍节奏,而是以音义结合的诗行作为节奏单元,从而在诗节或诗章层面形成新的节奏模式。这是一种新的节奏模型,朱光潜在《诗论》中对于这种节奏效果的描述是:"它的节奏好比风吹水面生浪,每阵风所生的浪自成一单位,相当于一章。风可久可暂,浪也有长有短,两行三行四行五行都可以成章。就每一章说,字行排列也根据波动节奏(cadence)的道理,一个节奏占一行,长短轻重无一定规律,可以随意变化。照这样看,它似毫无规律可言,但是它尚非散文,因为它究竟还是分章分行,章与章,行与行,仍有起伏呼应。它不像散文那样流水式地一泻直下,仍有低徊往复的趋势。它还有一种内在的音律,不过不如普通诗那样整齐明显罢了。"② 这里的节奏模型不是固定的形式节奏,而是现代的音义节奏。新的音律规则探索,打破了传统信条,使得诗必有固定音律的论断有重新斟酌修改的必要。新的节奏音律特征是:"它并没有传统诗歌那种固定的、可以看得出的韵律;它的韵律建立在短语、句子和段落上,而不是建立在音步、诗行和诗节等传统单位上,因此自由诗消除了很多不自然的成分和诗的表达在美学要求方面的差距,代之以一种灵活的韵律。它适合现代习语以及该语言的比较随便的音调。"③ 这种创造是从现时代情思表达需要出发的,它体现着新诗音律现代性的追求。

  三是音质音律作用更加凸显。诗的声音和谐不仅限于节奏,还有"调质"(tonequality)的悦耳性。而调质悦耳和谐主要依靠诗的音质音律。音质音律有时单纯追求声音和谐,更多时是追求音义调协,音中见义。黑格尔说音质音律用一种比较不太显著的方式去使思想的时而朦胧时而明确的发展方向和性质在声音中获得反映,传达出精神性的芬芳气息。黑格尔认为现代诗一般重感情的"心声",在构思和表达方面都表现为精神凝聚于它本身,因此就从声音里去找最适合于表达主体内心生活的语言材料。西方浪漫派诗突出自我,专心致志地沉浸在字母、音节和字的独立音质的微妙作用里。现代象征派的纯诗,追求诗的绝对纯粹和艺术自律,致力于诗歌语言的纯粹化,主张在缩小诗歌语言的语义因素的同时,大力

---

① [英]罗杰·福勒:《现代西方文学批评术语词典》,袁德成译,四川人民出版社1987年版,第113—114页。

② 朱光潜:《诗论》,生活·读书·新知三联书店1984年版,第113—114页。

③ 见《简明大不列颠百科全书》,中国大百科全书出版社1986年版,第579页。

扩展诗歌语言的语音——音乐功能，追求诗的象征性、暗示性和含混性。面对现代诗的审美新趋向，黑格尔"要求突出一种单根据音质独立形成的韵律，是因为主体内心活动要从这种声音媒介中听出它自己的运动"①。虽然节奏因素和音质因素都是语音特性，但节奏倾向于理性，而音质倾向于感性，所以音质在现代诗中的地位得到提升。音质音律首先是诗韵，"通过同韵复现，韵把我们带回到我们自己的内心世界。韵使诗的音律更接近单纯的音乐，也更接近内心的声音，而且摆脱了语言的物质方面，即长音和短音的自然的长短尺度"②。此外还有双声、叠韵、半谐音等，在某些诗中"所用的不是真正发展成熟的韵，而是某些个别语音的特别加重和有规律的复现"。节奏音律是形式的时间的声音，音质音律则是情感的意义的声音，它具有同"心声"对应的作用。"从精神方面来说，主体就用这种音质复现的办法组成韵律，把有关的意味突出和联系起来。"它"使语言本身变成一种感情的音乐和谐和对称的音律"③。这又是现代诗音律现代性的重要发展趋势。在此基础上，黑格尔又提出音质音律在现代诗中凸显的另一原因，即节奏音律在近代语言里不能单独靠它本身就足以使感性因素显得足够强烈，于是韵就可用来助势，弥补这个缺陷。这里的"缺陷"所指的是，由于以上所论意义节奏突出和节奏规则更新，就使得在现代诗中节奏律部分失效，需要音质律前来助势。黑格尔认为，"近代语言既已发展到使精神意义上升到统治感性材料（自然的音节长短）的地位，决定字的音节价值的就不再是感性的或自然的长短，而是文字所标志的意义了。精神方面的情感自由不容许语言的时间尺度独立地以它的客观自然状态而发生作用。"④ 这就揭示了在现代诗中节奏音律与音质音律结合的必然性。结合后的诗音质律除了具有声音的象征意义外，还具备了诗的韵节奏价值。此外，还有一些因素可以帮助形成节奏，如头韵、腰韵等形式因素，对偶、首词重复、叠句等语义因素由于这些音质律往往与诗的旋律、语调和节奏紧紧地结合着，有效地弥补着传统节奏方式改变后所产生的节奏感损失。

以上所述三大新变体现着诗的音律发展的现代性倾向。黑格尔关于音

---

① ［德］黑格尔：《美学》第3卷下册，朱光潜译，商务印书馆1991年版，第84页。
② 同上书，第83页。
③ 同上书，第83、92页。
④ 同上书，第93页。

律新变的概括,成为我们研究汉语新诗律的基本思路。中国新诗的发生,是接受了西方现代诗运动影响。早在新诗发生期,刘延陵在《诗》杂志发表《美国的新诗运动》,介绍美国现代诗运动,完全着眼于我国的新诗运动,而其介绍中就包括着西方音律现代新变的内容。他认为这种新变体现的是诗的现代化倾向,即"新诗的精神可说是求适合于现代求适合于现实的精神,因为形式方面的用现代语用日常所用之语是求合于现代,内容方面的求切近人生也是求合于现代"[①]。因此,我国新诗音律建设需要借鉴西方现代诗律经验。

事实上,我国新诗发生正是通过对传统旧诗体旧诗语解放实现的,其"最引人注目的,就是音律的破坏"(李健吾)。但是,它要打破的是传统的格律束缚,即如胡适所说"从前一切束缚自由的枷锁镣铐",如郭沫若所说"破除他人已成的形式"。在打破传统格律形式以后,其实新诗还是应该在新的探索中建立自身的音律体系。林以亮认为:"形式仿佛是诗人与读者之间一架共同的桥梁,拆去之后,一切传达的责任都落在作者身上。究其实际,自由诗并没有替诗人争得自由,反而加重了诗人的负担,使他在用词的次序上,句法的结构上,语言的运用上,更直接、更明显地对读者有所交代。"[②] 传统的形式不再成为可能后,这并不意味着诗从此不再需要形式,而是把寻找新形式的使命放在诗人肩上。朱光潜从诗律的自然律与规范律关系中,提供了以上理论观点的学理依据。其观点是:"诗的音律在各国都有几个固定的模型,而这些模型也随时随地在变迁。""诗的音律有变的必要,就因为固定的形式不能应付生展变动的情感思想。""不过变必自固定模型出发,而变来变去,后一代的模型与前一代的模型仍相差不远,换句话说,诗还是有一个'形式'。"[③] 这就是说,诗的音律不是固定不变的,而是需要因时变迁。诗是一种语言的艺术,当诗质或诗语发生变化后,音律必然也会发生变化。我国新诗音律新变的根本原因,首先在于新诗的精神是自由精神,对诗的精神自由和形式自由的追求,瓦解了诗的成型化趋势。其次是新诗的语言是现代汉语,从古代汉语到现代汉语的发展,使得诗语特征发生了根本性转变。以上两方面原因使得旧诗格律形式难以为继,再加上新诗朗读已由传统哼吟而发展成为诵

---

① 刘延陵:《美国的新诗运动》,载《诗》第1卷第2号(1922年2月)。
② 林以亮:《论新诗的形式》,见《林以亮诗话》,(台北)洪范书店1976年版,第56页。
③ 朱光潜:《诗论》,生活·读书·新知三联书店1984年版,第118—119页。

说，音律发生现代新变就成为势所必然的了，这种新变本质上是汉诗音律的现代性发展。

我国新诗音律新变主要集中在三个方面，正好与黑格尔所论的音律现代新变趋向契合，即凸显诗的音质音律、强化诗的意义节奏和建立新的节奏规则。这是百年汉语新诗律建设的经验总结，也是今后新诗律建设的目标指向。首先，我国诗人同样强调新诗的意义节奏，同样主张通过更新语言节奏来适应新诗表达需要。我国旧诗的顿完全是形式的音乐的，与意义常相乖讹，不是很能表现特殊意境，而补救这个缺陷的就是新诗形式建设目标，即用语言的自然的节奏，使音的"顿"就是"义"的顿。如郭沫若提倡思想感情起伏变化的内在律动，胡适提倡依着意义和文法自然区分的自然音节，戴望舒强调诗的抑扬顿挫的情绪节奏，艾青强调因感情的起伏而变化的旋律节奏，这种种创作理论都表明自由诗的意义节奏在冲击着传统的固定节拍节奏。在现代诗突出意义节奏的情形下，诗律必然就会发生重要变化，具体就表现为突出地强化意义节奏本身停顿点的作用。其次，我国诗人同样强调新诗的音质音律。如现代派诗人正面提出"纯诗"理论，所谓纯诗是指"纯粹凭借那构成它底形体的原素——音乐和色彩——产生一种符咒似的暗示力，以唤起我们感官与想象底感应，而超度我们底灵魂到一种神游物表的光明极乐的境域"①。如穆木天提出用语音重叠来"表现月光的运动与心的交响乐"，用字的音色传达"诗的内生命的反射，一般人找不着不可知的远的世界，深的大的最高生命"②。王独清说自己爱用叠字叠句，"表感情激动时心脏振动"，"使读者神经发生振动"③。如戴望舒强调"诗不是某一个官感的享乐，而是全官感或超官感的东西"，"新的诗应该有新的情绪和表现这情绪的形式"④。如朱光潜最先提出了"韵节奏"的理论，认为"韵是去而复返、奇偶相错、前后相呼应的。韵在一篇声音平直的文章里生出节奏"。⑤ 后来的陈本益对诗的

---

① 梁宗岱：《谈诗》，见《诗与真·诗与真二集》，外国文学出版社1984年版，第95页。
② 穆木天：《谭诗——寄沫若的一封信》，载《创造月刊》第1卷第1期（1926年3月16日）。
③ 王独清：《再谭诗——寄给木天、伯奇》，载《创造月刊》第1卷第1期（1926年3月16日）。
④ 戴望舒：《诗论零札》，见《戴望舒诗全编》，浙江文艺出版社1989年版，第692页。
⑤ 朱光潜：《诗论》，生活·读书·新知三联书店1984年版，第193页。

韵节奏思想作了重要的阐发。以上我国新诗发展中的种种音律新变，同样体现了西方现代以来音律新变的趋向，体现了我国新诗的现代化趋向。

汉语新诗的音质音律

音质音律，是黑格尔概括的诗律第二大体系，包括两个内涵，一是突出语音本身的音质，如元音和辅音在诗中的音乐性；二是突出语音组织的音质，如对等轮换的韵脚在诗中的音乐性。这在汉诗中主要是指韵脚互押、同音堆集、双声叠韵、平仄清浊、叠字叠句等。

黑格尔最早提出了音质音律在现代诗中的特殊重要地位。他在《美学》中清楚地看到，现代诗运动使得精神性因素正在冲破严格的传统节奏模式。在这种情形下，节奏音律因素的损失就要求声韵音律因素来弥补。黑格尔说："韵在浪漫型诗里得到发展并不是偶然而是必然的。心灵要倾听自己的声音这个需要更充分地突出了，它在同韵复现中获得了满足。这种同韵复现的音质于是就把过去依音律调节的固定的时间尺度的节奏推到无足轻重的地步了。""韵使诗的音律更接近单纯的音乐，也更接近内心的声音，而且摆脱了语言的物质方面，即长音和短音的自然的长短尺度。""较古老的根据节奏的诗律体系就将变为根据韵的诗律体系了。"① 黑格尔的这种分析是符合实际的，也是极其深刻的。它揭示了西方现代自由诗体突出音质音律的内在根据和真实图景。

朱光潜是最早系统论述音韵在新诗中具有超越节奏律独特地位的学者。他在20世纪30年代写的《诗论》中列有"论韵"一节，通过中西诗律比较论证了诗韵在汉诗里根深蒂固的缘故。他说："日本诗和西方诗都可以不用韵，中文诗也可以不用韵么？韵在中国是常和诗相连的，自有诗即有韵……中国历史上只有两次反韵运动。第一次是唐人译佛经的'偈'用有规律的文字而不用韵，第二次是近代白话诗的运动。此外诗人没有不用韵的。"② 朱光潜认为汉诗尤其重韵是因为："中文诗和西文诗都有节奏，不过它们有一个重大的分别，西文诗的节奏偏在声上面，中文诗

---

① [德] 黑格尔：《美学》第3卷下册，朱光潜译，商务印书馆1991年版，第83、85页。
② 朱光潜：《诗论》，生活·读书·新知三联书店1984年版，第244—245页。

的节奏偏在韵上面,这是由于文字构造的不同。"① 朱光潜说:

> 西文诗的单位是行。每章分若干行,每行不必为一句,一句诗可以占不上一行,也可以连占数行。行只是音的阶段而不是义的阶段,所以诵读西文诗时,到每行最末一音常无停顿的必要。每行末一音既无停顿的必要,所以我们不必特别着重它;不必特别着重它,所以它对于节奏的影响较小,不必一定要有韵来帮助谐和。中文诗则不然。它常以四言五言七言成句,每句相当于西文诗的一行而却有一个完足的意义。句是音的阶段,也是义的阶段;每句最末一字是义的停止点也是音的停止点,所以诵读中文诗时到每句最末一字都须略加停顿,甚至于略加延长,每句最末一字都须停顿延长,所以它是全诗音乐最着重的地方。②

在此问题上作出阐发的是陈本益。他的结论是:汉诗的韵与汉诗的音顿节奏是同质的,诗韵具有弥补和强化节奏音律的特殊价值:

> 从韵方面看,韵一般押在诗行末尾一音上,而那一音正是音顿节奏在诗行中最重要的节奏点,即那一音读得较长(古代五七言诗尤其如此),或者其后的顿歇较大,韵押在那一音上就特别鲜明。从节奏方面看,韵节奏的节奏点在诗行末尾一音上,而那一音也是音顿节奏最重要的节奏点,两者重合,那里的节奏便显得非常鲜明,或者说非常醒耳。③

而英诗与此不同。就韵看,由于诗行讲求的轻重律不是音顿律,所以押在末音就不鲜明;从节奏看,由于诗韵与轻重节奏不同质,所以就不能靠前者来加强。王力先生曾经描述过中国历史上韵部的变化情况,认为由于现代汉语韵部划分少,这样,每个韵部的字更多,现代汉诗用韵更加容易。以上论述回答了新诗中音质律的诸多问题:音质音律在新诗中的地位

---

① 朱光潜:《诗论》,生活·读书·新知三联书店1984年版,第245页。
② 同上书,第246—247页。
③ 陈本益:《中外诗歌与诗学论集》,西南师范大学出版社2002年版,第38页。

特别重要；汉诗的顿歇节奏比西诗更加需要音质律；现代汉语的韵部、声调提供了运用音质律的优越条件。在西方现代诗运动期间，现代诗人都把音质音律放到了突出地位，汉语新诗直接受到西方现代诗运动影响，主要是采用散文句式写诗，其结果同样消损节奏的音律效果，抛弃了传统严格的韵律节奏，同样需要声韵本身的音质来语义弥补。

虽然新诗发生期也出现了有韵和无韵的争论，但新诗初期创作大多有韵，而且新诗发展中始终重视诗韵的音律作用。新诗人积极探索包括诗韵在内的音质律在新诗中的特殊功能。闻一多在清华文学社作《诗歌节奏的研究》报告，其中说到韵的功能包括："旋律""组成部分的布局""与短语的关系""预期效果的满足""恢复想象力的活动"。① 接着，唐钺在《音韵之隐微的文学功用》中把韵功能区分为显著功能（格律的功能）和隐微功能（修辞或表情的功能）。② 朱光潜在《诗论》中着眼新诗的现代发展趋势，提出了诗韵多功能的理论，如诗韵的组织功能、诗韵的韵节奏功能、诗韵的调协音义功能等，这些论述暗合黑格尔关于现代诗凸显音质音律的理论。尤其是我国现代派诗人重视音质音律传情调的功能。如穆木天主张诗要兼具造形与音乐之美，说"我要深汲到最纤纤的潜在意识，听最深邃的最远的不死的而永远死的音乐"③。这里的"音乐"不是语言的节奏音律而是音质音律。王独清把诗的公式表示为：（情+力）+（音+色），说魏尔伦的诗"用很少的字数奏出和谐的音韵，我觉得才是最高的作品"。这里的"音"也不是节奏音律而是音质音律。戴望舒赞赏法国象征诗人果尔蒙的诗有着"心灵的微妙与感觉的微妙"，而微妙是通过很有个性的音乐来传达的，其"音乐"也不指节奏音律而指音质音律。如梁宗岱提倡"纯诗"，要求诗的义与音和色达到不能分辨的程度，音和色与微妙的内心合二为一，成为诗人情绪和心灵的形式。他说："韵律底作用是直接施诸我们底感官的，由音乐和色彩和我们底视觉和听觉交织成一个螺旋式的调子，因而更深入地铭刻在我们底记忆上。"④ 音质音律是

---

① 闻一多：《诗歌节奏的研究》，见《闻一多论新诗》，武汉大学出版社1985年版，第21页。
② 唐钺：《音韵之隐微的文学功用》，载《国故新探》卷一，1926年4月商务印书馆出版。
③ 穆木天：《谭诗——寄沫若的一封信》，载《创造月刊》第1卷第1期（1926年3月16日）。
④ 梁宗岱：《新诗底纷歧路口》，载《大公报·诗特刊》（1935年10月9日）。

既诉诸听觉又穿透心灵的,即黑格尔所说的,"让心灵和耳朵注意到一些相同或相似的音质及其意味的往复回旋,主体从这种往复回旋中意识到他自己"①。

在我国新诗的发展途中,形成了两个用韵的发展方向,一是传统型,一是现代型。传统型一韵到底,诗节甚至诗篇中间都不换韵,逢双行押韵或者再加上第一行入韵。现代型用韵复杂,通过多变的用韵来传达音质音律。传统型较多接受了中国古典诗歌用韵传统,而现代型则较多借鉴了西方现代诗歌用韵方式。汉语新诗有幸同时接受了中西诗歌的优秀音律遗产,从而有条件在此基础上建构起自身具有现代特性的音律体系。从总体来说,新诗音律体系具有开放性包容性特征,它赋予诗人创作用韵自由灵活的广阔空间,使得新诗用韵呈现出丰富多彩的局面。对于新诗创作中移用传统韵式,人们普遍肯定其具有民族特色,并自觉地加以实践着。但是,也有人看到了这种诗韵方式的不足,大体来说就是单调。新诗面对传统韵式表达情思方面所显出的不足,就努力地寻求着新变。其新变一方面接受西方诗韵传统影响,另一方面还是从传统诗吸取营养。朱光潜告诉我们,隔行韵和一韵到底主要是影响深远的近体诗律的用韵特征,而我国历史上用韵方法还有其他传统:"古诗用韵变化最多,尤其是《诗经》。江永在《古韵标准》里统计《诗经》用韵方法有数十种之多。例如连句韵(连韵从两韵起一直到十二句止)、间句韵、一章一韵、一章易韵、隔韵、三句见韵、四句见韵、五句见韵、隔数句遥韵、分应韵、交错韵、叠句韵等等,其变化多端,有过于西文诗。"②正是在此基础上,新诗的传统型用韵方式呈现出变异和丰富,其新变主要表现在:由音数整齐诗行发展为音数参差诗行;由相隔一行押韵发展为相隔多行押韵;由同韵持续到底发展为有规律地换韵;由四行节偶行节发展为多行节奇行节。对于新诗创作中借鉴西诗的随音、交韵、抱韵、交错韵和阴阳韵等,卞之琳认为一来是有心恢复一个久已弃绝的传统,二来是着意改变中国新诗读者的听觉习惯,而这种"有心"和"着意"的理论依据就是"今天在又变化了的时代",因为"近代人的生活是非常复杂的生活,心与物之间有许多神异的交互的影响,所以单单刻画外物而忘记内心绝不足以表现近代人的生活,

---

① [德]黑格尔:《美学》第3卷下册,商务印书馆1991年版,第89页。
② 朱光潜:《诗论》,生活·读书·新知三联书店1984年版,第195页。

而且客观界虽然美丽而繁复，主观界则尤其神秘而丰富"①。我国古诗用韵也是较为复杂，西诗更加复杂，为了更好地反映现代人的复杂人生和复杂心理，在继承古诗传统韵式的同时借鉴西诗用韵，应该是在情理之中的事，也体现了新诗的现代性追求。我国新诗的现代型用韵方式在借鉴基础上也有自身的创造，主要表现在：由韵式固定模式发展为韵式自由模式；由单用西方韵式发展到杂用西方韵式；由单独使用脚韵发展为多位诗韵并用；由使用同辙诗韵发展为采用近似辙韵。以上新诗的传统型和新诗的现代型用韵，充分发挥了诗韵在诗中的现代功能，也充分显示了诗律的现代新变。

汉语新诗凸显音质音律除了重视诗韵以外，还有更多的重要探索成果。一是同音堆集。同音堆集指的是诗歌语言中某种音以高于其他音的频率安排在诗行里，并在语流中起某种形式和意义作用的现象。堆集着的"音"既具有"音"的价值（声音的谐和性），又具有"义"的价值（声音的象征性）。西方现代诗人十分重视同音堆集技巧，以此来造成诗的音乐性，并借此来暗示诗人心灵的奥秘，传达诗人情绪的律动。同音堆集在我国新诗中被自觉或不自觉地使用着。如穆木天的《苍白的钟声》第一节五行中42个字，有22个字含鼻腔元音，其中鼻腔元音"ong"与"钟声"直接呼应，是钟声的象声。而"ing""ang""eng""an"则是钟声沉沉的回响，在行内穿插变化，传达出一种朦胧的境界和迷茫的心情。第二节使用了五个相同句型重复叠现，其中始终流荡着的还是古钟的"ong"的同音堆集，增加的是"iao"音连续呈现，它同水波"飘散"的情状结合，将钟声变成一种水波似的圆圈，不断地向外飘散，飘扬而去，整个基调是一种沉闷而飘扬的音乐节调。法国象征诗人魏尔伦通过同样的母音和子音在诗行反复再现，来追求诗的音乐美。戴望舒则在《雨巷》中通过具有强烈对比度的"ang"和"i"音堆集，形成了一种令人难以捉摸的销魂荡魄的音乐美感，让人悟到诗人"心灵的微妙和感觉的微妙"。二是双声叠韵。我国传统声韵有"异音相从"和"同声相应"的概括。其"异音相从"，指的是由不同的音的调节而形成的抑扬和谐美；"同声相应"，则指诗由同韵字呼应形成的协和回环美；二者虽非一体，实质相辅相成，营建诗的音律抑扬的美（"和"）与回环的美（"韵"）。

---

① 刘延陵：《法国诗之象征主义与自由诗》，载《诗》第1卷第4号（1922年7月）。

三是语词重叠。语词重叠同同音堆集、双声叠韵有着相同之处，都是通过汉语语音要素的重复来造成诗语韵律。语词重叠属于诗的音质音律，具体功能包括语词重叠起着韵节奏的作用、语词重叠传达内在律的作用、语词重叠暗示情绪性的作用、语词重叠扩充信息量的作用。我国新诗人重视语词重叠技巧。如王独清说："我近来做诗，很爱用叠字叠句，我觉得这是一种表人感情激动时心脏振动的艺术，并是一种激刺读者，使读者神经发生振动的艺术。"① 语词重叠的音质音律对新诗创作产生了重要影响。从所叠对象来说，包括叠字、叠词、叠短语、叠语句等多种；从所叠数量来说，包括二叠、三叠、四叠、五叠或更多；从所叠方式来看，有行内紧接着的重叠，有行内间隔着的重叠，有行间重叠，有全部诗行重叠，也有诗行局部重叠，还有诗节之间的重叠等；从复叠手法来看，有叠字、叠句、叠章式的复沓手法，有结构相同、字眼有异的半叠句式的复沓手法等。

汉语新诗的节奏音律

黑格尔论音律，重要观点是认为在现代诗中节奏功能部分失效。作出这种判断的理由是，在现代诗中，"比字和音节在诗律的地位更重要的是字和音节从诗的观念（思想内容）方面所获得的价值。正是这种文字和音节本身所固有的意义才使诗律中那些因素的效果显出不同程度的突出，如果没有意义或是意义不大，音律因素的效果也就要减弱。只有通过意义，诗在音律方面才获得最高度的精神方面的生气。"② 这指明了现代人读诗并非完全依据固定的形式节拍，而是重视意义的节奏停顿。这理论对于汉语新诗节奏音律建设具有指导意义。

"说了归齐，新诗与旧诗在节奏建行问题上的根本差别就在这里——旧诗之音组成行成句是以文言句法或者说韵文句法为准的，新诗的音组成行成句是以口语或散文的句法为准的！"③ 新诗以现代汉语作为诗语，而现代汉语相对于古汉语最为明显的发展是双音节化与句法严密化。关于双

---

① 王独清：《再谭诗——寄给木天、伯奇》，载《创造月刊》第 1 卷第 1 期（1926 年 3 月 16 日）。
② ［德］黑格尔：《美学》第 3 卷下册，朱光潜译，商务印书馆 1991 年版，第 78 页。
③ 解志熙：《〈百年汉诗形式的理论探求〉序言》，人民出版社 2013 年版，第 10 页。

音节化，王力认为其主要是词组的凝固化，结果使得新诗保持古诗的平仄律成为不可能，使得新诗难以保持等量建行，难以保持上下对称的句式。关于句法严密化，王力认为现代语法"朝着严密、充实、完全方面发展"，使得汉语使用不能像古人那样灵活，而"要求在语句的结构形式上严格地表现语言的逻辑性"，使得诗的等量音节分顿难以实现。这从总体上说造成了新诗节奏部分失效。现代汉语的特征给新诗音律构建造成困难。应该承认，以音义结合的语词和句子为单位的现代汉语，趋于繁复的多音节词增加和长句出现对新诗行句结构提出了新挑战，使得格律所要求的匀称感不易实现；句法的散文性和结构的严密性在一定程度上导致了严格音韵意味的流失。

新诗面对现代汉语节奏功能部分失效、意义节奏更加突显的新挑战，需要顺应世界诗律新变的趋势，探索具有现代性的节奏律。传统诗律把节奏基础建立在等时或等质的音步基础之上，而且依据固定的格律规则来建行建节构篇。由此，有人认为汉诗就像西诗那样也是音步节奏体系，新诗也应按照固定音步来形成节奏。这种观点不符合汉诗节奏的本质，更无法适应新诗的节奏进展要求。正如叶公超所说："我们新诗的格律一方面要根据我们说话的节奏，一方面要切近我们的情绪的性质。西洋的格律决不是我们的'传统的拍子'，我们自己的传统诗词又是建筑在另一种文字的节奏上的，所以我们现在的诗人都负着特别重要的责任：他们要为将来的诗人创设一种格律的传统，不要一味羡慕人家的新花样。"[①] 这是富有使命感的见解。朱光潜从凸显新诗意义节奏出发，认为汉诗类似法诗是音顿而非音步节奏体系，明确地把汉诗的基本节奏单位称为"音顿"。他指出："近来论诗者往往不明白每顿长短有伸缩的道理，发生许多误会。有人把顿看成拍子，不知道音乐中一个拍子有定量的长短，诗中的顿没有定量的长短，不能相提并论。"[②] 这就是说，虽然在新诗中突出意义节奏可能会使音顿长度不同，但照样可在朗读中形成诗的节奏，因为汉诗的音顿长短（音数多寡）具有伸缩性。陈本益在前人探索的基础上，基本解决了汉诗节奏的性质问题。其论述包括：（1）诗的节奏单位构成节奏有两个因素，一个是构成节奏的基本条件，指一定的时间间隔，一个是构成节

[①] 叶公超：《论新诗》，载《文学杂志》第1卷第1期（1937年5月）。

[②] 朱光潜：《诗论》，生活·读书·新知三联书店1984年版，第181页。

奏的本质特征，指某种反复性的语音特征。汉诗的音顿具有这样两个因素，"音顿中表示节奏基本条件的是占一定时间的音组（有时是单个音节），表示节奏本质特征的是音组后的顿歇。所以可以给音顿下这样一个定义：音顿是其后有顿歇的音组。"（2）"在音顿所包含的音组及其后的顿歇这二音素中，顿歇是划分音组的标志"。"顿歇也是一种对立性语音特征，只是它的对立面就是音组本身。正如音的长、短和轻、重都是相比较而存在的，顿歇与音组也是相比较而存在，两者不可分离：没有音组，便没有其后的顿歇；没有顿歇，那音组在语音上也标志不出来。因此，音顿在诗句中的反复，便是音组及其后的顿歇的反复，而不可能是单纯的顿歇的反复，也不可能是单纯的音组的反复。这是汉诗节奏的本质。"（3）由此得出结论就是："在上述音组及其后的顿歇的反复中，我们把顿歇看作节奏点。所以汉诗'音节·顿歇'节奏可以简称为'顿歇'节奏，这正如西诗'音节·长短'节奏可以因长短特征是节奏点而简称为'长短'节奏，'音节·重轻'节奏可以因轻重特征是节奏点而简称为'重轻'节奏。"① 正因为如此，朱光潜、林庚、何其芳、卞之琳等坚持把新诗节奏单元称为"顿"（或"逗"），这是大有深意的。在继承传统"逗"的前提下使用"音顿"的意义重大。第一，它明确了新诗采用音顿节奏而非音步节奏体系；第二，"顿"不是纯粹属于节奏形式范畴，主要是属于音义结合的范畴；第三，"顿"不仅仅指音节组合成的形式化音组，而且还包括由意义或语法相对完整所构成的"意顿"或"行顿"，从而为"顿"的类型增加提供了可能；第四，"顿"的节奏发展较为自由，变化较多，更能适应新诗创作的需要。这是我国新诗节奏理论研究的重大成果，它为我国新诗节奏音律的现代变化提供了语音学和语义学的理论基础。

我国诗人百年探索新诗节奏，除了提出汉诗非音步而是音顿节奏体系的理论外，还根据黑格尔关于节奏音律内涵的概括，积极地探索新诗的节奏单元及其进展方式。其重要成果可以归纳为两项：一是增列节奏单元的基本型号，强调音义结合，以凸显意义节奏；二是重建节奏单元的复现方式，强调对等规则，以强化停顿节奏。其体现的趋向又正是黑格尔所揭示的诗律现代化方向。这种探索使得新诗的节奏方式呈现着更加多变和多样

---

① 陈本益：《汉语诗歌节奏的形成》，见《中外诗歌与诗学论集》，西南师范大学出版社2002年版，第17—18页。

情形，体现着诗人的丰富创造性，体现着诗律的鲜明现代性。其基本特征是："它并没有传统诗歌那种固定的、可以看得出的韵律；它的韵律建立在短语、句子和段落上，而不是建立在音步、诗行和诗节等传统单位上，因此自由诗消除了很多不自然的成分和诗的表达在美学要求方面的差距，代之以一种灵活的韵律。它适合现代习语以及该语言的比较随便的音调。"① 总之，新诗的节奏格律采用了相对自由的原则，实现了诗律观念的更新。

先说增列节奏单元的基本型号。世界各种语言形成节奏的方法不同，但其共同之处，就是节奏是由同一类基本单位的不断重复、反复回旋而形成的。这里的"基本单位"，朱光潜称为"时间的段落"，认为"节奏是声音大致相等的时间段落里所生的起伏"②。我们把大致相等的语音时间段落称为"基本节奏单位"。汉语的特点是"独体单音"，不似西方的拼音语言，可以因字母的拼合而有音节多少和轻重音的许多变化。汉语是音节文字，字与字之间音的高低、长短、轻重的差异并不明显，因此汉诗以音节组合为基本节奏段落，以"时"来建构韵律节奏基础，即若干音节组合起来在朗读中形成语音的时间段落单位。汉诗节奏形成规律是：时的存在——音节组合成顿；时的不存在——顿间停顿；力的作用——朗读中的抑扬。我们主张把汉诗的基本节奏单位称为"音顿"。音顿中表示节奏的基本条件是占一定时间的音组，表示节奏本质特征的是音组后的顿歇。在音顿所包含的音组及其后的顿歇这两个要素中，顿歇是划分音组的标志；在音组及其后的顿歇的反复中，顿歇是节奏点；因此汉诗节奏可以简称为"顿歇"节奏，这正如西诗"音节·长短"节奏可以因长短特征是节奏点而简称为"长短"节奏，"音节·重轻"节奏可以因重轻特征是节奏点而简称为"重轻"节奏。

作为汉诗基本节奏单元的音顿，在旧诗中是被形式化的，即自《诗经》到古体诗再到近体诗，都设限音顿的型号即固定为二字顿和三字顿。新诗开始突破这种形式化的节奏单元，在体现意义节奏和语调节奏的探索中形成了三种基本节奏单元：音顿、意顿和行顿，它们各自向外发展形成音顿节奏体系、意顿节奏体系和行顿节奏体系。音顿节奏单元是对传统汉

---

① 见《简明大不列颠百科全书》，中国大百科全书出版社1986年版，第579页。
② 朱光潜：《诗论》，生活·读书·新知三联书店1984年版，第157页。

诗形式化节奏的直接继承，以二三字为主，也存在一字和四字音顿，其特征是形式的而非意义的划分出来的语音的时间段落，其时长相同或相似，通过连续排列就能形成节奏流。意顿节奏单元是在口语和意义自然停顿基础上划分出来的语音的时间段落，一般是一个词组，一个短语，甚至是一个诗行，其时长并不统一，通过在对应位置上的重复而呈现节奏形象。行顿节奏单元是以诗行作为标志的语音的时间段落，其诗行本身变成了韵律的组成部分。汉语新诗在旧诗音顿形式化节奏基础上增设意顿和行顿节奏单位，体现了新诗节奏音律注重意义节奏和语调节奏的现代趋向。增列意顿节奏的意义：由于现代汉语和诗语大量使用着双音节和三音节词，大量使用着严密复杂的语法结构，大量呈现着逼近口语的自然语调，所以在音顿节奏以外努力探求意顿节奏，在形式化节奏以外努力探求口语化节奏，在齐言诗体以外努力探求非齐言诗体，在均衡复沓型节奏以外努力探求参差流转型节奏，就是势所必然的了。增列行顿节奏的意义：分行的本质是把原有的严密复杂句子结构拆开，按照韵律安排的需要让各个相关成分独立成行，然后按照音律规则重新排列诗行，从而达到诗句音律化的目标追求。我国新诗自由体弃而不用现成的韵律，其诗行本身成为韵律的组成部分，在此基础上建立了行顿节奏体系，这对读者的已经成为习惯的感受方式无异于釜底抽薪，迫使他们形成新的阅读速度和语调。行顿节奏体系的确立，其目的在于充分发挥节奏的传情达意功能，并对韵律的阐释和作用加以贬抑，它对于充分发挥诗行的节奏意义起到了推动作用。

  再说重建节奏单元的复现方式。任何运动着的事物都有其规律性，这种规律源自事物内部对立统一矛盾，是事物的内部矛盾决定其运动方式。关于诗的节奏运动方式，大家普遍认同的正是"复现"，即古希腊关于"有规律的重现的运动"的思想。世界各国的音律方式差异很大，但共同之处就是"复现（重复）"。"复现（重复）"本身就包含着对立的两面，一面是存在，一面是不存在，两个方面交替出现的矛盾形成诗的节奏运动。汉诗节奏运动同样遵循重复律，但其节奏体系有着自身特征。汉诗的基本节奏单元是"顿"，其形成节奏依靠"量的诗律"（用音数去填满节奏单位的时间片段）和"质的诗律"（着眼音高、音长、音强在朗读中的起伏），即郭沫若在《论节奏》中所说的"时的关系"和"力的关系"。由于汉语字音的长短、高低和轻重差异很小且是相对的，所以汉诗的"顿"主要通过音节的存在（时间段落）与音节不存在（时间顿歇）

的重复来形成节奏。这是"量的诗律",而"质的诗律"则要通过朗读体现。因为汉诗基本节奏单元的"顿"有三种类型,即音顿、意顿和行顿,其构成方式不同和重复规则不同,由此形成了我国新诗的三种节奏体系。一是音顿节奏体系,全称应该是音顿等时连续排列节奏体系。其基本特征是:(1)以音顿为基本节奏单元,它是时长相同或相似的语音组合单位。音顿以双音节、三音节为基本形式,作为辅助形式的单音节和四音节音顿可以有限制地入诗。(2)等时或基本等时的音顿连续排列成诗行,再按照均齐和匀称的原则音顿连续排列成行组、诗节和诗篇,在扩展排列的各个层次形成形式化的节拍节奏。(3)同建行、组行和构节结合着的有规律的押韵。二是意顿节奏体系,全称是意顿诗行对称排列节奏体系。其基本要点是:(1)以意顿为基本节奏单元,它是在口语和意义自然停顿的基础上划分出来的节奏单元。意顿一般是词组和短语,也可以是一个诗行,以四言五言为基本形式。(2)意顿自由排列成行,行内依自然口语划分顿歇,然后根据顿歇对位对称原则采用多种方式建立行间对称节奏,通过诗行的有序进展建立行组、诗节和诗篇。(3)同诗行对称排列形式相应有规律地用韵。三是行顿节奏体系,全称是行顿对等重复排列节奏体系。其基本要点是:(1)以诗行为基本节奏单元,它使诗行本身成为韵律的组成部分,使修辞句式成为节奏的重要构件。诗行内部可以有顿歇,但一般来说应该是个完整的节奏单元。(2)诗行的长短变化和自由组合形成旋律节奏,在诗行扩展到行组、诗节和诗篇的过程中,把对等的原则从选择过程带入组合过程,使之成为语序的主要构成手段。(3)诗韵有效地强化旋律节奏和韵律美感。新诗三种节奏体系规则明确而简明。音顿节奏体系:等时音顿+连续排列+规律用韵;意顿节奏体系:意顿成行+对称排列+对应用韵;行顿节奏体系:行顿组合+对等平行+诗韵强化。音顿节奏体系是形式化的,意顿节奏体系是口语化的,主要属于新诗格律体的;而行顿节奏体系则主要是属于新诗自由体的。相对而言,前两种节奏体系更多地与我国古典诗词的节奏系统接轨,后一种节奏体系则更多地借鉴了西方现代诗运动的成果。三种节奏体系并存,满足了新诗表达复杂的现代生活和现代人生的需要,体现出新诗融入世界诗潮的实绩。

综上所述可见,汉语新诗节奏律的建设体现了世界诗律新变的现代趋势。其自身特性表现在:(1)汉语新诗音律有三个要点,即声音的时间段落、组织的顿歇秩序和有规律地使用韵脚。前两者互为表里,分别涉及的是声音在时间中的存在和在时间中的停顿，其存在长度决定了顿间距离，而停顿方法决定了时段组织。韵的主要作用是组织诗行、强化节奏效果。三种节奏体系都把"顿"视为语流中的声音段落，把音顿、意顿和行顿的声音时间段落同连续、对称和对等的有规律停顿结合起来，再借助诗韵的强化作用，构建符合汉语诗歌特点的节奏体系。它们属于同一的节奏系统。（2）三种节奏体系中的"顿"分别冠以"音顿""意顿""行顿"称呼，其实都是声音的时间段落，所以从理论上说也都可以称为"音顿"，但是三种声音时间段落的构成是不同的，为了对三种基本节奏单元加以区别，所以才冠以现在的不同名称。（3）三种节奏体系形成节奏的基本原理是同一的，即均通过"顿歇"的反复来推动节奏运动。它同英语等音步节奏体系不同：音步节奏体系由二元对立的超音段因素（轻重或长短）组合而成节奏单元，再由这种节奏单元扩展到诗行诗节等，重要特征就是"边界虚拟"，音步后不一定有停顿，其节奏感仅取决于重音或长音能否周期性出现，与停顿无关。汉诗节奏构成类似法语、波兰语的音顿节奏。因此汉诗不是音步而是音顿节奏体系，主要通过有规律的声音段落和顿歇组织来呈现节奏。（4）三种节奏体系的格律要求明确而简单，都是一些原则性的规定，在这些原则下的创作应该显出充分的自由，以创造出无限多样的节奏格式。

新诗韵论基本问题

"押韵是一种极为复杂的现象",这是美国学者韦勒克、沃伦在《文学理论》中强调的观点。其复杂性表现在声音组织方面,也表现在音义调协方面。就前者说,押韵"作为声音的重复(或近似重复)具有谐和的功能",诗语在组织中实现声音谐和即音乐美;就后者说,"押韵具有意义",诗语通过押韵实现音义调协即情调美。尽管韦勒克、沃伦反复强调完全脱离意义去分析声音是错误的,但我们认为,押韵的音义调协功能主要是在创作动态中实现的,而押韵的声音组织功能则可以在理论静态中研究。正是基于这种想法,我们想离开了音义调协功能谈谈诗韵在声音组织中的若干理论问题。

节奏音律与音质音律

诗的音律的本质即语言的声音律,"因为诗的观念不仅要体现于文字,而且要用实在的话语说出来,因而涉及语调和字音这些感性因素。因此我们要跨进诗的音律领域"①。黑格尔把诗的音律内涵作了如下的解剖:

  第一个体系是根据节奏的诗的音律,它要按音节的长短形成不同类型的见出回旋的组合和时间上的承续运动。
  第二个体系由突出单纯的音质来形成的,它要考虑个别字母是母音(元音)还是子音(辅音),也要看整个音节和整个字的音质,有时有规则地重复同一个或类似的音质,也有时按照对称的轮换的

---

① [德]黑格尔:《美学》第3卷下册,朱光潜译,商务印书馆1991年版,第68页。

原则。

第三,按节奏的进展和按音质的组合这两个体系也可以结合在一起。①

第一大体系可称为"节奏律",第二大体系可称为"音质律"。黑格尔告诉我们,这两大体系和民族语言本身特征密切相关,也就是说,音律的具体样态取决于民族语言的语音特征。汉语诗歌的节奏律和音质律都同汉语的语音特征紧密联系着。

先说汉语诗歌的节奏律。"节奏的形成不是靠一些单纯的孤立的字音而是靠时间的长短和运动"②。由于汉字的自然特征是独体单音,每字都有独立的音的价值和形的价值,其本身缺乏绝对的长短、轻重和高低的分别,因此汉诗类似法诗属于音顿而非音步节奏体系,确切地说就是音节—顿歇节奏。它由两个要素构成,一是音节(即音组),它是由若干个字(音)组合而成的声音的时间段落,这种段落就是"我们所习以为常但不大自觉的、基本上被意义和文法关系所形成的、时长相同或相似的语音组合单位"③;二是顿歇(即停顿),它是声音段落之间的断续间隔,这种顿歇就是"在不断的时间之流中划出一个可以感觉到的段落"④。"正如音的长、短和轻、重都是相比较而存在的,顿歇与音组也是相比较而存在。两者不可分离;没有音组,便没有其后的顿歇;没有顿歇,那音组在语音上也标志不出来。因此,音顿在诗句中的反复,便是音组及其后的顿歇的反复,而不可能是单纯的顿歇的反复,也不可能是单纯的音组的反复。这是汉诗节奏的本质。"⑤ 我们把构成汉诗音节—顿歇节奏的基本节奏单位简称为"音顿",这种音顿在朗读的时间语流中反复呈现(复现),从而形成了汉诗的节奏流程,见出语音的"回旋的组合和时间上的承续运动"。这种时长的语音音组存在和顿歇造成的语音不存在结合就有了节奏,"只是因为听者或读者心上对于其中一个个语音的久暂发生彼此之间有一个比

---

① [德] 黑格尔:《美学》第3卷下册,朱光潜译,商务印书馆1991年版,第71—72页。
② 同上书,第72页。
③ 孙大雨:《诗歌的格律》,载《复旦学报》1956年第2期、1957年第1期。
④ [德] 黑格尔:《美学》第3卷下册,朱光潜译,商务印书馆1991年版,第77页。
⑤ 陈本益:《汉语诗歌节奏的形成》,见《中外诗歌与诗学论集》,西南师范大学出版社2002年版,第18页。

例的感觉,以及对于其中一簇簇语音的久暂也发生彼此之间有一个比例的感觉"①。汉语的"音顿"是基本的节奏单位,由此单位在节奏运动中向外发展,就形成了诗行节奏、诗节节奏和诗篇节奏。这就是汉诗节奏的生成和特征。诗的节奏类似音乐节奏,但"在音乐里,声音是一直响下去的,流动不定的,所以绝对需要拍子所带来的固定性。语言却不需要这样固定点,因为语言本身在思想内容上就可找到停顿点,语言并不完全等于外在的声响,它的基本的艺术因素在于内在的思想或意义。"② 这又是诗歌节奏的基本特征。

再说汉语诗歌的音质律。音质是指语音的性质、特色。音质变化取决于发音体不同、发音方法不同和共鸣器不同。它在诗中涉及到的是两个方面:一是个别字的母音(元音)或子音(辅音),如开口音、闭口音、爆破音等,如联想音、物声音、谐声音等,如柔和音、谐和音、噪音、乐音等。个别字的母音或子音作为音质律发挥作用,依靠的是"声音的固有因素","所谓固有因素,就是指声音的特殊的个性,如'α'或者'o',或者'l',或者'p'的声音所固有的个性,这种个性与量不发生关系,因为在'α'和'p'之外再没有和他们完全一样的音。这种音质的固有差别正是声音产生效果的基础,通常,我们称之为'音乐性'或者'谐音'。"③ 固有因素的声音正如梁宗岱所说,往往能够使人"听到某一音便自然想到某一义,因而造成一种音义间不可分离的幻觉——虽然是幻觉,假如成为普遍的现象,对于诗底理解和欣赏也是一种极重要的原素。因为诗底真诠只是藉联想作用以唤起我们心境或意界,或二者相并底感应罢了:牵涉的联想愈丰富,唤起的感应愈繁复,涵义也愈深湛,而意味也愈隽永。"④ 二是特殊的元音或子音组合,或是有秩序重复同一个或类似的音质,或是按照对称轮换的原则呈现。这就形成了双声、叠韵、韵脚、词语重叠或同音堆集等的声音组合,它们是某种语音的组合结构。由于这种组合,它就比单个音更加强烈地诉诸读者或听者,产生更加强烈的音质律效果。这种组合声音,除具有"声音的固有因素"影响外,还有"声音

---

① 孙大雨:《诗歌的格律》,载《复旦学报》1956年第2期、1957年第1期。
② [德] 黑格尔:《美学》第3卷下册,朱光潜译,商务印书馆1991年版,第75—76页。
③ [美] 韦勒克、沃伦:《文学理论》,刘象愚等译,生活·读书·新知三联书店1984年版,第167页。
④ 梁宗岱:《谈诗》,见《诗与真·诗与真二集》,外国文学出版社1984年版,第41页。

的关系因素"的影响。"它可以将整个一组语音现象区分出来"∶"人们能够分辨紧密地排列在一首诗中的声音的重复、分辨一个音组开头和另一个音组结尾的声音的重复、或者一句诗的结尾和下一句诗的开头的声音重复、或者各行诗开头的声音的重复、或者处于各行诗的最后位置上的声音重复。"其分辨意义在于"这样的声音效果很难与一首诗或一行诗的总的意义语调相脱离"①。这就是音质律的独特价值，它本身是一种语音的调协，同时又是一种音义调协。因此，黑格尔认为音质律具有精神性特征，现代诗人一般着重感情的"心声"，所以"专心致志地沉浸在字母，音节和字的独立音质的微妙作用里；它发展到对声音的陶醉，学会把声音各种因素区分开来，加以各种形式的配合和交织，构成巧妙的音乐结构，以便适应内心的情感"②。

  还说节奏律与音质律的结合。以上把节奏律与音质律区别论说，显出两个体系的互相对立，但是两大体系在一定条件下可以结合。黑格尔认为，"韵只有在一种情况下才可以与节奏体系的音律结合，那就是这种节奏音律由于单靠长音和短音的简单的轮流交替以及同样的音步的不断复现，这种办法在近代语言里不能单靠它本身就足以使感性因素显得足够强烈，于是韵就可用来助势，弥补这个缺陷"③。而这种特定条件下的结合恰恰在现代诗中成为真实的现实。汉语新诗突出意义节奏而弱化了语言节奏，散句入诗又使得传统节奏律部分失效。在现代汉语新诗中，化句为行凸显了诗行价值，诗行成为节奏的重要单位。在这种新诗中，"韵脚对于诗行末尾的停顿具有强调作用，同时，韵脚中音的重复形成语音呼应，使诗歌听起来和谐流畅、琅琅上口"④。这说的是作为音质律的诗韵在行节奏意义上的助势作用，朱光潜把这称为韵节奏。陈本益对韵节奏作了这样的说明∶它"是声音本身的一种节奏，即一种音质节奏，而不是关于声音的轻重、长短等特征的节奏"。"就汉诗的韵节奏与作为汉诗一般节奏的音顿节奏的关系看，两者是同质的，即都是声音本身及其后面的顿歇的

---

  ① ［美］韦勒克、沃伦∶《文学理论》，刘象愚等译，生活·读书·新知三联书店1984年版，第167—168页。
  ② ［德］黑格尔∶《美学》第3卷下册，朱光潜译，商务印书馆1991年版，第83页。
  ③ 同上书，第95页。
  ④ 黄玫∶《韵律与意义∶20世纪俄罗斯诗学理论研究》，人民文学出版社2005年版，第197页。

有规律的反复。"① 因为在现代诗中音质律除了自身音质的传达效果外，又有可能具备辅助节奏的效果，所以汉语新诗的诗韵就在整个诗律体系中显得特别重要。

音质的韵与音质的声

汉诗的音律研究向来分声和韵两个要素，合称为"声韵"。所谓"声"，就是传统汉语中的平上去入四声，平上去三声统称平声，入声称为仄声。"韵"就是押韵，包括句内押韵和句尾押韵，我国古代对押韵有着细致的总结。如白居易《金针诗格》说"韵有数格"，王昌龄《文镜秘府论》录有七种韵，即连韵、叠韵、叠连韵、转韵、掷韵、重字韵、同音韵。朱光潜在《诗论》中依据阮元之说，认为在我国齐梁以前，"韵"兼包近代的"声"和"韵"两个意义。齐梁诗有"有韵为文，无韵为笔"之说，但昭明太子所选《文选》里，不押韵的文章很多，因此阮元就在《文韵说》里作了这样一个判断："梁时恒言所谓韵者固指押韵脚，亦兼指章句中之声韵，即古人所言之宫羽，今人所言之平仄也。"② 虽然如此，我们则按照现在通行的观点，把"声"与"韵"视为不同的音律因素，同时又认为"声"与"韵"两者是密切相关的，它们都属于音质音律的范畴。黑格尔认为诗的音律包括两大体系，其一即音质音律体系，它在诗中的价值是"由突出单纯的音质来形成的"，与节奏音律体系并行相对。

声之律和韵之律虽然同属音质律范畴，但它们在诗中也有节奏作用。韵虽然本身只是音节的单纯感性材料，但在诗中的存在方式则是"有时有规则地重复同一个或类似的音质，也有时按照对称的轮换的原则"③。而"有规则地重复"和"对称的轮换"就能形成语音在时间上的复现承续运动，即诗的节奏运动。尤其是，汉诗的诗韵又同音顿节奏紧密结合，一般有规律地出现在句末的节奏点上，因此音顿节奏与诗韵节奏就构成同

---

① 陈本益：《中外诗歌与诗学论集》，西南师范大学出版社 2002 年版，第 38 页。
② 朱光潜：《诗论》，生活·读书·新知三联书店 1984 年版，第 187 页。
③ ［德］黑格尔：《美学》第 3 卷下册，朱光潜译，商务印书馆 1991 年版，第 71 页。

质关系，共同建构起了汉语诗歌独特的音节·顿歇节奏体系。因此，韵之律的节奏意义是毋庸置疑的，"中国诗的节奏有赖于韵"也就为人接受。相比而言，"声"之律的节奏意义却颇具争论。由四声构成的平仄律与节奏的关系若即若离，某些问题总是困扰着诗人。首先是四声平仄本身能否在对比中形成节奏？刘半农在1922年公布了音韵实验结果："我已知道四声和强弱，完全没有关系；它与长短与音质，有几处是发生关系的，却并不重要，重要的关系，只在高低，所以我们可以说：高低是构成四声的原素。但这种高低，是复杂的，不是简单的。所以某声与某声间之差，并不是 C 与 D 的简单的差，是 CD 与 DC 的复杂的差。又这 CD 与 DC，方其由 C 入 D、由 D 入 C 时，并不是从此音跳到彼音，乃是从此音滑到彼音。"①因为平仄声区别属于高低的、长短的，或是两属的无法辨别，所以平仄自身难以在语流中形成对比性节律。其次是四声平仄能否通过规律排列形成节奏？古代律绝体讲究平仄规律排列，但是朱光潜告诉我们，"在音组里每音的长短高低轻重都可以随文义语气而有伸缩"，"除意义轻重影响以外，一音组中每音的长短、高低、轻重，有时受邻音的影响而微有伸缩"。也就是说，四声平仄在朗读语流中会发生音变，同样无法形成对比性的节律。尽管如此，朱光潜还是肯定律绝体中平仄的节奏价值，因为"凡是两个不同的现象有规律地更替起伏，多少都要产生节奏的效果"，平和仄的分别究竟在哪里，固为问题；但它们有分别，则不成问题；这种显然有分别的两种声音有规律地更替起伏，自然也要产生节奏，但"四声对于中国诗的节奏影响甚微"②。

声之律和韵之律在诗中的音质律作用更加值得重视。"声"和"韵"都具有同其他音加以区别的自身音质特性，这种特性就是音质律发挥作用的基础。诗韵的音质作用明显，韵的音节具有感性意义和精神意义，它凭着自身的音质同其他音节分别开来，同时又通过有规则反复组成音质复现的韵律，把有关的意味（意义）突出和联系起来，韵的这样两个方面的特征，就使其音质律的作用突显出来："韵只是让心灵和耳朵注意到一些相同或相似的音质及其意味的往复回旋，主体从这种往复回旋中意识到他自己，意识到自己在进行既发出声音而同时又在倾听这种声音的活动，并

---

① 刘半农：《四声实验录》序赘，上海群益书社1924年版。
② 朱光潜：《诗论》，生活·读书·新知三联书店1984年版，第166、168页。

且感到满足。"① 四声的音质作用同样明显,它在创作与阅读中最易辨别的是它的调质或和谐性。朱光潜把四声平仄的音质作用概括为"调质",调质的具体内涵就是"字音本身和谐以及音与义的调协",这其实正是黑格尔关于音质律的两个方面,即个别字母的音和组合起来的音。诗人采用音质律,"有时除声音和谐之外便别无所求,有时不仅要声音和谐,还要它与意义调协。在诗中每个字的音和义如果都互相调协,那是最高的理想。"② 朱光潜认为,"四声的'调质'的差别比短长、高低、轻重诸分别较为明显,它对于节奏的影响虽甚微,对于造成和谐则功用甚大。"做诗虽不必依声调谱去调平仄,但是好的诗文则平仄声一定都摆在最适宜的位置。③ 诗韵和平仄在诗中发挥的调音作用,其音律技巧包括多种,而且"韵"和"声"两者往往是交互着的,如双声、叠韵、半谐音和韵等。朱光潜在《诗论》中着重分析由四声造成的双声叠韵技巧、音义调协暗示和平仄调和作用,认为"音义调协不必尽在谐声字上见出。有时一个字音与它的意义虽无直接关系,也可以因调质暗示意义。就声纽说,发音部位与方法不同,则所生影响随之而异;就韵纽说,开齐合撮以及长短的分别也各有特殊的象征性。"④

理解"韵"和"声"的音质功能,就要清晰地区分在诗和音乐中的"节奏"与"和谐"两个概念。朱光潜在《诗论》中对两个概念作了这样的分析:

> 比如磨坊的机轮声和铁匠的钉锤声都有节奏而没有和谐,古寺的一声钟和深林的一阵风声可以有和谐而不一定有节奏。节奏自然也是帮助和谐的,但和谐不仅限于节奏,它的要素是"调质"(tonequality)的悦耳性。这在单音和复音上都可以见出。节奏在声音上只是纵直的起伏关系,和谐则同时在几种乐音上可以见出,所以还含有横的关系。比如钢琴声与提琴声同奏,较与鼓声同奏为和谐,虽然节奏可相同。四声不但含有节奏性,还有调质(即音质)上的

---

① [德]黑格尔:《美学》第3卷下册,朱光潜译,商务印书馆1991年版,第89页。
② 朱光潜:《诗论》,生活·读书·新知三联书店1984年版,第171页。
③ 同上书,第174页。
④ 同上书,第172页。

分别。①

这段精彩的论述，指明了节奏音律与声韵音律的区别和联系，两者结合构建了诗歌音律即诗的音乐性内涵。唐湜曾对两者的音乐性价值作过精辟论说。他说，"诗像音乐那样，更要表现精纯度最高的美，浑然的美，包含着浑然一体的美的内在与外在的一切构成因素，一切辩证地相互对立又相互渗透的美的因素"。在诗的浑然美中，"诗的音乐美，在诗的内在、外在的美中该是最主要的因素"，而诗的音乐性主要是节奏和音韵，其中节奏是诗中旋律的中心脊椎，是用来表现诗中情绪的强有力的主导潜流，而音韵组织就是潜流上面外在音响的浪尖。② 这段论述包括三层意思：诗的最高境界就像音乐那样包含着内外因素的浑然一体美；在这内外因素中最主要的是诗的音乐美；诗的音乐美包括节奏和音韵，前者是中心脊椎，后者是外在音响。这段论述强调诗的内外因素的浑然美是精彩的，强调音乐性是诗的内在、外在美的重要因素是富有创见的，特别重视诗的节奏音律也是有道理的，但在论述中相对忽视诗的音质音律则是存在偏差的，而这种偏差又普遍存在于目前各种诗歌理论中，应该引起我们重视。因为声韵音律的审美理想是不仅要声音本身和谐，还要求它与意义调协，其调质的重要价值是绝对不容轻视的。声律音韵与节奏韵律的关系，绝对不是主导潜流和辅助音响的关系，而是既平行又结合着的两大音律体系。

新诗发生以后，对于四声平仄作用的讨论大致有三种意见。一是部分诗人主张改造平仄律以形成新诗节奏；二是部分诗人论证废平仄的合理性；三是部分诗人主张以平仄律来加强诗的音乐性。我们赞同第三种意见，其基本依据即四声平仄在新诗中的节奏作用甚微，而其主要功能是音质功能。李国辉综合前人探索，归纳了现代汉语与平仄律的矛盾：首先，现代汉语中的平仄会发生变化，因此没有固定的平仄。"同一个字，单独用来是仄声，若同别的字连用，成为别的字的一部分，就成了很轻的平声了。"③ 其次，平仄在现代汉语中的失效，读来感受并不明显。"现代汉语诗歌的朗诵速度比古典诗歌可以而且应该快得多，音长相应缩短，因而平

---

① 朱光潜：《诗论》，生活·读书·新知三联书店1984年版，第170页。
② 唐湜：《我的新诗格律探索》，载《中外诗歌研究》1994年第1期。
③ 胡适：《谈新诗》，载《星期评论》纪念号（1919年10月10日）。

仄的对比就渐趋模糊。失去声调的轻声衬字的加入使平仄对比效果更差。"① 再次，现代汉语词法语法不允许平仄规律。古代汉语单音字占优势，诗句中的每字都有较独立的词义，都有各自的意义和音节上的作用。现代汉语基本以双音节词和三音节词为主，在使用这些词时难以恰巧符合平仄律。② 现代汉语在实际运用中的种种矛盾，使得平仄律更难构成新诗的节奏律。因此，诗人们主张以平仄来加强诗的音乐性。潘大卫和唐钺都认为"平仄"和"押韵"是中国传统诗歌音乐性的重要格律，新诗重视诗的音乐性需要加以借用。饶孟侃认为新诗把讲究平仄作为一种死的形骸完全抛弃失之极端，主张通过平仄的搭配，使诗句的音节更为和谐悦耳。朱湘认为"平仄是中文音律学的一种特象，不可忽视或抛置"③。罗念生认为中国文字不易产生"节律"的缺陷，可通过中文音乐性的特长，如双声、叠韵、韵、平仄、声音与意义的关系等加以弥补。到20世纪50年代末新诗格律讨论中，金克木说："平仄（音），单复（词），奇偶（节奏单位），虚实（句中节奏），相错成文；这也许可以说是历来汉语诗歌格律的基本东西。"④当代学者更从"和谐"与"旋律"意义上论平仄在新诗中的音质功能。如黄玉顺指出：诗歌语言音乐性的基本内容应包括：节奏、旋律和韵。旋律就是乐音的高低起伏的有组织、有规律的行进，而具体表现为不同声调的合乎规律的交替出现。以普通话的语音作为标准，旋律就是阴、阳、上、去四声合乎规律的交替形成的波流。许可否定了平仄的节奏功能，却肯定了平仄的音调功能，他说："如从音调的角度来考察，近体诗的讲究平仄，是很为成功的，不能轻易否认。因此，要求现代格律诗将就平仄，如果也是从音调问题的角度提出的话，也不能贸然否定。声调确是汉语语音体系的最大特点，现代格律诗按说应有适当的反映。利用声调的区别也正好能造成和谐动听的音调。"⑤ 这说明平仄调质的音质功能得到普遍认同。

---

① 赵毅衡：《汉语诗歌节奏结构初探》，载《徐州师范学院学报》1979年第1期。
② 李国辉：《比较视野下中国诗律观念的变迁》，中国社会科学出版社2011年版，第235—240页。
③ 朱湘：《诗的产生》，见《朱湘散文》上集，中国广播电视出版社1994年版，第293页。
④ 金克木：《诗歌琐谈》，载《文学评论》1959年第3期。
⑤ 许可：《现代格律诗鼓吹录》，贵州人民出版社1987年版，第137页。

竖韵结构和横韵结构

韵是诗中有规律的反复着的同一种声音。这个定义既包括同音异义的韵脚，也包括同语反复的韵脚，因为在诗中完全意义上的重复是不可能的。诗中韵的"同一声音"包括两种类型：非完全重复，即部分相同部分相异；在某个或某几个层次上完全重复。前一类型的聚合恰好是富有信息量的。其相同部分提示我们这两个（或多个）单位之间的关系，使它们处于"平行"的地位，相异部分因此被凸显了出来，让我们从细微的差别中捕捉信息；后一类型的聚合看似韵字完全重复，但其重复的单位已经因其所处位置的改变而改变了信息的含量。无论是非完全重复还是完全重复，都在聚合轴上形成互相平行对照的关系。因此，韵脚的本质就是将不同拉近和于相同中揭示差异，具有音义组合的价值，其具体表现形式则是一种语言组合结构，既是声音组合结构，又是意义组合结构，还是音义组合结构。韵的存在方式是协或叶，用韵又叫押韵或叶韵，指的是韵母相同或相近的字（音），因表现诗情诗意的需要周期性地规范用在诗行或诗节中所形成的音韵与韵律的回环，造就一种和谐而有节奏的音韵美。依据这样的认识，我们必须把诗韵放置在诗行和诗节的语音结构中去考察。

就韵所在的位置来说，在诗行之尾处的叫韵脚，在诗行之首或诗行之腰处的则分别叫韵首、韵腰或首韵、行内韵或头韵、中韵等。三者相比而言，韵势最强的当然是韵脚，因此在诗韵中脚韵是最为常见也最为重要的，人们一般说的押韵往往就指脚韵相押。当然，首韵和行内韵对于诗的声韵和谐也有重要价值，能够恰当地运用首韵和行中韵，对于增加诗的音乐性和调质性是极有价值的。如以下诗例：

  北方的青纱帐哟，常常满怀凛冽的白霜；
  南方的甘蔗林呢，只有大气的芬芳！
  北方的青纱帐哟，常常充溢炮火的寒光；
  南方的甘蔗林呢，只有朝雾的苍茫！（郭小川《青纱帐——甘蔗林》）

诗例中行末的"霜"和"光"脚韵相押,"芬芳"和"苍茫"脚韵相押,同时"芳""茫"同前"霜""光"也是脚韵相押。在诗例中还有行中韵与行末韵相押,即第一行中的"帐"与"霜"相押,第二行中的"林"与"芬"相押,第三行中"帐"与"光"相押,第四行中"林"与前行"林"相押。由于这诗例同时使用了首韵、行中韵和脚韵,所以音韵优美动听。在有些诗中,由于脚韵的音响效果不够,诗人就借助于首韵或中韵来加以弥补,在这种情形下首韵或中韵的重要性就更加凸显出来了。如:

　　他无意在昆虫采集队的旗子边
　　腼腆地生长。那种仓皇撤退的民族
　　月光照着成熟的身体,一把锈箭插着
　　从膝盖升到肩膀,久久便是
　　双星歇足的桥梁——直到不胜焚烧
　　在他们的脚掌下断裂,像图腾的偶然
　　你们为甚么掌下警怖逃亡,黩面的惆怅?(杨牧《传说之五》)

这里的韵脚是"边""然",由于相隔得太远,难以构成琅琅上口的韵律效果,因此诗中有不少作为韵脚补充的行中韵,如"仓皇""月光""肩膀""脚掌""逃亡"中的"ang(uang)"音错落其间,从而把整个诗行的诗句和声音组织起来,同时这行中韵又同诗所表达的仓皇逃亡的情绪相契合,从而在声音和意义结合的层面发挥着诗韵的特殊作用。

依据首韵、行中韵和脚韵的组织结构不同,可以把诗中的韵的位置组合概括为竖韵结构和横韵结构。

竖韵结构是就韵在整个诗节(或诗章)中的结构而言,即韵在诗节(章)中沿着诗行进展秩序而进行的纵式组合结构,也就是数个韵在纵直向前的语流中形成的结构。若某节诗仅有脚韵,那么数行排列的脚韵在语流中就会形成竖韵结构,若某节诗既有脚韵又有首韵、行中韵,那么其竖韵结构就是由首韵到行中韵再到脚韵,然后如是纵直向前形成竖韵结构。如以上郭小川一节诗中,其竖韵的结构就是"帐""霜""林""芬芳""帐""光""林""苍茫"所形成的进展结构。在此意义上,首韵、行中韵和脚韵本身就体现着一种竖韵结构。

横韵结构是就韵在同一诗行中的结构而言，即韵被安排在同一诗行内从而使其自身形成一种横向秩序，也就是数个韵在横向诗行轴上平行的用韵结构。如以上郭小川一节诗中，第一行的"帐"和"霜"就形成了横韵结构。曲波的《林海雪原》中有这样一副对子：

钢枪一响消灭国民党，
腰刀出鞘专斩座山雕。

第一行中的"枪""响""党"相互建构的是横韵结构，第二行中的"刀""鞘""雕"同样建构的是横韵结构。这种横韵，对于韵音不响亮或韵味不够强的诗来说，则是一种强化音质音律的重要手段，对于韵音响亮、韵味不错的诗来说，也能增强诗的声韵美。如我国九叶诗人通常使诗行和结尾的语言要素之间或行内语言要素之间形成反差或排比，有时使用行内韵来建立行与行之间的纵向联系，有时同时利用行末押韵和行内押韵，在同一首诗中创造出独特音质律的特殊效果，从而来增强变体十四行诗的音韵效果。如袁可嘉的《上海》：

不问多少人预言它的陆沉
说它每年都要下陷几寸
新的建筑仍如魔掌般上伸
攫取属于地面的阳光、水分

而撒落魔影。贪婪在高空进行；
一场绝望的战争扯响了电话铃，
陈列窗的数字如一串错乱的神经
散布地面的是饥馑群真空的眼睛。

到处是不平。日子可过得轻盈，
从办公室到酒吧间铺一条单轨线，
人们花十小时赚钱，花十小时荒淫。

绅士们捧着大肚子走进写字间，

> 迎面是打字小姐红色的呵欠，
> 　拿张报，遮住脸：等待南京的谣言

诗用四四三三段式，每行的结尾字为"沉、寸、伸、分、行、铃、经、睛、盈、线、淫、间、欠、言"，其韵式为 aaaa aaaa aba bbb。其中第 5 行和第 9 行的行内都有句号，句号前面的音节与该行末尾的音节押韵。第 11 和第 14 行情况相似，第 11 行中逗号前的词是"赚钱"，其韵脚得到行末的"淫"字的回应，因为二者同属阳声，而且"赚钱"与"淫"的元音相似。第 14 行中分号前的"脸"字与行末的"言"字完全押韵。这四行另一共同要素是：行中标点后的部分由三个节奏停顿组构成。这些共同点使得诗拥有明显的总体循环结构，这些诗行因此处于垂直关系中，从而超越单个诗行而把全诗凝聚为整体。这种垂直聚合性又进一步得到行内韵之间的横韵关系所强化，如第 5 行的行内韵"影"与第 9 行的行内韵"平"完全押韵，第 11 行的行内韵"钱"与第 14 行的行内韵"脸"完全押韵。这些巧妙的押韵，加强了第二诗节开头与第三诗节开头之间的联系、第三诗节末尾与第四诗节末尾之间的联系，从而以对称方式确立了诗的垂直结构。

需要强调的是，在首韵、行中韵和脚韵之间，脚韵最为重要的。这是因为，"诗行之尾是诗中地位显要之所，其后都有一顿，最小的是逗顿，尤其显要的是句行（律诗的对句）之后的句顿。在句顿和逗顿所形成的韵（即脚韵），是首韵和腰韵无法相比的，至于横韵更是望尘莫及了。""但是衬韵（横韵）的作用是不能低估的，它们可以配合主韵（脚韵）共同形成有主有辅的色彩缤纷的音韵的美。"① 创作实践证明，作为横韵而言，其选用的韵音可以与韵脚相同的韵音，也可以选用与韵脚不同的韵音。一般而言，横韵的韵味韵势不能超过脚韵的韵味韵势，否则就会造成韵的混乱，类似伴奏超过了主奏。在新诗创作中的横韵有时由轻音（诸如"的""了""着""呢"等）构成，这种轻音使用是最为理想的，即使各个诗行的横韵共用一种韵音，也绝对不会影响韵脚的主导地位。如闻一多的《晴朝》：

---

① 程文、程雪峰：《汉语新诗格律学》，香港雅园出版公司 2000 年版，第 324—325 页。

> 一个恹病的晴朝，
> 比年还过得慢。
> 像条负创的伤蛇，
> 爬过了我的窗前。

这诗的韵脚是第二、四行末的"慢"和"前"。而作为衬音的横韵有二：第一行的"个"和"的"，第四行的"了"和"的"，它们都是首韵与轻音的腰韵组成横韵结构，在诗中发挥着辅助性谐调的作用。一般而言，如果能够把横韵结构和竖韵结构有机地结合起来，而且若能使得横韵结构中的首韵和行中韵同脚韵的韵相同，往往在传达情调或调协音调方面会有更好的效果。如杨牧《十年》的三行：

> 听水坝那边急落的山泉；
> 所有语言都可以
> 意会但有些似乎已经慢了十年。

这里的第一、三行押脚韵"泉"和"年"，同时又安排了行内韵"边""言""慢"分别在行内构成横式结构，它们共同参与整个诗行的押韵，竖韵和横韵结合形成特定的审美效果。如公刘《铁脚板》一节：

> 我是一名新兵，我的头和脚都是品位极低的铁矿！
> 还是请老红军来讲吧，还是请老八路来领唱！
> 讲吧，讲吧，给我们讲冰峰雪苍苍，草地野茫茫，
> 唱吧，唱吧，为我们唱北国青纱帐，水乡芦苇荡……

这里的"矿""讲""唱""讲""讲""讲""苍苍""茫茫""唱""唱""唱""帐""荡"都是"ang"音，分别放置在四行诗的首韵、行中韵、脚韵的位置，构成了横韵结构和竖韵结构的立体交错网络，全诗回荡着高昂激越的情感基调。

韵辙选择和韵辙变换

新诗用韵的重要问题是使用什么韵的问题，也就是什么音与什么音相押从而达到叶韵的问题。王力在《现代诗律学》中谈诗韵，首先谈到的是贫韵问题。他说，在西洋诗中，所谓押韵，就是甲行的最后音节里的元音（母音）和乙行的最后音节的元音（母音）完全相通，如果是一个复合元音就必须和相同的复合元音相押，如果那元音后面带着一个或两个辅音（子音）那一个或两个辅音（子音）也必须相同。这与汉语的押韵规矩大致相同。那么，凡不完全依照正常的押韵规矩，押韵的地方不够谐和的就叫作"贫韵"。大致分成数种情况：一是只有元音相同，词的收尾的辅音并不相同，叫做"协音"，如 en 和 eng 押韵，in 和 ing 押韵在汉语中可认为是协音；二是元音并不相同，叫做"协字"，如 in 和 en 押韵，in 和 un 押韵，eng 和 ong 押韵在汉语中可认为是协字；三是韵脚以元音或复合元音收尾，而这元音或复合元音只是相近似，并不相同，如 u 和 ü 押韵，i 和 -i 押韵，ai 和 ei 押韵在汉语中也属于贫韵；四是在汉语里，声调是字的主要成分之一，因此同音不同调的韵也该认为是贫韵。这贫韵叶韵情形在早期新诗创作中是大量存在着的，这是因为那时诗人没有统一的新诗韵谱，也就没有新诗韵辙，所以在打破旧韵的基础上大量地采用协音和协字等贫韵押韵。

当新诗有了自己的现代国音新诗韵（谱）以后，诗人创作中已经按照新的韵辙选韵用韵，所以极少出现贫韵现象了。王力认为后来新诗中还有些押韵虽然像贫韵，那是诗人依照了方音来押韵，如卞之琳《无题三》的几行：

> 门荪有悲哀的印痕，渗墨纸也有，
> 我明白海水洗得尽人间的烟火。（普通话 huo，吴方言 hu）
> 白手绢至少可以包一些珊瑚吧，
> 你却更爱它月台上绿旗后会的挥舞。（普通话 wu，吴方言 vu）

这第二、四行末按照普通话的读音并不在同一韵辙，而按照吴方言却在同一韵辙了，读来是很和谐的押韵。对于新诗使用土语押韵，历来存在着不同的意见，我们并不反对诗人土音押韵，因为诗人创作有这样的自由，但从用韵规则来说，我们同意饶孟侃的看法，即"我以为除了在用土白作诗的时候可以通融以外，在普通的新诗里则断乎不行；因为要是押韵完全没有一种标准，也是件极不方便的事"①。尤其是方言押韵在作者用方言读来确是叶韵合辙，但对于更多读者来说，用通用语读来就会感到不协调缺乏和谐感。

现在流行的新诗韵如《现代诗韵》《十三韵辙》等已经把不少过去认为的贫韵进行了归并，形成了新的韵辙。对于这种归并，王力认为其中部分是依传统押韵方法，即韵字的主要元音虽必须相同，但主要元音前面的i、u、ü（可称为韵头）却不必相同，例如"发花韵"的a、ia、ua可以互押，"怀来韵"的ai、uai可以互押，"江阳韵"的ang、iang、uang可以互押。也有部分的韵在传统诗词中是不可互押的，但在新诗中突破旧韵限制而通押，然后进行归并的，如传统的寒覃删韵an、uan和先盐删咸韵ian、uan归并到"言前韵"而通押了，真文韵en和元文韵un（uen）、ün归并到"人辰韵"而通押了，豪肴韵ao和萧肴韵iao归并到"遥条韵"而通押了。当然，另一重要归并就是平仄通押，如：

> 看这一队队的驮马（上）
> 驮来了远方的货物，（入，读去）
> 水也会冲来了一些泥沙（平，与"马"押）
> 从些不知名的远处。（去，与"物"押）（冯至《十四行集》第15首）

当然，也有诗人主张按新诗韵辙写诗时，可以适当注意韵的平仄。如丁芒就认为四声平仄各有感情属性，"适当注意运用排偶对仗、平仄声对比这些技法，使读起来抑扬顿挫，音调铿锵，能增添视觉听觉上的美感"②。他写诗注意韵脚平仄互押，一般不全用平声或仄声，以求声韵优美。对于这种追求应该肯定，但根据新诗韵辙，平仄已经归并通押，所以

---

① 饶孟侃：《新诗的音节》，载《晨报副刊·诗镌》第4号（1926年4月22日）。
② 丁芒：《提倡写新格律诗》，见《诗的追求》，花城出版社1987年版，第72页。

诗人创作时通押也属于正常用韵。以上所述归结起来说即新诗选韵叶韵的基本依据是现代汉语的新韵书。

韵辙转换其实也是一种韵辙选择,是写诗时二次或多次的韵辙选择,或曰是同一诗中用韵的再次或多次韵辙选择。我国古代《诗经》等早期诗韵辙转换的情形较多,后来诗的变体词曲韵辙转换也较多,但传统律绝体采用了一韵到底方式。其原因大致就是"中国诗的节奏有赖于韵,与法文诗的节奏有赖于韵,理由是相同的,轻重不分明,音节易散漫,必须借助韵的回声来点明、呼应和贯串"[①]。基于此理由,那么发展成熟的传统律绝体采用一韵到底就是一种自觉选择了。同时,因为律绝体一般篇幅很小,所以采用一韵到底并不感到有何不妥。新诗发生就接受了这种传统的用韵方式,也大多采用一韵到底的押韵方式,换韵反倒成了破例。随着篇幅增大的新诗出现,一韵到底就暴露出单调的弊端,于是受到多方批评。朱光潜就认为:"一韵到底的诗音节最单调,不能顺着情景的曲折变化,所以律诗不能长,排律中佳作最少。词曲都有固定的谱调,不过有些谱容许转韵,而且词的仄声三韵可通用,曲则四声的韵都可通用,也较富于伸缩性。"[②]到新月诗人为新诗创格时,就重视借鉴西方换韵传统,新诗中大量采用换韵方式。新诗的换韵方式是丰富多彩的。如闻一多既有一韵到底的诗(如《太阳吟》),也有节内换韵的诗(如《祈祷》),有换节换韵的诗(如《死水》),有使用抱韵的诗(如《忘掉她》),还有采用规则的英体十四行诗韵式的诗(如《心跳》)。应该说,对于一韵到底和行节换韵我们不能简单地判断谁是谁非,关键是要看如何使用,我们只问具体诗篇中押韵使用得好与不好。在新诗创作中有一韵到底用得好的,也有多次换韵用得好的,优秀诗人也往往是两种方式同时采用。即使黑格尔谈西方诗韵,也是同时肯定换韵和不换韵两种方式的。他说两种用韵,使得"这些韵时而直接相遇,时而互相逃避,时而互相追寻,这就使倾听和期待的耳朵时而立刻感到满足,时而被较长久的停滞所嘲弄,欺骗和勾引,但是终于发见到有规则的安排和往复回旋而感到快慰"[③]。

无论是韵辙选择或韵辙转换,都有一个如何选韵用韵的问题。虽然从总体说,诗人写诗选(换)韵是自由的,但从新诗创作实践来看,其中

---

① 朱光潜:《诗论》,生活·读书·新知三联书店1984年版,第193页。

② 同上书,第195页。

③ [德]黑格尔:《美学》第3卷下册,朱光潜译,商务印书馆1991年版,第91页。

有些规律性的原则还是值得重视的。

第一，选（换）韵需要考虑韵辙的音质特征。韵是表达诗人情思的，不是纯音的而是有意义的。韵既诉诸听觉又穿透心灵，"让心灵和耳朵注意到一些相同或相似的音质及其意味的往复回旋，主体从这种往复回旋中意识到他自己"①。各种韵辙的音质是不同的，如有洪亮的柔和的细微的（当然这种划分也仅是相对的，不能由此就把某种情感与某个韵辙简单对应），诗人在韵辙选择和韵辙变换时应该注意选择能够表达自身情思的诗韵。

第二，选（换）韵需要考虑韵辙的自然生成。诗人在酝酿创作时，字词往往伴随着形象思维进行，待到酝酿成熟就必然会获得某些关键性的、不可改易的词汇，或关键性的、较满意的句子，这种词汇和句子往往就是意蕴丰富的诗眼或情感表达的聚焦，它对选（换）韵起着决定性的作用。这在创作中就叫作"觅句"。在酝酿中自然生成的韵往往自然贴切。有人创作时，就首先找到一套恰当的韵，也有人可以先有了中间的或结尾的句子，然后回头来斟酌韵脚的用韵。这种选韵的基本特点都是尊重创作中的自然生成。

第三，选（换）韵需要考虑韵辙的宽窄差别。韵辙的宽窄是不同的，有的韵辙常用字词较多，使用时所受束缚较小，组词成句相对容易，也有的韵辙常用字词较少，可供选择的字词较少。诗人写诗时需要考虑韵辙宽窄，若诗作篇幅较大且用韵较密，则应该选择宽韵，否则诗人所要表达的丰富复杂的情思就会受到影响，有时会穷于一字一词而无法成句。韵辙过窄常会用到偏僻字即险韵。险韵一般应当避免，当然也有诗人有意用险韵以显其工力。

第四，选（换）韵需要考虑韵辙的字音暗示。有些字音同自然界中某种声音或情绪联系，如"凄凄""戚戚"同凄戚的情绪联系，"端"声与三弦弹奏声联系；也有些字音同自然界中某种声音或情绪本身并无联系，如"酒"与"愁"、"梦"与"空"等，但这些字音"因为习用久了，我们听到某一音便自然而然联想到某一义，因而造成一种音义间不可分离的幻觉——虽然是幻觉，假如成为普遍的现象，对于诗底理解和欣赏

---

① ［德］黑格尔：《美学》第3卷下册，朱光潜译，商务印书馆1991年版，第89页。

也是一种极其重要的原素"①。

第五，选（换）韵需要考虑韵辙的韵字组合。诗人用韵时，若能把韵脚、韵首、行中韵，甚至包括双声叠韵、同音堆集、叠字叠词等声韵技巧综合起来考虑，然后选择适合安排多种诗韵同音字的韵辙，选择便于建构竖韵结构和横韵结构结合的韵辙。唐诗之美是尽人皆知的，而那些名篇声韵优美，往往就是将多种诗韵和横韵竖韵有机综合运用于诗中。

以上数项原则需要在创作实践中灵活运用。如郭小川《厦门风姿》五章选用了五个音质差异的韵，第一章写初见厦门无法抑制的欢乐跳动心情，第五章用跳动欢乐心情礼赞厦门风姿，所以分别用"姑苏""梭波"表示欢乐基调的柔和韵。中间三章分写厦门风姿。第二章写厦门俊美和奇幻的近景，用共鸣度大的"人辰韵"；第三章写厦门外海的雄风急雨和战士警惕，用亮度较低的"一七韵"；第四章写充满生机的厦门人的劳动生活，用音色明朗圆润的"言前韵"。全诗首尾呼应，中间流荡变化，以情定韵。诗人通盘考虑脚韵、头韵、腰韵，以及双声叠韵、平仄互押和复合押韵等技巧，整体筹划密集用韵同辞赋句式契合，从而使得全诗始终充满着音乐旋律美，呈现着郭小川新辞赋体情调高昂、旋律优美的风格特征。

单字音韵和复合音韵

单字音韵和复合音韵，是诗韵的两种外显形态。单字音韵，指的是单个汉字（音）的诗韵自足体；复合音韵，指的是两个或多个汉字（音）的诗韵组合体。虽然单字音韵是诗韵的通例或常规，但复合音韵在古今中外诗歌中也较普遍。我国在《诗经》中，"兮""也""之""止""矣""哉""思"等虚词是常用的，而且常常用在韵脚处，由这些虚词同前字组成的韵，被人称为阴韵。关于"阴韵"的定义存在分歧，王力的界定是："韵脚如果只有一个音节，叫做阳韵；如果含有两个或三个音节，叫做阴韵。"② 这与美国诗学教授劳·坡林在《怎样欣赏英美诗歌》中的界定相同：当押韵的声音只在一个音节上，这叫阳韵。当押韵的声音包括两

---

① 梁宗岱：《论诗》，见《诗与真·诗与真二集》，外国文学出版社1984年版，第41页。
② 王力：《现代诗律学》，中国人民大学出版社2004年版，第69页。

个或更多的音节,这叫阴韵。① 由于虚词韵的韵味韵性不足,且有重复之感,所以古人在创作中又在虚词之前同时用上一个实词,形成虚实并用的韵,这相对于单音音韵来说,是一种复合音韵的形态。如我国古代《诗经》中就大量存在这种复合音韵:

> 彼采葛兮。
> 一日不见,
> 如三月兮。　(《诗经·采葛》)

在这三行中,"葛兮"和"月兮"就构成了复合韵即阴韵的现象。《诗经》之后的楚辞使用阴韵也较多,但到了五七言古诗尤其是近体诗词中就较为少见,因为近体诗词格律限制太严,极少文字的行内难以容纳较多虚词进入。新诗诞生以后,冲破了传统五七言的格律束缚,阴韵复合韵就获得了较大的发展,数量增多。如陆志韦《罂粟花》开始的四行:

> 我真是不必同你辩论,
> 因为辩论是没有用的。
> 只要你自己了看一看,
> 这些话是真的,还是空的。

第二行末的"用的"和第四行末的"空的"即复合韵相押。如陆志韦《儿子之四》两行:

> 我的儿,我的嫩苗的根啊,
> 愿你的身上没有伤痕啊。

第一行末的"根啊"和第二行的"痕啊"也构成阴韵复合韵协韵。也有的诗采用单音韵与复合韵相押的情形。如闻一多的《罪过》六行:

> "我知道今日个不早了,

---

① [美]劳·坡林:《怎样欣赏英美诗歌》,殷宝书译,北京出版社1985年版,第123页。

没想到一下子睡着了。
这叫我怎么办，怎么办？
回头一家人怎么吃饭？"
老头儿拾起来又掉了，
满地是白杏儿红樱桃。

这里的第一行"早了"、第二行"着了"、第五行"掉了"和第六行"桃"相押，前三个韵是阴韵相押，第四个则是单音韵同前面的复合韵相押。这种实例在新诗中出现较多，如卞之琳《距离的组织》中就有两例。如末两行："好累呵！我的盆舟没有人戏弄吗？／友人带来了雪意和五点钟。""钟"与"弄"相押。古代诗歌构成阴韵的末字以常用的调节性虚词充当，而这类虚词都有调值，不是轻音；新诗构成阴韵的末字则用轻音虚词充当，无具体而确切的调值，因此，新诗中的阴韵就离不开末字轻音虚词前的实词配合。王力认为，在英诗中，如果押韵的一行末一个词是一个双音词或三音词，而末一个音节属于轻音，而且这诗又是轻重律的诗，那么，这末一个音节是不能算入音步之内的，这叫作"外加律"。在汉语里，构成阴韵的末字若是轻音，也可叫作"外加律"，而汉语中适宜于担当外加律的字不多，只有"了""着""的""呢""吗""儿""子"等字。[①] 以上所列诗例也说明了这一点。

复合音韵不仅有"实词+虚词"式，还有"实词+实词"式，这种复合音韵其实是两种实词韵并用在同一韵位上，无虚字也无轻音。如古代诗歌中就有这样的实例：

功盖三分国，
名成八阵图。
江流石不转，
遗恨失吞吴。　　（杜甫《八阵图》）

武侯祠堂不可忘：
中有松柏参天长；

[①] 王力：《现代诗律学》，中国人民大学出版社 2004 年版，第 69—70 页。

干戈满地客愁破,
云日如火炎天凉。　　（杜甫《夔州十绝句》）

前一例中"阵图"和"吞吴"是复合韵相押,后一例中"参天长"和"炎天凉"也是复合韵相押,只是前者是两个音组合成复合韵,后者是三个音组合成复合韵。这种创作在新诗中也常能见到。如陆志韦的几个创作实例:

我对妻子说:
"令宜,搬些仁义礼智来,
让咱们造一个名教的功人。"
我又懊悔说:
"不,难道自由人生下儿子来,
依旧给木偶做纸扎的忠臣?"　　（《儿子之六》）

老弟呀,向前不到一箭路,
这几天恶浪头山样高,
也算经过了一番辛苦。　　（《航海归来》第一节）

又是那一天茅亭顶上,
低着眼望海上来的燕子;
什么事都不曾挂在心上。（《航海归来》第四节）

第一例中"功人"与"忠臣"相押,第二例中"箭路"与"辛苦"相押,第三例中"顶上"与"心上"相押。这种相押着的韵都是两个实词组合而成的复合韵。同样是两个实词组成的复合韵,还有的是迭韵,指的是两个韵母相同的字用在同一韵址,实际上属于同一辙韵,这种复合韵实际上也是两个诗韵相伴并用在同一个韵址上。如前引郭小川《青纱帐—甘蔗林》中的"芬芳"与"苍茫"不仅是两个实词复合韵,而且是两个叠音复合韵。"实词+虚词"式以实词的音为主,因为这是实词韵;而"实词+实词"式,尽管都是实词韵,但因为两字位置离顿之间的距离存在着差异,所以还是居于后者的那一实词韵（即紧靠尾顿者）为主。

在新诗创作中，有的诗人在同一节诗中同时使用着实词+虚词式和实词+实词式的复合韵，而且还使用着迭韵或迭字或迭语，从而显得更为复杂。如郭沫若的《笔立山头展望》：

> 大都会的脉搏！
> 生的鼓动哟！
> 打着在，吹着在，叫着在，⋯
> 喷着在，飞着在，跳着在，⋯
> 四面的天郊烟幕朦胧了！
> 我的心脏呀快要跳出口来了！
> 哦哦，山岳的波涛，瓦屋的波涛，
> 涌着在，涌着在，涌着在，涌着在呀！

这里的押韵就特别复杂。"朦胧了"与"鼓动哟"相押，它们作为脚韵，又同首韵和中韵"脏"和四个"涌"音相押；在脚韵位置的"叫着在""跳着在""涌着在"又相押，而它们又同中韵的"打着在""吹着在""喷着在""飞着在""涌着在"相押。这种独特的押韵，造成了诗的内在律动强烈外化，使得诗充满着激动人心的律动感。我们从中可以见到复合韵和单字韵结合、阴韵与阳韵结合、迭韵与迭语结合所产生的音质音律的审美效果。

单字音韵和复合音韵在新诗创作中都具有增强音质旋律的意义。当然，从传统观念来看，人们普遍肯定单字音韵而忽视复合音韵。有学者认为，就押韵的音数看，汉诗基本上押单音韵，古代《诗经》和新诗中有少量双音韵，前一种情况可能是由于《诗经》的韵式还处于探索阶段，各种韵式纷呈，后一种情况则可能是新诗对英诗双音韵的有意模仿。在汉诗成熟的体式中，是没有双音韵的。① 这种说法大体附合实际，但说近体诗中没有阴韵却也不符合事实，上引杜甫诗例能够说明问题。当然，汉诗相比拼音文字的英诗来说，复合韵相对较少。有人认为这也同中英诗律特征有关。汉诗是顿诗节奏，"诗行末尾一音是最重要的节奏点，单音韵就押在那一音上，韵的效果既好，又增强了诗的节奏性。""在以单音顿结

---

① 陈本益：《中外诗歌与诗学论集》，西南师范大学出版社2002年版，第40页。

尾的汉诗中，如果也押双音韵，就会与诗的音顿节奏不相协和：那双音韵中的一个韵在行尾单音顿上，而另一个韵却在前面音顿的末一音上，这样就会严重干扰音顿节奏的整一性。① 这种理论确实能够解释汉诗的复合韵少于英诗的原因，但我们并不同意把它绝对化，其实新诗的诗语采用了散文语言，加强了意义节奏，所以原有的节拍节奏已经部分失效，在此情形下，更多采用诗韵方式来加以弥补是一种重要的诗律创造。那么，在凸出音质音律的趋势下，在原有单音音韵的基础上更多地采用复合音韵，这有利于新诗音乐美建设的。而且，新诗收尾顿的结构远比传统诗词复杂，在复杂的脚韵中采用复合音韵，或单音音韵和复合音韵结合使用，其实并不会影响诗的节奏效果。这已经为大量的新诗创作实践所证明，如郭小川的《青纱帐—甘蔗林》使用了较多复合韵，不仅没有损害节奏效果相反加强了诗的音乐性能。劳·坡林就认为："诗一向就有一种倾向，尤其显著的是在现代诗中：那就是在诗行末用近似的音韵代替完整的音韵。所谓近似音韵包括任何种类相同声音的字词，有的接近脚韵，有的相差很远。在近似脚韵名目下，还包括句末的首韵、同元音、同辅音或这些音的某种联用。还有半韵，包括字词的一半是押韵的，有的在轻音节那一半上，还有其他不胜枚举的近似脚韵。"② 劳·坡林指明了西方现代诗在押韵方面呈现出多变和宽松的趋向，它一方面为诗人押韵提供了更大的自由，另一方面也为音质潜能发挥提供了可能。这种现代诗用韵的倾向其实在新诗中同样存在，相对于传统诗词，新诗在节奏和音韵方面获得了更大的自由。

押韵方式与行句方式

　　押韵方式简称"韵式"，指的是诗的脚韵位置的具体格式，它属于诗韵格律层面上的问题。王力认为，"在欧化诗里，除了无韵诗之外，关于韵脚的位置，有两个问题：（一）哪一行同哪一行押韵？（二）是否每行都须有韵？"③ 相对于传统诗词而言，汉语新诗的韵式更加丰富复杂，它反映了新诗体和新诗律的现代化趋向。

---

① 陈本益：《中外诗歌与诗学论集》，西南师范大学出版社2002年版，第40、41页。
② ［美］劳·坡林：《怎样欣赏英美诗歌》，殷宝书译，北京出版社1985年版，第125页。
③ 王力：《现代诗律学》，中国人民大学出版社2004年版，第74页。

新诗丰富复杂的用韵是因为它接受了中西两种诗韵传统。根据 J. A. 卡登所编的《文学术语辞典》介绍，四行一节的形式是英国诗歌乃至欧洲诗歌最常见的形式，就大多数押韵的四行节诗看，其韵式是：（1）abab；（2）xbyb；（3）aabb；（4）abba；（5）aaxa。其中第一种为交韵，第二、五种都是隔行韵，第三种为随韵，第四种为抱韵。沃尔夫冈·凯塞尔在《语言的艺术作品》中对西方诗歌的韵式则作了这样的介绍：

1. 成对的韵，上下两行互相押韵（aa　bb　cc　dd …）；

2. 十字韵，四行构成的小组中第一行同第三行，第二行同第四行押韵（abab）；

3. 交叉韵，四行构成的小组中第一行同第四行，第二行同第三行押韵（abba）；

4. 曲线的，由六行构成的小组中第三行与第六行押韵，同时第一行和第二行以及第四行和第五行成对的押韵（aabccb）；①

以上四种用韵现在普遍叫作"随韵"（法文 rimes suivies）、"交韵"（法文 rimes croisees）、"抱韵"（法文 rimes embrassees），以及交错用韵。在汉语新诗创作中，借鉴西洋诗歌韵式的主要是前三种。接受中国传统诗歌韵式的主要是隔行韵。古代《诗经》就已经主要是隔行韵，这种韵式为后代诗歌继承，成了汉诗传统韵式。具体表现就是 xbyb 和 aaxa 两种韵式。当然，传统汉诗也有交韵、随韵和抱韵，只是相对较少。汉诗的这种韵式选择也同自身音顿节奏有关。古代汉诗，在节奏形式上具有奇偶行的特点。所谓奇偶行（奇偶句）指意思上紧密相关、节奏形式上大致对称的两个诗行，前一行称奇行，后一行称偶行。"在一对奇偶行中，奇行一般就有相对完整的意思，与偶行结合起来意思更完整，所以，虽然奇、偶行末尾一音都是重要的节奏点，但比较起来，偶行末尾一音作为节奏点更重要，因为它相对读得较长，或者其后的顿歇较久。而隔行韵一般就押在偶行末尾一音上，它与奇偶行这种节奏形式完全配合，于是韵的效果既佳，诗的节奏也得以加强。"② 因此，从继承中诗传统的韵式来说，就是

---

① ［瑞士］沃尔夫冈·凯塞尔：《语言的艺术作品》，陈铨译，上海译文出版社 1984 年版，第117页。

② 陈本益：《中外诗歌与诗学论集》，西南师范大学出版社 2002 年版，第 43 页。

继承隔行韵,同时把它发展成"遥韵",即不止隔开两行或偶行押韵,而是隔三行或更多行押韵,往往是某个诗句或某个诗段末行押韵,这在自由体新诗中大量地存在着。在使用隔行韵和遥韵以外,更多地借鉴西诗的抱韵、随韵和交韵,并予以综合运用,这就形成了新诗的丰富复杂的韵式特征。对于这种向外的借鉴,有人认为交韵、抱韵并不适合汉诗奇偶诗行的节奏形式,因此认为违反了民族传统而加以排斥。这其实并不正确。因为汉语新诗的建行方式已经发生变化,行句结构已经变得复杂,严谨格律束缚已经突破,节奏音韵已经更加自由,在此情形下突破传统的隔行韵而导入多种用韵是必然的选择。卞之琳就提出这样的问题要求我们思考:"'交韵'或'抱韵'在《诗经》和《花间集》里都常用,阴韵在《诗经》里也并不少见。这些韵式虽则在过去因时代变化而废弃不用了,今天在又变化了的时代,在借鉴我国古典诗律以及西洋诗律的基础上,再拿来试用到新诗上,难道就算违反我国传统吗?"① 其答案是极其清楚的,那就是:"'五·四'以来新诗恢复了一点这种押韵法,并参考西式,略加以复杂化,这不能说是受了外来的坏影响。"② 卞之琳自己就在新诗创作中追求繁复的复杂用韵。如他的《白螺壳》每节诗的韵式是:

> 空灵的白螺壳,你
> 孔眼里不留纤尘,
> 漏到了我的手里
> 却有一千种感情:
> 掌心里波涛汹涌,
> 我感叹你的神工,
> 你的慧心啊,大海,
> 你细到可以穿珠!
> 我也不禁要惊呼:
> "你这个洁癖啊,唉!"

---

① 卞之琳:《今日新诗面临的艺术问题》,见《人与诗:忆旧说新》,生活·读书·新知三联书店1984年版,第181页。
② 卞之琳:《新诗与西方诗》,见《人与诗:忆旧说新》,生活·读书·新知三联书店1984年版,第191页。

这节诗的韵式为 ababccdeed，不但兼用了"交韵""随韵"和"抱韵"，而且是三种韵式连环套着，回旋而下，构成了诗歌声韵情调的回环，具有无限美妙的韵律美。对于新诗的复杂用韵，王力也是充分肯定的。他专列"杂体"谈复杂用韵，如遥韵、交随相杂、交抱相杂、随抱相杂、交随抱相杂等等，并以新诗创作实例来加以说明。

新诗在接受中西诗韵传统后加以创新，引来了繁富用韵，我们无法一一举例加以说明，只能概述其中一个普遍的规律，那就是韵式同行式的关系。所谓行式，指的是诗句分行以后按照诗化要求重新排列诗行的方式。新诗用现代汉语写作，而现代汉语最为明显的发展就是双音节化和句法严密化，面对散文化的诗语诗人就采用诗句分行以达到诗语律化或诗化。所谓分行就是把结构严密的现代散文语言打碎，使之成为一个个语言片断，然后按照诗功能要求重新排列诗行，建立了现代意义上的诗行和诗行组。"诗行可以和句子相吻合，也可以是半个或两个、更多的句子"，"诗行对句法有非常大的影响，分行的方式几乎是诗歌特殊的句法结构形成的最主要的原因"①。新诗韵式安排的重要规律就是同行式安排的有机结合。

我们以举例的方式来说说韵式与行式结合的情形。如黄淮《梦想成真》一节：

> 梦想成真是诗笔生花
> 异想天开乃上帝剪裁
> 只要双脚踏一朵游云
> 就敢于俯视五湖四海

这里四行分成两个行组，即前两行和后两行，两行的前行是"逗顿"，后行是"句顿"。依据这样的行句关系，诗人就在每个行组末尾押韵，通过诗韵和句顿形成两个节奏小段落，又通过两个韵的呼应形成一个节奏大段落。新诗普遍采用这种韵式，即在两行或数行后押韵，而押韵处往往就是句末或句顿处。与此相似的韵式和行式关系，在新诗中还有两种普遍采用的韵式：一是不少新诗采用了换节换韵方式，这是把诗韵划分行组扩大到诗节划分；二是不少新诗采用随韵加转韵的方式来划分行组。这

---

① 黄玫：《韵律与意义：20世纪俄罗斯诗学理论研究》，人民出版社2005年版，第127页。

种韵式都同时发挥着诗行组织的功能。

我们来看卞之琳《叫卖》一节：

> 可怜门里那小孩，
> 妈妈不准他出来。
> 让我来再喊两声：
> 　小玩意儿，
> 　　好玩意儿！…
> 唉！又叫人哭一阵。

这短短六行诗中的韵初看起来觉得复杂而无序，但细细读来觉得极有秩序感，这种秩序就是同行句的内在组织结构契合。第一、二行是叙述的语调，一个句子分成两行使用随韵，结末是句号。第三行和第六行是"我（叫卖者）"的参与（行动的参与和思想的参与），抒写同一对象的两行使用相对的抱韵，结末是句号也是段末。第四、五行缩格排列，都是"我（叫卖者）"的声音，两行使用了很少见到的四字复合韵相押。而后四行都同"我"有关（从行动到声音到内心），内容与开始两行并不相同，所以四行采用了抱韵，形成了与前两行不同的两个层次。在新诗中，复杂用韵或换韵频繁的韵式往往同诗情的复杂变化或诗行的组织结构特殊有关，韵式与行式与句式与顿式往往纠缠交织，双向或多向互动，相得益彰，体现了诗人独具的审美艺术匠心。

又如沈紫曼的《别》的几行：

> 我是轻轻悄悄地到来，
> 像水面飘过一叶浮萍；
> 我又轻轻悄悄地离开，
> 像林中吹过一阵清风。

这里四行，前两行后是个分号，后两行后是个句号，行式结构划出了两个层次内容。诗人没有采用随韵而是采用了交韵，第一、三行诗行对称，行末的"来""开"相押，第二、四行诗行对称，行末的"萍"与"风"相押，四行的韵式为abab。徐志摩的《古怪的世界》则第一、二行诗行对称，用同一韵，而第三、四行诗行对称，又用一韵，四行韵式为 aabb。虽然两诗的韵式不同，一为交韵，一为随韵，但它们共同的特征就是同诗行对称结构相契合，诗韵押在相同句式或相同音数的行末。在新诗中存在大量的对称结构诗行，韵式结构往往都同行式结构甚至诗意结构相应。这是新诗韵式的又一特征。

又如徐志摩的《雁儿们》的一节：

  雁儿们在云空里飞，
   看她们的翅膀，
   看她们的翅膀，
  有时候迂回，
   有时候匆忙。

这诗采用诗行高低（或称缩格顶格）排列，诗韵与此相应建构韵式，即第一、四行同为顶格排列，采用一韵，第二、三、五行同为缩格排列，又用一韵，韵式为 abbab。在英诗中，依韵脚的不同而分诗行的高低是普遍规律，我国新诗接受了这种规律，也使行式与韵式排列对应。如徐志摩《再别康桥》首尾诗节各四行，诗行排列均为高低高低，其韵式为 abab 交韵，《再不见雷峰》每节诗行排列为高低低高，韵式则为 abba 抱韵。尤其是我国诗人创作汉语十四行诗，其韵式更是一般都与诗行排列方式完全相应。但是，正如王力所说，新诗也有认为诗行排列与韵式安排是可以随意的，这其实是误解了西诗格式的缘故。

新诗用韵基本类型

汉语新诗有幸同时接受了中西诗歌的优秀音律遗产，从而有条件在此基础上建构起自身具有现代特性的音律体系。新诗音律体系的开放性包容性特征，赋予诗人创作自由灵活的空间，使得新诗用韵呈现出丰富多彩的局面。这种用韵的"自由"和"多彩"表明，具体诗作在用韵方面都有着自身不同的选择，呈现着各自不同的特色。这就给我们提出了一个课题，如何对于这种选择和特色加以总结概括。我们认为，在诗人用韵的选择和新诗用韵的特色中，可以明显地见到百年新诗发展中三条基本线索，存在着三种基本类型，具体来说就是传统型、现代型和无韵诗的用韵类型。

传统型用韵论

在 20 世纪 50 年代中期展开的继承诗词歌赋传统的讨论中，朱光潜说过："每一国诗都有些历代相承的典型的音律形式"，"这种音律的基础在各国诗歌里都有相当大的普遍性和稳固性，……有了音律上的共同基础，在感染上就会在一个集团中产生大致相同的情感的效果。换句话说，'同调'就会'同感'，就会'同情'。"[①] 这就告诉我们，构建新诗音律体系包括音韵体系需要继承汉诗音律传统。我国诗人在新诗创作中，在为新诗创格时，就注意继承旧体诗词的用韵格律，从而形成了偏重继承又有所改造的传统用韵类型。

中国旧体诗词用韵方式的传统主要是两个方面：一是基本是隔行押

---

① 朱光潜：《新诗从旧诗能学习得些什么？》，载《光明日报》1956 年 1 月 24 日。

韵；二是一韵到底的密韵。具体来说，历来诗人用韵分为律古两种。"律诗多在双句用平声韵，单句则只开首一句时或用韵。古诗用韵的变化较多，它可以句句用韵，一韵到底，可以如律诗在双句用韵，但不必限于平声。"① 一般论者认为，这是同汉语的音顿节奏和诗行结构密切相关的。从音顿节奏同诗韵关系说，就是汉诗的奇偶行构成行组，一般以分号或句号区分。行组在节奏上形成一个比诗行更大的节奏单位，行组最为重要的节奏点是在偶行的末尾，所以在此节奏点上大顿与诗韵结合能够形成节奏段落，于是，韵的效果既佳，诗的节奏也得以加强，也就是汉诗的音顿节奏中音节的轻重、长短不分明，需要依靠相同的密韵来予以强化。从诗行结构同诗韵关系说，隔行韵的特点是一、三之类奇行（逗行）不叶韵，作翘韵，而二、四之类偶行（句行）叶韵，从而形成"翘""韵"相间交替的规律，这种韵式适用于两行一句传统句法的诗节，在隔行韵式中有时首行入韵，作用是尽早入韵，有利于韵味韵性的强化；一韵到底的韵式"韵音单一，韵脚密集，韵性强、韵势大、韵味足，浩浩荡荡，一泄千里"②。朱光潜通过比较揭示了汉诗用韵的必然性特征。他认为，西文诗的单位是行，每章分若干行，每行不必为一句，一句诗可以占不上一行，也可以连占数行。行只是音的阶段而不是义的阶段，诵读西文诗时，到每行最末一音常无停顿的必要，所以人们不必特别看重它。中文传统诗不同，每句相当于西诗的一行而却有一个完足的意义，行（句）是音的阶段，也是义的阶段；每句（行）最末一字是义的停止点也是音的停止点，所以诵读中文诗时到每句最末一字都须略加停顿，甚至于略加延长，每句最末一字都须停顿延长，因为它是全诗音乐最着重的地方。如果在这一字上面不用韵，即到着重的一个音上，时而用平声，时而用仄声，时而用开口音，时而用合口音，全诗节奏就不免杂乱无章了。中文诗大半在双句（行）用韵而单句（行）不用韵，这有两个理由，一方面是要寓变化于整齐，一方面要继续不断的把注意力放松放紧，以收一轻一重的效果。"我们可以说，中文诗的轻重的节奏是在单句不押韵，双句押韵上见出。"③

---

① 朱光潜：《替诗的音律辩护》，见《诗论》，生活·读书·新知三联书店1984年版，第246—247页。

② 程文、程雪峰：《汉语新诗格律学》，香港雅园出版公司2000年版，第334页。

③ 朱光潜：《替诗的音律辩护》，见《诗论》，生活·读书·新知三联书店1984年版，第246—247页。

这就是传统汉诗隔行押韵和一韵到底密韵的奥秘所在,"可以说,我国这种传统句法方式与传统韵律方式是自然的天作之合,是最成功的韵律,这是现代格律诗应当继承与发扬的民族诗歌的传统气派传统作风。"①

我国新诗对于隔行韵(或首行入韵)和一韵到底密韵的传统是心领神会的,在新诗音韵体系的探索过程中,非常重视继承这种传统韵律方式。据统计,闻一多的《死水》集有诗 28 首,而其中 12 首采用隔行韵。如《荒村》是长诗,同诗在表达上的深沉和写法上的铺叙特点结合,全诗不再分节,通体偶句用韵,节奏舒缓,如诉如泣。在他的《红烛》集中有《太阳吟》,诗人居然在 12 节中使用同一韵押,每节三行,第一、三行用韵,一韵到底,诗人在给友人的信中说,"我并不觉吃力。这是我的经验。你们可以试之"。要知道闻一多是个喜欢多种韵式的诗人,尚且如此多用隔行韵,可见传统韵式在新诗创作中仍然有着极其重要的影响。邹绛在新诗选本中选了 40 首整齐诗行的新诗,使用隔行韵(或首行入韵)的诗竟达 30 首,其中基本也都采用一韵到底的押韵方式,可见相当数量的新诗继续采用着传统韵式创作,传统型韵式的新诗普遍得到认同。我们以黄淮的《火狐》第二、三节加以说明:

> 一只火红火红的狐狸
> 海浪般在我脚下嬉戏
> 翻个斤斗忽地扑上身
> 溅湿了满怀诗情画意
>
> 一只火红火红的狐狸
> 转眼间又从视野消失
> 留下一点清脆的笑声
> 点燃了秋雨淅淅沥沥

这里两节诗分别的第一行(奇行)是个美丽的意象,句子具有相对独立性,但当这行与第二行(偶行)结合时自身却只是一个主语,有了第二行才是一个完整的表意单位,两行构成一个语义和节奏结合的行组单

---

① 程文、程雪峰:《汉语新诗格律学》,香港雅园出版公司 2000 年版,第 333 页。

位，它既是一个相对完整的诗意单位，又是一个相对完整的节奏单位。两节诗的第三行（奇行）分别也是个相对独立的句子，但在诗组中也仅是一个句子成分。这里的两节诗从语义和节奏说，每两行（奇偶行）构成一个行组单位，两个行组构成一个诗节，体现的是双数诗行构节。与诗行和节奏结构相应，采用隔行押韵、每节首行入韵，韵式是 aaba aaba。"这种韵式，最适用于使用两行一句传统句法方式的诗句，而这种句法方式的诗节所形成的句逗状态同这种韵律式的韵脚的出现恰好平行，'逗句逗句'与'＊韵＊韵'是同步进行的，韵脚都规律地落在偶行（句行）之尾，因此，韵显得十分自然和谐。"① 这种方式扩大，若是六行诗节或八行诗节或更多，用韵分别是＊韵＊韵＊韵（逗句逗句逗句）或＊韵＊韵＊韵＊韵（逗句逗句逗句逗句）或更多。在西诗中，很少有一节共用四个以上相同韵脚的，而我国新诗大多如此，是因为接受了旧诗一韵到底、隔行押韵的影响。

  对于新诗创作中移用传统韵式，人们普遍肯定其具有民族特色，并自觉地加以实践着。但是，也有人看到了这种诗韵方式的不足，大体来说就是单调。"这种韵式如果使用过多，因为叶同韵的韵脚紧紧相叶，接连不断，容易形成一种呆板、单调的感觉，这就变成缺点。因此，刘勰在《文心雕龙》中说过：'百句不迁，唇吻苦劳。'"② 朱自清在谈到新诗继承了旧诗音律传统遗产时是持肯定态度，但是他也在《新诗杂话·诗韵》中明确批评一韵到底和隔行密韵。朱光潜在《诗论》中说："齐梁声律风气盛行以后，诗人遂逐渐向窄路上走，以至于隔句押韵，韵必平声。一章一韵到底，成为律诗的定律。一韵到底的诗音节最单调，不能顺情景的曲折变化，所以律诗不能长，排律中佳作最少。"③ 新诗面对传统韵式表达情思方面所显出的不足，就努力地寻求着新变。其新变一方面接受西方诗韵传统影响，另一方面还是从传统诗律吸取营养。朱光潜告诉我们，隔行用韵和一韵到底主要是影响深远的近体诗律的用韵特征，而我国历史上用韵方法还有其他传统："古诗用韵变化最多，尤其是《诗经》。江永在《古韵标准》里统计《诗经》用韵方法有数十种之多。例如连句韵（连韵从两韵起一直到十二句止）、间句韵、一章一韵、一章易韵、隔韵、三句

---

① 程文、程雪峰：《汉语新诗格律学》，香港雅园出版公司2000年版，第333页。
② 同上书，第334页。
③ 朱光潜：《诗论》，生活·读书·新知三联书店1984年版，第195页。

见韵、四句见韵、五句见韵、隔数句遥韵、隔章尾句遥韵、分应韵、交错韵、叠句韵等等，其变化多端，有过于西文诗。"① 正是在此基础上，新诗传统型用韵方式呈现出变异和丰富。我们可以从以下四方面加以考察。

一是由音数整齐诗行发展为音数参差诗行。音数整齐诗行，又称等度诗行。在西方诗中诗行以整齐为原则，所谓整齐有两种意义，一是每行的音数相同，二是每行的音节须成偶数。我国传统诗歌大致也是等度诗行，这种诗行使用隔行韵和一韵到底既是天作之合，又是容易单调。新诗的诗行有了新的发展，有长行也有短行，有偶音行也有奇音行，有句行统一又有行句分裂（跨行或拼行），有行间诗行等长又有行间诗行参差的。这种种的复杂就使得传统韵式趋向复杂化。如郭小川《青纱帐—甘蔗林》的一个诗节：

哦，我的青春、我的信念、我的梦想……
无不在北方的青纱帐里染上战斗的火光！
哦，我的战友、我的亲人、我的兄长……
无不在北方的青纱帐里浴过壮丽的朝阳！

这节诗还是采用了一韵到底（且全诗 12 个诗节均是如此），不是隔行韵而是行行韵，不仅是脚韵而且还有中韵，虽然如此，我们读这种韵式的诗却并不感到单调、呆板，这是因为诗行较长（一、三行 13 音，二、四行 17 音），句式变化（长句和短句），建行复杂（化长为短和集短为长），行式变化（交叉对称和上下参差），在这种种变化下再用传统韵式就避免了韵式的单调。新诗中更有些诗没有采用对称等长诗行的组织，而是采用跨行跨句、变化无序的诗行组织，在这种诗中采用传统韵式，不仅可以避免用韵单调，而且依靠着规则用韵，有效地把各种不同型号的诗行组织串连起来，形成一个有机整体，产生旋律式的音律美。

二是由相隔一行押韵发展为相隔多行押韵。隔行押韵同中国传统诗歌奇偶的诗行结构有关，它的具体表现形式就是出句和对句的交替出现，有人甚至把这称为汉诗特有的行间关系和节奏模式。这在文言诗中因为单音节词居多，所以创作起来并不感到困难，但到了现代诗中，散文式语言进

---

① 朱光潜：《诗论》，生活·读书·新知三联书店 1984 年版，第 195 页。

入诗中，句式紧密复杂，化句为行更是使得行句之间关系变得极为复杂，在这种诗语中再也无法在更多的诗中保持奇偶诗行结构模式。句子结构和行句关系变化促使韵式变化，诗人由此开始突破固定韵式而依据传统原则加以变化。如郭小川就这样归纳自己的新辞赋体用韵："押得太密，读起来太急促"，"比较稀疏"也不好，"读起来有断气之感"。他的新辞赋体往往一个长句押一韵。如果一个长句成一行，就行行押韵，如果一个长句分两行，就双行用韵，如果一个长句分三行，一般第三行用韵。这种发展变化在自由体新诗中更是显得灵活多变。如艾青《透明的夜》一节：

"趁着星光，发抖
我们走……"
阔笑在田埂上煽起……
一群酒徒，离了
沉睡的村，向
沉睡的原野
哗然地走去……

这里实际上是两个分句，前三行一个分句，后四行一个分句。就脚韵来说，第一、二行"抖""走"虽是随韵相押，但全节两个分句组合靠的则是第三行末的"起"和第七行末的"去"相押，也就是说，第一个韵的位置是在隔两行后的第三行末，第二个韵的位置是在隔三行后的第七行末，这就显出用韵的变化复杂，当然也就自然避免了简单重复隔行韵所带来的单调。这类新诗隔行韵位置安排任意自由，有时连续两行押，有时隔行押，有时隔数行押。虽然有着种种变化，但往往是在行句分裂以后的句逗处总有诗韵，这就又在变化中坚持了传统韵式规则，也就是朱光潜所说的是在传统模式中的变化。

三是由同韵持续到底发展为有规律地换韵。这里的"规律"主要是指换节换韵，即中国传统诗歌中的"一章一韵""一章易韵"，当然还包括篇幅较大的诗节（段）内的换韵。如闻一多写作新格律诗，常常采用的就是换节换韵，他的经典性作品《死水》包括五节，每节四行，韵式就是换节换韵，全诗用了五个韵。换节换韵在新诗创作中屡见不鲜，应该视为一种常规的用韵方式。一些自由诗也用换节换韵方式，如艾青著名的

《太阳》两节：

> 从远古的墓茔
> 从黑暗的年代
> 从人类死亡之流的那边
> 震惊沉睡的山脉
> 若火轮飞旋于沙丘之上
> 太阳向我滚来……
>
> 它以难掩的光芒
> 使生命呼吸
> 使高树繁枝向它舞蹈
> 使河流带着狂歌奔向它去

　　这里两节诗的每节都是复杂长句，诗人用切割方式把严密复杂的散文式句子拆开，然后再按照诗功能原则重新排列组合诗行，这样，散文式长句就通过分行及排行成了韵律化诗行。由于重新排列的诗行注意了行顿节奏对等安排，注意了有规律地安排行末诗韵，就形成了自由诗特有的旋律化节奏声韵。这里诗韵安排的特点就是换节换韵，在前节中"代""脉""来"采用了隔行韵式，在后节中"吸""去"也是隔行用韵。这样的用韵虽然还是属于传统型的，即相同诗韵的隔行相押，但却呈现出变化而具有现代意味。

　　四是由四行节偶行节发展为多行节奇行节。旧诗隔行用韵是同偶行诗节联系着的，新诗开始突破四行、六行或八行节等偶行模式，采用了自由灵活的构节方式，与此同时，用韵既有隔行韵，又有三行韵，还有四行韵等，这样就为新诗运用传统韵式建行提供了极大方便，也避免了固定的隔行韵式和一韵到底带来的呆板。这种创作实例很多，不再列举。

　　在论述新诗传统型用韵时，我们需要说明两点。一是传统诗韵方式不仅在新诗中得到继承和发展，在汉族民歌中也得到继承和发展。我国民歌多数是四行节或偶行节，大多采用隔行韵或再加上首行入韵，大传统的文人诗和小传统的民间诗在用韵上存有共同规律。我国诗人在继承民歌传统基础上写作新民歌体，大多采用我国传统韵式。如李季在 20 世纪 50 年代发表了新鼓词体长诗《杨高传》，包括《五月端阳》《当红军的哥哥回来了》《玉门儿女出征记》三部，每节四行，一三行七言四顿（二二三），二四行十言三顿（三三四），用韵规则是：逢双行或一二四行押韵，平仄不限，节内不换韵。有时整章同韵，有时换节换韵，既有规律，又有自由。二是新诗传统型用韵既继承了典型的近体韵式，也注意到古代词曲体韵式。我国古代词体按谱写作，就用韵来说要比诗体宽松自由，如平仄互押，可以转韵，韵式多样，这些用韵方式也对新诗创作产生影响。词体对于新诗用韵，要数上下阕（片）词的对应诗行押韵影响最大。我国新诗发生期，就曾经有个白话词体的尝试阶段，诗人采用了长短句写新诗，同时按照词体分阕（片）写作数节，而在数节之间的用韵往往采用对应位置相押的方式。这种押韵方式直接影响到后来的歌词写作，数段歌词押韵往往也是对应位置用韵。

现代型用韵论

新诗继承传统旧诗的韵式是有着充分理由的，但不能由此排斥新诗借鉴西方诗歌的用韵传统。新诗与旧诗的区别首先在于精神方面，由此决定了新诗在形式方面的特点"是用现代语，用日用所常之语，而不限于用所谓'诗的用语'Poetic Diction，且不死守规定的韵律"①。同样在20世纪50年代中期展开的继承诗词歌赋传统的讨论中，在强调继承传统的同时也有这样的观点："愈来愈繁复多样的现实生活的节奏和旧诗词形式的节奏在若干部分有所不同；现代的语法已经较古代的语法有了很多的变化；现代生活中出现的许多新的词汇也已不能与这种形式协调和被它容纳；这种征象无疑使旧诗词的形式在表现能力和表现的生活幅度上都受到若干限制。"② 这就有了向西诗借鉴韵式而更好适应表现新生活的选择，这说明新诗向西诗借鉴用韵方式同样也是有着充分理由的。事实上，新诗的发生和发展直接接受了西方现代诗运动影响，接受了西诗的精神自由和形式解放，包括接受了西诗的诗韵方式。

---

① 刘延陵：《论美国的新诗运动》，载《诗》第1卷第2号（1922年2月）。
② 曾宪洛：《漫谈诗歌的学习传统和创造》，载《新华日报》1956年9月2日。

如果我们仔细地进行中西用韵方式对比，就会发现中西诗歌在用韵整体上来说是一致的。我国新诗向西方借鉴用韵主要是随音、交韵、抱韵、交错韵和阴阳韵等，而这些用韵其实在汉诗发展途中也曾出现并被广泛使用，而且在整个诗体流变时始终弦歌不绝。卞之琳说过："交错押韵，在我国也是古已有之，只是稀有，后来在旧词里，特别在较早的《花间集》里就常见。今日我们有些人，至少我自己就常用，甚至用很复杂的交错脚韵安排，至于听众能不能听得出来，我看还是我们的听觉习惯能否逐渐改变的问题。"① 卞之琳强调向外借鉴用韵，一来是有心恢复一个久已弃绝的传统，二来是着意改变中国新诗读者的听觉习惯。而这种"有心"和"着意"的理论依据就是："今天在又变化了的时代"，因为"近代人的生活是非常复杂的生活，心与物之间有许多神异的交互的影响，所以单单刻画外物而忘记内心绝不足以表现近代人的生活，而且客观界虽然美丽而繁复，主观界则尤其神秘而丰富。"② 我国古诗用韵也是较为复杂，西诗更加复杂，为了更好地反映现代人的复杂人生和复杂心理，在继承古诗传统的同时借鉴西诗用韵，应该是在情理之中的事，也体现了新诗的现代性追求。

我国诗人借鉴西诗用韵，主要是随韵、交韵、抱韵、交错韵和阴阳韵等，它相对于我国传统多用一韵到底和隔行韵来说，显得较为复杂，更具现代意义。这些西式用韵在早期新诗中就大量存在，在当代自由诗和格律诗中也被广泛使用。大致情形，一是在移植西方诗体中自觉地用西式诗韵。我国诗人大量引进西方诗体，包括西方的自由诗体和格律诗体，这种"引进"一方面是指对应翻译，另一方面是指模仿创作，在这过程中我国诗人就自觉地采用格律对等移植的方法引进西方韵式。如在翻译西方十四行诗和创作汉语十四行诗时，就把意体的抱韵和英体的交韵借用过来。梁宗岱写有《商籁六首》，前八行就采用抱韵，后六行就采用交错韵。其中第一首是 abba abba cdd cdc，第二首是 abba abba cdc dee，第三首是 abba abba，第四首是 abba abba cdc dcd，第五首是 abba abba ccd ede，第六首是 abba abba ccd eed。二是在创作新诗时自觉或不自觉地采用西式韵。这种实例很多，这里举出徐志摩的短诗《渺小》："我一人停步在路隅，／

---

① 卞之琳：《雕虫纪历·自序》，人民文学出版社1984年版，第12页。
② 刘延陵：《法国诗之象征主义与自由诗》，载《诗》第1卷第4号（1922年7月）。

倾听空谷的松籁；／青天里有白云盘踞／转眼间忽又不在。"这里的四行就规范地使用了交韵，第一、三行的"踞"和"踞"相押，第二、四行的"籁"和"在"相押。实际上，采用抱韵、交韵、随韵、交错韵或阴阳韵的新诗数量很多，主要存在于格律体新诗创作中，种种韵式已经融化在创作中，成为新诗用韵的常规方式。它增加了新诗格律形式的丰富性，也契合了新诗行句结构的多样性，还体现着声韵传情的微妙性。

　　对于西式用韵的借鉴，历来存在着分歧意见。如精于诗律研究的陈本益认为："汉诗中之所以交韵尤其是抱韵很少，重要的原因便是这两种韵式不大适合汉诗的奇偶行节奏形式。以交韵形式看，它是两韵交错呼应，本身是完善的。但在汉诗的奇偶行形式中，内在的意义节奏和外在的音顿节奏（这两种节奏在汉诗中是基本统一的）却并不是交错地呼应，而是平行地呼应的；在一对奇偶行中，奇行与偶行相呼应；在两对奇偶行中，上一对与下一对相呼应。交韵的交相呼应的形式不大能配合它们。抱韵更不适合汉诗的奇偶行形式。就四行一节的诗看，抱韵是第一、四行末尾的韵相呼应，第二、三行末尾的韵相呼应，这就很不适应在一对奇偶行内和在两对奇偶行之间依次地平行呼应的节奏形式。"[①] 这种分析是精细的。它很好地说明了为何传统诗尤其是近体诗采用隔行韵和一韵到底的原因，也说明了《诗经》中曾经大量存在的交韵、抱韵在近体中隐退的原因。但是他没有说明的是：当新诗采用现代散语写作并已经冲破奇偶行节奏后，采用多样韵式包括西式的交韵和抱韵就是必然的选择了。陈本益的分析给予我们重要启示，即在新诗创作时，采用哪种韵式需要考虑行句结构，需要契合诗行节奏，需要结合情思表达。交韵、抱韵是同英诗轻重节奏相应的。"第一，为了给诗行造成一定的重轻音规律，英诗常有跨行现象，因而并不普遍存在奇偶行形式。这样，英诗的韵式就可以是多种多样的，不受奇偶行形式的制约。第二，韵作为节奏与重轻节奏是不同质的，前者是音质节奏，后者是音强节奏。这样，英诗的韵式便有很大的独立自主性，并不直接受制于重轻节奏。"[②] 因此，使用韵式时考虑其与诗语的契合关系是正确的。正是基于这种考虑，我国诗人在采用西式用韵时，基本选择是：不是简单地照搬照抄移用，而是依据行句结构和传情需要进行

[①] 陈本益：《中外诗歌与诗学论集》，西南师范大学出版社1992年版，第43页。

[②] 同上书，第44页。

新的创造，也就是对于西式用韵进行有意识的改造，使之更加切合汉语新诗创作需要，更加切合具体诗篇形式审美。这种创造性的改造，消化了外来音律形式，并使之融化到汉诗新的创作实践。其意义在于：在现代诗语发生重要变化的背景下，有意恢复汉诗一个久已弃绝的传统，"在借鉴我国古典诗律以及西洋诗律的基础上，再拿来试用到新诗上"（卞之琳），使之成为汉语新诗自身的音律组成部分。正是这种改造与创新，我国新诗用韵呈现着复杂繁富景象，体现出了用韵现代化的趋向。我们可以从以下四方面加以考察。

一是由韵式固定模式发展为韵式自由模式。如随韵基本的模式是 aabb，王力在《汉语诗律学》中说到新诗随韵的诸多自由变式，如刘半农的《教我如何不想她》每节用 aaxbb 式，刘大白《爱》用 aabb aacc aadd aaee aaff 式，闻一多《飞毛腿》一段用 aabbccddeeffgg 式，闻一多《口供》用 aabbccdd 式，于赓虞《影》用 aaa bbb 式。如抱韵基本的模式是 abba，但汉语新诗却出现了较多的 aba aba 式（卞之琳《群鸦》）、abbba 式（闻一多《我要回来》）等。如徐志摩《沙扬娜拉》用了 axya 式，徐志摩《落叶小唱》每节四行用 aaba 式，艾青《大堰河》一节用 abbbbbbba 式。如交韵正则是双交即 abab，但汉语新诗极少用双交而多用单交式，即偶行押韵，奇行不押韵，有些诗虽用双交但有变化，如戴望舒《印象》首节用 ababxb 式。这种种变化，使得新诗在使用西诗韵式时更好地适应了汉语新诗或具体诗篇的创作需要。尤其需要说的是，西方十四行意体的前八行两个抱韵，英体前八行两个交韵，其结构虽然存在交错回环，但按其体制规则诗行文意是纵直向下流动的，从而确保全诗的诗意构成一个持续进展结构。而我国诗人同样用抱韵或交韵，却采用了回环或交错型结构。如以下诗例：

　　　　林莽之间蛛网缠住
　　　　　七彩露滴的影踪
　　　　荆棘伸展枝叉追捕
　　　　　翎毛扇动的清风　　（陈明远《圆光》一节）

　　　　忘掉她，象一朵忘掉的花，
　　　　　那朝霞在花瓣上，

那花心的一缕香——
忘掉她，象一朵忘掉的花。（闻一多《忘掉她》一节）

　　第一例中第一三行对称（诗意和句式和音顿），第二四行对称（诗意和句式和音顿），押韵方式与此相应采用的是 abab 双交韵，诗行结构和诗意结构是对称交错的；第二例中第一四行反复，第二三行对称（诗意和句式和音顿），与此相应采用的是 abba 抱韵，诗行结构和诗意结构是回环的。这符合汉语诗韵的特征即押韵同诗行结构和诗意结构相应，却并不符合西方诗韵式的固定模式结构。以上种种变化实际上是对于西方韵式的改造创新。

　　二是由单用西方韵式发展到杂用西方韵式。王力在《现代诗律学》中说到西方数种韵式综合运用的情形，并举出了汉语新诗创作实例。王力认为，"凡不完全依照上面的三种韵式的诗，我们叫做杂体"①。这种杂体把数种韵式综合起来，运用于同节的数行诗中，实际上就打破了传统西诗韵式格律束缚，呈现出新的韵律效果。这也是一种改造和创新，同样达到吸收融化变成我们自己的要求，它使得新诗的韵式更加复杂多变。如交随韵相杂，即交韵与随韵杂用的情形。朱湘的《答梦》采用的是 abcbdd abcbdd ababcc 的韵式。又如交抱韵相杂，即交韵和抱韵杂用的情形。徐志摩的《呻吟语》采用的是 aabba aacca 的韵式。如交随抱韵相杂，即交韵、随韵和抱韵三种韵式杂用并存。卞之琳的《白螺壳》韵脚为 ababccdeed，兼用了"交韵""随韵"和"抱韵"。当然还有西式用韵与传统用韵杂用的情形。如果把以上杂用韵式扩大到整首诗的数节，情形将会更加变得复杂。需要明确的是，杂用绝非杂乱，其诗韵仍然发挥着组织诗行（也组织诗句和诗意）的作用。如艾青的《盼望》：

一个海员说，
他最喜欢的是起锚时所激起的
那一片洁白的浪花……
一个海员说，
最使他高兴的是抛锚所发出的

---

①　王力：《现代诗律学》，中国人民大学出版社 2004 年版，第 89 页。

那一阵铁链的喧哗……
　　一个盼望出发
　　一个盼望到达

　　这里前六行构成各三行的两个层次，诗行与诗韵对称相押，从而形成两个对称性的意义层次或音律层次，与此相应采用了变格的三交韵；最后两行是随韵相押，类似一对偶行韵，所用诗韵同前面第三六行末的句顿尾韵相押，直接呼应前面六行的诗意和诗行。全诗通过这种韵式构建了一个有序进展的节奏流程。这里的诗韵虽然包括三个韵辙，韵式既有交韵而且是三交，还有偶行偶句随韵，似乎有点复杂凌乱，但仔细读来却又井然有序，而且自然贴切，声韵与情调相得益彰，显示了复杂用韵的精妙之处。这是中国诗人韵式创新的重要成果。

　　三是由单独使用脚韵发展为多位诗韵并用。这里的多位诗韵指诗中的首韵、中韵和脚韵。现代诗重视作为音质律的传情作用，由重感情的"心声"，发展到对声音的陶醉，重视声音各种因素配合构成音乐结构，以便传达内心情感律动。西方现代诗人追求诗的纯粹和自律，认为诗的形体元素是音乐和色彩，其音乐所指主要就是音质律。要使诗韵在新诗中发挥重要作用，不仅要继承传统诗用韵，也不仅要借鉴西诗用韵，还要把脚韵同行首韵、行内韵和双声叠韵等综合起来，营造新诗独有的音乐声响来传达诗人心声。穆木天就这样说过："关于诗的韵（Pime），我主张越复杂越好。我试过在句之中押韵，自以为很有趣。总之韵在句尾以外得找多少地方去押。"[①] 我们来看胡适的几行诗：

　　　　今天风雨后，闷沉沉的天气，
　　　　我望遍天边，寻不见一点半点光明。
　　　　回转头来，
　　　　只有你在那杨柳高头依旧亮晶晶地。（《一颗星儿》）

　　这里首行末尾脚韵"气"字后，隔开33个字才有脚韵"地"，构成

[①] 穆木天：《谭诗——寄沫若的一封信》，载《创造月刊》第1卷第1期（1926年3月16日）。

变格抱韵结构。但仅有此相抱的脚韵，音韵效果显然不佳。于是，诗人在第四行中放入了一个"你"字行中韵，因为这诗是写陈独秀的，诗人称其为"大星"，所以这里的"你"必然需要通过重读而凸显，从而与前后的两个脚韵呼应，强化了音韵效果。更为重要的是，这诗的音韵效果还同行内其他字音有关，如"遍""天""边""点""半""点"的叠韵字（"遍""边""半""明"又是双声字）和"有""柳""头""旧"叠韵字错落地夹杂在诗行内，这样做的结果，就是并不令人觉得"气""地"两脚韵隔开那么远，全诗自有一种流贯的声韵美。卞之琳《灯虫》韵式是 abba cddc efe fgg，在这复杂韵脚中还穿插着其他诗韵，如诗的一二行是：

多少艘艨艟一齐发，
白帆篷拜倒于风涛，

李广田说："在这两行中'艨''艟''发''帆''风''篷''拜''倒''涛'诸字，就足以使我们听到了海上的声音。"① 如陈敬容《寄雾城友人》，第一行中行内逗号前的"景"字，不仅与该行结尾的"生"字押韵，且与第四行中相似位置逗号前的"魂"字押韵。两音又与第二行结尾的"人"联系，从而使首节四行形成紧密结合的结构体。第二节与第一节一样，前面两行的尾韵得到第八行的行内逗号前音节"里"才有回应，其行内韵在全诗的末行中逗号前的"息"字上得以重复，换句话说，该诗中后六行的最后一行回应了前八行的最后一行，从而把两个诗节组成一个有机结构体。由此可见各种诗韵和多种韵式综合运用的精妙之处。

四是由使用同辙诗韵发展为采用近似辙韵。美国诗学教授劳·坡林认为，现代诗有一种新的倾向，"就是在诗行末用近似的音韵代替完整的音韵。所谓近似音韵包括任何种类相同声音的字词，有的接近脚韵，有的相差很远。"② 这在我国新诗中也常能见到，虽然新诗已经有了自己的规定韵辙，但是诗人在创作中为了追求新的变化，就有意识地采用了近似韵。

---

① 李广田：《论卞之琳的〈十年诗草〉》，见《诗的艺术》，上海开明书店1944年版。
② ［美］劳·坡林：《怎样欣赏英美诗歌》，殷宝书译，北京出版社1985年版，第125页。

当诗的基本格律确定后，任何突破哪怕一个诗韵的变化，都有可能带来新的意义和新的格式。如屠岸在《莎士比亚十四行诗集》中声明，他有时把 ing 和 eng 押为 en 韵，这就是用的近似韵，荷兰汉学家汉乐逸认为用此方式写作或翻译十四行诗，减少了韵脚，增加了同辙诗韵重复，结构就比原诗结构更加紧密。① 屠岸还认为，吴钧陶的诗"叶韵字有时采用'邻韵'，比如：［an］和［ɑng］用作一韵，［ai］和［ei］用作一韵，以及［o］和［u］用作一韵等，这是在均齐中略含参差，也是一种美。"② 梁宗岱的《商籁》第三首中有这样四行：

> 触目尽是憧憧的魑魅和魍魉，
> 左顾是无底的洞，右边是悬崖，
> 灵魂迷惘到忘了啜泣和悲嗟——
> 一片光华飘然忽如从天下降；

这里的韵式应为 abba，但第二行的"崖"和第三行的"嗟"并非同辙，诗人用近似音押韵。如下之琳《记录》四行："现在又到了灯亮的时候，／我喝了一口街上的朦胧，／倒象清醒了，伸了一个懒腰，／挣脱了怪沉重的白日梦。"王力说这里用交韵 abab，但第一行"候"和第三行"腰"并不合辙，所押为"贫韵"，即"韵脚以元音或复合元音收尾，而这元音或复合元音只是相近似，并不相同"③。劳·坡林认为现代诗在近似脚韵名目下，还包括半韵，包括字词的一半是押韵的，有的在轻音节那一半上，还有其他不胜枚举的近似脚韵。近似韵在新诗中的重要性目前还没有为大家普遍认可。其实，劳·坡林早就强调指出："诗一向就有一种倾向，尤其显著的是在现代诗中：那就是在诗行末用近似的音韵代替完整的音韵。所谓近似音包括任何种类相同声音的字词，有的接近脚韵，有的相差很远。在近似脚韵名目下，还包括句末的首韵、同元音、同辅音或这些音的某种联用。还有半韵，包括字词的一半是押韵的，有的在轻音节那

---

① ［荷］汉乐逸：《中国十四行诗：一种形式的意义》，荷兰雷登大学 CNWS 出版社 2000 年版。
② 屠岸：《吴钧陶诗歌的视野——〈幻影〉序》，河北教育出版社 2001 年版，第 5 页。
③ 王力：《现代诗律学》，中国人民大学出版社 2004 年版，第 59 页。

一半上,如 yellow 和 willow,还有其它不胜枚举的近似韵。"① 英国诗学教授布尔顿在《诗歌解剖》中也告诫我们:"现代诗歌的一大进步就是对形形色色的不完全韵的接受,从而使诗人们从用滥了的诗韵中解脱出来。"② 布尔顿所说的近似韵包括辅韵、半韵或借韵等。这样的忠告值得我们珍视,它对于新诗用韵趋向现代化是富有建设性的。

现代型用韵往往是同诗的行句分裂结合着的,有时为了押韵任意地拆散诗句甚至词语,应该说多数情况是有积极意义的,它体现了新诗语言富有弹性、韧性和伸展性的特征。但是也有为了押韵分裂词语效果不佳的。如朱湘的诗中就有这样的实例:

尽管是法力无边,人类所崇
拜的神不曾有过一百只手——　　——英体第 8 首
是你的老家;你不要再吵
闹在耳边……它却仍旧哇哇　　——意体第 3 首

为了诗行押韵和字数统一,诗人把"崇拜""吵闹"拆开,把"拜""闹"字抛入下行,这显然同读者的欣赏习惯存在距离。卞之琳说:"从语言问题说,一方面从西方来的影响使我们用白话写诗的语言多一点丰富性、伸缩性、精确性。西方句法有的倒和我国文言相合,试用到我们今天的白话里,有的还能融合,站住了,有的始终行不通。引进外来语、外来句法,不一定要损害我国语言的纯洁性。"③ 我们认为分裂词语跨行弊多利少。"汉语句子的词法、句法和语言信息的大部分不是显露在词汇形态上,而是隐藏在词语铺排的线性流程中:分裂词内部之间的粘合关系的跨行,显然会扰乱或破坏读者从词语铺排的线性流程中获取正常的信息链。从阅读欣赏的心理角度来说,读诗应该是一种'非常时刻',欣赏者在阅读过程中会暂时切断自身与周围世界的联系而进入一种'我思故我在'的境界,阅读之后往往能给周围世界重新赋予意义。因此好的诗歌应该赐与读者美丽的诗行形式,给读者创造良好的欣赏氛围。可是那种拆词跨行

---

① [美]劳·坡林:《怎样欣赏英美诗歌》,殷宝书译,北京出版社 1984 年版,第 125 页。
② [英]布尔顿:《诗歌解剖》,傅浩译,生活·读书·新知三联书店 1992 年版,第 64 页。
③ 卞之琳:《新诗和西方诗》,见《人与诗:忆旧说新》,生活·读书·新知三联书店 1984 年版,第 189 页。

却使欣赏者因为视线需不断转移而会影响获取意义信息和谐感。"①

现代诗需要复杂用韵，复杂用韵必须贴切，杂用诗韵需要有序，这是汉语新诗的创作经验。在借鉴西诗韵式时需要结合汉语诗歌传统和新诗创作需要加以融化和改造，这样才能够创作出"中西艺术结婚后的宁馨儿"（闻一多），才能无愧于现代新诗的时代使命。闻一多对于诗体改革说过这样的话："处此二十世纪，文学尤当含世界底气味；故今之参借西法以改革诗体者，吾不得不许为卓见。但改来改去，你总是改革，不是摈弃中诗而代以西诗。所以当改者则改之，其当存之中国艺术之特质则不可没。"② 虽然此话说在 20 世纪 20 年代，但他对于诗体形式改造和创新所说的意见，在今天仍有极强的指导性意义。

无韵诗音律论

在新诗发生初期，新诗、自由诗、散文诗和无韵诗的概念常常混用，主要是这数种新诗之间确实存在着交叉关系。但当新诗发展渡过了初创期以后，人们逐渐地对于新诗的各种体式有了明确分界，无韵诗也就开始有了自身独特的质的规定性，这就是指没有诗韵或不用传统诗韵的现代汉语新体诗。

无韵诗是欧洲较为重要的诗体，一般是指以不押韵的抑扬格五音步诗行为结构特征的诗体。这种诗体一般认为起源于意大利，后传入欧洲更多国家，如德国、俄国、波兰等。各国的无韵诗虽然都是以抑扬格五重音为诗行格式，但在实际上，往往达不到这个标准。无韵诗是英语诗歌的典型诗体，几乎成为所有英语诗剧采用的基本诗体，也是大量英语叙事诗和诗剧诗所采用的基本诗体。无韵诗因为无韵反而给创作造成困难，它要求诗人掌握高超的语言格式的技能，构成理想的音律形式，达到在无韵条件下仍有诗律特征的艺术性。我国诗人是在五四时期新诗运动中输入域外的无韵诗体的，但这种输入采用了"误读"方式，即忽视了它讲究节奏音律格式的特征，完全从形式自由着眼，如刘半农在介绍西方散文诗体时就直

---

① 周云鹏：《十四行体汉语化发展态势论》，载《鄂州大学学报》2001 年第 1 期。
② 闻一多：《律诗底研究》，见《神话与诗》，华东师范大学出版社 1997 年版，第 318 页。

接说"不限音节不限押韵之散文诗"①。具体说,新诗运动中我国诗人是把无韵体作为自由诗的重要形式特征而从域外输入的。西方自由诗始于惠特曼的《草叶集》,后经爱伦·坡传到法国,波特莱尔创作了《恶之花》《巴黎的忧郁》,随后象征诗人大量采用自由诗体创作。到1912年前后,漂在伦敦的美国诗人庞德推荐年轻诗人的实验诗发表,这是英语自由诗的正式起点,后英美意象派诗人创作了更多的自由诗。刘延陵认为,惠特曼的贡献"第一,是因为他首先打破诗之形式上与音韵上的一切格律而以单纯的白话作诗,所以他是诗体的解放者,为'新诗'的形式之开创之人。""现在'新诗'的精神中之较重要的几点实在可算是由惠特曼唤起"。"把形式与内容的两个特点总括言之,可说新诗的精神乃是自由的精神,因为形式方面的不死守规定的韵律是尊尚自由,内容方面的取材不加限制也是尊尚自由。"② 中国的新诗运动接受了西方自由诗运动的影响,"新诗'The New Poetry'是世界的运动,并非中国所特有。中国的诗的革新不过是大江的一个支流。"③ 在五四新诗运动中,我国诗人是如此看待自由诗的:周作人最早给"自由诗"命名,即"口语作诗,不能用五七言,也不必要押韵;止要照呼吸的长短作句便好。现在所译的歌就用此法,且来试试——这就是我的所谓'自由诗'。"④ 田汉说,自由诗破弃从来一切的规约,"中国现今'新生时代'的诗形,正是合乎世界的潮流,文学进化的气运。"⑤ 李思纯说,欧洲近代非律文诗包括散文诗和自由句,"中国的新诗运动,不消说是以散文句自由诗为正宗。"⑥ 这些论述,都认为西方自由诗不讲格律。其实这是对西方自由诗的误读。西方自由诗确有不求音韵的,但主导者并非抛弃韵律,而是有意放松严格的韵律节奏。如西方意象派主张诗抛弃传统的严格的韵律束缚,同时又在创作中寻找着新的韵律。其主张是:自由诗不是简单地反对韵律,而是追求散体与韵体的和谐而生的独立韵律,如果意识不到这样的"第三种韵律"(the third-

---

① 刘半农:《我之文学改良观》,载《新青年》第3卷第3号(1917年5月)。
② 刘延陵:《论美国的新诗运动》,载《诗》第1卷第2号(1922年2月)。
③ 同上。
④ 周作人:《新青年》第4卷第2号(1918年2月)。
⑤ 田汉:《平民诗人惠特曼百年祭》,载《少年中国》第1卷第1期(1919年7月)。
⑥ 李思纯:《诗体革新之形式及我的意见》,载《少年中国》第2卷第6期(1920年12月)。

rhythm），就无法揭示诗失去规则韵律为何不会沦为散文。法国学者东多对自由诗用韵问题有这样论述：

> 叶芝并不反对押韵，而是弱化它。他也在音律中获得一些规律性，至少看来如此，因为他的诗仍然是原创的形式，新形式。
>
> 法国诗人最初试验几乎只是拆散、分解的亚历山大体，押韵羞涩地让步于半韵，音律或巧或拙地假冒音节主义。
>
> 西蒙斯也保留了押韵，他在《两种文学的研究》中说："作诗不押韵就丧失了诗歌的一种美，我想说这是一种固有的美。"
>
> 福特·马多克斯·惠弗完全采用一种特别自由的音律，也完全没有忽略押韵……
>
> 保罗·福尔对自由诗的定义是"建立在调子上而非严格的音律上的诗歌形式"。①

这里之所以要具体引述以上论述，是想说清西方自由诗并非完全无韵，自由诗并不等于无韵诗，无韵诗充其量仅是自由诗创作中的特殊体式，尤其是部分看似无韵诗其实还是有韵的或曰有音律的诗。同时，我们也想说明考察自由诗用韵往往不能使用传统的观念，而应该看到这是严格音韵束缚获得解放以后的新音律。

问题在于，我国新诗运动初期"误读"了西方自由诗（当然也误读了西方无韵诗）。用郭沫若的话说是："自由诗、散文诗的建设也正是近代诗人不愿受一切的束缚，破除一切已成的形式，而专掴诗的神髓以便于其自然流露的一种表示。"② 用茅盾的话说是：自由诗要破除一切格律规式，"这并非拾取唾余，乃是见善而从"。在这种理论指导下的新诗运动，就诞生了大量的无韵体新诗。但尽管如此，朱自清认为初期新诗有韵的多于无韵的，新诗还是需要诗韵的。于是，无韵诗就开始与自由诗有了分界，有了增列无韵诗之说。刘半农在提到增多诗体时，主张"有韵诗外别增无韵诗"；陆志韦主张有韵诗和无韵诗并行发展；初期诗人大都既写有韵新诗，又写无韵新诗；罗念生把无韵体与十四行体、歌谣体并列，后

---

① ［法］马蒂兰·东多：《最初的英语自由诗》，最初发表在《法国评论》（1934），转引自李国辉的译文手稿。

② 郭沫若：《论诗三札》，见《中国现代诗论》（上），花城出版社1985年版，第60页。

王力在《现代诗律学》中专论无韵诗。周作人在20世纪20年代中期提出新诗多条发展道路的理论。他认为新诗中既有"有韵新诗",也有"不叶韵的";而那些不叶韵的,虽然也有种种缺点,倒还不失为一种新体——有新生活的诗,因为它只重自然的音节,所以能够写得较为真切。由此周作人"悟出做白话诗的两条路:一是不必押韵的新体诗,一是押韵的'白话唐诗'以至'小调'。"他的期望是:"有大才力能做有韵的新诗的人,当然是可以自由去做,但不要像'白话唐诗'以至'小调'为条件。有才力能做旧诗的人,我以为也可以自由去做,但也仍以不要像李杜苏黄或任何人为条件。"① 无论是叶韵还是不叶韵,周作人都希望诗的格调跳出旧诗束缚,自由地表达现代人的情思。② 这种理论是精彩的。其实西方就有关于两种诗的理论。如休姆在《现代诗讲稿》中,就把现代诗区分为阅读的诗和吟咏的诗。其中阅读的诗成为西方自由诗中一支产生了重要影响。在我国台湾现代诗运动中也倡导视觉自由诗。罗青把台湾现代诗分成分行诗、分段诗和图像诗三类。我国大陆诗人郑敏也提倡阅读的诗,部分先锋诗人主张不讲音乐美的阅读诗。就我国无韵诗来说,大致包括三类:一是类似西方自由诗运动中出现的阅读诗,它不一定是图像诗,只是不讲诗的音律而仅供阅读的现代诗;二是类似五四时期一些非诗化的白话诗,它在误读了西方自由诗后,写出的诗是缺乏形式要素和精神品质的非诗;三是类似西方多数自由诗那样,放弃了传统的音律束缚,采用变异的音律所写出的新体诗。以上第一类有意不讲音律、第二类根本没有任何音律,我们放在"新诗用韵基本类型"中来谈的则是第三类无韵诗。

　　这第三类无韵诗的音律并非传统的,而是创新的。东多在《最初的英语自由诗》中说,"人们对自由诗的指责,大体上是认为它根本不是诗,只是散文,多多少少有点诗意而已"。对此指责,东多用马拉美简练的话作答:"其实,并不存在散文……每次它都有风格的力量,它有韵律。"东多还引了洛厄尔写的《为自由诗辩护》中的话说:诗人有权利创造新的形式,以适应他们时代的感受,自由诗与"现代思想、当代想象

---

① 周作人:《古文学》,见《自己的园地》,河北教育出版社2002年版,第23页。
② 同上书,第49页。

和精神生活关系紧密"①。如果我们把这段论述里的"自由诗"换成"无韵诗",正好用来说明那些放弃了传统音律而采用变异音律所写出的无韵诗。在英语中最早采用无韵诗体的是萨里,他用标准现代英语翻译了维吉尔的史诗《埃涅阿斯纪》,成功地使他的诗行重音配置符合理想的音律形式。但萨里的无韵诗行也并非千篇一律都采用抑扬格,行间的停顿也多有变化,在诗律使用时具有更多的创造性,但这些无韵诗仍然不是散文而具有诗的音律。我们可以说,我国新诗中的无韵诗相当多数也不是散文,而只是采用变异创新音律而写出的诗,正如朱光潜所说,其音律"不过就原有的规律而加以变化"。尤其是这类诗具有作为"诗"的特质,王力说过:"最使一般人感觉不惯,甚至不承认是诗的,乃是无韵诗。非但中国旧派诗人有这种感想,西洋有一部分诗人仍旧是这种看法。但是,弥尔顿的《失乐园》(Paradise Lost)和莎士比亚的《哈孟雷特》(Hamlet)都不容否认是诗;而它们是没有韵脚的。所以咱们不能否认无韵诗存在。"②这是一种宽容也是合理的见解。第三类无韵诗的情况比较复杂,下面从三方面进行具体分析。

一是依据放松传统音律来建构音律的无韵诗。王力认为,西方诗有一种情形,在有韵与无韵之间。这种诗的行末用重音,有时候非但末字相同,甚至大半句相同。其实,这种情形广泛存在于我国新诗的无韵诗中,表现形式就是行末词语的重复。如刘半农的《落叶》:

  秋风把树叶吹落在地上,
  它只能悉悉索索,
  发出悲凉的声响。

  它不久就要化作泥;
  但它留得一刻,
  还要发一刻的声响,
  虽然这样已是无可奈何的声响了,

---

① [法]马蒂兰·东多:《最初的英语自由诗》,最初发表在《法国评论》(1934),转引自李国辉的译文手稿。
② 王力:《现代诗律学》,中国人民大学出版社2004年版,第2页。

虽然这已是它最后的声响了。

这诗的诗行长短不一，也没有传统意义上的诗韵，但第一节第三行的"声响"和第二节第三行的"声响"呼应相押，第二节的第四行末和第五行末是"声响了"相押呼应。这里行末的字或词相同就颇有代替韵脚的效果。如果句首用相同的字词，也颇有句首韵的效果。王力说这种诗不用韵，就往往在句首用相同的字词，以为抵偿。如卞之琳《圆宝盒》第四六八行开头重复着"一颗"，第十、十二行开头重复"别上"，就构成类似首韵的相押结构。其实，在无韵诗中存在着大量的重章叠句，这种重叠着的字词其实也是语音的重复，它们在诗中发挥着音律效果。如陈东东的《远离》分成三节，全部采用相同结构的诗句，如首节：

远离橙子树林
远离月光下的橙子树林
远离有两个蓝鸟飞过的橙子树林
也远离被一片涛声拍打的橙子树林

这里四行开头的"远离"和行末的"橙子树林"同语反复，建构起的音质音调，在这诗中就具有诗韵相叶的作用，这是一种创新的音律方式。

二是依据词语同音堆集来建构音律的无韵诗。诗人有意识地在诗行间散落地放置一些相同"声"或"音"的字词，然后让这些字词相互呼应，形成一种独特的音律语言。从外在形式上看，这些诗句并不押韵，诗行也不均等，但内在的音律却是非常鲜明的，照样可以传达诗韵所要传达的某种情调或暗示意义。如卞之琳的《候鸟问题》中两行：

我的思绪像小蜘蛛骑的游丝
系我适足以飘我。我要走。

这诗不用传统押韵。但江弱水分析说："这么多［si］、［zhi］、［shi］与［qi］、［ji］、［yi］音分布在两行的各顿中，似断又续，若'系'还

'飘',效果非常精确。"① 如王独清的《动身归国的时候》几行诗:

> 我那些少年的狂放,是早已没了踪影,
> 我要是再想收回,哦,不能,不能,不能,不能!
> 我知道只有孤苦,忧愁,痛疮,绝望,陪伴我底前途;
> 我知道没有什么安慰,可使我欣赏的病伤平复;
> 我知道
> 我知道

这是我国早期象征派诗人写的无韵诗,没有使用传统音韵,但读来却会感到行间有着一种语言律动和情调旋律。在诗行中,每行都用"我"开头,其中四行是用"我知道"开头,从而像头韵一样把自由的诗行和声音组织起来。行中还有四个"不能"并列,形成了决绝少年狂放生活的情调。接着,第三四行有"只有""没有"与首行"没了"呼应,有"狂放""痛疮""绝望""欣赏""病伤"同音的堆集,既有音的流贯穿插,又有情的归国惆怅。结末两行的"我知道"延续了第三四行的声音和情调。读着这诗谁能说诗中没有音律的旋进,当然这种音律的声响是创新的,它同传统音律效果是不同的。

三是依据对等复现原则来建构音律的无韵诗。自由诗并不采用形式化的音顿节奏,而是采用行顿节奏。其特征如西方自由诗那样,"这种诗歌的韵律并没有同语言材料分离开来;在这种诗歌中,诗节的作用取代了诗行的作用,诗行(句法单位)本身变成了韵律的组成部分"②。这就是说,无韵诗并不采用传统节奏模式,而是一种全新节奏模式,主要是通过诗行对等方式来实现语言段落的复现从而形成节奏。王力说西方有些无韵诗虽然不用脚韵,但却讲究音步即节奏。我国相当部分自由诗和无韵诗也是不用韵脚,但却讲究节奏音律,当然其节奏也是诗行对等节奏。如冀汸《我们,我们总要再见的》中的一个片断:

> 旗/不倒下,/篝火/不熄灭,/季候风/吹着,冰河/总要解

---

① 江弱水:《卞之琳诗艺研究》,安徽教育出版社2000年版,第163页。
② [英]罗吉·福勒:《现代西方文学批评术语词典》,袁德成译,四川人民出版社1987年版,第114页。

冻，／东方的暗夜／总要流出曙光，／我们／总要再见的！／在这块呼吸过仇恨／也呼吸过爱情的／土地上／拥抱，／大声笑……

  这里的"行顿"音节数差异，不像音顿那么固定，排列方式较为自由，不像音顿或意顿固定，其节奏效果显现是靠诗行对等原则排列。当然诗行重复排列引入了"宽式"的概念。这个片断的前 12 行构成六组结构，每组两行，上行是主语，下行是谓语，而且都是上行较短，下行较长，虽然对应的六组诗行长短存在差异，但其结构同一，具有对等排列的音律规则，在朗读中能够形成整齐中有变化、变化中寓整齐的节奏效果。后五行的前两行重复了"呼吸过……"这样的词组结构，让"在这块"与下行的"土地"互相呼应，形成顿挫的节奏效果，而末两行则又是一个宽式对等结构，在朗读中通过停顿同样可以形成匀整重复的节奏。整个片断的节奏既有规则又呈变化，较好地表达了诗人乐观向上、激昂奔放的情绪。这种自由体的无韵诗虽然没有用韵，但同样有着韵律节奏的美。朱光潜在《诗论》中曾列举英诗行顿节奏诗的节奏美。他说：这类诗的"节奏好比风吹水面生浪，每阵风所生的浪自成一单位，相当于一章。风可久可暂，浪也有长有短，两行三行四行五行都可以成章。就每一章说，字行排列也根据波动节奏（cadence）的道理，一个节奏占一行，长短轻重无一定规律，可以随意变化。照这样看，它似毫无规律可言，但是它尚非散文，因为它究竟还是分章分行，章与章，行与行，仍有起伏呼应。它不像散文那样流水式地一泻直下，仍有低徊往复的趋势。它还有一种内在的音律，不过不如普通诗那样整齐明显罢了。"[①] 这就是行顿节奏的自由诗或无韵诗所呈现的节奏特色，它不用传统的音顿节奏模式，而是创新地用行顿节奏模式，这种节奏就是西方自由诗所推崇的散体与韵体和谐而生的新韵律。

[①] 朱光潜：《诗论》，生活·读书·新知三联书店 1984 年版，第 113—114 页。

新诗人的调质实践

由于发音部位或发音方式不同，发出的语音就会有不同的音质。它是一个声音区别于其他声音的基本特征。音质的这个特征，既可以表现在语流声音中形成独特的"音调"，又可以在特定语境中形成独特的"情调"。黑格尔在《美学》中把"突出单纯的音质来形成"的诗律称为"音质律"，认为它是与"节奏律"并列的诗歌音律体系。我国新诗史上诸多诗人创作重视音质律技巧，具有现代倾向的诗人则把音质律置于诗的本体地位加以倡导。但令人遗憾的是，人们对于新诗音质律的理论研究基本处于空白。因此，正面提出新诗音质律研究课题，总结我国新诗人调质实践，对于新诗创作和欣赏，对于新诗音律建设具有重要意义。

语音调质

在对"音律"作出内涵概括后，黑格尔在《美学》中着重揭示了西方现代诗运动中音律新变的若干趋向，这就是意义节奏变得更加突出，节奏音律规则更新创造，音质音律作用更加凸显。对于黑格尔揭示的现代诗音律新变的趋势，我国诗人是完全领悟的。早在新诗发生后不久，刘延陵就在《诗》杂志上发表了两篇长文，即《美国的新诗运动》和《法国诗之象征主义与自由诗》。刘延陵认为惠特曼是美国新诗的始祖，也是世界新诗之开创之人，因为他首先打破诗之形式上与音韵上的一切格律而以单纯的白话作诗，所以他是诗体的解放者，为"新诗"的形式之开创之人。近代美国的自由诗运动，尊尚思想自由和形式自由，其结果就强化了思想节奏而弱化了语言节奏。"现代的诗人是要教诗不成为'规则与公式的结晶,而成为精神的产物,不死守规定的韵律,而创活的有机的韵律'。"①近代法国象征派的始祖是波特莱尔,他认为"近代人的生活是非常复杂的生活,心与物之间有许多神异的交互的影响,所以单单刻画外物而忘记内心绝不足以表现近代人的生活,而且客观界虽然美丽而繁复,主观界则尤其神秘而丰富,所以'艺术家如想挖取美妙的瑜瑾,则人之魂灵与精神就是一个掘不尽的宝藏。'"②基于这种诗学观念,象征诗人一方面打破旧形式束缚,写作自由体诗,另一方面着重表现自我,以象征表现内心情调。在诸种象征物中,他们特别重视"音"的象征,提倡以音来暗示情调。在他们看来,内心的情调是恍惚无定飘忽多变的,它像海口的波涛,一忽儿涛涌跳跃如屋如山,一忽儿起伏滔滔不停,一忽儿冒涌如山崩岭倒;这时候你如想领会它的声势,最好就是闭目而静听其声。因此波特莱尔说"以声传神,声色相通,官感交错",凡尔伦"把人的气质与魂灵底起伏引到诗里,教诗离开固定的事实而靠近音乐",马拉美"以为字底声音比字底意义更为诗之要素"。象征诗人任意放大诗的音质,"因为情调多变,所以象征它的诗其借重于音调过于词语",他们"以象征情调为中心,由此生出(一)气味底浑漠(二)音节底崇尚两个附属性质"。③由美国新诗运动和法国象征诗派开启了现代诗音律建设的新路,共同体现着弱化传统节奏律而凸显音质律的现代趋向。刘延陵明确地认为,中国新诗的发生,接受了西方现代诗运动影响。刘延陵介绍西方现代诗运动,完全着眼于我国的新诗运动,是为刚刚发生的新诗新变包括音律新变张目。事实上,我国新诗发生"最引人注目的,就是音律的破坏"(李健吾)。其所要"破坏"的,是传统的格律束缚,主要是传统的形式节奏,写作自由体诗。新诗音律新变的根本原因,首先在于新诗的精神是自由精神,追求诗的精神自由和形式自由,从而瓦解了诗的成型化趋势。其次是新诗的语言是现代汉语,从古代汉语到现代汉语的发展,使得传统诗语特征发生了根本性转变。以上两方面原因使得旧诗格律形式难以为继,再加上新诗朗读已由传统的哼吟发展成为诵说,汉诗音律发生现代新变就成为势所必然的了,这种新变本质上是汉诗音律的现代性发展。

早在我国新诗发生时,胡适就提出"自然音节"说,而其"节"

---

① 刘延陵:《美国的新诗运动》,载《诗》第1卷第2号(1922年2月)。
② 刘延陵:《法国诗之象征主义与自由诗》,载《诗》第1卷第4号(1922年7月)。
③ 同上。

"音"所指正是黑格尔概括的音律两个体系，胡适认为"节"和"音"两者在新诗中都呈现着现代新变，其新变的趋向与世界现代音律新变完全一致，即强化诗的意义节奏、更新诗的语言节奏和凸显诗的音质音律。首先，我国诗人同样强调新诗的节奏更新。郭沫若提倡思想感情起伏变化的内在律动，胡适提倡依着意义和文法自然区分的自然音节，戴望舒强调诗的抑扬顿挫的情绪节奏，艾青强调因感情的起伏而变化的旋律节奏，这种种创作理论都表明自由诗的意义节奏在冲击着传统的固定节拍节奏。其次，我国诗人同样强调新诗的音质音律。如胡适提出用韵自由，刘半农主张重造新韵，所以初期新诗普遍用韵，开创了百年新诗有韵传统。梁实秋等人正面强调新诗凸显音质律，认为新诗"内容颇有新颖温雅者，但读起来不能使我们感到音乐的美。解决的办法，则应当注意（一）韵脚，（二）平仄，（三）双声叠韵，（四）行的长短（整齐的美、参差的美）"①。20年代中期以后，一批具有现代倾向的诗人倡导纯诗，所谓纯诗是指："纯粹凭借那构成它形体的原素——音乐和色彩——产生一种符咒似的暗示力，以唤起我们感官与想象底感应，而超度我们底灵魂到一种神游物表的光明极乐的境域。"② 如穆木天提出用语音重叠来"表现月光的运动与心的交响乐"，用字的音色传达"诗的内生命的反射，一般人找不着不可知的远的世界，深的大的最高生命"③。王独清提倡表人感情激动和激刺读者的叠字叠句，说自己"很想学法国象征派诗人，把'色'（Couleur）与'音'（Musique）放在文字中，使语言完全受我们底操纵"④。戴望舒认为诗"是全官感或超官感的东西"，主张通过语音的变奏，让人领悟到诗人"心灵的微妙和感觉的微妙"。后来的朱光潜在《诗论》中概括了诗韵多种功能，并提出了"韵节奏"的理论，40年代的九叶诗人也认为现代是个复杂的时代，现代人也是复杂的，"新诗现代化的要求完全植基于现代人最大量意识状态的心理认识"，由此提出了现代诗是"现实、象征、玄学的新的综合传统"的理论。可见，我国新诗音律

---

① 梁实秋：《诗的音韵》，载《文艺增刊》第2期（1922年12月22日）。
② 梁宗岱：《谈诗》，见《诗与真·诗与真二集》，外国文学出版社1984年版，第95页。
③ 穆木天：《谭诗——寄沫若的一封信》，载《创造月刊》第1卷第1期（1926年3月16日）。
④ 王独清：《再谭诗——寄给木天、伯奇》，载《创造月刊》第1卷第1期（1926年3月16日）。

新变是与西方现代音律新变趋向一致的,语音调质成为新诗现代化的重要现象。

语音学理论告诉我们:"一般的声音多半是由发音体发出的一系列振动复合而成的。这些振动中,有一个频率最低的振动,由它发生的声音叫做基音,其他的叫做陪音。音质的不同决定于陪音的有无、陪音的数量以及基音与陪音在高低、强弱等方面的相互关系。"① 由于发音部位或发音方式不同,发出的语音就会有不同的音质,音质就是声音(语音)的性质,它具有独特性,是一个声音区别于其他声音的基本特征。音质的这个特征,既可以表现在声音中形成独特的"音调",又可以在特定文化语境中形成独特的"情调"。这是初期白话诗人沈尹默的白话新诗《三弦》中的第二节:

> 谁家破大门里,半院子绿茸茸细草,都浮着闪闪的金光,旁边有一段低低土墙,挡住了个弹三弦的人,却不能隔断那三弦鼓荡的声浪。

这节诗并不押脚韵,但诗人采用音质律传达出特殊的音调。胡适在《谈新诗》中说,这段诗中,"旁边"是双声,"有一"是双声;段、低、低、的、土、挡、弹、的、断、荡、的,总共 11 个字都是双声。这 11 个字都是中古端组声(端透定)字,现代汉语分别是"d""t""l"音,摹写三弦的声响,又把"挡""弹""断""荡"四个阳声字和七个阴声的双声(段、低、低、的、土、的、的)参错夹用,更显出三弦的抑扬顿挫。② 这些语音的堆集,摹写出三弦弹奏的声响。这种声响把读者引入特定境界,即端组声同穿破衣裳的老人弹奏三弦的情景联系起来,听穿破衣裳的凄苦老人奏弄三弦诉说告白,传达出了特定情调。

闻一多在《评本学年〈周刊〉里的新诗》中,举出《忆旧游》中这样一节诗:

> 笑语清歌依旧回到心头,/ 重温旧时游,只低头……踌,/ 低头

---

① 高名凯、石安石主编:《语言学概论》,中华书局 1963 年版,第 41 页。
② 胡适:《谈新诗》,载《星期评论》纪念号(1919 年 10 月 10 日)。

踟蹰，究竟难以久留；／且留——且留——，让心头被——酸——冷浸透。

闻一多认为其音节的美妙在于：（一）双声叠韵的关系：四行中叠尤韵十五次（旧、头、旧、游、头、蹰、头、蹰、究、久、留、留、留、头、透），叠青韵七次（清、心、温、竟、心、冷、浸），叠支韵七次（依、低、只、踟、时、低、踟）；又，到、头、低、头、低、头、头、透，是八个双声字，重、时、只、踟、蹰、踟、蹰、酸，又是八个双声字，旧、旧、究、久、浸，是六个双声字。（二）引起听官的明了感觉的字法的关系：四句中几乎都是低窄沉缓的声响，正好引起"低头踟蹰"的感觉。①

以上是初期新诗运用音质律的典范之作。音质既可以表现在声音中形成独特的"音调"，又可以在特定语境中形成独特的"情调"。这就是音质律的音韵功能和传情功能，其基本特征就是以声传神，借助于声色相通、官觉交错的契合理论，以诗的音律来暗示诗人的自我情感和内心世界。音质律把诗的"音调"和"情调"联系起来，虽然在传统诗歌中也有不少探索，但现代诗人更加自觉实践，并把它提升为诗之为现代诗的表征之一。我国初期象征诗人穆木天说："诗的世界是潜在意识的世界。诗是要有大的暗示能。诗的世界固在平常的生活中，但在平常生活的深处。诗是要暗示出人的内生命的深秘。诗是要暗示的，诗最忌说明的。说明是散文的世界里的东西。"② 凸显音质律体现的正是这种新的诗美学观念。以下我们对音质律的"音调"的感性形式特征和"情调"的音义调协特征作些论述。

诉诸感官的音调特征。"感性形式是诗歌作品在纸页上的显现，但更重要的，是诗的音响。它可以是我们听到的别人朗诵的声音，也可以是我们自己默读时内心里的声音。"③ 黑格尔也把音律看成是诗的"感性因素"，并认为它"是诗的原始的唯一的愉悦感官的芬芳气息，甚至比所谓富于意象的富丽词藻还更重要"。"真正有才能的诗人对于诗的感性媒介

---

① 闻一多：《评本学年〈周刊〉里的新诗》，载《清华周刊》第7增刊（1921年6月）。

② 穆木天：《谭诗——寄沫若的一封信》，载《创造月刊》第1卷第1期（1926年3月16日）。

③ ［英］布尔顿：《诗歌解剖》，傅浩译，生活·读书·新知三联书店1992年版，第8页。

（音律）都能运用自如"。① 诗的节奏律和音质律都具有感性特征，都诉诸于读者听觉。但两者是存在差异的。节奏律呈现的是运动的节奏，其声音不是语音的自身质素，而是语音被理性化或模式化的时间段落；音质律呈现的是调谐的音质，其声音不是语音的时间段落，而是被调谐后仍保持鲜活感性特征的自身音质。前者具有抽象的特征，后者具有具体的特征。虽然前者也能引起它所常伴的情绪，"但是节奏是抽象的，不是具体的情境，所以不能产生具体的情绪，如日常生活中的愤怒、畏惧、妒忌、嫌恶等等，只能引起各种模糊隐约的抽象轮廓"。节奏声音所唤起的情绪大半无对象，没有很明显固定的内容，它是形式化的情绪。② 黑格尔说，"诗要使外在媒介符合内在意义，最简便的办法就是运用不依存于音节意义的长音和短音及其配合。长短音的配合以顿之类的规则乃是由艺术制定的，在大体上固然也要符合每次所要表达的内容的性质，但是在具体细节上诗律所要求的长音短音和加重音却不是单凭精神性的意义来决定的，而只是抽象地（若即若离地）隶属到精神意义下面的。"③ 因此语言在感性方面需要采取一种新的处理方式，"使诗的音律更接近单纯的音乐，也更接近内心的声音，而且摆脱了语言的物质方面，即长音和短音的自然的长短尺度。"④ 这种新的处理方式就是音质律。音质律因其诉诸于人的是独具个性的音质，所以是具体的，能够产生具体的情绪。正因为《三弦》第二节中有 11 个字是端组声字，发音和发音部位同他组声字不同，其独特音质的音组合起来，就构成了不同于模式节奏的音调，在摹写声响中传达三弦弹奏声响，在特定语境中传达特定情调。正因为《忆旧游》中短短四行中，织入了众多引起感官独特感受的尤韵、支韵字以及低窄沉缓的双声字，才传达出低头踟蹰和离群索居的音调和情调。

尤其是，当新诗中节奏律的感性形式功能弱化后，黑格尔认为："为着迫使耳朵注意，可利用的材料（媒介）只有着意孤立某些语音而把它们复现定成一定格式的声音呼应了。"这种声音呼应就是音质律的"诗韵"。汉诗由于自身的语言和节奏特征，需要诗韵来助势，因为诗韵就是"着意孤立某些语音"的感性形式。其基本特征：第一，比起节奏的和

---

① ［德］黑格尔：《美学》第 3 卷下册，朱光潜译，商务印书馆 1991 年版，第 69—70 页。
② 朱光潜：《诗论》，生活·读书·新知三联书店 1984 年版，第 131 页。
③ ［德］黑格尔：《美学》第 3 卷下册，朱光潜译，商务印书馆 1991 年版，第 82 页。
④ 同上书，第 83 页。

婉，韵是一种粗重的声响；第二，韵是具有自身独立性的声响，能够突破组合模式的局限；第三，韵的感性特征能把意味突出和联系起来。当特征鲜明的诗韵复现构成声音呼应（叶韵）格式后，就能"让心灵和耳朵注意到一些相同或相似的音质及其意味的往复回旋，主体从这种往复回旋中意识到他自己，意识到自己在进行既发出声音而同时又在倾听这种声音的活动，并且感到满足"。① 韵的这种感性形式功能，即朱光潜所说的"韵节奏"功能，也是汉诗节奏有赖于韵的理由：汉语轻重不分明，音节易散漫，必须借韵的回声来点明、呼应和贯串。需要强调的是，在"韵节奏"中，诗韵不仅帮助新诗加强了节奏效果，而且继续保留自身的感性特征，在新诗中发挥着音调和情调的作用。虽然音质律在新诗中具有节奏功能，但其基本特征还是调质功能。《忆旧游》的四行末都用尤韵（ou），同行末顿歇共同呈现诗行节奏，但这四个行末诗韵又与其他双声字和叠韵字组合起来，呈现出了诗的独特音调和独特情调。

调协音义的情调特征。朱光潜告诉我们，音质律"调质"功能包括"字音本身的和谐以及音与义的调协"。瑞士学者施塔格尔在《诗学的基本概念》中以歌德《漫游者夜歌》中的诗例来阐释"调质"的审美特征，他说：在起首的两个诗行里：

  uber allen Gipfeln （所有的山峰上空
  Lst ruh…   是宁静……）
在长音"u"和紧接着的休止里，可以听出沉默下来的黄昏，在
  In allen Wipfeln （所有的树梢里面
  Spurest du…   你感觉出……）
这两行里，"Ruh"的谐韵词"du"并没有被平息到同样深沉的地步，因为句子没有结束，所以声音保持扬起，这符合已被暗示出的树林里赃的动静，末了，在
  Warte nur, balde… （稍等待，片刻后……）
后面的休止，相当于等待本身，直到
  Ruhest du auch… （没也安静……）
这结尾的诗行里，在最后两个拖长的字里，一切都安静下来，乃

---

① ［德］黑格尔：《美学》第 3 卷下册，朱光潜译，商务印书馆 1991 年版，第 89 页。

至最不安静的生命，人。①

在此例中，施塔格尔通过阐释调质使人领悟了音调，领悟了情调，也领悟了意蕴。诉诸听觉感官的音调，具有音义的调协特征，也具有音调象征特征。现代诗学契合论认为，人的各种感觉可以相互转换，听觉可以转换成其他感觉，并传导至人的灵觉。因此施塔格尔能够从音中领悟到诗的特殊意蕴。它不是在语言上被"再"现的，"而是傍晚作为语言自身发出音响；诗人没有'做成'任何东西。在这里还没有对象。语言化作傍晚的情调，傍晚的情调化作语言。"② 音质调质的精妙者还能予人全感官的享受，戴望舒曾称赞法国诗人古尔蒙的诗"有着绝端地微妙——心灵的微妙与感觉的微妙。"③《三弦》中的端组声字既有摹声的音调，更有暗示的情调；《忆旧游》中的双声叠韵既有声音图画的价值，更有意义象征的价值。字音可以组成音调，音调可以暗示情调，这就是调质的结果。

字音调质其深层依据植根于特定的语言文字和文化语境。汉字音义间的密切关系大致有三类：一是汉语中存在固有的谐声字，如淅沥、呜咽、萧萧、江、河等。汉语的谐声字在世界上是最丰富的，它是六书中最重要最原始的一类，汉语谐声字多，音义调谐就容易。二是汉语中存在着调质的音义字。音质的独特性，使得某一字音与它意义本无直接关系，但在朗读中可以因调质暗示意义。就声纽说，发音部位与方法不同，则所生影响随之而异；就韵纽说，开齐合撮以及长短的分别也各有特殊的象征性。如"委婉"与"直率"、"沉落"与"飞扬"、"舒徐"与"迅速"等，不但意义相反，即在声音上亦可约略见出差异。三是汉语惯用后形成的联属字。这类文字的"字音本身与意义原不相联属，不过因为习用久了，我们听到某一音便自然而然联想到某一义，因而造成一种音义间不可分离的幻觉——虽然是幻觉，假如成为普遍的现象，对诗底理解和欣赏也是一种极重要的原素。"④ 唐钺把汉字音义关系分为两种，一种称为"显态绘

---

① [瑞士] 埃米尔·施塔格尔：《诗学的基本概念》，胡其鼎译，中国社会科学出版社1992年版，第4页。
② 同上书，第10页。
③ 戴望舒：《〈西茉纳集〉译后记》，见《戴望舒诗全编》，浙江文艺出版社1989年版，第236页。
④ 梁宗岱：《论诗》，见《诗与真·诗与真二集》，外国文学出版社1984年版，第41页。

声"，即是"以字音描写外物的声音，字的音和物的声音或相同或极相似"，另一种称为"隐态绘声"，即"不是直接模仿事物原有的发声，乃是以字音句调间接暗示所叙写的事物的神气。"① 柏拉图讨论过这种现象，当他把"mikros"（小）和"makros"（大）发音的区别同意义的区别联系起来后，"i"的意义是小，细微，"a"的意义是大，有力。总之，某些汉字的音义联属现象客观存在，它为音质调协音义提供了条件。朱光潜就说过："这种事实的生理基础尚待实验科学去仔细探讨，不过粗略的梗概是可以推想的。高而促的音易引起筋肉及相关器官的紧张激昂，低而缓的音易引起它们的弛懈安适。联想也有影响。有些声音是响亮清脆的，容易使人联想起快乐的情绪；有些声音是重浊阴暗的，容易使人联想起忧郁的情绪。"② 在肯定音义存在联属关系的同时，我们还需注意到这种联属的不确定性。首先，发音的象征和发音的音乐间的关系是不固定的。"我们自然必须明白，声音图画决不能准确地摹仿外界事物的声音。在一种不熟悉的语言中没有人听得出声音图画和理解它们。各种语言很明显地甚至没有努力去摹仿声音的相似性，因为它们完全没有充分利用它们的发音的可能性，而只满足于提供一些暗示。"③ 其次，音义联属关系往往具有个人性，如某些幻觉就存在限于局部或个人的附会，梁宗岱说过："譬如一个人读惯了陶渊明底'悠然见南山'，'南'字和其余四字在他口头和心里都仿佛打成一片了，觉得假如换上'东''西'或'北'等字便不能适当地表达这句诗境，因为读起来不顺口的缘故。"这种音义调质并非毫无意义，梁宗岱认为，"诗人的妙技，便在于运用几个音义本不相联属的字，造成一句富于暗示的音义凑拍的诗"④。再次，"就是在看起来似乎涉及象征化的地方，发音对于面对的、固定的客观事物也不是媒介物和指路碑。发音本身以决定的方式呼唤出每一样客观的东西并且创造出客观东西的灵魂的情调，客观的东西对于这种情调的关系比对于明显的存在和现实

---

① 唐钺：《音韵之隐微的文学功用》，载《国故新探》卷一，1926 年 4 月商务印书馆出版。
② 朱光潜：《诗论》，生活·读书·新知三联书店 1984 年版，第 129 页。
③ ［瑞士］沃尔夫冈·凯塞尔：《语言的艺术作品》，陈铨译，上海译文出版社 1984 年版，第 123 页。
④ 梁宗岱：《论诗》，见《诗与真·诗与真二集》，外国文学出版社 1984 年版，第 41 页。

的关系要密切得多"①。也就是说，诗人在使用音义关系时，常常是富有创造性的，若用惯常的思维理解也容易出错。音质调谐音义关系以上两个方面，前者使得暗示象征成为可能，后者使得暗示象征难以理解。这自然就造成了"暗示的复杂性"，即音质律所具有的飘忽性特征，它对于读者阅读提出了特殊要求。应该明了，"因为词和句的意义不言而喻地也是歌的一个组成部分。并非单独由话语的音乐，也非单独由话语的意义，而是这两者作为'一'构成了抒情诗这个奇迹。"②这就是说，只有把音调、词句等综合起来考察，才能真正理解抒情诗的美妙和意蕴。这种结论应该能够为人接受。

音质诉诸感官的音调特征和调协音义的情调特征，都是在特定的文化语境中实现的，如《三弦》和《忆旧游》正是依靠着诗题和诗句，读者才能较好地把握其音调和情调。因为发音的象征和音乐间的关系是微妙而多变的，因此音质调协具有含混朦胧的特征，无论是声音图画还是声音象征，其实并不追求摹仿声音的相似性，而只是通过调协提供一些暗示性。其作用如黑格尔所说："诗的音律也是一种音乐，它用一种比较不太显著的方式去使思想的时而朦胧时而明确的发展方向和性质在声音中获得反映。"③这段表述揭示了音律在诗中的表现，从方式说，它是"比较不太显著的方式"，从状态说，它是"时而朦胧时而明确"，从指向说，它仅仅是指出"发展方向和性质"。这对于经过训练的读者来说，一般地对他只发生一种几乎下意识的作用；读者会感到这种现象的影响，但不一定意识到这种影响来源。但现代诗人追求的其实就是这种诗的审美效果。其审美效果穆木天这样描述："在人们神经上振动的可见而不可见可感而不可感的旋律的波，浓雾中若听见若听不见的远远的声音，夕暮里若飘动若不动的淡淡光线，若讲出若讲不出的情肠才是诗的世界。"④梁宗岱则更是认为含混性是诗的理解和欣赏的重要原素，"因为诗底真诠只是藉联想作

---

① ［瑞士］沃尔夫冈·凯塞尔：《语言的艺术作品》，陈铨译，上海译文出版社1984年版，第123页。

② ［瑞士］埃米尔·施塔格尔：《诗学的基本概念》，胡其鼎译，中国社会科学出版社1992年版，第7页。

③ ［德］黑格尔：《美学》第3卷下册，朱光潜译，商务印书馆1991年版，第71页。

④ 穆木天：《谭诗——寄沫若的一封信》，载《创造月刊》第1卷第1期（1926年3月16日）。

用以唤起我们心境或意界上的感应罢了：牵涉的联想愈丰富，唤起的感应愈繁复，涵义也愈深湛，而意味也愈隽永。"① 因此，轻视音质律的含混特征而要求其清楚表达，完全违背了现代诗的审美追求。

以下讨论音质律在诗中的呈现方式。音质律呈现的是语音的"感性因素"，黑格尔把它称为"声音媒介"或"材料（媒介）"。对于音质律，黑格尔较为完整的表述是：

> 第二个体系是由突出单纯的音质来形成的，它要考虑个别字母是母音（元音）还是子音（辅音），也要看整个音节和整个字的音质，有时有规则地重复同一个或类似的音质，也有时按照对称的轮换的原则。双声，叠韵，半谐音和韵脚等等都属于音质体系。②

这个对于音质律的完整表述告诉我们，音质律的呈现包括两个方面内容，一是构成音质律的材料，二是建构音质律的方式，前者是感性物质基础，是"可利用的材料（媒介）"，后者是感性物质结构，"把它们复现定成一定格式的声音呼应"。

先说第一个方面的内容。音质律的语言材料是语音的音质。语言本质上是社会现象，但它的形成具有生理基础和物理属性，其生理基础就是人的发音器官及其运动，物理属性就是每个声音的特有性质。它是诗的原始的唯一的芬芳气息，是诗的感性形式之一。汉语的语音音节是由声母和韵母拼合而成的，声母是辅音，韵母是元音，也有元音与结尾辅音组成。那么，声母和韵母就是音质律的语言材料，同时由声母和韵母组成的整个音节和整个字的音质，当然也是音质律的语言材料。还有就是同一发音部位或发音方法的子音（辅音）或元音（母音）或半谐音也是建构音质律的语音材料。具体如开口音、闭口音、爆破音等，如联想音、物声音、谐声音等，如柔和音、谐和音、嘈音、乐音等，都是声音具有独特个性的固有因素，都可以成为建构音质音律的语音材料。即使是嘈音，也有可能形成独特的有价值的音调和情调。梁宗岱曾经说过，法文诗中本来最忌 T 和 SZ 等哑音连用，可瓦雷里在《海墓》中创造了一个宇宙与心灵间一座金

---

① 梁宗岱：《论诗》，见《诗与真·诗与真二集》，外国文学出版社 1984 年版，第 41 页。
② ［德］黑格尔：《美学》第 3 卷下册，朱光潜译，商务印书馆 1991 年版，第 71 页。

光万顷的静的寺院,"忽然来了一阵干脆的蝉声——这蝉声就用几个 T 凑合几个 E 响音形容出来。读者虽看不见'蝉'字,只要他稍能领略法文底音乐,便百不一误地听出这是蝉声来。这与实际上我们往往只闻蝉鸣而不见蝉身又多么吻合!""所以哑浊或不谐句子偶用来表现特殊的情境,不独不妨碍并且可以增加诗中的音乐。"① 由于汉语是富有音乐性的语言,元音占据优势,音节结构简单,同声同韵字多,具有音质律材料丰富的特点,给新诗利用音质律提供了极大的方便。相对而言,西诗的语言就没有如汉诗那样诸多的声韵律便利,如西方诗人往往苦心搜索,才能找得一个暗示意义的声音,西诗偶尔使用双声叠韵或是音义调协的字,即被论者视为难能可贵,而双声叠韵方式来调质在汉诗中则是极其普通的现象,暗示意义的声音则俯拾即是。

再说第二方面的内容。音质律呈现的必要条件是单纯音质的组合,即只有在组合结构中才会有音质音律效果。色有色调,音有音调。一幅画往往用各种色相组成,色与色之间的整体关系,构成色彩的调子,称为色调。一首乐曲由各种声音组成,声音之间的整体关系,构成不同风格的音调。诗是由字词的语音组成,字词声音之间的整体关系,也就构成了诗的音调。建构音质律就是调谐诗语的音质,调谐后的音质建构音调,这种音调可以传达情调。黑格尔告诉我们,单个语音是无法构建音质律的,它需要通过"突出单纯的音质来形成",达到音质"突出"的方法是"音的组合"形成音律,再由这种音调的节律传达出情调的波动。于赓虞对此有过精彩论述:"所谓诗中的音韵,即文字徘徊往复之节律;文字徘徊往复之节律,即诗人情思之流的波浪;这波浪乃一种不能分析,难以捉摸的神魂。诗人利用这种徘徊往复之节律,将其不能在歌中明显表示的幽情,隐示于含有幽深的情调;这种徘徊往复的和谐的音韵,即诗之乐。"② 这就给诗人创作提出了调协音质的任务。黑格尔说:"语言的感性声响在配合结构方面本来没有拘束,因此诗人的任务就在于在这种无规律之中显出一种秩序,一种感性的界限,因而替他的构思及其结构和感性美界定出一种

---

① 梁宗岱:《论诗》,见《诗与真·诗与真二集》,外国文学出版社 1984 年版,第 40—41 页。

② 于赓虞:《诗之艺术》,载《华严月刊》第 1 卷第 1、2 期(1929 年 1 月 20 日、2 月 20 日)。

较固定的轮廓和声音的框架。"① 如果说节奏的组合秩序是模式化的，音质的组合秩序则是自由化的，它需要依靠诗人的技艺创造性地构建声音的轮廓或框架，在似乎无规律之中显出一种秩序。

那么，如何突出音质形成音调表达情调呢？黑格尔提出音质组合成音调的方式是："有时有规则地重复同一个或类似的音质"，"也有时按照对称的轮换的原则"。沃尔夫冈·凯塞尔则提出了"堆集"概念，他说："只有在一个发音通过堆集或特殊的位置变得明显的时候，它才能够产生出发音象征的效果，比声音图画还更强有力的是意义，意义指出象征的方向。"② 施塔格尔提出了"重复"概念，他说："唯一能防止抒情式的诗作'流散'的是重复（Wiederhoiang）。"③ 我国诗人王独清提出的要求是"重叠"，他说："我觉得这是一种表人感情激动时心脏振动的艺术，并是一种激刺读者，使读者神经发生振动的艺术。"④ 以上种种概括即诗学理论上的"复现（或重复）"，它是音律运动的基本规律。《文学术语和文学理论词典》（企鹅出版社）这样定义："重复可以以各种形式体现：如声音、某些特定的音节（Syllabkes）、词语、短语、诗节、格律模式、思想的观念、典故或暗指（Allusion）、诗形。因此，迭句（Refrain）、谐元音（Assonance）、尾韵、内韵、头韵（Alliteration）、拟声法（Onimatopeia）都是一些复现频率较高的重复形式。"这定义强调了诗的重复因素的多样性。语言因素重复构成音律表相形式，而其深层本质又是由情感的运动所决定，艺术形式与诗人感觉、理智和情感生活所具有的动态形式是同构关系。这就又关涉到音义的调谐问题，包括音与音的组合建构音调，音与义的调协形成暗示。朱光潜认为，"诗人用这些技巧，有时除声音和谐之外便别无所求，有时不仅要声音和谐，还要它与意义调协。在诗中每个字的音和义如果都互相调协，那是最高的理想。音律的研究就是对于这最高理想的追求"⑤ 梁宗岱

---

① ［德］黑格尔：《美学》第3卷下册，朱光潜译，商务印书馆1991年版，第71页。
② ［瑞士］沃尔夫冈·凯塞尔：《语言的艺术作品》，陈铨译，上海译文出版社1984年版，第125页。
③ ［瑞士］埃米尔·施塔格尔：《诗学的基本概念》，胡其鼎译，中国社会科学出版社1992年版，第16页。
④ 王独清：《再谭诗——寄给木天、伯奇》，载《创造月刊》第1卷第1期（1926年3月16日）。
⑤ 朱光潜：《诗论》，生活·读书·新知三联书店1984年版，第171—172页。

则从契合论出发，更加强调音义调协时采用象征和想象的手法。黑格尔描述了诗人采用音质律的情形："专心致志地沉浸在字母、音节和字的独立音质的微妙作用里；它发展到对声音的陶醉，学会把声音各种因素区分开来，加以各种形式的配合和交织，构成巧妙的音乐结构，以便适应内心的情感。"① 首先是自我的"沉浸""陶醉"，接着是学会"区分""配合""交织"，然后是"构成巧妙的音乐结构"，最后就是表达"内心的情感"。这就是创作中音质律的呈现过程和审美效果。

总结新诗创作实践，汉诗音质组合方式主要有：呼应，主要是诗韵在行末的相叶即呼应，也包括尾韵与中韵和头韵的横向呼应；堆集，主要是同声字或同韵字或谐音字的任意堆放；重叠，主要指前后或上下音质语音的重复叠合；反复，主要指通过对等方式连续或间隔地反复呈现。以上四种组合方式的核心是"复现"，通过复现突破单一字音的局限，形成"声音的图画"。由此我们概括出汉语新诗音质呈现的主要方式。（1）通过呼应方式建构的诗韵相叶。诗韵是汉语音质律的最为重要内容，包括尾韵、头韵和中韵，除了完全按照韵撤押韵以外，现代诗还常常使用近似韵相押。韵在诗中以竖式结构和横式结构呼应相押。竖式结构是指行尾诗韵的纵式相叶，如《忆旧游》的四行末尾尤韵（ou）相叶，横式结构是指行内头韵、中韵和尾韵的横向相叶，如《忆旧游》四行中每行内部的尤韵（ou）韵相叶。还有一种特殊的"韵"，即同一字词在诗行中的重复，姑且称为"复沓"，与尾韵相对而言，复沓同样可以造成韵律的效果，甚至比押韵带来的韵律更为明显。（2）通过堆集方式建构的同音堆集。这是指诗语中某种音以高于其他音的频率安排在诗行里，并在语流中起着某种形式和意义的现象。同声母或同韵母的字都能构成同音堆集，同样发音部位（如鼻音、齿音等）或发音方式（如开齐合撮）的字也能构成同音堆集，如《三弦》第二节就堆集了11个中古端组声（端透定）字，现代汉语分别是"d""t""l"声母的音，摹写三弦的声响，特定音调传达特定情调。（3）通过重叠方式建构的双声叠韵。汉语中单音词多，所以双声字多，汉语多以母音收，所以同韵字多，这就为构成双声、叠韵提供了条件。朱光潜、梁宗岱、唐钺等充分肯定双声、叠韵在新诗中的音律价值。如唐钺就认为，双声叠韵是汉诗隐微的文学功能，包括着双声、叠韵、倒

---

① ［德］黑格尔：《美学》第3卷下册，朱光潜译，商务印书馆1991年版，第83页。

双声、半双声、应响、同调等。《三弦》《忆旧游》中就包括多种方式的双声叠韵。（4）通过对比方式建构的四声平仄。平仄是字音声调的区别，朱光潜认为，平仄四声的功能在诗中主要是调质而非节奏。胡适虽然认为句中平仄并不重要，但他的不少新诗则平仄互押。朱湘认为"平仄是中文音律学的一种特象，不可忽视或抛置"，其创作重视平仄律。（5）通过反复方式建构的字词重叠。音质调协的语言要素包括"整个音节和整个字的音质"，还可以扩大到字词，通过对称轮换或重叠反复，同样可以形成声音的图案，因为这些音节或字词是语音质素的结构单位，其重叠反复能在音调或音义意义上显示出独特的音律价值。字词重叠其实就是声音重叠，它与同音堆集有着相同之处，都是通过汉语语音要素的重复来造成诗语的音乐性。瑞士学者施塔格尔在回答"叠句能做成什么"时说："诗人有意识地再次拨响曾在他心中无意图而自行鸣响的琴弦，第二次、第三次、第四次、第五次谛听这音响。从音响中作为语言而分离出来的东西，再次产生同一情调，使重返抒情式的'注入之念'的瞬间成为可能，其间诗人可以叙述也可以对情调作彻底思考。"① 这就说清了字词重叠同情调的关系。以上五种调质方式在新诗中普遍存在，新诗人在新诗音质律探索中成果丰硕。

同音堆集

同音堆集是建构音质律的重要方式。"只有在一个发音通过堆积或特殊的位置变得明显的时候，它才能够产生出发音象征的效果，比声音图画还更强有力的是意义，意义指出象征化的方向。"② 同音堆集，一般地对读者只发生一种几乎下意识的作用：读者会感到这种现象的影响，但不一定意识到这种影响的来源。举例说吧，这是歌德的两行诗：

    Du liebes kind, komm, geh mit mir!

---

① ［瑞士］埃米尔·施塔格尔：《诗学的基本根概念》，胡其鼎译，中国社会科学出版社1992年版，第23页。
② ［瑞士］沃尔夫冈·凯塞尔：《语言的艺术作品》，陈铨译，上海译文出版社1984年版，第125页。

>   Gar schone   Spiele spiel ich mit dir;
>   （你，亲爱的孩子，来吧，同我前去！
>   非常美妙的玩意，我同你一起游戏；）

诗中九个"i"音任意间隔安置就是同音堆集。因为堆集着的"音"，既具有"音"的价值，又具有"义"的价值，因此，同音堆集在诗中既具声音的图画作用，又有意义的象征作用。前者即现代语言学说的"能指"层面，后者则为"所指"层面。声音的图画作用是意义的象征作用的基础，而意义的象征作用则比图画作用更有力。如上例中，"i"音轻柔亲切，在两行诗中堆集着九个，给人以反复音响效果，但"i"音堆集又象征了魔王的诱惑。

西方现代诗人重视同音堆集技巧，以音质音律来造成诗的音乐性，暗示诗人心灵的奥秘，传达诗人情绪的律动。俄国语言学派注意到同音堆集的音义关系。他们认为，"在一行诗、一段诗、整个一首诗的语音实体中，某一类音位的集中（频率高于平均频率）或各种对立音位的冲突对比，如果借用爱伦·坡的形象说法，那么就可以说是'一股与意义相平行的潜流'"。因此，"诗歌不是唯一可以使人明显感觉到语音象征性的领域，但它是音义内在联系从隐蔽变为明显和表现得最直接、最强烈的一个领域"[①]。英美新批评派也重视诗歌语言象声手段的运用和分析，其名言是"声音应该是意义的回响"。其实，同音堆集技巧在我国古诗词中也可找到成功例子，如李清照《声声慢》的基调是凄苦。词中有38个齿音，不少齿音的韵母是"-i"，它们在诗中的堆集，犹如低调的古筝伴奏，音乐形象丰富，对诗的凄凉情绪起着象征暗示作用。

同音堆集在新诗中更是有着新的实践探索。朱湘《摇篮歌》首节诗46字中，有16个带eng（或en）鼻音的字堆集在催眠的六行内：

>   春天的花香真正醉人，
>   一阵阵温风拂上人身。
>   你瞧日光它移的多慢，

---

① ［俄］罗曼·奥西波维奇·雅克布逊：《语言学与诗学》，见波利亚科夫《结构—符号学文艺学》，佟景韩译，文化艺术出版社1994年版，第202页。

你听蜜蜂在窗子外哼：
睡呀，宝宝，
蜜蜂飞得真轻。

苏雪林曾说，听作者朗诵此歌，其音节温柔飘忽，有说不出的甜美与和谐，你的灵魂在那弹簧似的音调上轻轻颠着摇着，也恍恍惚惚要飞入梦乡了。等他诵完之后，大家才从催眠状态中遽然醒来，甚有打呵欠者，其音节之魅力可想而知。如穆木天《苍白的钟声》第一节：

苍白的　钟声　衰腐的　朦胧
疏散　玲珑　荒凉的　蒙蒙的　谷中
——衰草　千重　万重
听　永远的　荒唐的　古钟
听　千声　万声

这五行诗中有 22 个字含鼻腔元音，其中鼻腔元音"ong"是钟声的拟声。而"ing""ang""eng""an"则是钟声沉沉的回响，穿插在诗行内传达出朦胧境界和迷茫心情。紧接着的一节是：

古钟　飘散　在水波之皎皎
古钟　飘散　在灰绿的　白杨之梢
古钟　飘散　在风声之萧萧
——月影　逍遥　逍遥
古钟　飘散　在白云之飘飘

这里四个相同句型重复叠现，始终流荡着的是古钟的"ong"的同音堆集，同时又在诗行中增加了"iao"音连续呈现，它同"飘散"结合，将钟声变成一种水波似的圆圈，不断地向外飘散而去，整个基调是一种沉闷而飘扬的音乐节调。这是一个有统一性有持续性的时空间的声音和情调的律动流程。

同音堆集作用发生的原因较复杂。第一，堆集着的音同自然界中某种声音或情绪相联系，如"凄凄""戚戚"，如泣的语音同凄戚的情绪联系，

"端"声音同三弦弹奏声仿佛,"i"音同温柔的情调契合。有人对这种现象作过分析,认为摩擦音(S)(Z)(F)使人联想到风的嘘嘘声,水的沙沙声,蛇的咝咝声等;鼻辅音(M)使人想到海啸、昆虫的营营声、鸽子的嘟哝声等;爆破音(P)(B)(T)(D)以及舌侧流滑音(L)象征着水的流动等。第二,堆集着的音通过心理模型这中介而间接同情绪联系。有些语言同某种事物或情绪并无必然的联系,但因接触的普遍,就逐渐在人们心理上形成一种模型,当某种声音重现时,人们的心理就作定向性感受。古希腊柏拉图曾讨论过如下现象:当人们把"mikros"(小)和"makros"(大)的发音区别和它们的意义区别联系起来后,产生了如下的心理模型:"i"的意义是小、细微;"a"的意义是大、有力。朱湘在《摇篮歌》里堆集鼻音,戴望舒在《雨巷》里堆集"i"音,都是这种情形。上述是就音本身而言的。还有第三,从另一角度看,堆集着的音只能在特定的意境中才能起象征作用。某种音在普通情况下并不暗示某种意义和某种音响,但当它的堆集同诗意相联属,才出现象征的意蕴和音乐的图画。"eng"音在《摇篮歌》中才让人有酣睡之感。韦勒克、沃伦说过,像"the murmuring of innumerable bees"("无数蜜蜂的嗡嗡声")这一行诗的音响模拟效果,实际上是依赖于它的意义。假如把这行诗稍作一点语音上的修改,使它成为"murdering of innumerable beeves"("无数肉牛的谋杀"),我们就完全毁掉了这行诗的音响模拟效果。

同音堆集在诗中具有声音图画的作用和意义象征的作用,而且其作用往往是结合在一起的。采用分解的方法,就可以分成四种作用。

1. 增强音乐美感。戴望舒《雨巷》的音乐美历来为人赞赏。其实,《雨巷》中"有个性的音乐"就是其中具有强烈对比度的"ɑng"和"i"音的堆集,如:

> 撑着油纸伞,独自
> 彷徨在悠长、悠长
> 又寂寞的雨巷,
> 我希望遇着
> 一个丁香一样地
> 结着愁怨的姑娘。

这六行诗中,"彷""徨""长""巷""望""香""样""娘"都是"ang"音,反复出现,回肠荡气,构成高音域的音乐基调;同时,"低""自""寂""希""一""结"都有"i（-i）"音,穿插再现,构成低音域的音乐变奏。这种同音堆集形成了一种令人难以捉摸的销魂荡魄的音乐美感,让人悟到诗人心灵的微妙和感觉的微妙,准确地传达出了诗人那种彷徨、迷茫的思想情绪。这种同音堆集方法的作用,是使诗的音乐图画更具魅力,兼具意义的象征。

2. 描摹自然声响。有的同音堆集描摹某种自然声响,从而创造诗情的环境气氛。如徐志摩《夜半松风》写寂然夜半,松风一片"呼号",诗中"叫""啸""潮""豹""了"都有"ao"音,"怒""鼓""虎""诉""慕""度""庐"都有"u"音,这些音穿梭诗行中,加上双声叠韵的作用,诗的音乐形象和人的心灵形象在"呼号"的氛围中显得鲜明突出。同音堆集描摹自然音响,首先的条件是这种堆集的"音"要同自然界中的某种音响有联系。但语言里某种"音"同自然中某种声音、事物的联系并非一一对应,而是多维不稳定的,因此另一条件是堆集着的"音"同诗的情境联系。正因为诗题为《夜半松风》,所以"ao"音和"u"音堆集,才使人想到"呼号"的松风。

3. 直接抒发感情。胡适《小诗》原是这样的:"也想不相思,／免得相思苦。／几度细思量,／情愿相思苦。"诗人后来把第三句改成"几次细思量"。为什么这样改呢？胡适说:"因为几,细,思,三字都是'齐齿'音,故加一个'齐齿'的次字,使四个字都成'齐齿'音;况且这四个字之中,下三字的声母又都是'齿头'一类:故'几次细思量'一句,读起来使人不能不发生一种'咬牙切齿忍痛'的感觉。这是一种音节上的大胆试验。"① 这种音节上的试验,就是通过同音堆集直接抒情。它包含两个层次:某些"音"同字义直接发生联系;某些"音"同诗意直接发生联系。同音堆集加强抒情作用,首先是堆集着的"音"在语流中强化诗抒发的感情,帮助诗形成贯串整体的抒情基调;其次是诗的抒情内容反过来使堆集着的"音"的象征作用强化;再次是被强化了的"音"把诗人感情表达得淋漓尽致。

4. 间接暗示意义。间接暗示意义,主要指同音堆集诉诸读者听觉,

---

① 胡适:《尝试集·再版自序》,安徽教育出版社1999年版,第39页。

从而通过幻想、联想等获得情调暗示、感情感染和思想默契。以下是朱湘《梦》的一节：

> 这人生内岂惟梦是虚空？
> 人生比起梦来有何不同？
> 你瞧富贵繁华入了荒冢；
> 　　梦罢，
> 作到了好梦呀味也深浓！

这里的"生""梦""空""生""梦""同""荒""冢""梦""梦""浓"字都是后鼻音，第一、二、三、五行尾字的四个"ong"音分别是"平平仄仄"形式。诗人通过这种共鸣度很大的音的堆集图案，暗示了"人生如梦"的意义和"梦中人生"的情调。同音堆集对意义的暗示较模糊，凯塞尔也这样认为："我们在这当中常常怀疑，到底声音真正把表现外界事物特定的现象到了什么程度，或者到底它具有多少特殊价值和提高多少灵魂的情绪，在这种情绪中各种意义获得了采纳。"① 但是，我们绝不因此看轻同音堆集，因为模糊性正是艺术魅力的一种本质特征。

双声叠韵

双声叠韵是我国传统诗歌音的调质的主要手段，严羽在《沧浪诗话》中说："迭韵如两玉相扣，取其铿锵；双声如贯珠，取其婉转"，可见传统汉诗中双声叠韵的音韵美。在新诗音质音律的多种方式方面，胡适、唐钺、朱光潜、梁宗岱等人突出地强调的正是中国传统的"双声叠韵"。胡适在其重要的诗学论文《谈新诗》中说："诗的音节全靠两个重要分子：一是语气的自然节奏，二是每句内部所用字的自然和谐。"② 这里涉及到的是新诗节奏律与音质律两大体系。就音质律要求的"用字的自然和谐"来说，胡适认为"句末的韵脚，句中的平仄，都是不重要的事"（这存在

---

① ［瑞士］沃尔夫冈·凯塞尔：《语言的艺术作品》，陈铨译，上海译文出版社1984年版，第126页。

② 胡适：《谈新诗》，载《星期评论》纪念号（1919年10月10日）。

着片面性），重要的是借用旧体诗词的音节方法，其中最有功效的就是采用"双声叠韵"的法子来帮助音节的和谐。其实不仅胡适本人重视双声叠韵，并在自己的创作中付诸实践，其他初期白话诗人写新诗，大多也是采用双声叠韵方式来调质，以求得新诗的诗语和谐，音律优美。稍后的唐钺发表专论谈汉诗韵的隐微功能，即修辞和表情功能，并充分肯定了双声叠韵所具有的音韵隐微功能。梁宗岱认为"中国文字底音节大部分基于停顿，韵，平仄和清浊（如上平下平），与行列底整齐底关系是极微的"[①]。音韵不仅包括诗行与诗行间的押韵，而且包括诗句中的平仄、双声叠韵和半谐音等问题。这里涉及他对新诗韵律节奏系统的理解，也即"创造新格律"的两大内容："停顿"属于诗的节奏音律（整齐与音律节奏关系极微），而"韵，平仄和清浊"则属于诗的音质体系。在音质音律的具体内涵方面，梁宗岱突出地提到的是双声叠韵技巧。他说："双声叠韵，都是组成诗乐（无论中外）的要素。知的人很多，用的人甚少，用得恰到好处的更少之又少了。"[②] 在他看来，中文不易产生"节律"的缺陷，可以通过中文的双声、叠韵、韵母的响亮与声母的柔和等来补救。朱光潜认为双声叠韵是"诗中调质最普通的应用"，"双声（allieration）是同声纽（子音）字叠用"，"叠韵（assonance）是同韵纽（母音）字的叠用"。朱光潜认为，"双声叠韵都是要在文字本身见出和谐。诗人用这些技巧，有时除声音和谐之外便别无所求，有时不仅要声音和谐，还要它与意义调协"[③]。这里提出了双声叠韵调质两方面内容，即音与音的调谐，音与义的调谐，而能两者兼顾者是创作的最高理想，优秀诗人都会自觉地去追求这种境界。音与音、音与义调谐在汉诗中并非难事，朱光潜希望双声叠韵能够成为新诗音律的重要内容。

新诗发生期就开始重视传统的双声叠韵调质技巧的继承。胡适在1919年发表的《谈新诗》中，就说到友人和自己实践双声叠韵的创作实例。他说沈尹默的《三弦》中就用了多组双声字，因此"这首诗从见解意境上和音节上看来，都可算是新诗中一首最完全的诗"。他说自己的《一颗星儿》在"气"字一韵以后，隔开30多个字方才有韵，读的时候全靠"遍，天，边，见，点，半，点"一组叠韵字和"有，柳，头，旧"

---

① 梁宗岱：《论诗》，见《诗与真·诗与真二集》，外国文学出版社1984年版，第37页。
② 同上书，第42页。
③ 朱光潜：《诗论》，生活·读书·新知三联书店1984年版，第171—172页。

一组叠韵字在诗行中间，"故不觉得'气''地'两韵隔开那么远"。① 胡适在新诗运动初期，强调双声叠韵在帮助新诗音节自然和用字和谐中的独特作用，鼓励新诗人自觉地借鉴传统音律技巧，这对于新诗的音律建设具有重大的意义。早期新诗人普遍重视双声叠韵等调质音律。双声或叠韵用在诗行任何地方都有益于增加诗的音节的光彩，但若能规范地运用于韵脚处，则更能加强韵的和谐和丰满，充分显示诗的音韵美。如郭沫若的《骆驼》一节：

> 骆驼，你是星际火箭，
> 你，有生命的导弹！
> 你给予了旅行者
> 以天样的大胆。
> 你请导引着向前，
> 永远，永远！

在这诗中，穿插着诸多双声叠韵词语，其中"骆驼"叠韵词置于诗的开头，先声夺人，定下音律的基调。"导弹"和"大胆"两个双声在二、四行末押韵前后呼应。而"永远""永远"两个双声则放在收尾，独立成行，在反复中声情充沛，情思悠长。在诗行内部又有"生命"叠韵穿插，同样增加了诗的音乐美感。我国传统诗押韵多用平声，因为平声韵在朗读中相对较长也较平，表达朗读中的停顿和节奏效果较好。台湾诗人彭邦桢在20世纪70年代末试写古韵汉语十四行诗，创作了《试写现代诗押韵十首》《续写现代诗押韵十首》等。诗采用的是唐诗的古韵，每首诗后的注释写明所用之古诗韵部。诗不仅采用行末韵，还采用了行中韵，但不管是行末或行中，都是在朗读的停逗处。其中所用之"韵"就构成了叠韵技巧，通过行间和行末的呼应，形成了音律美妙的音调，同时也传达出特定的情调。如彭邦桢《溪头之恋——试写现代诗押韵之五》的第一节：

> 迈过南投，奔向溪头，此山却又是盈虚

---

① 胡适：《谈新诗》，载《星期评论》纪念号（1919年10月10日）。

> 青绿，满盖春秋。不胜意远，无尽神柔
> 真是勿须别图他想：林蔚山幽，就是再
> 有万钧焦楚，也都融为风流

诗人自己说这节四行系叶下平声二萧，韵不仅在行末还在行中，包括"投""头""秋""远""柔""幽""流"同韵形成叠韵。诗人说第二节四行叶的是下平声六麻，第三节三行叶入声一屋转下平声七阳，第四节三行叶下平声五歌转上平声一东，全诗叶六韵写成。① 以平声为主，适当穿插仄声，传达出古体诗词的声韵美。

双声叠韵扩大所指就形成其声（辅音）和韵（元音）的拟声。如瓦雷里在《海滨墓园》中，写了在宇宙与心灵间一座金光万顷的静底寺院中的几声蝉声，而这几声蝉声正是通过几个 T 凑合几个 E 响音形容出来的。在《史密杭眉之歌》里有这样的诗句："Les sons aigus des cies et les cris des ciseaux"。梁宗岱说："那就只要稍懂法文音的也会由这许多 S 及 Z（S 底变音）和 I 听出剪锯声来了。这种表现本来自古已有，因为每字底音与义原有密切的关系（如我国底淅淅澎湃一类谐音字）。"② 中国字里谐声字在世界中是最丰富的，它是"六书"中最重要最原始的一类，谐声字多，音义调协就容易，所以对于作诗是一大便利。卞之琳的诗就常用拟声，使声音与意义之间构成对应关系。如《长途》中"几丝持续的蝉声"与瓦雷里的《海滨墓园》中同是写蝉声的名句相似，如《一个和尚》多用［ong］音"来表现单调的钟声"。如《灯虫》中的第一、二行：

> 多少艘艨艟一齐发，
> 白帆篷拜倒于风涛，

李广田说："在这两行中'艨''艟''发''帆''风''篷''拜''倒''涛'诸字，就足以使我们听到了海上的声音。"③ 再如卞之琳《候鸟问题》中两行：

---

① 彭邦桢：《彭邦桢自选集·后记》，黎明文化实业股份有限公司 1979 年版，第 133 页。
② 梁宗岱：《论诗》，见《诗与真·诗与真二集》，外国文学出版社 1984 年版，第 41 页。
③ 李广田：《论卞之琳的〈十年诗草〉》，见《诗的艺术》，上海开明书店 1944 年 12 月版。

>　　我的思绪像小蜘蛛骑的游丝
>　　系我适足以飘我。我要走。

　　江弱水说:"这么多〔si〕、〔zhi〕、〔shi〕与〔qi〕、〔ji〕、〔yi〕音分布在两行的各顿中,似断又续,若'系'还'飘',效果非常精确。"① 如《落》中:"嘘一口长气,倚一丛芦苇",诗人通过唇音、齿音、舌音,把催落树叶的秋风到来传达给读者。有人认为这有点游戏意味。对此,我们同意这样的观点:"凡是重言,双声,叠韵等等,其价值都不是在它本身,诗中不是有此便算好,而要看它使用时与全篇各部所生的有机(organic)作用,即与贯彻全篇的基本情意'姿态'之适合。"② 应该说,卞之琳的声韵技巧的经营,基本都能做到同诗的整体性有机地统一,所以应该得到充分肯定。而且我们认为,新诗中使用双声叠韵技巧来强化音质音律大有可为。朱光潜认为,"中国字里谐声字在世界中是最丰富的。它是'六书'中最重要最原始的一类。江、河、嘘、啸、呜咽、炸、爆、钟、拍、砍、唧唧、萧萧、破、裂、猫、钉……随手一写,就是一大串。谐声字多,音义调协就容易,所以对于做诗是一种大便利。"③ 这是应该引起我们重视的。

　　与双声叠韵相关的还有复辞。它指的是重复地在文句中使用同一字词的修辞现象,其命名在修辞学著作中也有不同,如"反复""类叠"等,陈望道则把它称为"复辞",即除叠字之外把同一的字接二连三地用在一起,以区别于所谓"反复""类叠"所包括的句的重叠和节的复沓。字词重复即字音重复,它必然会在朗读中产生声韵的效果。李广田在《论卞之琳的〈十年诗草〉》里举例说明卞之琳"用'同声相应'的办法造成了延续情势的句法"④:

>　　倦行人挨近来问树下人
>　　(闲看流水里流云的)　　　　——卞之琳《道旁》

---

① 江弱水:《卞之琳诗艺研究》,安徽教育出版社 2000 年版,第 163 页。
② 陈世骧:《姿与 gesture》,见《陈世骧文存》,台北志文出版社 1975 年版,第 78 页。
③ 朱光潜:《诗论》,生活·读书·新知三联书店 1984 年版,第 172 页。
④ 李广田:《论卞之琳的〈十年诗草〉》,见《诗的艺术》,上海开明书店 1944 年版。

这是浓缩于一、二行内的"复辞"佳句。卞之琳使用复辞有时会范围更大：

> 长的是斜斜的淡淡的影子，
> 枯树的，树下走着的老人的
> 和老人撑着的手杖的影子，
> 都在墙上，晚照里的红墙上，
> 红墙也很长，墙外的蓝天，
> 北方的蓝天也很长，很长。　　——卞之琳《西长安街》

在这几行诗中，充满着复辞，第一行首字的"长"与第六行末字的"长"前后呼应，"也很长，很长"使得"长"字的声音和意义显得特别突出，形成了节奏和情感的完整进展结构。诗中又穿插着两个"影子"、两个"老人"、两个"红墙"、两个"墙上"、两个"蓝天"、两个"很长"、两个"树"，再加上"斜斜""淡淡"的重叠，读了自然会感觉到声音的回环反复美。卞之琳在分析纪德的文体时，这样说："这些平淡的意象也就靠字句的流动而放光。它们的步伐也就是摇曳生姿。它们的进行说是断吧，实在还是续的，并不是乱堆在一起，上一句里潜伏了下一句里的东西，像浮在水流里的木片，被一浪打下去，过了一程又出现了，也就像编织的缠花边（arabesque），意象相依相违，终又相成，得出统一的效果。有些字眼与意象显然是重复的，可是第二次出现的时候跟先一次并不一样，另带了新的关系，新的意义。"① 这其实也是卞之琳诗艺的解说。复辞在诗中运用，也像流动的意象和声韵，通过呼应、再现、交错等方式，给人以圆转流美的独特审美感受。

复辞在语音上说也是谐音，而且是严格意义上的谐音。但谐音主要是从汉语的韵母上去说的，指的是相同韵母的堆集造成意义的、情感的图案的审美作用。如卞之琳《一个和尚》中的一个诗行：

> 厌倦也永远在佛经中蜿蜒。

---

① 卞之琳：《安德雷·纪德的〈新的粮食〉》，见《沧桑集》，江苏人民出版社1982年版，第162页。

《一个和尚》写和尚寂寞的苍白的生活："一天的钟儿撞过了又一天"，"他又算撞过了白天的丧钟"，同这情调表达相应，诗人大量运用了相同的重复字词和相同的韵母字词，如"一天""一片""一声""一样"，如"钟""踪""中""衷""重""空"，如"梦""影""苍""撞"等，创造了一种反复、单调的气氛和情调。上引诗句中的"厌倦""远""蜿蜒"都是[an]音，从单调里显出了"厌倦"的情态。再如：

叫纸鹰、纸燕、纸雄鸡三只四只
飞上天——上天可是迎南来雁？　　　——卞之琳《候鸟问题》

我这八阵图好不好？
你笑笑，可有点不妙，
我知道你还有花样——　　　——卞之琳《淘气》

第一诗例中第一行中使用连串的[i]音，相对地较为微细，正好同纸风筝在地上飞的情形相合，而第二行的几个[an]音，给人的则是一种开阔的感受，而这又是同风筝在天空中飞的情形相合。第二诗例字面的意思是"淘气的孩子"，诗充满着一种欢快的活泼的情调，结尾是"哈哈！到底算谁胜利？／你在我对面的墙上／写下了'我真淘气'。"与这诗的情调相应，诗句活泼诙谐，其中使用了"好不好""你笑笑""我知道""不妙"等谐音，加强了诗的特殊情调。

词语重叠

词语重叠其实就是声音重叠。它与同音堆集、双声叠韵有着相同之处，都是通过汉语语音要素的重复来造成诗语的音乐性。但它们之间的区别也明显，同音堆集和双声叠韵主要涉及的是字音如元音韵母和子音辅音等，往往是通过随机的方式贯串在诗语中；而词语重叠则通过语句语音的连续重复来形成诗语音乐性。

重章叠句本来就是我国古代的诗语传统，新诗发生期的创作就存在叠词叠句现象。但它真正成为新诗普遍采用的音质律，则有赖于初期象征诗人的有意追求。初期象征诗人接受法国象征派对诗的音乐性追求，包括诸多声韵技巧，如拆行排列、抛词节调、同音堆集、拟声谐音、音画技巧等，其中最为重要的是叠词叠句方法。他们普遍认同的诗美理想是："美不是一个纯粹的思想，它是经过感官而才达于精神；它依靠声，色，线，形而成就！同时混和着为一；它是未成感情以前的感觉，未成灵的快慰之前的物理之欣喜。"① 因此初期象征诗人提倡纯诗，希望凭借音乐和色彩元素，产生一种符咒似的暗示力，以唤起人的感官与想象的感应，超度灵魂到达一种神游物表的光明极乐的境域；期望诗像音乐一样，它自己成为一个绝对独立、绝对自由、比现世更纯粹、更不朽的宇宙。在此诗美追求下，叠词叠句的音质律得到高度重视。穆木天在《谭诗》中引法国诗人拉福格的诗《冬天来了》一段，金丝燕译成中文如下②：

> 号角，号角，号角，——令人伤感，……
> 令人伤感！……
> 远去了，变着声调，
> 变着声调和乐曲，
> 声调声调，咚咚，咚咚！……
> 号角，号角，号角！……
> 在北风中远去了。

这种复杂的堆集的叠词、叠句循环式组合，确实对于穆木天有很大的吸引力。王独清从欧洲回国，途径 Port Said，看见那些可怜的埃及人，只知道驾船接客，或拿着种种商品叫卖，由此想到古文明衰落，禁不住吟出了他的哀歌：

> 唉！埃及人，埃及人，埃及人，埃及人！
> 我对你们是有无限尊敬的热忱，
> 难道你们却只做这样接客的人？

---

① 李金发：《科学与美》，载《美育》第 3 期（1929 年）。
② 金丝燕：《文学接受与文化过滤》，中国人民大学出版社 1994 年版，第 294 页。

> 唉！埃及人，埃及人，埃及人，埃及人！
> 我对你们是抱着个爱慕的真心，
> 难道你们却只能作这样的商人？

　　王独清写诗很爱用叠字叠句，认为这是一种表人感情激动时心脏振动的艺术。词语重叠在新诗中使用广泛。

　　从所叠对象来说，包括叠字、叠词、叠短语、叠语句等多种。如上例中的"埃及人"的重叠就是词语的重叠，每行叠四次，两节重叠八次。

　　从所叠数量来说，包括二叠、三叠、四叠、五叠或更多。前面的"埃及人"在行内就连续叠用四次。如穆木天的《雨丝》两节：

> 织进了今日先年都市农村永远雾永远烟
> 织进了无限的朦胧朦胧——心弦——
> 无限的澹淡无限的黄昏永久的点点
> 永久的飘飘永远的影永远的实永远的虚线
>
> 无限的雨丝
> 无限的心丝
> 朦胧朦胧朦胧朦胧朦胧
> 纤纤的织进在无限朦胧之间

　　诗中"织进了"重叠两次，又与"织进"呼应；"无限的"重叠五次，又与"无限"呼应；两个"永远"与两个"永久的"与三个"永远的"流贯串联；"朦胧"在第 7 行重叠五次，与第二行的两次重叠呼应；"澹淡""飘飘""点点""纤纤"是字的重复。在这种种重叠中，最重要的是"朦胧"的重叠和"永远的"（"永久的"）的重复，正好传达出诗的特定意境和情调。

　　从所叠方式来看，有行内紧接着的重叠，有行内间隔着的重叠，有行间重叠，有全部诗行重叠，也有诗行局部重叠，还有诗节之间的重叠等等。如王独清《动身归国的时候》：

> 我那些少年的狂放，是早已没了踪影，

> 我要是再想收回，哦，不能，不能，不能，不能！
> 我知道只有孤苦，忧愁，痛疮，绝望，陪伴我底前途；
> 我知道没有什么安慰，可使我欣赏的病伤平复；
> 我知道
> 我知道

这里有诗行行首叠词，"我知道"连续重叠四次，全在行首，当然其中还有"不能"的四次重叠。而《威尼市》则是诗段的末尾叠句：

> 忧愁，忧愁，忧愁，
> 我不知道你呀，你是不能挽留！
>
> 漂流，漂流，漂流，
> 我不知道你呀，你是不能挽留！

王独清使用叠词叠句形式多样，其追求是"力"之律，他说："总之这种叠字叠句的写法，这种长短断续的写法，可以说是一种'力'之表现。"①

从复叠手法来看，有叠字、叠句、叠章式的复沓手法，有结构相同、字眼有异的半叠句式的复沓手法。在自由诗体中，使用频率较高、表情内涵丰富的则是后者。如艾青的《墙》是面对德国柏林墙的思索：即使这堵墙再高、再厚——

> 又怎能阻挡
> 天上的云彩、风雨和阳光？
> 又怎能阻挡
> 飞鸟的翅膀和夜莺的歌唱？
> 又怎能阻挡
> 流动的水和空气？

---

① 王独清：《再谭诗——寄给木天、伯奇》，载《创造月刊》第1卷第1期（1926年3月16日）。

  又怎能阻挡
  千百万人的
  比风更自由的思想？
  比土地更深厚的意志？
  比时间更漫长的愿望？

  这里的两节，始终重复的是"又怎能阻挡"，本身就通过不同的结构形式形成半叠句式的复沓。就每节内部来说，第一节内三组诗行，同样采用了半叠句式手法，形成连续的排比句式，具有强烈的冲击力。第二节以重复句"又怎能阻挡"起领，然后在"千百万人的"之后留出停顿，随后一气写出三个各有特定内涵、结构相同、字眼有异的半叠句，使诗的情绪呈现变化中的律动感，类似歌曲中的"回旋曲式"，具有强烈的表情功能。

  词语重叠在现代诗中的音质音律作用表现在诸多方面。

  一是语词重叠起着韵节奏的作用。重叠在节奏上来说就是语音的重复对等，在诗的节奏进展中起着组织节奏、推动节奏运动的作用。新诗自由体诗行长短不一，多用散句，结构较为松散，如果不用诗韵，节奏结构段落或行句关系就会显得无序散漫。在行内的词语重叠，实际上就是在行内嵌入词语节奏，重复对等的词语反复，会形成音顿或意顿层次的节奏起伏。在行间的词语重叠，能够突出行顿节奏，通过重叠把相关诗行勾连起来，形成平行对照关系，同时通过重叠与非重叠的有序组合，形成一种散中有整的节奏效果。在节间的语词重叠，可以在篇章结构中形成诗节段落之间的平行对照，起到组织整个节奏流程的作用。在新诗中使用音质音律，会与节奏音律结合呈现节奏运动。如冯乃超《涌上来的小波》一节：

  涌——涌上沙滩来的小波
  涌上心头来的烦恼
  涌来涌去依旧孤愁的故我
  破浪哟和你叹叹无可奈何

  诗人采用了叠词，即把动词"涌"在多个层面进行反复重叠。首先，"涌"放在段首，在视觉节奏和音节节奏上均为变调，突兀的词语在后面诗行开始的重叠，就把全节在视听觉上勾连成一个整体；其次，这一突兀的"涌"在第一二行发展为重叠的"涌上"，而且这两行的句子结构相似，形成对等的行顿节奏；再次，"涌"发展到第三行则成了"涌来涌去"，使得浪涌扩大加强，自然成为前两行节奏的延续和扩展；第四，由"涌"到"破浪哟"作为收束，情绪有一停顿，然后又发展出下面的诗行，其中的"叹叹"重叠。叠词叠句加上整齐的音节，节奏段落形成一圈圈回旋循环的节奏波。重叠着的词语起到了韵节奏的作用。

二是语词重叠传达内在律的作用。新诗诗人大都主张诗的内在旋律，即诗人的情绪律动。郭沫若提倡内在律，突出了诗的自然的情绪律动流露。郭沫若在《论诗三札》中有这样的论述："原始人与幼儿的言语，都是些诗的表示。原始人与幼儿对于一切的环境，只有些新鲜的感觉，从那种感觉发生出一种不可抵抗的情绪，从那种情绪表现成一种旋律的言语。这种言语的生成与诗的生成是同一的。所以抒情诗中的妙品最是些俗歌民谣。便是我自己的儿子，他看见天上的新月，他便要指着说道：'Oh moon！Oh m-oon！'见着窗外的晴海，他便要指着说道：'啊，海！啊，海！爹爹！海！'。"[①] 郭沫若用实例说明，内在情绪的自然流露往往可以呈现为叠词叠句，叠词叠句能够传达出诗人真实的内心的情绪律动。如郭沫若的《笔立山头展望》中语词的结构重叠和字词重叠，造成了诗的内在律动强烈外化。

三是语词重叠暗示情绪性的作用。由外在的韵节奏，到内在的律动感，再到暗示的情绪性，这是语词重叠的意义链。穆木天说自己曾想写个月光曲：

> 我忽的想作一个月光曲，用一种印象的写法，表现月光的运动与心的交响乐。我想表漫漫射在空间的月光波的振动，与草原林木水沟农田房屋的浮动的调和及水声风声的响动的振漾，特在轻轻的纱云中的月的运动的律的幻影。我不禁向乃超说："若是用月光，月光，月光，月光，月光，四叠五叠的月光的交振的缓调，表云面上月的运

---

① 郭沫若：《论诗三札》，见杨匡汉等编《中国现代诗论》（上），花城出版社1985年版，第60页。

动,作一首月光的诗如何?我以为如能成功,这种写法或好。"①

穆木天试图采用语词重叠写法,是为了写出月光的波动和月光的运动,然后再把月光的运动与心的波动通过暗示作用来形成交响。这与西方的魏尔伦、马拉美关于印象主义的写法相一致。语词重叠与印象暗示的关系,源自词语的表意作用。穆木天强调说:"中国现在的诗是平面的,是不动的,不是持续的,我要求立体的,运动的,在空间的音乐的曲线。我们要表现我们心的反映的月光的针波的流动;水面上的烟网的浮飘,万有的声,万有的动:一切动的持续的波的交响乐。"② 这才是象征诗人叠词叠句的本质所在。我们引冯乃超《酒歌》三节:

啊——酒／青色的酒／青色的愁／盈盈地满盅／烧烂我心胸
啊——酒／青色的酒／青色的愁／盈我的心胸／浇我的旧梦
啊——酒／青色的酒／青色的愁／夜半的街头无人走／我的心怀怎能够……

金丝燕这样分析这里的叠字叠句:"青色"为该诗的核心色彩。通常为白或黄色的酒在这里带上了青色。为强化这"青色",诗人首先用三叠句:"啊——酒／青色的酒／青色的愁"。而在这三叠句的三节诗中,诗人也用了唇齿音与鼻腔元音的反复交错,整个诗句大体由3∶1(或3个唇齿辅音加1个鼻腔元音,或由1个鼻腔元音加3个唇齿辅音)比例构成。"酒、愁、梦之沉重由于唇辅音的交错更显得不适。青色乃黑色。诗人不用'黑'字,而择用由唇辅音'q'与鼻腔元音'ing'组成的'青',唇辅音暗示的不适、鼻腔元音所喻的沉重浑浊与'青'的象征意义相呼应,音与色达到交感。语音符号与色彩相连,被赋予了某种象征意义。"③ 这一分析揭示了语词叠用的象征暗示作用。

四是语词重叠起着扩充信息量的作用。语言的功能价值在于传递信息,但其传递的信息可以是认识信息,又可以是审美信息。两者有着本质

---

① 穆木天:《谭诗——寄沫若的一封信》,载《创造月刊》第 1 卷 1 期(1926 年 3 月 16 日)。

② 同上。

③ 金丝燕:《文学接受与文化过滤》,中国人民大学出版社 1994 年版,第 320 页。

不同，瑞恰兹在《意义的意义》中认为，前者属于语言的指代功能，后者属于语言的情感功能。语言的指代功能指的是利用词语来描写客观世界，显示事物；语言的情感功能指的是利用词语，通过该词语带来的联想，唤起感情和态度。重叠从传递通讯信息或科学信息来说，是毫无价值的，因为重叠只是重复已有信息，但从传递审美信息来说却是起着扩充审美信息量的价值。前苏联美学家列·斯托洛维奇以亚历山大·特瓦尔朵夫斯基《瓦里里·焦尔金》中两行诗为例说明这个道理：

渡河，渡河！
左岸，右岸——

从认识信息看这两行诗中的"渡河"重复，并不提供任何新的信息。但是，诗人说他所以要采用重叠手法的原因是："我这样长久地斟酌，按照一切真情想象渡河的事件，渡河耗费了许多牺牲以及人们精神和肉体的巨大紧张，渡河的所有参加者应该永远记住它，我这样'深深地体验到'这一切，突然内心仿佛发出这种叹息的呼声：渡河，渡河……我'相信了'它。感到除了我的读法外，这个词不可能有另外的发音，这个词从内心发出，具有它所表明的一切：战斗、鲜血、黑夜里致命的严寒以及为祖国出生入死的人们的巨大勇气。"正因为如此，斯托洛维奇认为，在这些诗句里确实体现了诗人想象和感觉的东西。因此，包含在其中的"信息比'渡河'一词词义上的信息要不可比拟地多"。[①] 正是"渡河"的重叠，就把诗人对于此事件长期的思索所获得的非常复杂而丰富的信息传达给读者，而读者也可以在这种重叠中停留、思索，从而获得更多思想的和审美的收获。

---

① [苏] 列·斯托洛维奇：《审美价值的本质》，凌继尧译，中国社会科学出版社 2007 年版，第 189 页。

新诗韵与节奏运动

"韵律"在古希腊语中的基本含义是"有规律的重现的运动"。黑格尔认为诗音律的第一个体系是根据节奏的音律,其特征是"它要按音节的长短形成不同类型的见出回旋的组合和时间上的承续运动"。第二个体系是由突出音质来形成的,具体说是"在节奏运动中由字的音质所形成的悦耳的音调"。① 以上黑格尔论诗的音律始终紧扣"运动"这一关键词,这是一种极其精彩的见解。确实,离开了语流在时空中的运动,就无法说明诗的音律问题,因为诗的形式只是"有统一性有持续性的时空间的律动"。在诗的语流中,节奏的音律和音质的诗韵相互纠缠,相互依赖,相互为用,共同呈现着诗歌吟诵或朗读中的音律美。这就是诗韵与节奏运动关系的根本要旨,也就是新诗的诗韵调协与节奏运动之关系的基本含义。

汉语诗韵与汉诗节奏

朱光潜在《诗论》中,认为诗韵的存在必在应用文的韵之前,韵的起源必须在原始诗歌里去找。他针对传统观点认为韵的出现仅是为了人们便于记忆,认为"原始诗歌的韵也未尝没有便于记忆一层功用,但它的主要的成因或许是歌、乐、舞未分时用来点明一节乐调和一段舞步的停顿,应和每节乐调之末同一乐器的重复的声音。所以韵是歌、乐、舞同源的一种遗痕,主要功用仍在造成音节的前后呼应与和谐"②。这里指明了韵的两个基本功能:第一,韵是一种重复的声音,一方面用停顿来标志一

---

① [德]黑格尔:《美学》第3卷下册,朱光潜译,商务印书馆1991年版,第71—72页。
② 朱光潜:《诗论》,生活·读书·新知三联书店1984年版,第189页。

个段落的结束，另一方面又用重复来造成音节的前后呼应；第二，韵是同乐调的分节和舞步的停顿紧紧地联系着的，这种联系表现在"点明""应和"乐调和舞步的节奏运动。在原始艺术中，诗歌、音乐、舞蹈原是混合着的，其共同命脉是节奏。在原始时代，诗歌可以没有意义，音乐可以没有和谐，舞蹈可以不问姿态，但是都必须要有节奏韵律。因为原始的歌、乐、舞是群众性艺术，如果没有固定节奏形式就会嘈杂纷攘，完全无法进行下去，这时就需要韵来发挥调协作用了。"韵是为点明一个乐调或是一段舞步的停顿所必需的，同时，韵也把几段音节维系成为整体，免致涣散"①。在音乐、舞蹈、诗歌分化以后，诗韵的原始功用在以声音呈现为基本表现形态的音乐、诗歌中得到保留，并在后代诗歌中成为诗的格律要素获得了发展。其缘由是同理的，因为后代的诗语包括诗的节奏运动仍然需要诗韵来调协，韵的"工作是把每行诗里抑扬的节奏锁住，而同时又把一首诗的格调缝紧"②。"押韵是一种极为复杂的现象。它作为一种声音的重复（或近似重复）具有谐和的功能。兰茨（H. Lanz）在其《押韵的物理性基础》中曾经说明，母音押韵是由它们的泛音的重复决定的，但是，尽管声音的一面可能是押韵的基础，却显然只是押韵的一个方面。押韵在审美上远为重要的是它的格律的功能，它以信号显示一行诗的终结，或者以信号表示自己是诗节模式的组织者，有时甚至是唯一的组织者。"③

　　诗韵的以上基本功用在中外诗歌中都有体现，因此在总体上说中外诗普遍重视押韵。但是，现在学者通过比较研究发现，韵在中国发生最早，汉语诗体更以韵为常例，中国诗更加重视诗韵。面对这种情形，朱光潜认为，"诗应否用韵，与各国语言的个性也很密切相关。比如拿英诗与法诗相较，韵对于法诗比对于英诗较为重要"。这是因为，英文音轻重分明，音步又很整齐，所以节奏容易在轻重相间上见出，可以不用借用韵脚上的呼应，而"法文诗因为轻重不分明，每顿长短又不一律，所以节奏不容易在轻重的抑扬上见出，韵脚上的呼应有增加节奏性与和谐性的功用"。由这种比较分析，朱光潜认为，"中国诗的节奏有赖于韵，与法文诗的节

---

①　朱光潜：《诗论》，生活·读书·新知三联书店1984年版，第12—13页。
②　饶孟侃：《新诗的音节》，载《晨报副刊·诗镌》第4号（1926年4月22日）。
③　［美］韦勒克、沃伦：《文学理论》，刘象愚等译，生活·读书·新知三联书店1984年版，第168—169页。

奏有赖于韵,理由是相同的:轻重不分明,音节易散漫,必须借韵的回声来点明、呼应和贯串"①。这种分析和结论是具有说服力的,也是具有语言学的理论根据的。

沿着朱光潜的思路,我国学者对汉诗普遍押韵的根由作了更加具体的阐释。从根本意义上说,汉诗普遍用韵是由汉语的语音特征和汉诗的节奏特征决定的。一般认为,欧诗节奏有三个类型:一是以很固定的时间段落或音步为单位,以长短相间见节奏,字音的数与量都是固定的,如希腊拉丁诗;二是虽有音步单位,每音步只规定字音数目(仍有伸缩),不拘字音的长短分量;在音步之内,轻音与重音相间成节奏,如英文诗;三是时间段落更不固定,每段落中字音的数与量都有伸缩余地,所以其段落不是音步而是顿,每段的字音以先抑后扬见节奏,所谓抑扬是兼指长短、高低、轻重而言,如法文诗。② 我们把前两种类型统称为音步节奏体系,把后一种类型称为音顿节奏体系,并认为汉语的语音特征类似于法语,汉诗节奏应该属于音顿而非音步节奏体系。

我国古代的"节奏"概念,就强调声音的对照因素,就是由声音的"有(奏)"和"无(节)"结合而构成节奏。最早划分节奏单元所用的概念是"句读",指诗句中和句末的顿歇。清代刘熙载在《艺概·诗概》中明确地提出了"顿"的概念,其"顿",仍指诗句中的顿歇,诗的自然节奏是靠这种"顿歇"来体现的。"顿歇"是汉诗传统指称节奏单元划分的基本概念,它明确了汉诗节奏的基本特性,那就是在诵读时的间歇停顿。中国新诗的发生,在诗体形式方面更多接受的是英诗的影响,因此也自然地接受了音步说,但用英诗音步节律去比附汉诗节奏,却始终无法自圆其说。这就推动着部分诗人对新诗节奏特征进行新的探索。胡适在《谈新诗》中对"音节"的说明就是:"节"——就是诗句里面的顿挫段落,旧体的五七言诗的二字为一"节",新体诗句子的长短是无定的;就是句里的节奏,也是依着意义的自然区分与文法的自然区分来分析的;"音"——就是诗的声调。新诗的声调有两个要件:一是平仄要自然,二是用韵要自然。③ 值得注意的是,胡适在这里把"节"解释为"顿挫段落",除了包括传统的"时间顿歇"外,还包括"时间段落",从而超越

---

① 朱光潜:《诗论》,生活·读书·新知三联书店1984年版,第192—193页。
② 同上书,第161页。
③ 胡适:《谈新诗》,载《星期评论》纪念号(1919年10月10日)。

了传统诗论中"顿"的概念内涵。从此以后,新诗史上对新诗节奏单元的理解就包含了两方面意义:"一方面指诗行中的顿歇('顿挫'),另一方面指由这种顿歇划分出的音组或单个音节('段落')。"① 前者被称为"音顿",后者被称为"音组"。周煦良说过:"'顿'和'音组'虽则一般用来形容格律时没有多大区别,但事实上应当有所区别。音组是指几个字作为一组时发出的声音,'顿'是指'音组'后面的停顿,或者间歇;换句话说,'顿'是指一种不发声的状态。这种区别当然是相对的,因为没有顿就辨别不出音组,没有音组也就显不出顿。所以有时候毫无必要加以区别。"② 对于汉诗音顿节奏的特征,陈本益作了具体概括:(1)音顿节奏的"音顿"中表示节奏基本条件的是占时的音组,表示节奏本质特征的是音组后的顿歇;(2)音顿所包含的音组及其后的顿歇是对立的两个因素。音顿在诗中的反复,便是音组及其后的顿歇的反复,而不可能是单纯的顿歇的反复,也不可能是单纯的音组的反复,因此汉诗属于"音节·顿歇"节奏体系;(3)把顿歇看作汉诗节奏的节奏点,因此可以把"音节·顿歇"简称为"顿歇"节奏。(4)把顿歇当作节奏点,实际上是把音组末音及其后的顿歇当作节奏点。顿歇实际上是声音的一种变化过程,或声音停顿,或声音变小,或变弱成为尾音,由此划出音组之间界限,因此顿歇成了诗的节奏点。以上四点,构成了汉诗独具特色的音顿节奏特征。音步节奏在音步内即可显出语流的节奏,而音顿节奏却要靠音组间的顿歇来显出语流的节奏。③

正是汉诗的音顿节奏使得其倾向于普遍用韵。押韵在汉诗的音顿节奏中的作用可以表述为两个方面。第一方面,因为汉诗的音顿节奏本身是一种基本的简单的节奏,所以需要诗韵来加强和补充。诗韵一般出现在句尾,而句尾正是音顿节奏在句式中最重要的节奏点,这样,诗韵便与句尾那一个本来就比较鲜明的音顿节奏点重合了,使那地方的节奏显得特别鲜明、强烈,或者说特别醒耳。第二方面,韵是同一种声音的反复回环,从节奏的概念内涵来看,那便是一种节奏,可以叫做"韵节奏"。从语音性质看,韵节奏是声音本身的一种节奏,即一种音质节奏,在造成节奏的意义上说,诗顿与诗韵具有同质性。顿和韵两者结合,共同形成汉诗的节奏

---

① 陈本益:《中外诗歌与诗学论集》,西南师范大学出版社2002年版,第54页。
② 周煦良:《论民歌、自由诗和格律诗》,载《文学评论》1959年第3期。
③ 陈本益:《汉语诗歌的节奏》,重庆大学出版社2013年版,第43—45页。

运动。汉诗的古体诗、近体诗的一个用韵单位，通常可以表达一个完整的语意，因此用韵处须要读断，这也称为"韵断"。唐宋词大体也是如此，当然也有例外，如大量的二字短韵，它们通常只能和上下文的文字连在一起才有意义。但依张炎《词源》"大顿小顿当韵住"所言，这些短韵是歌唱时的小住，也需要读断，从而体现出词体特有的声律节奏。不管如何，汉语传统诗词中，韵断与诗的节奏始终关系密切。汉诗的语言本身轻重不甚分明，没有长短区分，其节奏就要在其他元素上见出。"顿"是一种，"韵"也是一种。韵是去而复返、前后相呼应的，在声音平直的诗语里生出节奏。这就是诗韵与节奏关系的基本内涵。

  诗韵与节奏的另一层关系是在现代诗中，诗韵正在以音质律弥补节奏律的部分失效。现代人更加追求民主自由，在诗律运用方面更加突出诗的思想或意义节奏，其结果就是按照时间尺度重复的传统节奏模式受到冲击和弱化。脱离意义而按固定格式独立形成的节奏功能失效后，"唯一能补偿这种损失的就是韵"①。与此同时，现代人更加追求感性精神，为着实现艺术创作精神化，着重感情的"心声"传达。这种新的艺术追求，在同韵复现中获得满足，"通过同韵复现，韵把我们带回到我们自己的内心世界。韵使诗的音律更接近单纯的音乐，也更接近内心的声音，而且摆脱了语言的物质方面，即长音和短音的自然的长短尺度"②。以上两个方面追求，就引起了现代诗音律新变：一方面节奏律部分失效，另一方面音质律更加凸显。现代诗这种新变存在的理由有三：一是"音质如果要引起注意，它就必须更响亮地从内心深处迸发出来。所以比起节奏的和婉，韵是一种粗重的声响，不需要有听希腊诗的音律所必有的那种敏锐的有教养的耳朵就可以听出来"。二是"韵不同于节奏的和婉，它是一种孤立化的特别加以突出的一种声响"。它"使某些占确定位置的字的音质和其他字的音质分别开来，通过这种孤立化，获得一种独立的存在"。三是诗韵"用音质复现的办法组成韵律，把有关的意味突出和联系起来"，"主体从这种往复回旋中意识到他自己，意识到自己在进行既发出声音而同时又在倾听这种声音的活动，并且感到满足"③。正是诗韵具备音质律的声响特征、独存地位和复现结构的特性，才在现代诗中满足了诗人新的审美追求

---

  ① ［德］黑格尔：《美学》第3卷下册，朱光潜译，商务印书馆1991年版，第81页。
  ② 同上书，第83页。
  ③ 同上书，第88—89页。

的需要。因此，现代诗"最倾向于用韵，使语言本身变成一种感情的音乐和谐和对称的音律。这种音律不是取决于时间尺度和节奏运动，而是取决于音质，这种音质的音乐是和'心声'对应的。这种用韵的方式形成了诗章的或繁或简的结构，每章自成完满的整体。"①

中国新诗成形接受了西方现代诗运动的积极成果，相比古代汉诗来说，同样更加注重意的节奏，更加重视感情的深化。尤其是，新诗采用了现代汉语作为自己的语言，这种语言本身不是一种诗性的语言。其双音词或多音词大量出现，并自由地进入到新诗的语言中，使得传统的单纯的音顿组织结构模式难以为继；其语言组织结构复杂，内部各种成分结合紧密，使得诗的语言形式分顿和音节等量排列变得极其艰难；以上两大特征弱化了新诗的节奏律形象，在创作中则出现了不讲音律的自由诗。在此情形下，新诗史上许多诗人积极探索新诗音律新变，其中重要倾向也是凸显音质律的作用。胡适的"自然音节"理论，郭沫若的"内在律"理论，穆木天的"纯诗化"理论，戴望舒的"情感节奏"理论，卞之琳的"抒情调式"理论，朱光潜的"韵节奏"理论，艾青的"旋律化"理论，穆旦的"张力说"理论，其实都是主张借助音质律来弥补节奏律弱化的探索。新诗人利用汉语的语音自然特性，在创作中大量地运用同音堆集、同语反复、双声叠韵、叠词叠语、复杂用韵等技巧，通过诗韵弥补新诗音律的效果部分失效。虽然新诗中也有无韵诗创作，但普遍用韵还是百年新诗的重要传统。

诗韵与新诗的行句

音顿是汉诗的基本节奏单元，它是语音在时间上纵直地绵延着经过分断的段落顿挫。这种节奏的基本单元，其节奏意义的呈现有赖于进入诗行、诗节以至诗篇。"诗的现有规定带来了相应的继续发展的迫切要求。个别的一行诗固然引起我们一种节奏的经验，甚至于许多诗题也传达给我们这种节奏的经验"；"但是要成为真正的诗的性质，对于我们的感情还

---

① ［德］黑格尔：《美学》第 3 卷下册，朱光潜译，商务印书馆 1991 年版，第 92 页。

缺少某种东西。它需要进展、摆动、循环。"① 这种由诗的节奏单元到诗行到诗节的进展、摆动、循环运动，我们称为诗的节奏运动。诗的节奏运动的呈现就是语流的声音流程，它的呈现可以表述为：作为基本节奏单元的时间段落，时间段落的周期性复现，时间段落组合成诗行节奏，诗篇语音呈现着声音流程。在诗律学上，韵律指的就是语言成分在时间上成组织、成结构的分布特征，其基本构件是语音的时间段落顿挫，在汉诗中就是顿歇与诗韵共同建构的语音段落顿挫。节奏运动的动力因素是内在的情感，表相因素是外表的韵律，韵律是人的主观组织的一种时间形式。生命运动是变化的，人的每一种激情或心境或体验都有自己的速度节奏，呈现出波状回环、抑扬顿挫、强弱长短等节律特点，音律波动表现了特定生命活动时的情感运动方式。诗歌音律的所有表相特征，都是为了强化、凸显诗人审美情感的节律运动。任何事物运动的动力都源自其内部对立统一的矛盾，而诗的节奏运动方式是"复现"，即古希腊关于"有规律的重现的运动"的思想。世界各国的音律方式差异很大，但共同之处正是"复现"，包括对立的两个方面，即存在与不存在的对立交替。复现作为节奏运动的结构原则或外相因素，从创作者来说是通过重复来安排诗的节奏段落顿挫，在重复中形成音律模式和运动方式；从欣赏者来说就是期待重复出现，在期待中获得审美满足。

在诗的节奏运动中，复现的是声音的时间段落顿挫，它从最小的单位出发，然后形成诗行、诗节、诗篇节奏。其组织包括四个节奏层级，即基本节奏单位、诗行节奏单位、诗节节奏单位和诗篇节奏单位。在汉语诗歌中，每个节奏层级单位的界定依据是停顿和诗韵。当然，在空间排列中，诗行还借助于列行形式，诗节还借助于空行形式，诗篇还借助于篇章形式，但在吟诵或朗读的语流中却只有顿歇和诗韵的音律形式。不同的节奏运动层级有着不同的顿歇方式。汉诗中音顿之间的顿歇，其特征即朱光潜所说的，"在实际上声音到'顿'的位置时并不必停顿。只略延长、提高、加重。就这一点说，它和法文诗的顿似微有不同，因为法文诗到'顿'（尤其是'中顿'）的位置时往往实在是要略微停顿的。"② 即使如

---

① [瑞士]沃尔夫冈·凯塞尔：《语言的艺术作品》，陈铨译，上海译文出版社1984年版，第104—105页。

② 朱光潜：《诗论》，生活·读书·新知三联书店1984年版，第180页。

此，音顿之间的顿歇受句法顿歇和强调顿歇的影响，也会有小顿、中顿和大顿的不同表现形态。汉诗中的行末顿歇，一般是真实的顿歇，通过加长顿歇时间显示其与音顿间顿歇的差异。而汉诗中的诗节顿歇，则是比行末顿歇更大的停顿，它表明一个节奏段落已经结束，另一节奏段落即将开始，受情绪节奏的支配，往往呈现着段落转换的意味。在以上种种顿歇中，音顿间的顿歇往往并不伴有诗韵出现，但诗行、诗节结末的顿歇处则伴有诗韵出现。诗韵出现一方面同顿歇一起表明数个诗行或数个诗节节奏的结束，另一方面又通过叶韵把1个诗行或1个诗节节奏联系起来，形成前后呼应的有机整体，呈现节奏运动的整体流程。在汉诗节奏运动中，顿歇和诗韵都是节奏运动的表相因素，制约着诗的节奏进展和具体模式。

一般而言，诗行内部音顿不用诗韵，但我国新诗为了突出诗韵的节奏功能和表情功能，也有用韵的。如台湾诗人彭邦桢的《冻顶之恋》首节四行：

> 谁要是想饮我一杯香茗，请邀我去冻顶，
> 非为酩酊，只为清醒，兹回此茶曾产自，
> 名山来自武夷，能助我凝思，又能助我
> 释疑，为何此中有味无人知？

这诗行内音顿的划分采用意义节奏原则，大多采用标点加以标明，音顿的末字基本用韵（"茗""顶""酊""醒""自""夷""思""疑""知"），两个韵辙的转换处竟然是在第二行。

但总体而言，如上诗例中行内音顿用韵并非新诗通例，行（句）末用韵才是新诗通例。诗韵虽有头韵、内韵，但普遍的还是尾韵，即诗行（句）末尾用韵。诗的韵节奏功能主要体现在帮助诗歌建行，同行末停逗共同形成诗行节奏。汉诗的节奏单元音顿的节奏意义显示首先是进入诗行，音顿组合的表层结果是建行，深层结果是确立诗行节奏。诗行是汉诗节奏的最小结构单位，瑞士学者埃米尔·施塔格尔认为："抒情式的诗行本身的价值在于话语的意义及其音乐的'一'"。[①] "诗行是诗歌各个层

[①] ［瑞士］埃米尔·施塔格尔：《诗学的基本概念》，胡其鼎译，中国社会科学出版社1999年版，第5页。

次上能够经常形成平行结构的基本条件和诗歌的形式标志，不遵从格律也不押韵的自由体诗也受诗行的制约。"① 自由诗与有节奏的散文之间的唯一区别在于自由诗引进一种外在的节奏单位——诗行。诗行是诗歌文体的重要标志。在中国古典诗歌中，诗行既是语音又是语义的一个基本结构单位，因此被称为"诗句"，不必分行书写，在西诗中，这种结构单位同文句不必一致，行只是音的阶段而非义的阶段，因此必须分行而称为"诗行"。新诗采用分行书写，是在新诗发生期学习欧诗后逐步确立的。诗行对于新诗形成节奏效果意义重大。因为"诗行"本身是诗中的一个节奏单位（层次），诗行在朗读中是一个比音顿或意顿更显意义价值的重要存在和音节停顿单位；同时，诗行又处在行内节奏和行间组织的关节点上，建行方式决定了行内节奏形象，诗行排列决定着诗节诗篇节奏形象。从外形结构看，诗分行书写，每行占一完整的空间；每行结束有较长的停顿，所以又占独特的时间。从内部结构看，诗行的特点决定了音和顿的数量和排列方式。从有机结构看，统一的诗行组合才构成整节、整首诗的完美和谐结构，杂样的诗行组合不可能有真正意义上诗歌结构。从朗读效果看，建行有两大特征，一是行末停顿。行内音顿停顿仅是"可能停顿"，句（行）末的停顿才是"必然停顿"，诗行停顿是新诗有规律停顿的关键。二是行尾押韵。"脚韵位于诗行之末，从音乐效果看，它最有力量；它给诗以音乐效果及结构形式，比节奏与格律以外的任何其他音乐成分做出的贡献都大。"② 诗行和诗韵结合，强化着诗行节奏："就汉诗的韵节奏与作为汉诗一般节奏的音顿节奏的关系看，两者是同质的，即都是声音本身及其后面的顿歇的有规律的反复。两者的不同仅仅在于：韵节奏是同一声音的反复，而音顿节奏则一般是不同声音的反复；韵节奏中那韵的反复一般是两行一反复（作为韵便是隔行押韵），是间歇性的，并且间歇很大，而音顿节奏中音顿的反复是连续性的，反复的音顿之间的间歇很小。"③ 韵和顿在行末结合，使得诗行节奏形象变得异常突出和鲜明。

传统汉诗句（行）末用韵基本特点是隔句押韵。这与汉诗独特的音顿节奏形式有关。"古代诗歌在节奏形式上具有奇偶句特点。隔句押韵一

---

① 黄玫：《韵律与意义：20世纪俄罗斯诗学理论研究》，人民出版社2007年版，第127页。
② [美] 劳·坡林：《怎样欣赏英美诗歌》，殷宝书译，北京出版社1985年版，第125页。
③ 陈本益：《汉、英诗韵的若干比较》，见《中外诗歌与诗学论集》，西南师范大学出版社2002年版，第38页。

般押在偶句末尾，能与奇偶句形式配合，这样，一方面韵本身可以获得最佳效果，因为偶句末尾一音是一对奇偶句形式中最重要的节奏点（比奇句末一音的节奏点更重要）；另一方面韵作为节奏，与奇偶句形式上那一重音顿节奏完全统一。可见，古代诗歌隔句押韵的形式既是韵自身的需要，也是音顿节奏的需要。"① 汉语新诗仍在使用着奇偶句式，所以隔行押韵仍然较为普遍。如闻一多《死水》是新诗格律典范之作，全诗五节，每节四行，两个奇偶诗行，偶行押韵。但是，由于新诗已经打破了行句统一的建行方式，也由于新诗语言结构复杂多变，所以在隔行韵基础上出现了两个方向新变倾向。一是采用行行押韵方式。主要是两种情形：一种是部分新诗的诗行较长，内部音顿组织容易涣散，所以需要通过每行末尾押韵加以有效组织节奏。如郭小川《秋歌》两行：

天旱了，是我们走遍深山找清泉！
天涝了，是我们筑起堤坝挡狂澜！

　　长诗行每行押韵，体现了诗韵安排的一项重要原则，"这些重复的字必须相距不远，这样，耳中才能全意识或半意识地把前一个音反应到第二个音。"② 当然也有些诗行不长，但也采用了行行用韵方式，如朱湘的《小聚》一节："描花的宫绢渗下灯光；／柔软灯光，／掩映纱窗，／我们围坐在红炭盆旁，／看炉香，／游丝般的徐徐裊上／架，须是梅朵娇黄。"这诗每行末尾押着同韵，甚至为了押韵把词语"上架"生硬地分裂在两行。这似乎不合情理。但仔细阅读此诗，觉得此诗韵都用后鼻音"ang"音，同诗所描写的氛围和表达的情调极其吻合，诗人采用同韵密集相叶的方式强化了诗的特殊情调意味，极其富有艺术魅力。

　　另一种是借鉴了西诗用韵方式，主要是随韵、交韵和抱韵，其呈现着的用韵特征也是行行用韵。我国具有现代倾向的诗人认为，在新诗体式倾向自由变化的时代，通过借鉴中西诗律传统来推动用韵的复杂繁富，这不是对于传统的违反而是光大。借鉴西诗复杂用韵，一种做法就是直接借鉴西方传统诗体，在借鉴中同时移植西诗韵式。如我国诗人百年来移植西方

---

① 陈本益：《汉语诗歌的节奏》，重庆大学出版社2013年版，第249页。
② ［美］劳·坡林：《怎样欣赏英美诗歌》，殷宝书译，北京出版社1985年版，第127页。

的十四行体,在创作汉语十四行诗时就移植了随韵、交韵、抱韵。如李唯建移用英国克里丝蒂娜·罗塞蒂《在一位画家的画室里》的十四行意体,写作汉语十四行诗集《祈祷》,全部70首都采用了ABBA ABBA CDC DCD的抱韵和交韵的韵式;张鸣树移用英国李雷的十四行英体,写作汉语十四行诗《弃妇》,采用的是AABB CCDD EEFF GG的随韵方式。这种移植创作都是行行用韵,但与中国传统诗的句句有韵、一韵到底不同。前者韵脚变化,可以避免单调;后者密韵单调,缺乏节奏变化。中国《诗经》时代也较多使用随韵、交韵和抱韵,但以后逐渐被人束之高阁,这是因为这些韵式不大适合奇偶句这种传统汉诗节奏形式,但当新诗的诗行结构呈现多样化以后,这些韵式就能够自然地被人接受。不仅在移植西方诗体时自然地运用复杂韵式,而且在新诗创作中也能自然地使用。如徐志摩的《客中》:

今晚天上有半轮的下弦月;
我想携着她的手,
往明月多处走——
一样的清光,我说,圆满或残缺。

这诗采用的是ABBA抱韵方式,行行用韵,就同诗的意义与排列方式紧密结合,显得自然得体,我们并未感到单调和突兀。

二是改变隔行用韵,采用多行用韵方式。这在新诗用韵中变得更加普遍。新诗的行句结构也有奇偶句或出对句形式,但往往呈现更多的变化。一个格律结构中,出句、对句的数目多少不一,可能一个出句匹配几个对句,也可能相反,几个出句匹配一个对句,还可能几个出句匹配几个对句。这就造成了诗韵无法按照传统奇偶句隔行押韵。而且,新诗创作中更多的情形是完全不顾传统的出对句格式,各种组织结构的诗行都可以进入诗中,这就使得隔行用韵难以为继。尤其是新诗中容纳着复杂长句结构,它把语言诸种因素集合起来,通过有效分行和列行建构起一个诗行群,"用或简或繁的衔接,动荡的回旋曲折,或是静静地流动,忽而一泻直下,波澜壮阔,所以最适宜于描写各种情境,表现各种情感和情欲。"①

---

① [德]黑格尔:《美学》第3卷下册,朱光潜译,商务印书馆1991年版,第65页。

在这种诗行群中,隔行用韵更是无法实现。这就出现了新诗的行末减少诗韵的倾向,大量采用的韵式是多个诗行押一韵或两韵,而且呈现着复杂多变的情形。要说能够寻找到的规律,则多数诗人不管诗句分割排列多少诗行,但往往重视句末的诗行押韵。如郭小川有些诗的诗句老长老长,若排成一行就会难念,于是他大体按照念这些句子时自然的间隙和调子,把长句切割成若干短行再采用楼梯式排列,韵脚一般安排在楼梯的最后。此组诗行群末的诗韵,彼组诗行群末的诗韵相押。按照郭小川的理解,楼梯建构的依据是朗读间歇和音韵变化,即每级楼梯是个小的间歇停顿,但诗韵位置则是大的句逗停顿,停顿与诗韵组合强化了诗的节奏。这种韵式其实与传统的隔行用韵仍然保持着关系。在古诗的奇偶行中,奇行末尾是"逗顿"可押韵也可不押韵,而偶行末尾则是"句顿"需要押韵。虽然奇行和偶行末尾都是重要的节奏点,但比较起来,偶行末尾作为节奏点更重要,因为它相对读得较长,其后顿歇较久,加上尾韵会有更好的节奏效果。新诗采用散句切割后分列诗行,都依据传统诗歌的行句结构,在句顿处必然用韵,在逗顿处自由用韵,其体现的仍然是奇偶句隔句用韵的基本原理。

新诗韵式在继承传统的基础上,向着行行用韵和多行用韵发展变化,其基本选择仍然是同诗的音顿节奏有机结合,通过顿和韵的作用呈现新诗的节奏运动。安排在行末位置的诗韵,通过音质律和节奏律引起读者注意。"全章各行可以一韵到底,遵守一种抽象的同音复现的原则,也可以通过较精巧的形式换韵,使多种不同的韵有规律地交错和配合,或合或离,或前后呼应,这就显出韵的丰富多彩。这些韵时而直接相遇,时而互相逃避,时而互相追寻,这就使倾听和期待的耳朵时而立刻感到满足,时而被较长久的停滞所嘲弄,欺骗和勾引,但是终于发见到有规则的安排和往复回旋而感到快慰。"① 这就是行末用韵变化的审美意义。

诗韵与新诗的节落

若把多个诗行组合起来,就会得到一个诗行群落。这样的群落可以单

---

① [德]黑格尔:《美学》第3卷下册,朱光潜译,商务印书馆1991年版,第91页。

独成为一首诗,更多的是多个这样的群落组合构成诗篇,诗行群落本身成为诗篇节奏流程的一个声音段落。由于它在传统汉诗中往往是以奇偶行组合的"联"呈现的,而在新诗中多数则是以"节"呈现的,我们把它称为新诗的诗节段落,简称"节落"("节落"也是节奏段落的意思)。它是构成诗歌节奏运动的相对独立完整的诗行组织结构,是新诗基本的节奏结构或音律层级单位。在它的内部,关联着分行和组行,在它的外部,关涉着分节和组节成篇。关于"自由诗"韵律节奏内涵,《现代西方文学批评术语词典》是这样概括的:

> (自由诗)弃而不用现成的韵律,这对读者的已经成为习惯的感受方式无异于釜底抽薪,并迫使他们形成新的阅读速度、语调和重读方式,其结果使得读者能更充分地体会诗歌产生的心理效果和激情。这种诗歌的韵律并没有同语言材料分离开来;在这种诗歌中,诗节的作用取代了诗行的作用,诗行(句法单位)本身变成了韵律的组成部分,而且诗行的长短变化形成了一定的节奏。①

这一概括揭示出西方自由诗体的特征是:冲破传统的韵律模式,用诗行在诗节意义上的韵律节奏代替传统音顿在诗行意义上的节拍节奏。在自由诗中,诗行成为节奏运动的基本节奏单元,而其节奏形象则是在诗节段落中呈现。法国自由诗理论家如卡恩、迪雅尔丹、雷泰等,他们的重要理论就是:"惟一合理的单元是诗节,而诗人惟一的指南是节奏,不是学来的节奏,受制于其他人创造的千百种规则,而是一种个人的节奏。""自由诗的单元是诗节,而非格律诗中的诗行或音步。"② 其实,现代诗不在行内而在节内建构自身节奏段落的情形,不仅表现在自由诗体中,同样表现在格律诗体中。这种情形的出现,就使得诗节在诗的节奏运动中的地位突显出来。我国新诗接受了西方现代诗的影响,面对异常复杂具有挑战的现代社会,倾心于诗质现代性和诗语现代性的追求,其结果是同样突出了诗节段落的节奏地位。尤其是,在句法上完整的一个复句或一组句子即句

---

① [英]罗吉·福勒编:《现代西方文学批评术语词典》,袁德成译,四川人民出版社1987年版,第114页。
② [法]马蒂兰·东多:《最初的英语自由诗诗人》,李国辉译,载《世界文学》2015年第3期。

群大量进入新诗,这种句群通过切割形成了新诗的诗行群,它们在诗中构成一个诗节,或构成一个诗行群落,甚或构成整个诗篇,从而使得"节落"概念在新诗中更加具有普遍的适用性。

诗节段落是新诗节奏运动流程中具有相对独立的音律段落。同传统汉诗相比,新诗的诗节段落更加形态多样,它不受诗的体例、词谱、曲谱、调性等限制,趋向自由化和多样化,有数十行连写而不分节的,也有一个行组建构诗节的,有等时节奏的均行诗节,也有自然口语的对称诗节,还有旋律化的参差诗节,节内每行字数多寡不论,更无调性的规定区分。其间倾注了诗人的创造精神,反映了现代人的自由民主追求。尽管节落的形态多种多样,但其最为基本的特征就是:它是一个相对独立的节奏单位,在诗行的排列形式上,或者表现为诗篇多个诗节每节独立以章节方式排列,或者诗行连续排列但可在朗读或分析时加以划分。这种节落的基本特征,首先,它是个相对独立的音乐段落。如果说整首诗是一曲组织结构精美的音乐篇章,那么节落就是整个音乐流程的一个音乐段落,或者叫做"乐段"。美国诗学教授劳·坡林认为,现代诗中相当数量是以诗节为单位来考虑韵律节奏模式的,换句话说,每节诗都是依靠着特有的音律节奏模式而存在的。其在诗中有两种表现形态:或者是在诗中连续排列形成整个诗篇;或者是在诗中独立存在,另外诗节重构韵律节奏模式。而每个诗节的韵律节奏模式包括着:韵脚计划(有时诗中无韵);重复句的位置(还有方式);主导的节奏计划;每行音节的数量;总起来说它具有自身的节奏模式,是诗的节奏运动的一个段落。在一个诗节段落内,诗人让我们沉浸在出神的状态中,而当诗节结束出现一个空行停顿以后,我们就会从这一段落节奏中醒来,并准备开始进入另一个新的审美体验过程。其次,它是个相对独立的建筑形体。多数节落以诗节形式排列,在纸上形成上下左右留白的形体,具有相对独立性和具象性。第三,它是个相对独立的意义单位。作为节落的语言结构单位,在诗节复沓节奏的诗中是一个可以重复的单位,通过重复渲染造成反复咏唱、层层加深的效果;它在直线节奏的诗中是一个行进中的阶段,通过诗节的连续发展形成情思的发展过程;它在诗节对称节奏的诗中,是构成思想或感情对比、矛盾、回环、反复的重要组成环节。

新诗的诗节段落,在空间形态上多数表现为诗行在纸上的排列图形,在时间形态上则表现为音顿在朗读中的节奏流程。建构新诗节落的节奏流程，基本依靠的就是顿歇和押韵。汉诗的节奏运动始终贯串着顿歇，在节奏的各个层级中的顿歇存在差异，有微顿、小顿、中顿和大顿的差别，从相对比较的角度说，在一个节落的节奏运动中，如果说音顿之间的停顿是微顿或小顿、诗行之间的停顿是中顿的话，那么诗节段落结末的停顿应该是大顿。但这种概括只是抽象的相对的，因为在吟读或朗读时，不同读者在顿歇的长短或轻重或高低的把握时存在较大差异，所以往往显得并不可靠和固定。这样一来，真正能够必然显示"节落"节奏的则需要诗韵来发挥作用，因为"比起节奏的和婉，韵是一种粗重的声响"，更加容易为读者所领会。其实，诗韵的韵节奏本身也只有在诗节层级上才能充分地显示出来，因为所谓"叶韵"或"押韵"，必然存在于两个或数个诗行或行组之间的关系之中，诗韵通过粘上关下，前呼后应，把数个诗行有秩序地组织起来，构成一个有着多个诗行结构的有机整体，呈现一个相对完整的节奏运动流程，而这个整体和流程的首要节奏层级其实正是"节落"。诗韵在构建节落中的作用，一方面在节落内部把分散的诗行联络贯串起来，使之成为完整的节奏流程；另一方面在节落外部把此节落与他节落区别开来，使之成为诗篇流程的一个段落。朱光潜论原始诗韵的功用，强调的是"点明一节乐调和一段舞步的停顿，应和每节乐调之末同一乐器的重复的声音"，这里的"一节""一段""每节"就突出了韵在标示节奏段落中的特殊作用，也就是说韵的节奏作用是在"节"或"段"的层次上呈现出来的。这种作用也就是韦勒克、沃伦所说的，诗韵以信号表示自己是诗节模式的组织者，有时甚至是唯一的组织者。证明这种结论的典型证据就是诗韵在汉语十四行诗的节奏段落中的组织作用。一首理想的十四行诗，构思是一个三百六十度的圆形，其诗情发展和节奏运动表现为起承转合四个段落，分别由四四三三诗行组成四个节落，与此相应就是意体的前八行是两个抱韵，为 ABBA ABBA（或 ABBA BCCB），后六行为 CDE CDE（或 CDC DCD）。这种韵式，使前八行和后六行各形成一大段落，即前八行和后六行的韵法明显不同因而有助于形成全诗前八后六两大乐段（节落）。只是前八行是两个抱韵，虽有共同之处，但每个抱韵内部却又呈封闭结构，即各自形成一小系统；后六行之前三行和后三行也有共同之处，可以构成一大段落，但仔细分析，却又各是个封闭结构的小系统。这样，韵法就把十四行诗划分成四个节奏段落，并与诗的起承转合结构互为表里，从而在总体上确保了十四行体在形式上具有的浑然美、整体美和协和美。

如果说传统格律诗体的诗节划分往往是对传统形式的强迫接受的话，那么新诗的诗节段落建构则是自由创造的，尤其是新诗自由体的诗节更是体现着个人性和独特性，这是一种新的诗歌音律技巧。正如法国诗人古斯塔尔·卡恩所说："这种新技巧的重要性，除了发扬被迫忽略的音调和谐外，将会允许任何一位诗人构思他自己的诗歌，或者说，去构思他原创作性的诗节，去创造他自己的、个人的节奏，而非令他们披上早经剪裁的制服，只能沦为辉煌前辈的学徒。"① 因此，要想具体地概括新诗的诗韵模式是难以想象的。这里仅从诗韵构节角度概括我国新诗节奏段落（诗节段落）的三种类型。

第一类是在继承传统韵式中寻求规律变化。如闻一多的《死水》，每节四行构成一个诗节段落，分成两个行组，两行的前行是出句（奇行），后行是对句（偶行），押韵位置统一安排在偶句（行）结末。两个两行组末的诗韵呼应，构成一个诗行结合紧密的节奏段落。如黄淮《火狐狸》一节四行："一只火红火红的狐狸／海浪般在我脚下边嬉戏／翻个斤斗忽地扑上身／溅湿了满怀诗情画意"。诗虽然没有使用标点划分行组，但一、三行明显是出句，二、四行则是对句，诗韵位置统一在对句末尾，即"戏"和"意"相押，体现的是偶行押韵和隔行用韵的规律。另有些诗则在传统用韵基础上呈现变化。如流沙河《困惑》的四行节：

从前我和你并坐小河边（出句）
心里什么都不想（前对）
嘴里却说个不完（后对）
笑看夕阳落下西山（补对）

这里虽然也用传统的出句和对句的诗行节奏构成诗节，但出句仅为一行，对句则有三行，诗采用的则是在出句末尾和三个对句末尾位置押韵，构成首行与末行押韵的呼应，从而把四个诗行勾连起来建构一个有秩序的节奏流程段落。以上诗韵建构节落，基本的特征就是继承古诗传统用韵，同时又根据新诗表达需要进行适当变化，其诗韵结构一般具有规律性。这种节落的押韵方式在大量的新格律诗体中广泛使用，具有传统音律美的

---

① ［法］古斯塔尔·卡恩：《论自由诗序》，载《世界文学》2012年第4期。

意味。

　　第二类是在行组复合结构中创新用韵方式。这种诗节中的行句结构较为复杂，但其内部并非无序组合，而是划分为多个行组，每个行组包含两个或数个诗行，然后再把多个行组排列组合起来，形成整齐和错综结合的诗行结构。与此相应，诗韵既同诗行组合成组相关，更与行组组合构节有关，诗韵的前后上下勾连呼应，形成既有秩序又富变化的节落节奏运动。相对而言，这种节落内部的诗行结构较前种复杂，诗韵建构节落的方式较为复杂，节奏运动显得更加鲜活灵动，因此为多数写作格律体新诗的诗人采用。如果说前种押韵方式较为传统，那么此种押韵方式更具创新；若说前种押韵方式体现的是共律诗的特征，则此种押韵方式体现的则是自律诗的特征。如徐志摩《三月十二日深夜大沽口外》首节结构如下：

　　　　今夜困守在大沽口外：
　　　　绝海里的俘虏，
　　　　对着忧愁申诉；
　　　　桅上的孤灯在风前摇摆：
　　　　天昏昏有层云裹，
　　　　那掣电是探海火。

　　这节落中包括两个行组，即前三行和后三行，但每个行组内的后两行是结合得更为紧密的行组，它们共同与前行组合成组。与此诗行结构相应，诗韵则是每个三行组内的后两行押韵，两个三行组的后两行前后呼应押韵，两个三行组的前一行又遥相押韵呼应。诗韵把各个诗行和行组组合成一个整体，呈现着有序的节奏运动流程。在新诗中，有些行组复合结构则更加复杂，但不管如何复杂，诗人都能借助于韵的组织作用，建构起有序的节落节奏运动流程。

　　第三类是在切割复杂散句后重构音律秩序。当散句进入新诗时，诗人就对它进行音律化处理。首先是切割分行，其次则重新列行，前者是把严密结构的散句切割成语言片段，后者是把语言片段排列成具有诗功能的诗语，从而把日常散句转换成音律诗语，获得了一个相对独立的节奏段落。其语言特征是倾向于自然美和散文美，诗行长短不一，语调语态自然，句子结构复杂，有的甚至保留了复句语法结构。如闻一多《游戏之祸》：

"我酌上蜜酒,烧起沉檀,／游戏着膜拜你:／沉檀烧得太狂了,／我忙着拿酒来浇他;／谁知越浇越烈,／竟惹了焚身之祸呢?"这是个散句结构,其中有因果复句,也有转折复句,韵脚散落诗行之间。这类诗节段落更多地存在于自由体新诗中,其存在的具体形态则多数节落单独成节,但也有多个节落连续排列并不分节。此类节落有的并不用韵,追求诗的内在旋律的美,这就成了无韵诗。但更多的节落有韵,通过诗韵来组织节奏运动。其方式是节落内部诗韵相叶,有的用韵较密,有的用韵较疏,但都没有规律而显得自由。如艾青《太阳》的一节:

  从远古的墓茔
  从黑暗的年代
  从人类死亡之流的那边
  震惊沉睡的山脉
  若火轮飞旋于沙丘之上
  太阳向我滚来……

这是一个复杂长句,基干是"太阳向我滚来"。第一、二、三行是处所状语,第四、五行是状态状语。诗人通过对散句切割后重新列行,建构起了新的节奏段落:开始的三个处所状语诗行秩序匀整,第四、五行句式变化节奏缓和,第六行是思绪的聚焦点,诗行节奏呼应首行回复到起点,行末省略号和节间停顿,表明一个节奏段落流程结束和新的节奏段落流程开始。在这六行构成的节落中,自然地放入了"代""脉""来"三个诗韵,以此贯串起整个节落诗行节奏。如郭小川《万里长江横渡》中一个节落,相对来说用韵更为自由,显示了这类诗韵的基本特征:

  看前方:／大水汹汹／巨浪滔滔／风声簌簌,／隐隐的沉雷／震动着／苍茫的峡谷,／炽烈的斗争／还远远／没有结束;

这段诗行长短排列,没有一定规律,韵式相对自由,"簌"在四行后,"谷"在又三行后,"束"在又三行后,尽管显得较为自由,但基本都在句逗末尾,体现了自由诗的音韵美。此类诗韵建构节落的方式是不求节落内部叶韵,而是以节落末尾的诗韵来同另一节落叶韵。这体现了散句结构节落轻视诗韵的发展倾向。如郭小川就积极探索韵脚落在句顿、逗顿位置放宽的叶韵方式,当他写作楼梯式自由诗时,就把复杂长句切割以后通过楼梯式诗行排列,不管这种楼梯有多少层级,诗韵一般总是放在楼梯的最后。这个楼梯节落末的诗韵与下个楼梯节落末的诗韵相叶,诗韵在这种诗中发挥着勾连楼梯节落的重要作用。这是一种自觉的创作探索。

诗韵与新诗的篇章

  诗节段落在其内部有着相对独立性,但就其外部关系说,则具有极大的开放性,因为诗人知道,诗节或节奏段落的真正价值在于整个诗篇的节奏运动之中。新诗节落如何进入篇章结构,并同其他节落一起建构整个诗篇的节奏运动流程,这涉及诗的体式问题,具体来说就是形式结构问题。"艺术最终还是个组织问题。它所追求的是秩序,是形体。最初的艺术行为是上帝从混沌中创造世界,把不成形的东西固定成形;此后,每个艺术家都在较小的规模下,试图模仿上帝,把混乱的经验,经过剪裁与安排,变为有意义的、有趣味的结构。"诗学家呼吁,"诗人不只在材料、意象、观念、声音方面都应给诗以内在次序,他还要给诗以外在体式,除内部的逻辑顺序外,还得给予诗以外部的均衡。"[①] 关于诗的体式,我们移用劳·坡林在《怎样欣赏英美诗歌》中的概括,即现代诗人把作品放在三大类形式中,即固定形、诗节形和连续形。

  先说固定形。它指的是"应用在整首诗中的传统体式。法语里,诗人用许多固定形式。英语里虽有人试验过法国诗人的各种体式,但取得巩固地位的却只有两种,即打油诗和十四行诗"[②]。我国新诗中也有不少固定形式,它们都有着规定的节奏运动流程,诗人创作无论是诗行组织、节落建构,还是篇章结构,都要遵循这种现成的规定性。大致分成三类。一类是中国传统的固定形,如近体律绝体、词曲体等。新诗人继承古典诗歌传统,把当代题材、当代思想、当代情感、当代语言装入旧体诗体。如传统律诗,有着起承转合的艺术结构,有着严格的诗行组织规则,有着固定

[①] [美]劳·坡林:《怎样欣赏英美诗歌》,殷宝书译,北京出版社1985年版,第174页。
[②] 同上书,第179页。

位置的押韵规则，全诗的节奏运动传达出中国人的审美意识。闻一多在《律诗底研究》中把其美质概括为"均齐""浑括""蕴藉""圆满"，并认为"首首律诗里有个中国式人格在"。另一类是借鉴域外的固定形，如十四行体、打油诗、三叠令、回环调、巴俚曲、汉俳等。新诗史上从西方移植的固定诗体很多，但多数没有在新诗中站住脚跟，因此创作影响很小。但汉语十四行诗创作却流贯百年诗坛。这种诗体是西方古典的固定形式，我国诗人使之中国化，从而成为新诗创作的重要组成部分。十四行体有固定的段落结构，有规定的诗行组织，有明确的用韵规则，其节奏运动呈现着起承转合构思，具有精致完美的音律进展结构。"十四行诗因结构严整，故特宜于抒情，使深浓之情感注入一完整之范畴而成为一艺术品，内容与形式俱臻佳境。"① 还有一类则是新诗人自创的，目前还在探索中尚未定型的固定形。在百年新诗发展途中，我国诗人倾心探索，试图建立一种或多种新诗固定形式，取得了重要进展，如散曲体、新辞赋体、小令体、八行体、六行体等，其中又以新九言体的探索成果最著，可以林庚、闻捷和黄淮的探索为例。他们的探索各有特色，其共同追求是立足现代汉语基础，借鉴传统诗歌尤其是律绝体的格律形式，为新诗的共律体成形做出了贡献。所谓共律体，黄淮的理解就是新诗格律体的定型体或曰固定形，这种形式经过长期实践以后，形成了诗人约定俗成的节奏和韵律，诗人创作就把内容装入这种形式中，从而使诗歌具有固定的节奏韵律和审美品格。写作固定形新诗，受到固定的节奏与脚韵计划的限制，但新诗人仍然坚持，则因为固定形诗体本身具有丰富的美质，能够帮助诗人完成艺术；同时，"它以高难度向诗人的技术挑战。差的诗人当然时常遭遇失败：他不得不用不必要的词语来填补诗行，或为押韵而使用不妥当的字词。可是好诗人却在挑战中感到英雄有用武之地"②。另外，新诗人清楚，新诗真正成熟的重要标志就是建立起一种或数种具有特色的固定形诗体，因此有责任感的诗人愿意为此不懈地探索实践。

　　再说诗节形。它指的是："诗人想出一系列诗节，它们是重复单位，具有固定诗行量数、相同的节奏模式，和相同的韵脚图案。"在这种诗体中，诗式的基础是"诗节"，它在诗中以重复或变体重复的方式再现，从

---

① 梁实秋：《谈十四行诗》，见《偏见集》，（上海）正中书局1934年版，第209页。
② ［美］劳·坡林：《怎样欣赏英美诗歌》，殷宝书译，北京出版社1985年版，第185页。

而构成诗篇。就创作而言，其"诗节"或者是"诗人选来某种传统的诗节模式"，或者是诗人"发明自己的诗节模式"。① 这种体式同样讲究严格的格律，但它同固定形的区别在于：固定形格式是别人设定的，诗节形格式是诗人选来或自创的；固定形格式是恒定的，诗节形格式是可变的。诗节形的基础是诗节，包括诗行量数、节奏模式和韵脚图案，它即是我们所说的"节落"。节落建构诗篇的方式是重复，而其重复的原则可以借鉴结构主义学者洛特曼的"平行对照"理论。洛特曼认为，"文学篇章是建立在两种类型的关系的基础上：对等成分的重复形成的平行对照以及相邻成分之间的平行对照"②。黄玫介绍洛特曼理论指出："诗篇中存在着两种聚合类型：一是非完全重复，部分相同部分相异。这种类型的聚合恰好是富有信息量的。相同的部分提示我们这两个（或多个）单位之间的关系，使它们处于'平行'的地位，相异的部分因此被凸显出来，让我们从细微的差别中捕捉信息。另一种类型的聚合是在某个或某几个层次上的完全重复。洛特曼认为，诗篇中不存在完全意义上的重复，那种看似完全重复的单位其实已因所处位置的改变而改变了信息的含量。无论是哪种重复，都在聚合轴上形成平行对照的关系。③"洛特曼的平行对照原理源自索绪尔和雅克布森的"二轴说"，即相似性的选择和相邻性的组合，前者构成诗的联想结构，后者构成诗的语链结构。平行对照包括两种类型，即非完全重复的平行对照和完全重复的平行对照，不管哪种平行对照，都有意义表达和韵律重复的价值。洛特曼基于对等律而提出的平行对照理论，适用于构建和分析节落发展成为诗篇的节奏运动。因为节落构篇可以是一个节落，更多的是数个节落，而在多个节落构篇时，大体就是两种情形，一种就是相同的诗节段落发展成为诗篇，另一种就是相异的诗节段落发展成为诗篇，而这两种情形正好契合洛特曼关于平行对照的相同性和相异性的理论框架。据此，我们按照平行对照理论提出新诗节落建构诗篇结构的三种情形。

一是相同节落组合成篇的。如闻一多的《死水》每节四行，每行九言四顿，偶行用韵，具有整齐的字句、调和的音节和统一的韵式的特征。

---

① ［美］劳·坡林：《怎样欣赏英美诗歌》，殷宝书译，北京出版社1985年版，第175页。
② 转引自黄玫《韵律与意义：20世纪俄罗斯诗学理论研究》，人民出版社2005年版，第74页。
③ 同上书，第74—75页。

然后，闻一多在诗中把五个同样的节奏段落排列起来，唯一变化的就是换节换韵，诗篇呈现着匀整的规则的复沓式的节奏运动。如朱湘《春风》共三节，每节的四行，分别是五言缩格—七言顶格—三言缩格—五言顶格，韵脚都在两个顶格诗行末尾，一韵到底，同样是相同节落的重复匀配。二是变格节落组合成篇的。重复的节落过于相同在形成整齐节奏的同时，也会带来单板的审美感觉，所以诗人往往使重复着的诗节适当变化，但其变化仅仅是局部的，读者仍然可以感到变化前的诗节与变化后的诗节之间的联系，两种诗节有着家族的类似或性格上的统一，从而诗节重复组织成为具有统一性持续性的节奏运动。如徐志摩的《雁儿们》共六节，各节的诗行略有差异，但其基本格式不变，即一四行顶格用一韵，二三五行缩格另用一韵，韵式为 ABBAB，全诗的节奏进展呈现变化中的和谐匀整。如徐志摩的《再别康桥》，首尾节也是变体反复：

  轻轻的我走了，
  正如我轻轻的来；
  我轻轻的招手，
  作别西天的云彩。

  悄悄的我走了，
  正如我悄悄的来；
  我挥一挥衣袖，
  不带走一片云彩。

  这是宽式也是变格的反复。首尾节一方面回复循环，形成呼应的节奏结构，另一方面适当变格，传达出不同的情感基调。三是同异节落组合成篇的。一种情形是两种诗节组合，形成同异组合。如徐志摩的《再别康桥》首尾节是一种变格诗节反复，中间五节是另一种变格诗节反复，两种节落模式形成适度对照，诗的节奏运动既保持了诗节反复的匀整，又有着相异诗节的变化。如艾青的《盼望》三节，前两节是相同参差诗节的反复，第三节是另一种结构的整齐诗节，三节组合成复合的诗节形格律诗，韵式为 ABC ABC CC，同样是同异节落组合成篇的典型之作。以上三种诗节形体式，共同的特征是通过诗节的反复来体现节奏段落的回环复沓,"诗的特性似乎就在回环复沓,所谓兜圈子;说来说去,只说那一点儿。复沓不是为了要说得少,是为了要说得少而强烈些。"① 以上三种诗节形体式,都体现了洛特曼平行对照的诗学原理。无论是完全重复的诗节聚合,还是非完全重复的诗节聚合,都在聚合轴上形成平行对照的关系。重复虽然是形式上的,但也是有意义的。用以上诗节重复中的诗韵重复来说,洛特曼认为,"'韵脚是指在韵律单位所规定的位置上出现的声音相同而意义不同的单位'。这个定义既包括同音异义的韵脚,也包括同语反复的韵脚,因为'在文学篇章里完全的意义上的重复是不可能的'。韵脚的本质就是将不同者拉近和于相同中揭示差异"②。

最后说连续形。"在连续形式里,图案的形式成分较少","连续的诗无固定结构,其分段是由思想决定的,正如散文一样。但这里也有不同程度的体式。"③ 劳·坡林告诉我们,这是一个大类的诗,包括多种复杂的情形,但总体来说是也有不同程度的体式,有的有固定的节奏规律,也有的有规范化的韵脚,更有的诗被装进一种预先想好的体式。这类诗体按其性质来说属于自由诗体。从自由诗体与韵的关系说又可分成两种,一种是传统体,追求外在韵律;一种是现代体,忽视外在韵律。在这类体式中,其全篇的节奏运动,仍然是由各个节奏段落即"节落"建构而成的,但这种建构不像固定形那样预先设定,也不像诗节形那样是由诗节重复而成,它是由情感的起伏波动推动的。情感支配节奏运动有两种情形,一种是理性意图的有意识状态,即诗人是在自觉意识支配下从事创作的,其创作的目标指向和动力驱动都在理性精神指导下进行;另一种是迷狂虚静的无意识状态,即诗人创作时处在忘我无已的自由境界,在此状态下任由情感起伏变化进行创作。就创作而言,连续形诗的"节奏运动不是一种预先决定的力量(predominant force),它是一种现在时态,是由每一个诗行的现在和未来所确定的。节奏运动决定每一个诗行的起伏波动,而每一个诗行同样也能对这种节奏运动有修饰作用,能使节奏运动发生微小的变

---

① 朱自清:《诗的形式》,见《朱自清全集》第 2 卷,江苏教育出版社 1988 年版,第 399 页。

② 转引自黄玫《韵律与意义:20 世纪俄罗斯诗学理论研究》,人民出版社 2005 年版,第 75 页。

③ [美]劳·坡林:《怎样欣赏英美诗歌》,殷宝书译,北京出版社 1985 年版,第 175 页。

动"①。但是作为情感生命运动的美的结晶,连续形诗体同样有韵律,这种韵律的特点即如艾青所说:"诗必须有韵律,这种韵律,在'自由诗'里,偏重于整首诗内在的旋律和节奏;而在'格律诗'里,则偏重于音节和韵脚。"② 其实我国自由体新诗多数还是有韵,只是其用韵不如格律体新诗那么规范,而是显出更多的自由变化。就节落建构诗篇来说,部分诗没有外部规律可寻,但多数诗则依据对等原理进行组织。这里列举四种类型。一是基本相同节落组合成篇。如非马的《一千零一夜》四节,分成两组,前后两节各自成组,顺流而下,平行对照表现在两组诗节段落交叉对等重复,形成重复咏唱的回环节奏。第一、三节是变异诗节交叉对称,第二、四节是相同诗节交叉对称重复。二是不同变异节落组合成篇。如徐志摩的《落叶小唱》五节,其自由灵动的流动节奏运动,全靠着诗行和诗节的重复和变化来实现。各节落诗行长短都不相同,但每节首行分别为:"一阵声响传上阶沿""一声剥啄在我的窗上""一个声息贴近我的床""一声喟叹落在我的枕边""这音响恼着我的梦魂",相同句式构成连续的时序节奏;第二行都有括号,结末行都短;每节四行一、二、四行押韵,变异诗节组合在诗篇层级上呈现着平稳流动的节奏运动。三是相似情绪节奏组合成篇。如郭沫若的《天狗》全部采用短行排列,传达出持续的跃动的旋律节奏;其节内诗行和篇内诗节组织贯串对等原则;虽然节落并不重复,但同质的情绪起伏和同形的短句结构凸显了持续的回旋而下的进展旋律。尤其是诗行末尾同韵密集相押,更是强化了节奏的整一性。四是相同诗韵结构节落成篇。在格律体新诗中,因为诗行组织偏于格律,所以诗人自如地增加诗韵的变化,其结果就出现了更多的韵式,如交韵、抱韵等复杂用韵。自由体新诗则不同,其诗行组织显得自由,由此而来的就是诗行结构容易散乱,若再复杂用韵则会更加添乱,所以诗人大多采用同韵相押、一韵到底的方式,在此情形下,诗韵就担负起了组织诗行和节落的重要作用。在这种诗中,节落的组合主要依靠的是同韵相押,相同韵脚持续出现,不同节落有机组合,诗在形式上就成为一个有统一性有持续性的时空间的律动。如戴望舒的《雨巷》公认音节美妙,其中重要音律手段就是诗人采用了"ang"音的诗韵,一韵到底贯串全诗七个节落,诗韵

---

① 李国辉:《自由诗规则和局限的理性反思》,载《常熟理工学院学报》2015年第3期。
② 艾青:《诗的形式问题》,载《人民文学》1954年3月号。

主要出现在行末，同时又在行间，建构起了全篇朦胧的迷茫的诗意境界和情感氛围，各个节落自然地被组合贯串起来，形成持续的统一的节奏运动流程。

就新诗节奏运动的审美特征而言，固定形倾向于浑括圆满，诗节形倾向于回环复沓，连续形倾向于纵直旋进。不同的体式是基于不同美学观点，因而也只能达到不同的审美境界。因此，不同体式中的节落选择和节落组合会有不同的要求，相对而言，固定形的节奏运动建构是被动的，因为它需要诗人遵循固定的传统格律要求来组合行句和节落；诗节形的诗节建构则诗人有着较大的自创空间，但诗节组合采用重复方式，则又限制了诗人自创空间；连续形的节奏是纵直前行的，既没有规定格律，又没有规定方式，因此显得更为自由。在此意义上，学者把前两种体式的诗行、诗节、诗篇节奏流程建构概括为"被动组合类"，把后一种体式的诗行、诗节、诗篇流程建构概括为"主动组合类"。前者指的是"诗行组合时该长该短按预先设定的模式对号入座"；后者指的是"排除任何模式牵制，让不同长度的诗行有自己的主动权，凭主体情绪起伏的内在要求来随意组合"①。需要说明的是，诗人在创作时不能把"主动"和"被动"绝对化，因为在前两种体式中，诗人推进节奏并非完全被动的，无论是诗行还是诗节的建构都可以有多种变异形式，固定形允许诸种变体存在，诗节形允许非完全重复诗节，这是新格律诗的创作优势；在后种体式中，诗人推进节奏并非完全自由，连续形创作也要遵循音律的组织规律，高明的诗人在节奏主动组合中总会自觉或潜在地遵循节奏表现规律。无论哪种诗体，节奏的进展运动都要遵循基本规律，节奏的组合方式都要受到节奏运动规律约束。我们强调诗的内在律动是情感的生命运动，并不意味着诗人有了情感冲动，就可随意泛滥胡乱成诗。作为诗的情感生命运动的表相音律应该是美的结构形态，艺术结构美学要求结构本身的稳定性和有序性。我们认为，诗的节奏运动面貌，"从诗句的开始部分就已经基本确定下来，它不是诗行本身，却依靠诗行的发展来延伸自己。诗行内部的节奏运动因而是诗行的一种决定力量，它形成一种整体的背景，具体的诗行则依托于这个背景"②。诗行组织成节落，节落建构成诗篇，这是诗的节奏运动的组

---

① 骆寒超：《汉语诗体论·形式篇》，人民文学出版社 2009 年版，第 248、270 页。
② 李国辉：《自由诗的形式与理念》，知识产权出版社 2016 年版，第 68 页。

织规律，在这过程中，诗行是基础，诗节是关键，诗篇是结果。诗行影响节奏运动的主要要素是其音律，包括顿歇和诗韵。两者本身的性质及其组合方式直接影响到诗的节奏延伸发展。就诗韵来说，韵的音质特性、韵的组合方式和韵的疏密程度直接影响到诗的节奏延伸和整体面貌。新诗的复杂情思表达要求丰富的诗韵方式，诗行的长短交替也要求韵式不断变化，这就为新诗韵发展提供了充分的空间。在20世纪50年代的新诗形式讨论中，金戈发表了《试谈现代格律诗问题》，归纳出中国古典诗词格律的两条规律，第一，近体诗、词曲构成音韵的办法就是押韵；第二，使诗词节奏分明的办法一靠顿的整齐，二靠韵的疏密。由此，他提出建立一种较自由的新诗格律体，其基本特征就是用韵，要求在一疏一密的韵中不仅表现出音韵的和谐美，而且表现出鲜明的节奏美。[①] 这就明确了诗韵在行间组织与新诗节奏运动中的重要关系。这种理论在新诗创作中也有实践，如郭小川就多次谈论韵的疏密同新诗节奏运动的关系，并特别提出"在达到高潮时，也可以把韵押得密一些"。饶孟侃更是告诉我们，"表面上它（韵脚）在每行诗里面只占一个字，初看起来也许以为它在音节上的可能很小，其实完全不是那么一回事。""一首诗里要没有它，读起来决不会铿锵成调。这东西在旧诗里是和格调一样，简直没有充分的发展；所以在新诗里面我们更应当格外多多的尝试，因为一首诗的动作的快慢多半是跟着韵脚走的。"[②] 这样的提醒是极其重要的，值得我们珍视。

---

① 金戈：《试谈现代格律诗问题》，载《文学评论》1959年第3期。
② 饶孟侃：《新诗的音节》，载《晨报副刊·诗镌》第4号（1926年4月22日）。

郭小川新诗传统式用韵论

朱自清在《诗韵》中,考察了新诗发生20年间的创作情况,认为"旧诗词曲的形式保存在新诗里,除少数句调还见于初期新诗里以外,就没有别的,只有韵脚。这值得注意。新诗独独的接受了这一宗遗产,足见中国诗还在需要韵。"[①] 进入20世纪30年代后期,诗坛提出诗的民族形式,到中华人民共和国成立以后,正面提出在古典与民歌基础上发展新诗的理论,诗人更是自觉地继承古典和民歌传统,并在继承基础上加以改造来探索新诗用韵问题。在这种自觉实践中,郭小川新诗的传统式用韵颇具代表意义,值得我们系统地加以考察总结。

音乐性的追求

抒情性和音乐性,是郭小川诗学思想的两个核心范畴。抒情性是诗的思想内容,而音乐性是诗的语言形式,这是郭小川对诗的本质特征认识。在郭小川看来,抒情性和音乐性两者相互关联,形式服从内容,共同体现出当时诗坛的主流诗学观念,落实到新诗发展的理想模式构想。其观念和构想是基于毛泽东所提出的新诗发展道路,即"将来我看是古典同民歌这两个东西结婚,产生第三个东西来。形式是民族的形式,内容应该现实主义和革命浪漫主义的对立统一"[②]。这就是郭小川新诗创作的社会价值和诗学意义。

郭小川谈诗的抒情性,强调的是抒情的社会思想内涵,也即那一年代

[①] 朱自清:《诗韵》,见《朱自清全集》第2卷,江苏教育出版社1988年版,第402页。
[②] 见《建国以来毛泽东文稿》第7册,中央文献出版社1993年版,第124页。

强调的抒人民之情。即"我们的抒情诗，不是单纯地表现个人情感的，个人情感总是要和时代的、人民的、阶级的情感相一致……抒情是抒人民之情，叙事是叙人民之事。这就是我们的抒情诗的基本特点"①。郭小川自觉地实践着这一思想。他探讨过新诗特色问题，认为一个是时代特色，一个是个人特色，而时代特色是第一位的。他说："我的出发点是简单明瞭的。我愿意让这支笔蘸满了战斗的热情，帮助我们的读者，首先是青年读者生长革命的意志，勇敢地投入'火热的斗争'。"② 贺敬之对于郭小川诗的评价是："作为社会主义的新诗歌，郭小川向它提供的是以证明其根本特征的那些具有本质意义的东西，这就是：诗必须属于人民，属于社会主义事业。"③ 郭小川的诗是社会抒情诗，或曰政治抒情诗。与这种抒情性相应，郭小川提出诗的语言形式问题。他说："我理解，毛主席所指示的在民歌和古典诗词的基础上发展新诗，最本质的就是指语言形式（不知对不对）。这就包含着韵律（即音乐性）、语言结构、诗句的组成、对偶、语言的美等等。"④ 在这里，郭小川明确了诗的音乐性指的是语言的音乐性，而语言形式建设的目标是民族化和群众化。郭小川的理论观点是："第一，努力学习群众语言，不懂群众的语言，也就不懂群众的思想感情。写国际题材可不可以吸收群众语言？可以。第二，努力学习民歌。这几年注意不够，是民歌中所体现的文学风格，包括它的语言风格。民歌的精华也表现在风格上。古典诗词也是如此。学习古典诗词，要为我所用。第三，要有一种品种让农民看得懂，听得懂。现在要让所有的诗农民都很理解，是难以做到的。"⑤ 这就是郭小川关于诗的抒情性和音乐性的理解，它体现了那一年代我国诗坛的主导性倾向。

在郭小川创作年代有种流行说法，即"诗是最精炼的语言艺术"。郭小川认为此说并未触及诗的本质，因为大凡好的作品都是精炼的，好的理论著作也是精炼的。诗是语言的艺术作品，其本体性特征是"音乐性"。他说："音乐性是诗的形式的主要特征。在语言艺术中，诗的音乐性应当是最强的。我过去曾经多次讲过：诗是文学样式中最有音乐性的一种样

---

① 周扬：《建设社会主义文学的任务》，载《文艺报》1956年第5、6期。
② 郭小川：《月下集·权当序言》，见《谈诗》，上海文艺出版社1978年版，第102页。
③ 贺敬之：《郭小川诗选》（英文版）序，载《光明日报》1979年6月17日。
④ 郭小川：《谈诗书简（六）》，见《谈诗》，上海文艺出版社1978年版，第43页。
⑤ 郭小川：《诗要"四化"》，见《谈诗》，上海文艺出版社1978年版，第119页。

式。散文,也有一定的音乐性,但比诗少些,小说就更不消说了。因为诗是表现感情的,而音乐性则大有助于表现感情。"① 这种诗学思想贯穿在他的诗论和创作中。郭小川对诗的音乐美追求,还有三方面现实考虑,一是诗是从歌谣发展起来的,歌谣就是唱的,新诗要形成民族化、大众化的风格,使群众喜闻乐见,就必须继承传统诗歌的音乐美;二是新诗是要适合朗诵的,"诗,写出来,当然可以看,但是更重要的是念或唱给人听"②。三是新诗需要激励民众情绪,在"诗中要努力用音乐性这种重要的艺术手段(虽然不是唯一的手段),使诗'充满革命激情','调子很高昂'"③ 可见,音乐性追求同抒人民之情、同诗歌群众化是结合着的。

对于新诗音乐性的内涵,郭小川主要谈的是三个方面。一是押韵。郭小川重视诗的押韵,认为无韵诗固然可以成立,但押韵并不困难,汉语中的同韵辙的字很多,若轻易地放弃了一种音乐性手段,这对新诗创作没有好处。二是旋律。郭小川要求诗的旋律和谐,成为淙淙作响的流水。旋律关涉诗的节奏、音调、气势等。郭小川通过诗行选择、组合、排列等技巧,形成高昂的情调美;通过反复、排比等手法,形成如水奔流、骏马注坡的气势;通过双声叠韵来增强语言的抑扬顿挫;甚至通过协平仄以求音调谐美。三是语言。郭小川主张语言流畅,注意思想感情的表达,强调"诗应当叮当作响,成为闪光的河流"。为达此目标,他主张批判地继承民族传统,提炼群众语言问题,包括韵律、语言结构、对偶、语言的美等等。

在追求新诗音乐美的过程中,郭小川重视诗的格律美。如何解决新诗格律问题,他的提示是:"一、利用原有的格律,根据新的生活和现代口语的要求使之'推陈出新'";"二、吸取原有的格律,根据新的生活和现代口语的要求,创造新的格律。"④ 因此,他主张向民歌和古典诗歌学习。在新民歌运动中,郭小川发表过关于民歌的意见,认为"诗人向民歌学习,在新民歌和其群众创作的基础上提高:千千万万的民间诗人,在优秀诗人的示范性的作品的影响下,日益走向成熟。这是诗歌发展的大势

---

① 郭小川:《谈诗书简(二)》,见《谈诗》,上海文艺出版社1978年版,第29页。
② 郭小川:《兴起一个规模巨大的诗歌朗诵运动》,见《谈诗》,上海文艺出版社1978年版,第81—82页。
③ 郭小川:《谈诗书简(二)》,见《谈诗》,上海文艺出版社1978年版,第29—30页。
④ 郭小川:《谈诗》,见《谈诗》,上海文艺出版社1978年版,第128页。

所趋。这个大势，也就开辟了诗歌发展的光明大道。"① 难能可贵的是，郭小川在理论上没有简单地肯定民歌，首先他着重指出的是民歌的多样性，如认为新民歌中有许多也是长短句，民歌也有许多创造性，民歌的歌调有所不同，民歌中也有自由体，这就为诗人借鉴民歌开拓了广阔的道路。其次他着重强调的是在民歌基础上创造。他说："将来的诗歌主流，肯定是从新民歌中不断发展起来的东西。它们甚至可以说就是新民歌，但不是现在这样的新民歌，而是不断萌发的新民歌。比起现在的新民歌来，它们一定更丰富多彩、更优美、更多样，却又保持现在新民歌中的最好的东西，它们会在我们伟大的社会主义和共产主义生活中，被锻炼得更加灿烂光华。"② 这种观念当然存在偏颇，但这正是那一年代关于新诗发展基础的主流观念的反映。郭小川在创作中探索在古典和民歌基础上创造新诗的道路，尤其是他积极探索在诗词歌赋基础上写作新辞赋体和新词曲体，取得了丰硕的成果，如他的歌词体《祝酒歌》、散曲体《雪兆丰年》、新辞赋体《厦门风姿》、新民歌体《秋歌》等，已经成为我国新诗发展史上经典性的诗体文本。

新诗的选韵

郭小川虽然主张解决新诗音乐性问题主要从古典和民歌中吸取营养，但是在选韵问题上还是沿用了五四以来的新诗发展传统，即采用今韵，不拘平仄。他偏好的韵辙就是民间广泛使用着的十三韵辙。他说："普通话的十三辙中，都各有许多字。问题是要押准。押错了，说普通话的人就感到别扭了。在中国，只有普通话能为大多数人口所接受。"③ 可见，郭小川重视十三辙，是同他并不主张分韵过细有关的。如果韵目分得过细，韵辙就窄，限制过严，选字就难；反之，韵目分得过宽，韵的作用无法发挥。总之，还是鲁迅所说，要"押大致相近的韵"，"只要顺口就好"。也同他认为押韵应该体现群众化，能为多数人所接受有关。十三韵辙是以普

---

① 郭小川：《诗歌向何处去？》，见《谈诗》，上海文艺出版社1978年版，第88页。
② 同上书，第86—87页。
③ 郭小川：《谈诗书简（六）》，见《谈诗》，上海文艺出版社1978年版，第43页。

通话为基础的,较为接近多数读者审美习惯,具有一定的群众性基础。郭小川还强调了押韵要准的要求,其出发点也是为使多数群众接受,不使读者感到别扭。

选韵最为重要的问题,就是结合着具体创作选用合适的韵辙。郭小川的经验是:"短诗当然可用窄韵,长诗就只能用宽韵了。选韵时,在理论上,我承认情绪昂扬适合较强的音韵,可是,在实践上,往往把先跳出来的自己满意的句子的尾字,作为全诗的韵。"① 这里提出了新诗选韵的四条经验,即选韵要注意情感表达,要注意韵辙宽窄,要尊重创作构思和要符合审美风格。这种选韵要求,符合诗人传统式用韵的习惯,也符合新诗创作选韵一般规律。

一是注意情感表达。诗韵属于音质音律范畴,主要利用音色的同异来形成音乐美。不同韵辙的音色并不相同,人们把十三韵辙的发花韵、言前韵、江阳韵、中东韵称为洪亮级,把梭波韵、也斜韵、怀来韵、灰堆韵、遥迢韵、由求韵、人辰韵称为柔和级,把姑苏韵、衣期韵称为细微级。所谓选韵注意情感表达,就是"根据特定内容和诗情的需要,即以最能体现诗的内容、情感、调子和气氛的为好"②。有人认为诗韵并无强弱之分,诗人择韵并非根据感情。我们认为,把情感表达与选韵简单对应起来的观点是错误的。周济《宋四家词选》序论中说到各韵部的音色,就是为的选韵。他道:"'东''真'韵宽平,'支''先'韵细腻,'鱼''歌'韵缠绵,'萧''尤'韵感慨,各具声响,莫草草乱用。"由此朱自清说,中国"作旧诗词曲讲究选韵。这就是按着意义选押合宜的韵——指韵部,不指韵脚"。因此,周济以上说法是有理的,但"这只是大概的说法,有时很得用,但不可拘执不化。因为组成意义的分子很多,韵只居其一,不可给予太多的分量"③。朱自清的以上观点是对的,其实这也是郭小川的经验,即选韵注意情感表达,但并非情感与韵辙机械对应。郭小川通过选韵来体现诗的抒情性,如用发音响亮度高的"洪声韵"来表达他雄伟、奔放的豪情,用发音较低的"细声韵"来抒发自己悲愤、忧伤的情怀,用介于两者之间的"柔和韵"来吐露美好欢乐的情感。郭小川的诗换韵也同情感的表达转换有着密切的关系,如《厦门风姿》五章,第一章写

---

① 郭小川:《谈诗》,见《谈诗》,上海文艺出版社1978年版,第128页。
② 程文、程雪峰:《汉语新诗格律学》,香港雅园出版公司2000年版,第318页。
③ 朱自清:《诗韵》,见《朱自清全集》第2卷,江苏教育出版社1988年版,第407页。

初见厦门时的欢乐跳动的心情，用柔和的"姑苏韵"，第二章写厦门俊美和奇幻的近景，用共鸣度大的"人辰韵"，第三章写厦门外海的雄风急雨和战士警惕，用亮度较低的"一七韵"，第四章写充满生机的厦门人民的劳动生活，用音色圆纯的"言前韵"，第五章是热情地礼赞厦门，用"梭波韵"。再如政治抒情诗《万里长江横渡》，使用了闭口的"u"韵，为何不用洪声韵呢？诗人说，主要是因为"我不想写得剑拔弩张，力求在深沉中见其锋锐。而且此韵用者不多，易有新鲜感"①。这是一种自觉的以情选韵的创作范例。

　　二是尊重创作构思。郭小川没有把情感表达与选择诗韵绝对化，而是尊重创作中诗韵的自然生成，即"往往把先跳出来的自己满意的句子的尾字，作为全诗的韵"。这是创作的重要经验。作者创作时，首先不是考虑语言形式而是构思立意，一般来说，在诗人构思过程中，许多诗句会联翩而至，最先跳出来的句子，往往会成为"一篇之警策"，成为"闪光的河流"中最明亮的珍珠，成为全篇诗思的聚焦点。这在创作上叫做"觅句"，诗人若能获得这种诗句，并以此诗句贯穿诗篇，同时把尾字作为诗韵，全诗就会珠圆玉润。如在周恩来总理去世第二天，郭小川挥泪写作了《痛悼敬爱的周总理》，"带血的声音，一万次呼唤：醒来吧，总理！"这一诗句回响在诗中，表达了亿万人民的心声。这诗句尾字就成为该诗的诗韵：

> 我们的广播电台啊，能不能接受我们发自肺腑的呼吁——
> 改一改吧，把令人战栗的《讣告》，改成总理病愈的消息？
> 我们的新闻报纸啊，能不能采纳我们溢满心血的建议——
> 改一改吧，把照片上的遗容，改成总理作报告时的雄姿？

　　诗用急促凝重、响度低沉的"一七"韵（i韵），如泣如诉，倾吐着胸中悲切哀痛的情感，充满着沉痛哀悼的气氛。通过觅句确定诗韵，是广泛存在于新诗创作中的。"诗的词汇是和形象思维一道出现，一道逐步确定下来的。待到酝酿诗句的时候，就必然同时考虑到了韵。情况往往是，某些关键性的、不可改易的词汇，或关键性的、较满意的句子，对选用什

---

① 转引自杨匡汉、杨匡满《战士与诗人郭小川》，上海文艺出版社1978年版，第186页。

么韵起着决定性的作用。"① 梁宗岱说过:"我曾经侥幸得窥见欧洲许多大诗人底稿本或未完稿,大抵皆先把韵脚安排好,然后把整句底意思填上去。不过多数诗人都在诗成后极力把痕迹掩饰,像野兽抹掉它们洞口底爪印。直到梵乐希才坦白承认:'从韵生意比从意生韵的机会多些'。"② 梁宗岱并以自己的创作为例加以印证,值得我们注意。

三是注意韵辙的宽窄。若依据情感的和构思的选韵方式,与诗的长短和用韵次数发生矛盾时,这就需要诗人理性地对待,结果即如郭小川所说,"短诗当然可用窄韵,长诗就只能用宽韵了"。从总体来说,郭诗各种韵辙都用,且有时故意使用多数诗人较少用的诗韵,以增加用韵新鲜感。如多数诗人爱用宽韵,同一个韵辙的字词较多,诗人所受束缚较小,组词成句相对容易,所以"an""en""ang""ong"等宽韵便常被人使用,相对而言,"u""ie"等韵较窄,同一韵辙的字词较少,因此诗人较少采用。郭小川有时故意迎难而上,采用窄韵创作。如其著名诗篇《祝酒歌》用的是"ei"韵,且是一韵到底。此辙同音字词较少,但郭小川却用来自然贴切。全诗 162 句用 85 个韵,其中 56 个字并不重复。韵部过窄,有时难免用到偏僻的险韵。险韵一般应该避免,但只要用得恰当,就能显出非凡的功力来。如《祝酒歌》中的一节:"雪花呀,／恰似繁星从天坠;／桦树林呀,／犹如古代兵将守边陲。／好兵将呀,／白旗、白甲、白头盔。"这里的"坠""陲""盔"都是险韵,但其抒写林中环境和林区工人却是自然贴切,给人新鲜奇妙的全新感觉。《祝酒歌》整整写了一个月,诗人巧妙地运用语言的魔方,让人感到新奇精妙。当然,郭小川的多数诗还是押的宽韵,如《秋日谈心》,全诗六十四行中,用了 40 多个同韵异义词,而且很好地处理了重韵(同一韵字出现两次以上)和重音(同音字互相押韵)问题,平声字较多,不仅与诗篇表现的战友们在暖暖秋阳下,把酒当年侃侃而谈的气氛相扣,而且读起来顺口流畅。

四是符合审美风格。这指的是诗人通过用韵,来帮助创作形成独特的个性风格。郭小川的新诗创作有着自觉的审美追求,从而形成了其抒情诗独特风格。这种审美风格就是情调的激昂和高亢。身处特定年代的郭小川以高度的历史主动精神,以战斗者姿态和感情演奏着他蕴蓄在胸中的时代

---

① 秦似:《论用韵》,见《秦似文集 诗词·诗论》,广西教育出版社 1992 年版,第 260 页。
② 梁宗岱:《试论直觉与表现》,载《复旦学报(文史)》第 1 期(1944 年 10 月)。

主旋律。他多次批评一些诗人"感情不够炽烈，也影响到思想不够突出"。他把强烈感情抒发与深刻思想表达结合起来，并把思想感情表达同诗韵使用结合起来。他对友人说："你还没有注意到通过押韵造成一种雄浑而壮丽的气势，一种高昂的调子。在这方面，主席的《娄山关》《雪》《登庐山》，也是我们学习的楷模。这里，我当然不是说，这一切只靠押韵，而是说押韵是一种有效的艺术手段。"① 郭小川诗的审美风格从语言来说体现在诗行结构、遣词造句、韵律节奏等方面，也包括诗韵安排。在诗韵方面，就包括精心选韵、用韵较密、较少换韵等技巧。他的代表性作品大都用响度高、共鸣大的韵，这对于表达他雄伟、豪迈、开阔、欢乐的情感，增强诗歌的音韵美，起到了重要作用。其著名诗篇《战台风》是一首具有现实针对性的政治抒情诗，采用了洪亮级的"言前韵"（an韵），不仅有助于描绘台风的嚣张气焰，更是有力地表现了战胜台风的赫赫声威，造成了"一种雄浑而壮丽的气势，一种高昂的调子"。每个有风格特色的诗人也会使用多种韵辙，但选韵的倾向性总会在创作中呈现。梁宗岱说自己的商籁第五首，"所唱的是我自欧洲初到北平时一段如火如荼的生活中最完美的一刻"②。诗写得非常的"圆融"，无论是意象、氛围和音节都融合起来，颜色、声音和意义都浑然一体。诗人要我们注意这诗的用韵："前八行所用的韵'上唱响想'和'红风钟融'全是响亮开朗的，后六行底'徊偎''晴清''入月'则全是低沉幽闭的，和全诗底意境由明亮而亲密正暗合。这岂是有意做得到的吗？这原因，除了基于文字本身音义间前定的和谐及作者接受外界音容的锐感外，我们不得不承认在每个作者里面都有一个韵律底潜在的标本，使他写作的时候不依照这标本便不满足，便不肯搁笔。"③ 这一潜在的标本就是诗人对于审美风格的自觉追求。

在选韵方面，还有一些如怎样处理重字、平仄和双声叠韵的问题，郭小川以自己的创作提供了有益的经验。先说"重字"。"戒重韵"是我国古人用韵的经验。但新诗初创期就出现了大量的重韵重字，甚至叠字叠韵以及阴阳韵。因为新诗篇幅较古典诗词要大，韵辙本身也宽，用韵位置更多，所以出现重韵甚至重字成为惯例。郭小川继承了新诗这一传统，即不

---

① 郭小川：《谈诗书简（二）》，见《谈诗》，上海文艺出版社1978年版，第30页。
② 梁宗岱：《试论直觉与表现》，载《复旦学报（文史）》第1期（1944年10月）。
③ 同上。

避重韵重字，但也尽量减少，这符合新诗创作用韵要求，获得了多数诗人的认同。新诗诞生以后，总体来说是废平仄，尤其是按照新诗韵谱押韵后，诗人多数并不讲究平仄，甚至有的诗人并不懂得平仄。郭诗总体也是继承了新诗这一传统，但也注意到平仄的调质性对于新诗音乐性的审美效果。郭小川主张新诗语言成为"叮当作响的流水"，所以在创作中适当注意平仄律。如《秋日谈心》多用平声字，保持一种自然的亲切的抒情情调。如《西出阳关》几行："声声切哟，／声声紧，／阳关外的风砂呼唤着西行的人；／红红的太阳哟，／红红的彩云，／高高的阳关变成了凯旋门。"脚韵"紧"是上声（可视为仄声），"人""云""门"都是阳平声（可视为平声），该节诗韵重点在后三个阳平声上，那么除了首韵"紧"是仄声外，其余都是平声相押。这种选韵再加上选字选词，音节和谐动听。双声叠韵同韵都属于音质律的范畴，若能相互作用就会增强诗的情调美。郭诗中大量使用了中国传统的双声叠韵技巧。

新诗的韵式

郭小川在给友人的谈诗信中说："你押脚韵，我是赞成的，而且我主张有更严格的规律。"① 这里所说的用韵规律是指韵式。所谓韵式，就是"韵脚的位置"。郭小川在用韵规律上主张"更严格"，他曾就用韵密度和用韵位置发表了诸多意见，这是他的新诗创作经验之谈。

郭小川关于新诗韵式的经验主要包括：（1）一韵到底为多，但也讲究换韵；（2）用韵相对较密，但也警惕过密；（3）韵脚落在句顿，逗顿位置放宽；（4）基本采用脚韵，也有首韵中韵。这些韵式体现的是对我国传统韵式的继承，也有对我国传统韵式的改造。这是诗人自觉地在民歌和古典诗歌基础上发展新诗的重要实绩。虽然这种韵式在许多诗人创作中也能见到，但很少有人像郭小川那样一以贯之，自觉不懈沿着既定方向不断地探索。

一韵到底为多，但也讲究换韵。郭小川在谈诗信中说："我写短诗或较短的诗喜欢一韵到底；比较长的，也不爱每段换韵，总是随着情的变化

---

① 郭小川：《谈诗书简（六）》，见《谈诗》，上海文艺出版社1978年版，第42页。

和层次，至少两段以上才换韵。一首诗中也尽可能不用三个以上的韵。"他告诉友人，"你在一小段内常常换韵。我觉得，这对音乐性有不利的影响。我主张至少在每一小段内押一个韵，不要换。……因为诗是艺术，艺术有艺术的规律，这个规律一被打破，对于诗的内容大有影响"①。郭小川是自觉地接受了我国传统主流诗体的用韵方式。有人认为这种韵式单调，但其好处也很明显，就是能够保持全诗音节和情调的完整。在较短的诗中，郭小川基本都能做到一韵到底，让诗句在同一韵中回旋。如《刻在北大荒的土地上》共17节68行，都用了"en"韵。也有较长的诗一韵到底的，如《祝酒歌》采用窄韵，仍然坚持一韵到底，重复的字词较少，全诗情调和谐圆润。《万里长江横渡》全诗300行，都用了"u"韵。但多数分章或是篇幅较大的诗，郭小川则往往按章换韵。如《昆仑行》全诗三个乐章542行，第一章174行用"an"韵，第二章178行用"ao"韵，第三章190行用"uo"韵。这是从诗大多一韵到底的特色说的，但就押韵效果说，如果读一首郭小川诗，则会觉得其押韵自然贴切，但如果读更多郭小川诗，则会觉得押韵缺乏变化。郭小川受自身审美理想限制，诗歌总体风格稳定，诗中情绪基调单纯，这种"稳定"和"单纯"，必然造成了押韵单调。这也是郭诗受人诟病的重要原因。朱自清说过："韵部的音色固然可以帮助意义的表现，韵部的通押也有这种作用，而后者还容易运用些。作新诗不宜全押本韵，全押本韵嫌太谐太响。参用通押，可以哑些，所谓'不谐之谐'（现代音乐里也参用不谐的乐句，正同一理）；而且通押时供选择的韵字也增多。"② 这是郭小川留给我们的经验教训。

  用韵相对较密，但也警惕过密。我国古典诗歌有密韵的传统，《诗经》中有的诗句句押韵，后代的诗基本采用的是隔句韵。因此，四言诗每隔八字就有韵，五言诗每隔十个字有韵，七言诗每隔十四个字有韵。词曲用韵也较密，大体达到隔句押韵的密度。我国诗词的这一传统，是同汉诗用韵来显出节奏和调质有关的，是汉字的特殊构造使然，密韵比疏韵更能引起听觉美感。郭小川对于这一传统韵式心领神会，非常钟爱密韵。他给友人谈诗信中说："你的韵的疏密没有规律，有的押得太密，读起来太急促；有的则比较稀疏，这也不好，读起来有'断气'之感。我希望你

---

① 郭小川：《谈诗书简（六）》，见《谈诗》，上海文艺出版社1978年版，第42页。
② 朱自清：《诗韵》，见《朱自清全集》第2卷，江苏教育出版社1988年版，第407页。

大致短句三行押一韵。"① 这里又是强调了"规律",这个规律还是从传统诗歌中引出来的,具体来说,郭小川的做法是:"一般说,长句可隔句押,短句也可以隔两句,可视诗的情调和内容而有所变通,不一定非此不可。"② 其所谓"有所变通",往往是指"在达到高潮时,也可以把韵押得密一些"③。郭小川的新诗用韵密度,其规律之一是,短行每二行或三行用一韵,如《雪兆丰年》几行:"南来的,／北往的,／听我一言;／景致虽美,／不可过分贪恋!／祖国风光,／什么时候都好看。"这里的诗行都短,前三行用一韵,接着就连续地采用了隔行韵,基本是间隔十字左右用韵。规律之二是,长行每行或隔行押韵,如《青纱帐—甘蔗林》的一节,采用的是每行押韵:

> 风暴是一样地雄浑呀,雷声也一样地高亢,
> 无论哪里的风雷哟,都一样能壮大我们的胆量;
> 太阳是一样地炽烈呀,月亮也一样地甜畅,
> 无论哪里的光华哟,都一样能照耀我们的心房。

相比《雪兆丰年》来说,这诗的诗行较长,一般在十八字左右。郭小川《厦门风姿》共28节112行,行行押韵,《大风雪歌》共17节102行,隔行押韵。因为《大风雪歌》每行在七言以下,而《厦门风姿》每行在十五字以上。

韵脚落在句顿,逗顿位置放宽。我国传统诗歌用韵的重要特征是句逗末尾用韵,隔行韵和密韵都与此特征有关。古代汉诗一般具有奇偶行的特点,而偶行末尾在古诗中往往是句顿,是必须押韵的,奇行末尾是逗顿可押也可不押韵。这种用韵传统为郭小川继承。新诗建行呈现着更加复杂的行句关系和节奏方式,所以郭小川的部分诗有意地保持奇偶行特色,形成上下或交叉对称诗行,也有部分诗随意安排诗句分行放弃奇偶行特色,形成散句分列的诗行,但不管何种诗行排列,都依据传统诗歌的行句结构,在句顿处必然用韵,在逗顿处自由用韵。如上《青纱帐—甘蔗林》一节

---

① 郭小川:《谈诗书简(六)》,见《谈诗》,上海文艺出版社1978年版,第42—43页。
② 郭小川:《谈诗书简(二)》,见《谈诗》,上海文艺出版社1978年版,第29页。
③ 同上书,第30页。

中每两行构成行组，上行结末是逗顿押韵，下行结末是句顿也押韵。如《木瓜树的风波》的一节：

> 此刻呀，他还不忍和同志们告别，
> 这里的干部士兵啊，对于他都是格外亲切；
> 此刻啊，他甚至不敢去望天上的朝阳残月，
> 这里的山水草木啊，都同他像血肉一般相连接。

这里也是两行一组，下行的句顿字"切""接"押韵，而上行的逗顿字"别"押韵，但"月"却不押韵。如上引《雪兆丰年》几行中，"言""恋""看"都处在句顿处所以押韵，其余行末都没有押韵。这就可以见出郭小川新诗的传统式用韵特色了。

基本采用脚韵，也有首韵中韵。中国传统诗歌基本用脚韵，但也有用首韵和中韵的，"韵有两种：一种是句内押韵，一种是句尾押韵。它们实在都是叠韵，不过在中文习惯里，句内相邻两字成韵才叫'叠韵'，诸句尾字成韵则叫做'押韵'"①。郭诗多用脚韵，但他强调新诗语言叮咚作响，所以也使用双声叠韵或句首句中韵。如《甘蔗林—青纱帐》首节：

> 南方的甘蔗林哪，南方的甘蔗林！
> 你为什么这样香甜，又为什么那样严峻？
> 北方的青纱帐啊，北方的青纱帐！
> 你为什么那样遥远，又为什么这样亲近？

这里的"林""峻""近"押脚韵，而行内又有前后相押的，如首行的"林""林"，第二行的"甜""峻"，第三行的"帐""帐"。诗行中又穿插着双声"遥远"和叠韵"亲近"，读来有着一种语言的音乐美。郭诗还用复合韵或迭字韵，如《秋歌之一》开头两节：

> 秋天来了，大雁叫了；
> 晴空里的太阳更红、更娇了！

---

① 朱光潜：《诗论》，生活·读书·新知三联书店1984年版，第187页。

谷穗熟了，蝉声消了；
大地上的生活更甜、更好了！

前节诗的"叫了"和"娇了"相押，是阴韵的相押。后节诗的"消了"和"好了"相押。两节诗的两组阴韵又相押，则是四个诗行的复合韵相押，更加显出诗的音韵美。

诗韵和诗体

郭小川始终不懈地探索多种诗体创作，主张"体裁上都可以有和应该有独创性"。在民族化和群众化的目标下，郭小川说自己尝试过多种诗体，包括民歌体、新格律体、自由体、半自由体以及其他各种诗体。"努力尝试各种体裁，这就可以证明我不想拘泥于一种，也不想为体裁而体裁。"① 尝试多种体裁，一是为了探索抒情的多种可能性，二是为了突破固定模式而避免乏味，三是为了形成自己独特的风格。在数十年的新诗创作生涯中，郭小川曾用民歌体写了《牧羊人的小唱》（1937）、《平炉王出钢记》（1960）等；用新格律体写了《老雇工》（1943）、《雪与山谷》（1957—1959）等；用自由体写了《我们歌唱黄河》（1940）、《草鞋》（1941）、《万里长江横渡》（1971）等；用楼梯式写了《向困难进军》（1955）、《投入火热的战斗》（1955）、《闪耀吧，青春的火光》（1956）等；用词曲体写了《雪兆丰年》（1958）、《林区三唱》（1963）、《昆仑行》（1964）等；用新辞赋体写了《厦门风姿》（1961—1962）、《青纱帐—甘蔗林》（1962）、《秋歌三首》（1962）等；用叙事诗体写了《白雪的赞歌》《一个和八个》《将军三部曲》等。郭小川为我国新诗形式多样化和民族新诗体建设做出了重要贡献。

诗韵是诗体要素的重要组成部分。郭小川不断探索多种新的诗体形式，同时也在不断地探索着新的诗韵方式。从总体来说，各种诗体的用韵都有个选韵和韵式问题，但当选韵和韵式同具体诗体结合时，还是会呈现

---

① 郭小川：《月下集·权当序言》，见《谈诗》，上海文艺出版社1978年版，第107页。

出各自的特色,即使在同一诗体探索中也会存在差异。

郭小川的自由诗用韵。如《万里长江横渡》一段:

看前方:
大水汹汹
巨浪滔滔
风声簌簌,
隐隐的沉雷
震动着
苍茫的峡谷,……
炽烈的斗争
还远远
没有结束;

这段诗行长短排列,换韵相对自由,韵式也较自由,"簌"在四行后,"谷"在又三行后,"束"也在又三行后。尽管显得较为自由,但韵字基本在一个短句的结束,全段由三个短句构成,诗人就在三个短句结尾用了三个诗韵。郭小川说:"诗要讲究韵律。自由诗也要有一种音韵感。"①

郭小川的楼梯诗用韵。如《闪耀吧,青春的火光》一个段落:

我们讨厌
　　　　那种看风转舵的船手,
他心中没有方向盘
　　　　只懂得
　　　　　　跟在人家的屁股后,
不,我们宁愿做个萤火虫
　　　　永远永远
　　　　　　朝着光明的去处走,
即使在前进的途中

---

① 郭小川:《诗要"四化"》,见《谈诗》,上海文艺出版社1978年版,第119页。

> 焚身葬骨
> 　　也唱着高歌不回头！

　　楼梯式诗实质是自由诗。诗人自述："为了表现稍许充沛一些的感情，我写的句子总是老长老长的（短句子总觉得不够劲），而如果把二十个字排成一行，那读者（尤其是朗诵者）一定会感到难念。所以，我大体上按照念这些句子时自然的间歇，按照音韵的变化作了这样一种排列，多少也想暗示读者：哪里顿一下，哪里加强一些，哪里用一种什么调子。"① 可见，楼梯式排列是为了显示节奏，为了明确诗韵。这种诗体韵脚一般安排在一个楼梯的最后。如以上段落中，四行顶格就是四个楼梯，虽然每个楼梯的诗行数量不等，但用韵统一在这个楼梯末行尾字，"手""后""走""头"是四个韵脚。按照郭小川所说，楼梯建构依据的是朗读间歇和音韵变化，即每级楼梯是个小的间歇停顿，但诗韵位置则是大的句逗停顿，停顿与诗韵组合强化了诗的节奏性。

　　郭小川的词曲体用韵。如《春暖花开》的一段：

> 春天来了，
> 中国布满生机。
> 北方飘雪，
> 麦根儿在雪下伸腰肢；
> 南国花开，
> 布谷鸟在花间啼；
> 东海扬波，
> 白浪映得岸上绿；
> 西部飞砂，
> 风砂滚滚舞新枝。
> 好春天！
> 惹得世界欢欢喜喜。

---

① 郭小川：《关于〈致青年公民〉的几点说明》，见《谈诗》，上海文艺出版社1978年版，第79页。

这种诗体类似词曲，诗行长短相间，诗人将长句和短句按照一定的韵律交错排列，自由中有节制，节制中有散句，不像自由诗那样毫无节制地任意排列诗行。这种诗体借鉴词曲体的句式结构，追求整齐中的变化，变化中的匀整，又不按照传统词牌曲谱填词讲究严格的格律。在诗行组织方面，借鉴了词曲的行组结构，二行三行组成行组，如上例中共有六个行组。每个行组末字用韵，把组内诗行组合起来，同时借助押韵同其他行组勾联。行组之间或相互对称，或参差组合，形成错综与整齐的有机结构。在这种词曲体的行组中，一般来说前面诗行短些，结末诗行略长，短行节奏轻快，略长诗行舒徐，诗韵放在结末行尾，突出了组内的情调变化，也保证了行组间的情调匀整。

　　郭小川的新辞赋体用韵。从前引《青纱帐—甘蔗林》和《秋歌之一》诗例中，我们看到这种诗体是借鉴了中国传统辞赋体的铺陈手法和对称句式。新辞赋体采用铺陈手法，体物尽兴极妍，抒情酣畅淋漓，讲究辞藻修辞，诗行普遍较长，诗人为了朗读顺口，就采用了截长为短，集短变长，每个诗行是长的，但其内部则由多个短句组成，短句之间可以停顿，行末则是更大的停顿。新辞赋体采用对称句式，有上下对称，有交叉对称，有行内对称，有行间对称，有节间对称。对称多样就突破了传统诗词的严格对偶，往往是在对称的同时安排错综，造成对称和错综的有机结合。不管对称和错综如何多样，但上下两行总是形成一个行组，两行之间或对称或错综。这种行组的两行关系类似传统诗词一联两句的出句和对句关系。郭小川也就依照传统诗词用韵，采用了隔句（行）韵，又因为诗行较长，所以有的诗采用了行行用韵的方式。这种诗行建构和韵式安排，就使得新辞赋体明显地向着传统诗体靠拢。

　　郭小川的叙事诗用韵。如长篇叙事诗《一个和八个》每节六行，这是其中一节：

　　　　大胡子向尖下巴挤挤眼睛，
　　　　鼓动对方先发起进攻，
　　　　尖下巴似乎有些胆怯，
　　　　又用肩膀碰了碰另一个逃兵。
　　　　最后还是大胡子开了第一炮：
　　　　"嘿，你是不是跟日本人有点交情？"

这里六个诗行长短差异，全是散句结构，叙述了一个故事情节。诗押的是中东韵，第一、四、六行末的"睛""兵""情"同为"ing"音相押，第二行末的"攻"的"ong"虽然同属中东韵，但韵母并不相同。本章诗的前两节分别押的是怀来韵和梭波韵，后两节分别押的是发花韵和由求韵。因为叙事诗的用词和用韵所要受到的制约多于抒情诗，如叙述的人物、情节、事件、矛盾冲突甚至人物对话等，都会直接对诗人的用词和用韵产生影响，所以相对来说用韵更为困难。郭小川的叙事诗一般来说一节或连续几节押一韵，前后诗节另外选韵相押，相对来说用韵自由。就节内用韵说，采用同一诗韵，节内不再换韵，大多隔行押韵，首行可押可不押，必要时也可漏韵，韵式相对来说也较为自由自然。郭小川在叙事诗用韵方面的这些经验，对于诗人写作新诗叙事体用韵有着重要的启示作用。

卞之琳新诗现代式用韵论

朱自清在《诗韵》中，就新诗接受诗韵传统后的创作进行分析，认为"押韵的样式得多多变化，不可太密，不可太板，不可太响"，从而提出了新诗用韵需要在继承传统中创新的课题，并举出卞之琳《傍晚》用韵为例，说由此见出新诗"一些不平常的押韵的样式"。① 而《傍晚》用韵的特征就是突破了传统式用韵，在吸收西诗韵式后采用现代式用韵。朱自清是独具慧眼的，在新诗史上，卞之琳探索新诗现代式复杂用韵，在新诗用韵方面是独具特色的。这里依据江弱水在《卞之琳诗艺研究》② 中对于卞诗用韵的研究成果，谈谈新诗现代式用韵情形。

复杂繁富的韵式

卞之琳曾经这样批评新诗用韵："过去只有大鼓词之类严格规定一韵到底。现在报刊上常见的新诗，几乎无例外的都是一韵到底，也不怕本身单调或不合诗情的变化，倒未免数典忘祖。"③ "以诗歌的押韵为例，今天写诗的人几乎一律通篇采取一韵到底，忘记了按照我国古典诗格律以至民歌（除了大鼓等）创作的习例，换韵是正当的办法。"④ 这两段话都是针

---

① 朱自清：《诗韵》，见《朱自清全集》第2卷，江苏教育出版社1988年版，第403、408页。
② 江弱水：《卞之琳诗艺研究》，安徽教育出版社2000年版。
③ 卞之琳：《新诗和西方诗》，见《人与诗：忆旧说新》，生活·读书·新知三联书店1984年版，第191页。
④ 卞之琳：《今日新诗面临的艺术问题》，见《人与诗：忆旧说新》，生活·读书·新知三联书店1984年版，第181页。

对新诗创作大多采用一韵到底的传统韵式而发的,认为其简单继承传统存在问题是"单调"和"不合诗情",体现了卞之琳对于新诗韵的审美理想。这也正是朱自清在《诗韵》中所阐发的观点,即"韵是一种复沓,可以帮助情感的强调和意义的集中。至于带音乐性,方便记忆,还是次要的作用。从前往往过分重视这种次要的作用,有时会让音乐淹没了意义,反觉得浮滑而不真切。即如中国读诗重读韵脚,有时也会模糊了全句;近体律绝声调铿锵,更容易如此"①。朱自清和卞之琳关于诗韵乃至诗律的追求,都是强调其同诗的情思表达的结合。人们谈到卞之琳的复杂用韵,往往批评其过于注重技巧,甚至指为形式主义。这其实完全是一种误解。

卞之琳主张改变新诗用韵单调的习惯,追求新诗用韵的复杂繁富,这是基于他对中外诗歌用韵规律的考察和体悟。他说:

> 押韵是古今中西诗歌的较为普遍的要求(虽然外国有不押韵的格律诗和不押韵的自由诗,"五·四"以来我国也有押韵或者不押韵的自由诗);押韵方式(或者脚韵安排)中西有所不同,一般说来,西方的较为复杂,我国的较为单纯(虽然在脚韵安排上《诗经》要比后来的五七言"古诗"和"近体诗"倒是变化较多)。②

这里指明了押韵是诗歌格律的重要因素,同时指明了中西诗歌在用韵上的差别,即中诗不如西诗用韵复杂。在《新诗与西方诗》里,卞之琳又认为,中国古代诗韵也是较为复杂的,"我国旧诗词以至今日真正的民歌里,换韵是常用的,也有交韵和抱韵,西方格律诗更常如此,只是更复杂一点。"③ 根据这样一种理解,卞之琳提倡新诗用韵在借鉴中西诗律基础上倾向复杂,他说:

> 被评为"难懂"的短诗《秋》恰巧是有规律换韵。交韵或"抱

---

① 朱自清:《诗韵》,见《朱自清全集》第2卷,江苏教育出版社1988年版,第402页。
② 卞之琳:《谈诗歌的格律问题》,见《人与诗:忆旧说新》,生活·读书·新知三联书店1984年版,第152页。
③ 卞之琳:《新诗与西方诗》,见《人与诗:忆旧说新》,生活·读书·新知三联书店1984年版,第191页。

韵"在《诗经》和《花间集》里都常用,阴韵在《诗经》里也并不少见。这些韵式虽则在过去因时代变化而废弃不用了,今天在又变化了的时代,在借鉴我国古典诗律以及西洋诗律的基础上,再拿来试用到新诗上,难道就算违反我国传统吗?①

这里说到的短诗《秋》是杜运燮的新诗,每节四行,总共五节20行。第一节采用交韵,"季"和"忆"押韵,第二节也是交韵,但换成了"伤"和"向"押韵,第三、四、五节还是交韵,分别用"远"和"泉"、"酒"和"透"、"气"和"息"相押,其中第五节用韵又回到了第一节的韵部,从而形成诗韵的环状结构。卞之琳认为这种交韵和抱韵都是西诗用韵的基本方式,也是我国古代的《诗经》和《花间集》中的押韵常例。从西洋诗和古典诗中借鉴,也就是吸取中西诗韵的优秀传统,由此引出新诗应该用韵且应该复杂地用韵,应该说,这一论证是有说服力的。用韵方式是与诗体审美紧紧地结合着的,而诗体审美则是随着时代的变化而不断发展变化的,那么,在现代人表达复杂人生和复杂情思的时代,在新诗体式特征趋向自由变化的时代,通过借鉴中西诗律传统来推动用韵的复杂繁富,这不是对于传统的违反而是光大。卞之琳的这种提倡和追求,一来是有心恢复一个久已弃绝的传统,二来是借鉴西方诗律传统,来改变新诗读者的听觉习惯。他在说到自己复杂用韵时说:"今日我们有些人,至少我自己就常用,甚至用很复杂的交错脚韵安排,至于听众能不能听得出来,我看还是我们的听觉习惯能否逐渐改变的问题。"② 而这一切追求的归宿则是改变新诗本身的单调,卞之琳明确地说,"'五·四'以来新诗恢复了一点这种押韵法,并参考西式,略加以复杂化,这不能说是受了外来的坏影响。"③ 用韵方式的接受和审美,涉及的是读者的审美习惯和审美理想问题。基于这样的认识,卞之琳躬身实践用韵的复杂繁富,以此来改变诗人和读者业已存在着的诗韵审美习惯,使得新诗体更加具有现代性特征。

---

① 卞之琳:《今日新诗面临的艺术问题》,见《人与诗:忆旧说新》,生活·读书·新知三联书店1984年版,第181页。
② 卞之琳:《雕虫纪历·自序》,人民文学出版社1984年版,第12页。
③ 卞之琳:《新诗和西方诗》,见《人与诗:忆旧说新》,生活·读书·新知三联书店1984年版,第191页。

邵洵美在诗集《诗二十五首》（1936）自序中说："每一个时代有每一个时代的韵节，每一个时代又总有一种新诗去表现这种新的韵节。而表现这种新的韵节便是孙大雨、卞之琳等最大的成就。前者捉住了机械文明的复杂，后者看透了精神文化的寂寞；他们确定了每一个字的颜色与分量，他们发现了每一个句断的时间与距离。他们把这一个时代的相貌与声音收在诗里，同时又有活泼的生命会跟着宇宙一同滋长。"① 这段文字，清楚地指出了孙大雨、卞之琳新诗韵节的时代性即现代性。这里所说的韵节，当然包括用韵，即卞之琳诗韵的复杂性。朱自清在《诗韵》中主张改变新诗用韵单调的问题，并举出卞之琳短诗《傍晚》：

  倚着西山的夕阳
  站着要倒的庙墙
  对望着：想要说什么呢？
   怎又不说呢？

  驮着老汉的瘦驴
  匆忙的赶回家去，
  脚蹄儿敲打着道儿——
   枯涩的调儿！

  半空里哇的一声
  一只乌鸦从树顶
  飞起来，可是没有话了，
   依旧息下了。

这首诗的用韵够复杂的。朱自清的分析是："按《中华新韵》，这首诗用的全是本韵。但'驴'与'去'、'声'与'顶'是平仄通押；'阳''墙''驴''顶'都是跨句韵，'么呢''说呢'，'道儿''调儿'，'话了''下了'，都是'多字韵'。而'么''去''下'都是轻音字，和非轻音字相押，为的顺应全诗的说话调。轻音字通常只作'多字韵'的韵

---

① 邵洵美：《诗二十五首·自序》，时代图书出版公司1936年版，第5页。

尾，不宜与非轻音字押韵；但在要求轻快流利的说话的效用时，也不妨有例外。"① 可见《傍晚》的韵式涉及平仄通押、跨句交韵（单交韵和双交韵）、轻音相押、常韵贫韵和阴韵阳韵等，体现了现代新诗用韵的复杂性特征。我们再看卞之琳的《叫卖》，全诗六行：

> 可怜门里那小孩，
> 妈妈不准他出来。
> 让我来再喊两声：
> 　小玩艺儿，
> 　好玩艺儿！…
> 唉！又叫人哭一阵。

这短短的几行诗内就运用了随音、抱韵，还用到了复合韵，读来自然流畅，真是神奇。

卞之琳的《白螺壳》，在用韵上同样达到了精妙的地步。该诗每节10行，以"顿"的参差均衡构成诗的节奏特征，以"韵"的呼应变化造成诗的音响效果。如其中第一节：

> 空灵的白螺壳，你
> 孔眼里不留纤尘，
> 漏到了我的手里
> 却有一千种感情：
> 掌心里波涛汹涌，
> 我感叹你的神工，
> 你的慧心啊，大海，
> 你细到可以穿珠！
> 我也不禁要惊呼：
> "你这个洁癖啊，唉！"

在这节诗中，诗人卞之琳成功地套用了瓦雷里《棕榈》（palmme）诗

---

① 朱自清：《诗韵》，见《朱自清全集》第2卷，江苏教育出版社1988年版，第408页。

的复杂韵式，韵脚排列为 ABABCCDEED，兼用了"交韵""随韵"和"抱韵"，且是三种韵式连环套着，回旋而下，形成诗情结构三个层次，构成了声韵情调的回环进展。全诗三节统一使用 ABABCCDEED 韵式，成为用韵繁富极致的典范。卞之琳坚持认为中国古代也有这种用韵方式，但更多的是来自西方的韵式借鉴，他主张准确地把西诗韵式翻译过来，以供中国诗人借用。他在《译诗艺术的成年》中，肯定朱湘翻译西方格律诗，能做到"原诗每节安排怎样，各行长短怎样，行间押韵怎样（例如换韵，押交韵、抱韵之类），在中文里都严格遵循。"但是，另有诗人译诗却不是这样，"今日我国同样流行的'半自由体'或'半格律体'，例如四行一节，不问诗行长短，随便押上韵，特别是一韵到底，不顾节同情配，行随意转的平衡、匀称或变化、起伏的内在需要，以致单调、平板，影响所及，过去以至现在大批外国格律诗译者也负有一定的责任"①。这样的分析论证，值得我们注意。

韵脚构成的经营

　　王力在《现代诗律学》中说："在西洋诗里，如果押韵，通常总是在一行的最后一个音节。所谓押韵，依常例说，就是甲行的最后音节里的元音（母音）和乙行的最后音节的元音（母音）完全相同。"在考察了西洋诗韵和汉语诗韵后，王力认为，"西洋诗的押韵（riming）和汉语诗的押韵规矩大致相同。如果把汉字译音，成为英文字母，就可以证明。"② 新诗的韵脚构成大致涉及贫韵、富韵、阴阳韵、内韵等若干问题。
　　贫韵，王力的界定是："凡不完全依照正常的押韵规矩，押韵的地方不够谐和的，叫做'贫韵'。贫韵又可分为两种：第一，只有元音相同，词的收尾的辅音并不相同，叫做'协音'（assonance）；第二，只有辅音相同，元音并不相同，叫做'协字'（alliteration）。"③ 在中国新诗发展的

---

　① 卞之琳：《译诗艺术的成年》，见《人与诗：忆旧说新》，生活·读书·新知三联书店1984年版，第196页。
　② 王力：《现代诗律学》，中国人民大学出版社2004年版，第56页。
　③ 同上书，第53、56页。

早期，这种协音和协字的押韵现象比较多，因为那时我国新诗还没有普遍认同的韵书，所以有些诗人就用这种相近的音来押韵。当新诗有了自己的定谱以后，创作要么不押韵，要么押韵，协音和协字自然就较为少见。王力要我们注意的是，现代诗人有时候押韵像是协音，其实只是方音的关系：依普通话念起来是协音，依作者的方音念起来却是极和谐的韵。如卞之琳不少诗就运用了吴语方音来押韵，以下是一些例句：

> 别以为软心肠没气力，
> 骑车的小流氓真发昏：（hun）
> "要走就不停，看你办！"
> 看来你奈何他不成——（普通话 cheng，吴方言 zen）
> 车轮瘫下了人怳然，
> 谢谢你闪电样一针！（普通话 zhen，吴方言 tsen）
> 　　　　（卞之琳《慰劳信集》第七首）
>
> 不怕进几步也许要退几步，
> 四季旋转了岁月才运行。（普通话 xing，吴方言'in）
> 身体或不能受繁叶荫护，
> 树身充实了你们的手心，（普通话 xin，吴方言 sin）
> 一切劳苦者，为你们的辛苦
> 我捧出意义连带着感情。（普通话 qing，吴方言 zin）
> 　　　　（卞之琳《慰劳信集》第二十首）

在汉语里，声调是字的主要成分之一。因此，同音不同调的韵也该认为是贫韵，但从新诗运动初期开始，新诗就打破了平仄和声调的差别，允许各种声调的音通押。

富韵，它同贫韵恰恰相反：非但一行的末一个音节的元音与另一行的相同，而且那元音前面的辅音也相同。这在新诗中是被广泛使用着的。如卞之琳的《寒夜》中的"水"和"睡"相押，《一个和尚》中的"烟"和"蜒"、"重"和"钟"、"水"和"睡"分别相押。在汉语中，同音字互押是自古容许的，白话诗也就不避免同音字互押。

卞之琳的新诗韵脚构成最重要的特点是使用阴阳韵。韵脚如果只有一个音节，叫作阳韵；如果含有两个或三个音节，叫作阴韵。我国诗人常用虚词外加去造成阴韵，如"了""呢""么""儿""的""着"等。初期新诗常用阴韵，卞之琳诗的阴韵用得最多也最自然。如：

> 月亮已经高了，
> 　回去吧，时候
> 真的是不早了。
> 　摸摸看，石头
> 简直有点潮了，
> 　你看，我这手。（《月夜》）
> 你们不是的，是你们的孙子；
> 我也不是我现在的身子。（《慰劳信集》第六首）

上例中"高了""早了"和"潮了"是阴韵；"孙子"和"身子"也是阴韵。阴韵的进一步发展就成为两个实词组成的复合韵，如"时候"和"石头"即是。卞诗《叫卖》中的"小玩艺儿"和"好玩艺儿"，又如《原子瘤》中的"要拔也拔不出，／要挖也挖不出"，前者是直接模仿那叫卖声，后者则嘲笑敌人徒劳无功，都是出色的阴阳韵和复合韵式。这种韵式镶嵌在诗中自然贴切，与全诗情调和语调融合得不留一点痕迹，没有任何做作雕琢之感。

卞之琳还有些诗用乙行的倒数第二字和甲行的末字押韵。如《距离的组织》几行：

> 想独上高楼读一遍《罗马衰亡史》，
> 忽有罗马灭亡星出现在报上。
> 报纸落。地图开。因想起远人的嘱咐。
> 寄来的风景也暮色苍茫了。（"茫"与"上"押韵）

这首诗中第一行的"亡"、第二行的"上"和第四行的"茫"押韵。再如《墙头草》：

> 五点钟贴一角夕阳，
> 六点钟挂半轮灯光，

> 想有人把所有的日子
> 就过在做做梦，看看墙，
> 墙头草长了又黄了。

这里的韵是"阳""光""墙""黄"，其中最重要的末行的韵"黄"的位置则在末行的倒数第二字。可见这种特殊韵法的经营完全是自觉的追求。再如《灯虫》的一节：

> 可怜以浮华为食品，
> 小蠓虫在灯下纷坠，
> 不甘淡如水，还要醉，
> 而抛下露养的青身。

这里的韵式是ABBA，其中"坠"和"醉"相押，但第三行的"水"同"坠""醉"也相押，形成了一行之内两音相押的特殊格式。这些追求，都使得新诗用韵显得更加复杂，声韵在诗中起到意义的关上粘下的作用，形成情调和声调的美。

韵脚位置的经营

韵脚的位置涉及两个问题，一是哪一行同哪一行押韵；二是每行是否都须有韵。我国早期新诗在韵脚位置问题上，基本采用的是汉语旧的押韵方法。其一就是早期新诗多数采用AABA的四行式，而这在西洋诗中是非常罕见的。汉诗的七绝通常采用这种韵法，所以那时诗人就不自觉地沿用着它。其二就是早期新诗基本沿用一韵到底押韵方式，而在西洋诗中，很少有一段共用四个以上相同的韵脚的。现代型诗则从西方诗歌韵式中借鉴，形成了新的用韵规律。西方诗歌韵脚位置主要有"随韵""交韵""抱韵"，以及交错用韵。在我国新诗创作中，借鉴西诗韵式主要是前三种。除了尾韵以外，西诗还有"头韵"和"半谐韵"。卞之琳的新诗有意移植西方诗韵方式（主要是交韵、随韵和抱韵）。先说随韵，如《采菱》《寂寞》《纽海文游私第废园遐思》《波士顿水轩晚眺》等，都用随韵。

如《采菱》：

> 莲塘团团菱塘圆，
> 采莲过后采菱天，
> 红盆朝着绿云飘，
> 绿叶翻开红菱跳。
>
> "采菱勿过九月九，"
> 十只木盆廿只手，
> 看谁采菱先采齐，
> 绿杨村里夺红旗。

  这里的韵脚应该是连续的随韵，即 AABBCCDD 韵式，每两行用一韵，又称为英雄偶体。

  再看交韵，如卞之琳的《大车》《无题二》《向水库工程献礼》《纽约看〈第十二夜〉演出》《香港小游长洲岛》等，都用交韵。如《大车》：

> 拖着一大车夕阳的黄金，
> 骡子摇摆着踉跄的脚步，
> 穿过无边的疏落的荒林，
> 无声的扬起一大阵黄土，
>
> 叫坐在远处的闲人梦想
> 古代传下来的神话里的英雄
> 腾云驾雾去不可知的地方——
> 古木间涌出了浩叹的长风！

  诗的韵式是 ABAB CDCD，其中的"黄金""黄土""荒林"又在末二字押韵，读来有着特殊的声韵美感。在西诗中，这种双交乃是交韵的正式，在英诗中被称为"英雄四行"。卞之琳的《夜风》是多行双交，其韵式是 ABABCBCBDEDEFGFGABAB。还有就是单交。所谓单交，就是偶行押韵，奇行不押韵，这在我国新诗中较为常见，如卞之琳的《妆台》全诗四段，都是第二、四行用韵，第一、三行不用韵。

再说抱韵。中国诗人在汉语十四行创作中大量地运用着抱韵，但在其他诗中用抱韵较少，卞之琳则喜欢使用抱韵。如《对照》的韵式为 ABBA CDDC。《群鸦》每节韵式如下：

啊，冷北风里的群鸦，
　哪儿去，哪儿去，
哪儿是你们的老家？

这节诗的韵式为 ABA。《群鸦》共五节，每节都是如此用韵。

卞之琳的不少格律诗，注意把交随抱韵式结合起来运用，如上面举出的《白螺壳》《道旁》等。这里再举出卞之琳《放哨的儿童》的几行：

交给了你们来放哨，
虽然是路口太冲要，
打仗的在山外打仗，
屯粮的在山里屯粮，
算贴了一对活封条。

可是松了，
不妨学学百灵叫。

把棍子在路口一叉，
"路条！"要不然，"查！"
认真，你们就不儿戏，
客气，来一个"敬礼！"
要不然，"村公所问话！"

这里的韵式是 AABBA AA CCDDC。第一、三节都是交韵和抱韵的结合，上下呼应，而穿插着的第二节是一个简单的随韵，但其用韵却又是承着第一节的，这样的三节连续排列，就形成一个既有秩序又有变化的诗韵结构，诗韵复杂繁富，但这又是同诗的情调融合起来的。

在用韵的位置方面，中国新诗也有不在行尾一字的。如卞之琳的诗：

> 弓了背，弓了手杖，弓了腿　（《道旁》）
> 不甘淡如水，还要醉　（《灯虫》）
> 你是我的家，我的坟，
> 要看你飞花，飞满城，（《春城》）
> 男女老少的，甚至背面
> 多汗毛的，拿着锄头，铁锹，　（《一切劳苦者》）

这里的第一例中"背"和"腿"相押，第二例中"水"和"醉"相押，两例的用韵都是在同一诗行之中的。第三例则是上下行的"家"和"花"、"坟"和"城"分别押韵；第四例上行中"少的"和下行中"毛的"相押。还有隔行在相同位置的两个字音相押的：

> 窗子在等待嵌你的凭倚。
> 穿衣镜也怅望，何以安慰？
> 一室的沉默痴念着点金指，
> 门上一声响，你来得正对！　（《无题二》）

卞之琳对韵脚位置的种种经营，都是为了表达某种特殊的情感需要，他是有意探索现代汉语诗歌音乐性的潜能，以此来提高我国的新诗艺术水平。

谐音拟声的经营

卞之琳新诗除了繁富用韵外，还注意谐音、拟声等声韵技巧的经营，使诗成为音义巧妙结合的有机体。江弱水说："如果说通常的押韵单凭眼睛也可以找到，那么更微妙的音响的呼应就只有用灵敏的耳朵才能够捕捉。"① 这里主要谈谈卞诗的谐音与拟声。

一是谐音。这里说的谐音主要是从元音具体说是从汉语韵母上去说的，指的是相同韵母的堆集造成意义的情感的图案的审美作用。如《白石上》中的两行：

用颤抖的手儿
揉揉酸溜溜的倦眼

诗中"抖""手""揉""揉""溜""溜"都是［ou］音，同这段诗中犹豫迟疑的姿态和心情是完全相配合着的，同音堆集暗示着某种幽深的特殊情感。

二是拟声。在诗歌创作中，有一种声韵技巧是"拟声"。卞之琳写诗常用拟声，使声音与意义之间构成对应关系。他自己就说《长途》中"几丝持续的蝉声"与瓦雷里的《海滨墓园》中同是写蝉声的名句相似，又说《一个和尚》多用［ong］音"来表现单调的钟声"。再如《候鸟问题》中的两行：

我的思绪像小蜘蛛骑的游丝
系我适足以飘我。

江弱水说："这么多［si］、［zhi］、［shi］与［qi］、［ji］、［yi］音分布在两行的各顿中，似断又续，若'系'还'飘'，效果非常精确。"②再如《落》中有这样一行诗："嘘一口长气，倚一丛芦苇"，诗人就通过唇音、齿音、舌音，把催落树叶的秋风到来传达给了读者。

以上种种声韵技巧是卞之琳的自觉追求。废名在谈到卞之琳的《无题二》时说："作者送我一本《十年诗草》的时候，曾把这首指给我看，生怕我不懂最后一行破折号后面的'这一拍'，他说'这一拍'的地位是所差的右脚已经到了，诗的韵律虽差一拍，而人到了。"③ 这就说明在韵律中的声韵经营，是诗人创作审美追求的重要组成部分。对此有人认为这

---

① 江弱水：《卞之琳诗艺研究》，安徽教育出版社2000年版，第160页、
② 同上书，第163页。
③ 废名（冯文炳）：《谈新诗》，人民文学出版社1984年版，第179页。

有点游戏意味。我们则同意这样的论述："凡是重言，双声，叠韵等等，其价值都不是在它本身，诗中不是有此便算好，而要看它使用时与全篇各部所生的有机（organic）作用，即与贯彻全篇的基本情意'姿态'之适合。"① 应该说，卞之琳的声韵技巧的经营，基本都能做到同诗的整体性有机地统一，所以应该得到充分肯定。

---

① 陈世骧：《姿与gesture》，见《陈世骧文存》，台北志文出版社1972年版，第78页。

汉语十四行诗用韵实践论

"十四行体"（Sonnet，我国有多个汉语译名）是西方最美丽、最谨严的格律诗体。近百年来我国诗人移植这一诗体，创作了数以万计的汉语十四行诗。"十四行诗这种诗歌体裁在世界范围内的广泛传播是一个十分特殊的文学现象。到了二十世纪，它又在亚洲——中国的汉语里扎根、发芽、开花、结果。汉语十四行诗的诞生，使十四行诗的流行范围突破了印欧语系的范畴，进入了汉藏语系的领域。这，我以为，标志着十四行体已经成熟为世界性的诗歌体裁；同时，也标志着十四行体自身实现了又一次历史性飞跃！"[①] 研究汉语十四行诗韵式的意义是：我国诗人已经完成了十四行体由欧洲到中国的转徙，汉语十四行诗已经成为新诗的固定形式而获得发展，韵式是这一诗体的重要组成部分；我国诗人移植创作汉语十四行诗，其诗体规范的扩展功能直接影响到我国新诗律的建设，其韵式借用直接推动了我国新诗复杂繁富的韵式探索。

十四行体韵式的审美价值

十四行体是一种精美的格律诗体，它具有音乐段落美，而音乐段落则是十四行体内在结构的外显形式。帕蒂孙编纂密尔顿《十四行诗集》序中，概括了十四行体的内在结构特点：

（一）十四行诗，如其他艺术品一般，必有其单纯性，必须是一个（仅仅一个）概念或情绪的表现。

[①] 屠岸：《中国十四行体诗选·序言》，人民文学出版社1996年版，第3页。

(二）此唯一之概念或心绪必须于前数行中露其端倪；严格的说，在前四行里即须交代明白；在第二个四行里必须使读者能完全明了。

（三）前八行之后，须有一停顿，然又不可有割裂之痕，此停顿不是话已说完无从翻新之意，而须是低徊沉思准备更进一步之姿态。

（四）后六行，严格的讲后六行中之前三行，须转回到原有概念或情绪而更进一步，使逼近于结尾。

（五）结尾须总括全诗，将前数行之暗示的总和一笔绾住，恰似山中之小湖将狭小斜坡上的流水汇为池沼一般。

（六）结尾处须留完整圆满之意味，而又须避免格言警句之类。……十四行诗不可逐渐进展以至于焦点，亦不可截然而止，须逐渐消逝，了无痕迹。①

这里把意体十四行诗的诗思诗情结构（即内在结构）同诗行组织结构（即外在结构）结合起来分析：在前四行中露其端倪，在接着的四行中完全明了，再用三行转回原意，最后三行总括全诗。这样，就形成了诗行组织的四四三三与内在结构的起承转合的契合。梁实秋在以上引述以后说："这几点说明非常透彻，可谓道尽了十四行诗的奥妙。十四行体输入英国以后，便生了变化，变化的趋势是由严整而趋于自由，韵脚的布置既有更动，内容的结构亦大有出入。例如莎士比亚体，便是改变过后的一种十四行体，有时且变成十五行，有时临尾缀以警句，凡此种种，均不合于古法，而另有其新鲜之滋味。然起承转合之规模，大致不差。"② 对于十四行体这种结构特点，闻一多在给陈梦家的信中说：

最严格的商籁体，应以前八行为一段，后六行为一段；八行中又以每四行为一小段，六行中或以每三行为一小段，或以前四行为一小段，末二行为一小段。总计全篇的四小段（我讲的依然是商籁体，不是八股！）第一段起，第二承，第三转，第四合。……"承"是连着"起"来的，但"转"却不能连着"承"走，否则转不过来了。

---

① 见梁实秋《谈十四行诗》，（上海）正中书局1934年版，第268—269页。
② 同上书，第269页。

大概"起""承"容易办,"转""合"最难,一篇精神往往得靠一转一合。总之,一首理想的商籁体,应该是个三百六十度的圆形;最忌的是一条直线。①

　　闻一多不仅说了意体也说了英体十四行诗行组织的外在结构同起承转合的内在结构的契合关系。就诗行组织来说,意体十四行分成四个段落,诗行分别是四四三三,而英体十四行也分成四个段落,诗行分别是四四四二。而四个段落又组合成两大段落,第一、二段合成一大段,共八行;第三、四段又合成一大段,共六行。因而,从更概括的层次说,意体和英体十四行都可以分成前八后六两大段落,前一大段落是起承,后一大段落是转合,两大段落之间定规要一个停顿,"然又不可有割裂之痕"。由于十四行原是一种合乐歌诗,其诗行组织段落就其本来意义说,体现的是音乐的分段组织,因此可以把十四行体的段落称为音乐段落,简称"乐段"。具体来说,十四行体分成前八后六两大乐段;进一步划分的话,意体十四行分成四四三三共四个乐段,英体十四行分成四四四二共四个乐段。乐段的划分同起承转合的内在结构完全一致,是互相契合,或互为表里的,从而使得优秀的十四行诗能够表现出一个思想感情的转变过程,或曰发展过程;这和我国旧律绝体相类似,也使得十四行体结构严谨,宜于抒情,深浓之情感注入一完整之范畴而成为一艺术品,内容与形式俱臻佳境。

　　意大利的十四行诗起初是合乐的,和着弦琴歌唱,正如其他的抒情诗一样。当十四行诗流传于民间时,它可以依靠合乐而显示十四行诗的乐段变换和进展;但当十四行诗成为文人创作时,就无法继续通过合乐来显示乐段变换和进展了。在这种情况下,诗人就保留和强化了诗行韵脚在建构乐段中的作用。这种强化作用,朱光潜作过精彩的分析。十四行体音韵方式同乐段组织契合,并进而与诗的内在结构契合。闻一多曾经讨论过诗韵在"完成艺术"中的作用,其中"组成部分的布局"的功能,指的是诗韵能够关上粘下,把跳跃的诗行结构成有组织的布局结构,增强诗的结构和形象的完整性。② 这种"组成部分的布局"功能,正是十四行诗韵脚安排的美学价值。十四行诗尾韵的组织安排,使全诗十四行划分为若干乐

---

　① 闻一多:《谈商籁体》,载《新月》第3卷第5、6期合刊(1930年5、6月)。
　② 闻一多:《诗歌节奏的研究》,见《闻一多论新诗》,武汉大学出版社1985年版,第21页。

段，并把若干乐段组织起来形成整体结构，帮助十四行诗显示乐段组织和内在结构的精美。

意体十四行的前八行是两个抱韵，为 ABBA ABBA 或 ABBA BCCB，后六行为 CDE CDE 或 CDC DCD。这种韵式，使前八行和后六行各形成一大段落，即前八行和后六行韵法明显不同，因而有助于呈现全诗前八后六两大乐段的格局。只是前八行是两个抱韵，虽有共同之处，但每个抱韵内部却又呈封闭结构，即各自形成一小系统；后六行之前三行和后三行也有共同之处，可以构成一大段落，但仔细分析，却又各自成规律，各自也是个封闭结构。这样，韵法就在另一层次上把十四行诗划分为四个段落，即意体的四个乐段，并与诗的起承转合结构互为表里。同样，英体的莎士比亚式是 ABAB CDCD EFEF GG，斯宾塞式是 ABAB BCBC CDCD EE，前三个四行交韵，后两行同韵，再加上诗韵的有规律变化，从而也自然地把全诗十四行划分为四个乐段，而四个乐段又正同诗的内在结构即起承转合互为表里。

乐段组织同内在结构契合，诗韵组织又建构和呈现着乐段，这是十四行体重要的形式美特征。虽然十四行体有许多变体，但基本都是建立在意体和英体之上的，因此大多注意内在结构、音乐段落和诗韵方式的借鉴。十四行体在诗行定位上有三种形式：一是用分节排列来标志乐段结构，每个诗节是一个乐段；二是借助于诗行高低排列来标志音乐段落，高低排列的诗行划分着行组；三是诗行连续排列不分节。尽管诗行定位方式不同，但是，由于依靠诗韵在"组成部分的布局"方面的功能，使得人们只要借助于诗韵组织，就可把握十四行诗的乐段组织和内在结构。十四行体音乐段落和诗韵方式的审美主要表现在以下几方面。

一是浑然美。唐湜说过："诗，艺术里精纯度最高的，就是要表现精纯度最高的美，浑然的美。这种完整而又浑然的美包含着浑然一体的一切内在与外在的构成因素，辩证地相互渗透、相互依存又转化。"[①] 在十四行体中，作为外在的构成因素，乐段、尾韵是表现内在思想和情绪的外在的美，因此它绝不是纯形式把戏。乐段、尾韵与内在思想情绪辩证地渗透、依存和转化，从而构成全诗的浑然美。

二是整体美。十四行体的乐段和尾韵安排同诗思诗情的进展是一致

---

① 唐湜：《如何建立新诗体》，载《上海社会科学》1983 年第 4 期。

的。从纵向看，十四行诗的诗思诗情进展是一个三百六十度圆形，每一诗行、每一乐段都是弧形进展的一个段落，而诗韵则把这些段落巧妙地组织起来，让全诗成为一个整体。从横向看，由于尾韵在诗中充分显示其音韵旋律和关上粘下功能，因此好像一个闪光的网把整首诗紧紧网住，每一句、每一意象都网在一起；或如一条彩线把所有珍珠串在一起，闪耀在一起，给人以整体美感。

　　三是回旋美。十四行诗正式的韵式采用双交韵（甚至三交韵）和抱韵，变体十四行还用随韵，再加上频繁换韵，使诗韵交错回环，穿来又插去，从而造成一种回环盘旋的艺术效果。它同乐段和诗情进展结合，产生了如下审美效果：诗的格调和诗人情思"层层上升而又下降，渐渐集中而又解开"。我们读一首好的十四行诗，仿佛是听一首美妙的圆舞曲，又仿佛回旋于舞池之中，是一种美的享受。

　　四是协和美。十四行体各乐段协调和谐，如意体前八行是由两个对等的四行组成，后六行是由两个对等的三行组成。这符合美学上对称美的原则。英体前十二行是由三个对等的四行组成，末两行由一个对句组成，也呈现着各自的对称美。就诗的整体说，起承转合的结构、交错回环的用韵，无不呈现着协调和谐的美感。

　　当然，我们以上据以分析的是意体和英体正式，而在实际创作中，诗人除了采用正式外，还用变体，在乐段的组织和定位上呈现多种追求，在尾韵的安排和定位上更是花样翻新。总体来说，十四行诗体音韵乐段的审美可以概括为：（1）一首理想的商籁体，应该是个三百六十度的圆形，其内在结构是抒写一个单纯概念或情绪的自然完整的发展过程；（2）十四行体的段式和韵式同内在结构的进展相契合，呈现内在美和外在美的统一；（3）力求在音韵乐段上体现出浑然美、整体美、回环美和协和美。我国诗人在移植十四行体时，注意到了这种诗体音韵乐段的美学追求，或直接采用西方十四行体的段式和韵式，或在模仿中对段式和韵式予以改造，从而使我国十四行诗在段式和韵式经营上呈现出风采各异的局面。

　　十四行体韵式的重要特征是复杂多变，同我国传统诗式相比具有独特的审美效果。黑格尔认为，诗韵的音律不取决于时间尺度的节奏运动，而是取决于音质的调谐，这种音质的音乐是和"心声"对应的。十四行体"通过较精巧的形式换韵，使多种不同的韵有规则地交错和配合，或合或离，或前后呼应，这就显出韵的丰富多彩。这些韵时而直接相遇，时而互相逃避，时而互相追寻，这就使倾听和期待的耳朵时而立刻感到满足，时而被较长久的停滞所嘲弄，欺骗和勾引，但是终于发现到有规则的安排和往复回旋而感到快慰。"① 因此十四行体是一种极具审美价值的诗体。

汉语十四行诗韵式对应移植

十四行体源自普罗旺斯语 Sonet，起初泛指中世纪流行于民间、用歌唱和乐器伴奏的短小诗歌。13 世纪意大利西西里派诗人雅科波·达·连蒂尼首先采用这种诗式，并使之具有严谨格律。14 世纪初期，彼特拉克写下了包括 300 多首十四行诗的《歌集》，从而确立了这一格律诗体的地位。诗采用四四三三分段，前八行的韵式为 ABBAABBA，后六行的韵式有 CDECDE、CDCDCD、CDEDCE 等多种变体，被称为"意体"或"彼特拉克式"。十四行体伴随着彼特拉克的影响传遍整个欧洲。在 16 世纪 20 年代，十四行诗被带到英国，最初由怀亚特爵士和萨里伯爵进行改造，创造了英体十四行，分段方式成了四四四二，韵式为 ABABCDCDEFEFGG。接着，"十四行诗经过锡德尼、斯宾塞和莎士比亚之手，形式上趋于成熟，表现手法更为丰富，呈现出许多英国十四行诗才有的特色，为后来十四行诗人的创作提供了可资借鉴的丰富形式"②。这种十四行体式正式定型为"英体"或"莎士比亚式"。这样，十四行体在西方就有了两种定型体式，一种是彼特拉克式即意体，一种是莎士比亚式即英体，两种体式都有正式也都有变式。其实，十四行体在欧洲流播过程中，不仅出现了英体，还有如德体、法体、俄体等，但各国通行的还是意体和英体。尽管英国浪漫诗人更倾向于认为意体是正式，把英国式称为"不合法的十四行诗"，但是事实上人们认同英体与意体是目前创作的范例。我国诗人在接受十四行体时，也普遍认同这两种定型体式。朱湘《石门集》中就包括"十四行英体" 17 首和"十四行意体" 54 首两大部分，诗后注十四行诗采用的是"sonnet"。王力在《现代诗律学》中论"商籁"，虽然兼及意体、英体和法体，但重点仍是意体和英体，尤其是在论述变体时更是主要

---

① ［德］黑格尔：《美学》第 3 卷下册，朱光潜译，商务印书馆 1991 年版，第 91 页。
② 陈尚真、赵德全：《十四行诗的英国化进程》，载《燕山大学学报》2001 年第 4 期。

从意体和英体引出。孙大雨长文《诗歌的内容与形式》，在说到sonnet时，也说其韵律大致是两种，一是意大利式，二是英国式。施颖洲在《译诗的艺术》中说："声籁是一种固定的诗体。""莎士比亚声籁通常称为英体声籁，是声籁两大体制之一；另一体制是意体声籁。"① 罗念生在《十四行体（诗学之一）》中也说："十四行体通常分作两大种：一种是原来的意大利体，一种是英国体；此外还有许多种变体。"我国在20世纪80年代出版的《中国大百科全书·中国文学卷》，更是直接说十四行体包括英体和意体两种。我国诗人百年十四行诗创作中，大体对于法体、德体和俄体是忽视的。这反映出的是一种文化的过滤与选择。

我国诗人在移植十四行体过程中，首先就是对应移植意体和英体，包括正式和变式。所谓对应，就是在翻译和创作中尽可能地按照诗体的格律体制实现中西语言包括诗律的等值对换，最大限度地保留原体的分段方式、节奏模式和用韵方式。以对应翻译为例加以说明，如施颖洲翻译出版了《莎士比亚十四行诗集》，在自序中说："莎士比亚声籁，每首十四行，每行十音，分为五抑扬音步；前十二行隔行押韵，最后两行押韵。体裁上，这种十四行诗，可说是四段构成的：前三段是四行诗三节，最后一段是两行的偶句一节。译诗既然必须完全忠实于原作，那么，对这种节奏，对这种押韵，对这种体裁，中译便须忠实于原作。"② 这种"忠实"就是强调对应翻译。具体表现在施颖洲翻译莎士比亚十四行诗时，根据其体式特点，从诗行来说仍然保持十四行，从每行音数来说仍然保持十音，从每行音步来说用五顿来改换五步，从音步音数来说用两字组来翻译抑扬格，从用韵来说仍然是前三个四行是交韵末两行同韵。我国诗人对应移植十四行体，就包括着对应移植十四行体的韵式。具体说就是在创作汉语十四行诗时按照意体或英体的用韵方式来用韵。十四行体的韵式，可分为正式和变式。所谓正式，大致是指最常见的韵式而且为名家所采用的韵式而言。凡不合于正式者就是变式。又前八行多用正式，后六行可用变式，于是前正后变者可称为正中之变。如果前八行用变式，则后六行无论用什么韵式，都该认为是纯粹的变式。所谓对应移植十四行体的韵式，也就是按照以上约定俗成的韵式规则去进行模仿创作用韵。

---

① 施颖洲：《译诗的艺术——中译〈莎翁声籁〉自序》，译林出版社2011年版，第1页。
② 同上书，第2页。

先说意体（彼特拉克式）。十四行体的意体前八行的韵式是 AB-BAABBA，也就是两个抱韵。这里总共只有两个韵脚，第一四五八行互相押韵，第二三六七行互相押韵。后六行的韵式，原则上容许有各种变化，但实际上仍有所谓正式，大致有 CCDEED、CCDEDE、CDECDE、CDCDCD 等。这些韵式汉语十四行诗都有对应移植的创作成果，基本掌握的原则是三条：（1）全诗不超过五个韵；（2）前八行用两个抱韵；（3）后六行用韵变化有一定规律。这里列出汉语十四行诗几种常见的后六行用韵变化的正式（前八行的两个抱韵从略）：

1. **CDE CDE 式**　即第九、十、十一行各用不同的韵，第十二、十三、十四行对应重复前韵，如英国济慈《蝈蝈和蛐蛐》用此式，中国诗人朱湘的《意体第三十六首》亦用此式：

　　　　火车，在夜里，呼声特别的高——
　　　　玄秘，朦胧的时候，虽是奔走
　　　　于刻板的轨道，也觉得上劲
　　　　好像是打哈欠，偶尔叫一叫，
　　　　轮船，蹲伏在水面，伸出舌头
　　　　向了高飞的月亮，向了众星。

2. **CDC DCD 式**　即第九行、十一行同韵，第十行用另一韵，末三行对应相反相押。如英国克里丝蒂娜·罗塞蒂的《在一位画家的画室里》即用此式。中国诗人李唯建《祈祷》70首全用此式，这是其中第26首的后六行：

　　　　我的心我已开始了我的路程，
　　　　　　一切都已准备完好，准备完好，
　　　　前面就是战争，前面就是战争，
　　　　　　时间已经不早，时间已经不早，
　　　　我召集了我心中永胜的精兵，
　　　　　　将残蚀我们心灵的蠹虫荡扫。

3. **CCD CCD 式**　即第九、十行与第十二、十三行同韵，第十一行与第十四行同韵。如法国杜贝莱的《黑夜叫星星别再游荡》。中国诗人吴兴华的《西伽》第九首后六行用此式：

> 这爱情更真而专一，却不能使你满足，
> 　你要绕我在指尖上，听我痴情的倾诉：
> 　　——愿作她眉上的黛绿，或是发上的芳膏，
>
> 愿作她足下的丝履，永夜在床畔踌躇，
> 　愿作过时的团扇，心悸于唯一的思慕，
> 　　来年溽暑时或许重会在玉手中颤摇。

4. CDD CDD 式　　即第九行与第十二行同韵，第十、十一行与第十三、十四行同韵，如欧洲现代诗前驱法国奈瓦尔的《不幸者》。中国诗人冯至的《歌德》后六行也用此式：

> 从沉重的病中换来新的健康，
> 从绝望的爱里换来新的营养，
> 你知道飞蛾为什么投向火焰，
>
> 蛇为什么脱去旧皮才能生长；
> 万物都在享用你的那句名言，
> 它道破一切生的意义："死和变。"

5. CDC CDC 式　　即第九、十一、十二、十四行同韵，第十行和第十三行同韵，意大利但丁的《每个钟情的灵魂》即用此式。我国孙大雨的《遥寄》第一首后六行也用此式：

> 我们虽东西相隔着万水千山，
> 不得齐眉谐趣，旦夕问寒温，
> 悲愁没处诉，焦思昼夜地牵连；
> 但比起身亡家毁或受辱的那班
> 命蹇者，毕竟还留得有花香灯影，

品诗赏画时,隐约在天际与云间。

再说英体(即莎士比亚体)。英体典型韵式为 ABAB CDCD EFEF GG,即前三段都用交韵,末段两行用偶韵。我国诗人写作英体十四行诗,多数能够按照正式用韵。朱湘《石门集》中有英体十四行诗,大多前三段采用交韵,末段两行用偶韵,这是英体十四行的正式。屠岸写有数百首十四行诗,大量采用四四四二的英体,或用英体正式,或用英体变式。《屠岸十四行诗》集中有《新苗》《金丝网里》《春菊》《浪花》《泰山日出》《日影》《合欢》《金银花》《窗玻璃》《爱丁堡》等,都采用英体的正式用韵。这里举《金银花》为例:

> 在阴雨迷蒙的早晨,走过小园,
> 眼前突然一亮,我停步一瞥
> 就看见一株金银花:倚着亭栏,
> 弯弯的藤枝托一丛浓浓的绿叶——
>
> 绿叶里窜出一簇簇盛开的鲜花,
> 金朵和银朵在枝头并肩挺立,
> 似黄金白玉放射出两样光华。
> 雨滴在花瓣上变为两色的珠粒。
>
> 想起日月眼——我爱的奇种小猫,
> 她左眼金黄,右眼碧蓝如湖水。
> 我曾赞叹过造化神异的创造;
> 面对金银花,却陷入深深的思维。
>
> 物种万千,不排斥同种异色——
> 人世间怎么会缺乏多元的性格!

这诗的韵式就是 ABAB CDCD EFEF GG,是典型的英体正式十四行诗。何其芳的《欢乐》虽然每行的音顿并不整齐,属于变格的十四行诗,但诗采用了四四四二分段,用韵为 ABAB CDCD EFEF GG,即严格地遵循了英体正式的用韵规则。汉语十四行体朝着民族化方向发展到一定的历史阶段，就必然会提出一个重要的问题，就是需要更多地介绍英国式十四行体，更好地探索十四行体的民族形式。正是在此背景下，我国一批诗人开始着重介绍英式十四行诗，其结果使得我国新时期出现英体十四行诗的创作繁荣。从创作实践看，由于引入了意体十四行韵式，给新诗韵建设更多地带来的是抱韵和交错押韵，由于引入了英体十四行韵式，给新诗韵建设更多地带来的是交韵和随韵的押韵方式。

汉语十四行诗韵式变体移植

十四行体本身就是一种具有弹性的诗体规范，它有一套完整的精美的形式体制，但在建行方式、节奏方式、构思段落和用韵规则方面都允许变化。屠岸说："我更喜欢十四行诗，一方面因为它有节律有韵式，另一方面我觉得它有一种 classsical restraint，即'古典的抑制'。尽管十四行体格律规范严格，但它也提供了极广阔的展示天地。我们可以悲壮也可以哀感，只要我们了解、掌握这个'框框'，就可以获得最大的自由。这种在不自由中获取的、在规范中提炼出的自由，往往是真正意义上的自由。"① 卞之琳把十四行体称为"严格而容许有规则变化的诗体"，认为其"在西方各国都流行，历久不衰，原因也可能就在于这点优越性"。② 王力介绍十四行体，一方面强调其正式，另一方面又分析变式。他在分析变式时，使用了三个概念：正中之变，指意体前八行用抱韵，后六行用变式，形成前正后变的变格体；小变，指意体前八行虽用两个抱韵，但共用四个韵脚（即 ABBA CDDC）、三个韵脚（如 ABBA ACCA），或两个参差韵脚（ABBA BAAB）；相应的，英体前三个四行虽用交韵，但并不是 ABAB CDCD EFEF，也应视为小变；大变，指意体前八行不用抱韵而用交韵或随韵，若英体前十二行不用交韵而用随韵或其他韵式的，无论韵脚如何，都可以叫做大变。这种变式在十四行体发展途中，不仅是大量存在的，而

---

① 刘玮整理：《十四行诗为什么能在中国扎根——与诗人屠岸对话》，载《屠岸诗歌创作研讨会论文集》（2010 年），见"中国重要会议论文全文数据库"。

② 卞之琳：《翻译对于中国现代诗的功过》，载香港《八方》文艺丛刊第八辑（1988 年 3 月）。

且是合理允许的。王力在介绍意体和英体时，除了正式以外，大量介绍的则是变式。我国诗人在移植十四行诗体时，也非常重视变式的对应移植。

王力在《现代诗律学》的"商籁"中篇里先是介绍意体"正中之变"，列举的是：

1. 韵式是 ABBA ABBA CDC DEE，如法国波特莱尔《黄泉悔》，如我国梁宗岱的《商籁（第2首）》，卞之琳的《慰劳信集（第4首）》；
2. 韵式是 ABBA ABBA CDD CEE，如法国波特莱尔的《烟斗》；
3. 韵式是 ABBA ABBA CDD CED，如梁宗岱《商籁（第1首）》；
4. 韵式是 ABBA ABBA CDD CCD；
5. 韵式是 ABBA ABBA CCD CDC，如冯至《十四行集（第12首）》；
6. 韵式是 ABBA ABBA CDC EDE；
7. 韵式是 ABBA ABBA CCD DEE；

以上前四式后六行共用三个汉语诗韵，后三式前八行只用两个韵，但是因为都使用抱韵，所以属于正中之变。王力在"商籁"中篇里还列举了意体"小变"的三种变式：

（甲）前八行用四个韵脚者，即 ABBA CDDC，包括韵式 ABBA CDDC EEF GGF，如波特莱尔《赠潘畏尔》等，冯至《十四行集（第10首）》；韵式 ABBA CDDC EEF GFG，如波特莱尔《猫》等；韵式 ABBA CDDC EFG EFG，如冯至《十四行集（第19首）》；韵式 ABBA CDDC EFEFGG，如波特莱尔《交感》等，卞之琳《灯虫》；韵式 ABBA CDDC EFF EGG，如波特莱尔《无形之曙光》，冯至《十四行集（第1首）》、卞之琳《慰劳信集（第14首）》；韵式 ABBA CDDC EEF FGG，如波特莱尔《深谷怨》；韵式 ABBA CDDC EEF EFF，如波特莱尔《炼苦》；韵式 ABBA CDDC EFE FEF；韵式 ABBA CDDC EEE EFF，如冯至《十四行集（第25首）》。

（乙）前八行用三个韵脚者，即 ABBA ACCA，或 ABBA CBBC 或 ABBA BCCB。包括韵式 ABBA ACCA DEE DFF，如波特莱尔《恶之花（第33首）》，冯至的《十四行集（第13首）》；韵式 ABBA ACCA DEE DAA，如冯至《十四行集（第4首）》；韵式 ABBA ACCA DED EDE，如冯至《十四行集（第2首）》；韵式 ABBA ACCA DDD DEE，如冯至《十四行集（第6首）》；韵式 ABBA

CBBC ABA CBC，如冯至《十四行集（第 18 首）》；韵式 ABBA BCCB CDE CDE，如冯至《十四行集（第 24 首）》。

（丙）前八行用两个参差的韵脚者，即 ABBA BAAB。包括韵式 ABBA BAAB CCD EED，如波特莱尔《深渊》；韵式 ABBA BAAB CCD EDE，如波特莱尔《恶之花（第 40 首）》；韵式 ABBA BAAB CDD CEE，如波特莱尔《前生》；韵式 ABBA BAAB CAC DAD，如冯至《十四行集（第 26 首）》。①

王力在"商籁"下篇里介绍了意体"大变"的韵式，主要是意体前八行使用了交韵和随韵：

（甲）前八行用交韵。包括韵式 ABAB ABAB CCD EED，如波特莱尔《劣僧》等；韵式 ABAB ABAB CCD EDE，如波特莱尔《逍遥死》等；韵式 ABAB ABAB CDD CEE，如波特莱尔《丑恶之同情》；韵式 ABAB ABAB CDD CBB，如冯至《十四行集（第 16 首）》；韵式 ABAB ABAB CCD DEE，如波特莱尔《蕤子有疾》等；韵式 ABAB ABAB CDD CDC，如波特莱尔《秋兴》等；韵式 ABAB ABAB CCC DDC，如波特莱尔《赠士生白种女子》；韵式 ABAB ABAB CCD CCD，如波特莱尔《贫人之死》；韵式 ABAB ABAB BAB BAB，如冯至《十四行集（第 17 首）》；韵式 ABAB BABA CCD EDE，如波特莱尔《收心》；韵式 ABAB ACAC DDE DED，如冯至《十四行集（第 21 首）》；韵式 ABAB CDCD DED EFF，如波特莱尔《音乐》；韵式 ABAB CDCD EEF GGF，如波特莱尔《理想》，冯至《十四行集（第 15 首）》；韵式 ABAB CDCD EEF GFG，如波特莱尔《仇》等，卞之琳《淘气》；韵式 ABAB CDCD EFG EFG，如冯至《十四行集（第 1 首）》；韵式 ABAB CDCD EFE FGG，如波特莱尔《决斗》，卞之琳《慰劳信集（第 11 首）》；韵式 ABAB CDCD EFF GFF，如波特莱尔《魔迷》等，冯至《十四行集（第 23 首）》；韵式 ABAB CDCD EEF FGG，如波特莱尔《破钟》，冯至《十四行集（第 7 首）》；韵式 ABAB CDCD BBE EBE，如冯至《十四行集（第 9 首）》。

---

① 见王力《现代诗律学》，中国人民大学出版社 2004 年版，第 118—128 页。

（乙）前八行用随韵。包括韵式 AABB AABB CDD CEE，如波特莱尔《雾雨》等；韵式 AABB AABB CCC DDD，如戴望舒《十四行》；韵式 AABB CCDD EEF GGF，如波特莱尔《夜归魂》；韵式 AABB CCDD EFE FGG，如波特莱尔《情侣之酒》。

上述都是意大利体商籁。莎士比亚体和史本赛体的分段和音步相同，前三段是三个英雄四行，末段是一个英雄偶行，相异只是韵脚稍有不同。①

王力在诗律学著作中进行这种细致的分析，既是对西方十四行体正式和变体的引进，也是对汉语十四行诗创作的总结，更是对今后汉语十四行诗创作的指导，同时这种条分缕析的具体分析，也可以认为是他为中国十四行诗也为新诗建立自己的诗律体系进行初步的概括。

关于我国诗人写作意体的变式，王力已经作了较多分析。以下再对朱湘意体十四行诗的韵脚作些分析。朱湘《石门集》中的意体完全按照"ABBA ABBA CDE CDE"和"ABBA ABBA CDC DCD"韵式写的是 10 首。其余的 40 首，据钱光培统计，所用韵式有 11 种：

(1) ABBA ABBA CDE EDC；
(2) ABBA ABBA CCD EED；
(3) ABBA ABBA CDC CDC；
(4) ABBA ABBA CDD CCD；
(5) ABBA ABBA CCD EEC；
(6) ABBA ABBA CDD CEE；
(7) ABBA ABBA CDE DEC；
(8) ABBA ABBA CDE ECD；
(9) ABBA ABBA CDD ECC；
(10) ABBA ABBA CDD ECE；
(11) ABBA ABBA BCD DBC；

前八行保留彼特拉克韵式，后六行变化多端。"他（朱湘）在这些十

---

① 见王力《现代诗律学》，中国人民大学出版社 2004 年版，第 129—139 页。

四行的创作中有意为之的这些小变化，虽然搅乱了原有的西方十四行的秩序，但仍然是符合十四行诗的'原本精神'的。因为西方十四行诗发展的历史表明：作为它最为固定的因素，只是那'十四'的行数（偶有超过或不足此数的，是罕见的例外），至于诗组的结构和韵脚的安排，都是可变的。只要变得妥帖就行。如果不是这样，就不可能由意体十四行变出英体十四行来；如果不允许这样，在英体十四行中，就不会有什么'斯宾塞式'、'莎士比亚式'的区分。——十四行诗，从西方的意大利到西方的英国，都发生了这么大的变化；现在要它从西方到东方，到一个用方块字作为语言符号的国度里来，怎么会不发生更大的变化呢？"①

英体的变式在欧洲诗人笔下经常出现。现仅就英诗列举数例：ABAB ABAB ABAB AA（萨瑞）；ABAB ABAB CBCB DD（萨瑞）；ABAB ABAB ABAB CC（萨瑞）；ABAB ABAB CDCC DD（外阿特）；ABAB ABAB CDDC EE（外阿特）；ABAB BCBC CDCD EE（斯宾塞）；AABB CCDD EEFF GG（李雷）；ABAB ABAB CDCD EE（薛德耐）。俄国普希金《叶甫盖尼·奥涅金》采用 ABABCCDD EFFE GG 式，被称为"奥涅金体"。以上变式的变化多在后六行；前八行也有变化者，主要是变交韵为抱韵或随韵。这些变式我国诗人也有模仿。如用英国李雷式随韵者，有张鸣树的《弃妇》。如朱湘《石门集》中17首英体十四行诗，有14首是按照莎士比亚式写成的，即采用了四四四二的结构和 ABAB CDCD EFEF GG 的韵式，有2首依然保持英体十四行的构架，但韵式变成了 ABAB CBCB DEDE FF（《英体之1》）和 ABAB BCBC CDCD EE（《英体之10》），这是借取了斯宾塞式的连环扣韵法，使各诗组之间，既有韵的变化，又有韵的连绵。《英体之6》则仅10行，这在莎士比亚十四行诗集中也有先例。我国汉语十四行诗用英体者甚至超过意体，用英体变式者尤多，大致不出在交韵、抱韵、随韵之间变来变去。因英体较接近中国押韵的习惯，有不少诗人索性采用中国传统诗逢双句押韵的方式，当然最后是一个偶韵。还有的干脆句句押韵、一韵到底的，如唐湜的《养蜂人》。屠岸的诗素以格律严谨著称，我们对《屠岸十四行诗》集作了统计，除了英体正式前面已有论述外，其中英体变式押韵者共有35首，可分六类不同情况：

---

① 钱光培：《现代诗人朱湘》，北京燕山出版社1987年版，第223—224页。

（1）前三段用正式交韵 ABABCDCDEFEF，末段偶韵不用 GG 而用其他偶韵者，有 7 首即《童话》《呼吸》《墨锭》《渤海日出》《文豹》《盖兹比旅店》《牛津》；

（2）前两段用正式交韵 ABABCDCD，后两段有变化者，有 11 首即《莲蓬山》《燕塞湖》《枯松》《落英》《桃花》《紫叶李》《圣伯特利克大教堂门前》《芝加哥》《银杏叶》《爱汶河畔斯特拉福镇》《伦敦，一九八四年》；

（3）前三段用连韵 AAAABBBBCCCC，末段用 DD 者，有 3 首即《写于安科雷季机场》《旧金山》《爱汶河》；

（4）前两段用连韵 AAAABBBB，后两段也有变化者，有 1 首即《西敏寺桥上》；

（5）用英国薛德耐 ABABABABCDCDEE 者，有 1 首即《西敏寺诗人角》；

（6）灵活运用各种韵式者，有 12 首即 AAAABCBCDADA EE（《江流》），ABABBABA ABABCC（《丁香》），ABABCACADAD-ABB（《狗道》），ABABCCC DEDEFF（《忧思》），ABABBCBCD-EDEFF（《镜石》），ABABACACDEDEFF（《毓璜顶》），ABABA-CACDEDECC（《密云》 《揪心的音乐》），ABABBCBCDEDEDD（《一切都可能淡忘》），ABABACACDBDB AA（《野樱桃》），ABAB ACAC DBDB EE（《潮水湾里的倒影》）；ABAB ACAC DCDC BB（《寄远友》）。

以上情况表明，中国诗人运用英体韵式常常变化，往往因人而异，不胜枚举。

变体韵式的自由运用，其指向是诗人情思的充分表达。唐湜说十四行是严谨的诗体，但在英、法各国诗人手里都有一点变化，或自由化，押韵的方式更多。为了增加变化，唐湜在写作《海陵王》时，把每首十四行分成五五四三段，五行一段押 ABABA、ABABB、AABAB、AABBB、AAABBA 等韵式，四行一段押 AABB 或 ABAB 的韵。其押韵多变是为了更好地创造雄奇风格，塑造人物性格。"因为有变格，改变了诗节的构成，以两个五行节加一个四行节合成整首十四行，韵式就多了些便利，可以更酣畅地抒写下去"①。唐湜明确地说："多样变化就可以自如地写浩浩荡荡的长诗而不会感到困难与束缚了，犹似唐代的诗人们写长篇的排律，仍可以写得自自然然、痛痛快快而又气势磅礴。"②

汉语十四行诗韵式本土改造

十四行体移植到中国，其本质是十四行体中国化。在中国化的过程中，我国诗人有时以对应移植为主，有时则以移植改造为主，从而出现了汉语十四行诗创作的多样化。就韵式来说，我国诗人除了对应移植正式和变式外，还进行大胆地改造创新，使汉语十四行诗的韵式趋向民族形式。这也是一种自觉的探索。

唐湜、岑琦、骆寒超合作出版《三星草：汉式十四行诗三百首》，骆寒超在序中解说诗集冠以"汉式"的想法是："我们绝不照搬西方十四行体的格律模式"，"爱在这个容量里翻出种种新花样——用各种章法各种声韵节奏来写我的十四行"，这就是"汉式十四行"本质含义的核心。骆寒超主张"一节一韵，不搞交韵、抱韵、随韵，每节又必须换韵"。③ 这既突破了传统诗歌一韵到底韵式，又突破了十四行体频繁换韵方式，实现了两个传统的对接和交融。中国传统诗一韵到底，把它用到十四行诗创作中，往往就会显得单调，因而就借鉴十四行体较多换韵的优势，采用换段换韵，从而改变了用韵的单调呆板；同时，诗人也没有直接照搬十四行体频繁换韵方式，而是在一个诗段中使用相同诗韵，这样就实现了中西两种诗韵传统的互补。从实践来看，这种用韵方式较为自由，运用起来束缚较少。

陈明远说自己在写作十四行诗时，"继承了中国诗歌传统的韵式，从而，努力使它们成为新型的中国式的颂内体"④。张惠仁归纳了陈明远汉

---

① 唐湜：《如何建立新诗体》，载《上海社会科学》1983年第4期。
② 唐湜：《新诗的自由化与格律化运动》，见《新意度集》，生活·读书·新知三联书店1990年版，第34页。
③ 骆寒超：《〈三星草〉序》，浙江文艺出版社1997年版，第7、13页。
④ 陈明远：《郭沫若与"颂内体"》，见《新潮》，中国文联出版公司1992年版，第296页。

语十四行诗的韵式：

第一种：不换韵，一韵到底，又可细分为"基本上行行押"和"双（隔）行押"两类

（一）"基本行行押"类（所谓基本指前八行行行押，后六行双行押三个韵脚，或虽非双行押，但却押了四个韵脚，即14行中至少有10行押韵。）

AAAA+AAAA+XAAAXA　（《游朴渊瀑布》）

AAAA+AAAA+XAXAXA　（《咏黎族姑娘》）

AAAA+AAAA+XAAXAA　（《大观楼》）

（二）"双（隔）行押"类（包括在双行之外，在单行又额外押了韵）

XAXA+XAXA+XAXAXA　（《飞凤山》，这是典型的双行押）

AAXA+AAXA+XAXAXA　（《天涯海角》，这是额外加单行押）

（三）"双行押兼交韵"类

AAXA+XAXA+BABABA　（《里加湖组诗》第三首，后六行兼交韵）

ABAB+CBCB+XBXBXB　（《访须和田故居》，前八行两段分别是两个"交韵"式）

第二种：换韵。所谓"换韵"，我国一般以四行或四行以上为单元。如果以二行为单元，就变成了"随韵"。

（一）"换韵不交韵"类

AAXA+XBXB+CCXCXC　（《海南岛沙滩》）

XAXA+AAXA+XBXBXB　（《三日浦》）

XAXA+XBXB+CCXCXC　（《游北泉》）

（二）"换韵兼交韵"类

ABAB+ACAC+DED+EDE　（《里加湖组诗》第一首，每段分别交韵）

ABAB+CDCD+EBE+BEB　（《里加湖组诗》第四首，每段分别交韵）

AAXA+AABA+BCBCBC　（《里加湖组诗》第六首，从第9行开始换韵，以BC二韵互交）

(三)"换韵兼随韵"类

AABB+CCXC+CCCCXC(《古战场》,前四行以随韵方式换韵,五、六行也是随韵,但紧接着就以 C 韵押到底。正如我国古典诗歌中,相对于一韵到底者,比较少,《新潮》中的随韵例子也不多。)①

以上韵式特点是:第一,充分利用诗韵来组织音乐段落,使诗的内在结构、外在分段和诗韵规律统一。这是对十四行体用韵原则的借用。第二,选用韵式适合民族习惯,少用抱韵,并不拒绝交韵,有条件的中国式换韵,即换韵数量和距离都符合国人欣赏习惯。第三,大胆地采用一些中国传统韵式,如采用单交韵,即第二、四行用韵,首行可押可不押;采用随韵,即每两行押一个韵;一韵到底,诗内并不换韵。

吴钧陶写作汉语十四行诗的体会是:"在押韵方面,我觉得外国诗的抱韵、交韵方式,如果照搬在创作里,似与我国欣赏习惯不合,不能起到预期的效果。因而我试用了'一韵到底的十四行诗'。在其他几首里,如果难以一韵到底,则采用四行一换韵等尽量合乎我国习惯的押韵方法。十四行发祥于意大利,传到英国便产生了变种。我想我们把它国产化也是可行的,而且是必要的。"② 在用韵上,吴钧陶不用定型的西方十四行体韵式,而是以汉民族喜闻乐见的韵式为基础,其结果就使这种外来诗体形虽尚存,实已汉化了。有人统计了他的 44 首汉语十四行诗,在韵式上可以分成三类:(1) AAAA 出现了 33 次,占四行节总数的 25%;AABA 出现 24 次,占 18%;ABCB 四次,占 3%;三式合计占 46%。(2) 西方人喜爱的 ABAB 是 12 次,ABBA 是 6 次,两式共占 13.5%。(3) 三种过渡韵式,ABBB 是 16 次,AAAB 是 5 次,ABAA 是 6 次,共 27 次,占 20.5%,若这部分也算受一韵到底影响形成的韵式,则有明显东方特色的韵式比例就上升到 66.5%。因此,屠岸认为吴钧陶的十四行变体特征是用韵的探索:

在韵式安排上他既不采用英国式也不采用意大利式,而是用他自己喜欢的韵式。他最常用的韵式是一韵到底的 AAAA AAAA AAAA AA,有时略加变化,如变为 AAXA AAXA XAXA AA(X 为不押韵),

---

① 张惠仁:《〈新潮〉的艺术表现和形式规律》,见《新潮》,中国文联出版公司 1992 年版,第 353—354 页。

② 吴钧陶:《外国诗影响浅谈》,见《幻影》,河北教育出版社 2001 年版,第 368 页。

这就包含了我国旧体诗中绝句或律诗的韵式成分。这种一韵到底的韵式是他的十四行诗的一个特色。他的叶韵字有时采用"邻韵",比如:[an]和[ang]用作一韵,[ai]和[ei]用作一韵,以及[o]和[u]用作一韵等,这是在均齐中略含参差,也是一种美。①

这种用韵方式是吴钧陶探索十四行体中国化的重要方面。

类似骆寒超、陈明远、吴钧陶,在写作汉语十四行诗时自觉地用传统韵式来加以改造创新,在许多诗人的创作中都有所呈现。对于这种探索历来存在着不同意见的争议。我们则鼓励在保留十四行体原本精神的基础上进行创新探索。近年来,邹建军创作了数量众多的汉语十四行诗,在韵式上进行了卓有成效的探索。他认为十四行体在音韵上有它特定的结构,不仅是完整的而且是变化的,总是会形成那样一种相对性、对照性。他的诗一般采取 ABAB ABAB ABAB CD 韵式,但也有变化,有时采用 ABCA ABCA ABCA AA,这与古典律诗韵式接近。如他选编的《汉语十四行试验诗集》收诗 82 首,所用韵式大致三类。一种是三三四四分段,韵式为 AAA,AAA,XAXA,XAXA,通篇一韵,如《流浪》《天问》《大隐》等组诗,后两段变化较多;一种是四四四二分段,韵式为 ABAB,ABAB,ABAB,XB,通篇使用交韵,如《洞庭》《北上太原》《江汉朝宗》《十二生肖》等组诗。还有一种是三三三三二分段,韵式没有固定格式,用韵更加多变,如《空谷幽兰》《年的仪式》等。而且他的不少诗篇采用了近韵相押,如 en 与 eng 音相押。他对于这种探索有着自己的追求和理解,他说:"用汉语写作十四行诗,不可能像英语十四行诗那样讲究;况且英语的十四行诗也是多种多样的。莎士比亚的十四行诗因为影响大,许多人认为那是西方标准的十四行诗,其实,并非如此。因此,我的十四行诗是用汉语来写的,读者没有必要将其与英语的十四行诗相比较;如果这样的话,也许我的诗并不符合英诗的格律。如果将 20 世纪中国诗人所写的十四行诗与我的十四行诗进行比较,指出各自的特点,批评各自的缺点,我认为是可以接受的,从学理上来说也是可行的。"② 这是我国诗人对汉语十四行诗的认知,更是表达了我国诗人对于自己创作成就的自信。

---

① 屠岸:《吴钧陶诗歌的视野——〈幻影〉序》,见《幻影》,河北教育出版社 2001 年版,第 5 页。

② 邹惟山(邹建军):《时光的年轮·后记》,长江文艺出版社 2012 年版,第 322 页。

当代中华诗词声韵改革论

研究汉语新诗的诗韵，无法回避当代中华诗词的声韵问题。按照旧诗词体式写作的当代中华诗词是一个客观的存在，百年来曲折地持续发展，并在新时期进入一个创作繁荣的阶段。面对这一文学现象，有人撰文提出"中华诗词应纳入现代诗歌的范畴"。东方诗风主张把"现代格律诗"改称为"格律体新诗"，王光明等主张使用"现代汉诗"概念，都包含着承认旧体诗词在当代诗坛的地位。国内多部"中国现代诗歌史"或"二十世纪中国文学史"，都列有专章讨论百年中华诗词创作。这里就当代中华诗词的声韵改革问题谈点想法。

概念的界定

中国新诗的诞生，是对旧体诗词的反叛，诗体解放就使新体诗歌同旧体诗词划清了界限。在新诗的概念中，旧体诗词是应该被打破的，但事实上，新诗发生以后，中国旧体诗词并没有退出历史舞台，始终有人继续创作，包括重要新诗人如俞平伯、郭沫若、朱自清、田汉、赵朴初、丁芒等都有大量旧体诗词创作。毛泽东虽然主张写作白话新诗，但他又认为新诗迄今没有成功，因此发表了一批旧体诗词，使旧体诗词的现实表达能力得到充分显示。新时期以来，在一种更为自由和开放的文化氛围中，当代文言诗创作和具有文言特色的诗创作进入到一个新的阶段。不仅一批老诗人、学者喜欢写作旧体诗词，而且一些当代年轻作家也写旧体诗词。在某些诗人笔下，文言句式的运用乃至相关典故的采取，已经成为个性表达的需要，不再表现为文言和白话的矛盾。人们普遍认为中华诗词在当代发展有其必然性：第一，五四期白话新诗诞生，取代了旧体诗词的主导地位，确实是适应了时代的要求，是历史的一大进步。然而旧体诗词是经过千百年锤炼出来的一种形式，仍有相对的存在价值。旧瓶装新酒，依然可以表现新时代的生活和感情。第二，旧体诗词符合我们民族的审美心理和习惯。虽然曲高和寡，但毕竟还有许多层次较高的人愿意欣赏。随着经济发展及社会结构多元化，人们在艺术爱好方面也要求多样化。第三，白话新诗和旧体诗词的艺术形式各有千秋，各有长处与缺点，各有优势与局限。如果从诗界变革的战略格局着眼，就应互相影响，互相制约，彼此促进，共同发展，以求当代诗歌繁荣。

以上所说的中华诗词与一般意义的新格律诗不同。中华诗词是旧体，其诗体形式是传统的固定的，尽管其可以有"新意境""新境界""新词语"等。它从诗体性质来说是一种固定形式。美国诗学教授劳·坡林把世界现代诗体分为三类，一是连续形式（连续形），这种诗体无固定的外在结构，图案的格律形式成分较少，按其性质说是自由诗体。二是诗节形式（诗节形），其特点是诗人写出一系列诗节，它们是重复单位，具有固定诗行量数，相同的节奏模式，和相同的韵脚图案，按其性质说就是一般意义上的新格律诗。三是固定形式（固定形），指的是"应用在整首诗中的传统体式"，诗人创作时就必须把内容纳入这一体式中去，写出的诗具有固定格律特点。我国新格律诗也应有自己的固定形式，但目前距离形成新诗固定形尚有很大距离。当代中华诗词则是一种传统的固定形现代诗。这里的"现代"是现代人创作的具有现代精神的诗，但其形式仍是传统的，因此它同一般新格律诗之间的区别是明显的。我国传统诗词"自形成以来，历千百年，其所沿用诸规律，与诗词本身已浑自一体，各自成为其整体美之一部分，既有其时代背景，亦有其艺术渊源，存则并美，去则俱亡。试思若去平仄而作绝句，或至沦为一般之顺口溜，奚足有诗！若作律诗而于平仄之外，再去对仗，则非驴非马，于何云律？"① 这就是说，诗词是一种传统固定形式，其个别形式要素是整体美的组成部分，无法把它割裂开来而仍用其名称，它的体裁、内容、精神、意境都可以出新，但这些所谓的"新"都得纳入一个"传统体式"之中。而新格律诗与之完全不同，那是新诗的一个品种，其创作采用的是基本格律原则，然后根据创作需要采用合适的形式，可以一诗一体，自具形相。闻一多早在20世

---

① 袁第锐：《略论格律诗词的改革与创新》，载《中华诗词》1995年第1期。

纪20年代就要求我们区分两者不同：律诗永远只有一个格式，而新诗的格式是层出不穷的；律诗的格律与内容不发生关系，而新诗的格式是根据内容的精神制成的，是相体裁衣；律诗的格式是别人替我们定的，新诗的格式可以由我们自己的意匠来随时构造。① 这就把新格律诗与中华诗词的界定说得十分明确了。

以上所说的中华诗词与改造创新的古韵新声诗不同。新诗发生期，诗人就从古代诗词借鉴，写作古诗体和词调体。在20世纪50年代中期，我国诗界展开过新诗借鉴诗词歌赋传统的讨论，结论如罗根泽所说："我认为今天的任务是'推陈出新'地吸收诗词歌赋的优良传统来创造新诗体，使新诗体更丰富多彩；不是'削足适旧'地模仿诗词歌赋来和新体诗争鸣。"② 经过这场讨论，我国诗人创作了品种多样的古韵新声诗，如郭小川的散曲体和新词赋体，赵朴初的新散曲体，李季创作的新鼓词体，沙白创作的词曲体等。90年代以来，诗坛出现了更多的古韵新声诗，如古诗体、散曲体、新词体、小令体等。丁力把这些诗统称为"解放体"，其特征是："从旧体诗词曲中脱胎出来的新诗，既继承了古典诗歌中的优秀传统，讲究精炼，讲究诗意，讲究音韵和谐，易唱易记。又打破了旧体诗词曲严格的格律，如字数、平仄、对仗、词谱、曲谱的限制，不受其束缚。但语言口语化（群众听得懂），要押相近的韵。"③ 但这些诗不是中华诗词，而是新格律诗中的古韵新声诗。中国诗词作为传统的固定形诗体，其审美特征有两个层次：一是审美体制层面的，主要包括平仄、字数、顿逗、对仗和押韵等；二是审美意识层面的，主要包括声韵美、均齐美、对称美和参差美等。如果诗人在创作时，仅仅借鉴第二层次的审美内涵（或全面或局部），那么创作的诗只能是新格律诗或古韵新声诗；如果既坚持第二层次的审美内涵又按照第一层次的审美体制，那么创作出来的诗就是中华诗词。古典诗词在现代社会可以蜕变，可以蜕去平仄束缚，蜕去对仗束缚，蜕去古典语言，蜕去字数束缚，也可以蜕变为新词、新曲，甚至可以蜕变为现代歌词形式，但这种蜕变还是抛弃了第一层次的审美体制，所以还只能是新格律诗。

在以上区分界定时，我们强调中华诗词是一种传统的固定形式。由此

---

① 闻一多：《诗的格律》，载《晨报副刊·诗镌》第7号（1926年5月13日）。
② 罗根泽：《如何接受诗词歌赋的优良传统》，载《新华日报》1956年11月1日。
③ 丁力：《解放体诗值得探求》，见《诗歌创作与欣赏》，陕西人民出版社1983年版。

提出的问题是：新诗运动已经打破了这种固定形式，而且这种固定形式确实对于诗人的束缚很多，为何还有大量诗人坚持创作，我们为何还要肯定这种创作。这里的原因主要是：固定形式中积聚了众多美质，是人类情感合式的表现形式。闻一多认为，中国的"律诗底体格是最艺术的体格。他的体积虽极窄小，却有很多的美质拥挤在内。这些美质多半是属于中国式的"。"他是中国诗底艺术底最高水涨标。他是纯粹的中国艺术底代表。因为首首律诗里有个中国式的人格在。"① 因此，中国人喜欢传统诗词，对于传统诗词阅读及其带来的愉悦感逐渐泛化，并代代相传形成中国人特有的集体无意识的文化行为模式和文化传承现象，沉淀为中华民族独特的文化"基因"。它如自然界的基因一样，控制着生物遗传性状的样态，支撑着生命的基本构造和性能。"这种文化'基因'促使中国人在阅读古诗时会自觉摒弃一般文字阅读的模式，企盼形式工整、错落有致、声律和谐的句子，自然而然地进入希冀对仗、等待节奏、享受回环往复的声律美以及入韵字和相押字内涵勾连营造的诗意中。"②

我们今天提倡写作中华诗词的主要理由是：（A）"这样做部分原因是继承传统；我们都只为某种传统本身而继承，不然的话，为什么我们要在圣诞节摆一棵小树在室内呢？"③ 我国是一个具有优秀诗歌传统的国度，继承诗歌优秀传统应是今天诗人的历史使命，它是传承优秀古代文化精神的使命。"近现代，传统诗词尽管曾经受到'五四'新文化运动的冲击，长期处于被歧视被压抑地位，然而仍为若干著名文学家、诗人、政治家、军事家所看重，为'旧瓶装新酒'作出了贡献。"④（B）传统诗词虽然是固定形式，但却也能为诗人创作提供创造的空间。我国历史上的近体诗词格律严格，恰巧又是创作成果丰富、创作数量众多、风格风采各异、优秀诗人辈出，这说明完全可以在这束缚中充分施展诗人的才华。集中了众多审美因素的传统格律诗体，尽管有固定的"型"，但至今仍有强大的生命力，可以充分发挥作者的创造性。试以律诗为例略加说明："第一，不同的诗人运用五律或七律这种'定型'的诗体作诗，由于选材不同，各人

---

① 闻一多：《律诗底研究》，见《神话与诗》，华东师范大学出版社1997年版，第309页。
② 见王广禄《从音韵角度探究文化基因》，载《中国社会科学报》2017年6月30日第2版。
③ [美] 劳·坡林：《怎样欣赏英美诗歌》，殷宝书译，北京出版社1984年版，第185页。
④ 孙轶青：《论格律诗词的声韵改革》，载《中华诗词》1995年第2期。

的美感体验不同,以及所采用的角度、手法等等都不同,因而创作出来的作品也各有特点。同一诗人在不同情境中作律诗,也完全能够自觉地避免雷同。第二,律诗尽管在格律方面'定型',但句法、章法的变化却是无穷无尽的。第三,格律的约束促使诗人强化了创造意识,不得不在法度中求自由,在有限中求无限;而汉语的特点,正有利于实现这种目的。"①(C)"还有一点作用:它以高难度向诗人的技术挑战。差的诗人当然时常遭遇失败:他不得不用不必要的词语来填补诗行,或为押韵而使用不妥当的字词。可是好诗人却在挑战中感到英雄有用武之地。"② 形式对内容具有反作用,优秀的古典的形式规范能够帮助诗人想到在其他情况下不易想到的概念或意象,它可以把诗人的情思锻炼得更加完美,使得诗人的情思和形式融合起来。中国是诗的国度,而诗的韵律及由韵律模式建构起的固定形式,不仅是诗的外在形式,也是诗的精神内核和审美品格。(D)固定形式不是某一诗的真正形式,某诗的特殊个性形式是由作为灵魂的内容贯注而产生的。朱光潜认为,每首诗都是有血有肉的灵魂,血肉需要灵魂才现出它的活跃,灵魂也需要血肉才具体可捉摸。大量创作说明,许多形式相同的诗而内容则千差万别:"多少诗人用过五古、七律或商籁?可是同一体裁所表现的内容不但甲诗人与乙诗人不同,即同一诗人的作品也每首自具一个性。就内在的声音节奏说,外形尽管同是七律或商籁,而每首七律或商籁读起来的声调,却随语言的情味意义而有种种变化,形成它的特殊的音乐性。这两个貌似相反的事实告诉我们的不是内容与形式无关,而是一般人把七律、商籁那些空壳看成诗的形式是一种根本的错误。"朱光潜认为,固定形诗创作的规律是"形式作模式加个性",即形式是诗的灵魂,作诗是赋予形式以情趣。"每一首诗有每一首诗的特殊形式,而这特殊形式,是叫做七律、商籁那些模型得着当前的情趣贯注而具生命的那种声音节奏;正犹如每个人有每个人的特殊面貌,而这特殊面貌是叫做口鼻耳目那些共同模型得到本人的性格点化而具个性的那种神情风采。一首诗有凡诗的共同性,有它所特有的个性,共同性为七律、商籁之类模型,个性为特殊情趣所表现的声音节奏。这两个成分合起来才是一首诗的形

---

① 霍松林:《中华诗歌的现实意义》,载《中华诗词》创刊号(1994年7月)。
② [美]劳·坡林:《怎样欣赏英美诗歌》,殷宝书译,北京出版社1984年版,第185页。

式,很显然的两成分之中最重要的不是共同性而是个性。"① 总之,传统诗词是具有较高鉴赏价值和使用价值的固定形式,我们应该珍视它,尊重它,不能任意地去改变它,破坏它。因此,我们同意闻一多在此问题上的看法:"新文学兴后,旧文学亦可并存,正坐此故。以此推之,则律诗亦未尝不可偶尔为之。无论如何,律诗之艺术的价值,历万代而不泯也。创作家纵畏难却步,不敢尝试;律诗之当永为鉴赏家之至宝,则万无疑义。"②

声律的改革

鉴于以上对于当代中华诗词的界定,我们认为今人创作绝对不能抛弃传统的格律形式。现在诗词界的普遍话题就是"突破""革新""改革",如果对此没有准确的把握则容易走入误区。我们同样主张当代诗词有所改革,但绝对不能任意突破创新。在此问题上,还是闻一多说得精彩:"文学诚当因时代以变体;且处此二十世纪,文学尤当含有世界底气味;故今之参借西法以改革诗体者,吾不得不许为卓见。但改来改去,你总是改革,不是摈弃中诗而代以西诗。所以当改者则改之,其当存之中国艺术之特质则不可没。"③ 闻一多以上的思想方法,完全适用于我们思考当代诗词的改革问题,那就是要在改革中保存其特质的东西,当改者则改,不当改者则不改。以下,我们就当代诗词对于旧体诗词改革的两大问题即声韵的改革谈点想法。具体思路是:强调声韵改革关涉的不是旧瓶的范畴,而是新酒的范畴。"换句话说,声韵的改革是属于诗词内容的改革,而不属于诗词形式的改革。这种改革,只是用今韵替代古韵,并非取消用韵,只是用普通话读音标准定四声、定平仄,去替代用古汉语读音标准定四声、定平仄,并非否定四声,取消平仄。一言以蔽之,这种改革只是以现代汉语取代不再适用的古代语言。至于格律诗词中的诸规范,如篇有定句,句

---

① 朱光潜:《给一位写新诗的青年朋友》,见《诗论》,生活·读书·新知三联书店1984年版,第280页。
② 闻一多:《律诗底研究》,见《神话与诗》,华东师范大学出版社1997年版,第318页。
③ 同上书,第317—318页。

有定字，字有定声，对仗、粘对等等，都一仍其旧。"①

先说声。声调是汉语语音的民族特色，以声调为基础的"平仄律"，是汉语诗歌有别于西方诗歌的瑰宝。我国先秦至汉魏的诗篇不讲声律，但这也是诗律的孕育期，有着诸多的探索成果。近体诗到唐代定型，并成为中国诗歌的主流样式。清人王楷苏说："宋、金、元、明以迄于今，皆沿唐人之旧，至元人之填词，近人之小曲，亦必有声调平仄，则又近体诗之流欤？"② 与以前的古体诗相比，近体诗的最大特点在于它是有律的，而这种律主要体现在字数和平仄上，而且，平仄律不仅只管自身，它同诗逗、诗行、行组（联）、对仗、诗韵都紧紧地结合着，甚至成为以上诸种格律的塑造者。"声律不纯粹是平仄的规范，它还要附着在字句上，清代的律诗歌诀，已把字句规范合在一起。如果字句规范可融在声律中的话，中国的诗律实际上就体现在声律上。"③ 沈约提倡的四声作诗，强调的是"以平上去入为四声，以此制韵"，强调一句之内，在两句之中，都要有参差变化，以求得协畅的声音美。我国声律的基本原则正是变化，不仅一句诗要讲"调平仄法"，而且一联诗、一调诗都要讲究平仄变化。这就充分显示了由四声建构的声律在我国传统诗体中的特殊地位。

那么，从音律理论来说，平仄律（声律）究竟属于何物？黑格尔把诗的音律分为节奏律和音质律两大体系，朱光潜接受了这种理论，在《诗论》中有专章论"声"。朱光潜通过分析汉语四声的音长、音高、音势特征，结论是：就独立着的音来说，四声的音长、音高、音势都没有定量，而且随时更动，所以无法形成节奏；就话语中的音来说，呈现着更为复杂的情形，音顿中音的长短、高低、轻重都可以随文义而有伸缩，都受邻音影响而微有伸缩，且四声不纯粹是长短、高低、轻重的分别，平仄相间不能认为是长短、高低、轻重相间。因此，汉诗四声对于诗的节奏影响甚微。这是四声与音律关系的一方面。另一方面，四声对于造成诗的语音和谐功用甚大，具有音质音律的价值，即和谐的调质悦耳性。四声最不易辨别的是它的节奏性，而最易辨别的是它的调质和谐性，即表现在字音本身的和谐及音义的调谐。在四声调质问题上，朱光潜突出地谈到了汉语的

---

① 孙轶青：《论格律诗词的声韵改革》，载《中华诗词》1995年第2期。
② 王楷苏：《骚坛八略》，嘉庆二年钓鳌山房刊本，上卷，第2页。
③ 李国辉：《比较视野下中国诗律观念的变迁》，中国社会科学出版社2011年版，第2页。

双声叠韵和诗韵，诗人有时单纯追求声音和谐，有时还追求音义的调谐，音律的技巧就在选择富于暗示性或象征性的调质。我们同意朱光潜的分析，认为平仄由于同诗逗诗行诗韵结合，确实也有节奏的价值，但平仄的重要性在于变化，通过这种变化形成声调谐音美，而且在音质层次呈现音义调协美。这是有语音学大量实验作为根据的，也有众多诗学理论支撑的。如《宋书》卷六十七《谢灵运传论》说："夫五色相宜，八音协畅，由乎玄黄律吕，各适物宜。欲使宫羽相变，低昂互节，若前有浮声，则后须切响。一简之内，音韵尽殊；两句之中，轻重悉异。妙达此旨，始可言文。"[①] 这说的正是平仄协调声音美，节奏形成的重要依据是有规律地重复，而这恰恰与平仄的变化特征背离。我国汉魏以前的诗不用平仄律，但仍然有节奏，律诗中有一三五不论，也照样有节奏，这都说明平仄的主要价值不在节奏。近体诗的成功，主要是在原有节奏律基础上增加了音质律，并依靠平仄律将节奏美、旋律美和韵式美完美结合形成新的格律。

既然平仄律在汉诗中有着极其重要的价值和地位，那么简单的结论就是：新诗应该继承这一诗律传统，坚持使用平仄律。但事情并非如此简单，因为随着时代变迁，国语已由古汉语发展到现代汉语，随后语音也发生重大变化。这使得采用平仄律出现了两大挑战：

一是使用现代汉语的新诗难以协调平仄。现代诗语采用散文式语言，现代汉语双音节多音节词居多和句子结构复杂严密，都给协调平仄带来严峻的困难。李国辉综合前人探索，归纳了现代汉语与平仄律的矛盾。首先，现代汉语中的平仄会发生变化。"白话里的平仄，与诗韵里的平仄有许多大不相同的地方。同一个字，单独用来是仄声，若同别的字连用，成为别的字的一部分，就成了很轻的平声了。"[②] 如"轻声"，包括助词、驱动词、量词等，如重复结构的复合词的前缀或后缀结构的词，如汉语部分实词的多种变调现象。其次，平仄在语音学和现代汉语中的失效，读来感受并不明显。语音学上失效：平声的音最为平实，上声的音最高，去声的音最为曲折，入声的音最短，这四声的音不但在音长、音高上有所区别，而且具有平实和曲折的不同，这在朗读中没有共同标准；现代汉语中的失效："现代汉语诗歌的朗诵速度比古典诗歌可以而且应该快得多，音长相

---

① 沈约：《宋书》，中华书局1974年版，第1779页。
② 胡适：《谈新诗》，载《星期评论》纪念号（1919年10月10日）。

应缩短,因此平仄的对比就渐趋模糊。失去声调的轻声衬字的加入使平仄对比效果更差。"① 再次,现代汉语词法语法不允许平仄规律。古代汉语一个字往往是一个词,诗句中的每字都有较独立的词义,因而都有各自的意义和音节上的作用。现代汉语基本以双音节词和三音节词为主,在使用这些词时难以恰巧符合平仄律。② 现代汉语在实际运用中的种种矛盾,使得平仄律难以构成现代汉诗的格律。

二是现代汉语与古代汉语的四声并无对应性。古代汉语的平(平声)和仄(上、去、入声)不能对应于现代汉语四声,现代汉语四声难以划分出平声和仄声。新诗发生以后,一些诗人探讨改造平仄律。主要主张如下:刘大白提出"我们一方面反抗旧声调,一方面却要打算怎样保存旧声调底一部分,而创造新韵律的新声调"。创造新声调有两个原则:(一)创造不能完全脱离因袭,可以相当地保存旧声调一部分的躯壳,而另用一种新灵魂注入其中,就是采取旧声调的规律,弃去其较繁杂严密的,而使用一种新的抑扬律;(二)新的抑扬律,可以保存平仄的旧躯壳,而注入新灵魂,即废去平仄平实与曲折的标准而改用轻重的标准。具体方案是"以平为重音,以仄为轻音,相间相重而构成抑扬律"。③ 王光祈同样认为平声字较重较长,仄声字较轻较短,有趣的是,王光祈以平为重,以仄为轻,正好与吴宓相反。当代学者王力认为中国律绝的格律可能是"音节·重音体系",还有一种可能是"音节·音长体系"。古代平声大约是长音,仄声大约是短音,长短相间构成了汉诗节奏。而现代汉语的声调系统和各调的实际音高虽然同古代不同,但仍然有声调存在,声调(平仄四声)正是汉语语音体系的最大特点,现代格律诗不能不有所反映。④ 以上关于平仄律的观点,总体来说是主张在改造传统平仄律的基础上通过轻重相间或长短相间来形成新诗的节奏和新诗的声律。可惜的是,种种探讨没有现代汉语语音学实验支撑,因而其结论不能真正形成普遍共识。

---

① 赵毅衡:《汉语诗歌节奏结构初探》,载《徐州师范学院学报》1979年第1期。
② 李国辉:《比较视野下中国诗律观念的变迁》,中国社会科学出版社2011年版,第235—240页。
③ 刘大白:《中国旧诗篇的声调问题》,见郑振铎编《中国文学研究》上册,上海书店1991年影印,第54页。
④ 王力:《中国格律诗的传统和现代格律诗的问题》,载《文学评论》1959年第3期。

这就提出了一个问题，用现代汉语创作的新诗及中华诗词是否还需要和可能采用平仄律。关于"需要"，就新格律诗创作来说，尽可能采用或部分采用或不采用平仄律是自由的，但就中华诗词来说，则必须要严格按照平仄律写诗，因为离开了平仄律写出的就不是固定形的诗词曲。这是一个严峻的问题。唯一的选择就是改革，即用普通话读音标准定四声、定平仄，去代替古汉语读音标准定四声、定平仄。如果这样做，则有三个方面应该予以考虑。

第一，在严格遵守传统体式中争取自由空间。中华诗词传统中的体式丰富多样，近体的律体与词是严格意义的格律诗，此外还有古风中的"杂言体"本无固定的"型"，"齐言体"与散曲体也有较大的弹性，诗人可以选择这种相对自由的诗体创作。试读唐宋诸家的诗词集，凡有成就的诗人都是诸体并用，甚至各体兼擅。同时，格律严格的律绝体也有创作自由。陈一鹤撰有《传统诗歌声韵大全》，有个副题就是"两个'1+7'，解读旧诗律"。这里第一个"1+7"指的是近体诗的声，即平仄格式，其"1"为正式（又可分为四种，再可细分为十六种），"7"为七种变通格式，即变格一、变格二、变格三、变格四、孤平救、小拗救、大拗救；第二个"1+7"指古体诗韵方式，"1"为常规的，"7"为特殊的。① 在"1+7"的基础上，再加上律体的一三五不论，这就给予诗人创作提供了较大的自由选择空间。王力说到西方的固定诗体即商籁体，认为既有正式又有变式。凡不合于正式者就是变式，而且变式是非常丰富多彩的，这就给诗人创作提供了方便。其实，古代优秀诗人采用律绝体或词曲体创作，也常常有出格的变体。彭邦桢说自己的《试写现代诗押韵十首》时，感到"平仄，在诗中并不是一件难事。在我这九首诗里，其中有的并曾调过平仄，不过不是全部。如果一定要调平仄，势必会尽失现代语言的张力，这样就与其可为莫如不为。"② 这说的是现代诗中也有可能，但若调平仄影响到诗意表达时可以允许出格，允许采用变体。吕本中在《夏均父集序》中指出，"学诗当识活法"，而"活法"是"规矩备具而能出于规矩之外，变化不测而亦不背于规矩也"。诗人"以意为主"，创作时再以"活法"运之，便可造就鸢飞鱼跃般活泼生动的诗歌境界。"活法"就

---

① 见陈一鹤《传统诗歌声韵大全·序言》，上海交通大学出版社 2016 年版。
② 彭邦桢：《彭邦桢自选集·后记》，黎明文化实业出版股份有限公司 1979 年版，第 145 页。

是在"以意为主"的追求中，对于传统严格的格律束缚加以突破，当然，这种出格须是在符合基本格律规范基础上的适当变化，若任意变化也就失去了格律规范。

第二，在严格遵循传统诗律的框架内对应改造。中国诗词若要讲究平仄，无法回避的课题就是对现代汉语四声进行归类，即王力说的"四声各自独立成类，互相作和谐的配合"，即许可提出的"重新考虑声调分类"问题。目前讨论有三种观点：把四声分成平仄两类，阴平和阳平算是平声，上声和去声算是仄声，利用平声的高调和非平声的低调去造成"高低相间"；把四声分成平仄两类，阴平和阳平是平声，上声和去声为仄声，利用平声的长调和非平声的短调去造成"长短相间"；阳平与上声作一类，阴平和去声作一类，利用两类音高的分别去造成新诗的节奏。可惜的是，这种归类始终没有得到共识。尽管如此，我们还是可以采用某种较为稳妥的办法作为过渡。这就是目前较多诗人赞同并付诸创作实践的以上第一、二种分类方法，即把四声分成平仄两类，阴平和阳平是平声，上声和去声为仄声。这种主张是王力力推的，认为从普通话的实际调值看，阴平和阳平都是高调和长调，上声和去声都是低调和短调，这样可以做到高低相间、长短相间。秦似在1975年编成《现代诗韵》，每一韵部先列常用字，而常用字按平声（阴平和阳平）、仄声（上声和去声）、轻声助词的顺序排列。此书出版后影响较大，美国汉学家T.赖特认为此书"代表了《切韵》光辉传统的最新韵书"。[①] 当然，对于此种分类也有争论，如许可就认为："在现代普通话的四个声调里，除去阴平的音高不变，可以确定地说是高音之外，其他三个声调则都有较高和较低的部分，因此，现代汉语格律诗按说也不可能做到使高低音很有规律地交替出现。""在现代汉语普通话里，特别短促的入声已不存在，它的四个声调在长短上的区别似乎并不显著。"[②] 这也是有语音学实验作依据的，问题在于，古汉语中仄声的"上、去、入"其实也不完全等值，照样可以行世。因此，我们认为王力和秦似的分类法可以暂且作为一种过渡方案使用。当然，有人坚持要按照古汉语的平仄声来创作也应肯定，因为这是诗人创作的自由。但是，使用古汉语平仄声对于创作者来说需要经常翻阅古代韵书，对

---

① 杨东甫：《秦似年谱》，广西师范大学出版社1988年版，第62页。
② 许可：《现代格律诗鼓吹录》，贵州人民出版社1987年版，第142—143页。

于读者朗读来说无法获得平仄律动，终也不尽如人意。

第三，在严格遵循传统诗律时多用诗之文字。"诗之文字"是相对于"文之文字"而言的。五四新诗运动中，倡导"以文为诗"反对"诗之文字"，包含两方面内容，一是用文之文字来转换诗之文字，即相对于传统诗语的散文化倾向，一是用现代汉语来取代古代汉语，即相对于古代文言的白话化取向，二者都涉及对于传统诗体韵语的反叛。这就为保持诗律传统带来了困难。因为"以文为诗"之"文"就是现代散文的语言，而传统的诗语则是文言韵文的语言，按照胡适的理解来说，"以文为诗"即"作诗更近于作文！更近于说话"。① 现代汉语散文化诗语，结果就是：现代汉语双音化使得新诗难以保持古诗的平仄格律；现代汉语双音化及句法严密化使得新诗难以保持标准的等量建行，当然也就难以保持上下对称的句式。这就是在现代散文诗语中难以实行平仄律的原因。在此情形下，就需要创作中华诗词的诗人注意锻炼诗之文字，即推动在现代汉语的框架内向传统韵语的归化。这是新诗发展中始终在努力实践着的，尤其是 30 年代的纯诗派诗人进行了大量的探索。沿着这种探索，从形象的标准和音律的标准去改善诗语，就能较好地在中华诗词中贯彻平仄律。换句话说，既然是写作传统诗词，就应该向传统韵语学习，就应该锻炼现代汉语，应该追求典雅风格，以便从诗语这一根本上为平仄律使用奠定基础。如少用虚词多用实词，少用连接词多用并列词，少用复杂句多用简单句，少用欧化句式多用韵律句式，语言上侧重于古代汉语的语法特征，如词类活用、意动用法、宾语前置、成分省略等创作的诗词，应该属于当代诗词。

诗韵的改革

在新诗史上没有谁像朱光潜那样透彻地论述汉诗韵问题。他认为"中国诗的节奏有赖于韵，与法文诗的节奏有赖于韵，理由是相同的，轻重不分明，音节易散漫，必须借韵的回声来点明、呼应和贯串。"② 因此，韵在传统汉诗里是根深蒂固的：韵在中国发生最早，传统汉诗向来以用韵

---

① 胡适：《逼上梁山》，见《中国新文学大系·建设理论集》，上海良友图书印刷公司 1935 年版，第 98 页。

② 朱光潜：《诗论》，生活·读书·新知三联书店 1984 年版，第 193 页。

为常例。他结合新诗韵的种种争论意见,明确地说:"白话诗还在萌芽时期,它的废韵的尝试显然受西方诗的影响。不过白话诗用韵的也很多。以后新诗演变如何,我们不必作揣摩其词的预言。我们现在只讨论韵在以往的中国诗里何以那样根深蒂固。也许这个问题解决了,我们对于将来中国诗韵的关系,也可以推知大概。"① 这里肯定诗韵的结论是极其明确的。

中华诗词创作应该用韵,这是普遍的共识。用韵包括两个相关的方面。首先是韵式。我国古典诗词韵式大致可以概括为:多用尾韵、隔行押韵和一韵到底。这种韵式形成也有一个过程,但它却是我国传统韵式的主流倾向。这种韵式的关键,是与传统诗词的行式和句式相应的。我国传统诗词的句式往往是成对的,前句是出句,结尾一般用逗顿,后句是对句,结尾一般用句顿,前后两句一般形成一联(或曰行组),尤其到了律诗有上下两句相对仗的要求,更是把行组凝固化了。这种行组既是节奏的,更是意义的,还是结构的。研究诗律的学者柳村认为,中国诗词的格律特征就是出句与对句互相呼应。平仄和诗韵都是强化这种格律的声韵律。如出句句脚的平仄与对句句脚的平仄必须互相对立、互相呼应;如出句和对句要押同韵,出句也可不押韵,但对句末尾必须押韵,以便把行组锁住、间隔。这就有了传统韵式的句尾韵、隔行韵和一韵到底。这种传统句法方式与传统韵律方式是自然天作之合。具体说就是:这种韵式,最适用于使用两行一句传统句式的诗节。词曲的韵式多有变化,但基本格律还是押韵落在句顿之尾。虽然朱自清、朱光潜批评过这种用韵方式单调,但若是写作中华诗词则必须按此韵式用韵。

其次是韵辙。也就是使用古代的韵辙还是使用现代的韵辙的问题。沈尹默认为旧时使用韵辙大致有三:作律绝诗用《诗韵》,而其本于"平水韵",实际上以唐宋语言作诗;作词用《词韵》,作曲用《词林正韵》,属于宋元时代的韵;作古诗的人,或用《诗韵》,或非汉魏人的韵不用。那么,当代诗词应该用何韵?目前是众说纷纭,莫衷一是。有人主张以"平水韵"为基础作某些调整;有人主张采用词韵;有人主张用"现代汉语十八韵"或"十三辙";有人主张按《新华字典》标音用韵;也有人主张古今韵双轨并存。我们认为,双规并存应该作为过渡方案加以肯定。这就是说,应该允许有人采用古韵写诗,这是尊重诗人写诗用韵的自由。有

---

① 朱光潜:《诗论》,生活·读书·新知三联书店1984年版,第190页。

些诗人已经熟悉古韵,驾轻就熟,易于成就,我们无法加以否定。甚至在写作新诗时,也是可以探索古韵相押的。如台湾新诗人彭邦桢写作《试写现代诗押韵十首》,不用现代普通话韵系,采用唐诗古韵押韵。每首诗后注明所用韵辙。如第四首《阳明之恋》,诗人注明:"此诗系叶下平声二萧为第一节。又叶下平声六麻为第二节。又叶入声一屋转下平声七阳为第三节。又叶下平声五歌转上平声一东为第四节,共叶六韵写成。"这里的六韵则是古韵。彭邦桢说:"这证明一个现代诗人在从事长期现代诗的自由写作之后,他仍是可以写一点'似是古人而非古人'所写的押韵诗的。"① 这种尝试值得肯定的,因为它丰富了现代诗的样式。但是我们同样认为不应否定采用今韵写作当代诗词。这也是尊重诗人写作用韵的自由。根据王力归纳,现代的十八韵和十三辙已经对于传统诗韵有所借鉴。如依传统押韵方法,即韵字的主要元音虽必须相同,但主要元音前面的 i、u、ü(可称为韵头)却不必相同,例如"发花韵"的 a、ia、ua 可以互押,"怀来韵"的 ai、uai 可以互押,"江阳韵"的 ang、iang、uang 可以互押;当然,也有部分的韵在传统诗词中是不可互押的,然后进行归并的,如传统的寒覃删韵 an、uan 和先盐删咸韵 ian、uan 归并到"言前韵"而通押了,真文韵 en 和元文韵 un(uen)、ün 归并到"人辰韵"而通押了,豪肴韵 ao 和萧肴韵 iao 归并到"遥条韵"而通押了。这是根据语音发展而进行的归纳。秦似也从语音演变得出结论,写旧体诗大可不必用平水韵 106 韵。他说:"如'因、音'在平水韵不相通,韵尾有 nm 之别,现代却是同音字了,难道不能互押吗?相反,'斜鸦'在平水韵都属于八麻,但今天却是差很远,不但普通话,大部分方言都不是韵了。因此,我看可以提倡旧体诗词用现代韵。"② 尽管如此,我们还是同时肯定使用古韵包括平水韵写作当代中华诗词。事实上,目前有相当多的诗人写作当代诗词采用旧韵,而且用来也是自然规范,因此我们应该允许诗人采用古韵来写作旧体诗词,这样从整体上可以更好地体现旧体诗词的格律形式。同时肯定采用古今韵辙写作中华诗词,必然出现多韵并存或双轨并存的局面,这是过渡阶段的正常现象,是符合我国诗韵演进基本规律的,它对于

---

① 彭邦桢:《彭邦桢自选集·后记》,黎明文化实业出版股份有限公司 1979 年版,第 144 页。

② 秦似:《关于诗歌音韵的几个问题》,见《秦似文集 诗词·诗论》,广西教育出版社 1992 年版,第 252 页。

当代中华诗词的创作繁荣是有益的。

但从趋向来说，我们认为当代诗词还是需要鼓励采用今韵。这不是要改革传统诗词音律形式，而是以新的诗韵对应地替代旧的诗韵，它体现了诗词用韵演进规律。这是新诗酝酿发生以来的经验所指。19—20世纪之交的诗界革命，基本理论就是新意境、新语句，而又须以古人之风格入之，强调"独辟新界而渊含古声"，这里的"古人之风格""古声"，是指古代诗歌的民族风格和传统诗体。尽管如此，他们还是主张"用韵不必拘于《佩文诗韵》，且至唐韵、古音，都不必管，唯以现在口音谐协为主"①。可见，在诗界革命志士看来，使用今韵并不影响古人之风格的保存。采用今韵，不仅保持了传统诗词同韵相押的格律要求，而且韵脚的平仄互押也能保留，并未改变传统诗词这种固定形式的格律体制。当代中华诗词采用今韵的优势已有很多论述，我认为孙轶青的论述还是精彩的：

（一）采用今韵，达到声韵与口语的一致，可以克服"平水韵"等的某些弊端，提高传统诗词的音乐美。

（二）采用今韵，大大简化了韵部，增加了同韵字，从而加大了诗词的表现力，会使诗词创作从体裁、思想、感情、语言诸方面具有更大的丰富性和灵活性。旧韵书由于分部过细和同韵字过少，大大限制了诗词的表现能力。

（三）采用今韵，可以减轻掌握格律的难度，打破诗词创作的神秘感，加大诗词创作的群众性。这样，通常具有小学语文程度的人便可掌握诗词用韵和平仄声律，极大地扩大诗词创作队伍，是传统诗词走向大众化的关键步骤。②

这样的理由是有说服力的，也是具有可操作性的。

谈论当代中华诗词采用今韵，不能仅仅停留在现实好处层面，还应在此基础上揭示其历史的必然性、操作的可行性、语言的规范性和诗体的完美性。

历史的必然性，是指使用今韵是我国传统用韵的规律使然。诗韵包括

---

① 梁启超：《晚清两大家诗抄·题辞》，见《梁启超文存》，江苏人民出版社2012年版，第142页。

② 孙轶青：《论格律诗词的声韵改革》，载《中华诗词》1995年第2期。

韵书都是历史的产物，具有历史的价值性和历史的局限性。从我国历史上的诗韵发展历史来看，韵书是适应着创作需要而不断出新，即使平水韵属于影响深远的韵书，但创作古典词曲时就往往不再使用。这是因为在历史的行进中，语言变迁引出语音变迁，语音变迁推动诗韵变迁。这是重要的历史规律。现代汉语代替古代汉语，"这件事在中国文化思想、学术、社会和政治等方面都有绝大的重要性，对中国人的思想言行都有巨大的影响。在某些方面看来，也可以说是中国历史的一个分水岭。"① 响应这种影响深远的语言变革，韵书的求新就是历史的必然，因为它的变革同样关涉到思想文化变革。古代文言持续的千百年间，尚且代有新韵，更何况现代汉语已经代替了文言，所以当今采用今音理所当然。罗家伦的话极具代表性，即"我们承认人生的价值，不能不承认时代的价值。我们在这个时代，就当做这个时代的人，说这个时代的话；何必想要做几千百年前的死人？"② 刘半农认为，由于社会生活的发展、语言的变迁，今音和古音的读法有很大的不同，因而南朝齐梁时期沈约所造的《四声谱》中的诗韵已经不能适用于新文学运动时期的诗体变革要求，因此，废旧韵造新韵为"事理之所以然"。

　　操作的可行性，是指采用今韵是当代诗人创作和阅读的需要。从古到今，汉语语音方面的变化较大，除了复辅音声母的消失，还有唇齿音声母和卷舌音声母的产生、声调的产生、韵尾的简化、某些介音的消失或出现等。就汉语语音发展来看，汉语语音的发展既有分化，又有合流，主要是向着简化的方向迈进。在古今语音多变的情形下，那么从创作来说，就要象王力所说，若写诗者要用旧诗韵，必然是每用一韵或每用一字都要查考古代韵书。这是无法普遍为人所接受的。学习古音能够欣赏古诗，这况且不能成为普遍要求提出，因为目前多数人欣赏古诗是用普通话阅读的，在此情形下还要诗人普遍采用古音写作则是不合事宜的。钱玄同说，"全不想想看，你自己是古人吗？你的大作个个字能读古音吗？要是不能，难道别的字都读今音，就单单把这'江''京'几个字读古音吗？"还说，顾炎武主张用古韵，责备沈约"不能上据雅南，旁摭骚子，以成不刊之

---

① 周策纵：《胡适对于中国文化的批判和贡献》，见《胡适与近代中国》，台湾台北时报文化出版公司1991年版，第319页。

② 罗家伦：《驳胡先骕君的中国文学改良论》，见《中国新文学大系·文学论争集》，第126页。

典"，后来江永驳他道："音之流变已久，休文亦据今音定谱，为今用耳。如欲绳之以古，举世其谁从之。"钱玄同说："顾炎武这个人，学问虽精，思想却不免顽固。"① 朱光潜认为这些话说得极其到位，无法辩驳。再从欣赏看，因为目前人们普遍采用普通话朗读诗歌，"20世纪的诗人，如果热衷于引导人们脱离现实生活，违背语言规律，用千年以前的古韵去吟唱当今事物，那不仅是荒唐的，而且很不明智"②。这样的论证同样是有说服力的，无法辩驳的。

语言的规范性，是指从纯洁现代汉语出发，维护我国现代汉语的规范性和纯洁性。我国规定以普通话为现代汉语的通用语，以汉语拼音方案为标准音，据此出台了相应的语言文字规范化、纯洁化的文件和政策。这些文件和政策也是当代诗词写作所要遵循的。我国修订发布施行《普通话异读词审音表》，对现代语音的规范性作了明确的规定，同时也就明确了诗词创作和朗诵的读音规范。根据《普通话异读词审音表》，课题组从维护现代语音的规范性出发，正面提出了阅读古代诗词的读音规则，包括：(1)《审音表》作为国家规范适用于一切场合，自然也适用于古诗文的朗读和写作。(2) 一些人口中的所谓"古音"实际上并不是真正的"古音"，而是前人称为"叶韵"的东西。即使是真正的"古音"（目前学界尚无一致的意见），对于现代人也并不具有约束力。(3) 面向中小学的工具书和教科书原则上不应该标注真正的"古音"和所谓的"古音"。(4) 在一些特殊的场合，如古诗文吟诵活动和其他文艺形式中使用一些"古音"，如同京剧艺术中的"上口字"等，应该得到尊重和宽容。但一些人把这些读音当成唯一正确的读音，好像不如此读就显得没有学问，则有点像食古不化的冬烘先生之流了。③ 以上四条说的是诵读历史上既有的传统古诗文的规范，对已成的古代诗词今人的读音作出这样较为严苛的规定，其指归是保持现代汉语的规范和纯洁，以避免在现代汉语普通话的使用中今音和古音的杂用。那么，当我们今天采用现代汉语创作当代诗词时，毫无疑问就更加应该使用现代普通话的语音即通用的今音，即使在当代诗词创作时试图遵循叶韵律或平仄律，也应该采用今音，从而充分体现

---

① 钱玄同：《新文学与今韵问题》，载《新青年》第4卷第1期（1918年1月15日）。
② 孙轶青：《论格律诗词的声韵改革》，载《中华诗词》1995年第2期。
③ 孟篷生：《新版〈审音表〉公布后：我们如何读古诗文》，载《光明日报》2016年10月30日第7版。

出使用现代汉语的规范性要求。

诗体的完美性，是指采用今韵是达到当代诗词浑然美的重要环节。约翰·多恩的一首十四行诗，在说到西方传统诗体商籁体的创作时，把它比喻为"精致的瓮"，可以容纳新的思想新的感情。其实，传统诗词也具有这种特征，即其古典诗体可以容纳当代意识和当代情感。诗界革命把当时创作的诗称为"新诗"，其"新"表现在"新意境"和"新语句"，五四新诗运动中也把当时创作的诗称为"新诗"，同样强调了新思想、新语句和新形式。我们谈论的"当代中华诗词"，其重要特征就是在传统诗体中注入"当代性"，反映当代生活，抒写当代情感，使用当代词语，这就是旧瓶装新酒的意思。胡适在《文学改良刍议》中，嘲笑采用旧体诗写作的人，明明是在灯火辉煌的英国洋楼里，写起诗来偏偏要"荧荧一灯如豆"，明明是革命的老同盟会会员，写起词来也是"故国颓阳，坏宫芳草，秋燕似客谁依？笳咽严城，漏停高阁，何年翠辇重归？"好像面对故宫，很希望复辟似的。这说明旧体诗的用字极其重要。在当代诗词中，诗韵的字词处在特别重要的位置，若多用旧韵字词往往会与其他文字不相协调，甚至会消融其当代性，因为字词不仅是表达工具，更是思想意义。使用古韵写作新诗的彭邦桢在实践中就意识到了这一点。他说："同时我也有一点感觉与发现，如果诗要押韵，不是仅仅叶音就算了的，诗的语言就要受到束缚，再也不能让诗的语言像无羁的野马任它驰骋了。……其间有一点难于避免，古人所常用的词汇，这就无法逃避不用。因为这是古人所制定的'诗韵'，那么这也就只得跟着古人的韵语而走了。好在我是一个写现代诗的，因此所受的限制还不算大，也就自有我的新意与我不同的表现在内。"[①] 这种提醒值得引起重视。唐湜要求诗歌具有浑然美，"包含着浑然一体的一切内在与外在的构成因素，辩证地相互渗透、相互依存又转化"[②]。因此，注意诗韵字词的当代性，这有利于造成当代诗词的浑然美。秦似的预言值得我们重视，即"现代人应该据现代语言来押韵。这，在戏曲、诗歌都已解决了，但写旧诗词的人就仍大多数喜欢用106韵，即平水韵。这就造成了用现代普通话来念并不和谐的问题。但我以为这只是一

---

① 彭邦桢：《彭邦桢自选集·后记》，黎明文化实业出版股份有限公司1979年版，第144页。

② 唐湜：《如何建立新诗体》，载《上海社会科学》1983年第4期。

个残余的现象，现代人将逐渐趋于用现代韵。"①

当前诗韵改革讨论中，反对现代普通话新韵的最大理由是它没有入声，不能保持正宗的古香古色的古韵的音韵美。这是一个似是而非的看法。

第一，音韵美必须倚仗吟诵才能得以实现，由于广韵、平水韵里采用的反切注音法只能记载音类，不能记载音值，任何现代人根据古韵书根本读不出唐音，只可能读出自己会说的一种或几种现代方音（绝大多数人都只会说家乡话和普通话），也就是说现代人吟诵根据平水韵写作的诗歌，只可能是今声今韵，湖南人切出来的是湘腔湘韵，广东人切出来的是粤腔粤韵，河南人切出来的是豫腔豫韵……决不可能是什么正宗的古香古色的隋唐声韵。诗歌的音韵美不是一个抽象的概念，它们是具体的声母、韵母和声调的音值的综合体；要想某种现代方言保持唐音的音韵美，那么二者的声母、韵母和声调的类别和音值（即实际发音）应当相当接近。张世禄和杨剑桥指出："研究汉语语音的发展规律，必须在深刻了解汉语语音史的基础上进行。只有对于汉语语音发展的各个阶段的声、韵、调三个方面，分别考证音类，拟测音值，然后才能进行各个阶段的声、韵、调的比较，才能揭示汉语语音发展的总的趋向。"② 现代语言学家采用科学方法考证隋唐语音的音类，其共识是：唐音的声母是36个（一说40个），韵母140多个，声调4种；而现代各个方言里，声母大都只有二十多个，韵母大都只有三十多个，最多的粤方言也不过是五十多个，声调则异彩纷呈，三、四、五、六、七、八、九、十甚至十二个声调的都有。仅从音类的多寡来看，现代方言已经与唐音有了巨大的差别，它们已经无法保持"正宗的""古香古色"的古音韵美。至于唐音的音值，现代所有语言学家都只能采用科学的方法予以"拟测"，没有例外；所谓"拟测"就是科学地推论猜测。显然，拟测的结论只会是"可能如此"，绝非"真正如此"。也就是说正宗的古香古色的唐声韵任何人都不知道该怎么读，连最渊博的语音学家也不例外，现代人即使根据平水韵写出来的古诗也无法真正保持"正宗的""古香古色"的古音韵美。

---

① 秦似：《关于诗歌音韵的几个问题》，见《秦似文集 诗词·诗论》，广西教育出版社1992年版，第251页。

② 张世禄、杨剑桥：《音韵学入门》，复旦大学出版社2006年版，第143页。

第二，普通话没有入声，对于近体诗的音韵美产生的损害，远远没有大家想象的那么大。可能大家更不知道，即使是保留了入声的现代方言，同样会对于近体诗的音韵美造成损害。声调在诗词格律里的作用有两条，一是区分平仄，构筑律句；二是四声分押，协助韵母形成富韵。就构筑律句而言，近体诗是只论平仄，不究四声的，而入声根本不是平仄分野乃至构筑律句的必要条件；古代近体诗里，没有入声的律句和诗篇并不在少数，这些没有入声的诗篇难道就不是近体诗了不成？同样，没有入声的北方方言，照样可以区分平仄，构筑律句；在构筑律句的功能上，有入声的南方方言没有任何优势。

第三，入派三声对平仄分野的影响也不如人们想象的那么大。如果我们暂且以普通话的阴平、阳平为平声，上声、去声为仄声，那么，近体格律是只论平仄不论四声的，而古入声在普通话里派入上声和去声的占百分之五十以上，这一部分仍然是仄声，它们对平仄分野没有任何影响，完全可以不予理睬；派入平声不到一半，只有这一小部分才与古代平仄不合。诗歌创作中常用的古入声字不到五百个，变成平声的只有两百多个常用字。也就是说，在构筑律句问题上，普通话新诗韵与平水韵的区别，不过是两百多个常用字的平仄不合而已，它们不可能高度集中在一首诗里；落实到具体诗篇里，大都只有三两个字而已；其中将近一半可平可仄的入声字可以不计，这样一来，因入声的消失导致平仄不合的不过一两个字而已。现代人根据新韵写近体诗，不符合古入声的平声字眼，也只是极个别字眼。

参考文献

艾青：《诗的形式问题—反对诗的形式主义倾向》，《人民文学》1954年3月号。

艾青：《诗论》，人民文学出版社1983年版。

鲍明炜：《论现代诗韵》，《南京大学学报》（哲学社会科学版）1978年第4期。

卞之琳：《人与诗：忆旧说新》，外国文学出版社1984年版。

卞之琳：《哼唱型节奏（吟调）和说话型节奏（诵调）》，《作家通讯》1954年第9期。

曹顺庆：《中西比较诗学》，北京出版社1988年版。

常风：《中国诗的节奏与韵律》，《益世报》"文学周报"第21期（1946年12月28日）。

车锡轮：《新诗韵的韵辙划分问题》，《内蒙古大学学报》1977年第5期。

陈爱中：《中国现代新诗语言研究》，中国社会科学出版社2007年版。

陈本益：《汉语语音与诗的节奏》，《四川大学学报》1986年第4期。

陈本益：《汉语诗歌的节奏》，台北文津出版社1991年版。

陈本益：《中外诗歌与诗学论集》，西南师范大学出版社2002年版。

程文、程雪峰：《汉语新诗格律学》，香港雅园出版公司2000年版。

邓程：《论新诗的出路》，中国社会科学出版社2004年版。

丁鲁：《中国新诗格律问题》，昆仑出版社2010年版。

丁芒：《论诗的音乐性》，载《诗的追求》，花城出版社1987年版。

丁芒、袁裕陵、舒贵生：《当代诗词学》，中华工商联合出版社1997年版。

范况：《中国诗学通论》，商务印书馆1959年版。

冯国荣：《新诗谱——新诗格式创制研究》，人民出版社2010年版。

冯胜利：《汉语的韵律、词法和句法》，北京大学出版社1997年版。

冯胜利：《论汉语的韵律词》，《中国社会科学》1996年第1期。

傅东华：《中国今后的韵文》，《文学周报》115期（1924年3月30日）。

高兰：《诗的朗诵与朗诵的诗》，《时与潮文艺》第4卷第6期（1945年2月15日）。

高名凯：《音质与诗词》，《文艺复兴》"中国文学研究"（上）（1948年9月10日）。

高名凯、石安石：《语言学概论》，中华书局1963年版。

顾龙振：《诗学指南》，台北广文书局1987年版。

郭成华：《新诗声律初探》，华文出版社2009年版。

郭小川：《谈诗》，上海文艺出版社1978年版。

何其芳：《关于现代格律诗》，《中国青年》1954年第10期。

何其芳：《再谈诗歌的形式问题》，《文学评论》1959年第2期。

胡适编：《中国新文学大系·建设理论集》，上海良友图书印刷公司1935年版。

胡适：《文学改良刍议》，《新青年》第2卷第5号（1917年1月）。

胡适：《谈新诗》，《星期评论》纪念号（1919年10月10日）。

胡先骕：《评〈尝试集〉》，《学衡》第1、2期（1922年1月、2月）。

黄玫：《韵律与意义：20世纪俄罗斯诗学理论研究》，人民出版社2005年版。

姜亮夫：《中国文字的声音与义的关系》，《青年界》第7卷第5期（1935年）。

姜亮夫：《中国声韵学》，台北文史哲出版社1986年版。

江弱水：《卞之琳诗艺研究》，安徽教育出版社2000年版。

金克木：《诗歌琐谈》，《文学评论》1959年第3期。

金戈：《试谈现代格律诗问题》，《文学评论》1959年第3期。

康白情：《新诗底我见》，《少年中国》第1卷第9期（1919年3月）。

黎锦熙、白涤洲：《国音分韵常用字表》，商务印书馆1934年版。

黎锦熙：《国语运动史纲》，商务印书馆1934年版。

黎锦熙：《增订注解国音常用字集》，商务印书馆1949年版。

黎锦熙：《增订注解中华新韵》，商务印书馆1950年版。

黎锦熙：《诗朗诵与诗歌韵辙》，《光明日报》1963年5月9日。

黎锦熙：《诗歌新韵辙的调查研究小结》，《中国语文》1966年第2期。

黎锦熙：《诗歌新韵辙的"通押"总说》，《徐州师范学院学报》1984年第4期。

李长之：《旧诗中有三个原则值得研究》，《光明日报》1956年12月22日。

李国辉：《比较视野下中国诗律观念的变迁》，中国社会科学出版社2011年版。

李国辉：《自由诗的形式与理念》，知识产权出版社2016年版。

李慎行：《诗韵新探》，陕西旅游出版社1996年版。

李慎行：《诗韵的发展与改革》，《宝鸡文理学院学报》1996年第1期。

李重光：《音乐理论基础》，人民音乐出版社1985年版。

李锐：《我对现代汉语的理解》，《当代作家评论》1998年第1期。

李思纯：《诗体革新之形式及我的意见》，《少年中国》第2卷第6期（1920年12月）。

李岩南：《关于诗歌的节奏、音韵问题解答》，《北方文艺》1956年第7期。

李元洛：《谈诗歌的韵律》，《诗刊》1978年第2期。

李章斌：《在语言之内航行：论新诗韵律及其他》，人民文学出版社2014年版。

林端：《现代汉语中的e、ê音位略说》，《新疆大学学报》1979年第4期。

林庚：《新诗格律与语言的诗化》，经济日报出版社2000年版。

林庚：《诗的韵律》，《文饭小品》第3期（1935年4月5日）。

林以亮：《论新诗的形式》，载《林以亮诗话》，台北洪苑书店有限公司1976年版。

林语堂：《新韵建议》，《国学月刊》1936 年第 1 卷第 1—12 期。

刘半农：《我之文学改良观》，《新青年》第 3 卷第 3 期（1917 年 5 月）。

刘半农：《诗与小说精神上之革新》，《新青年》第 3 卷第 5 期（1917 年 7 月）。

刘半农：《四声实验录》，上海群益书局 1924 年版。

刘大白：《中国旧诗篇中的声调问题》，《小说月报》第 17 卷号外（1927 年 6 月）。

刘大白：《新律声运动与五七言》，载《旧诗新话》，开明书店 1931 年版。

刘大白：《中诗外形律详说》，中国联合出版公司 1943 年版。

刘梦苇：《论诗底音韵》，《古城周刊》第 2、3 期（1926 年）。

刘涛：《百年汉诗形式的理论探求》，人民出版社 2013 年版。

卢甲文：《中华新韵》，《中州学刊》2004 年第 3 期。

卢甲文：《中华新韵（续）》，《中州学刊》2004 年第 4 期。

卢甲文：《现代韵书评论》，《语文研究》1980 年第 1 期。

鲁迅：《对诗歌的一点意见》，《新诗歌》第 2 卷第 4 期（1934 年 12 月 1 日）。

陆丙甫、王小盾：《现代诗歌声律中的声调问题》，《天津师范大学学报》1982 年第 6 期。

陆正兰：《歌词学》，中国社会科学出版社 2007 年版。

陆志韦：《我的诗的躯壳》，见《渡河》，上海亚东图书馆 1923 年版。

陆志韦：《白话诗用韵管见》，燕园集出版委员会《燕园集》，1940 年。

陆志韦：《再谈谈白话诗的用韵》，《创世曲》第 1 期（1947 年）。

陆志韦：《什么叫"押韵"》，《中国语文》1957 年第 12 期。

吕进：《论新诗的诗体重建》，《诗刊》1997 年第 10 期。

罗常培：《北京俗曲百种摘韵》，来薰阁书店 1950 年版。

罗常培：《汉语音韵学导论》，中华书局 1956 年版。

罗常培：《汉语拼音字母演进史》，文字改革出版社 1959 年版。

罗常培：《京剧中的几个音韵问题》，载《罗常培语言学论文集》，商务印书馆 2004 年版。

罗根泽：《如何接受诗词歌赋的传统问题》，《新华日报》1956年11月1日。

罗念生：《韵文学术语》，《新诗》第1卷第4期（1937年1月10日）。

骆寒超：《汉语诗体论：形式篇》，人民文学出版社2009年版。

龙榆生：《中国韵文史》，商务印书馆2010年版。

梁实秋：《诗的音韵》，《文艺增刊》第2期（1922年12月22日）。

梁宗岱：《论诗》，《诗刊》第2期（1931年4月20日）。

梁宗岱：《关于音节》，《大公报·文艺》第85期（1936年1月31日）。

毛元晶：《论汉语诗韵的历史和现状及其发展方向》，《南昌大学学报》2006年第6期。

穆木天：《谭诗——寄沫若的一封信》，《创造月刊》第1卷第1期（1926年3月16日）。

潘慎：《关于整理诗韵问题》，《太原师范专科学校学报》2001年第1期。

钱理群：《论现代新诗与现代旧体诗的关系》，《诗探索》1999年第2期。

钱玄同：《新文学与今韵问题》，《新青年》第4卷第1期（1918年1月15日）。

启功：《诗文声律学论稿》，中华书局1977年版。

秦似：《现代诗韵》，广西人民出版社1975年版。

秦似：《论用韵》，载《秦似文集 诗词·诗论》，广西教育出版社1992年版。

秦似：《关于诗歌音韵的几个问题》，载《秦似文集 诗词·诗论》，广西教育出版社1992年版。

饶孟侃：《新诗的音节》，《晨报副刊·诗镌》第4号（1926年4月22日）。

饶孟侃：《再论新诗的音节》，《晨报副刊·诗镌》第6号（1926年5月6日）。

沈亚丹：《寂静之音—汉语诗歌的音乐形式及其历史变迁》，上海三联书店2007年版。

宋峰：《新诗用韵与现代韵书关系考察》，《常熟理工学院学报》2018年第4期。

孙大雨：《诗歌底格律》，《复旦学报》（人文科学版）1956年第2期。

孙大雨：《诗歌底格律（续）》，《复旦学报》（人文科学版）1957年第1期。

孙大雨：《诗·诗论》，上海三联书店2014年版。

孙轶青：《论格律诗词的声韵改革》，《中华诗词》1995年第2期。

孙则鸣：《新诗音乐美初探》，《中国诗歌研究动态》第1辑（2005年卷）。

唐湜：《如何建立新诗体》，《上海社会科学》1983年第4期。

唐钺：《音韵之隐微的文学功用》，见《国故新探》卷一，商务印书馆1926年版。

田孟沂：《英国诗与中国旧体诗的韵律比较》，《重庆师范大学学报》1985年第1期。

万龙生：《从废韵到复韵》，《江苏大学学报》2006年第3期。

王独清：《再谭诗——寄给木天、伯奇》，《创造月刊》第1卷第1期（1926年3月16日）。

王广禄：《从音韵角度探究文化基因》，《中国社会科学报》2017年6月30日。

王光祈：《中国诗词曲之轻重律》，中华书局1933年版。

王力：《现代诗律学》，中国人民大学出版社2004年版。

王力：《汉语诗律学》，新知识出版社1958年版。

王力：《诗词格律》，中华书局1977年版。

王力：《汉语音韵》，中华书局1980年版。

王力：《王力诗论》，广西人民出版社1988年版。

王力：《中国格律诗的传统和现代格律诗的问题》，《文学评论》1959年第3期。

魏建功：《中华新韵》，成都茹古书局1941年版。

魏建功：《关于〈中华新韵〉》，载《魏建功文集》第1卷，江苏教育出版社2001年版。

温颖：《试论现代汉语诗歌韵目》，《语文研究》1981年第1期。

温颖：《试论"波"、"歌"不宜分为两韵》，《杭州师范学院学报》1981 年第 2 期。

温颖：《论十三辙》，《语文研究》1982 年第 2 期。

闻一多：《闻一多论新诗》，武汉大学出版社 1985 年版。

闻一多：《诗歌节奏的研究》，载《闻一多论新诗》，武汉大学出版社 1985 年版。

闻一多：《评本学年〈周刊〉里的新诗》，《清华周刊》第 7 次增刊（1921 年 6 月）。

吴宓：《诗学总论》，《学衡》第 9 期（1922 年 9 月）。

吴宓：《诗韵问题之我见》，《大公报·文学副刊》第 210 期（1932 年 1 月 18 日）。

吴宓：《译韦拉里说诗中韵律之功用》，《学衡》第 63 期（1928 年 5 月）。

吴宓：《吴宓诗话》，商务印书馆 2005 年版。

吴世昌：《诗与语音》，《文学季刊》创刊号（1934 年 1 月 1 日）。

《文学评论》记者：《诗歌格律问题的讨论》，《文学评论》1959 年第 5 期。

西渡：《诗歌中的声音问题》，载《守望与倾听》，中央编译出版社 2000 年版。

夏志权：《现代诗格律初探》，石油工业出版社 1998 年版。

许霆：《汉语新诗用韵的基本类型》，《常熟理工学院学报》2018 年第 4 期。

许霆：《中国新诗韵律节奏论》，北京师范大学出版社 2016 年版。

许霆：《中国新诗自由体音律论》，复旦大学出版社 2016 年版。

杨匡汉、刘福春编：《中国现代诗论·上编》，花城出版社 1985 年版。

杨匡汉、刘福春编：《中国现代诗论·下编》，花城出版社 1986 年版。

杨匡汉：《说诗调》，《诗神》1996 年 9 月号。

杨荫浏：《语言与音乐》，人民音乐出版社 1983 年版。

叶公超：《音节与意义》，《大公报·文艺》第 129 期（1936 年 4 月 17 日）。

叶公超：《论新诗》，《文学杂志》1937年5月1日。

叶桂桐：《中国诗律学》，台北文津出版社1998年版。

叶日升：《诗韵革新之我见》，《上饶师专学报》1996年第1期。

游国恩：《新诗应该有韵，至少要有一点"规矩"》，《光明日报》1956年12月22日。

于赓虞：《诗之艺术》，《华严月刊》第1卷第1、2期（1929年1月20日、2月20日）。

于锦恩，《民国注音字母政策史论》，中华书局2007年版。

于进水：《汉语言韵律诗歌理论纲要》，《韵律诗歌报》创刊号（2010年6月）。

臧克家：《精炼·大体整齐·押韵》，《红旗》1961年第21—22期。

张清常：《关于汉语诗歌押韵问题》，《语言研究论丛》第1辑，天津人民出版社1980年版。

张清常：《汉语诗歌要求押韵》，《语言教学与研究》1998年第4期。

张桃洲：《声音的意味：20世纪新诗格律探索》，人民文学出版社2014年版。

张学增：《俄语诗律浅说》，商务印书馆1986年版。

张洵如：《北平音系十三辙》，中国大辞典编纂处（1937年）。

张洵如：《北平音系小辙编》，开明书店1949年版。

张世禄、杨剑桥：《音韵学入门》，复旦大学出版社2006年版。

张玉来：《新诗押韵与新诗韵书的编纂》，《常熟理工学院学报》2018年第4期。

张允和：《诗歌新韵》，上海教育出版社1959年版。

张再峰：《怎样唱京剧》，湖南文艺出版社2014年版。

张中宇：《汉语韵部、声调的变化及其对新诗的影响》，《常熟理工学院学报》2014年第1期。

张中宇：《汉语诗歌交韵、抱韵考论》，《常熟理工学院学报》2018年第4期。

章炳麟：《答曹聚仁论白话诗》，《华国月刊》第1卷第4期（1923年12月15日）。

赵青山：《现代格律诗发展史》，香港雅园出版公司2016年版。

赵元任：《国音新诗韵》，商务印书馆1923年版。

郑敏：《中国新诗与汉语》，《诗探索》2008年第1辑"理论卷"。

周崇谦：《词的用韵类型》，《中国韵文学刊》1995年第1期。

周无：《诗的将来》，《少年中国》第1卷第8期（1920年2月15日）。

周煦良：《论民歌、自由诗和格律诗》，《文学评论》1959年第3期。

朱光潜：《诗论》，生活·读书·新知三联书店1984年版。

朱光潜：《替诗的音律辩护》，《东方杂志》第30卷第1号（1933年1月）。

朱湘：《评闻君一多的诗》，《小说月报》第17卷第5号（1926年5月10日）。

朱湘：《刘梦苇与新诗形式运动》，《文学周报》第335期（1928年9月16日）。

朱自清：《新诗杂话》，作家书屋出版社1947年版。

朱执信：《诗的音节》，《星期评论》第1号（1920年5月23日）。

［瑞士］埃米尔·施塔格尔：《诗学的基本概念》，胡其鼎译，中国社会科学出版社1992年版。

［英］布尔顿：《诗歌解剖》，傅浩译，生活·读书·新知三联书店1992年版。

［德］黑格尔：《美学》第3卷，朱光潜译，商务印书馆1991年版。

［美］劳·坡林：《怎样欣赏英美诗歌》，殷宝书译，北京出版社1985年版。

［法］让·絮佩维尔：《法国诗学概论》，洪涛译，四川文艺出版社1990年版。

［日］松浦友久：《中国诗歌原理》，孙昌武等译，辽宁教育出版社1990年版。

［美］韦勒克、沃伦：《文学理论》，刘象愚等译，生活·读书·新知三联书店1984年版。

［瑞士］沃尔夫冈·凯塞尔：《语言的艺术作品》，陈铨译，上海译文出版社1984年版。